AF891171

विषय—वस्तु

विदेशी व्यापार प्रबन्ध

विदेशी व्यापार प्रबन्ध

डॉ॰ विवेक शर्मा

अर्जुन पब्लिशिंग हाउस

विदेशी व्यापार प्रबन्ध

© लेखक

संस्करण, 2024

ISBN 978-81-8330-085-8

प्रकाशक :

अर्जुन पब्लिशिंग हाऊस

4831/24, गोविन्द लेन,
अंसारी रोड, दरियागंज,
नई दिल्ली–110002
फोन : 23272541, 23242541
e-mail : arjunbooks2001@gmail.com

टाइपसेटिंग :

डिम्पल कम्प्यूटर्स

दिल्ली

प्रिन्टर्स :

डिवाईन डिजीटल प्रेस

दिल्ली

प्रस्तावना

अन्तर्राष्ट्रीय व्यापार का विकास किसी भी स्तर पर संचालित तथा विकसित किया जाना विकासशील तथा अर्द्धविकसित राष्ट्रों की अर्थव्यवस्था की अनिवार्यता है। वस्तुतः अन्तर्राष्ट्रीय व्यापार का आकार एवं विभिद्धता किसी अर्थव्यवस्था की प्रगति का सूचक है। दीर्घकाल तक यह एक विवादास्पद विषय रहा कि अन्तर्राष्ट्रीय तथा राष्ट्रीय व्यापार में किसी प्रकार का अन्तर नहीं है दोनों ही प्रकार के व्यापार का संचालन समान नियमों के आधार पर होता है। अन्तर्राष्ट्रीय व्यापार की विचारधारा को भली प्रकार समझाने की दृष्टि से विभिन्न सिद्धान्तों का प्रतिपादन समय-समय पर किया गया है। अन्तर्राष्ट्रीय व्यापार के किसी पृथक सिद्धान्त अथवा राष्ट्रीय व्यापार के समान ही अन्तर्राष्ट्रीय व्यापार पर समान सिद्धान्त लागू किये जाने के सम्बन्ध में समय-समय पर अनेक मत व्यक्त किये जाते रहे है।

अन्तर्राष्ट्रीय व्यापार विषय पर प्रस्तुत पुस्तक के विभिन्न अध्यायों में अन्तर्राष्ट्रीय व्यापार की विचारधारा, अन्तर्राष्ट्रीय व्यापार के सिद्धान्त, अन्तर्राष्ट्रीय व्यापार की समस्याएँ, अन्तर्राष्ट्रीय व्यापार एवं आर्थिक विकास, व्यापार सन्तुलन तथा भुगतान सन्तुलन, मुक्त व्यापार बनाम संरक्षण, अन्तर्राष्ट्रीय व्यापार नियमन, अंकटाड के उद्देश्य कार्य एवं उपलब्धियाँ, निर्यात, आयात नीति, व्यापार शर्तों को प्रभावित करने वाले घटक विदेशी व्यापार तथा भुगतान शेष, निर्यात संवर्द्धन, विश्व व्यापार एवं विश्व व्यापार संगठन से सम्बन्धित विस्तृत सामग्री प्रस्तुत की गयी है।

पुस्तक में विषय से संबंधित अनेक मौलिक ग्रन्थों का प्रयोग किया गया। सभी अध्यायों में चर्चित विषय से सम्बन्धित प्रसिद्ध विद्वानों के विचारों का उद्धृत किया गया है। लेखक इन ग्रन्थों में प्रमुख सामग्री को पुस्तक के विभिन्न स्थानों पर प्रयोग करने हेतु इनके रचयिताओं का आभारी है। पुस्तक के आकर्षक प्रस्तुतीकरण के लिए पुस्तक के प्रकाशक विशेष धन्यवाद के पात्र है।

डॉ० विवेक शर्मा

1

विषय—प्रवेश

(Introduction)

वस्तुओं के क्रय विक्रय को व्यापार कहते हैं। व्यापार के द्वारा ही विभिन्न क्षेत्रों में उत्पन्न वस्तुएँ प्राय: हर स्थान पर उपभोग हेतु उपलब्ध हो जाती हैं। कोई भी देश अपनी आवश्यकता की समस्त वस्तुएँ व सेवाएँ अपने ही देश में उत्पन्न नहीं कर सकता। अत: कोई भी राष्ट्र आत्मनिर्भर नहीं हैं, न कोई राज्य अथवा प्रदेश ही आत्म निर्भर होता है।

व्यापार के द्वारा विभिन्न क्षेत्रों व देशों में सम्पर्क बढ़ता है, देश की राष्ट्रीय आय बढ़ती है, सुख समृद्धि बढ़ती है, निवासियों का जीवन स्तर बढ़ता है, रोजगार के अवसर बढ़ते हैं।

व्यापार दो प्रकार का होता है—देशी व्यापार या घरेलू व्यापार जो देश की भीतरी सीमा में विभिन्न राज्यों अथवा जिलों में होता हो, तथा विदेशी व्यापार जो देशों के मध्य अथवा विभिन्न देशों के बीच होता है।

आयात व्यापार: विदेशों से अपने देश में माल क्रय कर मँगवाना आयात व्यापार कहलाता है।

निर्यात व्यापार : अपने देश से विदेशों को माल विक्रय पर भेजना निर्यात व्यापार कहलता है।

पुनर्निर्यात व्यापार : जब किसी देश द्वारा अन्य देश का माल मँगवा कर पुन: निर्यात कर दिया जाये तो ऐसे व्यापार को पुनर्निर्यात व्यापार कहते हैं। जैसे मिस्र से माल कलकत्ता मँगवाया जाय और कलकत्ता की फर्म उसे नेपाल के व्यापारी को बेचे।

अन्तर्राष्ट्रीय व्यापार

विदेशी व्यापार को ही अन्तर्राष्ट्रीय व्यापार कहते हैं। अन्तर्राष्ट्रीय व्यापार दो अलग-अलग राष्ट्रों के बीच होता है। 'राष्ट्र' वास्तव में एक राजनैतिक सीमा है। फ्रीमैन के अनुसार, ''राष्ट्र भू-भाग का वह विस्तृत लगातार भाग है जिसके निवासी एकसी भाषा बोलते हैं तथा

एक ही राज्य के शासन के अन्तर्गत आते हैं।" बेजहॉट ने राष्ट्र की आर्थिक दृष्टिकोण से परिभाषा दी है—"राष्ट्र उत्पादकों का एक ऐसा समूह है जिसके बीच श्रम और पूंजी की स्वतन्त्र गतिशीलता होती है।" देश की सीमा के दृष्टिकोण से राजनीतिक सीमा और आर्थिक सीमा दोनों समान ही होती है।

बेस्टेबिल ने 'राष्ट्र' शब्द की जगह समाज शब्द का प्रयोग किया है। उनके अनुसार, "अन्तर्राष्ट्रीय व्यापार विभिन्न समाजों के बीच व्यापार है अर्थात् यह उन सामाजिक अंगों के मध्य व्यापार है जिनको समाजशास्त्र अपने अध्ययन क्षेत्र के अन्तर्गत मानता है।"

ऐल्सवर्थ के अनुसार, "अन्तर्राष्ट्रीय व्यापार देश की सीमा के बाहर विस्तार मात्र है। यह विशिष्टीकरण और उससे उपलब्ध होने वाले लाभों के क्षेत्र को और अधिक व्यापक बना देता है।"

हैराड़ के अनुसार, "विनिमय सामान्यत: श्रम विभाजन के द्वारा आवश्यक बनाया जाता है। जब श्रम विभाजन देश की सीमा को पार कर जावे तो विदेशी व्यापार सम्भव होता है। यह अन्तर्राष्ट्रीय श्रम विभाजन का आवश्यक परिणाम है।"

सी.एफ. स्टेनलेक के मतानुसार, "अन्तर्राष्ट्रीय व्यापार राष्ट्रीय सीमाओं के पार वस्तुओं एवं सेवाओं का विनिमय है।"

ब्रिटानिका एनसाइक्लोपीडिया के अनुसार, "राष्ट्रों के मध्य वस्तुओं एवं सेवाओं के एक सामान्य विनिमय को अन्तर्राष्ट्रीय व्यापार के रूप में परिभाषित किया जा सकता है।"

इन दोनों परिभाषाओं में इस बात पर जोर है कि दो या दो से अधिक राष्ट्रों के बीच वस्तुओं और सेवाओं की सामान्य विनिमय क्रियाओं को अन्तर्राष्ट्रीय व्यापार कहा जाता है।

जे.एस. मिल के अनुसार, "राष्ट्र मनुष्य जाति का एक ऐसा भाग है जो अन्य लोगों की तुलना में एक-दूसरे के समान सहानुभूतियों के धागे से संयुक्त हो गया हो तथा जिनमें एक ही समान सरकार के अधीन रहने की प्रबल इच्छा हो।"

इस प्रकार आर्थिक व राजनीतिक दृष्टिकोण से राष्ट्र का अर्थ भिन्न हो जाता है। राजनीतिक दृष्टिकोण से राष्ट्र का क्षेत्र आर्थिक दृष्टिकोण से कम या अधिक भी हो सकता है। हो सकता है कि एक राष्ट्र की भौगोलिक सीमा के कुछ क्षेत्रों में पूँजी व श्रम का आवागमन स्वतन्त्रतापूर्वक न होता हो। कुछ ऐसे कारण भी हो सकते हैं कि एक देश अपने यहाँ से श्रम व पूँजी को दूसरे देश में जाने से रोक सकता है। अत: अन्तर्राष्ट्रीय व्यापार में श्रम व पूँजी की अहम् भूमिका होती है।

इस प्रकार अन्तर्राष्ट्रीय व्यापार दो राष्ट्रों के मध्य व्यापार है। प्रत्येक राष्ट्र में पूँजी व श्रम का संचार स्वतन्त्र होता है किन्तु वे एक राष्ट्र से दूसरे राष्ट्र में जाने के लिए स्वतन्त्र नहीं होते। अन्तर्राष्ट्रीय व्यापार में राष्ट्र शब्द का प्रयोग प्राय: सभी विद्वानों ने नहीं किया है।

अन्तर्राष्ट्रीय व्यापार के विशिष्ट लक्षण

अनेक अर्थशास्त्रियों की यह मान्यता है कि अन्तर्राष्ट्रीय व्यापार आन्तरिक व्यापार का ही एक बड़ा रूप है। दोनों प्रकार के व्यापार में प्राकृतिक साधनों के अधिकतम उपयोग से अधिकतम सन्तुष्टि का उद्देश्य निहित रहता है। फिर भी कुछ विद्वानों ने अन्तर्राष्ट्रीय व्यापार के विशिष्ट लक्षणों का उल्लेख किया है। 'राष्ट' शब्द के विशेष अर्थ में प्रयुक्त होने के कारण अन्तर्राष्ट्रीय व्यापार की दो प्रमुख विशेषताएँ उजागर होती हैं—

(1) श्रम व पूँजी का विस्तार—प्रत्येक राष्ट्र में श्रम एवं पूँजी का विस्तार स्वतन्त्रतापूर्वक होता है। दूसरे शब्दों में कहा जा सकता है कि देश में आन्तरिक स्तर पर उत्पादन के सभी साधनों विशेषकर पूँजी व श्रम में आसानी से गतशीलता स्थापित हो जाती है।

(2) एक से दूसरे राष्ट्र में आवगमन—उत्पादन के साधन एक राष्ट्र से दूसरे राष्ट्र में जाने के लिये स्वतन्त्र नहीं होते। सम्बन्धित देश की सरकार अपने उत्पादन के साधनों पर कुछ प्रतिबन्ध लागू कर सकती है।

चूंकि राष्ट्रीय व्यापार और अन्तर्राष्ट्रीय व्यापार में कुछ खास भिन्नताएँ पायी जाती हैं। इसी कारण अन्तर्राष्ट्रीय व्यापार में पृथक से सिद्धान्त की आवश्यकता महसूस की जाती है।

अन्तर्राष्ट्रीय व्यापार के प्रकार

अन्तर्राष्ट्रीय व्यापार के निम्नलिखित स्वरूप हैं:

(अ) सौदे के अनुसार अन्तर्राष्ट्रीय व्यापार के तीन भाग हैं—

(क) आयात व्यापार जिस देश में माल या सेवाएँ दूसरे देश से लायी जायें या प्राप्त की जाय।

(ख) निर्यात व्यापार—जिस देश से माल या सेवाएँ बाहर भेजी जाय या विक्रय हों,

(ग) पुनः निर्यात व्यापार जब माल इस उद्देश्य से आयात हों कि उसे ही निर्यात करना है और वहीं माल निर्यात कर दिया जाय तो यह व्यापार पुनः निर्यात व्यापार कहलाता है।

(ब) पक्षों के अनुसार अन्तर्राष्ट्रीय व्यापार के तीन स्वरूप हैं—

(क) द्विपक्षीय व्यापार,

(ख) बहुपक्षीय व्यापार,

(ग) सेवाओं का व्यापार।

(क) द्विपक्षीय व्यापार—अधिकांश व्यापार का स्वरूप द्विपक्षीय है। दो देश एक दूसरे से वस्तुओं का आयात निर्यात करें। यह द्विपक्षीय व्यापार है, जो समझौते के अन्तर्गत भी हो सकता है अथवा बिना कोई विशेष पूर्व समझौते के। इनमें एक वर्ष का लेन-देन प्रायः बराबर हो सकता है अथवा भुगतान शेष की समस्या भी उत्पन्न हो जाती है। द्विपक्षीय व्यापार

तभी सम्भव होता है जब एक देश दूसरे देश से अपनी आवश्यकता की वस्तु प्राप्त कर सके। भारत ने अनेक देशों से व्यापार के लिए द्विपक्षीय समझौते कर रखें हैं, इनमें पूर्वी योरोपीय देश व सोवियत रूस के साथ किये गये समझौते प्रमुख हैं।

(ख) बहुपक्षीय व्यापार—बहुपक्षीय व्यापार में 3 या अधिक देशों के मध्य आपसी व्यापार होता है। उदाहरण के लिए, संयुक्त राष्ट्र अमेरिका इगलैण्ड से निर्यात की तुलना में आयात कम करें, इंगलैण्ड मलेशिया से आयात की तुलना में निर्यात अधिक करें तथा मलेशिया अमेरिका को आयात की तुलना में निर्यात अधिक करें और आपस में भुगतान वे किसी मुद्रा में स्वीकार करें तो व्यापार में इस प्रकार दो की बजाय 3 या अधिक देश भी सम्मिलित होते हैं। विश्व का बहुत सा व्यापार इस प्रकार बहुपक्षीय व्यापार कहलाता है। इसमें भुगतान की समस्याएँ और अधिक गम्भीर होती है तथा ऐसा व्यापार कोई योजनाबद्ध तरीके से भी नहीं होता। विभिन्न देश अपनी आवश्यकता की वस्तुएँ जहाँ भी सुविधानुसार मिल जायें, खरीदते हैं। कुछ प्रमुख वस्तुओं (जैसे चीनी, गेहूँ) के लिए प्रमुख निर्यातक एवं आयातक देश सम्मेलनों द्वारा भी अन्तर्राष्ट्रीय व्यापारिक समझौते करते हैं।

(3) सेवाओं में अन्तर्राष्ट्रीय व्यापार —वस्तुओं के आयात-निर्यात व्यापार में विश्व के अधिकांश देश सम्मिलित है परन्तु कुछ देशों विशेषकर इंगलैण्ड, फ्रांस व संयुक्त राष्ट्र अमेरिका, जापान के अन्तर्राष्ट्रीय भुगतानों में वस्तुओं के व्यापार के साथ-साथ बहुत अधिक राशि का सेवाओं के आदान-प्रदान एवं विदेशो में विनियोग के कारण लेन-देन होता है। इनमें यातायात सेवाओं, बैंकों, पर्यटकों तथा विशेषज्ञों की सेवाओं के कारण लेन-देन बहुत होते हैं। अन्तर्राष्ट्रीय वित्त की समस्याओं में इनके द्वारा उत्पन्न मुद्रा का आवागमन भी बहुत महत्त्वपूर्ण है। अत: सेवाओं के व्यापार को अलग वर्ग में रखना उचित है।

अन्तर्राष्ट्रीय व्यापार के आधार

अन्तर्राष्ट्रीय व्यापार वस्तुतः लाभ की भावना पर आधारित है। प्रत्येक देश किसी अन्य देश से व्यापार करने से पूर्व इस बात की पूर्ण जानकारी हासिल कर लेता है कि उसके यहाँ किन-किन वस्तुओं का उत्पादन किया जा सकता है, किन वस्तुओं का आधिक्य रहेगा जिनका निर्यात किया जा सकेगा तथा किन वस्तुओं का अभाव रहेगा जिनका आयात करना अनिवार्य होगा आदि। यह विचार करते समय प्रत्येक देश अपने यहाँ की भौगोलिक, प्राकृतिक, आर्थिक तथा राजनैतिक परिस्थितियों को भी ध्यान में रखता है। जिस वस्तु के लिये देश की जलवायु, प्राकृतिक साधन, कच्चा माल, पूँजी, श्रम आदि उपलब्ध होंगे उन वस्तुओं का देश में ही उत्पादन किया जायेगा। अपनी आन्तरिक माँग की आपूर्ति करने के बाद आधिक्य को निर्यात किया जायेगा तथा बदले में अन्य देशों से जरूरत की वस्तुओं का आयात किया जायेगा।

इस प्रकार अन्तर्राष्ट्रीय व्यापार को यदि परिस्थितियों की देन कहा जाये तो कोई अतिशयोक्ति नहीं होगी। अन्तर्राष्ट्रीय व्यापार के आधारों को निम्न तीन भागों में विभक्त किया जा सकता है—

(1) **भौगोलिक कारण** —भौगोलिक परिस्थितियों के अन्तर्गत देश की स्थिति, जलवायु, भूमि के स्वरूप, मिट्टी, प्राकृतिक स्रोत आदि को शामिल किया जाता है। प्रत्येक देश की भौगोलिक स्थिति में अन्तर पाया जाता है और उसी के अनुरूप ही वह अपने यहाँ विभिन्न वस्तुओं का उत्पादन करता है। भारत की जलवायु चाय की खेती के ज्यादा अनुकूल है। मिस्र में कपास ज्यादा उत्पन्न होती है। अरब राष्ट्रों में खनिज तेल सम्पदा के अथाह भण्डार हैं। अतः ये देश अपने यहाँ उत्पादित वस्तुओं का निर्यात करते हैं तथा बदले में उन वस्तुओं का आयात करते हैं, जिनका उत्पादन विपरीत भौगोलिक परिस्थितियों के कारण सम्भव नहीं हो पाता।

व्यापारिक मार्गों पर केन्द्रीय स्थिति—भी देश के *अन्तर्राष्ट्रीय व्यापार की मात्रा* को प्रभावित करती है। यदि कोई देश किसी प्रमुख व्यापारिक मार्ग पर स्थित है तो उस देश का अन्तर्राष्ट्रीय व्यापार ज्यादा विकसित होगा। उदाहरणार्थ, भारत के तीन और समुद्र है तथा इसके अनेक प्राकृतिक बन्दरगाह व्यापारिक मार्गों पर स्थित हैं। अतः अन्य देशों के समुद्री जहाजों को एक महाद्वीप से दूसरे महाद्वीप के बीच आते जाते समय इन बन्दरगाहों पर रुकने की सुविधा मिलती है। परिणामस्वरूप उसका सीधा अनुकूल प्रभाव भारत के विदेशी व्यापार पर परिलक्षित होता है।

भूमि की बनावट, मिट्टी का उपजाऊपन, जलवायु की अनुकूलता, जल स्रोतों की उपलब्धता आदि भी अन्तर्राष्ट्रीय व्यापार के प्रमुख आधार कहे जा सकते हैं। भारतीय अर्थव्यवस्था इसी कारण कृषि प्रधान कहलाती है क्योंकि यहाँ की भौगोलिक परिस्थितियाँ कृषि के अनुकूल हैं और जनसंख्या का एक बड़ा भाग प्रत्यक्ष अप्रत्यक्ष रूप से कृषि पर निर्भर करता है इसी कारण हम कृषि जन्य पदार्थों का निर्यात करते हैं तथा बदले में अन्य आवश्यक वस्तुओं का आयात करते हैं। जिन देशों में कृषि के अनुकूल जलवायु व भौगोलिक परिस्थितियाँ नहीं होती उन्हें विदेशों से कृषि जन्य वस्तुओं का भारी मात्रा में आयात करना पड़ता है। ठण्डी जलवायु वाले देश गर्म वस्त्रों व पेय पदार्थों का आयात करते हैं जबकि गर्म जलवायु वाले देशों को दण्डे पेय पदार्थों व उसी के अनुरूप वस्त्रों का आयात करना पड़ता है।

जिन देशों में प्राकृतिक परिस्थितियाँ प्रतिकूल होती हैं वहाँ तुलनात्मक रूप से उत्पादन लागत भी ज्यादा आती है। अतः ऐसी वस्तुओं का आयात करना ही फायदेमन्द होता है। ऐसे देशों में विदेशी व्यापार के लिये सम्भावनाएँ ज्यादा होती है।

(2) **आर्थिक कारण** — भौगोलिक कारणों के साथ-साथ आर्थिक कारण भी अन्तर्राष्ट्रीय व्यापार को उत्पन्न करते हैं। आर्थिक कारणों में मुख्य रूप से पूँजी, श्रम, तकनीकी, ज्ञान तथा उत्पत्ति के नियमों की क्रियाशीलता है।

पूँजी उत्पादन के साधनों में सबसे अधिक महत्त्वपूर्ण है। बड़े पैमाने के उत्पादन के साथ-साथ पूँजी की भूमिका भी निरन्तर ज्यादा महत्त्वपूर्ण होती जा रही है। जिन देशों में पूँजी का अभाव होता है, वहाँ विभिन्न वस्तुओं का उत्पादन भी कम होता है। फलस्वरूप उन्हें वे वस्तुएँ आयात करनी पड़ती हैं। जिन देशों में पूँजी की पर्याप्त मात्रा में उपलब्धता होती है वहाँ उत्पादन भी वृहद् स्तर पर करना सम्भव होता है। इससे ब्याज की दर घटती है जो उत्पादन लागत को नीचा लाने में सहयोग करती है। चूंकि तुलनात्मक रूप से उत्पादन लागत कम

आती है, अतः ऐसी वस्तुओं का ज्यादा मात्रा में निर्यात करना सम्भव हो जाता है।

श्रम भी उत्पादन का एक महत्त्वपूर्ण साधन है। श्रम की गतिशीलता का उत्पादन पर अत्यधिक प्रभाव पड़ता है। जहाँ श्रम पर्याप्त संख्या में, कुशल व सस्ता श्रम उपलब्ध होता है, वहाँ कम उत्पादन लागत पर उत्पादन करना सम्भव होता है। बड़े पैमाने का उत्पादन करने पर श्रम विभाजन तथा विशिष्टीकरण के लाभ भी प्राप्त होने लगते हैं। परिणामस्वरूप व्यय से कम लागत पर अधिकतम उत्पादन करना सम्भव हो जाता है। इससे निर्यात व्यापार को बढ़ावा मिलता है। इसीलिये कहा जाता है कि श्रम विभाजन के सिद्धान्त का विस्तार ही अन्तर्राष्ट्रीय व्यापार का जन्मदाता है।

कुछ वस्तुओं के उत्पादन में किसी विशिष्ट तकनीकी व कौशल की जरूरत पड़ती है। वह तकनीक तथा कौशल जिस देश के पास होते हैं, वहाँ उन वस्तुओं का उत्पादन बहुतायत से होता है। स्विट्जरलैण्ड में घड़ियों के निर्माण का उद्योग अत्यन्त विकसित हो गया है। जापान का ऑटोमोबाइल उद्योग तथा इलैक्ट्रोनिक्स उद्योग अत्यन्त विकसित हैं। इन देशों ने अपनी विशिष्ट तकनीक व कौशल के बल पर अन्तर्राष्ट्रीय बाजार के एक बड़े हिस्से पर आधिपत्य स्थापित कर लिया है।

उत्पत्ति के विभिन्न नियमों की क्रियाशीलता भी अन्तर्राष्ट्रीय व्यापार की मात्रा को प्रभावित करती है। यदि उत्पत्ति वृद्धि नियम लागू हो रहा है तो उत्पादन बढाने पर लागतों में कमी आयेगी। इसके विपरीत यदि उत्पत्ति ह्रास नियम सक्रिय हैं तो उत्पादन बढ़ाने पर लागतों में और ज्यादा वृद्धि होगी। पहली स्थिति में उत्पादन बढ़ाने से लाभ होगा जबकि दूसरी स्थिति में उत्पादन बढ़ाने पर हानि उठानी पड़ेगी।

इस प्रकार उत्पादन लागतों में वृद्धि या कमी तुलनात्मक रूप से अन्तर्राष्ट्रीय व्यापार को प्रभावित करती है। प्रत्येक देश ऐसी वस्तुओं का उत्पादन करना पसन्द करता है जिनकी लागतें तुलनात्मक रूप से कम आती है।

(3) राजनैतिक कारण —भौगोलिक तथा आर्थिक कारणों के साथ-साथ राजनैतिक कारण भी अन्तर्राष्ट्रीय व्यापार के आधार बन सकते हैं। एक देश उन्हीं देशों के साथ व्यापार करता है जिनके साथ उसके मधुर राजनीतिक सम्बन्ध होते हैं। अमरीका द्वारा भारत पर अनेक आर्थिक प्रतिबन्ध इस कारण लागू कर दिये गये क्योंकि राजनीतिक स्तर पर भारत उसकी बातों को ज्यादा महत्त्व नहीं देता था। सीटीबीटी पर हस्ताक्षर करने से लगतार मना करता रहा। इन आर्थिक प्रतिबन्धों का प्रभाव अन्तर्राष्ट्रीय व्यापार पर पड़ना स्वाभाविक है। भारत ऐसी अनेक वस्तुओं का नेपाल को निर्यात करता है जिन्हें भारत स्वयं आयात करता है। राजनैतिक सम्बन्धों की खातिर भारत के लिये ऐसा करना लाजिमी हो जाता है। चीन पाकिस्तान को तथा रूस भारत को अणु तकनीक की आपूर्ति आर्थिक कारणों की अपेक्षा राजनीतिक कारणों से ज्यादा करता रहा है।

प्रत्येक देश अपनी सुरक्षा व सार्वभौमिकता के लिए भी विभिन्न वस्तुओं का आयात-निर्यात करता है। उदाहरणार्थ, भारत ने हाल ही में रूस, अमेरिका, फ्रांस आदि से भारी मात्रा में सैन्द सामग्री आयात करने के लिए समझौते किये हैं। अपना राजनीतिक प्रभुत्व

कायम करने के लिये भी अनेक देश अन्तर्राष्ट्रीय व्यापार का सहारा लेते हैं। विश्व पूँजीवाद, समाजवाद तथा गुट निरपेक्ष राष्ट्रों में बंटा हुआ है। प्रत्येक गुट अपना वर्चस्व स्थापित करने के लिये प्रयत्नशील रहता है तथा अन्तर्राष्ट्रीय व्यापार उसका आधार बनता है।

इस प्रकार भौगोलिक व आर्थिक कारणों के साथ-साथ राजनैतिक कारण भी अन्तर्राष्ट्रीय व्यापार के आधार हो सकते हैं।

अन्तर्राष्ट्रीय व्यापार का महत्त्व या लाभ अथवा आवश्यकता

आज के युग में अन्तर्राष्ट्रीय व्यापार उतना ही महत्तवपूर्ण है जितना कि किसी देश की आन्तरिक अर्थ-व्यवस्था में मुद्रा तथा विनिमय है। जिस प्रकार आधुनिक युग मुद्रा-युग कहलता है तथा बिना मुद्रा के हमारा एक दिम के लिए भी काम चलना कठिन होता है, उसी प्रकार किसी राष्ट्र के लिए यह सम्भव नहीं कि वह दुनियाँ के अन्य देशों से अलग-थलग रह कर अपनी सम्पूर्ण आवश्यकताओं की पूर्ति स्वयं कर ले। परिवहन तथा संदेशवाहन के साधनों के विकास ने राष्ट्रों की दूरियाँ कम कर दी है तथा बाजारों को अधिक विस्तृत कर दिया है। आधुनिक बड़े पैमाने का उत्पादन तथा विशिष्टीकरण अन्तर्राष्टीय व्यापार पर ही आधारित है।

यदि हम विश्व अर्थव्यवस्था में अन्तर्राष्ट्रीय व्यापार के महत्त्व को आँकि तो संयुक्त राष्ट्र संघ के विशेषज्ञों के अनुसार सन् 1949 में विश्व का निर्यात व्यापार विश्व आय का 10 प्रतिशत था। सन् 1952 में अमेरिका, फ्रांस, ब्रिटेन, रूस और जापान की राष्ट्रीय आय में आयातों का प्रतिशत क्रमशः 4, 15, 26, 1 और 38 था तथा निर्यातों का प्रतिशत क्रमशः 5, 13, 20, 1 और 24 था।

अन्तर्राष्ट्रीय व्यापार का महत्त्व अथवा लाभ यहाँ निम्न बिन्दुओं में व्यक्त किया गया है:

1. उपभोक्ताओं के दृष्टिकोण से —किसी भी देश में उपभोक्ताओं की आवश्यकताओं की समस्त वस्तुएँ उत्पन्न नहीं होती हैं। यदि इन वस्तुओं को उत्पन्न करने का प्रयत्न भी किया जाये तो बहुत मँहगी पड़ती हैं। इसलिए विदेशों से इनका आयात करके कम कीमत पर उपभोक्ताओं की उपलब्ध कराई जाती है।

2. उत्पादन के लिए आवश्यक कच्चे माल, खनिज और तकनीकी ज्ञान की प्राप्ति— उत्पादन में काम आने वाले कई तरह के कच्चे माल और खनिज वस्तुओं का देश में अभाव होने पर विदेशों से इनका आयात किया जा सकता है। विकासशील देशों को नये नये कारखाने स्थापित करने के लिए तकनीकी ज्ञान की आवश्यकता होती है जिसकी पूर्ति विदेशी विशेषज्ञों को बुलाकर की जा सकती है।

3. आर्थिक संकट काल में सहायता —आर्थिक संकट काल में विदेशों से सहायता प्राप्त हो सकती है। दुर्भिक्ष अथवा अन्य प्राकृतिक प्रकोपों के कारण फसल खराब होने पर विदेशों से अनाज मँगाया जा सकता है। युद्ध काल में आवश्यक युद्ध सामग्री का आयात किया जा सकता है।

4. आर्थिक विकास में सहायता —अल्पविकसित देश जब योजनाबद्ध तरीके से विकास की ओर अग्रसर होना चाहते हैं तो उन्हें विदेशों से आवश्यक मशीनें, यन्त्र, कच्चा माल, तकनीकी ज्ञान तथा पूँजी मँगानी पड़ती है। विदेशी सहयोग के आर्थिक विकास कठिन हो जाता है।

5. उत्पादन विधियों में सुधार को प्रोत्साहन —विदशी प्रतियोगिता के भय से स्वदेशी उत्पादक उत्पादन-विधियों में सुधार करने का प्रयत्न करते हैं। ऐसा न करने पर उनकी लागत बढ़ जाती है और विदेशी माल की प्रतियोगिता में वें अपना माल नहीं खपा सकते हैं। विदेशी प्रतियोगिता एकाधिकारी प्रवृत्तियों को भी हतोत्साहित करती है। इसका लाभ उपभोक्ताओं को कम मूल्य की वस्तुओं के रूप में मिलता है।

6. वस्तुओं तथा सेवाओं के मूल्यों में समानता—विदेशी व्यापार के कारण विश्व के विभिन्न देशों में मूल्य स्तर में समानता की प्रवृत्ति स्थापित हो जाती है। इससे मजदूरियों और कार्य की दशाओं में भी समानता आ जाती है।

7. अन्तर्राष्ट्रीय श्रम विभाजन—अन्तर्राष्ट्रीय व्यापार के कारण विभिन्न देश केवल ऐसी वस्तुओं के उत्पादन में विशिष्टीकरण प्राप्त करना चाहते हैं, जिनके उत्पादन में उन्हें अधिकतम योग्यता तथा कुशलता प्राप्त होती है। इसके फलस्वरूप संसार भर में उत्पत्ति अनुकूलतम दशाओं के अन्तर्गत होती है। इससे मानव कल्याण में वृद्धि होती है।

8. अन्तर्राष्ट्रीय सहयोग एवं सांस्कृतिक विकास—अन्तर्राष्ट्रीय सहयोग के फलस्वरूप विभिन्न देशों को एक दूसरे के सम्पर्क में आने का अवसर प्राप्त होता है। इससे अन्तर्राष्ट्रीय सहयोग की सद्भावनाएँ बढ़ती हैं। सांस्कृतिक विचारों का आदान-प्रदान होता है एवं आपसी प्रेमभाव में वृद्धि होती है।

9. प्रतियोगिता —अन्तर्राष्ट्रीय व्यापार मुक्त होने से विभिन्न देशों में प्रतियोगिता बढ़ जाती है। प्रतियोगिता के कारण उपभोक्ताओं को कम मूल्य पर अच्छी वस्तुएँ प्राप्त हो जाती है और विभिन्न देशों में मूल्य में समानता स्थापित हो जाती है। प्रतियोगिता एकाधिकारी प्रवृत्तियों को भी समाप्त कर देती है।

10. विस्तृत बाजार —आज का बड़े पैमाने का उत्पादन अन्तर्राष्ट्रीय व्यापार के कारण सम्भव हो सका है क्योंकि व्यापार के कारण माँग अधिक होती है, अन्तर्राष्ट्रीय व्यापार के कारण आन्तरिक माँग में भी वृद्धि हो सकती है क्योंकि व्यापार से आय बढ़ने से माँग में वृद्धि होती है।

11. शिक्षा का प्रसार—अन्तर्राष्ट्रीय व्यापार के कारण राष्ट्रों में पारस्परिक सम्पर्क बढ़ता है। एक देश के विद्यार्थी दूसरे देश में अध्ययन के लिए जाते हैं। अध्यापकों का आवगमन बढ़ता है। एक देश के विद्वानों की पुस्तकें दूसरे देशों में जाती है। इन सब से शिक्षा का विस्तार होता है।

12. रोजगार में वृद्धि —अन्तर्राष्ट्रीय व्यापार के कारण उत्पादन में वृद्धि होती है। अधिक कारखाने खुलते हैं जिससे रोजगार में वृद्धि हो जाती है और देश की जनता की आमदनी अधिक होती है।

13. सरकारी आय में वृद्धि—सरकार को आयात तथा निर्यात करों के रूप में पर्याप्त आय प्राप्त होती है। कई देशों में तो राष्ट्रीय आय का बड़ा भाग अन्तर्राष्ट्रीय व्यापार से प्राप्त होता है।

14. सुरक्षा का दृष्टिकोण--जो देश पर्यात मात्रा में सुरक्षा में काम आने वाला सामान तैयार नहीं करते, वे अपने निर्यातों से प्राप्त विदेशी आय का उपयोग सुरक्षा सामान के आयात के लिए कर लेते हैं।

अन्तर्राष्ट्रीय व्यापार के महत्त्व व लाभों को दृष्टिगत रखते हुए उनकी समस्याओं का निराकरण एवं समाधान आवश्यक है। क्रेताओं व विक्रेताओं में परस्पर निकट सम्पर्क के प्रयास किये जाने चाहिए। इसके अन्तर्गत प्रत्येक देश की सरकार को मुख्य आयातकों व निर्यातकों की एक विश्वसनीय निर्देशिका प्रतिवर्ष प्रकाशित करनी चाहिए। धोखा व विश्वासघात करने वालो की काली सूची प्रकाशित कर अवांछित व्यवहार को रोका जा सकता है। परिवहन के सस्ते एवं शीघ्रगामी साधन भी क्रेताओं व विक्रेताओं को निकट सम्पर्क में लाने में सहायक हो सकते हैं। समय-समय पर प्रमुख व्यापारिक प्रतिनिधियों की विदेश यात्राओं को प्रोत्साहन देकर प्रत्यक्ष सम्पर्क को बढ़ावा दिया जा सकता है। अन्तर्राष्ट्रीय व्यापार मेंले तथा प्रदर्शनियाँ भी उपयोगी रहती है।

व्यापारिक शर्तों का प्रमाणीकरणसे उनकी विविधता को समाप्त कर एकरूपता लाई जा सकती है। इसके लिए अन्तर्राष्ट्रीय व्यापार की प्रतिनिधि संस्थाओं में परस्पर सहयोग बढ़ाना आवश्यक है। माल की किस्म में ग्रेड़िग किया जाए। मात्रा व भार सम्बन्धी विश्वनीय प्रमाण पत्र अन्तर्राष्ट्रीय संस्थाएँ जारी कर सकती है। मूल्य निर्धारण के कुछ प्रचलित ढंगों को ही अपनाया जाना चाहिए। अग्रिम विनिमय सौदे—विनिमय दरों में उतार चढ़ाव की जोखिम से बचने के लिए अग्रिम विनिमय सौदों का सहारा लिया जाना चाहिए। इसके लिए गारण्टी व्यवस्था भी प्रोत्साहित की जा सकती है। सरकार भी प्रत्यक्ष हस्तक्षेप व विनिमय नियन्त्रण द्वारा विनिमय दरों में सापेक्षिक स्थायित्व रख सकती है। अत: विनिमय दरों में स्थायित्व के लिए अन्तर्राष्ट्रीय मुद्रा कोष भी महत्त्वपूर्ण भूमिका निभा सकता है। सभी राष्ट्रों को अन्तर्राष्ट्रीय व्यापार में वृद्धि के लिए आवश्यक नियन्त्रणों को कम करना चाहिए। विकसित राष्ट्रों को विकासशील राष्ट्रों के प्रति उदार दृष्टिकोण अपना चाहिए। व्यापारिक नियन्त्रणों को कम करना चाहिए। इस दिशा में संयुक्त राष्ट्र व्यापार एवं विकास सम्मेलन तथा दोनों महत्त्वपूर्ण भूमिका निभा सकते हैं।

विदेशी विनिमय पर अत्यधिक नियन्त्रणों से अन्तर्राष्ट्रीय व्यापार का विकास अवरूद्ध हो गया है। अत: राष्ट्रीय हितों की यथासम्भव सुरक्षा करते हुए अन्तर्राष्ट्रीय व्यापार की अभिवृद्धि के लिए अनावश्यक विनिमय नियन्त्रणों में ढील अथवा उनकी समाप्ति का प्रयास करना चाहिए। यह सभी देशों में परस्पर सहयोग व सद्भावना पर निर्भर करता है। विकसित राष्ट्रों को इसमें पहल करनी चाहिए। औपचारिकताओं में कमी—नियन्त्रणों की भरमार व्यापार में जटिलताओं व विविध औपचारिकताओं को जन्म देती है। अत: अन्तर्राष्ट्रीय स्तर पर एक सामान्य औपचारिकता की प्रक्रिया अपनाना श्रेष्ठ होगा। यद्यपि यह कहना सरल है पर व्यवहार में लागू करना कठिन है, क्योंकि प्रत्येक देश में व्यापार के अपने-अपने नियम व अपनी-अपनी प्रक्रियाएँ हैं। अन्तर्राष्ट्रीय व्यापार के विकास के लिए अन्तर्राष्ट्रीय वित्त

संस्थाओं, बैंकों व विदेशी विनिमय बैंकों को सुदृढ़ किया जाए। उनके तरल कोषों में वृद्धि की जानी चाहिए ताकि पर्याप्त वित्त व्यवस्था सम्भव हो सके। यूरो मुद्रा बाजार का सुव्यवस्थित एवं सन्तुलित विकास अन्तर्राष्ट्रीय वित्त में काफी उपयोगी सिद्ध होगा।

विकासशील एवं पिछड़े राष्ट्रों को विकसित राष्ट्रों द्वारा सहायता, ऋण व अनुदान में वृद्धि की जानी चाहिए ताकि उनके सामने भुगतान असन्तुलन की स्थिति उत्पन्न न हो। आजकल अन्तर्राष्ट्रीय व्यापार में जोखिम को कम करने के लिए सामुद्रिक बीमा, टूट-फूट सम्बन्धी बीमा, अग्नि बीमा एवं सामुद्रिक जोखिमों से बीमे की व्यवस्था है। मूल्यों, आयातकर्त्ता की साहुकारिता की भी बीमा व्यवस्था की जा सकती है, अत: बीमा एवं गारण्टी सुविधाओं में वृद्धि की जानी चाहिए। अन्तर्राष्ट्रीय व्यापार के सौदे तय करने तथा माल को लाने-ले-जाने में सस्ते एवं शीघ्रगामी परिवहन एवं संचार साधनों की समस्या आती है, अत: अन्तर्राष्ट्रीय व्यापार की वृद्धि हेतु परिवहन संचार साधनों का तेजी से विस्तार एवं विकास किया जाना चाहिए। प्रमुख अन्तर्राष्ट्रीय व्यापार केन्द्रों एवं बन्दरगाहों में आधुनिक साधनों की व्यवस्था की जानी चाहिए।

अन्तर्राष्ट्रीय व्यापार में दूर-दूर के देशों को माल पहुँचाने में कई स्थानों पर माल को चढ़ाना-उतारना पड़ता है तथा यात्रा के लम्बे समय के अतिरिक्त मौसमी परिवर्तनों से माल को खराब होने से बचाने के लिए सस्ते एवं मजबूत पैकिंग की समस्या आती है, अत: पैकिंग के सस्ते एवं मजबूत तरीकों की खोजकर उनकी सुविधाएँ बढ़ायी जानी चाहिए।अन्तर्राष्ट्रीय व्यापार में माल को जहाजों में लादने से पूर्व तथा जहाजों से उतारने के बाद दोनों समय में सुरक्षित रखने की समस्या आती है। अन्तर्राष्ट्रीय व्यापार में वृद्धि के मुकाबले गोदाम सुविधाओं में वृद्धि धीमी रही है, अत: बन्दरगाहों पर गोदाम सुविधाओं के विस्तार एवं विकास की ओर अधिक ध्यान दिया जाना चाहिए। आधुनिक उच्च कोटि के ताप नियन्त्रक गोदामों का तीव्र विकास करना चाहिए। अन्तर्राष्ट्रीय व्यापार में सरकार का निरन्तर बढ़ता हस्तक्षेप एवं आर्थिक नियन्त्रणों की बढ़ती प्रवृत्ति की समस्या विकट है। इससे व्यापार में बाधा आती है, भुगतानों में संकट उत्पन्न होता है, अत: अन्तर्राष्ट्रीय व्यापार में वृद्धि के लिए सरकारी हस्तक्षेप और आर्थिक नियन्त्रणों में उदारता का रुख अपनाने की जरूरत है।

विनिमय दरों में उतार-चढ़ाव अनेक संकटों को जन्म देते हैं, अत: विभिन्न देशों की विनिमय दरों में सापेक्षिक स्थायित्व का प्रयास किया जाना चाहिए। अब तैरती हुई विनिमय दरों की व्यवस्था में स्थायित्व और भी अधिक आवश्यक हो गया है। मुद्रा कोष के प्रयास और प्रभावी होने चाहिए। राशिपातन की नीतियों को हतोत्साहित किया जाना चाहिए—राशिपातन की नीति आयातक देश के उद्योगों पर चोट करती है और देश के उपभोक्ताओं पर अतिरिक्त भार डालती है, इससे अन्तर्राष्ट्रीय व्यापार में एकाधिकार की प्रवृत्ति पनपती है। इसलिए अन्तर्राष्ट्रीय व्यापार में राशिपातन की प्रवृत्ति को हतोत्साहित किया जाना चाहिए। क्षेत्रीय गठबन्धनों में व्यावहारिक दृष्टिकोण—अन्तर्राष्ट्रीय व्यापार पर क्षेत्रीय गठबन्धनों के बुरे प्रभावों की समस्या का समाधान इस बात में निहित है कि गठबन्धनों में कठोरता के स्थान पर व्यावहारिक एवं उदार दृष्टिकोण अपनाया जाना चाहिए। इन गठबन्धनों को विकासशील राष्ट्रों के हितों की उपेक्षा नहीं करनी चाहिए।

अन्तर्राष्ट्रीय भुगतानों की प्रक्रिया सरल एवं सुविधाजनक बनाई जानी चाहिए ताकि भुगतानों की समस्या सुलझे और अन्तर्राष्ट्रीय व्यापार में वृद्धि होती रहे। इस दिशा में मुद्रा कोष की बहुपक्षीय भुगतान व्यवस्था काफी उपयोगी सिद्ध हुई है। एस.डी.आर.एस. के द्वारा भुगतानों में सुविधा बढ़ी है। इसका विस्तार एवं विकास किया जाना चाहिए। व्यापारिक एवं राजनीतिक जोखिमों से मुक्ति के प्रयास किये जाने चाहिए—व्यापारिक जोखिमों में अग्नि एवं सामुद्रिक जोखिम, लूट-पाट, डकैती, आयातकर्त्ता का दिवालियापन आदि आता है जबकि राजनीतिक जोखिम राष्ट्रों में राजनीतिक सम्बन्ध बिगडने पर उत्पन्न होती है, दोनों प्रकार की जोखिमों से मुक्ति के लिए बीमा एवं गारण्टी व्यवस्था का विकास एवं विस्तार करना चाहिए। अन्तर्राष्ट्रीय व्यापार मेलों तथा प्रदर्शनियों का आयोजन—आयातकों एवं निर्यातकों को विभिन्न देशो में उत्पादित वस्तुओं की पर्याप्त जानकारी तथा उपभोक्ताओं में वस्तुओं के उपभोग की रुचि जागृत करने के लिए अन्तर्राष्ट्रीय स्तर के व्यापारिक मेले एवं प्रदर्शनियाँ आयोजित किये जाने चाहिए। इससे अन्तर्राष्ट्रीय व्यापार को बढ़ावा मिलेगा। वित्तीय संस्थाओं में तेजी से विकास करना चाहिए ताकि अन्तर्राष्ट्रीय वित्त व्यवस्था एवं भुगतानों के निपटारे में सुविधा रहे और अन्तर्राष्ट्रीय व्यापार में वृद्धि होवे। व्यापारिक केन्द्रों पर स्वीकृति गृहों एवं कटौती गृहों की शाखाओं का विस्तार किया जाना चाहिए या ऐसी ही संस्थाएँ स्थापित करनी चाहिए।

अन्तर्राष्ट्रीय मौद्रिक एवं वित्तीय सहयोग में वृद्धि की जानी चाहिए। इससे विभिन्न राष्ट्रों में परस्पर व्यापार को प्रोत्साहन मिलेगा। भुगतानों की समस्याएँ सुलझेंगी तथा और अधिक सहयोग का मार्ग प्रशस्त होगा। व्यापार निर्देशिकाओं का प्रकाशन से आयातकर्त्ताओं और निर्यातकर्त्ताओं की सामान्य जानकारी मिल सकती है। अन्तर्राष्ट्रीय व्यापार समस्याओं के निराकरण के लिये एक आचार संहिता का निर्माण भी उपयुक्त है ताकि सभी पक्ष समुचित व्यवहार के लिये बाध्य होंगे।

परिक्षापयोगी प्रश्न

1. **"अन्तर्राष्ट्रीय व्यापार अधिक लोगों को जीवित रहने, अधिक विभन्न स्वाद लेने और उच्च रहन-सहन के स्तर का आनन्द लेने की आज्ञा देता है जो इसके अभाव में सम्भव नहीं था।" विवेचना कीजिये।**
2. **अन्तर्राष्ट्रीय व्यापार के आधारों की व्याख्या कीजिए। विकासशील देशों के लिए अन्तर्राष्ट्रीय व्यापार के महत्त्व की विवेचना कीजिये।**
3. **अन्तर्राष्ट्रीय व्यापार की आवश्यकता तथा महत्त्व पर प्रकाश डालिये।**
4. **अन्तर्राष्ट्रीय व्यापार के महत्त्व पर प्रकाश डालें। इसके कौन-कौन से मुख्य दोष हैं?**
5. **आज के युग में अन्तर्राष्ट्रीय व्यापार की आवश्यकता एवं महत्त्व क्या है? अन्तर्राष्ट्रीय व्यापार के गुण दोषों की विवेचना कीजिए।**

2

अन्तर्राष्ट्रीय व्यापार के गुण एवं दोष
(Advantages and Disadvantages of International Trade)

विभिन्न राष्ट्र व्यापार क्यों करते हैं?

अब यह सर्व स्वीकार्य तथ्य है कि अन्तर्राष्ट्रीय व्यापार में संलग्न सभी पक्षों को लाभ होता है। इसका स्पष्ट अभिप्राय यह है कि अन्तर्राष्ट्रीय व्यापार से केवल किसी एक देश को ही नहीं, वरन् आयात-निर्यात करने वाले सभी देशों को लाभ पहुंचता है और अनिष्ट किसी का नहीं होता है।[1] इसके द्वारा आयात करने वाले को भी उतना ही लाभ होता है जितना कि निर्यात करने वाले को होता है।[2] अन्तर्राष्ट्रीय व्यापार से होने वाले लाभ की मात्रा इस बात पर निर्भर करती है कि विभिन्न देशों के लागत व्यय अनुपात में कितना अन्तर है? इस अनुपात में जितना अधिक अन्तर होगा उतना ही अन्तर्राष्ट्रीय व्यापार में लाभ अधिक होगा। *श्री हैरोड* का मत है कि विदेशी व्यापार से लाभ तब होता है कि जब किसी देश के व्यापारियों को यह जान पड़ता है कि विदेशों में मूल्य-अनुपात, उनके देश के प्रचलित मूल्य-अनुपात की अपेक्षा बहुत अधिक भिन्न है। ऐसे समय में जो वस्तुएं उन्हें सस्ती प्रतीत होती हैं उन्हें खरीदते हैं और जो महंगी ज्ञात होती हैं उन्हें बेच देते हैं। इस प्रकार ज्ञात हुए निम्नतम और उच्चतम बिन्दु में जितना अधिक अन्तर होगा, वस्तु का महत्त्व जितना अधिक होगा,

---

1 "It results in benefit to all participating nations and injury to none"—*Paul V. Horn & Henry Gomez* - 'International Trade, Principles & Practices, Pages 97'.

2 'It blesseth him that gives and him that takes.'

अन्तर्राष्ट्रीय व्यापार में उतना ही अधिक लाभ भी होगा।[3] इसके साथ ही प्रत्येक वस्तु की मांग की लोच भी अन्तर्राष्ट्रीय व्यापार में लाभ की मात्रा का निर्धारण किया करती है। माँग की लोच के अनुसार ही व्यापार की शर्तें निर्धारित की जाती है। यदि माँग अधिक लोचदार है तो लाभ अधिक होगा और बेलोच है तो लाभ बहुत कम होगा। इसीलिये प्रसिद्ध अर्थशास्त्री *श्री टॉसिंग* का मत है कि अन्तर्राष्ट्रीय व्यापार से उस देश को सबसे अधिक लाभ होगा जिसके निर्यातों की माँग अधिक हो और उन वस्तुओं की मांग, जिनका वह आयात करता है, बहुत कम हो या उस देश में दूसरे देशों के निर्यात की माँग कम हो। जिस देश में दूसरे देशों की उत्पादित वस्तुओं की माँग बहुत अधिक होती है उसे अन्तर्राष्ट्रीय व्यापार में सबसे कम लाभ होता है।[4]

उपर्युक्त वर्णित तथ्यों के अतिरिक्त किसी देश के अन्तर्राष्ट्रीय व्यापार से न होने वाले लाभ की मात्रा का अनुमान उस देश के मौद्रिक आय के स्तर से लगाया जा सकता है। यदि किसी देश की वस्तुओं की माँग विदेशों में लगातार बनी रहती है तो उस देश के मौद्रिक आय का स्तर भी ऊंचा बना रहता है। निर्यात उद्योगों की वस्तुओं की माँग अधिक होने के कारण इन उद्योगों में काम करने वाले श्रमिकों की मजदूरी अधिक हो जाती है। इसका प्रभाव दूसरे उद्योगों पर भी पड़ता है और उनमें भी मजदूरी बढ़ जाती है। विभिन्न उद्योगों के बीच प्रतियोगिता के कारण मजदूरी बढ़ानी विवशता होती है। इस प्रकार देशी वस्तुओं की माँग विदेशों में बनाये रखने के कारण देश में द्रव्य-आय बढ़ती जाती है। इसके साथ ही देश में विदेशी वस्तुओं के मूल्य कम होते हैं। इस कारण विदेशी वस्तुओं के उपभोग से उपभोक्ताओं को अधिक लाभ प्राप्त होता है। इसके विपरीत जिस देश में विदेशी वस्तुओं की मांग बहुत अधिक होती है उस देश का द्रव्य आय स्तर कम हो जायेगा। अधिक मूल्य देने के कारण उपभोक्ताओं को भी लाभ की अपेक्षा हानि होती है। इस प्रकार विदेशी व्यापार से किस देश को अधिक लाभ हो रहा है यह बात द्रव्य आय स्तर से ज्ञात की जा सकती है।

---

3 A country gains by foreign trade if and when the traders find that there exists abroad, a ratio of prices very different from that to which they are accustomed at home. They buy what to them seem cheap and sell at what to them seem good prices. The bigger the gap between what to them seems low points and high points and the more important the articles affected, the greater will the gain from trade be." *R.F.Harrod*, 'International Economics', p. 29 (1957 Ed.)

4 "That country gains most from international trade whose exports are most in demand and which itself has little demand for the things it imports i.e. for the exports of other countries. That country gains least which has the most insistent demand for the products of other countries." *F.W.Taussig*, 'International Trade'.

कुछ समय पूर्व यह प्रश्न अत्यन्त महत्त्वपूर्ण था कि अन्तर्राष्ट्रीय व्यापार को संचालित होता है अथवा अन्तर्राष्ट्रीय व्यापार राष्ट्रों की आश्रितता को प्रोत्साहित करता है, किन्तु अब प्रश्न बिल्कुल भी प्रासंगिक नहीं है कि अन्तर्राष्ट्रीय व्यापार क्यो होता है। अन्तर्राष्ट्रीय व्यापार निम्न कारणों से किया जाता है—

(1) अन्तर्राष्ट्रीय श्रम विभाजन अन्तर्राष्ट्रीय व्यापार का महत्त्वपूर्ण आधार है। अन्तर्राष्ट्रीय व्यापार के प्रतिष्ठित सिद्धान्त के अनुसार विदेशी व्यापार से किसी देश या क्षेत्र को *सबसे प्रथम तथा महत्त्वपूर्ण लाभ यह है कि वह देश अपने द्वारा उत्पादित वस्तुओं के बदले* ऐसी वस्तुओं को मंगा लेता है जिन वस्तुओं के उत्पादन में उन देशों को तुलनात्मक अधिक लाभ प्राप्त होता है (या तुलनात्मक हानि कम होती है।)अन्तर्राष्ट्रीय व्यापार में सम्मिलित राष्ट्र अधिक और अच्छी वस्तुओं का उत्पादन कर सकते हैं। यदि इन्हीं वस्तुओं का उत्पादन देश में किया जाता तो लागत अधिक होती। दूसरे शब्दों में, प्रत्येक देश केवल उन्हीं वस्तुओं का उत्पादन करता है जिनके उत्पादन में वह अन्य देशों की अपेक्षा अधिक कुशल है या उस देश में उस वस्तु को उत्पन्न करने के लिए आवश्यक अनुकूल साधन एवं परिस्थितियाँ उपलब्ध हैं। ऐसा करने पर वस्तुओं की उत्पादन-लागत न्यूनतम होती है। यदि ऐसा न किया जाय तो वही होगा जैसा कि अर्थशास्त्र के जनक *श्री एडम स्मिथ* ने कहा है कि "यदि अंगूर और अंगूर से बनी शराब विदेशों से न मंगाऐं और स्काटलैण्ड में ही उत्पादन करें एवं बनाऐं तो लगभग 30 गुना खर्च अधिक होगा।"[5] *बेस्टेबल* की राय में कई वस्तुएँ ऐसी हैं जिनका उत्पादन देश में पर्याप्त मात्रा में तथा कम कीमत पर नहीं किया जा सकता और बड़ी सरलता से अन्तर्राष्ट्रीय विनिमय में हम उन्हें प्राप्त कर सकते हैं।[6] *जेकब वाइनर* के अनुसार विदेशी व्यापार विशिष्टीकरण को जन्म देता है।[7] विशिष्ट वस्तुओं का उत्पादन इसके कारण विशिष्ट देशों में होता है। इस प्रकार से प्राप्त होने वाला लाभ, श्रम विभाजन के लाभ के अतिरिक्त और कुछ नहीं है, क्योंकि अन्तर्राष्ट्रीय विनिमय, जैसा कि टारेन्स ने कहा है, "प्रादेशिक श्रम विभाजन" है।

(2) अन्तर्राष्ट्रीय व्यापार के संचालन से प्राकृतिक साधनों का पूर्ण उपयोग सम्भव है। इसका प्रमुख कारण यह है कि प्रत्येक देश केवल उन्हीं वस्तुओं को उत्पन्न करता है जिनके उत्पादन में उसे तुलनात्मक लाभ अधिक प्राप्त होता है या तुलनात्मक कम-से-कम हानि होती है। इसके लिए अर्थात अधिक-से-अधिक लाभ प्राप्त करने के लिए प्रत्येक देश

---

5 "By means of glasses, but beds, and not walls, very good grapes can be raised in Scotland, and very good wine, too, can be made of them, at about thirty times the expenses for which at least equally good can be brought from foreign countries. Adam Smith, 'Wealth of Nation' (Ed. Necholson), P. 135, quoted from 'Theory of International Trade' by C.F.Bastable, P.19.

6 There ary many commodities which could not be produced in sufficient quantity, or at a price low enough, to induce consumers, but which easily obtained by means of internal exchange." Ibid, Page 19.

7 "Foreign trade this involves some degree of specialisation" Jacob Viner, 'International Trade and Economic Development'. p.34.

अपने प्राकृतिक साधनों पर निर्भर करती है। जिस देश में जिस उद्योग के अनुकूल प्राकृतिक साधन उपलब्ध होंगे वहां वे ही उद्योग स्थापित होंगे। इन उद्योगों की स्थापना के कारण अब प्राकृतिक साधनों का पूर्ण उपयोग किया जाना सम्भव हो सकेगा। इस प्रकार उत्पादित वस्तुओं की उत्पादन लागत भी कम आती है और साथ ही कम मूल्य के कारण उन वस्तुओं की मांग विदेशों में अधिक होती है और इस देश को भी लाभ प्राप्त होता है। बेस्टेबल के अनुसार देश की उत्पादन शक्तियाँ देश के प्राकृतिक साधनों का स्वतन्त्र उपयोग करती है जिससे अधिकतम लाभ की सम्भावना रहती है, वह इस कारण से कि उत्पादन इकाई की योग्यता और बढ़ जाती है।[8]

(3) अन्तर्राष्ट्रीय व्यापार के संचालित होने का एक महत्त्वपूर्ण कारण यह है कि इससे उपभोक्ताओं को सस्ती वस्तुऐं उपलब्ध होती है। विशिष्टीकरण एवं देश के प्राकृतिक साधनों के पूर्ण उपयोग से जो वस्तुएँ उत्पन्न की जाती हैं उनकी लागत कम-से-कम होती है। जिन वस्तुओं का उत्पादन उत्पत्ति-वृद्धि-नियम के अन्तर्गत हो उनकी उत्पादन लागत कम होती जाती है। इस प्रकार पूरे विश्व में उत्पादित की जा रही वस्तुओं की कीमतें कम होती हैं और अन्तर्राष्ट्रीय व्यापार के कारण वस्तुओं की कीमतों में समानता की प्रवृत्ति उत्पन्न हो जाती है। इसके परिणामस्वरूप सभी देशों को वस्तुएँ सस्ते मूल्य पर प्राप्त होती हैं। इससे उपभोक्ताओं को लाभ होता है। इस प्रकार प्राप्त लाभ से उनका उपभोग-स्तर ऊँचा हो जाता है।

(4) अन्तर्राष्ट्रीय व्यापार का संचालन अकाल या संकटकाल में वरदान सिद्ध होता है। जब किन्हीं कारणों से देश में अकाल या दुर्भिक्ष की स्थिति उत्पन्न हो जाय या प्राकृतिक संकटों के कारण उस देश की अर्थव्यवस्था छिन्न-भिन्न हो जाय तो अन्तर्राष्ट्रीय व्यापार इस समस्या के निदान में सहायक होता है। यदि बाढ़, अतिवृष्टि या, अनावृष्टि के कारण खाद्यान्न की उपज में कमी आई है तो दूसरे देशों से खाद्यान्न मंगवाकर उसे दूर किया जा सकता है। अकाल का कारण विश्व में अनाज की कमी नहीं होती है। दुर्भिक्ष, क्रय-शक्ति की कमी या यातायात के साधनों के अभाव के कारण होते हैं। अन्तर्राष्ट्रीय व्यापार के कारण इन दोनों को मिटाया जाकर दुर्भिक्ष वाले देश में खाद्यान्न उपलब्ध कराये जा सकते हैं। इसी प्रकार संकटकाल में भी अन्तर्राष्ट्रीय व्यापार सहायक होता है।

(5) उपभोक्ता श्रेष्ठतम गुणवता वाली वस्तुएँ प्राप्त होती रहने के लिए उत्पादकों में प्रतियोगिता की विद्यमाह्लता आवश्यक है। अन्तर्राष्ट्रीय व्यापार के कारण देश में आयात व निर्यात सम्भव होते हैं। इससे देश के उत्पादकों में विदेशी उत्पादकों से प्रतियोगिता बनी रहती है। इस कारण प्रत्येक उत्पादक अपनी उत्पादन-विधि में समय-समय पर सुधार करता रहता है। इससे उसके द्वारा उत्पादित वस्तु का मूल्य कम से कम एवं गुण अधिक से अधिक होता है और वह विदेशी उत्पादकों की प्रतियोगिता का सामना कर सकता है। यह विवादास्पद है कि आर्थिक विकास की किस अवस्था में देश के उद्योगों को विदेशी उद्योगों से प्रतियोगिता

8 "The productive force of each community is set free for application to those natural agents and materials which offer the best chances of high returns, so that the efficiency of each productive units is much increased." —C.F.Bastable, 'Theory of International Trade', p.19

करने देना चाहिए। फ्रेडरिक लिस्ट के अनुसार जब तक देश के उद्योग पूर्णरूप से विकसित नहीं हो जाते हैं, उन्हें विदेशों से प्रतियोगिता नहीं करने देना चाहिए। यही नहीं, विदेशी प्रतियोगिता के कारण दो देशों के आन्तरिक व्यापार क्षेत्र में भी प्रतियोगिता बनी रहने के फलस्वरूप देश के उत्पादक एकाधिकारी नहीं बन पाते। इसका प्रमुख कारण यह होता है कि यदि देश के व्यापारी एकाधिकारी मूल्य वस्तुओं पर लेने लगते हैं त्यों ही उन्हें विदेशी प्रतियोगिता का सामना करना पड़ता है। विदेशी प्रतियोगिता के परिणामस्वरूप प्रबन्ध कुशलता बढ़ाने के प्रयत्न भी किये जाते हैं। उद्योगों में विवेकीकरण एवं वैज्ञानिक प्रबन्धन की प्रणालियां भी शुरू की जाती है। इनके कारण भी वस्तुओं की लागत में कमी आती है। इन सब बातों का सम्मिलित परिणाम यह होता है कि देश में वस्तुओं के भावों में समानता बनी रहती है। इसके साथ ही देशवासियों को सस्ती एवं अच्छी वस्तुएँ प्राप्त होती है।

(6) कच्चे माल की उपलब्धि हेतु भी अन्तर्राष्ट्रीय व्यापार आवश्यक है। प्राय: कभी-कभी ऐसा भी होता है कि किसी देश में उद्योगों को स्थापित करने की समस्त सुविधाऐं तो उपलब्ध रहती हैं, परन्तु कच्चा माल प्राप्त नहीं होता। यदि उन्हें विदेशों से कच्चा माल प्राप्त हो जाय तो वहां विभिन्न उद्योग स्थापित किये जा सकते हैं। विदेशी व्यापार ही ऐसे देशों को कच्चा माल प्राप्त कराता है। विदेशी व्यापार देश के औद्योगिकरण को बढ़ावा देता है। विदेशों से कच्चा माल, मशीनरी तथा शिल्प ज्ञान भी प्राप्त किया जा सकता है। ब्रिटेन ने विदेशी व्यापार की सहायता से ही विदेशों से पर्याप्त मात्रा में कच्चा माल आयात कर औद्योगिक उत्पादन का नेतृत्व किया है।

(7) अर्द्धविकसित तथा विकासशील देशों के नागरिकों की विदेशी वस्तुओं का प्रयोग करने की लालसा की पूर्ति अन्तर्राष्ट्रीय व्यापार के संचालन से ही सम्भव है। कुछ वस्तुऐं ऐसी भी होती हैं, जिनका उत्पादन प्रत्येक देश नहीं कर सकता हैं या किन्हीं कारणों से विकसित तकनीकी ज्ञान के कारण, एक देश किसी वस्तु का उत्पादन अधिक मात्रा में एवं सस्ता कर लेता है। दूसरे देशों के लिए या तो इन वस्तुओं को बनाना सम्भव नहीं होता या बनाने में लागत बहुत अधिक होती है।[9] ऐसी परिस्थिति में विदेशी व्यापार के कारण इन देशों के लिए यह सम्भव हो पाता है कि वे इन वस्तुओं को विदेशों से सस्ते मूल्य पर मंगाकर उपयोग करें। इस प्रकार प्रत्येक देश को अपनी आवश्यकता की प्रत्येक वस्तु निर्माण करने की आवश्यकता नहीं रहती है। अन्तर्राष्ट्रीय व्यापार के कारण ही अन्तर्राष्ट्रीय व्यापार वह ऐसी वस्तुओं के लिए विदेशों पर निर्भर रह सकता है।

(8) अन्तर्राष्ट्रीय व्यापार विदेशी विनिमय की उपलब्धि का महत्त्वपूर्ण स्रोत है। कुछ देश वस्तुओं का उत्पादन अपनी आवश्यकता से अधिक मात्रा में कर लेते हैं। यदि विदेशी व्यापान न हो तो उन्हें इस अतिरिक्त उत्पादन का प्रतिफल कुछ भी प्राप्त नहीं होगा, इसके विपरित हानि हो सकती है। ऐसी दशा में विदेशी व्यापार सहायक होता है और ये देश इन वस्तुओं का निर्यात कर विदेशी विनिमय प्राप्त करते हैं। इस प्रकार निर्यात से विदेशी मुद्राएँ अथवा सोना प्राप्त किया जाता है। इससे देश की आर्थिक नींव सुदृढ़ होती है एवं देश

---

9 "It is able to procure Commodities which it is absolutely unable to produce, C.F. Bastable, theory of International Trade" P.19.

सम्पन्नता की ओर अग्रसर होता है। इस प्रकार प्राप्त विदेशी विनिमय का उपयोग यह देश, दूसरे देशों से अपनी आवश्यकता की वस्तुऐं मंगाकर कर सकता है। अमेरिका के स्वर्ण-कोष इसी प्रकार संचित हुए हैं।

(9) अन्तर्राष्ट्रीय व्यापार का संचालन सांस्कृतिक सम्बन्ध सुदृढ़ किये जाने का महत्त्वपूर्ण माध्यम है। अन्तर्राष्ट्रीय व्यापार विभिन्न देशों के बीच व्यापारिक सम्बन्ध स्थापित करता है। व्यापारिक प्रतिनिधि मण्डल एक देश से दूसरे को आते जाते हैं। इस प्रकार भिन्न भिन्न संस्कृति के लोग एक-दूसरे के सम्पर्क में आते हैं, इससे एक देश के निवासियों का दूसरे देश के निवासियों के रीति-रिवाज, राजनीतिक आचार-विचार के सम्बन्ध में ज्ञान बढ़ता है। राष्ट्र एक-दूसरे को समझने लगते हैं व आपस में सामंजस्य स्थापित होता हैं। इससे विश्व एकता तो बढ़ावा मिलता है।

(10) अन्तर्राष्ट्रीय व्यापार का संचालन अन्तर्राष्ट्रीय सहयोग को भी प्रोत्साहित करता है। अन्तर्राष्ट्रीय व्यापार के कारण एक देश की दूसरों पर निर्भरता बढ़ जाती है। कुछ देशों से वह अपनी आवश्यकता की वस्तुओं को यदि प्राप्त करता है तो वह अपने द्वारा उत्पादित वस्तुओं को दूसरों को बेचता है अर्थात् वह अपने आयात एवं निर्यात के लिए दूसरे देशों पर निर्भर रहता है। यह आपसी निर्भरता परस्पर सद्भावना एवं सहयोग को जन्म देती है। विश्व में राजनीतिक शान्ति को बढ़ावा मिलता है।

इस प्रकार अन्तर्राष्ट्रीय व्यापार के उपर्युक्त वर्णित लाभ सर्व-स्वीकार्य हैं। बेस्टेबल के अनुसार अन्तर्राष्ट्रीय व्यापार से निर्यात के लिए नये बाजारों का निर्माण भी होता है। निर्यात, आयात प्राप्त करने का त्याग हैं। विनिमय में प्राप्त होने वाली वस्तु की उपयोगिता निश्चित रूप से अधिक होती है और इस प्रकार आयातों से लाभ होता है। रिकार्डो का मत है कि "विदेशी व्यापार के कारण देश के आन्तरिक साधनों का अधिकतम उपयोग किया जा सकता है। विदेशों से आयात करके देश के आन्तरिक मूल्य-स्तर को नीचा बनाये रखा जा सकता है। इससे देश के लोगों को बचत करने और पूंजी निर्माण करने में प्रोत्साहन मिलता है।[10] मार्शल के अनुसार, "विदेशी व्यापार से दोहरा लाभ मिलता है, देश में उपलब्ध साधनों का अधिकतम उपयोग किया जा सकता है और विदेशों से वस्तुऐं प्राप्त करके देशवासियों की आवश्यकताएँ भी तृप्त की जा सकती है।" इसके अतिरिक्त विदेशी व्यापार में एक ऐसा आकर्षण होता है जो देश के अन्य आन्तरिक व्यवसायों में प्राप्त नहीं होता। विदेशी व्यापारी को हमेशा नए-नए लोगों से व्यवहार करना पड़ता है, नए-नए लोगों से व्यवहार करना पड़ता है, नई वस्तुएँ देखने-परखने को मिलती है, नए-नए स्थानों का भ्रमण करना पड़ता है। इसके लिए उसमें इतनी योग्यता होना भी आवश्यक है कि वह अपने व्यापार से सम्बन्धित सभी समस्याओं का हल कर ले। अन्तर्राष्ट्रीय व्यापार सभ्यता का सबसे बड़ा प्रचारक है।[11] अन्तर्राष्ट्रीय व्यापार गरीबी एवं बीमारियों को दूर करने में भी सहायक होता है। अन्तर्राष्ट्रीय

---

10 "Foreign trade ..... affords, by the abundance and cheapness of commodities, incentives to saving and to the accumulation of capital." Ricardo—Principal Economy', ch vii.

11 "Internatinal trade is the great civilizing agency." Paul V. Horn & Henry Gomez — 'International Trade, Principles and Practices', Page 2.

व्यापार ने कई प्रकार की सेवाओं, जैसे बैंकिंग, यातायात, बीमा-सम्बन्धी सेवाओं, को जन्म दिया है जिनमें कई लोग कार्य करते हैं। इस प्रकार अन्तर्राष्ट्रीय व्यापार रोजगार बढ़ाने में भी सहायक हुआ है। विश्व के लोगों को सुखी बनाने के अतिरिक्त अन्तर्राष्ट्रीय व्यापार ने विश्व की चहुँमुखी उन्नति को भी प्रेरणा दी है।"[12]

दोष —अन्तर्राष्ट्रीय व्यापार के इतने आकर्षण एवं गुणों के साथ ही कुछ दोष भी जुड़े हुए हैं इनका अध्ययन भी उतना ही आवश्यक है जितना अन्तर्राष्ट्रीय व्यापार के गुणों का है। देशों के विकास में अन्तर्राष्ट्रीय व्यापार का विशेष महत्त्व है। अन्तर्राष्ट्रीय व्यापार के लाभों का विवेचन 'अन्तर्राष्ट्रीय व्यापार के महत्त्व' शीर्षक के अन्तर्गत किया गया है। अन्तर्राष्ट्रीय व्यापार से जहाँ लाभ हैं, कुछ हानियाँ भी पाई जाती है। इसके प्रमुख दोष इस प्रकार हैं—

(1) अन्तर्राष्ट्रीय व्यापार में स्वावलम्बन का अभाव होता है। अन्तर्राष्ट्रीय व्यापार का आधार तुलनात्मक लागत का सिद्धान्त होता है। इस कारण से प्रत्येक देश केवल कुछ वस्तुओं के उत्पादन में विशिष्टीकरण प्राप्त करता है। आवश्यकता की वस्तुओं के लिए वह अन्य देशों पर निर्भर रहता है। इस प्रकार देश का केवल एकतरफा विकास हो पाता है। यह व्यापारिक केन्द्रीयकरण आर्थिक स्थायित्व की दृष्टि से अच्छा नहीं है। इसका प्रमुख कारण यह है कि आर्थिक संकट के समय में यदि देश के ऐसे किसी एक या दो उद्योगों में संकट की परिस्थिति हो तो देश की समस्त अर्थ-व्यवस्था छिन्न भिन्न हो जाती है एवं इसके परिणाम बड़े भयंकर हो सकते हैं। किसी एक देश के आर्थिक संकट के प्रभाव भी समस्त विश्व में फैल जाते हैं।

अन्तर्राष्ट्रीय व्यापार विशिष्टता तथा भौगोलिक श्रम विभाजन के आधार पर किया जाता है। इससे विश्व के देशों का सर्वांगीण औद्योगिक विकास न होकर एकांगी विकास होता है। बहुत से साधन बेकार पड़े रहते हैं एवं रोजगार में वृद्धि नहीं होती है।

युद्ध काल में इस प्रकार की अर्थ-व्यवस्था के कारण भयानक हानियाँ होने की सम्भावना रहती है। युद्ध काल में बड़ी कठिनाई का सामना करना पड़ता है, क्योंकि विदेशों से वस्तु का आयात लगभग बन्द हो जाता है और आवश्यकता की इन वस्तुओं का उत्पादन देश में भी नहीं किया जा सकता। पिछले महायुद्धों का अनुभव उपर्युक्त वर्णित बात की सत्यता को प्रमाणित करता है।

यदि कोई देश आवश्यक वस्तुओं के लिये विदेशों पर बहुत आश्रित रहता है तो युद्ध आदि के समय वह संकट का सामना करता है क्योंकि ऐसे समय उस देश से उसे वस्तु की प्राप्ति में कठिनाई हो सकती है।

(2) विदेशी प्रतियोगिता अन्तर्राष्ट्रीय व्यापार का महत्त्वपूर्ण दोष है। अन्तर्राष्ट्रीय व्यापार के कारण विदेशी प्रतियोगिता को जन्म मिलता है। इससे एक ओर यदि लाभ होता है तो दूसरी ओर हानि भी होती है। विदेशी प्रतियोगिता के कारण देश में नए उद्योगों का स्थापित

---

12 "International Commerce is one of the main incentives to all this progress, besides being a great contributor to the increase of human happiness throughout the world." Ibid. Page 3.

होना रूक जाता है। इसके साथ ही पुरानों को भी कई कठिनाइयों का सामना करना पड़ता है। विदेशी व्यापार से आर्थिक दृष्टि से उन्नत देशों को तो लाभ होता है परन्तु अविकसित और अर्द्ध-विकसित देशों को हानि होती है। इनके उद्योग विदेशी प्रतियोंगिता में या तो टिक ही नहीं पाते हैं या पनप ही नहीं पाते। भारत के कुटीर-उद्योग धन्धों के पतन का मुख्य कारण विदेशी व्यापार प्रतियोगिता ही थी।

(3) अन्तर्राष्ट्रीय व्यापार को संचालन किसी राष्ट्र को खनिज पदार्थों या कच्चे माल की समाप्ति की तरफ अग्रसर करता है। विभिन्न देशों में कुछ कच्ची सामग्री या खनिज पदार्थ सीमित मात्रा में होते हैं और उनका स्थानापत्र सम्भव नहीं होता। प्रत्येक देश उसी वस्तु का उत्पादन करता है जिसके लिये उसे अधिकतम सुविधायें व साधन प्राप्त हों। अन्य कच्ची सामग्री जैसे दुर्लभ खनिज सम्पदा जिनका उपयोग वह अपने कारखानों में नहीं करता, निर्यात कर देता है। किन्तु ऐसा करने से इस सम्पदा के समाप्त होने की सम्भावना हो जाती है तथा भविष्य में यदि वह देश इस सम्पदा का उपयोग करना चाहे तो उससे उसे वंचित रहना पड़ता है।

जब अन्तर्राष्ट्रीय व्यापार के कारण इन सीमित साधनों का अधिकाधिक उपयोग किया जाता है तो इन साधनों के संचित भण्डार शीघ्र ही समाप्त होने लगते हैं और उनके समाप्त होने का भय उत्पन्न हो जाता है। यही कारण है कि विश्व के अन्य देशों से कोयला, पैट्रोल तथा भारत में मैगनिंज और अभरक तथा अन्य खनिज पदार्थ शनैः शनैः समाप्त होते जा रहे हैं। क्योंकि प्रयोग में लाई गई खनिज सम्पत्ति को पुनः प्राप्त नहीं किया जा सकता। अतएव देश को हानि होती है। खनिज पदार्थों का दूसरे देशों को निर्यात न करके यदि देश में ही उपयोग किया जाता है तो यह बहुत मिवव्ययितापूर्ण एवं लाभदायक होता।

(4) अन्तर्राष्ट्रीय व्यापार के जीवन स्तर का गिरना भी सम्भव है। अन्तर्राष्ट्रीय व्यापार में एक देश के व्यापारी दूसरे देशों में ऊँचे मूल्यों पर वस्तुऐं बेचकर लाभ कमाने के लालच से वस्तुओं का निर्यात अत्यधिक कर देते हैं। इसके परिणामस्वरूप देश में वस्तुओं की कमी आ जाती है। जो शेष वस्तुएँ बचती हैं उनका मूल्य भी अधिक वसूल किया जाता है। इस प्रकार देशवासी उन वस्तुओं के उपयोग से वंचित रह जाते हैं आर उनका जीवन स्तर गिरने लगता है।

(5) हानिकारक वस्तुओं का उपयोग अन्तर्राष्ट्रीय व्यापार के संचालन की महत्त्वपूर्ण देने है। अन्तर्राष्ट्रीय व्यापार के कारण कभी हानिकारक वस्तुओं का निर्यात भी एक देश से दूसरे देश को होने लगता है। इस कारण आयातकर्त्ता देश के उपभोक्ता हानिकारक एवं खराब वस्तुओं के उपयोग के अभ्यस्त हो जाते हैं। इससे न केवल आर्थिक वरन् सामाजिक परिणाम भी बुरे होते हैं। उदाहरण के लिए चीन-निवासियों को अफीम के व्यापार के कारण हानि उठानी पड़ी।

यदि कोई देश विदेशों से हानिकारक विलासिता की वस्तुओं का आयात करता है तो उस देश के नितारियों को इन वस्तुओं के उपभोग की आदत पड़ जाती है जिससे उनकी कार्यक्षमता पर प्रतिकूल प्रभाव पड़ता है।

(6) अन्तर्राष्ट्रीय व्यापार का संचालन आर्थिक शोषण एवं राजनीतिक परतन्त्रता को भी प्रोत्साहित करता है। अन्तर्राष्ट्रीय व्यापार विश्व के विभिन्न देशों को दो भागों में बांट देता है—एक तो वह देश जो कच्चा माल उत्पन्न करते हैं, दूसरे जो उस कच्चे माल से निर्मित माल तैयार करते हैं। यह प्रणाली आर्थिक शोषण को जन्म देती है। अविकसित तथा पिछड़े देश इस प्रकार अपना विकास नहीं कर पाते।

अन्तर्राष्ट्रीय व्यापार के कारण एक देश को दूसरे की दासता स्वीकार करनी पड़ती है। इसका महत्त्वपूर्ण उदाहरण इंग्लैण्ड ने भारत पर अपना प्रभुत्व स्थापित कर लिया जाना हैं। इसी दोष के कारण बींसवीं शताब्दी में आर्थिक राष्ट्रीयवाद को जन्म मिला था।

(7) अन्तर्राष्ट्रीय व्यापार के संचालन से राशिपातन की से भी इन्कार नहीं किया जा सकता है। कुछ देश विदेशी बाजार पर अपना आधिपत्य जमाने के लिए बहुत कम मूल्य पर वस्तुएँ बेचने लगते हैं। जब उस देश की वस्तुओं की माँग बहुत बढ़ जाती है तब मूल्य बढ़ा देते हैं, किन्तु इस नीति के परिणामस्वरूप देश के उद्योग नष्ट हो जाते हैं। अन्तर्राष्ट्रीय व्यापार के कारण राशिपातन की सम्भावना सदैव बनी रहती है। एक देश अपनी वस्तुओं को दूसरे देश में वस्तुओं के लागत मूल्य से भी कम मूल्य पर बेचकर, उस देश के नए या पुराने उद्योगों को समाप्त करने का प्रयत्न करता है। यदि वह देश अपने प्रयत्न में सफल हो जाता है तब वह उन उद्योगों के समाप्त हो जाने पर पुनः अपनी वस्तुओं के मूल्य बढ़ा देता है और अत्यधिक लाभ कमाने लगता है। इस प्रकार आयातकर्त्ता देश को हानि होती है। विदेशी व्यापार पर उचित प्रतिबन्ध लगा देने से ऐसी हानि से बचा जा सकता है।

(8) अन्तर्राष्ट्रीय व्यापार से कृषि प्रधान देशों को हानि होती है। अन्तर्राष्ट्रीय व्यापार में उद्योग-प्रधान देश को तो लाभ होता है परन्तु कृषि प्रधान देश को हानि होती हैं। औद्योगिक देश में वस्तुओं का उत्पादन क्रमागत उत्पत्ति वृद्धि नियम के अन्तर्गत होता है जबकि कृषि प्रधान देश में कृषि-वस्तुओं का उत्पादन क्रमागत उत्पत्ति ह्रास नियम के अन्तर्गत होता है। इन दशाओं में अन्तर्राष्ट्रीय व्यापार में उद्योग-प्रधान देश को लाभ एवं कृषि-प्रधान देश को हानि होती है।

कृषि प्रधान देशों के निर्यातों में अधिकांश ऐसी वस्तुएँ होती हैं जिनका उत्पादन लागत वृद्धि नियम के अन्तर्गत होता है तथा इन देशों के आयातों में ऐसी वस्तुएँ अधिक होती हैं जिनका उत्पादन लागत ह्रास नियम के अन्तर्गत होता है। इस कारण इन देशों को अन्तर्राष्ट्रीय व्यापार से विशेष लाभ नहीं होता।

(9) अन्तर्राष्ट्रीय व्यापार से अन्तर्राष्ट्रीय द्वेष, वैमनस्य में वृद्धि एवं युद्ध की सदैव सम्भावना बनी रहती है। अन्तर्राष्ट्रीय व्यापार जहां विश्व में एकता एवं शान्ति प्रसार का प्रतीक हैं, वहीं इसके कारण वैमनस्य, द्वेष एवं संघर्ष को जन्म मिलता है। विदेशी बाजारों के कारण ही उपनिवेशवाद को जन्म मिला। इसी के कारण विभिन्न राष्ट्रों के बीच कभी-कभी युद्ध भी हो जाते हैं। विदेशी व्यापार के कारण अफ्रीका में आज भी कुछ देश दासता की जंजीरों में जकड़े हुए हैं। कुछ लोगों का ऐसा विचार भी है कि पिछले दोनों महायुद्ध अन्तर्राष्ट्रीय व्यापार के कारण ही हुए।

अल्पविकसित देशों के द्वारा जो आयात किये जाते हैं, उनका भुगतान करने के लिए विदेशी मुद्रा का अभाव होता है क्योंकि आयातों की तुलना में इनके निर्यातों की मात्रा कम होती है। इस कारण ऐसे देश विकसित देशों से उधार माल खरीदते हैं, परन्तु विकसित देश अल्पविकसित देशों को आर्थिक सहायता देते समय उन पर राजनैतिक प्रभाव डालने का प्रयास करते हैं। कहावत भी है 'ध्वज व्यापार के पीछे-पीछे चलता है।' भारत में अंग्रेज पहले व्यापारी के रूप में आये थे किन्तु बाद में शासक बन बैठे है।

(10) अति उत्पादन की सम्भावना अन्तर्राष्ट्रीय व्यापार के संचालन का महत्त्वपूर्ण दोष है। अन्तर्राष्ट्रीय व्यापार में निर्यात बढ़ाने, लाभ कमाने एवं विदेशी विनिमय के लालच के कारण कभी-कभी इतना उत्पादन बढ़ा लिया जाता है कि यकायक विदेशों की मांग में कमी होने के कारण अति उत्पादन हो जाता है। इसके परिणाम स्वरूप आर्थिक मन्दीकाल प्रारम्भ हो जाता है। इस कारण देश के उद्योगों का उत्पादन कम करना पड़ता है। श्रमिकों की छँटनी की जाती है एवं देश का मूल्य स्तर गिर जाता है। इससे उद्योगों एवं देश को हानि होती है।

अन्तर्राष्ट्रीय व्यापार के गुण एवं दोषों के उपरोक्त विवेचन से यह स्पष्ट है कि इसके गुण एवं दोष दोनों ही हैं। परन्तु गुणों से प्राप्त होने वाले लाभ महत्वपूर्ण हैं और अन्तर्राष्ट्रीय व्यापार पर प्रतिबन्ध लगाकर उससे होने वाली हानियों को कम किया जा सकता है। अन्तर्राष्ट्रीय व्यापार के लाभों को प्राप्त करने के उद्देश्य से केवल ऐसे उद्योगों की स्थापना की जाती है जिनके लिए अनुकूलतम परिस्थितियाँ पाई जाती है, अन्य क्षेत्रों में विदेशी पर निर्भर रहना पड़ता है। इसके कारण देश के लिए आवश्यक अन्य उद्योग स्थापित नहीं हो पाते तथा ऐसे उद्योगों से सम्बन्धित साधन बेकार रहते हैं। यदि विदेशी व्यापार अन्तर्राष्ट्रीय सहयोग-सद्‌भावना एवं मानव-कल्याण की दृष्टि से किया जाए तो इससे सम्पूर्ण विश्व को लाभ होगा।

परिक्षापयोगी प्रश्न

1. अन्तर्राष्ट्रीय व्यापार के गुण/दोषों की विवेचना कीजिये।
2. आज के युग में अन्तर्राष्ट्रीय व्यापार की आवश्यकत एवं महत्त्व क्या हैं? अन्तर्राष्ट्रीय व्यापार के गुण-दोषों की विवेचना कीजिये।

3

अन्तर्राष्ट्रीय व्यापार और अन्तर्क्षेत्रीय व्यापार
(International Trade and Inter-Regional Trade)

सामान्यतया अन्तर्राष्ट्रीय व घरेलू व्यापार में अन्तर उत्पादन के कारकों—श्रम, भूमि, पूँजी आदि—के व्यवहार में भिन्नता के आधार पर किया जाता है। कुछ अन्य अर्थशास्त्रियों के अनुसार राष्ट्रीय सरकारों के हस्तक्षेप के कारण घरेलू व्यापार अन्तर्राष्ट्रीय व्यापार से भिन्न हो जाता है। अन्तर्राष्ट्रीय व्यापार को दूरी की महत्ता के आधार पर भी घरेलू व्यापार से भिन्न माना जाता है। वास्तविकता तो यह है कि अन्तर्राष्ट्रीय व घरेलू व्यापार में मात्र श्रेणी का अन्तर है, प्रकार का नहीं।

प्रतिष्ठित अर्थशास्त्री अन्तर्राष्ट्रीय व घरेलू व्यापार में मौलिक अन्तर मानते थें, जबकि स्वीडन के विख्यात आधुनिक अर्थशास्त्री बर्टिल ओलीन ने अन्तर्राष्ट्रीय व अर्न्क्षेत्रीय व्यापार में भारी समानता दर्शायी है।

प्रतिष्ठित अर्थशास्त्रियों ने अन्तर्राष्ट्रीय और आन्तरिक व्यापारियों की दो भिन्न भिन्न प्रकारों को स्वीकार किया था। प्रतिष्ठित अर्थशास्त्रियों द्वारा प्रतिपादित कि गयी अन्तर्राष्ट्रीय व्यापार की परिभाषा के अनुसार अन्तर्राष्ट्रीय या विदेशी व्यापार वह व्यापार है जो दो या दो से अधिक राष्ट्रों के बीच सम्पन्न होता है। इसके विपरीत आन्तरिक व्यापार वह है जो एक ही देश में रहने वाले लोगों के बीच संचालित होता है। इस परिभाषा से स्पष्ट है कि आन्तरिक व अन्तर्राष्ट्रीय व्यापार के बीच अन्तर राजनैतिक सीमाओं पर आधारित है। इसका प्रमुख कारण यह है कि अन्तर्राष्ट्रीय व्यापार एक देश की राजनैतिक सीमा को पार कर जाता है। इसके विपरित आन्तरिक व्यापार में ऐसा नहीं होता है। ऐसी भिन्नता के सन्दर्भ में ही प्रतिष्ठित अर्थशास्त्रियों ने अन्तर्राष्ट्रीय व्यापार का एक पृथक सिद्धान्त (तुलनात्मक लागत सिद्धान्त) प्रतिपादित किया। अन्तर्राष्ट्रीय व्यापार के लिए एक पृथक सिद्धान्त प्रतिपादित करना उसी समय उचित ठहराया जा सकता है जबकि अन्तर्राष्ट्रीय व्यापार और आन्तरिक व्यापार में कुछ

मौलिक अन्तर हो। अतः इस तथ्य पर विचार करने से पूर्व कि क्या अन्तर्राष्ट्रीय व्यापार के लिए एक पृथक् सिद्धान्त की आवश्यकता है, यह अधिक तर्क संगत होगा कि आन्तरिक व अन्तर्राष्ट्रीय व्यापार के मध्य समानताओं और असमानताओं का अध्ययन प्रस्तुत किया जाये।

यद्यपि आन्तरिक व्यापार और अन्तर्राष्ट्रीय व्यापार की प्रकृति में काफी भिन्नता है, फिर भी कई विद्वान आन्तरिक व्यापार और अन्तर्राष्ट्रीय व्यापार में कोई मौलिकता भेद नहीं करते। उनकी यह मान्यता है कि अन्तर्राष्ट्रीय व्यापार आन्तरिक व्यापार का ही एक विशिष्ट रूप है। *प्रो. ओहलिन* के अनुसार, अन्तर्राष्ट्रीय व्यापार अन्तर्क्षेत्रीय व्यापार की ही एक विशिष्ट दशा है। *प्रो. ओहलिन* राजनीतिक सीमाओं के अनुसार व्यापार के स्वरूप निर्धारण को ठीक नहीं मानते। एक ही देश का कोई क्षेत्र जब पृथक् राष्ट्र बन जाता है तो उसके पहले का व्यापार आन्तरिक व्यापार या अन्तर क्षेत्रीय व्यापार तथा पृथक राष्ट्र के रूप में उसके साथ व्यापार का स्वरूप ''अन्तर्राष्ट्रीय व्यापार'' बन जाता है जैसे 1947 में विभाजन से पूर्व भारत का कराची, लाहौर एवं रावलपिण्डी से व्यापार आन्तरिक व्यापार था, किन्तु पाकिस्तान के अलग राष्ट्र बन जाने से वहाँ से व्यापार तब से ''अन्तर्राष्ट्रीय व्यापार'' में परिवर्तित हो गया। ठीक इसी प्रकार का उदाहरण पूर्वी एवं पश्चिमी पाकिस्तान दो अलग-अलग क्षेत्रों के रूप में उनके बीच व्यापार ''अन्तरर्क्षेत्रीय व्यापार'' था, किन्तु 1971 में पूर्वी पाकिस्तान एक अलग राष्ट्र ''बांग्लादेश'' के नाम से उभरा तो उसके साथ पश्चिमी पाकिस्तान का व्यापार ''अन्तर्राष्ट्रीय व्यापार'' में बदल गया। यह राजनीतिक प्रभुसत्ता की भिन्नता व्यापार की प्रकृति में कोई मौलिक अन्तर नहीं लाती, आन्तरिक व्यापार एवं अन्तर्राष्ट्रीय व्यापार दोनों ही तकनीकी दृष्टि एवं व्यापारिक उद्देश्यों से एक जैसे ही हैं।

अन्तर्राष्ट्रीय व्यापार और अन्तर्क्षेत्रीय या आन्तरिक में भिन्नताएँ

(1) साधन गतिशीलता की श्रेणी में भिन्नताएँ

(2) मौद्रिक भिन्नताएँ

(3) राष्ट्रीय नीतियों की भिन्नताएँ

(4) बाजार की प्रकृति की भिन्नताएँ

(5) राजनीतिक इकाइयों की भिन्नताएँ, तथा

(6) भुगतान सन्तुलन के समायोजन की भिन्नताएँ।

अन्तर्क्षेत्रीय या आन्तरिक और अन्तर्राष्ट्रीय व्यापार में समानता

अन्तर्राष्ट्रीय और अन्तर्क्षेत्रीय व्यापार दोनों के प्रमुख आधार विशिष्टीकरण तथा श्रम विभाजन होते हैं। अन्तर्राष्ट्रीय व्यापार और आन्तरिक व्यापार के मध्य निम्नलिखित समानताएँ हैं –

(1) अन्तर्क्षेत्रीय तथा अन्तर्राष्ट्रीय व्यापार दोनों का ही आधार वस्तुओं और सेवाओं का विनिमय है। आन्तरिक व अन्तर्राष्ट्रीय दोनों ही प्रकार के व्यापारों में वस्तुओं व सेवाओं का विनिमय होता है। मुद्रा तो केवल माध्यम का कार्य करती है। मुद्रा के माध्यम से वस्तुओं और सेवाओं का विनिमय सरल हो गया है।

(2) अन्तर्क्षेत्रीय व अन्तर्राष्ट्रीय व्यापार दोनों का उद्देश्य एक ही है कि जो वस्तु कहीं प्रचुर मात्रा में उत्पन्न या उपलब्ध होती है, उसे उस स्थान पर भेजना जहाँ उसकी उपलब्धि सीमित है। इस प्रकार राष्ट्रीय व अन्तर्राष्ट्रीय व्यापार दोनों का उद्देश्य विनिमय है।

(3) अन्तर्क्षेत्रीय तथा अन्तर्राष्ट्रीय व्यापार दोनों ही प्रकार के व्यापार में सम्बन्धित पक्ष व्यक्ति होते हैं। दोनों ही प्रकार के व्यापारों में व्यापार करने वाले सम्बन्धित पक्ष व्यक्ति ही होते हैं। अन्तर्राष्ट्रीय व्यापार में सरकार भी अपनी विभागीय आवश्यकताओं का सामान आयात करती है किन्तु इस स्थिति में वह एक व्यापारी के समान ही कार्य करती है। अन्तर्राष्ट्रीय व्यापार का कुछ भाग सरकारों के मध्य होता है परन्तु अधिकांश भाग व्यक्तियों के बीच ही सम्पन्न किया जाता है।

मार्शल के शब्दो में, ''समस्त व्यापार—राष्ट्रों के मध्य हो अथवा व्यक्तियों के मध्य—वस्तुओं का अदल बदल होता है तथा प्रत्येक पक्ष जो कुछ त्यागने को तैयार होता है वह इसे क्रय करने का साधन होता है।

(4) अन्तर्राष्ट्रीय तथा अन्तर्क्षेत्रीय का आधार ऐच्छिक सौदा है। व्यापार हमेशा ही ऐच्छिक होता है, चाहे वह आन्तरिक हो अथवा अन्तर्राष्ट्रीय व्यापार। सरकार चाहे तो कुछ वस्तुओं के व्यापार का निषेध कर सकती है अथवा किसी विशेष प्रकार का प्रतिबन्ध लगा सकती है। परन्तु वह व्यापारियों को किसी प्रकार की वस्तु खरीदने के लिए विवश नहीं कर सकती। लोक विदेशी वस्तुएं तभी खरीदते हैं जबकि उनमें इसके लिए इच्छा होती है। इस प्रकार अन्तर्राष्ट्रीय व्यापार भी आन्तरिक व्यापार की भांति ऐच्छिक सौदों के द्वारा ही उत्पन्न होता है।

(5) दोनों ही प्रकार के व्यापारों प्रकृति में समानता देखने को मिलती है। अन्तर्राष्ट्रीय व्यापार और आन्तरिक व्यापार की प्रकृति में भी समानता है। जैसे,

(अ) दोनों प्रकार के व्यापारों का आधार उत्पादन एवं मूल्य में अन्तर के कारण व्यापार होता है।

(ब) दोनों ही प्रकार के व्यापारी का उद्देश्य वस्तुओं के विनिमय द्वारा अधिकतम लाभ प्राप्त करना है।

(स) दोनों ही प्रकार के व्यापारों में निहित बात प्रचुर मात्रा में उपलब्ध वस्तुओं के बदले में विनिमय द्वारा ऐसी वस्तुओं और सेवाओं को प्राप्त करना है जो या तो उपलब्ध नहीं है या दुर्लभ हैं।

(6) राष्ट्रीय व्यापार में विभिन्न प्रदेश अपने प्राकृतिक साधनों की सम्पन्नता व अनुकूल भौगोलिक परिस्थितियों के अनुसार विभिन्न वस्तुएँ उत्पन्न करते हैं। इस प्रकार श्रम विभाजन के कारण विशिष्टीकरण सम्भव होता है। अन्तर्राष्ट्रीय व्यापार में सभी देश अपनी भौगोलिक परिस्थितियों और सम्पन्न प्राकृतिक साधनों के अनुसार वस्तुओं के उत्पादन में विशिष्टीकरण प्राप्त करते हैं और अन्य देशों की प्रचुरता में उत्पन्न होने वाली वस्तुओं से अपनी वस्तुएँ बदल लेते हैं अथवा विनिमय करते हैं, इस प्रकार के व्यापारों का आधार भौगोलिक श्रम विभाजन है।

एक ही राष्ट्र के विभिन्न क्षेत्रों के मध्य भी व्यापार का आधार लागतों के अन्तर होते हैं तथा अन्तर्राष्ट्रीय व्यापार का आधार भी तुलनात्मक लागतों के अन्तर है। लेकिन आश्चर्य तो यह है कि घरेलू व्यापार का विश्लेषण करते समय हम तुलनात्मक लागत में अन्तरों के बारे में मौन रहते हैं जबकि अन्तर्राष्ट्रीय व्यापार का मुख्य आधार तुलनात्मक लागतों में अन्तर को ही मानते हैं। इस प्रकार की स्थिति देखकर प्रो. ओलीन आश्चर्य व्यक्त करते हैं कि घरेलू व्यापार में हमें तुलनात्मक लागतों के बारे में कुछ भी सुनने को नहीं मिलता है। उन्हीं के शब्दों में, "जब प्रतिष्ठित मूल्य का श्रम सिद्धान्त अन्तर्राष्ट्रीय व्यापार के प्रपंच में अनुप्रयुक्त किया जाता है तो तुलनात्मक लागत का सिद्धान्त —आश्चर्य है कि जिसके बारे में हमें घरेलू व्यापार के विश्लेषण में कुछ भी सुनने को नहीं मिलता—तुरन्त हल के रूप में प्रस्तावित कर दिया जाता है।"

वास्तविक तो यह है कि अन्तर्राष्ट्रीय व घरेलू व्यापार दोनों का ही आधार लागतों के अन्तर होते है।

(7) तुलनात्मक उत्पादन लागत का सिद्धान्त लागू होता है। जहाँ जो वस्तु तुलनात्मक दृष्टि से कम उत्पादन लागत में उत्पन्न की जाती है अथवा उपलब्ध होती है, वहाँ से वह उस स्थान को भेजी जाती है जहाँ उसकी उत्पादन लागत अधिक होती है। इस प्रकार प्रत्येक राष्ट्र किसी न किसी वस्तु अथवा सेवा के उत्पादन में विशिष्टीकरण प्राप्त कर लेता है और विनिमय द्वारा आवश्यकता की वस्तुएँ दूसरे राष्ट्रों से प्राप्त करता है।

(8) आर्थिक सम्बन्ध व सहयोग को प्रोत्साहन प्रदान किया जाता है। राष्ट्रीय व अन्तर्राष्ट्रीय व्यापार दोनों दो राष्ट्रों में पारस्परिक आर्थिक सम्बन्धों व सहयोग की भावना को प्रोत्साहित करते हैं।

(9) दोनों ही प्रकार के व्यापार लाभार्जन का उद्देश्य से संचालित होते है। सभी दोनों प्रकार के व्यापारों का उद्देश्य लाभार्जन करना है। अन्तर्क्षेत्रीय व्यापार में प्रत्येक क्षेत्र लाभ अर्जित करता है तो अन्तर्राष्ट्रीय व्यापार में प्रत्येक अन्य राष्ट्र से लाभ कमाने की चेष्टा करता है।

(10) आन्तरिक व्यापार में दो क्षेत्रों में जो व्यापार होता है वह विशिष्टीकरण का परिणाम है, जैसे, महाराष्ट्र उत्तर प्रदेश को कपास बेचता है क्योंकि महाराष्ट्र में कपास पैदा करने की अनुकूल दशाएं हैं तथा उत्तर प्रदेश महाराष्ट्र को शक्कर बेचता है क्योंकि उत्तर प्रदेश में शक्कर उद्योग को विकसित होने की अनुकूल दशाएं हैं। इसी प्रकार अन्तर्राष्ट्रीय व्यापार में भी दो देशों के बीच होने वाले व्यापार का आधार क्षेत्रीय विशिष्टीकरण होता है।

(11) जिस प्रकार आन्तरिक व्यापार के दो पक्ष होते हैं उसी प्रकार अन्तर्राष्ट्रीय व्यापार में भी दो पक्ष होते हैं जो या तो उन दोनों देशों की सरकारें अथवा निजी व्यक्ति हो सकते हैं। सरकार द्वारा किये गये व्यापार का अन्तिम लक्ष्य मनुष्य ही होता है तथा सरकार भी व्यापार के अन्तर्गत व्यापारियों की तरह कार्य करती है।

(12) जब एक ही देश में दो दूरस्थ क्षेत्रों में व्यापार होता है तो दोनों में एक-दूसरे के सामाजिक रीति-रिवाज और परम्पराओं का आदान-प्रदान होता है, जैसे गुजरात और प. बंगाल के बीच व्यापार होगा तो दोनों एक-दूसरे की संस्कृतियों से परिचित होंगे। इसी प्रकार

जब दो देशों के बीच व्यापार होता है तो उसमें भी सामाजिक और सांस्कृतिक विचारों का आदान-प्रदान होता है।

(13) कुछ अर्थशास्त्री अन्तर्राष्ट्रीय व्यापार को घरेलू व्यापार से अलग करने वाला प्रमुख घटक दूरी को मानते हैं, उदाहरणार्थ, सिजविक के अनुसार, अन्तर्राष्ट्रीय व्यापार के लिए विशिष्ट सिद्धान्त की आवश्यकता साधनों की अपूर्ण गतिशीलता के कारण नहीं है। अपितु दूरी के कारण है, वे लिखते हैं कि ''दूरी अन्तर्राष्ट्रीय विनिमय को अधिक मँहगा बना देती है।''

लेकिन सिजविक के इस बिन्दु के सन्दर्भ में इस तथ्य को ध्यान में रखना आवश्यक है कि बहुत सी बार घरेलू व्यापार भी दूरी के कारण अन्तर्राष्ट्रीय व्यापार से कम मँहगा नहीं होता है। बहुतसी बार प्रान्तों के मध्य दूरी राष्ट्रों के मध्य की दूरी से बहुत अधिक हो सकती है, उदाहरणार्थ, लाहौर व अमृतसर के मध्य बहुत कम दूरी होते भी इनके मध्य का व्यापार अन्तर्राष्ट्रीय व्यापार है जबकि अमृतसर व मद्रास एक राष्ट्र के भिन्न प्रान्तों में विद्यमान है फिर भी इनके मध्य कई गुणा अधिक दूरी है। लेकिन फिर भी सिजविक का विचार इस तरफ ध्यान आकर्षित करने के लिए महत्त्वपूर्ण है कि अर्थशास्त्रियों ने व्यापार में निहित परिवहन लागतों पर कम ध्यान केन्द्रित किया है। वास्तविकता तो यह है कि अन्तर्राष्ट्रीय व अन्तर्क्षेत्रीय दोनों ही व्यापारों में दूरी की समस्या सर्वाधिक महत्त्वपूर्ण है।

प्रो. ओलीन ने अन्तर्क्षेत्रीय व्यापार में दूरी के महत्त्व को निम्न शब्दों में व्यक्त किया है, ''........ परिवहन लागतें अन्तर्क्षेत्रीय व्यापार में न केवल बाधक ही होती है बल्कि इसकी दिशा व कुछ सीमा तक इसके प्रभाव को भी परिवर्तित कर देती है।''

इस प्रकार उपर्युक्त विश्लेषण से स्पष्ट है कि अन्तर्क्षेत्रीय व्यापार तथा अन्तर्राष्ट्रीय व्यापार में पर्याप्त मात्रा में समानता है। अत: *ओहलिन* ने उपयुक्त कहा है —''अन्तर्राष्ट्रीय व्यापार अन्तर्क्षेत्रीय व्यापार की एक विशिष्ट दशा मात्र है।'' ओहलिन का मत है कि मूलत: स्थानीय तथा अन्तर्क्षेत्रीय व्यापार अन्तर्राष्ट्रीय व्यापार से परस्पर भिन्न नहीं हैं। *ओहलिन* के अनुसार सापेक्ष लागत अन्तर का सिद्धान्त केवल अन्तर्राष्ट्रीय व्यापार में ही लागू नहीं होता, अपितु यह सिद्धान्त समस्त व्यापारिक सौदों में लागू होता है। ये व्यवहार विभिन्न व्यक्तियों अथवा एक ही क्षेत्र के विभिन्न जिलों या एक ही देश के विभिन्न क्षेत्रों या भिन्न देशों के बीच विशिष्टीकरण तथा विनिमय के कारण होते हैं। समस्त विनिमय व्यवहारों का एक ही उद्देश्य सापेक्ष लाभ प्राप्त करना होता है। अन्तर्क्षेत्रीय और अन्तर्राष्ट्रीय व्यापार का सिद्धान्त इसी बात पर आधारित है कि भिन्न क्षेत्र तथा राष्ट्र उन्हीं कारणों से विशिष्टीकरण करते हैं और परस्पर व्यापार करते हैं जिन कारणों से व्यक्ति विशिष्टीकरण एवं व्यापार करते हैं। *पैरेटो* के अनुसार तुलनात्मक लाभ अथवा सापेक्ष लागत का अन्तर केवल अन्तर्राष्ट्रीय व्यापार के लिए ही महत्त्वपूर्ण नहीं है बल्कि यह उन व्यक्तियों पर भी लागू हो सकता है जो एक आर्थिक इकाई के रूप में होते हैं।

(14) अन्तर्राष्ट्रीय व्यापार-सिद्धान्त सामान्य आर्थिक सिद्धान्तों की विशिष्ट अनुप्रयुक्ति है। दोनों तरह के व्यापार में सामान्य साम्य निर्धारित करने वाली शर्तें समान ही हैं। एजवर्थ के अनुसार, ''व्यापार के दोनों ही वर्गों (घरेलू व्यापार तथा अन्तर्राष्ट्रीय व्यापार) के

लिए साम्य निर्धारण करने वाली सामान्य शर्तें समान हैं, अन्तर केवल यह है कि घरेलू व्यापार में एक अथवा दो समीकरणें अधिक होती है।''

प्रतिष्ठित अर्थशास्त्रियों ने अन्तर्राष्ट्रीय व्यापार के लिए पृथक सिद्धान्त की आवश्यकता पर बल दिया व अपने तर्क का आधार साधन गतिशीलता को बनाया। वे यह मानते थे कि राष्ट्र के भीतर तो उत्पादन के साधन पूर्णरूप से गतिशील होते हैं लेकिन राष्ट्रों के मध्य अगतिशील होते हैं अतः अन्तर्राष्ट्रीय व्यापार में वही सिद्धान्त अनुप्रयुक्त नहीं किया जा सकता जो कि एक ही राष्ट्र के भिन्न क्षेत्रों के सन्दर्भ में अनुप्रयुक्त किया जाता है।

वास्तव में प्रतिष्ठित अर्थशास्त्रियों ने अपने तर्क का रीतिविधान के आधार पर औचित्य ठहराने का प्रयत्न नहीं किया था। प्रतिष्ठित अर्थशास्त्रियों ने अन्तर्राष्ट्रीय व्यापार के लिए पृथक सिद्धान्त आवश्यक इसलिए समझा कि वे एक तरह की दुविधा से घिरे हुए थे, यह दुविधा इस प्रकार थी: चूकि प्रतिष्ठित अर्थशास्त्रियों ने साधन गतिशीलता के आधार पर अन्तर्राष्ट्रीय व्यापार को अन्तर्क्षेत्रीय व्यापार से भिन्न दर्शाने का प्रयत्न किया था अतः उनके लिए अन्तर्राष्ट्रीय व्यापार के लिए पृथक सिद्धान्त की वकालत करना आवश्यक हो गया था। साधन गतिशीलता में भिन्नता के कारण प्रतिष्ठित अर्थशास्त्रियों ने अन्तर्राष्ट्रीय व्यापार को घरेलू व्यापार से भिन्न माना था अतः उन्होंनें अन्तर्राष्ट्रीय व्यापार के लिए पृथक सिद्धान्त की आवश्यकक्ता का औचित्य ठहराने का भी प्रयत्न किया।

वास्तव में अन्तर्राष्ट्रीय व्यापार के लिए पृथक सिद्धान्त की आवश्यकता नहीं है। नोबल पुरस्कार विजेता स्वीडन के अर्थशास्त्री बर्टिल ओलीन ने अपनी प्रसिद्ध पुस्तक ''इन्टररिजनल एण्ड इन्टरनेशनल ट्रेड'' में यह साबित किया है कि अन्तर्राष्ट्रीय व्यापार के लिए पृथक सिद्धान्त की आवश्यकता नहीं है ओलीन के ही शब्दों में, चूँकि राष्ट्र समस्त क्षेत्रों में से निश्चय ही सर्वाधिक महत्त्वपूर्ण हैं अतः अन्तर्राष्ट्रीय व्यापार का सिद्धान्त अन्तर्क्षेत्रीय व्यापार की प्रमुख अनुप्रयुक्ति है।

अर्थशास्त्र के विश्लेषण में समय तत्त्व तथा दूरी तत्त्व सर्वाधिक महत्त्वपूर्ण होते हैं। इनमें से समय तत्त्व का तो अर्थशास्त्रियों न अपने विश्लेषण में समावेश किया है लेकिन दूरी तत्त्व की प्रारम्भ में तो पूर्ण उपेक्षा की गयी थी—केवल लगान सिद्धान्त में दूरी तत्त्व का जिक्र था और बाद में अन्तर्राष्ट्रीय व्यापार के सिद्धान्त में दूरी तत्त्व को केवल विशिष्ट दृष्टिकोण से शामिल किया गया था। वास्तव में कीमत का सामान्य सिद्धान्त लगभग पूर्णरूप से एक बाजार सिद्धान्त ही है जिस में दूरी अर्थात् भिन्न स्थानीय बाजारों के विचार का कहीं जिक्र नहीं है। यह सिद्धान्त (कीमत का सामान्य सिद्धान्त) समस्त उत्पादन साधनों के लिए, सिवाय प्राकृतिक साधनों के, केवल एक स्थानीय बाजार के अस्तित्व की मान्यता पर आधारित है। समस्या के आधारभूत आंकड़े के रूप में इन साधनों की कुल पुर्ति को लिया जाता हैं न कि इनके दूरी के आधार पर वितरण को। अतः अधिकाँश रचनाओं में उद्योग की अवस्थिति की समस्या का उदय कभी नहीं हो पाता है। प्रो. ओलीन के अनुसार, ''भौगोलिक कीमत अन्तरों अर्थात् उद्योग की अवस्थिति को स्पष्ट करने हेतु एक बाजार सिद्धान्त को निश्चय ही अधि-ढाँचे की आवश्यकता है। एक अन्तर्राष्ट्रीय व्यापार का सिद्धान्त अकेला अपर्याप्त है, क्योंकि अवस्थिति राष्ट्रों के भीतर कीमत निर्धारण से भी सम्बद्ध है।''

अतः कीमत सिद्धान्त को ज्यादा कम घनिष्ठ सम्बन्ध वाले अनेक स्थानीय बाजारों को शामिल करने हेतु विस्तृत किया जाना चाहिए। अन्तर्राष्ट्रीय व अन्तर्क्षेत्रीय व्यापार सिद्धान्त का उद्देश्य इस प्रकार का विस्तार करना है अतः यह सिद्धान्त स्वयं भी कीमत सिद्धान्त का अभिन्न अंग है तथा एक-बाजार विश्लेषण द्वारा रखी गयी नींव पर निर्मित है। प्रो. ओलीन का मत है कि, "व्यापार चाहे राष्ट्रों के मध्य हो अथवा प्रान्तों के, इसका सर्वाधिक सही चित्रण उत्पादक कारकों के अनेक बाजारों के अस्तित्त्व का समावेश करने वाली कीमत की परस्पर अन्यायन्योत्रित प्रणाली के विश्लेषण द्वारा किया जा सकता है।

अतः प्रो. ओलीन इस निष्कर्ष पर पहुँचते हैं कि अन्तराष्ट्रीय व्यापार का सिद्धान्त घरेलू व्यापार के सिद्धान्त से पृथक नहीं है, उन्हीं के शब्दों में, "अतः महत्त्वपूर्ण अन्तर, घरेलू व अन्तर्राष्ट्रीय व्यापार के सिद्धान्तों में नहीं है अपितु-एक बाजार व बहु-बाजार कीमत सिद्धान्तों में है।"

यदि प्रो. ओलीन ने यह साबित किया है कि अन्तर्राष्ट्रीय तथा घरेलू व्यापार मौलिक अन्तर नहीं है तो प्रश्न यह उठता है कि अन्तर्राष्ट्रीय अर्थशास्त्र के पृथक विषय के रूप में अध्ययन का क्य औचित्य है?

अन्तर्क्षेत्रीय या आन्तरिक व्यापार और अन्तर्राष्ट्रीय व्यापार में असमानताएं

आन्तरिक व्यापार व अन्तर्राष्ट्रीय व्यापार में यद्यपि उपरोक्त समानताएं परिलक्षित होती हैं, लेकिन फिर भी दोनों में निम्नलिखित महत्त्वपूर्ण असमानताएं हैं -

1. अन्तर्क्षेत्रीय तथा अन्तर्राष्ट्रीय व्यापार में प्रमुख असमानता साधनों की गतिशीलता है। प्रतिष्ठित अर्थशास्त्रियों के अनुसार राष्ट्र विशेष के भीतर उत्पादन के साधन उत्पादन की परस्पर भिन्न शाखाओं अथवा भिन्न क्षेत्रों में पूर्ण रूप से गतिशील होते हैं जबकि राष्ट्रों के मध्य साधन अगतिशीलता लगभग पूर्ण अथवा पर्याप्त सीमा तक पायी जाती है।

राष्ट्र के भीतर साधन गतिशीलता का महत्त्व यह है कि राष्ट्र में साधन प्रतिफल समान होने की प्रवृत्ति पायी जाती है, जबकि अन्तर्राष्ट्रीय व्यापार में साधन गतिशीलता के अभाव में पूर्ण समायोजन (अर्थात् भिन्न राष्ट्रों में साधन विशेष का प्रतिफल समान होना) स्थापित नहीं हो पाता है।

उत्पादन के साधन एक देश से दूसरे देश को जाने की अपेक्षा एक देश में ही एक भाग से दूसरे भाग को अधिक सुगमता से आ जा सकता है। अधिक स्पष्ट शब्दों में एक देश के अन्तर्गत श्रम और पूंजी उत्पादक की एक शाखा से दूसरी शाखा को या एक क्षेत्र से दूसरे क्षेत्र को सरलतापूर्वक प्रायः आते-जाते ही रहते हैं। प्रायः यह अनुभव किया गया है कि दो देशों के बीच यह गतिशीलता पूर्ण अथवा आंशिक रूप से लुप्त रहती है। गतिशीलता में इस अन्तर का प्रभाव यह दृष्टिगत होता है कि विभिन्न देशों में एक-सी वस्तुओं और सेवाओं की उत्पादन लागत व मूल्य में समानता सम्भव नहीं आने पाती। परन्तु देश के अन्दर गतिशीलता अधिक होने के कारण पूंजी एवं श्रम का स्थानान्तरण होता रहता है। इसके कारण मूल्य एवं लागत में समानता होने की प्रवृति दृष्टिगत होती है। अन्तर्राष्ट्रीय क्षेत्र में ऐसा होना सम्भव नहीं। इस प्रकार अन्तर्राष्ट्रीय व्यापार आन्तरिक व्यापार से पृथक् प्रतित एवं सिद्ध होता है।

कुछ अर्थशास्त्रियों द्वारा यह मत भी प्रकट किया जाता है कि देश के अन्दर भी उत्पादन के साधन पूर्णत: गतिशील नहीं होते हैं। देश के अन्दर और विभिन्न देशों के बीच उत्पादन के साधनों की गतिशीलता और अगतिशीलता में अन्तर जाति का नहीं अपितु अंश का ही है। अत: अन्तर्राष्ट्रीय और आन्तरिक व्यापार में साधनों की गतिशीलता के आधार पर मौलिक अन्तर नहीं किया जा सकता।

वास्तव में देखा जाए तो प्रतिष्ठित अर्थशास्त्रियों ने अन्तर्राष्ट्रीय व्यापार के मापदण्ड के रूप में साधन अगतिशीलता को अति सहज ढंग से स्वीकार कर लिया था, तथा अपने तर्क का आधार साधन गतिशीलता को बनाते हुए उन्होंने इसके चुनाव को रीतिविधान के आधार पर न्यायोचित ठहराने का प्रयास नहीं किया और इस प्रकार स्वयं को समय-समय पर, विशेष रूप से हाल ही के वर्षों में, उठाये गये विरोधों के समक्ष ला खड़ा किया। साधन गतिशीलता से सम्बन्धित प्रतिष्ठित अर्थशास्त्रियों के विचार की एक स्पष्ट आलोचना यह है कि साधन गतिशीलता के आधार पर अन्तर्राष्ट्रीय व घरेलू व्यापार में मात्र श्रेणी का अन्तर है।

प्रो. विलियम्स एवं प्रो. ओलीन का विचार है कि एक ओर तो राष्ट्र के भीतर उत्पादन के साधन पूर्णरूप से गतिशील नहीं होते हैं तथा दूसरी ओर राष्ट्रों की सीमाओं के पार कई बार विशाल एवं वास्तव में बड़ी मात्रा में साधन गतिशीलता पायी जाती है।

एक राष्ट्र से दूसरे राष्ट्र में साधन गतिशीलता में अनेक रुकावटे आती हैं। उदाहरणार्थ—राष्ट्रों के बीच श्रम की गतिशीलता में रुकावट डालने वाले निम्न पाँच मुख्य घटक हैं—व्यावसायिक दक्षताएँ एवं संघ, पारिवारिक बंधन, रीतिरिवाज, भाषा तथा प्रतिबंधक आवास विधान। इन रुकावटों में से प्रथम तीन अर्थात् व्यावसायिक दक्षताएँ एवं संघ, पारिवारिक बंधन एवं रीतिरीवाज अपेक्षाकृत अधिक महत्त्वपूर्ण हैं। इसी प्रकार रुकावटों को ध्यान में रखते हुए एडम स्मिथ ने विचार व्यक्त किया था कि, ''मनुष्य का परिवहन सर्वाधिक कठिन है।''

इसी प्रकार भिन्न राष्ट्रों के मध्य पूँजी की गतिशीलता भी अनेक कारणों से प्रभावित होती है, इन कारणों पर प्रकाश डालते हुए प्रो. हेबरलर ने इंगित किया है कि, 'पूँजी की अन्तर्राष्ट्रीय गतिशीलता परिवहन लागतों के कारण नही वरन् पूर्णतया भिन्न किस्म की बाधाओं के कारण अवरूद्ध होती है। ये बाधाएँ वैधानिक निवारण, राजनीतिक अनिश्चितता, विदेशी राष्ट्र में भावी विनियोग की सम्भावनाओं की अज्ञानता, बैंकिंग प्रणाली की अपूर्णताएँ, विदेशी मुद्राओं की अस्थिरता तथा विदेशी का अविश्वास आदि है।'

सामान्यतया यह तर्क दिया जातद्य है कि राष्ट्र के भीतर भी वास्तविक पूँजी को एक उत्पादन क्रिया से दूसरी उत्पादन क्रिया में सहज ही स्थानान्तरित नहीं किया जा सकता है (विशेषकर स्थिर पूँजी जैसे भवन, मशीन आदि को) और यह भी तर्क दिया जाता है कि कई बार एक ही राष्ट्र के एक भाग से दूसरे भाग में पूँजी स्थानान्तरित करने की लागत इसे अन्य राष्ट्र में स्थानान्तरित करने की लागत से बहुत अधिक होती है। लेकिन यह तर्क असम्बद्ध है क्योंकि यह केवल ऐसी विशिष्ट पूँजीगत वस्तुओं का उल्लेख करता है जो कि पहले से विद्यमान हैं।

पूँजी सिद्धान्त के लिए पूर्ण गतिशीलता का मापदण्ड ब्याज दरों की समानता है। यदि एक स्थान से दूसरे स्थान पर पूँजीगत वस्तुओं को स्थानान्तरित करने की लागत ऊँची है तो शायद पूँजीगत वस्तुओं की कीमत में काफी अन्तर विद्यमान रहेंगे, लेकिन फिर भी ब्याज दरों में समानीकरण की प्रवृत्ति पायी जाने की काफी सम्भावना हो सकती है। मात्र इस कारण कि दो स्थानों के मध्य दूरी अधिक है ब्याज दरें भिन्न होना आवश्यक नहीं है। हाँ, यह सही है कि यदि एक राष्ट्र शेष विश्व से पूर्णतया इस अर्थ में अलग-अलग है कि उस राष्ट्र से बाहर न तो श्रम की गतिशीलता हो रही है और न ही किसी तरह की वस्तु का व्यापार तो ऐसी स्थिति में इस राष्ट्र में मुद्रा के आगमन व वहिर्गमन की छूट होने के बावजूद भी पूँजी हस्तान्तरित नहीं हो सकेगी। साधन गतिशीलता के लिए अनिवार्य तथा पर्याप्त शर्त किसी न किसी तरह के अन्तर्राष्ट्रीय व्यापार का अस्तित्व तथा आयात निर्यात आधिक्य के विकास के लिए पर्याप्त लचक है। इस स्थिति में उपभोग वस्तुओं के आयातों में वृद्धि अथवा निर्यातों में कमी के रूप में पूँजी की गतिशीलता बनी रह सकती है। उदाहरणार्थ, माना कि भारत व ब्रिटेन के मध्य साधन अगतिशील है, लेकिन वस्तु व्यापार हो रहा है तो भारत व्यापार में श्रम-गहन वस्तुओं का निर्यात करेगा जिससे भारत में श्रम की माँग व मजदूरी की दर बढ़ेगी एवं पूँजी की माँग व ब्याज की दर में कमी होगी। ब्रिटेन में साधन कीमत इसकी विपरीत दिशा में परिवर्तित होगी। अत: दोनों राष्ट्रों में साधनों के प्रतिफल समान होने की प्रवृत्ति होगी जो कि साधन गतिशीलता का मापदण्ड है।

उपर्युक्त विश्लेषण से स्पष्ट है कि अन्तर्राष्ट्रीय स्तर पर साधन अगतिशील होते हैं। लेकिन यह कहना अधिक सही होगा कि साधन गतिशीलता की भिन्नता के आधार पर अन्तर्राष्ट्रीय व घरेलू व्यापार में श्रेणी का अन्तर है न कि किस्म का क्योंकि राष्ट्र के भीतर भी साधनों के प्रतिफलों में अन्तर पाये जाते हैं जो कि साधनों की अपूर्ण गतिशीलता का प्रमाण है। इसी प्रकार से अन्तर्राष्ट्रीय स्तर पर भी पूँजी व श्रम साधनों की गतिशीलता समय-समय पर देखने में आती है। अत: यह कहना अधिक उचित होगा कि एक राष्ट्र से दूसरे राष्ट्र की तुलना में, राष्ट्र के भीतर साधन गतिशीलता अधिक पायी जाती है।

रिकार्डों तथा अन्य संस्थापक अर्थशास्त्रियों का मत है कि देश की सीमा के अन्दर श्रम तथा पूँजी गतिशील होते हैं। ये एक क्षेत्र से दूसरे क्षेत्र अथवा एक उद्योग से दूसरे उद्योग में स्वतन्त्रतापूर्वक आवागमन करते रहते हैं, क्योंकि एक ही देश में समान भाषा, संस्कृति, सामाजिक, राजनीतिक तथा धार्मिक परिस्थितियाँ पाई जाती है। परन्तु इसकी यह प्रवृत्ति विभिन्न देशों के बीच प्राय: नहीं पाई जाती। एडम स्मिथ के अनुसार श्रम में सबसे अधिक गतिहीनता होती है। पूँजी की गतिशीलता की कमी के मुख्य कारण अलग अलग देशों में सरकार की नीति, राजनीतिक अनिश्चितता तथा लाभदायकता विनियोग के अवसरों की जानकारी का अभाव होना आदि है।

2. दोनों ही प्रकार के व्यापारों में प्राकृतिक एवं भौगोलिक परिस्थितियों में भिन्नता प्रतीत होती है। विभिन्न देशों में देश की प्राकृतिक बनावट, जलवायु एवं भौगोलिक परिस्थितियों में भी महत्त्वपूर्ण अन्तर पाया जाता है। ऐसी स्थिति में कुछ देशों को कुछ निश्चित वस्तुओं के उत्पादन में विशेष सुविधा मिल जाती है। इसके विपरित अन्य देशों को किन्हीं अन्य वस्तुओं के उत्पादन में। उदाहरण के लिए कुछ देशों को खनिज पदार्थों के लाभ

प्राप्त होते हैं तो कुछ को भूमि तथा चाय, रबर, कहवा इत्यादि के लिए। विशिष्ट जलवायु की ऐसी सुविधाओं को एक देश से दूसरे देश में नहीं ले जाया जा सकता, यद्यपि इनके स्थानान्तरण के लिए देश के भीतर कोई बाधा नहीं होती। इन लाभों के कारण भी दो देशों के मध्य किसी जलवायु के उत्पादन लागत में अन्तर हो जाता है।

भिन्न भिन्न देशों में भिन्न भिन्न प्राकृतिक साधन होते हैं और उनकी भौगोलिक परिस्थितियाँ भी भिन्न भिन्न होती है। इस कारण प्रत्येक क्षेत्र अपने भौगोलिक श्रम विभाजन के कारण कुछ वस्तुओं के उत्पादन में विशिष्टीकरण प्राप्त कर लेते हैं जिससे उन्हें अलग-अलग वस्तुओं के उत्पादन में तुलनात्मक लाभ होता है।

3. अन्तक्षेत्रीय तथा अन्तर्राष्ट्रीय व्यापार में उत्पादन सम्बन्धी सुविधाओं में भिन्नता होती है। किसी देश के भीतर उत्पादन सम्बन्धी नियम सभी स्थानों में लगभग एक से होते हैं। हैरोड़ के शब्दों में, "एक देश के नागरिकों के लिए राष्ट्रीय और स्थानीय कर प्रणाली एक सी होती है। उनके लिए स्वास्थ्य, स्वच्छता, कारखाना संगठन, शिक्षा और सामाजिक सुरक्षा सम्बन्धी नियम एक-से होते हैं, परिवहन और लोकोपयोगी सेवाएँ एक-सी होती हैं। इसके अतिरिक्त व्यावसायिक कार्यप्रणाली में भी अन्तर नहीं होता। परन्तु अलग-अलग देशों में इन सब दिशाओं में भी भारी विभिन्नता विद्यमान रहती है। अन्तर्राष्ट्रीय क्षेत्र में इनमें समानताएं नहीं होती जिसके कारण भिन्न भिन्न देशों में उत्पादन सम्बन्धी सुविधाएं व अवस्थाएं भिन्न होती है। इससे वस्तुओं के उत्पादन लागत में भी भिन्नता आ जाती है, जिससे वस्तुएं एक देश से दूसरे देश में जाकर बिकती हैं।

विभिन्न देशों में टैक्नोलॉजी तथा वैज्ञानिक प्राविधियों के विकास व पूँजी के साधनों की उपलब्धि में विभिन्नता पाई जाती है जिसका प्रभाव वस्तुओं के उत्पादन की रीतियों पर पड़ता है और उत्पादन लागत पर भी प्रभाव पड़ता है। राष्ट्र की सरकार उद्योग-धन्धों को पनपाने के लिए अपनी आर्थिक नीति, कर नीति तथा अन्य सुविधाओं के द्वारा मदद प्रदान करती है और प्रोत्साहन देती है। हैरोड ने कहा है, "वास्तविक लागत का सामान्य स्तर एक देश में दूसरे देश की तुलना में इसलिए भी नीचा हो सकता है कि सरकार ने उद्योगों को अधिक सुविधाएँ प्रदान कर रखी है।

4. एक राष्ट्र के घरेलू व्यापार में वस्तुओं के क्रय-विक्रय से सम्बन्धित सौदे ऐसी एक ही मुद्रा में किये जाते हैं जो कि सारे राष्ट्र में चलन में होती है। इसके विपरीत अन्तर्राष्ट्रीय व्यापार में यदि सब राष्ट्रों ने स्वर्णमान अपना रखा है तब भी विनिमय माध्यम भिन्न भिन्न होंगे। उदाहरणार्थ, भारतवर्ष में रुपया सर्वत्र स्वीकार्य विनिमय माध्यम है लेकिन यदि भारतीय व्यापारी किसी दूसरे राष्ट्र से व्यापार करता है तो उस राष्ट्र की मुद्रा व भारतीय रुपये की आपसी विनिमय दरद्र इस सौदे के निर्धारण में महत्त्वपूर्ण भूमिका अदा कर सकती है। अर्थात् किसी अन्य राष्ट्र से आयात करने हेतु भारतीय रुपये को उस राष्ट्र की मुद्रा में परिवर्तित करवाना आवश्यक होता है। अन्तक्षेत्रीय तथा अन्तर्राष्ट्रीय व्यापार में महत्त्वपूर्ण अन्तर मुद्रा प्रणाली में भिन्नता है।

विश्व के प्रत्येक देश की मुद्रा दूसरे देश की मुद्रा से भिन्न होती है। उसका मूल्य भी प्रत्येक देश में अलग-अलग होता है। यद्यपि प्रत्येक देश के भीतर लेन-देन का व्यवहार एक ही प्रकार की मुद्रा से किया जाता है किन्तु अन्तर्राष्ट्रीय स्तर पर भिन्न भिन्न प्रकार की

मुद्राएं होती हैं। अधिक स्पष्ट शब्दों में आन्तरिक व्यापार में केवल एक ही मुद्रा अर्थात् आन्तरिक मुद्रा में सम्पन्न होता है परन्तु अन्तर्राष्ट्रीय व्यापार में दो मुद्राओं का प्रादुर्भाव होता है - आन्तरिक मुद्रा और बाह्य मुद्रा।

इस प्रकार देश के भीतरी व्यवसाय में विदेशी विनिमय अर्थात् एक देश की मुद्रा को दूसरे देशों की मुद्रा में बदलने की किसी प्रकार की समस्या नहीं होती। परन्तु अन्तर्राष्ट्रीय व्यापार के सम्बन्ध में इस समस्या का अधिक महत्त्व होता है। संक्षेप में अन्तर्राष्ट्रीय व्यापार अपने देश की मुद्रा को दूसरे देश की मुद्रा में अथवा दूसरे देश की मुद्रा को अपने देश की मुद्रा में बदलने से सम्बन्धित समस्याओं को जन्म देता है। इसके विपरित ऐसी समस्याएं एक देश के अन्दर व्यापार करने में नहीं उपस्थित होतीं। यह समस्या अन्तर्राष्ट्रीय व्यापार में बहुत-सी जटिलताएं उत्पन्न करती है। इसके सफल संचालन में भी अधिक बाधाएं उपस्थित करती है।

इसके अतिरिक्त प्रत्येक देश में अपना अलग एक केन्द्रीय बैंक होता है जो देश की मुद्रा नीति को स्वतन्त्र रूप से नियन्त्रित करता है। मुद्रा नियन्त्रण विधि के प्रत्येक परिवर्तन का अन्तर्राष्ट्रीय व्यापार पर पर्याप्त प्रभाव पड़ता है।

इस प्रकार स्पष्ट है कि प्रत्येक राष्ट्र की मुद्रा प्रणाली भिन्न भिन्न होती है और उनकी मौद्रिक नीति में भी भिन्नता होती है। अतः विभिन्न मुद्राओं में विनिमय दर निर्धारित करना और उसे स्थायित्व प्रदान करना एक समस्या है। यह समस्या अन्तर्क्षेत्रीय या घरेलू व्यापार में नहीं उठती। अन्तर्राष्ट्रीय व्यापार में ऐसी अनेक समस्याएँ होती हैं। व्यापार सन्तुलन, भुगतान सन्तुलन, मौद्रिक मूल्य परिवर्तन आदि समस्याएँ अन्तर्राष्ट्रीय व्यापार में स्पष्ट दृष्टिगोचर होती है।

यदि समस्त राष्ट्रों ने स्वर्णमान अपना रखा है, विनिमय दर स्थिर है व भिन्न मुद्राओं के मध्य पूर्ण परिवर्तनशीलता की स्थिति है तो भिन्न राष्ट्रों में भिन्न मुद्राओं के प्रचलन से अन्तर्राष्ट्रीय व अन्तर्देशीय व्यापार पर इस घटक का विशेष प्रभाव नहीं पड़ेगा। लेकिन आधुनिक विश्व में अधिकांश राष्ट्रों ने प्रतिबन्धित मुद्रामान अपना रखा है। अतः स्वर्णमान की स्थिति की तुलना में विनिमय दरो में बहुत अधिक उच्चावचन आते रहते है। अतः स्पष्ट है कि भिन्न राष्ट्रीय मुद्राएँ अन्तर्राष्ट्रीय व्यापार में बाँधाएँ प्रस्तुत करती है। आशय यह है कि भिन्न राष्ट्रीय मौद्रिक इकाइयों की उपस्थिति प्रमुख बाधक घटक नहीं हैं अपितु प्रमुख बाधक घटक तो भिन्न राष्ट्रों की मुद्राओं के सापेक्ष मूल्यों में समय-समय पर होने वाले परिवर्तनों की सम्भावनाएँ हैं जो कि अन्तर्राष्ट्रीय व्यापार को घरेलू व्यापार की तुलना में अधिक जटिल व जोखिमपूर्ण बना देती है।

अतः अन्तर्राष्ट्रीय व्यापार में शामिल मौद्रिक विनिमय सौदों की गणना और उनके निष्पादन में इस प्रकार की लागतें व जोखिमें उत्पन्न होती हैं जो कि प्रायः घरेलू व्यापार में नहीं पायी जाती है। आर्थिक संकटों में जब सरकारें मौद्रिक मूल्य ह्रास के विभिन्न तरीकों को काम में लाती है तो विदेशी विनिमय के सौदों की जोखिम और भी बढ़ जाती है।

भिन्न राष्ट्रों में विकास की भिन्न अवस्थाओं के कारण, तथा उनके निर्यातों की पूर्ति व आयातों की माँग को प्रभावित करने वाले भिन्न अनुभवों के कारण वे विदेशी विनिमय से सम्बन्धित भिन्न नीतियाँ अपनाते हैं। प्रो. किन्डलबर्गर के अनुसार, ''अन्तर्राष्ट्रीय व्यापार को आन्तरिक व्यापार से भिन्न करने में नीतियों का यह अन्तर भिन्न राष्ट्रीय मुद्राओं के अस्तित्व से कहीं अधिक महत्त्वपूर्ण हैं।''

5. अन्तर्राष्ट्रीय व्यापार में वस्तुओं के आयात-निर्यात में बाधाएं उपस्थित होती है। सामान्यतया एक ही राष्ट्र में स्थित आर्थिक इकाइयों पर समान दर से करारोपण किया जाता है, वे एक ही पूँजी बाजार से वित्त प्राप्त करती है तथा संचार परिवहन एवं सूचना जैसी एक जैसी सुविधाओं की समान अवस्थापना का उपयोग करती है। इस प्रकार एक ही राष्ट्र में *स्थापित विशिष्ट आर्थिक इकाइयों का सम्पूर्ण आर्थिक वातावरण भिन्न राष्ट्रों की तुलना में कहीं* अधिक समरूप होता है। लेकिन इसका अभिप्राय यह नहीं है कि एक ही राष्ट्र के भिन्न क्षेत्रों में कर की दरें, स्थानीय कानून व अन्य नियमनों में भिन्नता नहीं पायी जाती है।

विभिन्न देश अपनी मौद्रिक एवं आर्थिक नीतियों को निर्धारित करने के लिए स्वतन्त्र होते हैं। वे विभिन्न कारणों से आयात-निर्यात पर आवश्यकतानुसार प्रतिबन्ध लगाते रहते हैं। इसका प्रभाव अन्तर्राष्ट्रीय व्यापार पर बहुत अधिक पड़ता है। इसके विपरीत एक देश के एक भाग से दूसरे भाग में वस्तु लाने या ले जाने में प्रायः कोई प्रतिबन्ध या बाधाएं नहीं होती। यदि इस सम्बन्ध में कोई बाधाएँ होती भी हैं तो बहुत कम। इस प्रकार चूंकि विभिन्न देशों के बीच वस्तुओं का आयात-निर्यात स्वतन्त्रतापूर्वक नहीं होता है इसलिए वस्तुओं की उत्पादन लागत एक देश से दूसरे देश में भिन्न हो जाती है।

अन्तर्राष्ट्रीय व्यापार में आयात-निर्यात सुगमतापूर्वक नहीं होता। राष्ट्र अपने देश की स्थिति को देखते अपनी आयात नीति व निर्यात नीति निर्धारित करते हैं। आयातकों व निर्यातकों को लाइसेंस लेने पड़ते हैं। सरकारें देशहित को दृष्टिकोण में रखकर आयात-निर्यात पर तटकर लगाकर प्रतिबन्ध लगाती हैं। सामान्यतया राष्ट्र विशेष में वैधानिक नियमन व प्रक्रियाएँ वैधानिक परिपाटियों एवं दर्शनों की समान नींव पर आधारित होते हैं। ये वैधानिक परिपाटियाँ व दर्शनों की समान नीवं पर आधारित होते हैं। ये वैधानिक परिपाटियाँ व दर्शन राष्ट्र विशेष में भिन्न ऐतिहासिक पृष्ठभूमि वाले राष्ट्र से पूर्णतया भिन्न हो सकते हैं। मजदूरी, कीमतों, प्रतियोगिता, विनियोग व व्यापारिक नियमनों से सम्बन्धित घरेलू नीतियाँ राष्ट्र के लिए बिल्कुल भिन्न होती है जिससे अन्तर्राष्ट्रीय आर्थिक सौदों में प्रत्यक्ष हस्तक्षेप करने हेतु प्रशुल्क, विनिमय नियन्त्रण एवं गैर-प्रशुल्क प्रतिबन्ध जैसे उपायो का सहारा लिया जाता है। इस प्रकार के हस्तक्षेप के परिणामस्वरूप घरेलू बाजार के व्यापारी की तुलना में अन्तर्राष्ट्रीय व्यापारी को भारी वैधानिक जिम्मेवारियाँ वहन करनी पड़ती है एवं अनेक प्रकार की वैधानिक जटिलताओं का सामना करना पड़ता है। हैबरलर के अनुसार, ''तटकर की दीवारें विदेशी व्यापार और देशी व्यापार के मध्य स्पष्ट अन्तर दृष्टिगोचर करती है।''

6. दोनों बाजारों में बाजारों की पृथकता सम्बन्धि अन्तर भी महत्त्वपूर्ण है। अन्तर्राष्ट्रीय व्यापार में विक्रेताओं और क्रेताओं के बीच भौगोलिक दूरी के अतिरिक्त भाषा, रीति-रिवाज, परम्परा, आदत, रूचि, माप और तौल, बिक्री की शर्तें आदि के सम्बन्ध में

अन्तर पाया जाता है। यातायात के साधनों की तीव्र गति होने के बाद भी लम्बी दूरी को तय करने में पर्याप्त समय लग जाता है। राष्ट्रीय व्यापार की अपेक्षा अन्तर्राष्ट्रीय व्यापार में माल भेजने में अधिक समय लगता है।

अन्तर्राष्ट्रीय व्यापार में अनेक ऐसी बाधाएँ आती हैं जोकि घरेलू व्यापार में सामान्यतया नहीं पायी जाती, ये बाधाएँ भाषा, व्यापारिक रीतिरिवाज, परम्परा, नापतौल, क्रय-विक्रय की शर्तों, लेन-देन की परिपाटियों आदि में भिन्नताओं के कारण उत्पन्न होती है। घरेलू व्यापार की तुलना में विदेशी व्यापार में माल एवं समाचार भेजने में समय एवं व्यय अधिक लगता है।

इंजीनियरों व डिजाइनरों को प्रशिक्षण मशीनों व औजारों के राष्ट्रीय प्रारूप को ध्यान में रखते हुए दिया जाता है तथा उनके प्रशिक्षण में राष्ट्रीय विशेषताएँ विद्यमान रहती हैं। एक ही राष्ट्र के भिन्न बाजारों में भी वस्तुओं की बनावट में भिन्नता पायी जाती है लेकिन ये भिन्नताएँ अन्तर्राष्ट्रीय स्तर की भिन्नताओं से कम होती है।

परन्तु विद्वानों ने उपर्युक्त वर्णित अन्तर को अधिक महत्त्व नहीं दिया है। उदाहरण के लिए अमृतसर और लाहौर के बीच दूरी अपेक्षतः कम है फिर भी इन दोनों के बीच होने वाले व्यापार को विदेशी व्यापार कहा जाता है। इसके विपरीत अमृतसर और बम्बई के बीच दूरी अपेक्षतः अधिक है लेकिन फिर भी इन दोनों क्षेत्रों के बीच होने वाले व्यापार को आन्तरिक व्यापार कहा जाता है। इस प्रकार भौगोलिक दूरी की अधिकता या कमी अन्तर्राष्ट्रीय व्यापार और आन्तरिक व्यापार के बीच भेद का आधार मानना उचित प्रतीत नहीं होता हैं।

बाजारों में इन भिन्नताओं का महत्त्वपूर्ण परिणाम यह होता है कि एक बड़ी फर्म जो किसी विशिष्ट प्रकार की वस्तुओं की पूर्ति भिन्न राष्ट्रों के बाजारों में बिक्री हेतु कर रही है वह उस वस्तु का मानकीकरण व पैमाने के प्रतिफल व विक्रय के लाभ उस सीमा तक प्राप्त नहीं कर सकती जिस तक कि एक ही किस्म का उतना ही उत्पादन बड़े राष्ट्रीय बाजार में विक्रय के लिए उत्पादित करने वाली फर्म प्राप्त कर सकती है।

बाजारों की भिन्नता के प्रभाव को प्रो. किन्डलबर्गर ने निम्न शब्दों में व्यक्त किया है, "आयात-निर्यात व्यापार को भिन्न शब्दों में वर्णित, भिन्न मापों को प्रयोग में लाने वाली भिन्न शर्तों व भिन्न मुद्राओं में क्रय-विक्रय होने वाली भिन्न वस्तुओं से अवगत होने हेतु घरेलू व्यापार की संस्कृति से बाहर आना पड़ता है।"

7. अन्तर्क्षेत्रीय तथा अन्तर्राष्ट्रीय व्यापार में औद्योगिक एवं व्यावसायिक नीतियों व स्थितियों में अन्तर भी महत्त्वपूर्ण है। भिन्न-भिन्न देशों की औद्योगिक एवं व्यावसायिक नीतियों को नियमित एवं नियन्त्रित करने वाले नियम अलग-अलग होते हैं, जिनका विभिन्न देशों में वस्तुओं के उत्पादन पर प्रभाव पड़ता है। इस कारण आन्तरिक व्यापार और अन्तर्राष्ट्रीय व्यापार में बहुत अन्तर हो जाता है।

8. अन्तर्क्षेत्रीय तथा अन्तर्राष्ट्रीय व्यापार में राजनीतिक ईकाई में अन्तर भी महत्तवपूर्ण है। एक राष्ट्र सर्वाधिक महत्त्वपूर्ण राजनीतिक इकाई होती है। यद्यपि राष्ट्र विशेष के भिन्न क्षेत्रों में सामाजिक व राजनीतिक वातावरण में भिन्नताएँ विद्यमान रहती है लेकिन फिर भी भिन्न राष्ट्रों की तुलना में एक ही राष्ट्र में राजनीतिक व सामाजिक वातावरण अधिक होता

है। राष्ट्र के नागरिकों के लिए भिन्न प्रान्तों में रहते हुए भी राष्ट्रीयता की भावना सर्वाधिक महत्त्वपूर्ण होती है। राष्ट्रीय समूहों का यह संसंजन रुचियों व रीतिरिवाजों के राष्ट्रीय अन्तरों को समझने में सहायक है। राष्ट्रीय सरकारों के लिए विश्व नागरिकों के हित की तुलना में राष्ट्रीय नागरिकों का हित अधिक महत्त्वपूर्ण होता है। आन्तरिक व्यापार में राजनीतिक ईकाई एक ही होती है जबकि अन्तर्राष्ट्रीय व्यापार में राजनीतिक ईकाइयां भिन्न भिन्न होती हैं। अन्य शब्दों में आन्तरिक व्यापार एक ही वर्ग के व्यक्तियों के मध्य का व्यापार होता है जबकि अन्तर्राष्ट्रीय व्यापार देशों के मध्य अथवा यों कहें कि विभिन्न प्रकार की एकता वाले वर्गों के मध्य का व्यापार है। फेडरिक लिस्ट के शब्दों में आन्तरिक व्यापार हम लोगों के बीच में हैं किन्तु अन्तर्राष्ट्रीय व्यापार ''हमारे'' और ''उनके'' बीच में होता है।

अत: आन्तरिक व्यापार एक ही सूह के सदस्यों के मध्य का व्यापार होता है। जबकि अन्तर्राष्ट्रीय व्यापार भिन्न संसंजन वाली इकाइयों के मध्य का व्यापार है। फ्रेडरिक लिस्ट ने इस अन्तर को निम्न शब्दों में व्यक्त किया था, ''घरेलू व्यापार हमारा आपसी व्यापार है जबकि अन्तर्राष्ट्रीय व्यापार हमारे और उनके (विदेशियों के) मध्य व्यापार है।''

9. यदि दो ऐसे देशों में व्यापार होता है जिनकी एक दूसरे से दूरी अधिक है तो परिवहन के साधनों की व्यवस्था करने में काफी समय पहले जहाजी कम्पनियों अथवा अन्य साधनों से सम्पर्क करना पड़ता है तथा माल के बीमें की व्यवस्था करनी पड़ती है।

10. विनिमय दर द्वारा ही यह निश्चित होता है कि क्रेता को अपनी मुद्रा में कितना भुगतान करना पड़ेगा और विक्रेता को अपनी मुद्रा में कितना भुगतान मिलेगा। यदि भुगतान करते समय विनिमय दर बदल जावें तो इस बात की सम्भावना रहती है कि क्रेता को नुकसान हो जावे क्यों कि उसने पुरानी दर के आधार पर माल का विक्रय कर दिया हो। आन्तरिक व्यापार में यह कठिनाई नहीं होती है।

11. अन्तर्राष्ट्रीय व्यापार में अनेक व्यापारिक तथा राजनैतिक जोखिमें जैसे क्रेता का दिवालियापन, भुगतान करने से मना करना, माल नहीं छुड़ाना, आयात लाइसेंस रद्द होना, समुद्री मार्ग परिवर्तन, युद्ध, आन्तरिक संकट आदि उत्पन्न हो सकती हैं।

12. देशी व्यापार में प्राय: एक स्थान से दूसरे स्थान पर माल भेजने पर कोई प्रतिबन्ध नहीं रहता, अत: आपसी लेन-देन बहुत सरल एवं सुविधाजनक रहता है। अन्तर्राष्ट्रीय व्यापार में स्थिति इतनी सरल नहीं है। प्राय: सभी विकासशल देशों में हर छठे मास सरकार द्वारा आयात तथा निर्यात नीति की घोषणा की जाती है। इन देशों में माल के आयात तथा निर्यात पर अनेक प्रतिबन्ध लगाए जाते हैं ताकि व्यापार तथा भुगतान सन्तुलन ठीक बना रहे और मुद्रा की विनिमय दर में गिरावट आने की आशंका न हो। अत: विभिन्न देशों के आपसी व्यापार में बहुंत अधिक बाधाएँ होती है जो देशी व्यापार में देखने में नहीं आती।

13. एक देश के विभिन्न भागों के व्यापार में प्राय: कर अथवा अन्य शुल्कों की कोई बाधा नहीं होती। एक स्थान से माल दूसरे स्थान पर बिना कोई कर चुकाए आ-जा सकता है। विभिन्न देशों के आपसी व्यापार में यह सुविधा नहीं मिलती क्योंकि प्रत्येक देश

अपने आयातों तथा निर्यातों पर किसी न किसी प्रकार का कर लगा ही देता है। इन सीमा शुल्कों के कारण विभिन्न देशों के आपसी व्यापार की मात्रा कम हो जाती है।

14. पिछले कुछ वर्षों में अन्तर्राष्ट्रीय व्यापार की शर्तों में तीव्रगति से परिवर्तन होते हैं। विकासशील देशों में प्राय: मुद्रा और व्यापार की स्थितियाँ भी तेजी से बदली हैं जिससे लेनदेन में अनिश्चितता बहुत बढ़ी है। दक्षिणी अमेरिका के कुछ देशों में मुद्रा का प्रति सप्ताह अथवा प्रति मास अवमूल्यन होता रहा है, जिससे इन देशों से व्यापार करना बहुत जोखिम का काम हो गया है। देशी व्यापार में इस प्रकार की किसी स्थिति के उत्पनन होने की कोई आशंका नहीं है।

15. अन्तर्राष्ट्रीय व्यापार की मात्रा प्राय: ऋण अथवा पूँजी विनियोग की मात्रा पर निर्भर करती है। जो देश माल उधार देने के लिए तैयार हैं अथवा माल खरीदने वाले देश में पूँजी लगाने के लिए सहमत हैं उन देशों का माल सरलता से बिकता है और सरकार भी उनके माल को प्रोत्साहन देती है। अन्य देशों के माल पर कर या प्रतिबन्ध लगा दिये जाते हैं। कभी-कभी सरकार पूँजी के आगमन पर भी रोक लगा देती है। समाजवादी व्यवस्था की स्थापना के लिए विदेशी पूँजी पर प्राय: बन्धन लगाये जाते हैं जिससे विदेशी माल के आगमन पर भी रोक लग जाती है। इस प्रकार अन्तर्राष्ट्रीय व्यापार पर पूँजी के गमनागमन का व्यापक प्रभाव पड़ता है। देशी व्यापार पर पूँजी के मगमनागमन का प्राय: कोई प्रभाव नहीं पड़ता।

आधुनिक प्रवृत्तियाँ

दूसरे विश्व युद्ध की समाप्ति (1945) पर अन्तर्राष्ट्रीय व्यापार की निम्नलिखित प्रवृत्तियाँ उल्लेखनीय थी:

(1) प्राय: सभी देशों में आयातों पर प्रतिबन्ध अथवा कर लगे हुए थे।

(2) अधिकांश देशों में विदेशी विनिमय पर नियन्त्रण थे।

(3) विश्व में राजनैतिक अस्थिरता की स्थिति थी।

(4) अन्तर्राष्ट्रीय व्यापार को प्रोत्साहित करने वाली अन्तर्राष्ट्रीय संस्थाओं का अभाव था।

(5) परिवहन के साधन छिन्न भिन्न हो चुके थे, तथा

(6) विभिन्न राष्ट्रों में आर्थिक सहयोग का अभाव था।

विगत कतिपय वर्षों में प्राय: सभी परिस्थितियाँ बदल गई हैं और अग्रतलखित प्रवृत्तियों को महत्त्व दिया जा रहा है:

(1) अन्तर्राष्ट्रीय स्तर पर व्यापार स्वतन्त्रता को महत्त्व दिया जा रहा है और सब देश इस दिशा में प्रयत्नशील हैं कि व्यापार में बाधाएँ क्रमशः दूर हो सकें।

(2) अन्तर्राष्ट्रीय व्यापार को मुक्त करने की दिशा में यूरोप, दक्षिणी अमेरिका, अफ्रीका आदि में व्यापार के लिए क्षेत्रीय समूह बन गये हैं। सामान्य व्यापार एवं प्रशुल्क करार यूरोपीय स्वतन्त्र व्यापार संघ आदि इस प्रकार के समूहों के उदाहरण हैं।

(3) अन्तर्राष्ट्रीय मुद्रा कोष, सामान्य व्यापार एवं प्रशुल्क करार आदि संगठन व्यापार में वृद्धि के लिए तकनीकि एवं आर्थिक सहायता भी प्रदान करते हैं।

इसके अतिरिक्त अन्तर्राष्ट्रीय मुद्रा कोष, विश्व बैंक, अन्तर्राष्ट्रीय व्यापार समझौता आदि संस्थाओं के माध्यम से विश्व के अधिकांश देशों की व्यापार नीतियाँ मुक्त और युक्तिसंगत होती जा रही है। परिवहन तथा संचार के साधन में आशातीत विकास हुआ है।

इस प्रकार आर्थिक, राजनीतिक एवं वित्तीय —सभी क्षेत्रों में अन्तर्राष्ट्रीय सहयोग बढ़ रहा है जिससे अन्तर्राष्ट्रीय व्यापार की बाधाएँ तेजी से दूर होती जा रही हैं। ऐसी स्थिति में राष्ट्रीय और अन्तर्राष्ट्रीय व्यापार का अन्तर केवल राजनैतिक अथवा शैक्षणिक महत्त्व का रह गया है, उनका व्यावसायिक अन्तर अधिक नहीं है।

उपसंहार

अन्तर्राष्ट्रीय एवं अन्तर्क्षेत्रीय व्यापार कोई मूलभूत अन्तर नहीं : प्रतिष्ठित अर्थशास्त्रियों के अनुसार दोनों प्रकार के व्यापारों में पर्याप्त अन्तर पाया जाता है क्योंकि विभिन्न देशों की सरकारें, राष्ट्रीय नीतियाँ, मौद्रिक इकाइयाँ, व्यापार नीतियाँ, विनिमय नियंत्रण व्यवस्थाएँ आदि भिन्न होती है तथा एक राष्ट्र के अलग-अलग भागों की तुलना में दो राष्ट्रों में साधनों की गतिशीलता में अभाव पाया जाता है। अत: प्रतिष्ठित अर्थशास्त्रियों के अनुसार अन्तर्राष्ट्रीय व्यापार के लिए अलग सिद्धान्त की आवश्यकता है। किन्तु इस विचारधारा को कुछ अन्य अर्थशास्त्री, जिनमें बर्टिल ओहलिन का नाम प्रमुख है, नहीं मानते हैं। आहलिन के अनुसार ''अन्तर्राष्ट्रीय व्यापार अन्तर्क्षेत्रीय व्यापार की एक विशिष्ट दशा मात्र है अत: अन्तर्राष्ट्रीय व्यापार के लि अलग सिद्धान्त की आवश्यकता नहीं है। इस विचारधारा के अनुसार दोनों व्यापारों में कोई मूलभूत अन्तर नहीं है इनमें केवल श्रेणी का अन्तर है जो निम्न से स्पष्ट हैं:

जलवायु, भूमि तथा खनिज का अन्तर : भारत जैसे बड़े देश के विभिन्न भागों में जलवायु, धरातल, खनिज आदि के इतने अन्तर हो सकते हैं जितने दोष पास-पास स्थित देशों में भी नहीं पाये जा सकते हैं।

श्रम तथा पूँजी की गतिशीलता : बड़े देश के विभिन्न भागों में भाषा, रीति-रिवाज, संस्कृति और धार्मिक विचारधारा के इतने अन्तर हो सकते हैं जितने दो पास-पास स्थिति देशों में नहीं हो सकते हैं। जैसे भारत का पश्चिमी बंगाल, पंजाब और केरल का अन्तर जिससे श्रम की गतिशीलता कम हो जाती है।

सीमा सम्बन्धी प्रतिबन्धों में ढिलाई -अनेक क्षेत्रों में साझा बाजरों की स्थापना की गई जिनमें विभिन्न देशों में सीमा प्रतिबन्धों को कम अथवा समाप्त किया गया है।

अन्तर्राष्ट्रीय वित्तीय संस्थाओं के द्वारा विश्व के विभिन्न देशों को उदारता पूर्वक ऋण की सुविधाएँ प्रदान की जाती हैं जिससे पूंजी की गतिशीलता में वृद्धि हुई है।

उपर्युक्त विवरण से स्पष्ट हो जाता है कि आन्तरिक व्यापार तथा अन्तर्राष्ट्रीय व्यापार में मौलिक अन्तर न होकर केवल श्रेणी का ही अन्तर है। अत: ओहलिन का यह कथन ''अन्तर्राष्ट्रीय व्यापार अन्तर्देक्षीय व्यापार का विशिष्ट रूप है।'' पर्याप्त सत्यता लिये हुए है।

अन्तर्राष्ट्रीय व्यापार के लिए पृथक् सिद्धान्त क्यों?

आन्तरिक व्यापारिक या अन्तर्क्षेत्रीय व्यापार एवं अन्तर्राष्ट्रीय व्यापार की प्रकृति एक ही समान है, अर्थात् इनमें कोई मौलिक असमानताएं नहीं हैं। ऐसी स्थिति में यह प्रश्न उपस्थित होना स्वाभाविक है कि यदि आन्तरिक और अन्तर्राष्ट्रीय व्यापार की प्रकृति एक ही समान है तो अन्तर्राष्ट्रीय व्यापार के लिए एक पृथक् सिद्धान्त की आवश्यकता क्यों पड़ती है।

इस सम्बन्ध में कुछ विद्वानों का मत है कि चूंकि अन्तर्राष्ट्रीय और आन्तरिक व्यापार में मौलिक समानताएं हैं इसलिए जो सिद्धान्त आन्तरिक व्यापार पर लागू होते हैं उन्हीं को अन्तर्राष्ट्रीय व्यापार पर लागू किया जाना चाहिए। आन्तरिक व्यापार या अन्तर्क्षेत्रीय व्यापार एवं अन्तर्राष्ट्रीय व्यापार की प्रकृति एक ही समान है, अर्थात् इनमें कोई मौलिक असमानताएं नहीं हैं। ऐसी स्थिति में यहां यह प्रश्न स्वाभाविक रूप से उठता है कि यदि आन्तरिक और अन्तर्राष्ट्रीय व्यापार की प्रकृति एक ही समान है तो अन्तर्राष्ट्रीय व्यापार के लिए एक पृथक सिद्धान्त की आवश्यकता क्यों पड़ती है।

कुछ विद्वानों का मत है कि चूंकि अन्तर्राष्ट्रीय और आन्तरिक व्यापार में मौलिक समानताएं हैं इसलिए जो सिद्धान्त आन्तरिक व्यापार पर लागू होते हैं उन्हीं को अन्तर्राष्ट्रीय व्यापार पर लागू किया जाना चाहिए।

दूसरी ओर विचारकों का एक अन्य समूह भी हैं जो कि आन्तरिक और अन्तर्राष्ट्रीय व्यापार के बीच पर्याप्त अन्तर मानते हैं। इसलिए अन्तर्राष्ट्रीय व्यापार के लिए पृथक् सिद्धान्त का समर्थन करते हैं। प्रो. किंडलेबर्गर का इस सम्बन्ध में विचार है कि "अन्तर्राष्ट्रीय व्यापार को विभिन्न कारणों से एक पृथक् विषय समझा जाता है। यह कारण है परम्पराएं वास्तविक संसार में अन्तर्राष्ट्रीय आर्थिक प्रश्नों द्वारा प्रस्तुत की गई आवश्यक और महत्त्वपूर्ण समस्याएं, इसके द्वारा अपनाए जाने वाले नियमों की घरेलू व्यापार के नियमां से भिन्नता इत्यादि।"

इसी प्रकार प्रतिष्ठित अर्थशास्त्रियों का यह मत हैं कि जो परिस्थितियां अन्तर्राष्ट्रीय व्यापार को जन्म देती हैं और उसे नियन्त्रित करती हैं वे उनसे भिन्न होती हैं जिनके द्वारा अन्तर्क्षेत्रीय या आन्तरिक व्यापार को जन्म दिया जाता है तथा नियन्त्रण किया जाता है। ऐसी स्थिति में अन्तर्राष्ट्रीय व्यापार का पृथक सिद्धान्त आवश्यक है और उसकी आवश्यकता के समर्थन में इन प्रतिष्ठित अर्थशास्त्रियों ने निम्नलिखित तर्क प्रस्तुत किये हैं :

एक पृथक् सिद्धान्त के पक्ष में तर्क

1. अन्तर्राष्ट्रीय व्यापार की जनक सापेक्षिक या तुलनात्मक लागत है। अन्तर्राष्ट्रीय व्यापार का जन्म इसलिए हुआ है कि दो देशों में वस्तुओं के उत्पादन की सापेक्षिक लागतों में पर्याप्त अन्तर होता है। लागत का यह अन्तर केवल अन्तर्राष्ट्रीय स्तर पर ही रहता है। इसके विपरित राष्ट्रीय स्तर पर ऐसा कोई अन्तर नहीं रहता है। इसलिए यह आवश्यक है कि अन्तर्राष्ट्रीय व्यापार के लिए एक पृथक् सिद्धान्त की रचना की जाए।

अन्तर्राष्ट्रीय व्यापार क्यों उदय होता है इसका प्रत्युत्तर 'तुलनात्मक लागत के सिद्धान्त' में सर्वप्रथम रिकार्डो द्वारा दिया गया। बाद में मिल ने इसका विकास किया और बेस्टेबल और केयरनेस ने इसमें संशोधन किया।

2. यह सर्वमान्य सत्य है कि उत्पादन के साधनों की गतिशीलता बाधित रहती है। अत: पृथक् सिद्धान्त के पक्ष में यह तर्क दिया गया कि अन्तर्राष्ट्रीय स्तर पर उत्पादन के साधनों में गतिशीलता नहीं रहती। रिकार्डों एवं अन्य प्रतिष्ठित अर्थशास्त्रियों का विचार था कि दो देशों के बीच पूंजी और श्रम गतिहीन होते हैं जबकि एक देश के अन्दर उनमें पर्याप्त गतिशीलता पाई जाती है।

3. वस्तुविनिमय की उपस्थिति भी अन्तर्राष्ट्रीय व्यापार के एक पृथक सिद्धान्त के पक्ष में है। अन्तर्राष्ट्रीय एवं अन्तर्क्षेत्रीय व्यापार के अन्तर का अन्य आधार वस्तुविनिमय भी बताया गया है। प्रतिष्ठित अर्थशास्त्रियों ने यह दर्शाने का प्रयत्न किया है कि दो देशों के बीच सम्पूर्ण व्यापार की प्रक्रिया वास्तव में अदल-बदल की प्रक्रिया मात्र है।

4. विदेशी विनिमय की समस्या अन्तर्राष्ट्रीय व्यापार के एक पृथक सिद्धान्त की पक्षधर है। अन्तर्राष्ट्रीय व्यापार को आन्तरिक व्यापार से भिन्न मानने के पक्ष में प्रतिष्ठित अर्थशास्त्रियों ने यह तर्क भी दिया कि विदेशी विनिमय की जो समस्या अन्तर्राष्ट्रीय व्यापार में आती है वह आन्तरिक व्यापार में नहीं आती।

अन्तर्राष्ट्रीय व्यापार के लिए पृथक् सिद्धान्त आवश्यक नहीं

आधुनिक अर्थशास्त्री अन्तर्राष्ट्रीय व्यापार के लिए एक पृथक सिद्धान्त का समर्थन किये जाने के पक्षधर नही हैं। इन अर्थशास्त्रियों में प्रमुख प्रो. बर्टिल ओहलिन हैं जिन्होंने ने अन्तर्राष्ट्रीय व्यापार के लिए एक पृथक् सिद्धान्त की आवश्यकता की चुनौती दी है। उनका मत है कि अन्तर्राष्ट्रीय व्यापार की व्याख्या के लिए भी वही सिद्धान्त लागू किया जाने में कोई कमी नही हैं। अन्तर्क्षेत्रीय अथवा आन्तरिक व्यापार के साथ प्रयुक्त किया जाता है। प्रो. ओहलिन का इस सम्बन्ध में यह तर्क है कि अन्तर्क्षेत्रीय व्यापार और अन्तर्राष्ट्रीय व्यापार में कोई मौलिक अन्तर नहीं हैं। अपने उपर्युक्त बर्णित मत को अधिक प्रबल सिद्ध करने की दृष्टि से ओहलिन का कथन है कि, ''अन्तर्राष्ट्रीय व्यापार अन्तर्क्षेत्रीय व्यापार की केवल एक विशिष्ट अवस्था ही है।'' यही मत एजवर्थ का भी था। एजवर्थ के शब्दों में ''साम्यावस्था को निर्धारित करने वाली सामान्य दशाएं (आन्तरिक अथवा अन्तर्राष्ट्रीय) दोनों ही प्रकार के व्यापार के लिए समान हैं। इसलिए अन्तर्राष्ट्रीय व्यापार की व्याख्या के लिए एक पृथक सिद्धान्त की आवश्यकता नहीं हैं?'' प्रो. कैनन ने इस बात को रिकार्डों के समय से लेकर अब तक के अर्थशास्त्रियों की एक भूल माना है कि उन्होंनें अन्तर्राष्ट्रीय व्यापार के लिए अन्तर्क्षेत्रीय व्यापार से एक भिन्न एवं नया सिद्धान्त बनाने की चेष्टा की।

अन्तर्राष्ट्रीय व्यापार के लिए पृथक सिद्धान्त के विरोध में आधुनिक अर्थ शास्त्रियों ने जो तर्क प्रस्तुत किये है। वे निम्नलिखित हैं:

1. सापेक्षिक या तुलनात्मक लागत का सिद्धान्त केवल अन्तर्राष्ट्रीय व्यापार ही नहीं बल्कि अन्तर्क्षेत्रीय या आन्तरिक व्यापार पर भी बिना किसी बाधा के लागू होता है। आधुनिक अर्थशास्त्रियों का यह विचार है कि प्रत्येक प्रकार का व्यापार चाहे वह विभिन्न व्यक्तियों के बीच सम्पन्न होता हो अथवा विभिन्न क्षेत्रों के बीच या विभिन्न देशों के बीच हो, लागतों में अन्तर विशिष्टकरण के कारण उत्पन्न होता है। विशिष्टीकरण का जन्म उत्पादन की तुलनात्मक

सुविधाओं के कारण होता है। प्रत्येक व्यक्ति गांव, जिला, राज्य अथवा राष्ट्र उसी वस्तु के उत्पादन में विशिष्टता प्राप्त करने का प्रयास करता है जिनके उत्पादन में उसे तुलनात्मक सुविधाएं प्राप्त होती है।

तुलनात्मक लागत सिद्धान्त के जन्मदाता रिकार्डो ने इसी सत्य को स्पष्ट करते हुए एक अत्यन्त रोचक उदाहरण प्रस्तुत किया कि, "दो व्यक्ति जूते-टोपी दोनों ही वस्तुएं बना सकते हैं। इनमें से एक व्यक्ति दूसरे की अपेक्षा इन दोनों ही कार्यों में अधिक कुशल है परन्तु टोपियों को बनाने में वह अपनी प्रतिस्पर्धी शक्ति की अपेक्षा 20 प्रतिशत से अधिक कुशल है जबकि जूता बनाने में वह उससे 33.5 प्रतिशत अधिक कुशलता रखता है। ऐसी स्थिति में क्या यह दोनों के हित में न होगा कि कुशल व्यक्ति केवल जूतों का उत्पादन करे और कम कुशल व्यक्ति टोपियां ही बनाएं।"

प्रो. ओहीलन ने भी अपने विश्लेषण में इसी भावना का उपयोग किया है और कहा है कि जो बात एक व्यक्ति, गांव, जिला अथवा देश के लिए सत्य है वही विभिन्न देशों के बीच व्यापार के लिए भी सत्य है। स्वयं श्री ओहीलन के शब्दों में "क्षेत्रों एवं राष्ट्रों के द्वारा एक दूसरे के साथ व्यापार एवं विशिष्टीकरण उन्हीं कारणों से किया जाता है जिनमें कि व्यक्ति विशिष्टीकरण करते हैं और व्यापारों में भाग लेते हैं। कुछ व्यक्ति अपने स्वभाव से किसी कार्य को करने में दूसरे व्यक्ति की अपेक्षा अधिक योग्य होते हैं। उदाहरण के लिए एक व्यक्ति अच्छा बागवान हो सकता है जबकि दूसरा अच्छा अध्यापक एवं तीसरा कुशल चिकित्सक। यदि बागवान से अध्यापक का कार्य करने को कहा जाए तो वह अध्यापक का कार्य कुशलता से न कर सकेगा। इसी प्रकार अध्यापक एक अकुशल चिकित्सक और एक चिकित्सक अकुशल अध्यापक ही प्रमाणिक होगा। इस प्रकार यह स्पष्ट है कि विशिष्टता सभी पक्षों को लाभकारी है। यदि व्यक्ति योग्यताओं में समान हो तो भी विशिष्टीकरण सभी पक्षों को लाभकारी रहेगा।"

उपर्युक्त वर्णित विचारों के आधार पर यह व्यक्त किया जा सकता है कि तुलनात्मक लागत अथवा आपेक्षित सुविधाएं, जिसके आधार पर अन्तर्राष्ट्रीय व्यापार के लिए एक पृथक् सिद्धान्त का प्रतिपादन किया गया है, केवल अन्तर्राष्ट्रीय व्यापार के साथ ही नहीं बल्कि आन्तरिक या अन्तर्क्षेत्रीय व्यापार के साथ भी लागू होती है। एक ही देश के अन्दर विभिन्न प्रान्त एवं एक ही प्रान्त के अन्तर्गत विभिन्न जिले विभिन्न वस्तुओं में विशिष्टीकरण प्राप्त करने करते हुए देखे जाते हैं। इससे यह सिद्ध होता है कि सापेक्षिक लाभ (अथवा तुलनात्मक लागत की विशेषता) अन्तर्राष्ट्रीय व्यापार में नहीं पायी जाती है बल्कि यह विशेषता क्षेत्रीय एवं अन्तर्देशीय व्यापार में भी पायी जाती है। इस सम्बन्ध में पैरोटो ने लिखा है "सापेक्षिक लागतों का विचार अन्तर्राष्ट्रीय व्यापार के लिए ही विशेषता नहीं रखता बल्कि इसे उन व्यक्तियों में लागू किया जा सकता है जो एक आर्थिक ईकाई के अन्तर्गत रहते हैं।" अतः सापेक्षिक लागत के आधार पर अन्तर्राष्ट्रीय और आन्तरिक व्यापार में भेद करना गलत है क्योंकि आन्तरिक व्यापार का कारण भी सापेक्षिक लाभ है।

2. उत्पादन के साधन देश के अन्दर भी पूर्णतया गतिशील नहीं होते और न विभिन्न देशों के बीच पूर्णतया गतिहीन होते हैं - उत्पादन के साधनों की गतिहीनता जिसे प्रतिष्ठित अर्थशास्त्रियों ने अन्तर्राष्ट्रीय व्यापार के लिए एक पृथक् सिद्धान्त बनाने का आधार बताया था, वे केवल अन्तर्राष्ट्रीय व्यापार की ही विशेषता नहीं बल्कि एक ही देश के दो विभिन्न प्रदेशों के बीच देखी जा सकती है। देश के अन्दर भी उत्पादन के साधन पूर्णतया गतिशील नहीं होते और न ही ये साधन विभिन्न देशों के बीच पूर्णतया अगतिशील होते हैं। जैसे, एक ही देश में खेतों में काम करने वाले श्रमिक, कारखानों में काम करने के लिए तैयार नहीं होते, भले ही उन्हें कारखानों में अधिक मजदूरी क्यों न मिलती हो। इसी प्रकार कारखाने के श्रमिक खेतों पर काम करने को तैयार नहीं होते भले ही उन्हें अधिक मजदूरी वहां मिल सकती हो। इसी प्रकार उत्तरी भारत का श्रमिक दक्षिणी भारत में जाकर काम करने के लिए आसानी से तैयार नहीं होता क्योंकि भाषा भेद, जाति भेद, जलवायु भेद आदि उसकी गतिशीलता में बाधा डालते हैं। ओहलिन के मतानुसार बहुत से कारणों से उत्पादन के साधन देश के अन्दर भी पूर्णरूपेण गतिशील नहीं होते। देश के विभिन्न भागों में मजदूरी, ब्याज आदि की दरों में भिन्नताएं इस तथ्य के प्रमाण है कि देश के अन्दर भी उत्पादन के साधनों में पूर्ण गतिशीलता नहीं रहती। केयरनेस ने इसी कारण कहा था कि, ''एक ही देश के अन्दर भी अप्रतियोगी समूहों का निवास पाया जाता है। उदाहरण के लिए खेतिहर मजदूर तुरन्त ही औद्योगिक मजदूर नहीं बन जाता है।

प्रो. ओहलिन ने पुन: यह स्पष्ट किया कि उत्पादन साधन विभिन्न देशों के बीच भी पूर्णतया अगतिशील नहीं होते। उत्पादन के साधनों की अगतिशीलता भी सापेक्ष होती हैं, और विभिन्न देशों के बीच श्रम और पूंजी का प्रवाह होता रहता है। इसे ओर अधिक स्पष्ट करने के लिए प्रो. ओहलिन ने एक उदाहरण प्रस्तुत किया है। जब आस्ट्रेलिया, दक्षिणी अफ्रीका आदि में सोने की खानों का पता चला तो सभी देशों से श्रमिक वहां पहुंचने लगे। इसी प्रकार से संयुक्त राज्य अमेरिका, कनाडा व आस्ट्रेलिया आदि देशों का आर्थिक विकास यूरोपीय देशों से बड़े पैमाने पर पूँजी और श्रम के प्रवाह के कारण ही सम्भव हो सका है। इस प्रकार स्पष्ट होता है कि देश के अन्दर और विभिन्न देशों के बीच उत्पादन के साधनों की गतिशीलता में अन्तर के आधार पर अन्तर्राष्ट्रीय व्यापार के लिए एक पृथक् सिद्धान्त की आवश्यकता नहीं है।

3. अन्तर्राष्ट्रीय एवं अन्तर्क्षेत्रीय सभी विनिमय अन्तत: अदल बदल ही है। वस्तु विनिमय की उपस्थिति के आधार पर अन्तर्राष्ट्रीय एवं अन्तर्क्षेत्रीय व्यापार में अन्तर करना भी उपर्युक्त नहीं होता है। इसका प्रमुख कारण यह है कि समस्त व्यापार चाहे वह अन्तर्राष्ट्रीय हो या अन्तर्क्षेत्रीय, अन्तत: वस्तु विनिमय ही है। यदि मुद्रा का माध्यम हटा दिया जाए तो समस्त व्यापार वस्तु विनिमय ही रहता है। वस्तु विनिमय अन्तिम रूप से सभी प्रकार के वनिमयों की तह में पाया जाता है - चाहे वह दो देशों के बीच हो या एक ही देश के विभिन्न व्यक्तियों के मध्य हो। इसी सम्बन्ध में कैनन के शब्दों में, ''अन्तर्राष्ट्रीय व्यापार के सम्बन्ध में यह जोर देने की मूर्खता का हमें परित्याग कर देना चाहिए कि वह वास्तव में वस्तु विनिमय मात्र है। नि:सन्देह यदि मुद्रा को नाटक से बाहर कर दिया जाए तो समस्त व्यापार वस्तु विनिमय ही होगा। इसके पश्चात् हम देखेंगें कि एक प्रकार की वस्तुएं एवं सेवाएं उत्पन्न करने वाले व्यक्ति विनिमय द्वारा अन्य व्यक्तियों से इनके बदले में दूसरे प्रकार की वस्तुएं और सेवाएं प्राप्त

कर रहें हैं। यह तो मुद्रा का हस्तक्षेप ही है, जो वस्तु विनिमय को क्रय शक्ति में परिणित कर देता है। परन्तु अन्तर्राष्ट्रीय व्यापार में मुद्रा को हटाना दूर रहा, हम एक मुद्रा के बजाय दो भिन्न मुद्राओं का प्रयोग करते हैं।"

4. विदेशी विनिमय की समस्या अन्तर्राष्ट्रीय एवं अन्तर्क्षेत्रीय व्यापार के मध्य भेद का पर्याप्त आधार नहीं है। प्रतिष्ठित अर्थशास्त्रियों ने इस आधार पर भी अन्तर्राष्ट्रीय व्यापार के लिए पृथक सिद्धान्त प्रतिपादित करने का प्रयास किया था कि विदेशी विनिमय सम्बन्धी कठिनाइयां केवल अन्तर्राष्ट्रीय व्यापार में उठानी पड़ती हैं, अन्तर्क्षेत्रीय व्यापार में नहीं। कुछ समय तक यह सही है, लेकिन इसे हम दोनों में अन्तर करने का पर्याप्त आधार नहीं मान सकते। मुद्रा विनिमय की समस्या अन्तर्क्षेत्रीय व्यापार में भी उदय हो सकती है। इसका प्रमुख कारण यह है कि हो सकता है कि एक ही देश के अन्दर विभिन्न क्षेत्रों में विभिन्न मौद्रिक प्रणालियां हों। उदाहरण के लिए ब्रिटिश भारत में देशी राजाओं एवं नवाबों की रियासतें आर्थिक दृष्टि से स्वतन्त्र ईकाइयां थीं। प्रत्येक रियासत में वहां के राजा या नवाबों की विशेष मुद्राएं चलती थी। ब्रिटिश भारत में रूपया चलन में था। रूपये को किसी रियासती मुद्रा से विनिमय करने की समस्या किसी विदेशी मुद्रा से विनिमय करने की समस्या से भिन्न न थी।

इस विषय में प्रो. ओहीलन ने यह विचार व्यक्त किया कि, "करेन्सियों का अन्तर अन्तर्राष्ट्रीय व्यापार और राष्ट्रीय व्यापार के सिद्धान्तों में अन्तर सूचित नहीं करता बल्कि एक बाजार के मूल्य सिद्धान्त और कई बाजारों के मूल्य सिद्धान्तों के अन्तरों का संकेतक है।"

निष्कर्ष

अन्तर्राष्ट्रीय व्यापार के सम्बन्ध में पृथक सिद्धान्त के सम्बन्ध उपयुक्त वर्णन के आधार पर यह कहा जा सकता है कि अन्तर्क्षेत्रीय और अन्तर्राष्ट्रीय व्यापार में कोई मौलिक अन्तर नहीं है और जो कुछ अन्तर है वह किस्म का नहीं बल्कि अंश का है। इसलिए जो सिद्धान्त अन्तर्क्षेत्रीय व्यापार के विश्लेषण के लिये प्रयुक्त किया जाता है उसी को अन्तर्राष्ट्रीय व्यापार के विश्लेषण के लिए भी प्रयुक्त किया जाना चाहिए। अर्थात् मूल्य सम्बन्धी जो सिद्धान्त एक देश के अन्दर विभिन्न क्षेत्रों के बीच व्यापार के अस्तित्व का विश्लेषण करता है वहीं सिद्धान्त विभिन्न देशों के बीच व्यापार के अस्तित्व की व्याख्या कर सकता है। देश के अन्दर विभिन्न क्षेत्रों के बीच व्यापार का विश्लेषण मूल्य के सामान्य सन्तुलन सिद्धान्त के द्वारा किया जाता है। अतः आधुनिक अर्थशास्त्रियों का कहना है कि सामान्य सन्तुलन के सिद्धान्त को ही अन्तर्राष्ट्रीय व्यापार की व्याख्या करने के लिए प्रयुक्त किया जाना चाहिए, इसके लिए पृथक् सिद्धान्त की आवश्यकता नहीं है। प्रो. हेबरलर ने बताया कि अन्तर्राष्ट्रीय व्यापार सिद्धान्त को सामान्य सन्तुलन सिद्धान्त का ही एक विशिष्ट प्रयोग समझना चाहिए।

प्रो. ओहलिन राजनीतिक सीमाओं को व्यापार का आधार नहीं मानते। उनका कहना है कि भौगोलिक दृष्टिकोण से उस भू-क्षेत्र को एक देश कहा जाता है जो एक राजनैतिक सत्ता के अधीन रहता है। इस प्रकार ओहलिन के मतानुसार विभिन्न राष्ट्र वस्तुतः क्षेत्रमात्र हैं जो राष्ट्रीय सीमाओं, प्रशुल्क बाधाओं, भाषा, रीति-रिवाज व मौद्रिक व्यवस्थाओं आदि के आधार पर एक-दूसरे से पृथक् होते हैं। किन्तु व्यवहार में यह देखा जाता है राष्ट्रीय सीमाएं बदल जाती है, प्रशुल्क बाधाएं टूट जाती है। इस कारण विभिन्न देशों के बीच उत्पादन

के साधनों व वस्तुओं के स्वतन्त्र स्थानान्तर के लिए बाधाएं भी स्थायी नहीं होती और न विभिन्न देशों के बीच इनकी गतिशीलता में अन्तर ही स्थायी रहता है। इतिहास हमें बताता है कि देशों का आकार समय-समय पर बदलता रहा है। जैसे सन् 1947 में भारत का विभाजन कर पाकिस्तान की रचना की गयी, और अब पाकिस्तान का विभाजन होकर बंगला देश की सृष्टि की गयी है। इससे यह स्पष्ट होता है कि क्षेत्र को देश के समान, अन्तर्क्षेत्रीय व्यापार को अन्तर्राष्ट्रीय व्यापार के समान ही माना जा सकता है।

किन्तु क्षेत्रों और देशों में समानता होते हुए भी निम्न दो बातों में एक क्षेत्र एक राष्ट्र से भिन्न हो सकता है-

(अ) कुछ क्षेत्र जो आर्थिक दृष्टि से समान हैं किन्तु राजनैतिक दृष्टिकोण से पृथक्-पृथक् देश हो सकते हैं। उदाहरण के लिए, विभाजन के पश्चात् पंजाब का पश्चिमी भाग पाकिस्तान में है और पूर्वी भाग भारत में। राजनैतिक दृष्टि से पंजाब दो राष्ट्रों में विभाजित है, लेकिन आर्थिक दृष्टि से दोनों भागों में परस्पर बड़ी समानता है। ओहलिन के अनुसार इन दोनों राष्ट्रों (पूर्वी पंजाब एवं पश्चिमी पंजाब) को एक क्षेत्र समझना चाहिए, यद्यपि मीट्रिक एवं प्रशुल्क व्यवस्थाओं जैसे बनावटी बन्धनों को ध्यान में रखना पड़ेगा। प्रो. ओहलिन के अनुसार ऐसे देशों व ऐसे क्षेत्रों की अवस्था में भी राजनैतिक सीमाओं की अपेक्षा आर्थिक समानताएं एवं पारस्परिक आत्मनिर्भरता अधिक महत्त्वपूर्ण है। इसी कारण विभिन्न सरकारें भी इन दोनों राष्ट्रीय क्षेत्रों की परस्पर निर्भरता को देखते हुए सीमा व्यापार के सम्बन्ध में कुछ विशेष छूट देती रहती है।

(ब) एक विशाल देश में कई क्षेत्र हो सकते हैं - उदाहरण के लिए, भारत एक विशाल देश है, जहां पर राजनैतिक दृष्टि से एक होते हुए भी इस भूखंड में अनेक आर्थिक क्षेत्र-जैसे बिहार, महाराष्ट्र मद्रास, पंजाब आदि क्षेत्र हैं। जिनमें उत्पादन के साधनों की पूर्ति में बहुत अधिक भिन्नताएं हैं।

इस प्रकार देश में एक क्षेत्र के बीच कुछ अन्तर हो सकते हैं। इसीलिए प्रो. ओहलिन का कहना है कि अन्तर्राष्ट्रीय व्यापार को अन्तर्क्षेत्रीय व्यापार की एक विशिष्ट दशा कहा जाना चाहिए। यह विशिष्ट दशा इस कारण है कि क्षेत्र और राष्ट्रों में कुछ मामूली भिन्नताएं भी होती हैं। अन्यथा हम कह सकते थे - अन्तर्राष्ट्रीय व्यापार अन्तर्क्षेत्रीय व्यापार का केवल विस्तृत रूप है। निष्कर्ष के रूप में हम कह सकते हैं कि अन्तर्राष्ट्रीय व्यापार अन्तर्क्षेत्रीय व्यापार की केवल एक विशिष्ट दशा ही है, एक पृथक् धारणा नहीं क्योंकि अन्तर्क्षेत्रीय और अन्तर्राष्ट्रीय व्यापार में कोई मौलिक अन्तर नहीं है। अतः अन्तर्राष्ट्रीय व्यापार के लिए किसी पृथक् सिद्धान्त की आवश्यकता नहीं है।

परिक्षापयोगी प्रश्न

1. अन्तर्राष्ट्रीय व्यापार किसे कहते हैं? यह अन्तर्क्षेत्रीय व्यापार से कैसे भिन्न है?
2. अन्तर्राष्ट्रीय व्यापार से आप क्या समझते हैं? अन्तर्क्षेत्रीय व अन्तर्राष्ट्रीय व्यापार में क्या-क्या समानताएँ हैं?
3. "अन्तर्राष्ट्रीय व्यापार अन्तर्क्षेत्रीय व्यापार की एक विशिष्ट दशा मात्र है।" ओहलिन। इस कथन की आलोचनात्मक व्याख्या कीजिए।
4. घरेलू और अन्तर्राष्ट्रीय व्यापार में कोई विशेष अन्तर नहीं है इसलिए अन्तर्राष्ट्रीय व्यापार के सम्बन्धों में किसी विशेष सिद्धान्त का स्थान नहीं है। इस कथन को स्पष्ट कीजिए।
5. घरेलू और अन्तर्राष्ट्रीय व्यापार के जिन आधारों पर अन्तर किया जाता है उनका विवेचन कीजिए और इस अन्तर की जो आलोचनाएं की गयी हैं उनका परीक्षण कीजिए।
6. किस आवश्यक बात में अन्तर्राष्ट्रीय व्यापार अन्तर्क्षेत्रीय व्यापार से भिन्न है। क्या अन्तर्राष्ट्रीय श्रम-विभाजन पर आधारित विशिष्टीकरण विश्व-व्यापार को अधिकतम करने में सदा सहायक होगा? कारण सहित उत्तर दीजिए।

4

अन्तर्राष्ट्रीय व्यापार की समस्याएँ
(Problem of International Trade)

अन्तर्राष्ट्रीय व्यापार आधुनिक आर्थिक जीवन का एक अनिवार्य एवं महत्त्वपूर्ण अंग बन गया है। वर्तमान में परम्परागत आत्मनिर्भरता की कल्पना निरर्थक बन गई है। प्रत्येक देश किसी न किसी रूप में, एक-दूसरे पर आश्रित है और अपनी आवश्यकताओं की पूर्ति के लिए अन्तर्राष्ट्रीय व्यापार का सहारा लेता है। अन्तर्राष्ट्रीय व्यापार के बढ़ते महत्त्व के बावजूद भी उसमें अनेक समस्याओं का सामना करना पड़ता है, जिनका संक्षिप्त विवरण इस प्रकार हैं-

1. अन्तर्राष्ट्रीय व्यापार दो या दो से अधिक देशों के क्रेताओं व विक्रेताओं के पारस्परिक सम्पर्क से ही सम्भव होता है। यह सम्पर्क प्रत्यक्ष हो चाहे संचार साधनों के माध्यम से सम्भव है। देशों के बीच दूरी होने पर क्रेता व विक्रेताओं में पारस्परिक सम्पर्क होने में और भी अधिक कठिनाइयाँ आती है। एक दूसरे के निकट सम्पर्क के अभाव में न तो वे एक दूसरे की साख व आर्थिक स्थिति से परिचित हो पाते हैं और न उनमें पारस्परिक विश्वास व सद्भावना ही बन पाती हैं।

आजकल इस समस्या का समाधान करने के लिए व्यापार निर्देशिकाओं-जिनमें विभिन्न देशों के प्रमुख व्यापारियों, उत्पादकों, व्यापारिक प्रतिनिधियों आदि के नाम-पते दिये होते हैं, का प्रयोग किया जाता है। ये देश-विदेश के व्यापारियों से सम्पर्क स्थापित करने में उपयोगी होती हैं। इसके अतिरिक्त समाचार-पत्रों में विज्ञापन भी दिया जाता है। कभी-कभी एक देश के व्यापारी या उत्पादक या उनके प्रतिनिधि व्यापारिक यात्रा करते हैं। उपर्युक्त वर्णित प्रयासों के बावजूद भी निकट का सम्पर्क न होने से एक-दूसरे में सन्दिग्धता बनी रहती है।

2. यदि क्रेता और विक्रेता परस्पर सम्पर्क में आकर माल का क्रय विक्रय चाहते हैं तो उनके सामने दूसरी महत्त्वपूर्ण समस्या क्रय-विक्रय सम्बन्धी शर्तें भी आती हैं। क्रय विक्रय की प्रमुख शर्तों में प्रायः निम्न बातों का समावेश होता हैं-

(i) अन्तर्राष्ट्रीय व्यापार के अन्तर्गत न तो क्रेता-विक्रेताओं में निकट सम्पर्क रहता है और न वे केवल एक-दूसरे की आर्थिक स्थिति व साख क्षमता से परिचित होते हैं। अत: क्रेता माल उधार लेना चाहता है और विक्रेता नकद बेंचना चाहता है तो सौदा नहीं जम पायेगा। इसके अतिरिक्त उधार भी अधिक समय के लिए दिया जाना सम्भव नहीं होता। यही कारण है कि अन्तर्राष्ट्रीय व्यापार में माल उधार बेचने पर प्रलेखीय साख का सहारा लिया जाता है अथवा आयात-निर्यात एजेन्टों की सहायता ली जाती है जो अन्तर्राष्ट्रीय ख्याति प्राप्त होते हैं।

क्रेता तथा विक्रेता भिन्न-भिन्न देश के निवासी होने से एक दूसरे से परिचित नहीं होते हैं। इस समस्या का समाधान व्यापारिक बैंकों द्वारा आयातक की ओर से निर्यातक के पक्ष में जारी किये गये साख पत्र से हो जाता है।

(ii) क्रेता को विक्रेता के माल की किस्म व मात्रा सम्बन्धी जानकारी की समस्या जटिल है। क्रेता को हमेशा ही यह भय रहता है कि ऐसा न हो कि विक्रेता घटिया किस्म का माल भेज दे अथवा माल आदेशित मात्रा से न्यूनाधिक भेज दे। आन्तरिक व्यापार की भाँति अन्तर्राष्ट्रीय स्तर पर भी प्राय: वस्तुएँ नमूने के आधार पर खरीदी बेची जाती हैं। अब तो अन्तर्राष्ट्रीय व्यापार में ऐसी वस्तुओं का व्यापार होता है, जिनकी किस्म का प्रमापीकरण अन्तर्राष्ट्रीय संस्थाओं के द्वारा किया जाता है, फिर भी कभी-कभी धोखेबाज निर्यातक घटिया किस्म अथवा नकली माल भेजने का प्रयास कर सकते हैं। विकासशील पिछड़े राष्ट्रों के निर्यातकों में यह प्रवृत्ति है। यही कारण है कि विदेशी आयातकर्त्ता आदेश देने में कतराते हैं। यही नहीं, कभी-कभी माल कम भेजे जाने व बिल अधिक भेजने का भी क्रेता को भय रहता है।

कई बार यह देखने में आता है कि निर्यातक घटिया किस्म का माल निर्यात कर देते हैं। दो देशों के बीच दूरिया अधिक होने से आयातक का नियन्त्रण माल के निर्माण पर नहीं होता है। यदि माल घटिया भेजा जाता है तो उसे वापस भेजना तथा फिर से नया माल प्राप्त करना कठिन और खर्चीला कार्य होता है।

(iii) क्रेता और विक्रेताओं के दूर-दूर होने से मूल्य निर्धारण का अन्तिम निर्णय लेने में कठिनाई आ जाती है, क्योंकि वस्तुओं के भावों में निरन्तर परिवर्तन होता रहता है। यह समस्या माल की वास्तविक सुपुर्दगी की अवधि लम्बी होने पर और भी विकट हो जाती हैं, क्योंकि न मालूम माल आने तक बाजार में उस वस्तु का भाव क्या होगा? वस्तु के मूल्यों को व्यक्त करने के भी कई ढंग प्रचलित हैं, जिसमें सन्देह की सम्भावनाएँ रहती हैं।

(iv) अन्तर्राष्ट्रीय व्यापार में अनेक प्रकार के खर्चें होते हैं, जिसके बारे में क्रेता और विक्रेता पूर्णत: परिचित भी नहीं होते है। यदि परिचित होते भी हैं तो तो यह समस्या आती है कि इन खर्चों का कितना-कितना भाग दोनों वहन करें? क्रेता इन खर्चों को विक्रेता पर ढकेलना चाहता है जबकि विक्रेता क्रेता पर डालना चाहता है।

(v) अन्तर्राष्ट्रीय व्यापार की एक सबसे बड़ी समस्या यह है कि अलग-अलग देशों में अलग-अलग मुद्रायें चलती हैं। एक देश की मुद्रा दूसरे देश में विधिग्राह्य नहीं होती। आयातकर्त्ता अपनी प्रचलित मुद्रा में ही भुगतान करना चाहता है जबकि निर्यातकर्त्ता भुगतान

अपनी विधिग्राह्य मुद्रा में ही लेना चाहता है। जैसे – भारत के व्यापारी रूपये में भुगतान देना व लेना चाहेंगे जबकि ब्रिटेन के पौण्ड में, अमेरिका के डॉलर में, इटली के लीरा में, फ्रांस के फ्रैंक में व जापानी येन में भुगतान लेना व देना पसन्द करेंगे। इस समस्या का समाधान विदेशी *विनिमय बैंक के वित्तीय संस्थाएँ करती हैं।*

3. विदेशी विनिमय बाजार में माँग व पूर्ति की परिस्थितियों में परिवर्तन के कारण विनिमय दरों में उतार चढ़ाव आते रहते हैं। इससे आयातकर्त्ता व निर्यातकर्त्ता दोनों को उच्चावचनों की हानि की जोखिम बनी रहती है। यद्यपि कुछ सीमा तक इन जोखिमों को *अग्रिम विनिमय सौदों, बदले के सौदों आदि से टाला या कम किया जा सकता है।*

विदेशी व्यापार क्षेत्र में आयातक को अपनी मुद्रा में कितना भुगतान करना पड़ेगा तथा निर्यातक को कितना भुगतान प्राप्त होगा तथा आयातक किस दर पर आधारित माल का विक्रय करेगा, यह विनिमय दर पर निर्भर करता है। यदि माल की बिक्री के समय विनिमय दर दूसरी हो तथा भुगतान करते समय बदल जावे तो आयातक को हानि होने की सम्भावना हो जाती है।

अन्तर्राष्ट्रीय बाजार में सौदों की तिथि व वास्तविक भुगतान की अवधि में आन्तरिक व्यापार की अपेक्षा लम्बे समय का अन्तर रहता है। इस अवधि में विदेशी विनिमय दर में उतार–चढ़ाव की समस्या महत्त्वपूर्ण मानी जाती है।

4. आजकल प्रायः सभी देशों में विदीशी व्यापार व विदेशी विनिमय पर सरकार का नियन्त्रण बढ़ता जा रहा है। कुछ देशों में तो कठोर नियन्त्रण है। स्वतन्त्र व्यापार की नीति तो अब निरा स्वरूप व कल्पना मात्र रह गई है। यदि एक देश अपने व्यापार में आयात पर प्रतिबन्ध लगाता है तो दूसरा निर्यातों को बढ़ाना चाहता है। एक देश द्वारा प्रतिबन्ध लगाए जाने पर दूसरे में बदले की कार्यवाही की प्रवृत्ति प्रबल रहती है। अतः अन्तर्राष्ट्रीय व्यापार में बढ़ते नियन्त्रणों की नीति एक महत्त्वपूर्ण समस्या है। आजकल यूरोपीय साझा बाजार देशों की व्यापार सम्बन्धी नीति, अमेरिका की आयातों पर भारी करारोपण की नीति इसके ज्वलन्त उदाहरण है।

5. आज विश्व का प्रत्येक राष्ट्र अपने भुगतान सन्तुलन को पक्ष में करने व भुगतान असन्तुलन को कम करने अथवा समाप्त करने में प्रयत्नशील है, अतः अनेक प्रकार के विदेशी विनिमय नियन्त्रण लागू किये जाते हैं। इससे बदले की भावना से उनकी और वृद्धि होती हैं। अतः अन्तर्राष्ट्रीय व्यापार में नई समस्याओं का प्रादुर्भाव होता है।

वर्तमान में अधिकांश देशों में विनिमय नियन्त्रण व्यवस्था पाई जाती है जिसके कारण विदेशी लेनदेन पर अनेक रूकावटें लगाई जाती हैं। जैसे, लाइसेंस तथा अभ्यंश प्रणाली, निश्चित दर पर विदेशी विनिमय का क्रय तथा विक्रय, खातों का अवरूद्ध होना आदि। आयात तथा निर्यात करने से पूर्व सरकार की पूर्व अनुमति लेनी पड़ती है जिसमें बहुत समय नष्ट होता है और अनेक औपचारिकताएँ निभानी पड़ती है।

6. अन्तर्राष्ट्रीय व्यापार की प्रक्रिया बड़ी जटिल है। नियन्त्रणों, नियमों, परम्पराओं व व्यापारिक सौदों की शर्तों के आवरण में अन्तर्राष्ट्रीय व्यापार में औपचारिकताओं की एक लम्बी श्रृखंला बन जाती है। जैसे लाइसेंस प्राप्ति के लिए तत्सम्बन्धी औपचारिकताओं को पूरा

करना, लाइसेन्स की शर्तों का पालन करना, माल के आदेश, पैंकिंग, भुगतान व विदेशी विनिमय के लिए औपचारिकताएँ पूरी करना, जहाजी लदान व बीमा सम्बन्धी औपचारिकताएँ निभाना आदि-आदि हैं।

7. निर्यातक इस अज्ञान के कारण यह नहीं जान पाता कि उसके माल की खपत कौन से बाजार में अधिक हो सकती है, किस प्रकार के माल की अधिक माँग है, कितनी प्रतियोगिता का उसे सामना करना पड़ेगा आदि। इसी प्रकार आयातक भी नहीं जानता है कि अपनी आवश्यकता की वस्तुएँ कौन से देश से प्राप्त हो सकती हैं। इस समस्या के समाधान में व्यापार निर्देशिकाएँ, विज्ञापन आदि कुछ सीमा तक सहायक होते हैं।

8. अन्तर्राष्ट्रीय व्यापार में सौदा तय हो जाने के बाद शर्तों के अनुकूल पैंकिंग व माल भेजने सम्बन्धी समस्याएँ आती हैं। दो देशों के बीच लम्बी दूरी व परिवहन के साधनों में विभिन्नता के कारण माल को कई जगह उतारना व चढ़ाना पड़ता है, अतः टूट-फूट की हानि न हो तथा उतारने चढ़ाने में भी सुविधा रहे।

अन्तर्राष्ट्रीय व्यापार दूर-दूर स्थित देशों के मध्य होता है जिससे माल को लम्बा फासला तय करना पड़ता है। कई बार गोदामों की कमी के कारण माल कई दिन धूप वर्षा में खुले में पड़ा रहता है जिससे यदि पैंकिग अच्छी नहीं हो तो सारा माल खराब हो जाता है।

पैंकिग के बाद माल को रवाना करने की समस्या आती है। सर्वप्रथम माल को गोदाम से बन्दरगाह तक ले जाना, फिर जहाज पर लदवाना, आयातकर्त्ता के देश में बन्दरगाह पर माल उतारना, उसे आवश्यकता के अनुरूप रेल्वे-स्टेशन या गोदाम तक पहुँचाकर माल की सुपुर्दगी देना आदि अनेक समस्याएँ आती हैं, जिसके लिए व्यापारिक प्रतिनिधियों, आयात-निर्यात कम्पनियों आदि का सहारा लेना पड़ता है। यहाँ यह उल्लेखनीय है कि माल की यातायात लागत, आयातकर्त्ता के लाभ व प्रतिस्पर्द्धात्मक शक्ति को प्रभावित करती है। अतः सस्ते एवं शीघ्रगामी परिवहन साधनों का प्रयोग वांछित होता है।

9. यदि निर्यात के लिए शीघ्र जहाज उपलब्ध नहीं हो तो माल गोदाम का किराया बहुत लगने की सम्भावना रहती है। कई बार बन्दरगाह पर माल के अधिक मात्रा में इकट्ठा होने पर गोदाम मिलना कठिन हो जाता है तथा माल के खराब होने का भय बना रहता है।

10. अन्तर्राष्ट्रीय व्यापार में माल के आदेश से बिक्री तक अनेक जोखिमों का सामना करना पड़ता है। आयातकर्त्ता व निर्यातकर्त्ताओं में परस्पर निकट सम्पर्क न होने से व्यापारिक शर्तों की पूर्ति की जोखिम बनी ही रहती है। माल की किस्म घटिया हो, माप, वजन या मात्रा में कमी हो, खराब पैंकिग व अन्य कारणों से रास्ते में माल की टूट-फुट से क्षति हो जाए, माल समय पर न पहुंचे, सामुद्रिक, जोखिमें, निर्यातक सौदा पूरा न करें, युद्ध या राजनीतिक संकट उत्पन्न हो जाये, विदेशी विनिमय दर में काफी उतार चढ़ाव हो जाये, माल की कीमतों में अप्रत्याशित कमी आ जाय आदि जबकि निर्यातकर्त्ता की दृष्टि से क्रेता दिवालिया हो जाए, माल की सुपुर्दगी न हो सके, विदेशी विनिमय पर नियन्त्रण हो जाए या विदेशी विनिमय दर में भारी उतार चढ़ाव हो जाए। ये सब महत्वपूर्ण जोखिमें हैं, उनमें कुछ बीमा योग्य हैं कुछ के सुरक्षा की व्यवस्था की जा सकती हैं फिर भी जोखिमें बनी रहती हैं।

अन्तर्राष्ट्रीय व्यापार में अनेक व्यापारिक तथा राजनैतिक जोखिमें पाई जाती हैं। व्यापारिक जोखिमों में प्रमुखर हैं :

(1) क्रेता का दिवालियापन,

(2) क्रेता द्वारा भुगतान करने से मना करना,

(3) क्रेता द्वारा माल की सुपुर्दगी लेने से मना करना।

राजनैतिक जोखिमों में प्रमुख हैं:

(1) क्रेता तथा विक्रेता देश के मध्य युद्ध,

(2) क्रेता देश में युद्ध, क्रान्ति व अन्य संघर्ष,

(3) क्रेता के आयात लाइसेंस में परिवर्तन अथवा उसका रद्द होना,

(4) समद्री मार्ग में बाधा तथा मार्ग परिवर्तन के कारण परिवहन व्यय में वृद्धि,

(5) निर्यातों पर प्रतिबन्ध अथवा निर्यात लाइसेंस का रद्द होना।

11. अन्तर्राष्ट्रीय व्यापार में वित्त व्यवस्था की समस्या भी जटिल है। इसके अन्तर्गत प्राय: निम्न समस्याएँ बनी रहती हैं-

(i) आयातकों तथा निर्यातकों में निकट सम्पर्क न होने से उनमें अविश्वास की भावना बनी रहती हैं। व्यापारिक सौदे प्राय: बड़ी रकम के होने से निर्यातक माल का भुगतान यथाशीघ्र प्राप्त करना होता है जबकि आयातक माल की सुपुर्दगी पर भुगतान देना चाहता है। ऐसी स्थिति में वित्तीय संस्थाओं की महत्त्वपूर्ण भूमिका होती है कि वे वित्त सम्बन्धी समस्याओं का निराकरण करें।

(ii) विश्व के सभी राष्ट्रों के आयातों में तीव्र गति से वृद्धि हो रही है, किन्तु अन्तर्राष्ट्रीय तरलता में वृद्धि धीमी गति से है। आजकल विकासशील राष्ट्रों के सामने अन्तर्राष्ट्रीय भुगतानों के निपटारे में तरल कोषों के अभाव की समस्या है।

(iii) अलग-अलग राष्ट्रों में अलग-अलग मौद्रिक व्यवस्थाओं के कारण आयात-निर्यात करने वाले देशों की विनिमय दर के निर्धारण की समस्या भी जटिल हैं। समय-समय पर उनमें होने वाले उतार-चढ़ाव की जोखिमों की समस्याएँ भी महत्त्वपूर्ण होती हैं।

12. आजकल विश्व के प्राय: सभी विकसित राष्ट्रों में अपने व्यापारिक हितों की रक्षा एवं पारम्परिक आर्थिक सहयोग के लिए क्षेत्रीय गठबन्धन की प्रवृत्तियाँ प्रबल हैं। वे इन गठबन्धनों के माध्यम से अपने व्यापार क्षेत्रों को सुरक्षित करते हैं तथा बाहर के देशों से व्यापार में नियन्त्रण एवं संरक्षण की नीति अपनाते हैं जैसे यूरोपीय साझा बाजार, दक्षिणी अमरीकी देशों की कस्टम यूनियन आदि। इससे विकासशील देशों के व्यापार पर बुरा प्रभाव पड़ा है और गठबन्धनों के बाहर वाले देशों से मन मुटाव होता है।

13. जब कोई देश विदेशी बाजार में अपना आधिपत्य जमाने, अपने प्रतियोगियों को बाजार से हटाने अथवा बड़े पैमाने की उत्पत्ति के लाभ अर्जन के लिए अपनी वस्तुएँ विदेशी बाजार में बहुत ही कम मूल्य अथवा लागत से भी कम मूल्य पर बेचता है और

विदेशी बाजार में होने वाली क्षति को आन्तरिक मूल्यों में वृद्धि से ही पूरी करता है तो उसे राशिपातन कहा जाता है जैसे जापान द्वारा राशिपातन से अमरीकी बाजारों में जापान के माल की बाढ़ आ गई और डॉलर का अवमूल्यन करना पड़ा।

14. यह समस्या भी बहुत जटिल है। अलग-अलग देशों में अलग-अलग विधिग्राह्य मुद्रायें प्रचलित होने से भुगतान किस मुद्रा में किये जायें, इसकी समस्या आती है। इसके लिए विदेशी विनिमय की आवश्यकता पड़ती है। भुगतान के ढंग भी अलग-अलग होते हैं उनमें कौनसा तरीका अपनाया जाए? प्रायः प्रलेखीय साख का सहारा अधिक लिया जाता है। विदेशी विनिमय बिलों की खरीद-बिक्री से भुगतानों में सुविधा रहती है। भुगतान के स्थान व समय भी महत्त्वपूर्ण हैं। भुगतान सन्तुलन की समस्या को भी नजर अन्दाज नहीं किया जा सकता, जिसका विस्तृत विवरण आगे अध्याय में किया गया है।

15. ऐसे अल्पविकसित देश जिन्हें अपने आर्थिक विकास के लिए बड़ी मात्रा में पूँजीगत वस्तुएँ तथा कच्चा माल और तकनीकी ज्ञान का आयात करना पड़ता है, उनके पास इन आयातों का भुगतान करने हेतु पर्याप्त विदेशी विनिमय की कमी रहती है क्योंकि उनके निर्यात कम होते हैं। इसलिए इस बात की आवश्यकता रहती है कि विकसित देश उन्हें उधार पर माल बेंचे। इसके लिए ऐसी संस्थाओं की आवश्यकता होती है जो मध्य अथवा दीर्घकाल के लिए आयातक को प्रत्यक्ष ऋण दें अथवा निर्यातक को निर्यात साख प्रदान करें जैसे जापान तथा अमेरिका के आयात निर्यात बैंक, निर्यात साख तथा गारण्टी निगम आदि।

16. आज विश्व दो राजनीतिक गुटों में बँटा हुआ है। एक ओर साम्यवादी राष्ट्र हैं तो दूसरी ओर पूँजीवादी राष्ट्र। यही नहीं तटस्थ राष्ट्रों का गुट भी अलग-अलग अस्तित्व कायम करना चाहता है। राजनीतिक सम्बन्ध बिगड़ने से आर्थिक व व्यापारिक सम्बन्धों में रूकावट आ जाती है। आयातों पर प्रतिबन्ध लगाये जाते हैं, निर्यातों पर कर लगाया जाता है। विदेशी विनिमय पर नियन्त्रण या पूर्ण प्रतिबन्ध भी लगाये जाते हैं। कभी-कभी राजनीतिक कारणों से परस्पर युद्ध या झगड़ों में उलझे देशों को माल भेजने मंगाने सम्बन्धी नियन्त्रण कड़े किये जाते हैं, जैसे-भारत पाक युद्ध के समय से हमारे राजनीतिक सम्बन्ध बिगड़ने लगे और हमारे विदेशी व्यापार पर भी बुरा प्रभाव पड़ा।

राजनैतिक प्रभावों से आत-प्रोत संगठन यूरोपीय साझा बाजार, साम्यवादी राष्ट्रों का व्यापारिक संगठन आदि प्रमुख हैं।

17. कई बार कुछ देश मिलकर क्षेत्रीय संगठन अपने पारस्परिक हितों के संरक्षण के उद्देश्य के लिए बना लेते हैं। किन्तु ऐसे संगठन में बाहर के देशों के साथ व्यापार करने में नियन्त्रण की नीति अपना ली जाती है जिसके कारण अन्तर्राष्ट्रीय व्यापार का क्षेत्र सीमित हो जाता है। इस प्रकार के संगठनों के उदाहरण हैं—यूरोपियन साझा बाजार, यूरोपियन फ्री ट्रेड एसोसिएशन आदि।

अन्तर्राष्ट्रीय व्यापार की समस्याओं के निराकरण के उपाय
(Suggestions or Measures for Removal of Problems of International Trade)

अन्तर्राष्ट्रीय व्यापार के महत्त्व व लाभों को दृष्टिगत रखते हुए उनकी समस्याओं का निराकरण एवं समाधान आवश्यक है। समाधान के मुख्य उपाय निम्न हैं-

1. क्रेताओं व विक्रेताओं में परस्पर निकट सम्पर्क के प्रयास किये जाने चाहिए। इसके अन्तर्गत प्रत्येक देश की सरकार को मुख्य आयातकों व निर्यातकों की एक विश्वसनीय निर्देशिका प्रतिवर्ष प्रकाशित करनी चाहिए। धोखा व विश्वासघात करने वालों की काली सूची प्रकाशित कर अवांछित व्यवहार को रोका जा सकता है। परिवहन के सस्ते एवं शीघ्रगामी साधन भी क्रेताओं व विक्रेताओं को निकट सम्पर्क में लाने में सहायक हो सकते हैं। समय-समय पर प्रमुख व्यापारिक प्रतिनिधियों की विदेश यात्राओं को प्रोत्साहन देकर प्रत्यक्ष सम्पर्क को बढ़ावा दिया जा सकता है। अन्तर्राष्ट्रीय व्यापार मेले तथा प्रदर्शनियाँ भी उपयोगी रहती हैं।

2. व्यापारिक शर्तों का प्रमाणीकरण किया जाना चाहिए। इससे उनकी विविधता को समाप्त कर एकरूपता लाई जा सकती है। इसके लिए अन्तर्राष्ट्रीय व्यापार की प्रतिनिधि संस्थाओं में परस्पर सहयोग बढ़ाना आवश्यक है। माल की किस्म में ग्रेडिंग किया जाए। मात्रा व भार सम्बन्धी विश्वसनीय प्रमाण-पत्र अन्तर्राष्ट्रीय संस्थाएँ जारी कर सकती हैं। मूल्य निर्धारण के कुछ प्रचलित ढंगों को ही अपनाया जाना चाहिए।

जिन वस्तुओं का निर्यात किया जाता है उनकी किस्म व गुण निर्धारित प्रमाप के हों, इसके लिए उनका अनिवार्य वर्गीकरण तथा प्रमापीकरण किया जाना चाहिए। ऐसा होने से विदेशी ग्राहक को किसी प्रकार की शिकायत का अवसर नहीं रहेगा।

3. अग्रिम विनिमय सौदे होने चाहिए। विनिमय दरों में उतार-चढ़ाव की जोखिम से बचने के लिए अग्रिम विनिमय सौदों का सहारा लिया जाना चाहिए। इसके लिए गारण्टी व्यवस्था भी प्रोत्साहित की जा सकती है। सरकार भी प्रत्यक्ष हस्तक्षेप व विनिमय नियन्त्रण द्वारा विनिमय दरों में सापेक्षिक स्थायित्व रख सकती है। अत: विनिमय दरों में स्थायित्व के लिए अन्तर्राष्ट्रीय मुद्रा कोष भी महत्त्वपूर्ण भूमिका निभा सकता है।

4. विवेकपूर्ण व्यापार नीति का अनुसरण किया जाना चाहिए। सभी राष्ट्रों को अन्तर्राष्ट्रीय व्यापार में वृद्धि के लिए आवश्यक नियन्त्रणों को कम करना चाहिए। विकसित राष्ट्रों को विकासशील राष्ट्रों के प्रति उदार दृष्टिकोण अपनाना चाहिए। व्यापारिक नियन्त्रणों को कम करना चाहिए। इस दिशा में संयुक्त राष्ट्र व्यापार एवं विकास सम्मेलन महत्त्वपूर्ण भूमिका निभा सकता है।

5. विदेशी विनिमय नियन्त्रणों में ढील नहीं होनी चाहिए। विदेशी विनिमय पर अत्यधिक नियन्त्रणों से अन्तर्राष्ट्रीय व्यापार का विकास अवरूद्ध हो गया है। अत: राष्ट्रीय हितों की यथासम्भव सुरक्षा करते हुए अन्तर्राष्ट्रीय व्यापार की अभिवृद्धि के लिए अनावश्यक विनिमय नियन्त्रणों में ढील अथवा उनकी समाप्ति का प्रयास करना चाहिए। यह सभी देशों में परस्पर सहयोग व सद्‌भावना पर निर्भर करता है। विकसित राष्ट्रों को इसमें पहल करनी चाहिए।

विनिमय नियन्त्रणों से अन्तर्राष्ट्रीय व्यापार के मुक्त प्रवाह पर रोक लगती है जिससे व्यापार की मात्रा कम हो जाती है। अन्तर्राष्ट्रीय मुद्रा कोष की स्थापना के अनेक उद्देश्यों में एक उद्देश्य यह भी है कि विभिन्न प्रकार प्रकार के व्यापारिक नियन्त्रणों को यथाशीघ्र कम किया जाये। किन्तु दुर्भाग्य से यह नियन्त्रण कम होने के बजाय बढ़ते जा रहे हैं जिससे अल्पविकसित देशों के लिए विकसित देशों को अपने निर्यात बढ़ाने में बड़ी कठिनाई का सामना करना पड़ता है। अतः गैट, अंकटाड़ आदि संस्थाओं के माध्यम से नियन्त्र.। कम करने की दिशा में प्रयत्न करना चाहिए।

6. औपचारिकताओं में कमी होनी चाहिए। नियन्त्रणों की भरमार व्यापार में जटिलताओं व विविध औपचारिकताओं को जन्म देती है। अतः अन्तर्राष्ट्रीय स्तर पर एक सामान्य औपचारिकता की प्रक्रिया अपनाना श्रेष्ठ होगा। यद्यपि यह कहना सरल है पर व्यवहार में लागू करना कठिन है, क्योंकि प्रत्येक देश में व्यापार के अपने-अपने नियम व अपनी अपनी प्रक्रियाएँ हैं।

7. अन्तर्राष्ट्रीय वित्त की पर्याप्त व्यवस्था होनी चाहिए। अन्तर्राष्ट्रीय व्यापार के विकास के लिए अन्तर्राष्ट्रीय वित्त संस्थाओं, बैंकों व विदेशी विनिमय बैंकों को सुदृढ़ किया जाए। उनके तरल कोषों में वृद्धि की जानी चाहिए ताकि पर्याप्त वित्त व्यवस्था सम्भव हो सके। यूरो मुद्रा बाजार का सुव्यवस्थित एवं सन्तुलित विकास अन्तर्राष्ट्रीय वित्त में काफी उपयोगी सिद्ध होगा।

8. वित्तीय एवं आर्थिक सहायता की जानी चाहिए। विकासशील एवं पिछड़े राष्ट्रों को विकसित राष्ट्रों द्वारा सहायता, ऋण व अनुदान में वृद्धि की जानी चाहिए ताकि उनके सामने भुगतान असन्तुलन की स्थित उत्पन्न न हो।

9. जोखिमों से सुरक्षा की जानी चाहिए। आजकल अन्तर्राष्ट्रीय व्यापार में जोखिम को कम करने के लिए सामुद्रिक बीमा, टूट-फूट सम्बन्धी बीमा, अग्नि बीमा एवं सामुद्रिक जोखिमों से बीमे की व्यवस्था है। मूल्यों, आयातकर्त्ता की साहूकारिता की भी बीमा व्यवस्था की जा सकती है, अतः बीमा एवं गारण्टी सुविधाओं में वृद्धि की जानी चाहिए।

अन्तर्राष्ट्रीय व्यापार में जो अनेक प्रकार की व्यापारिक जोखिमें पायी जाती हैं उनके विरूद्ध पर्याप्त सुरक्षा की व्यवस्था की जानी चाहिए। इसके लिए विशेष संस्थाएँ जैसे भारत में स्थापित ई.सी.जी.सी. और इंगलैण्ड में स्थापित ई.सी.जी.डी. की स्थापना की जानी चाहिए। यह संस्थाएँ जोखिमों के विरूद्ध अनेक प्रकार की बीमा और गारण्टी योजनाएँ प्रदान करती हैं ताकि व्यापारी निश्चित होकर व्यवसाय कर सकें।

10. परिवहन एवं संचार साधनों का विकास एवं विस्तार किया जाना चाहिए। अन्तर्राष्ट्रीय व्यापार के सौदे तय करने तथा माल को लाने ले जाने में सस्ते एवं शीघ्रगामी परिवहन एवं संचार साधनों की समस्या आती है, अतः अन्तर्राष्ट्रीय व्यापार की वृद्धि हेतु परिवहन संचार साधनों का तेजी से विस्तार एवं विकास किया जाना चाहिए। प्रमुख अन्तर्राष्ट्रीय व्यापार केन्द्रों एवं बन्दरगाहों में आधुनिक साधनों की व्यवस्था की जानी चाहिए।

प्राय: अल्पविकसित देशों को अपना माल विदेशी जहाजी कम्पनियों के जहाजों में भेजना पड़ता है जिससे जहाजी भाड़ा अधिक देना पड़ता है और विदेशी मुद्रा में भुगतान की समस्या भी बनी रहती है। अत: अल्पविकसित देशों को अपना स्वयं का व्यापारिक जहाजी बेड़ा विकसित करना चाहिए। बन्दरगाहों पर सामान को सुरक्षित रखा जा सकें, इसके लिए अधिक संख्या में गोदामों का निर्माण कराया जाना चाहिए।

11. सस्ती एवं मजबूत पैंकिग व्यवस्थाओं में वृद्धि की जानी चाहिए। अन्तर्राष्ट्रीय व्यापार में दूर-दूर देशों को माल पहुँचाने में कई स्थानों पर माल को चढ़ाना-उतारना पड़ता है तथा यात्रा लम्बे समय के अतिरिक्त मौसम परिवर्तनों से माल को खराब होने से बचाने के लिए सस्ते एवं मजबूत पैंकिंग की समस्या आती हैं, अत: पैंकिंग के सस्ते एवं मजबूत तरीकों की खोजकर उनकी सुविधाएँ बढ़ायी जानी चाहिए। वस्तुएँ सुरक्षित अपने गन्तव्य स्थान पर पहुँचें इसके लिए आवश्यक है कि पैंकिग में काम लिया जाने वाला सामान मजबूत, आकर्षक तथा सस्ता हो।

12. गोदाम सुविधाओं का विकास एवं विस्तार किया जाना चाहिए। अन्तर्राष्ट्रीय व्यापार में माल को जहाजों में लादने से पूर्व तथा जहाजों से उतारने के बाद दोनों समय में सुरक्षित रखने की समस्या आती है। अन्तर्राष्ट्रीय व्यापार में वृद्धि के मुकाबले गोदाम सुविधाओं में वृद्धि धीमी रही है, अत: बन्दरगाहों पर गोदाम सुविधाओं के विस्तार एवं विकास की ओर अधिक ध्यान दिया जाना चाहिए। आधुनिक उच्च कोटि के ताप नियन्त्रण गोदामों का तीव्र विकास करना चाहिए।

13. आर्थिक नियन्त्रणों में उदारता का रुख होना चाहिए। अन्तर्राष्ट्रीय व्यापार में सरकार का निरन्तर बढ़ता हस्तक्षेप एवं आर्थिक नियन्त्रणों की बढ़ती प्रवृत्ति की समस्या विकट है। इससे व्यापार में बाधा आती है, भुगतानों में संकट उत्पन्न होता है, अत: अन्तर्राष्ट्रीय व्यापार में वृद्धि के लिए सरकारी हस्तक्षेप और आर्थिक नियन्त्रणों में उदारता का रुख अपनाने की जरूरत है।

14. विनिमय दरों में सापेक्षिक स्थायित्व होता है। विनिमय दरों में उतार-चढ़ाव अनेक संकटों को जन्म देते हैं, अत: विभिन्न देशों की विनिमय दरों में सापेक्षिक स्थायित्व का प्रयास किया जाना चाहिए। अब तैरती हुई विनिमय दरों की व्यवस्था में स्थायित्व और भी अधिक आवश्यक हो गया है। मुद्रा कोष के प्रयास और प्रभावी होने चाहिए।

15. राशिपातन की नीतियों को हतोत्साहित किया जाना चाहिए। राशिपातन की नीति आयातक देश के उद्योगों पर चोट करती है और देश के उपभोक्ताओं पर अतिरिक्त भार डालती है, इससे अन्तर्राष्ट्रीय व्यापार में एकाधिकार की प्रवृत्ति पनपती है। इसलिए अन्तर्राष्ट्रीय व्यापार में राशिपातन की प्रवृत्ति को हतोत्साहित किया जाना चाहिए।

16. क्षेत्रीय गठबन्धों में व्यावहारिक दृष्टिकोण होता है। अन्तर्राष्ट्रीय व्यापार पर क्षेत्रीय गठबन्धनों के बुरे प्रभावों की समस्या का समाधान इस बात में निहित है कि गठबन्धनों में कठोरता के स्थान पर व्यावहारिक एवं उदार दृष्टिकोण अपनाया जाना चाहिए। इन गठबन्धनों को विकासशील राष्ट्रों के हितों की उपेक्षा नहीं करनी चाहिए।

इन गठबन्धनों के कारण निर्यातक देशों को अपना निर्यात ऐसे देशों में बढ़ाने में कठिनाई होती है। अतः ऐसे संगठनों की शर्तें अधिक कठोर नहीं होनी चाहिए।

17. अन्तर्राष्ट्रीय भुगतानों की प्रक्रिया सरल एवं सुविधाजनक बनाई जानी चाहिए ताकि भुगतानों की समस्या सुलझे और अन्तर्राष्ट्रीय व्यापार में वृद्धि होती रहे। इस दिशा में मुद्रा कोष की बहुपक्षीय-भुगतान व्यवस्था काफी उपयोगी सिद्ध हुई है। के द्वारा भुगतानों में सुविधा बढ़ी हैं। इनमें विस्तार एवं विकास किया जाना चाहिए।

18. व्यापारिक एवं राजनीतिक जोखिमों से मुक्ति के प्रयास किये जाने चाहिए। व्यापारिक जोखिमों में अग्नि एवं सामुद्रिक जोखिम, लूट-पाट, डकैती, आयातकर्त्ता का दिवालियापन आदि आता है जबकि राजनीतिक जोखिम राष्ट्रों मे राजनीतिक सम्बन्ध बिगड़ने पर उत्पन्न होती हैं, दोनों प्रकार की जोखिमों से मुक्ति के लिए बीमा एवं गारण्टी व्यवस्था का विकास एवं विस्तार करना चाहिए।

19. अन्तर्राष्ट्रीय व्यापार मेलों तथा प्रदर्शनियों का आयोजन होता है। आयातकों एवं निर्यातकों को विभिन्न देशों में उत्पादित वस्तुओं की पर्याप्त जानकारी तथा उपभोक्ताओं में वस्तुओं के उपभोग की रुचि जागृत करने के लिए अन्तर्राष्ट्रीय स्तर के व्यापारिक मेले एवं प्रदर्शनियाँ आयोजित किये जाने चाहिए। इससे अन्तर्राष्ट्रीय व्यापार को बढ़ावा मिलेगा।

20. वित्तीय संस्थाओं में तेजी से विकास करना चाहिए ताकि अन्तर्राष्ट्रीय वित्त व्यवस्था एवं भुगतानों के निपटारे में सुविधा रहे और अन्तर्राष्ट्रीय व्यापार में वृद्धि होवे। व्यापारिक केन्द्रों पर स्वीकृति गृहों एवं कटोती गृहों की शाखाओं का विस्तार किया जाना चाहिए या ऐसी ही संस्थायें स्थापित करनी चाहिए।

अन्तर्राष्ट्रीय व्यापार में वित्त के अभाव की समस्या बड़ी गम्भीर समस्या होती है। अल्पविकसित देशों के लिए आयातों का भुगतान शीघ्र करना सम्भव नहीं होता है। अतः ऐसी संस्थाएँ होनी चाहिए जो उचित शर्तों पर व कम ब्याज की दर पर दीर्घकालीन ऋण प्रदान कर सकें। अमरीका और जापान का निर्यात आयात बैंक इस दिशा में महत्त्वपूर्ण कार्य करते हैं। इस प्रकार की संस्थाएँ दूसरे देशों में भी स्थापित की जानी चाहिए। अल्पकालीन वित्त के क्षेत्र में लंदन में पाये जाने वाले स्वीकृति और कटौती गृह महत्त्वपूर्ण योगदान देते हैं। अन्य देशों में इस प्रकार की संस्थाएँ नहीं हैं। इसलिए व्यापारिक बैंकों को बिलों की कटौती और स्वीकृति का कार्य अधिक मात्रा में करना चाहिए ताकि बिल बाजार विकसित हो सके।

21. अन्तर्राष्ट्रीय मौद्रिक एवं वित्तीय सहयोग में वृद्धि की जानी चाहिए। इससे विभिन्न राष्ट्रों में परस्पर व्यापार को प्रोत्साहन मिलेगा। भुगतानों की समस्याएँ सुलझेगी तथा और अधिक सहयोग का मार्ग प्रशस्त होगा।

परिक्षापयोगी प्रश्न

1. आज के युग में अन्तर्राष्ट्रीय व्यापार की आवश्यकता क्यों पड़ती है? अन्तर्राष्ट्रीय व्यापार के क्या आधार हैं?

2. 'अन्तर्राष्ट्रीय व्यापार लागतों के अन्तर का परिणाम है।' आप इस कथन से किस सीमा तक सहमत हैं?
3. अन्तर्राष्ट्रीय व्यापार के महत्त्व पर प्रकाश डालें। अन्तर्राष्ट्रीय व्यापार की प्रमुख समस्याओं की संक्षिप्त व्याख्या कीजिए।
4. 'अन्तर्राष्ट्रीय व्यापार', 'अन्तर्क्षेत्रीय व्यापार' तथा 'पुनर्निर्यात' व्यापार किसे कहते हैं? अन्तर्राष्ट्रीय व्यापार के आधार बताइये।
5. अन्तर्राष्ट्रीय व्यापार के गुण दोषों की विवेचना कीजिए।
6. अन्तर्राष्ट्रीय व्यापार एवं अन्तर्क्षेत्रीय व्यापार किसे कहते हैं? अन्तर्राष्ट्रीय व्यापार के क्या आधार होते हैं? समझाइए।

5

अन्तर्राष्ट्रीय व्यापार एवं आर्थिक विकास
(International Trade and Economic Growth)

किसी अर्द्ध-विकसित राष्ट्र के आर्थिक विकास में अन्तर्राष्ट्रीय व्यापार का अत्यन्त ही महत्त्वपूर्ण स्थान हैं। अन्तर्राष्ट्रीय व्यापार का अर्द्ध-विकसित देशों के आर्थिक विकास में महत्त्व का मूल्यांकन करने से पूर्व यह उपयुक्त होगा कि संक्षेप में अर्द्ध-विकसित देशों की परिभाषा व विशेषताओं का अध्ययन प्रस्तुत किया जाय।

अर्द्ध-विकसित देशों की परिभाषा

1. **भारतीय योजना** के अनुसार, "एक अर्द्ध-विकसित राष्ट्र वह राष्ट्र है जहां पर एक तरफ मानवीय शक्तियों का प्रयोग नहीं हुआ हो या कम हुआ हो और दूसरी तरफ प्राकृतिक साधनों का शोषण भी नहीं हुआ हो।"

2. **जैकोब वाइनर** ने अर्द्ध-विकसित देश की अधिक व्यापक और सार्थक परिभाषा दी है जो इस प्रकार हैं, "एक अर्द्ध विकसित देश वह देश है जहां अधिक पूंजी अथवा अधिक श्रम शक्ति अथवा अधिक उपलब्ध प्राकृतिक साधनों अथवा इन सभी के उपयोग करने की पर्याप्त सम्भावनाएं हैं, जिससे वर्तमान जनसंख्या के रहन-सहन के स्तर को ऊंचा किया जा सके और यदि प्रति-व्यक्ति आय पहले से ही काफी अधिक हो तो रहन-सहन के स्तर को कम किए बिना अधिक जनसंख्या का जीवन निर्वाह किया जा सके।

3. यूजीन स्टेनले ने अर्द्ध-विकसित देश की निम्नलिखित परिभाषा दी हैं, "अर्द्ध विकसित देश की निम्नलिखित विशेषताएं होती हैं –

(अ) जनता की दरिद्रता जो कि दीर्घकालीन हो अस्थायी न हो।

(ब) उत्पादन में अप्रचलित तरीकों का प्रयोग।

(स) अनुपयुक्त सामाजिक संगठन। इन विशेषताओं का अर्थ यह होता है कि दरिद्रता केवल प्राकृतिक साधनों की कमी के कारण नहीं है बल्कि इसे अन्य देशों में श्रेष्ठ परखे हुए तरीकों द्वारा सम्भवतः कम किया जा सकता है।

उपरोक्त परिभाषाओं से निम्नलिखित तथ्यों का संकेत मिलता है:

(अ) अर्द्धविकसित अर्थव्यवस्थाओं में प्रति व्यक्ति आय विकसित अर्थव्यवस्थाओं की अपेक्षा प्राय: कम होती है।

(ब) अर्द्धविकसित देशों की केन्द्रीय समस्या वहां की व्यापक निर्धनता है जो उनके विकास के नीचे स्तर का कारण और परिणाम दोनों ही है।

(स) अर्द्धविकसित देशों में व्यापक निर्धनता का कारण प्राकृतिक साधनों का अभाव नहीं अपितु उत्पादन की पुरानी विधियों का प्रयोग और अनुपयुक्त सामाजिक संगठन है।

उपरोक्त तत्त्वों को ध्यान में रखते हुए हम अर्द्धविकसित राष्ट्रों की परिभाषा इस प्रकार दे सकते हैं, "एक अर्द्धविकसित देश वह है जहां यद्यपि जनसंख्या वृद्धि की दर तुलनात्मक दृष्टि से अधिक हो और जहां पर्याप्त साधन हों, पर उनका प्रयोग उपयुक्त और पर्याप्त रूप से न हुआ हो। इसके अतिरिक्त जहां के निवासियों का जीवन स्तर निम्न हो, पूंजी निर्माण की गति धीमी हो, फिर भी वहां के निवासी अपनी वर्तमान व बढ़ती हुई जनसंख्या के रहन-सहन के स्तर को बढ़ाने के लिए उत्साहपूर्ण ढंग से पूंजी, श्रम और अन्य साधनों का अधिकाधिक प्रयोग करने में सदैव तत्पर हों।"

अर्द्धविकसित अर्थव्यवस्थाओं की प्रमुख विशेषताएं

1. अर्द्धविकसित देशों की प्रमुख विशेषता यह है कि इन देशों में आर्थिक संगठन की उत्पादकता का स्तर अत्यन्त कम होने के कारण प्रति व्यक्ति आय बहुत कम होती है। विकसित देशों की प्रति व्यक्ति आय 500 डालर से भी अधिक है, परन्तु अर्द्धविकसित देशों की प्रति व्यक्ति आय 200 डालर से भी कम है।

2. प्रत्येक अर्द्धविकसित अर्थव्यवस्था में पूंजी की इतनी कमी पायी जाती है कि साधारणतया इन्हें कहा जाता है। यहां अप्रचलित विधियां एवं उपकरण प्रयोग में लाये जाते हैं।

3. इन देशों में जनसंख्या का एक बहुत बड़ा भाग साधारणतया 65 प्रतिशत से लेकर 85 प्रतिशत तक अपनी जीविका के लिए कृषि पर आश्रित रहता है। अत: कृषि पर जनसंख्या की अत्यधिक भीड़ रहती है।

4. अर्द्धविकसित देशों में अधिकोषण की सीमाएं सीमित होती हैं और अधिकोषण की सुविधाएं तीव्र नहीं होती।

5. अर्द्ध विकसित देशों में बेकारी तथा अर्द्धबेकारी अथवा छिपी हुई बेकारी एक प्रमुख विशेषता है। अर्द्धविकसित देशों में अदृश्य बेरोजगारी उग्र रूप में पायी जाती है क्योंकि भूमि पर आबादी के दबाव तथा संयुक्त कुटुम्ब प्रणाली के कारण बहुत से श्रमिक एक ही खेत पर काम करते हैं, जो ऊपर से देखने पर तो कार्यरत रहते हैं किन्तु वस्तुत: वे बेकार होते हैं - वे अदृश्य रूप में बेकार रहते हैं, क्योंकि उनके द्वारा सम्पूर्ण उत्पादन में कोई वृद्धि नहीं की जाती है। यही अदृश्य बेरोजगारी है जो व्यापक रूप से अर्द्धविकसित देशों में पायी जाती है।

6. अर्द्धविकसित देशों की एक प्रमुख विशेषता यह है कि वहां आधुनिक ढंग के बड़े पैमाने के उद्योगों का अभाव रहता है।

7. अर्द्धविकसित देशों में बाजार सम्बन्धी कई अपूर्णताएं पायी जाती हैं, जैसे उत्पादन के साधनों की अगतिशीलता, बाजार परिस्थितियों के बारे में अज्ञानता, लोचहीन आर्थिक ढांचा, एकाधिकार की उपस्थिति एवं विशिष्टीकरण का अभाव।

8. अर्द्ध विकसित देशों की एक प्रधान विशेषता आर्थिक कुचक्रों का जोर है। प्रो. नर्क्स ने उसे निर्धनता का कुचक्र कहा है। ये कुचक्र इस प्रकार हैं–

(अ) अर्द्ध विकसित देश में अविकसित साधनों के पिछड़ेपन तथा पूंजी की कमी के कारण उत्पादकता निम्न होती है, जिससे वास्तविक आय थोड़ी होती है और परिणामस्वरूप बचत कम होती है, इसके कारण पूंजी की कमी रहती है।

(ब) दूसरा कुचक्र इस प्रकार कार्य करता है कि अविकसित साधनों, पिछड़ेपन तथा पूंजी की कमी के कारण उत्पादकता निम्न होती है जिससे वास्तविक आय थोड़ी होती हैं, फलस्वरूप मांग कम होती है और इसके कारण विनियोग भी कम होता है।

(स) तीसरा कुचक्र इस प्रकार कार्य करता है कि अविकसित साधनों के कारण व्यक्ति पिछड़े रहते हैं और पिछड़े व्यक्तियों के कारण साधन अविकसित रहते हैं।

9. अर्द्धविकसित देशों में निर्यात पर निर्भरता बहुत अधिक रहती है और उनकी कुल राष्ट्रीय आय का बहुत बड़ा भाग निर्यात से ही प्राप्त होता है। अतः उत्पादन के प्रयत्न का विशाल भाग निर्यात के लिए उत्पादन में ही लगा रहता है। यद्यपि निर्यात हानिकारक क्रिया नहीं है, परन्तु इन देशों के निर्यात की प्रकृति ऐसी है कि इनके निर्यात में सम्मिलित होने वाली वस्तुओं की संख्या बहुत ही कम और निश्चित होती है, जिसके कारण इनका सर्वाधिक विकास नहीं हो पाता। उदाहरणार्थ सन् 1949 के आंकड़ों के अनुसार ईरान अपनी कुल विदेशी मुद्रा के उपार्जन का 90 प्रतिशत तेल के निर्यात से, कुवैत भी लगभग 90 प्रतिशत तेल के निर्यात से, मिश्र 90 प्रतिशत रूई के निर्यात से प्राप्त करता है। इसी प्रकार मलाया अपनी कुल विदेशी मुद्रा का 75 प्रतिशत रबर के निर्यात से प्राप्त करता है।

10. प्रायः सभी अर्द्धविकसित देशों में विकास की प्रारम्भिक स्थिति में विकास भुगतान शेष पर भारी दबाव रहता है क्योंकि विकासोन्मुख अर्थव्यवस्था में आयातों की काफी आवश्यकता होती है परन्तु निर्यात योग्य वस्तुओं का अभाव होता है। अधिक स्पष्ट शब्दों में भुगतान शेष असन्तुलन का प्रमुख कारण है निर्यातों की अपेक्षा आयातों का अधिक होना।

11. अर्द्धविकसित देशों में जनसंख्या अधिक होती हैं, और इन देशों में जनसंख्या विकसित देशों की तुलना में अधिक तीव्रगति से होती है।

अर्द्धविकसित देशों की परिभाषा और विशेषताओं का अध्ययन करने के उपरान्त अर्द्धविकसित देशों में अन्तर्राष्ट्रीय व्यापार के महत्त्व का अध्ययन प्रस्तुत किया गया है।

अन्तर्राष्ट्रीय व्यापार से अर्द्धविकसित देशों को लाभ

अन्तर्राष्ट्रीय व्यापार से अर्द्ध विकसित देशों को निम्नलिखित लाभ प्राप्त होते हैं-

1. औद्योगिकरण को प्रोत्साहन - एक विकासोन्मुख अर्थव्यवस्था को, जो औद्योगिकरण करने के लिए प्रयत्नशील हो, निम्न तीन प्रकार के आयातों की आवश्यकता पड़ती है, जो अन्तर्राष्ट्रीय व्यापार के कारण ही सम्भव है:

(अ) विकासात्मक आयात,

(ब) परितोषक आयात,

(स) अस्फीतिकारी आयात।

जो देश अविकसित अथवा अर्द्धविकसित हैं उन्हें अपने विकास के कार्यों के लिए अपनी 'उत्पादन-क्षमता' को तेजी से बढ़ाना पड़ता है। इसके लिए उन्हें विकास की आरम्भिक अवस्था में मशीनरी या अन्य उपकरणों का, जो देश में नहीं बनाए जा सकते, आयात करना पड़ता है। ऐसे आयात जो उत्पादन क्षमता का विस्तार करते हैं, विकासात्मक आयात कहलाते हैं। उदाहरण के लिए, इस्पात, संयंत्र इंजन बनाने के कारखाने, जल-विद्युत परियोजनाएं स्थापित करने के लिए किया गया आयात विकासात्क आयात ही है। अतः अन्तर्राष्ट्रीय व्यापार से 'विकासात्मक आयात' सम्भव हो जाता है, जो औद्योगिकरण और आर्थिक विकास का आधार है।

इसके अतिरिक्त एक विकसोन्मुख अर्थव्यवस्था को देश में स्थापित क्षमता प्रयोग के लिए कच्चे माल तथा अन्तर्वर्ती वस्तुओं का आयात करना पड़ता है। ऐसे आयात, जो देश में स्थापित उत्पादन क्षमता का पूर्ण उपयोग करने के लिए किए जाते हैं, "परितोषक आयात" कहलाते हैं। एक विकासोन्मुख अर्थव्यवस्था के लिए परितोषक आयात का बहुत महत्त्व होता है क्योंकि बहुत-सी औद्योगिक परितोषक आयात के अभाव के कारण रूक जाती है।

इस प्रकार विकासात्मक आयात और परितोषक आयात किसी विकासोन्मुख अर्थव्यवस्था के लिए वह सीमा निर्धारित करते हैं जिसमें किसी समय-विशेषकर पर औद्योगिकरण किया जा सकता है।

उपर्युक्त दोनों प्रकारों के आयातों के अतिरिक्त एक विकासोन्मुख अर्थव्यवस्था के देश की उपभोग की ऐसी वस्तुओं का आयात करना पड़ता है जिनकी पूर्ति औद्योगिकरण की अवधि में कम जो जाती है। ऐसे आयात को अस्फीतिकारी आयात कहते हैं। क्योंकि ये आयात उपभोग वस्तुओं की दुर्लभता को कम करते हैं और स्फीतिजनक प्रभावों को घटाते हैं। भारत में स्वतन्त्रता-उपरान्त खाद्यान्नों का आयात एक ऐसा उदाहरण है जिसके कारण देश में कीमतों की वृद्धि कुछ अंश तक रोकी गई।

उपरोक्त तीनों प्रकार के आयातों के लिए विदेशी विनिमय की आवश्यकता होती है जिसकी पूर्ति विदेशी व्यापार द्वारा ही होती है। प्रो. ए.जी.चन्देरकर के शब्दों में, "विकासोन्मुख देशों में विदेशी व्यापार का महत्त्व इस तथ्य पर आधारित है कि विदेशी विनिमय की उपलब्धता उनकी आर्थिक प्रगति का उतना ही निर्धारक तत्त्व है जितनी आन्तरिक बचतें, तकनीकी-प्रगति, बाजारों का विस्तार तथा आर्थिक व सामाजिक संगठन में

आन्तरिक बचतें, तकनीकी-प्रगति, बाजारों का विस्तार तथा आर्थिक व सामाजिक संगठन में सुधार। विकासोन्मुख देश में निरन्तर बढ़ने वाली आयातित पूंजी की मात्रा तथा उपभोक्ता पदार्थों व सेवाओं की आवश्यकता वर्तमान उत्पादन स्तर को बनाए रखने तथा उत्पादक पूंजी की वृद्धि के लिए होती है।''

2. विदेशी व्यापार की मात्रा में वृद्धि—देश के आर्थिक विकास के साथ ही साथ सामान्यतया विदेशी व्यापार की मात्रा में भी वृद्धि हो जाती है। प्राय: विदेशी व्यापार और राष्ट्रीय आय में साथ-साथ वृद्धि हो जाती है। जर्मनी, फ्रांस, जापान आदि विकसित राष्ट्रों के आर्थिक इतिहास इस बात को स्पष्ट करते हैं कि राष्ट्रीय उत्पादन में वृद्धि विदेशी व्यापार में वृद्धि के फलस्वरूप ही हुई। अत: विदेशी व्यापार में वृद्धि को आर्थिक विकास का द्योतक कहा जा सकता है।

3. निर्यात-वृद्धि के परिणामस्वरूप आय और रोजगार में गुणक विस्तार—निर्यात व्यापार की उन्नति एवं विकास आर्थिक प्रगति का एक महत्त्वपूर्ण संकेतक है। विश्व के राष्ट्रों के विकास और आर्थिक विकास का मापदण्ड उनका बढ़ता हुआ निर्यात-व्यापार ही माना जाता है।

हाल ही के वर्षों में लार्ड कीन्स के विनियोग गुणक पर आश्रित विदेशी-व्यापार गुणक धारणा के विकास के कारण निर्यात व्यापार की उपलब्धियों का माप करने के लिए एक नवीन परिप्रेक्ष्य का उदय हुआ है। एक देश का निर्यात उसके आयात की अपेक्षा अधिक हो जाने के कारण वह अनुकूल व्यापार सन्तुलन की स्थिति में हो जाता है। निर्यात की अधिकता के कारण देश की आय में जो वृद्धि होती है, वह विनियोग के सदृश मानी जाती है और इसके आय-प्रसारण पर उसी प्रकार गुणक प्रभाव होते हैं, जैसे साधारण प्रारम्भिक विनियोग के। आयातों की अपेक्षा निर्यातों में होने वाली शुद्ध प्रारम्भिक वृद्धि और आय में हुई अन्तिम वृद्धि के बीच का अनुपात विदेशी व्यापार गुणक कहलाता है।

जब विदेशी लोग वस्तुएं खरीदते हैं तो इसके फलस्वरूप घरेलू अर्थव्यवस्था के निर्यात उद्योगों को आय प्राप्त होती है और इन उद्योगों में लगे हुए श्रमिकों की आय में भी वृद्धि होती है। ये श्रमिक इस नयी आय को उपभोक्ता वस्तुओं पर खर्च करते हैं। इससे उपभोक्ता वस्तुओं के उद्योगों का भी विकास होता है, और घरेलू आय कई गुणा बढ़ती है। इस प्रकार से विदेशी व्यापार गुणक के आकार के अनुसार, निर्यात के द्वारा सृजित आय में गुणित वृद्धि होती चली जाती है।

विदेशी व्यापार गुणक के आकार का अनुमान घरेलू सीमान्त बचत प्रवृत्ति तथा आयात प्रवृत्ति द्वारा लगाया जा सकता है। ये दोनों प्रवृत्तियां ही, बचत और आयात, आय

सृजन की प्रक्रिया के मुख्य रिसाव हैं। यदि घरेलू सीमान्त बचत और आयात प्रवृत्ति को 1/5 के बराबर मान लिया जाए तो इस सूत्र के अनुसार—

(जहाँ सीमान्त बचत और आयात प्रवृत्ति है)

अतः विदेशी व्यापार गुणक= इसका अर्थ है कि यदि देश के निर्यात में वृद्धि 10 करोड़ रुपए से होती है तो आय में अन्तिम वृद्धि 50 करोड़ रुपए की होगी, क्योंकि गुणक 5 है।

विदेशी व्यापार गुणक कुछ सीमाओं के अधीन ही काम करता है। घरेलू आय में वृद्धि होने के कारण आयातों की मांग बढ़ सकती है और यदि आयात पर कोई प्रतिबन्ध नहीं हुए तो घरेलू आय में हुई वृद्धि का एक बड़ा भाग आयात की हुई वस्तुओं पर व्यय होकर रिसाव का रूप धारण कर लेता है। इस प्रकार विदेशी व्यापार गुणक के साथ मुख्य कठिनाई यह है कि निर्यात बढ़ने के कारण होने वाली आय प्रक्रिया की रचना स्वयं ही उच्चतर प्रवृत्ति को प्रोत्साहन देती है।

निर्यात में आरम्भिक वृद्धि के फलस्वरूप आय में विदेशी व्यापार-गुणक, गुणा वृद्धि दर्शाते हैं। अतः निर्यात में पर्याप्त वृद्धि करके ही आर्थिक विकास की दर को तीव्रतर किया जा सकता है।

4. पूजी निर्माण में सहायता—अर्द्ध विकसित राष्ट्रों में राष्ट्रीय आय व प्रतिव्यक्ति आय अत्यन्त कम होने के कारण बचत बहुत कम होती है। चूंकि इन देशों के निवासियों का जीवन स्तर पहले से ही बहुत अधिक गिरा हुआ होता है इसलिए यहां यह सम्भव नहीं होता कि उपभोग स्तर को और नीचे गिरा कर बचत में वृद्धि की जाए। अतः निम्न उत्पादक और निम्न बचत के विषम चक्र को तोड़ने के लिए निर्यात में वृद्धि करना ही एक प्रभावशाली उपाय रहता है। निर्यात-आय में अर्द्ध-विकसित राष्ट्रों द्वारा उन वस्तुओं की प्राप्ति सम्भव बनायी जाती है जिनके बिना वे उत्पादन करने में असमर्थ रहते हैं, जैसे मशीन, उपकरण आदि। इस प्रकार निर्यात आय द्वारा पूँजी-निर्माण में वृद्धि करके देश के विकास को आगे बढ़ाया जा सकता है।

5. प्रभावशाली मांग में वृद्धि एवं बाजार का विस्तार—विदेशी व्यापार के कारण अर्द्ध-विकसित देशों द्वारा उत्पादित वस्तुओं की मांग में वृद्धि होती है और बाजार का विस्तार होता है। जब बाजार का क्षेत्र विकसित हो जाता है तो देशों को अपने प्राकृतिक साधनों का पूर्णतम उपयोग करने की सुविधा प्राप्त हो जाती है जिससे आर्थिक प्रगति को बढ़ावा मिलता है। प्रो. हिक्स के शब्दों में, "विदेशी व्यापार करने के लिए किसी देश को बड़े पैमाने पर उत्पादन करना पड़ता है। इस प्रकार उसे पूंजी गहन उन्नति तकनीक से उत्पादन करने से लाभ होने लगता है।"

6. भुगतान सन्तुलन का लाभ—किसी भी देश का विदेशी भुगतान सन्तुलन दूसरे देशों के विदेशी व्यापार, देश का आकार, जीवन स्तर, आयात व निर्यात की मांग व पूर्ति की लोच आदि पर निर्भर करता है। अर्द्ध-विकसित अर्थव्यवस्था विदेशी व्यापार पर अपेक्षाकृत अधिक निर्भर होती है। यह राष्ट्र दूसरे राष्ट्रों की राष्ट्रीय आय से प्रभावित हुए बिना नहीं रहते। छोटे व अर्द्ध-विकसित देश के निर्यात केवल एक या दो वस्तुओं तक ही सीमित होते हैं परन्तु इसकी मांग विविध प्रकार की होने से विदेशी आयातों पर बहुत अधिक निर्भर रहना पड़ता है। इस प्रकार अर्द्ध-विकसित देशों को आयातों का भुगतानों करने के लिए निर्यातों की वृद्धि पर ही पूर्णतया निर्भर रहना पड़ता है जिससे भुगतान सन्तुलन की समस्या का समाधान हो सके।

7. निर्यात प्रेरित उद्योगों का विकास—विदेशी व्यापार से अर्द्ध-विकसित देशों में उन उद्योगों के विकास व विस्तार को काफी सहायता मिलती है जो निर्यात से सम्बन्धित होते हैं। जैसा कि हम बता चुके हैं कि इन देशों के निर्यात की प्रकृति ऐसी है कि इनके निर्यात में सम्मिलित होने वाली वस्तुओं की संख्या बहुत ही कम और निश्चित होती है। एक या दो उद्योगों के उत्पादनों का निर्यात बड़ी मात्रा में करके जो विदेशी विनिमय अर्जित किया जाता है उसके द्वारा दूसरे उद्योगों के विकास एवं विस्तार के लिए आवश्यक पूंजीगत सामान आयात किये जाते हैं। इस प्रकार निर्यात-प्रधान उद्योगों के विकास एवं विस्तार से अन्य उद्योगों के विकास एवं विस्तार के लिए साधन एवं प्रोत्साहन उपलब्ध होता है और यह निर्यात-प्रधान उद्योग विकास प्रेरक केन्द्र बन जाते हैं जिनसे समस्त अर्थव्यवस्था गतिमान हो जाती है। निर्यात प्रधान उद्योगों के विस्तार के लिए सामाजिक पूंजी जैसे आवागमन के साधन पुल, बांध आदि की व्यवस्था की जाती है। उनका लाभ नवीन उद्योगों को भी प्राप्त होता है। अन्य शब्दों में निर्यात प्रेरित उद्योगों द्वारा अन्य उद्योगों को भी प्राप्त होता है। अन्य शब्दों में निर्यात प्रेरित उद्योगों द्वारा अन्य उद्योगों को बड़े पैमाने की बाह्य बचतें प्रदान की जाती है जिससे अन्य उद्योगों को लाभ प्राप्त होते हैं। 19वीं शताब्दी में ब्रिटेन व आस्ट्रेलिया आदि राष्ट्रों में विदेशी व्यापार ने आर्थिक प्रगति का विस्तार किया। परन्तु दूसरी ओर भारत, चीन, व अफ्रीकी राष्ट्रों एवं मध्य अमरीकी राष्ट्रों के विकास में विदेशी व्यापार पर्याप्त योगदान न दे सका। इसका कारण यह था कि इन देशों में एक ओर विकसित निर्यात क्षेत्र था और दूसरी ओर परम्परागत पिछड़ा हुआ आन्तरिक उत्पादन था। विदेशी व्यापार का लाभ केवल निर्यात क्षेत्र को ही उपलब्ध हो सका क्योंकि वह प्राय: विदेशियों के हाथ में था और आन्तरिक क्षेत्र यथावत अविकसित अवस्था में बना रहा। यदि इन राष्ट्रों में भी राष्ट्रीय सरकारें होती और साथ में आर्थिक व सामाजिक वातावरण विकास के अनुकूल होता तो वहां की सरकारें निर्यात से प्राप्त होने वाले साधनों का उपयोग समस्त अर्थव्यवस्था के विकास के लिए कर सकती थीं और इन दोनों में विकास का मार्ग लगभग सौ वर्ष पूर्व ही प्रशस्त हो जाता।

8. शिक्षाप्रद महत्त्व—अन्तर्राष्ट्रीय व्यापार के द्वारा अर्द्धविकसित देशों के निवासी विकसित देशों के निवासियों के सम्पर्क में आते हैं जिससे अर्द्ध-विकसित देशों के जीवन-स्तर में सुधार, शिक्षा के स्तर में वृद्धि व कुशल संगठन-व्यवस्था का प्रसार होता है। इन सुधारों से सामाजिक एवं मानवीय पूंजी का विकास होता है जो आर्थिक विकास का एक महत्त्वपूर्ण निर्धारक तत्त्व है। प्रो. मीअर के शब्दों में, ''अन्तर्राष्ट्रीय व्यापार से जो मूल शिक्षाप्रद प्रभाव होते हैं वे सम्भवत: भौतिक पदार्थों के प्रत्यक्ष आयात से भी कही अधिक

मूल्यवान् होते हैं।'' विकास में ज्ञान की कमी अन्य किसी भी घटक की कमी से अधिक व्यापक रुकावट है। अतः इस कमी को जल्दी दूर करने के लिए अधिक समृद्ध अर्थव्यवस्थाओं से सम्बन्ध रखना आवश्यक है। विदेशी व्यापार चूंकि निर्धन देशों को अपने से अधिक समृद्ध देशों की सफलताओं एवं असफलताओं से सीख लेने के अवसर एवं उनके यथेष्ट उपयोग करने में सुविधा प्रदान करता है, अतएव विदेशी व्यापार उनके विकास की गति बढ़ाने में बहुत अधिक सहायता प्रदान कर सकता है।

इसी प्रकार प्रो. मिल ने कहा ''यह सम्भव है किसी देश के लोग निश्चल, अकर्मठ, असभ्य, पूर्ण सन्तुष्ट या अविकसित हों और वे अपने किसी लक्ष्य को प्राप्त करने में अपनी समस्त शक्तियों का प्रयोग न कर पाते हों। विदेशी व्यापार का प्रारम्भ करने से नये-नये लक्ष्यों से उनका परिचय बढ़ता है तथा उन मालों को आसानी से प्राप्त करने की लालसा पैदा हो जाती है जिन्हें कि वह पहले अप्राप्य समझते थे और इसके द्वारा उस देश में विदेशी व्यापार का प्रारम्भ औद्योगिक क्रान्ति का एक कारण बन गया है।

इस प्रकार स्पष्ट है कि अन्तर्राष्ट्रीय व्यापार देश के विकास को प्रोत्साहन देता है। हैबरलर इस त पर जोर देते हैं कि अन्तर्राष्ट्रीय व्यापार से किसी भी विकासोन्मुख देश को चार प्रकार से गतिक लाभ होते हैं—(अ) पूंजी, मालों, मशीनरी तथा कच्चे एवं अर्द्ध-निर्मित मालों के रूप में विकास के भौतिक साधनों की उपलब्धि से, (ब) तकनीकी लाभ, कुशल प्रबन्ध के गुण एवं उद्दीपन आदि की प्राप्ति से, (स) अन्तर्राष्ट्रीय विनियोग के द्वारा पूंजी की प्राप्ति से तथा (द) मालों में प्रतियोगिता के प्रभावों को प्रेत्साहन देने के द्वारा।

इसी प्रकार एच. मिन्ट ने अन्तर्राष्ट्रीय व्यापार के सिद्धान्तों में तीन प्रकार से भेद करते हुए बताया कि गतिशील उत्पादकता के सिद्धान्त चूंकि अन्तर्राष्ट्रीय व्यापार को एक गतिक बल मानते हैं जो कि बाजार की सीमाओं के हैं तथा श्रम-विभाजन की सम्भावनाओं को बढ़ाता है और उसके द्वारा मशीनरी के अधिक प्रयोग को मान्यता देता है, नव-प्रवर्तनों को प्रोत्साहन देता है, तकनीकी की अविभाज्यता को समाप्त कर देता है, श्रम उत्पादकता बढ़ाता है तथा सामान्य रूप से सभी व्यापारी देशों को आर्थिक प्रगति से अधिकाधिक लाभ उठाने के योग्य बनाता है। अवएव ये सिद्धान्त बताते हैं कि आर्थिक विकास में अन्तर्राष्ट्रीय व्यापार का बहुत बड़ा अनुदान होता है।

क्या अन्तर्राष्ट्रीय व्यापार ने अर्द्ध-विकसित देशों के विकास में एक रूकावट का काम किया है मिरडल का मत है—''बाजार के बलों में यह प्रवृत्ति होती है कि वह मिलाकर अन्तर्राष्ट्रीय असमानता को बढ़ाते हैं तथा दो ऐसे देशों में, जिनमें से एक औद्योगिक देश है तथा दूसरा अर्द्ध-विकसित। स्वतंत्र व्यापार का परिणाम यह होता है कि अर्द्ध विकसित देश को निर्धन तथा गतिहीन बनाने वाली संचयी प्रक्रिया आरम्भ होती है।

इस प्रमार मिरडल का मत है कि अन्तर्राष्ट्रीय व्यापार अर्द्ध विकसित देशों के विकास में बाधा पहुँचाते हैं। इस निष्कर्ष को मानने वाले तर्क में तीन महत्त्वपूर्ण बातें है—

(अ) घटकों की अन्तर्राष्ट्रीय गतिविधियों के प्रतिकूल प्रभाव।

(ब) देश-विदेशों में प्रदर्शन या क्रियाशील होना। तथा

(स) व्यापार की शर्तों में दीर्घकालीन प्रतिकूलता।

ऐसा कहा जाता है, इन तीनों कारणों से ही देश के आर्थिक किवास की गति में ह्रास होता है। अब हम इन कारणों का विश्लेषण करेंगे।

(अ) घटकों की अन्तर्राष्ट्रीय गतिविधियों के प्रतिकूल प्रभाव—घटकों की अन्तर्राष्ट्रीय गतिविधियों के प्रतिकूल प्रभावों के बारे में ऐसा कहा जाता है कि अन्तर्राष्ट्रीय व्यापार की संरचना में बहुत अधिक असन्तुलन आ जाता है। अन्तर्राष्ट्रीय व्यापार की अवस्था में निर्यातों का उत्पादन अधिक होता है। निर्यात क्षेत्र ही विकास का एक क्षेत्र बन जाता है और उसके चारों और के क्षेत्र पिछडे हुए रह जाते हैं जिनकी उत्पादकता बहुत कम होती है। किन्तु इस तर्क में कुछ द्विधावर्धकता है क्योंकि यह स्पष्ट नहीं है कि उत्पादन के निर्यातों के पक्ष में बढने का मतलब प्राइमरी उत्पादनों के निर्यातों में नितान्त अतिवृद्धि से है या केवल घरेलू आवश्यकताओं के उत्पादन से निर्यातों के उत्पादन में अपेक्षतः अधिक वृद्धि से। यदि इसका निरपेक्ष विवेचन किया जाए, तो इसका आशय यह है कि घरेलू आवश्यकताओं के उत्पादन को कम करके ही निर्यातों के उत्पादन को बढ़ाया जा सकता है। वास्तव में ऐसा कोई विश्वसनीय प्रमाण नहीं मिलता जिसमें घरेलू आवश्यकताओं के उत्पादन को कम करके ही निर्यातों के उत्पादन को बढ़ाया गया हो।

(ब) देश-विदेशों में प्रदर्शन-प्रभाव का क्रियाशील होना—सामान्यतया यह भी कहा जाता है कि अन्तर्राष्ट्रीय प्रदर्शन प्रभाव से भी एक निर्धन देश के विकास में बाधा आती है। इस सम्बन्ध में यह तर्क दिया जाता है कि अन्तर्राष्ट्रीय व्यापार के कारण धनी देशों के उपभोग के ऊंचे स्तर का निर्धन देशों पर यह प्रभाव होता है कि उनकी उपभोग की सीमान्त प्रवृत्ति बहुत बढ़ जाती है जिसके परिणामस्वरूप अर्द्ध विकसित देशों में बहुत ही सीमित पूंजी संचयन हो पाता है।

परन्तु यह तर्क अधिक महत्त्वपूर्ण नहीं है क्योंकि धनी देशों के उपभोग के तरीकों की उन्हीं देशों में अधिक नकल की जा सकती है जिनमें कि गौण वस्तुएँ आयात की जाती हों तथा जिनकी अधिकांश जनसंख्या शहरी हो। जिन निर्धन देशों में मुख्य रूप से खाद्य तथा प्राथमिक वस्तुओं का ही आयात किया जाता रहा है उन देशों में अब तक बहुत थोड़ी सी जनसंख्या शहरी थी और उन देशों में प्रदर्शन प्रभाव अधिक नहीं हुआ है।

यही नहीं, एक तरफ प्रदशैन प्रभाव से आयात की गई वस्तुओं के उपभोग में वृद्धि होती है तो दूसरी तरफ इससे काम कने तथा अधिक उत्पादन करने की प्रेरणा भी बराबर मिलती रहती है, जो कि विकास में गतिवर्धन करने के दृष्टिकोण से उपभोग पर होन वाले प्रतिकूल प्रभावों से बड़े होते हैं।

(स) व्यापार की शर्तों में दीर्घकालिक प्रतिकूलता—अन्तर्राष्ट्रीय बलों की मुख्य आलोचना इस तर्क पर आधारित है कि निर्धन देशों की व्यापार-शर्तों के काफी समय तक प्रतिकूल रहने से उनकी आय धनी देशों को जाती रही है जिससे विकास के कार्यक्रम में बाधा पहुँचती है। व्यापार की शर्तें उस दर से सम्बन्धित हैं जिस पर किसी देश के निर्यात और आयात में विनिमय होता है। यदि व्यापार प्राथमिक वस्तुओं अर्थात् कृषि वस्तुओं के उत्पादन करने वाले देशों (निर्धन) देशों तथा औद्योगिक वस्तुओं के उत्पादक देशों (धनी

देशों) के बीच हो रहा हो तो व्यापार की शर्तें हमेशा औद्योगिक देशों के पक्ष में हो जाती हैं। कारण यह है कि कृषि वस्तुओं की मांग की एक सीमा होती है और इनके मूल्यों में अत्यधिकत्र अस्थिरता रहती है जबकि औद्योगिक वस्तुओं के मूल्य मन्दी के समय भी धीरे धीरे गिरते हैं और एक निश्चित सीमा के बाद शायद नहीं गिर सकते। इसके अतिरिक्त कृषि वस्तुएं औद्योगिक वस्तुओं की तुलना में अधिक शीघ्र नष्ट हो जाती हैं और कृषकों के पास कृषि वस्तुओं को अपने पास रोक रखने की शक्ति भी कम होती है। औद्योगिक वस्तुओं को रोक कर रखा जा सकता है और ये शीघ्र ही नष्ट भी नहीं होती हैं। अतएव इन विभिन्न कारणों से व्यापार शर्तें कृषि वस्तुओं के उत्पादक देशों के प्रतिकूल और औद्योगिक वस्तुओं के उत्पादक देशों के अनुकूल होती हैं।

यद्यपि यह तर्क बहुत छाप डालने वाला है लेकिन जब अनेक तत्त्वों की गहन छानबीन करते हैं तब पता चलता है कि यह तर्क सांख्यिकी तथा विवेचन दोनों ही के विचार से कमजोर है। अतः इस तर्क को गम्भीरतापूर्वक मानना कठिन है कि निर्धन देशों में इसके विकास की गति इसीलिए मन्द होती है क्योंकि व्यापार शर्तें उनके प्रतिकूल होती हैं।

निष्कर्ष—इस प्रकार स्पष्ट है कि अन्तर्राष्ट्रीय बाजार के वलों से देश के विकास में कोई रुकावट नहीं पड़ती बल्कि आर्थिक विकास में अन्तर्राष्ट्रीय व्यापार का महत्त्वपूर्ण योगदान है। निर्यात क्षेत्र का प्रारम्भिक विस्तार आर्थिक विकास को बढ़ाने वाला होता है लेकिन यह उद्दीपन दूसरे क्षेत्रों में कितनी जल्दी जाता है। यह केवल निर्यातों में विकास की दर पर ही निर्भर नहीं करता है कि उस देश का निर्यात आधार किस प्रकार का है तथा उस देश में घरेलू बाजार में कितनी अपूर्णताएं हैं। विदेशी व्यापार में होने वाले लाभ विकास क्रिया को सुविधाजनक बनाते हैं परन्तु वइ उन विकासकारी वलों के स्थान पर काम नहीं आ सकते जो कि घरेलू अर्थव्यवस्था में आवश्यक रूप से पैदा किए जाने चाहिए। इसके अलावा यह सोचना गलत है कि इन वलों में केवल विकास के आधारभूत आर्थिक निर्धारक जैसे, उद्यीपन, तकनीकी विकास तथा पूंजी संचय ही शामिल होते हैं क्योंकि ये निकटस्थ आर्थिक निर्धारक और राजनीतिक, सामाजिक तथा सांस्थानिक प्रबन्धकों के प्रभावों से सम्बन्ध रखते हैं। ये प्रभाव परोक्ष रूप से आर्थिक तो नहीं है, किन्तु बहुत अधिक महत्तव रखते हैं। अतएव विकास के फलस्वरूप होने वाले लाभों के साथ विदेशी व्यापार से होने वाले लाभों का समन्वय अन्ततोगत्वा घरलू नीति एवं उपायों के इन गुणों पर निर्भर करता है कि वह देश में कितना सामाजिक तथा राजनीतिक परिवर्तनों के साथ आर्थिक परिवर्तन भी ला सकते हैं जिससे अर्थव्यवस्था में विदेशी व्यापार के उद्दीपन से अपेक्षतः अधिक विकास हो। यदि एक निर्धन देश में ये परिवर्तन हो जाएं तब ही अन्तर्राष्ट्रीय व्यापार से होने वाले लाभों को न केवल आर्थिक कुशलता प्राप्त करने के लिए अपितु त्वरित विकास की तुरन्त चुनौती को स्वीकार करने के लिए भी प्राप्त किया जा सकता है।

अर्द्ध-विकसित राष्ट्रों की विदेशी व्यापार सम्बन्धी समस्याएं

अर्द्ध-विकसित राष्ट्रों के लिए विदेशी व्यापार का बहुत अधिक महत्त्व है। परन्तु इन राष्ट्रों को विदेशी व्यापार का विस्तार करने में जिन समस्याओं को वहन करना पड़ता है, वे निम्नलिखित हैं—

1. निर्यात सम्वर्द्धन सम्बन्धी समस्याएं—अर्द्ध विकसित देशों में निर्यात सम्वर्द्धन (प्रोत्साहन) को अधिक से अधिक महत्त्व दिया जा रहा है जिससे घरेलू विनियोग की मात्रा में वृद्धि की जा सके। परन्तु इन राष्ट्रों में कुल निर्यात आय का बहुत थोड़ा भाग ही पूँजी निर्माण के लिए उपलब्ध होता है। क्योंकि चालू निर्यात से प्राप्त आय का बड़ा भाग आयात एवं विदेशी ऋणों के मूलधन एवं ब्याज के भुगतान में ही उपयोग हो जाता है। ऐसी परिस्थिति में इन देशों के निर्यात में पर्याप्त वृद्धि करना बहुत आवश्यक हो जाता है ताकि पूंजी-निर्माण में वृद्धि की जा सके। परन्तु निर्यात में इन राष्ट्रों के समक्ष बहुत-सी समस्याएं हैं, जैसे—

(अ) अर्द्ध-विकसित देशों की आय में वृद्धि होने के साथ-साथ मशीनों, प्लान्ट, पूंजीगत सामानों एवं विलासिता की वस्तुओं की मांग बढ़ती है जबकि विकसित राष्ट्रों में खाद्यान्न एवं कच्चे मालों का ही आयात किया जाता है। परन्तु विकसित राष्ट्रों में आय की वृद्धि के अनुपात में वृद्धि नहीं होती। इस प्रकार विकास के व्यापक वातावरण में अर्द्ध विकसित देशों के आयात में तीव्र गति से वृद्धि होती है परन्तु निर्यात में उसके अनुरूप वृद्धि नहीं हो पाती है।

(ब) अर्द्धविकसित राष्ट्रों का विदेशी व्यापार चक्रीय परिवर्तनों से प्रभावित होता है, जबकि औद्योगिक अर्थव्यवस्था वाले देशों पर कोई विशेष प्रभाव नहीं पड़ता। इसका मुख्य कारण यह है कि अर्द्ध-विकसित राष्ट्रों की अर्थव्यवस्था निर्यात पर ही अधिक केन्द्रित रहती है और उनकी कुल राष्ट्रीय आय का बहुत बड़ा भाग निर्यात से ही प्राप्त होता है। साथ ही अर्द्ध-विकसित राष्ट्रों के निर्यातों का केन्द्रीकरण कुछ ही विकसित राष्ट्रों में होता है और इन देशों के निर्यात की प्रवृत्ति ऐसी है कि इनके निर्यात में सम्मिलित होने वाली वस्तुओं की संख्या बहुत कम और निश्चित होती है। उदाहरण के लिए ईरान अपनी कुल विदेशी मुद्रा के उपार्जन का 90 प्रतिशत तेल के निर्यात से, कुवैत भी लगभग 90 प्रतिशत तेल के निर्यात में, मिश्र 90 प्रतिशत रुई के निर्यात से प्राप्त करता है। इसी प्रकार मलाया अपनी कुल विदेशी मुद्रा का 75 प्रतिशत रबर के निर्यात से प्राप्त करता है। इन परिस्थितियों में अर्द्ध विकसित राष्ट्रों का निर्यात प्राप्त करने वाले देशों में इनकी वस्तुओं की मांग में जब कमी आती है तो उसका प्रतिकूल प्रभाव अर्द्ध विकसित राष्ट्रों पर पड़ता है। अधिक स्पष्ट शब्दों में कुछ ही वस्तुओं के निर्यात पर अत्यधिक निर्भरता के कारण अर्द्ध विकसित अर्थव्यवस्था में व्यापार चक्र का आगमन आसानी से हो जाता है। क्योंकि विदेशों में मन्दी के फलस्वरूप इन देशों की वस्तुओं की मांग कम हो जाती है। मांग की कमी आ जाने के कारण उन वस्तुओं का निर्यात कम हो जाता है, उत्पादन कम होने लगता है, बेकारी बढ़ने लगती है और लोगों की आय कम हो जाती है। इस प्रकार अर्द्ध विकसित राष्ट्रों के विदेशी व्यापार पर विकसित अर्थव्यवस्थाओं की आय में होने वाले चक्रीय परिवर्तनों का अत्यधिक प्रभाव पड़ता है।

(स) विकसित और अर्द्ध-विकसित राष्ट्रों में औद्योगिक उत्पादन के प्रकार में परिवर्तन हो रहा है। उसके द्वारा भी अर्द्ध विकसित देशों के निर्यात पर प्रतिकूल प्रभाव पड़ रहा है। विकसित राष्ट्रों में प्राथमिक कच्चे माल की आवश्यकता कम होती जा रही है। क्योंकि वहां उपभोक्ता उद्योगों के स्थान पर इन्जीनियरिंग एवं रसायन जैसे भारी उद्योगों को महत्त्व दिया जा रहा है। जबकि विकासोन्मुख देशों में औद्योगीकरण को बढ़ावा दिये जाने के कारण

द्वितीयक उद्योगों का विस्तार हुआ है। ये उद्योग उन कच्चे मालों का उपयोग करने लगे हैं जो निर्यात के लिए उपलब्ध होते थे। इसका परिणाम यह हुआ है कि विकासोन्मुख देशों के पास निर्यात में मांगी जाने वाली वस्तुओं की पर्याप्त पूर्ति नहीं है और अधिक विदेशी मुद्रा प्राप्त करना कठिन हो गया है जिसके परिणामस्वरूप आवश्यक आयात को भी कम करना पड़ता है, जो विकास की गति को अवरुद्ध कर देता है।

(द) विकासोन्मुख देशों में कच्चे माल व प्राथमिक वस्तुओं के निर्यात में कमी हो जाने पर अन्य वस्तुओं, जैसे हल्की इंन्जीनियरिंग वस्तुएं, टिकाऊ उपभोक्ता वस्तुएं आदि के निर्यात को बढ़ाने के प्रयास किये जाते हैं। परन्तु प्रारम्भिक अवस्था में विकासशील देश अधिक निर्यात नहीं कर पाते क्योंकि इन राष्ट्रों को विकसित राष्ट्रों के साथ प्रतिस्पर्धा करनी पड़ती है। चूंकि अर्द्ध-विकसित राष्ट्रों को विकसित राष्ट्रों के साथ प्रतिस्पर्धा करनी पड़ती है। चूंकि अर्द्ध-विकसित राष्ट्रों द्वारा बनाई गई वस्तुएं अपेक्षाकृत निकृष्ट किस्म की व महंगी होती है इसलिए ये राष्ट्र विकसित राष्ट्रों के साथ प्रतिस्पर्धा में नहीं टिक पाते।

(य) अर्द्ध-विकसित देशों में सुयोग्य साहसी वर्ग का अभाव होने और अर्थव्यवस्थाएं सुसंगठित न होने के कारण निर्यात द्वारा प्राप्त विदेशी मुद्रा का उत्पादक विनियोजन नहीं हो पाता। कारण यह है कि विदेशी मुद्रा के लिए पूंजीगत उद्योगों ने विदेशों से भापी पूंजीगत प्रसाधनों व प्राविधिक ज्ञान के आयात की आवश्यकता होती है। इन प्रसाधनों के आयात में राष्ट्र की आयात नीति व विदेशी विनिमय नियन्त्रण की समस्याएं बाधाएं उपस्थित करती है।

2. आयात सम्बन्धी समस्याए—जैसा कि हम ऊपर अध्ययन कर चुके हैं एक विकासोन्मुख अर्थव्यवस्था को, जो औद्योगिकरण करने के लिए प्रयत्नशील है, बड़ी मात्रा में आयात की आवश्यकता होती है। आयात में सम्मिलित होने वाली वस्तुएं प्रायः देश के आकार, घरेलू साधनों की उपलब्धता, आय, वितरण के ढांचे आदि पर निर्भर रहती है। यदि आर्थिक विकास के प्रारम्भ के साथ-साथ मजदूरों की मजदूरी में वृद्धि हो जाती है और जनसंख्या तेजी से बढ़ती है तो खाद्यात्रों की आयात की आवश्यकता होती है। दूसरी ओर यदि समाज के उच्च वर्ग के व्यक्तियों की आय में वृद्धि हो जाती है तो उच्च कोटि की उपभोग वस्तुओं का आयात बढ़ जाता है। इसी प्रकार जब आर्थिक विकास के परिणामस्वयप निजी साहसियों की मात्रा में वृद्धि होती है तो नवीन व्यवसायों की स्थापना हेतु औद्योगिक कच्ची सामग्री एवं पूंजीगत वस्तुओं की आयात की मात्रा में वृद्धि हो जाती है।

विकास की प्रारम्भिक अवस्था में एक अर्द्ध विकसित देश की विकास की योजनाओं द्वारा औद्योगिक अर्थव्यवस्था में परिवर्तन करने का प्रयत्न किया जाता है। फलतव बड़ी मात्रा में निम्नलिखित वस्तुओं के आयात की आवश्यकता होती है—

(अ) पूंजीगत वस्तुएं—जैसे मशीनरी तथा अन्य साज-सामान,,

(ब) औद्योगिक कच्चा माल,

(स) तकनीकी ज्ञान—इन सभी, वस्तुओं का प्रायः एक अर्द्ध-विकसित देश में अभाव पाया जाता है।

(द) इन देशों में पूंजी का भी अभाव रहता है इसलिए इन्हें विदेशों से ऋण लेने पड़ते हैं।

उपर्युक्त प्रकार की आयातों के अतिरिक्त विकासोन्मुख अर्थव्यवस्था को उपभोग की ऐसी वस्तुओं का उपभोग करना पड़ता है, जिनकी पूर्ति औद्योगिकरण की अवधि में कम हो जाती है। ऐसे आयात को अस्फीतिकार आयात कहते हैं। क्योंकि ये उपभोग वस्तुओं की दुर्लभता को कम करते हैं और स्फीतिजनक प्रभावों को घटाते हैं। भारत में स्वतन्त्रता के उपरान्त खाद्यान्नों का आयात एक ऐसा उदाहरण है जिसके द्वारा बढ़ती हुई कीमतों को रोकने का प्रयत्न किया गया।

उपरोक्त विवरण से स्पष्ट है कि विकास के प्रारम्भिक वर्षों में आयात में तीव्र गति से वृद्धि होती है। जिसका भुगतान देश में उपलब्ध साधनों से करना सम्भव नहीं होता। अत: उन आयातों के भुगतान की अधिकाधिक आवश्यकता की पूर्ति के लिए निर्यात बढ़ाना आवश्यक होता है। अन्यथा भुगतान की कठिन समस्या उत्पन्न हो जाती है और विकास के मार्ग में बाधा उपस्थित होने लगती है।

3. व्यापार की शर्तें—किसी भी देश की निर्यात से प्राप्त होने वाली आय केवल निर्यात की मात्रा पर निर्भर नहीं होती बल्कि उसके मूल्य पर निर्भर रहती है। इस प्रकार विदेशी व्यापार के लाभ की गणना करने में व्यापार की शर्तों का अधिक महत्त्व होता है। व्यापार की शर्तें उस दर से सम्बन्धित हैं जिन पर किसी देश के निर्यात और आयात में विनिमय होता है। व्यापार की शर्तों के अनुकूल होने पर निर्यात से अधिक विदेशी मुद्रा मिलती है और आयात के बदले में कम विदेशी विनिमय का भुगतान करना पड़ता है जिसके परिणामस्वरूप देश को विदेशी व्यापार से काफी लाभ आर्थिक विकास के हेतु प्राप्त हो जाता है। इसके विपरीत जब व्यापार की शर्तें प्रतिकूल होती हैं तो आयात की तुलना में निर्यात की मात्रा अधिक होने पर भी लाभ की मात्रा नगण्य होती है। इस तथ्य को एक उदाहरण द्वारा स्पष्ट किया जा सकता है। मान लीजिए, एक ऐसा अर्द्ध विकसित देश है जो इतने कच्चे माल का निर्यात कर रहा है, जिससे निर्मित वस्तुओं के आयात का ठीक भुगतान हो जाता है। अब मान लीजिए कच्चे माल का मूल्य अन्तर्राष्ट्रीय बाजार में बढ़ जाता है परन्तु निर्मित वस्तुओं का मूल्य यथास्थिर रहता है या कम बढ़ता है, तो ऐसी स्थिति में व्यापार शर्तें अर्द्ध विकसित देश के पक्ष में बदल जाएगी। कच्चे माल की उतनी ही मात्रा से वह देश पहले से अधिक विदेशी मुद्रा प्राप्त कर सकेगा। चूंकि निर्मित वस्तुओं का मूल्य स्थिर रहता है इसलिए इन वस्तुओं की पहले जितनी मात्रा खरीदने के बाद भी अर्द्धविकसित देश के पास कुछ विदेशी मुद्रा बची रहेगी। स्पष्टत: विदेशी व्यापार से मिलने वाले आर्थिक विकास के लिए योगदान व्यापार की शर्तों पर निर्भर रहता है। परन्तु दुर्भाग्यवश विदेशी व्यापार से निर्धन राष्ट्रों की व्यापार शर्तों में दीर्घकाल तक प्रतिकूलता रहने से उनकी आय का अधिकांश भाग विकसित राष्ट्रों को जाता रहता है जिससे अर्द्ध विकसित राष्ट्रों के कार्यक्रम में बाधा उपस्थित होती है। विभिन्न अर्द्ध विकसित देशों के विदेशी व्यापार का अध्ययन विभिन्न अर्थशास्त्रियों द्वारा किया गया है और इन अध्ययनों से यह निष्कर्ष निकाला गया है कि सामान्यत: व्यापार की शर्तें अर्द्ध विकसित राष्ट्रों के प्रतिकूल रहती है।

यदि व्यापार प्राथमिक वस्तुओं अर्थात् कृषि वस्तुओं के उत्पादन करने वाले देशों तथा औद्योगिक वस्तु के उत्पादक देशों के बीच हो रहा हो तो व्यापार की शर्तें सदैव औद्योगिक राष्ट्रों के पक्ष में रहती है। क्योंकि (अ) कृषि वस्तुओं की मांग की एक अधिकतम सीमा होती है जिसके आगे उसकी मांग नहीं होती जबकि औद्योगिक वस्तुओं की मांग प्राय: बढ़ती ही रही है। (ब) कृषि पदार्थों के मूल्यों में अत्यधिक अस्थिरता होती है जबकि औद्योगिक वस्तुओं के मूल्य मंदी के समय भी धीरे धीरे गिरते हैं और एक निश्चित सीमा के बाद शायद नहीं गिरते। (स) कृषि वसतुएँ टिकाऊ नहीं होती है और उनको दीर्घकाल तक संग्रह नही किया जा सकता है। जबकि औद्योगिक वस्तुएं शीध्र नष्ट न होने से दीर्घकाल तक संग्रह करके रखी जा सकती हैं। इन विभिन्न कारणों से व्यापार की शर्तें कृषि वस्तुओं के उत्पादक देशों के प्रतिकूल और औद्योगिक वस्तुओं के उत्पादक देशों के अनुकूल होती हैं। किसी भी देश के अपने साधनों को वैकल्पिक उपयोग में हस्तान्तरण की सुविधा, साधनों के प्रकार, साहसियों की योग्यता एवं कुशलता व श्रम की गतिशीलता इत्यादि बातों पर भी ये निर्भर रहती हैं। जो देश अपने उत्पादन में व्यापार की शर्तों के परिवर्तन के अनुकूल परिवर्तन करने में समर्थ होते हैं वे अनुकूल व्यापार शर्तों का लाभ उठा सकते हैं। साधनों के वैकल्पिक उपयोगों में हस्तान्तरण की क्षमता स्वभावत: विकसित देशों को ही उपलब्ध होती है जिसके कारण वे ही अनुकूल व्यापार की शर्तों से लाभान्वित होते हैं।

परिक्षापयोगी प्रश्न

1. किसी अर्द्ध विकसित राष्ट्र में अन्तर्राष्ट्रीय व्यापार का क्या महत्त्व है? विदेशी व्यापार देश के आर्थिक विकास में किस प्रकार सहायक सिद्ध होता है, स्पष्टतया बताइए।
2. अन्तर्राष्ट्रीय व्यापार से अर्द्ध विकसित राष्ट्रों को क्या लाभ प्राप्त होते हैं? अर्द्ध विकसित राष्ट्रों के मार्ग में आने वाली रूकावटों व हानियों का वर्णन कीजिए।
3. अन्तर्राष्ट्रीय व्यापार ने अर्द्ध विकसित देशों के विकास में रूकावट का काम किया है? अपने विचार दीजिए।
4. विदेशी व्यापार का देश के आर्थिक विकास पर क्या प्रभाव पड़ता है? अर्द्ध विकसित राष्ट्रों की विदेशी व्यापार सम्बन्धी समस्याओं का वर्णन कीजिए।

6

अन्तर्राष्ट्रीय व्यापार का सिद्धान्त
(Theory of International Trade)

यह विषय अत्यन्त ही विवादस्प्रद है कि अन्तर्राष्ट्रीय व्यापार के लिए अन्ततोगत्वा किसी पृथक सिद्धान्त की आवश्यकता है क्या? अनेक अर्थशास्त्रियों द्वारा अन्तर्राष्ट्रीय व्यापार के एक पृथक सिद्धान्त को चुनौती दी गयी है। इनमें प्रमुख प्रो. बर्टिल ओहलिन है। किन्तु यह विवाद का विषय नहीं है कि अन्तर्राष्ट्रीय व्यापार हेतु पृथक सिद्धान्त की आवश्यकता है।

तुलनात्मक लागत सिद्धान्त

इस पुस्तक के पूर्ववर्ती अध्यायों में इस बात का विस्तार से वर्णन किया जा चुका है कि विभिन्न देशों के बीच में वस्तुओं का विनिमय क्यों होता है? पूर्ववर्ती विवेचन के अनुसार अन्तर्राष्ट्रीय श्रम-विभाजन के कारण वस्तुओं का विनिमय लाभदायक होता है। अब महत्त्वपूर्ण प्रश्न यह उपस्थित होता है कि एक देश किन वस्तुओं का निर्यात करता है? कोई भी देश उन वस्तुओं का निर्यात करता है जिनके उत्पादन के लिए उसे विशेष सुविधाएं प्राप्त हैं। अब इस बात का अध्ययन करना है कि आयात व निर्यात क्यों होते हैं? वे कौन-सी दशाएं हैं जिनके कारण कुछ वस्तुओं का निर्यात किया जाता है और कुछ वस्तुओं का आयात किया जाता है? इन प्रश्नों का निरूपण करने के लिए हमारे सम्मुख चार सिद्धान्त हैं। ये चारों सिद्धान्त वैसे देखा जाए तो एक दूसरे के पूरक हैं।[1] परन्तु इनका विभिन्न अर्थशास्त्रियों द्वारा प्रतिपादन किया गया है और अभी तक किसी अर्थशास्त्री ने इनका विश्लेषण प्रस्तुत नहीं किया है। ये सिद्धान्त निम्न हैं—

अन्तर्राष्ट्रीय का प्रथम सिद्धान्त तुलनात्मक लागत सिद्धान्त के नाम से जाना जाता है। अन्तर्राष्ट्रीय व्यापार के सम्बन्ध में प्रचलित विभिन्न सिद्धान्तों में तुलनात्मक लागत का सिद्धान्त सबसे अधिक प्रसिद्ध तथा सर्वस्वीकार्य है। इस सिद्धान्त का जन्म एवं विकास मूल्य के श्रम

---

1 "These four theories more or less supplement one another, but they have been propounded by different writers and have never been combined into a synthesis." Haberler, 'Theory of Internatioal Trade', page 122.

सिद्धान्त के आधार पर माना जाता है। इसके प्रारम्भिक जन्मदाता सम्भवत: रॉबर्ट टोरेन्स थे, परन्तु आजकल इस सिद्धान्त को डेविड रिकार्डो के नाम के साथ सम्बन्धित किया जाता है। इन्होंने इस सिद्धान्त की स्पष्ट व्याख्या अपने आन्तरिक मूल्यों के श्रम सिद्धान्त में की। आगे चलकर जॉन स्टुअर्ट मिल ने इस सिद्धान्त में कुछ महत्त्वपूर्ण बातों, जैसे व्यापार की शर्तों को सम्मिलित किया।

केअरनेस और बेस्टेबल ने इसका अधिक स्पष्ट निरूपण किया। इस सिद्धान्त की सबसे नवीनतम एवं विस्तृत व्याख्या अमरिकी अर्थशास्त्री प्रो. टासिंग तथा जर्मन अर्थशास्त्री प्रो. टोजिंग ने की है। इस प्रकार रिकार्डो एवं मिल के द्वारा प्रतिपादित एवं अन्य विद्वानों द्वारा निरूपित यह सिद्धान्त साधारणतया इंग्लैण्ड एवं अमेरिका द्वारा लगभग एक शताब्दी तक स्वीकार किया जाता रहा। इसका मूल्य के श्रम सिद्धान्त से निकट सम्बन्ध होने के कारण जर्मनी एवं फ्राँस के अर्थशास्त्रियों का समर्थन इसे प्राप्त नहीं हुआ, परन्तु इटली के अर्थशास्त्री भी इसे स्वीकार करते हैं। इसे प्रतिष्ठित अर्थशास्त्रियों का सिद्धान्त या तुलनात्मक लाभ का सिद्धान्त भी कहते हैं।

(2) अन्तर्राष्ट्रीय व्यापार का एक अन्य महत्त्वपूर्ण सिद्धान्त पारस्परिक या प्रतिपूरक पूर्ति एवं माँग का सिद्धान्त है। अन्तर्राष्ट्रीय व्यापार की कुछ समस्याओं को हल करने के लिये मार्शल द्वारा प्रयोग की गई सैद्धान्तिक सामग्री को परस्पर पूर्ति एवं मांग सिद्धान्त नाम से जाना जाता है। अन्तर्राष्ट्रीय व्यापार की कतीपय समस्याओं का समाधान करने की दृष्टि से इस सिद्धान्त का प्रतिपादन प्रोफेसर मार्शल द्वारा किया गया है। मार्शल ने इस अध्ययन के लिए वक्र रेखाओं का प्रयोग किया है। वैसे यह सिद्धान्त तुलनात्मक लागत सिद्धान्त का ही पूरक है। और यदि तार्किक निर्णयों के आधार पर देखा जाए तो उसी में इसका अध्ययन किया जाता है। मार्शल के सिद्धान्त की नींव, रिकार्डो और विशेषकर मिल के अन्तर्राष्ट्रीय मूल्य के सिद्धान्त पर ही आधारित है।

(3) अन्तर्राष्ट्रीय व्यापार का एक अन्य सिद्धान्त, *सामान्य आर्थिक सिद्धान्त* की ही एक विशेष दशा है। इसलिए आर्थिक साम्य का साधारण सिद्धान्त इस विशेष दशा पर भी लागू होना चाहिए। श्री परेटो ने यही किया है। यह सिद्धान्त आर्थिक साम्य सिद्धान्त के नाम से जाना जाता है।

इस सिद्धान्त के अनुसार किसी भी वस्तु के मूल्य का निर्धारण उसकी मांग और पूर्ति के सन्तुलन द्वारा होता है। वस्तु की न तो अकेली मांग और न ही अकेली पूर्ति ही मूल्य निर्धारित करती है। बाद में प्रो. ओहलिन ने इस मूल्य के सामान्य सन्तुलन सिद्धान्त को अन्तर्राष्ट्रीय व्यापार की व्याख्या के लिए प्रयुक्त किया और बतलाया कि जो आर्थिक शक्तियां किसी बाजार विशेष के अन्तर्गत मूल्यों को निर्धारित करती हैं वे ही विभिन्न क्षेत्रों के बीच

इस सिद्धान्त के अनुसार किसी भी वस्तु के मूल्य का निर्धारण उसकी मांग और पूर्ति के सन्तुलन द्वारा होता है। वस्तु की न तो अकेली मांग और न ही अकेली पूर्ति ही मूल्य निर्धारित करती है। बाद में प्रो. ओहलिन ने इस मूल्य के सामान्य सन्तुलन सिद्धान्त को अन्तर्राष्ट्रीय व्यापार की व्याख्या के लिए प्रयुक्त किया और बतलाया कि जो आर्थिक शक्तियां किसी बाजार विशेष के अन्तर्गत मूल्यों को निर्धारित करती हैं वे ही विभिन्न क्षेत्रों के बीच विनिमय को भी प्रभावित कर मूल्यों को निर्धारित करती हैं। इस सिद्धान्त को पारस्परिक आत्मनिर्भरता का सिद्धान्त भी कहते हैं।

(4) रिचार्ड शूलर एवं एनरिको बेरोन के विचारो नें अन्तर्राष्ट्रीय व्यापार के इस सिद्धान्त को आधार प्रदान किया। दोनों लेखकों द्वारा प्रतिपादित सिद्धान्तों की विषय सामग्री एक ही है, परन्तु दोनों के द्वारा प्रयोग में लाई गई तकनीक भिन्न है। श्री शूलर अंकगणित उदाहरणों का प्रयोग करते हैं, जबकि श्री बेरोन वक्र रेखाओं का प्रयोग करते हैं। दोनों आंशिक साम्य प्रणाली को लागू करते हैं। परन्तु इसी कारण से यह सिद्धान्त अन्तर्राष्ट्रीय व्यापार का पूर्ण चित्र प्रस्तुत नहीं करता, केवल एक भाग को ही प्रदर्शित करता है।

यद्यपि उपर्युक्त वर्णित चारों सिद्धान्त परस्पर अलग नहीं है वरन् एक-दूसरे के पूरक हैं।[9] प्रो. हेबरलर के शब्दों में, "चारों सिद्धान्त यद्यपि विभिन्न लेखकों द्वारा प्रतिपादित किए गए है और इनको कभी भी संश्लेषण के रूप में प्रस्तुत नहीं किया गया किन्तु फिर भी ये एक दूसरे के बहुत कुछ पूरक हैं। स अध्याय में केवल तुलनात्मक लागत सिद्धान्त का अध्ययन प्रस्तुत किया गया है।

तुलनात्मक लागत सिद्धान्त

अन्तर्राष्ट्रीय व्यापार के परस्परावादी सिद्धान्त तुलनात्मक लागत सिद्धान्त के नाम से सिद्ध है। इस सिद्धान्त का प्रतिपादन रिकार्डों ने किया था। इसके विकास का श्रेय प्रो. मिल, प्रो. केयरनेस व बेस्टेबल को है। प्रो. मिल ने यह बतलाकर कि, तुलनात्मक लागत-अन्तर द्वारा निर्धारित निम्नतम व उच्चतम सीमाओं के मध्य व्यापार की शर्तें, दोनों देशों की मांग की लोच द्वारा निर्धारित होती हैं, रिकार्डो के सिद्धान्त की भारी कमी को पूरा किया। केयरनक्षद्य ने अप्रतियोगी समूहों के विचार का प्रतिपादन किया था। बेस्टेबल ने दो देशों तथा दो वस्तुओं की अवास्तविक मान्यता को हटाकर अपने विश्लेषण में दो से अधिक देशों व वस्तुओं के सन्दर्भ में इस सिद्धान्त की व्याख्या करके रिकार्डों मिल सिद्धान्त को गम्भीर दोष से मुक्त किया था। इस सिद्धान्त की सबसे श्रेष्ठ आधुनिक व्याख्या करने वाले अमेरिकी अर्थशास्त्री टांजिग व जर्मन अर्थशास्त्री हैबरलर हैं।

अठारहवीं शताब्दी के संरक्षणवादियों की नीति की आलोचना के फलस्वरूप तुलनात्मक लागत के सिद्धान्त का जन्म हुआ।[10] इंग्लैण्ड में उस समय संरक्षणवादियों का

---

9 "These four theories are not mutually exclusive, on the contrary, they supplement one another." Harberler — 'Theory of International Trade,' p. 123.

10 "The doctrine of comparative cost originated as an improvement and development of the eighteenth century criticism of mercantilist policy." Jacob Viner, 'Studies in the Theory of International Trade', p. 437.

खाद्यान्न आदि बहुत अधिक मात्रा में मंगा लिया करता था। रिकार्डों ने अपने उपरोक्त विचार को निम्न उदाहरण देकर और अधिक स्पष्ट कर करने का प्रयास किया —

"दो व्यक्ति ऐसे हैं जो जूते और हैट दोनों वस्तुएं बना सकते हैं और इनमें से एक व्यक्ति दूसरे की अपेक्षा उन दोनों ही कार्यों को अधिक कुशलता के साथ कर सकता है, परन्तु वह अपने प्रतिद्वन्द्वि की अपेक्षा हैट बनाने में 20 प्रतिशत और जूते बनाने में 33 प्रतिशत अधिक कुशल है क्या यह दोनों के हित में नहीं होगा कि कुशल व्यक्ति केवल जूतों का ही उत्पादन करे और कम कुशल व्यक्ति केवल हैट ही बनाए।"

उपरोक्त विचार केवल तुलनात्मक लागत सिद्धान्त का संक्षिप्त रूप है। हेबरलर के अनुसार प्रतिष्ठित सिद्धान्त इस बात का उत्तर कि कोई देश किन वस्तुओं का आयात करेगा, किन वस्तुओं का निर्यात करेगा, इस प्रकार देता है—

प्रत्येक देश उन वस्तुओं का ही उत्पादन करेगा जिनके उत्पादन में वह अपनी जलवायु, मिट्टी की विशेषताओं, अन्य प्राकृतिक साधनों, देशवासियों की स्वाभाविक एवं प्राप्त क्षमताओं और वास्तविक पूंजी (इसका अधिक महत्त्व हैं) जो कि इस देश को अपने भूतकाल से उत्तराधिकार में प्राप्त हुई हो, जैसे भवन, प्लान्ट एवं साज-सामान, यातायात के साधन आदि, के कारण विशेष रूप से उपयुक्त हो। यह देश इन वस्तुओं के उत्पादन पर अपना ध्यान केन्द्रित करेगा और अपनी आवश्यकता से अधिक मात्रा में इनका उत्पादन करके इस अधिक मात्रा को वह उन वस्तुओं के विनिमय में दूसरे देशों को दे देगा जिनके उत्पादन के उपयुक्त सुविधाएं कम प्राप्त हैं या जिनका उत्पादन वह बिल्कुल नहीं कर सकता।

जेकब वाइनर के अनुसार, "तुलनात्मक लागत का सिद्धान्त यह प्रतिपादित करता है कि यदि व्यापार स्वतन्त्र हो तो प्रत्येक देश लम्बे समय में उन वस्तुओं के उत्पादन एवं निर्यात में विशिष्टीकरण प्राप्त कर लेता है जिनके उत्पादन में उसे वास्तविक लागत के रूप में तुलनात्मक लाभ होता है और उन वस्तुओं का आयात करेगा जिनका उत्पादन देश में वास्तविक लागत के रूप में तुलनात्मक अलाभकृत होता है। यह विशिष्टीकरण भाग लेने वाले देशों के लिए लाभदायक होता है।

उदाहरण के लिए मान लीजिए कि दो देश हैं। प्रत्येक देश अपनी आवश्यकताओं की उन वस्तुओं की पूर्ति स्वयं ही करेगा जिनके उत्पादन की परिस्थितियाँ दोनों देशों में लगभग समान हैं या जिन्हें यातायात के द्वारा मँगाया नहीं जा सकता है या उनकें यातायात की लागत इतनी अधिक हो जाती है कि विशिष्टीकरण के कारण प्राप्त होने वाला लाभ भी समाप्त हो जाता है। परन्तु स्वतन्त्र बाजार होने के कारण दोनों देशों के बीच अन्य वस्तुओं के उत्पादन में श्रम-विभाजन लागू हो जाएगा। श्रम विभाजन के कारण पूरे विश्व को लाभ प्राप्त होता है, क्योंकि इसके कारण प्रत्येक वस्तु का उत्पादन अधिक हो जाता है और इतना अधिक होता है कि श्रम विभाजन के अभाव में यह किसी तरह सम्भव नहीं होता।

जेकब वाइनर के अनुसार, ''तुलनात्मक लागत का सिद्धान्त यह प्रतिपादित करता है कि यदि व्यापार स्वतन्त्र हो तो प्रत्येक देश लम्बे समय में उन वस्तुओं के उत्पादन एवं निर्यात में विशिष्टीकरण प्राप्त कर लेता है जिनके उत्पादन में उसे वास्तविक लागत के रूप में तुलनात्मक लाभ होता है और उन वस्तुओं का आयात करेगा जिनका उत्पादन देश में वास्तविक लागत के रूप में तुलनात्मक अलाभकृत होता है। यह विशिष्टीकरण भाग लेने वाले देशों के लिए *लाभदायक होता है*।[13]

उदाहरण के लिए मान लीजिए कि दो देश हैं। प्रत्येक देश अपनी आवश्यकताओं की उन वस्तुओं की पूर्ति स्वयं ही करेगा जिनके उत्पादन की परिस्थितियाँ दोनों देशों में *लगभग समान हैं या जिन्हें यातायात के द्वारा मँगाया नहीं जा सकता है या उनकें यातायात की* लागत इतनी अधिक हो जाती है कि विशिष्टीकरण के कारण प्राप्त होने वाला लाभ भी समाप्त हो जाता है। परन्तु स्वतन्त्र बाजार होने के कारण दोनों देशों के बीच अन्य वस्तुओं के उत्पादन में श्रम-विभाजन लागू हो जाएगा। श्रम विभाजन के कारण पूरे विश्व को लाभ प्राप्त होता है, क्योंकि इसके कारण प्रत्येक वस्तु का उत्पादन अधिक हो जाता है और इतना अधिक होता है कि श्रम विभाजन के अभाव में यह किसी तरह सम्भव नहीं होता।

वाइनर के शब्दों में, ''प्रत्येक देश उसी वस्तु का उत्पादन करेगा जिसमें उसे सबसे अधिक विशिष्टता प्राप्त होगी अथवा उसकी निर्बलता सबसे कम होगी।''

मार्शल के शब्दों में, ''यदि ऐसी वस्तुओं का विदेश से स्वतन्त्र आयात किया जाता है *जो अपने ही देश में उत्पन्न की जा सकती थीं तो* इससे स्पष्ट होता है कि इन वस्तुओं को देश में उत्पादन करने में जो लागत खर्च होती है उसकी अपेक्षा इन वस्तुओं को विदेशों से अन्य वस्तुओं के बदले में मंगाने से कम लागत खर्च होती है।''

अन्तर्राष्ट्रीय श्रम विभाजन का विशुद्ध विवेचन करने के पहले हमें 'लागत भिन्नताओं के सिद्धान्त' को समझ लेना चाहिए, क्योंकि 'तुलनात्मक लाभ का सिद्धान्त' इसकी ही एक दशा है।[14] क्या एक देश दूसरे देश की अपेक्षा किसी वस्तु का उत्पादन करने के लिए अधिक उपयुक्त है, और यदि ऐसा है तो किस सीमा तक? यह बात उन दो देशों के बीच किसी वस्तु की उत्पादन-लागतों के अन्तर से सही-सही जानी जा सकती है। किसी वस्तु विशेष का उत्पादन करने के लिए वही देश उपयुक्त माना जाएगा जो प्रति इकाई कम लागत पर उस वस्तु को उत्पन्न कर सकता है।

---

13 "The doctrine of comparative cost maintains that if trade is left free each country in the long run tends to specialize in production of and to export those commodities in whose production it enjoys a comparative advantage in terms of real costs, and to obtain by importation those commodities *which could be produced at home only* at a comparative disadvantage in terms of real costs, and that such specialization is to the mutual disadvantage of the countries participating in it." Jacob Viner, 'Studies in the Theory of International Trade', p. 438.

14 Haberler, 'Theory of International Trade,' page *126*.

काल्पनिक उदाहरण द्वारा स्पष्ट करने का प्रयत्न करेंगे। इस सम्बन्ध में प्रतिष्ठित अर्थशास्त्रियों ने वस्तु की लागत श्रम समय में निकाली थी अर्थात् वस्तुएँ एक-दूसरे से अपने में निहित श्रम की सापेक्षिक मात्राओं के अनुसार विनिमय की जाती हैं। विभिन्न देशों में सुविधाओं में भिन्नता होने के कारण उत्पादन-व्यय अथवा लागतों में तीन प्रकार के अन्तर हो सकते हैं-

(1) लागतों में पूर्ण अन्तर,

(2) लागतों में समान अन्तर और

(3) लागतों में तुलनात्मक अन्तर।

(1) लागतों में पूर्ण अन्तर—जैसा कि पहले लिखा जा चुका है, प्रतिष्ठित सिद्धान्त यह मानता है कि श्रम एक देश में तो पूर्ण रूप से गतिशील है और इस कारण इसका वितरण उत्पादन की विभिन्न शाखाओं में इस प्रकार हो जाता है कि इसकी सीमान्त उत्पादकता सभी क्षेत्रों में एक-सी होती है। परन्तु अन्तर्राष्ट्रीय व्यापार में यह नियम लागू नहीं होता है क्योंकि यदि दो उद्योग अलग-अलग देशों में हैं तो श्रम एक उद्योग से दूसरे में नहीं जा सकता है और इसलिए श्रम की लागत पूर्ति को नियन्त्रित नहीं कर सकती है। यदि दोनों देशों में श्रम का वितरण ऐसा होता जैसा कि पूर्ण गतिशीलता में होता है, तो इस गतिहीनता का कोई प्रभाव नहीं होता। ऐसी दशाओं में वस्तुओं का विनिमय तभी होगा जबकि दोनों देशों में से प्रत्येक किसी एक वस्तु को निरपेक्ष रूप से कम लागत पर दूसरे की अपेक्षा उत्पन्न कर सके। निम्न उदाहरण से इस बात को स्पष्टतया समझा जा सकता है।

मान लीजिए दो देश भारत और अमेरिका है और दो वस्तुएँ गेहूँ और कपड़ा है।

अमेरिका में — गेहूँ की एक इकाई की उत्पादन लागत = 10 श्रम इकाइयां है।
कपड़े की एक इकाई की ठत्पादन लागत = 20 श्रम इकाइयाँ है।

भारत में— गेहूँ की एक इकाई की उत्पादन लागत=20 श्रम इकाइयां है।
कपड़े की एक इकाई की ठत्पादन लागत = 10 श्रम इकाइयां है।

श्रम लागत संरचना की तुलना को निम्न प्रकार भी दर्शाया जा सकता है:

देश	उत्पादन की श्रम लागत		प्रत्येक देश में विनिमय अनुपात अर्थात् घरेलू व्यापार की शर्तें
	गेहूँ	कपड़ा	
अमेरिका	10	20	10 : 20 अर्थात् एक इकाई गेहूँ = $\frac{1}{2}$ इकाई कपड़ा
भारत	20	10	20 : 10 अर्थात् एक इकाई गेहूँ = 2 इकाई कपड़ा

वितरण उत्पादन की विभिन्न शाखाओं में इस प्रकार हो जाता है कि इसकी सीमान्त उत्पादकता सभी क्षेत्रों में एक-सी होती है। परन्तु अन्तर्राष्ट्रीय व्यापार में यह नियम लागू नहीं होता है क्योंकि यदि दो उद्योग अलग-अलग देशों में हैं तो श्रम एक उद्योग से दूसरे में नहीं जा सकता है और इसलिए श्रम की लागत पूर्ति को नियन्त्रित नहीं कर सकती है। यदि दोनों देशों में श्रम का वितरण ऐसा होता जैसा कि पूर्ण गतिशीलता में होता है, तो इस गतिहीनता का कोई प्रभाव नहीं होता। ऐसी दशाओं में वस्तुओं का विनिमय तभी होगा जबकि दोनों देशों में से प्रत्येक किसी एक वस्तु को निरपेक्ष रूप से कम लागत पर दूसरे की अपेक्षा उत्पन्न कर सके। निम्न उदाहरण से इस बात को स्पष्टतया समझा जा सकता है।

मान लीजिए दो देश भारत और अमेरिका है और दो वस्तुएँ गेहूँ और कपड़ा है।

अमेरिका में — गेहूँ की एक इकाई की उत्पादन लागत = 10 श्रम इकाइयां है।
कपड़े की एक इकाई की उत्पादन लागत = 20 श्रम इकाइयाँ है।

भारत में— गेहूँ की एक इकाई की उत्पादन लागत=20 श्रम इकाइयां है।
कपड़े की एक इकाई की उत्पादन लागत = 10 श्रम इकाइयां है।

श्रम लागत संरचना की तुलना को निम्न प्रकार भी दर्शाया जा सकता है:

देश	उत्पादन की श्रम लागत		प्रत्येक देश में विनिमय अनुपात अर्थात् घरेलू व्यापार की शर्तें
	गेहूँ	कपड़ा	
अमेरिका	10	20	10 : 20 अर्थात् एक इकाई गेहूँ = $\frac{1}{2}$ इकाई कपड़ा
भारत	20	10	20 : 10 अर्थात् एक इकाई गेहूँ = 2 इकाई कपड़ा

जब दो देशों में से कोई एक देश किसी वस्तु का दूसरे देश की अपेक्षा कद्र लागत पर उत्पादन कर सकता है तो इसे लागत में पूर्ण या निरपेक्ष अन्तर कहते है। उपरोक्त दशाओं में अमेरिका में गेहूँ की एक इकाई के बदले में कपड़े की आधा ईकाई का विनिमय होगा और भारत में गेहूँ की एक इकाई के बदले कपड़े की 2 इकाई का विनिमय होगा। दूसरे शब्दों में गेहूं एवं कपड़े का लागत अनुपात अमेरिका में 1 : 2 और भारत में 1.5 है। इस तरह अमेरिका में गेहूँ और भारत में कपड़े की उत्पत्ति में पूर्ण लाभ है। इसलिए अमेरिका गेहूं के उत्पादन में और भारत कपड़े के उत्पादन में विशिष्टीकरण करेगा। अमेरिका और भारत यदि दोनों अलग-अलग देश न होते और एक ही देश के दो भाग होते तो भी विशिष्टीकरण की दशा यही होती और भारत एवं अमेरिका में श्रम का उचित वितरण होने से देशान्तर्गमन के लिए कोई आर्थिक कारण नहीं होता। इसी दशा को हम लागतों में पूर्ण अन्तर कहते हैं। उपरोक्त दशाओं में भारत कपड़े का निर्यात अमेरिका को करेगा और अमेरिका गेहूं का निर्यात भारत को करेगा। यह विनिमय-कार्य अमेरिका को तभी लाभप्रद होगा जबकि वह गेहूं की एक इकाई के बदले भारत से कपड़े की आधा इकाई से अधिक प्राप्त करता है। इसी तरह यह व्यापार भारत के लिए तभी लाभप्रद होगा जबकि वह अमेरिका से कपड़े की 1 इकाई के बदले गेहूं की आधा इकाई से अधिक प्राप्त करे।

अमेरिका द्वारा 2 इकाई गेहूँ का उत्पादन व्यय = 20 श्रमिक

भारत द्वारा 2 इकाई कपड़े का उत्पादन व्यय = 20 श्रमिक

अर्थात् 2 इकाई गेहूँ + 2 इकाई कपड़ा = 40 श्रमिक

उपर्युक्त विवेचन से यह स्पष्ट है कि अन्तर्राष्ट्रीय व्यापार की स्थिति में 2 इकाई गेहूँ और 2 इकाई कपड़ा केवल 40 श्रमिकों द्वारा उत्पादित किया जायेगा। इसके विपरित अन्तर्राष्ट्रीय व्यापार के अभाव में इतनी ही वस्तु का उत्पादन करने हेतु 60 श्रमिकों की आवश्यकता होगी। वस्तुत: यही अन्तर्राष्ट्रीय का लाभ है जिसके कारण अन्तर्राष्ट्रीय व्यापार की आवश्यकता अनुभव की जाती है। इस प्रकार लागत में अमेरिका का उत्पादन सम्भावना वक्र एक इकाई गेहूँ $=\frac{1}{2}$ इकाई कपड़ा के आधार पर निर्मित किया गया है और भारत का उत्पादन सम्भावना वक्र एक इकाई गेहूँ तथा दो ईकाई करपड़ा के आधार पर निर्मित किया गया है।

उपरोक्त विवेचन से यह भी निष्कर्ष निकलता है कि श्रम विभाजन या विशिष्टीकरण के कारण उत्पादन में कुछ वृद्धि हो जाती है।

औद्योगिक और गैर-औद्योगिक देशों के बीच में साधारणतया व्यापार में पूर्ण लाभ की दशा ही पाई जाती है।

(2) लागतों में समान अन्तर—कभी-कभी यह भी सम्भव है कि दोनों देशों में वस्तुओं के उत्पादन की लागत के सम्बन्ध में ऐसी परिस्थिति भी हो सकती है कि दोनों देशों में वस्तुओं की लागतों में समान अन्तर हो। इस अवस्था में अन्तर्राष्ट्रीय व्यापार नहीं होता है। यह बात निम्न उदाहरण से स्पष्ट हो जाएगी।

मान लिया जाय कि—

अमेरिका में -- गेहूँ की एक इकाई की उत्पादन लागत = 10 श्रम इकाइयां है।
कपड़े की एक इकाई की उत्पादन लागत = 20 श्रम इकाइयाँ है।

भारत में— गेहूँ की एक इकाई की उत्पादन लागत= 15 श्रम इकाइयां है।
कपड़े की एक इकाई की उत्पादन लागत = 30 श्रम इकाइयां है।

इस परिस्थिति में अमेरिका में गेहूं की एक इकाई का कपड़े की आधा इकाई से विनिमय होगा और भारत में भी गेहूं की 1 इकाई का कपड़े की आधा इकाई से विनिमय होगा। यद्यपि अमेरिका में भारत की अपेक्षा गेहूं व कपड़ा दोनों सस्ते ही उत्पादित किये जाते हैं, परन्तु इन दोनों देशों में गेहूं और कपड़े की लागत का अनुपात 1:2 है। इस परिस्थिति में

में वस्तुओं की लागतों में समान अन्तर हो। इस अवस्था में अन्तर्राष्ट्रीय व्यापार नहीं होता है। यह बात निम्न उदाहरण से स्पष्ट हो जाएगी।

मान लिया जाय कि—

अमेरिका में — गेहूँ की एक इकाई की उत्पादन लागत = 10 श्रम इकाइयां है।
कपड़े की एक इकाई की उत्पादन लागत = 20 श्रम इकाइयाँ है।

भारत में— गेहूँ की एक इकाई की उत्पादन लागत= 15 श्रम इकाइयां है।
कपड़े की एक इकाई की उत्पादन लागत = 30 श्रम इकाइयां है।

इस परिस्थिति में अमेरिका में गेहूं की एक इकाई का कपड़े की आधा इकाई से विनिमय होगा और भारत में भी गेहूं की 1 इकाई का कपड़े की आधा इकाई से विनिमय होगा। यद्यपि अमेरिका में भारत की अपेक्षा गेहूं व कपड़ा दोनों सस्ते ही उत्पादित किये जाते हैं, परन्तु इन दोनों देशों में गेहूं और कपड़े की लागत का अनुपात 1:2 है। इस परिस्थिति में दोनों में से कोई भी देश श्रम-विभाजन या विशिष्टीकरण को किसी एक वस्तु की उत्पत्ति के लिए अपनाकर दूसरी वस्तु का आयात दूसरे देश से नहीं करेगा। इस परिस्थितिं में न तो अमेरिका को उत्पादन में विशिष्टीकरण प्राप्त करने के लिए उत्पत्ति के साधनों का कपड़े के उत्पादन से हटाकर गेहूं की उत्पत्ति में लगाना लाभप्रद होगा, न भारत को ही उत्पत्ति के साधनों का गेहूँ की उत्पत्ति से हटाकर कपड़े की उत्पत्ति में लगाना लाभप्रद होगा। अत: जब दो देशों में किन्हीं दो वस्तुओं के उत्पादन-व्यय में समान अन्तर होता है तो इसे लागतों में समान अन्तर कहते हैं। इन दशाओं में अन्तर्राष्ट्रीय व्यापार नहीं होता और प्रत्येक देश को दोनों ही वस्तुओं का उत्पादन करना पड़ता है।

(3) लागतों में तुलनात्मक अन्तर —हेबरलर के अनुसार विश्व का अधिकांश व्यापार लागतों में पूर्ण अन्तर पर आधारित है। समशीतोष्ण एवं उष्ण कटिबन्धों के बीच इसी आधार पर व्यापार होता। औद्योगिक एवं उर्वरा भूमि वाले कृषक देशों में व्यापार का आधार यही होता है।[16] परन्तु इसके विपरीत वाल्टर क्रॉस का मत है कि पूर्ण लाभ के अतिरिक्त अन्य दशाएँ कम सरल होती हैं। परन्तु निस्सन्देह वास्तविक विश्व में इन्हीं का बोलबाला है। यदि एक देश उत्पादन की सम्पूर्ण शाखा में में या अधिकांश में पूर्ण लाभ (या लागतों में पूर्ण अन्तर) की दशा को प्राप्त कर लेता है तो क्या होगा? यदि उसे किसी भी क्षेत्र में कोई भी विशेष लाभ प्राप्त न हो तो क्या होगा? क्या ऐसी दशा में विशिष्टीकरण और व्यापार उसके लिए लाभदायक होगा? इसका उत्तर यह है कि यदि प्रत्येक देश सबसे अधिक लाभदायक कार्य पहले करने का नियम अपनाये तभी उसे अधिक से अधिक लाभ होगा। जिस देश को उत्पादन की कई शाखाओं में लाभ प्राप्त हो, उसे चाहिए कि जिस शाखा में उसको अत्यधिक लाभ प्राप्त होता हो उस पर ही केन्द्रीकरण करे। इसके विपरीत उस देश को, जिसको उत्पादन की किसी भी शाखा में लाभ प्राप्त न होता हो, उस शाखा पर केन्द्रीकरण का प्रयत्न करना चाहिए जहां उसे अपेक्षाकृत कम-से-कम हानि होती हो। रिकार्डों इसी आधार पर अपना

---

16 "A large part of world trade rests upon absolute difference in cost. One thinks at once of the trade between the temperate zones and the tropics."Haberler, 'Theory of International Trade', page 128

देश में चले जाना सम्भव नहीं है। ऐसा होते हुए भी प्रतिष्ठित अर्थशास्त्रियों की महान् सफलता यह थी कि उन्होंने यह सिद्ध किया कि अन्तर्राष्ट्रीय श्रम विभाजन होगा। उन्होंने यह भी बताया कि इससे अधिक अनुकूल देश को एवं उस देश को, जिसमें उद्योग की प्रत्येक शाखा में उत्पादन की परिस्थितियाँ कम अनुकूल हैं-- दोनों को लाभ होगा। एक देश और विभिन्न देशों के बीच में भिन्न परिस्थितियों का स्पष्टीकरण रिकार्डो ने इस प्रकार किया था—

"एक देश एवं विभिन्न देशों के बीच होने वाले इस अन्तर का कारण बड़ी सरलता से ज्ञात हो जाता है। यदि पूँजी के एक देश से दूसरे देश में अधिक लाभदायक व्यवसाय में जाने वाली कठिनाइयों को और एक ही देश के एक प्रान्त से दूसरे प्रान्त में जाने के लिए की गई कार्यवाहियों को समझा जाए।"

"इंग्लैण्ड के व्यापारियों एवं दोनों देशों के निवासियों के लिए यह लाभदायक होगा कि इस परिस्थिति में, शराब और कपड़ा दोनों ही पूर्तगाल में बनाये जायें और इसके लिए इंग्लैण्ड में कपड़े के उत्पादन में लगाई हुई पूँजी व श्रम का स्थानान्तर पुर्तगाल को कर दिया जाय।"

"अनुभव यह बताता है कि जब पूँजी उसके स्वामी के समीप नियन्त्रण में नहीं रहती तो उसके सम्बन्ध में कल्पित अथवा वास्तविक असुरक्षा और उस व्यक्ति का, जिसको अपनी मातृभूमि एवं स्वजनों को छोड़कर अपने-आपको अपनी आदतों सहित एक अनजानी सरकार, नये कानून आदि के सुपूर्द कर देना पड़ता है, स्वाभाविक विरोध पूँजी के देशान्तर्गमन पर रोक लगाता है। ये संवेदनाएँ पूँजीपति को इस बात के लिए बाध्य करती हैं कि वह अपने देश में कम लाभ की दर पर ही सन्तुष्ट रहे, इसकी अपेक्षा कि वह अपने धन के लिए विदेशों में लाभदायक व्यवसाय ढूँढ़े।

उपरोक्त उदाहरण में पुर्तगाल को उत्पादन की दोनों शाखाओं में पूर्ण लाभ है। यह लाभ कपड़े की अपेक्षा शराब के उत्पादन में अधिक है। इस प्रकार पुर्तगाल को शराब के उत्पादन में तुलनात्मक लाभ प्राप्त है और कपड़े के उत्पादन में तुलनात्मक लाभ कम है। इसके विपरीत इंग्लैण्ड को कपड़े के उत्पादन में और शराब के उत्पादन में भी —दोनों में ही—पूर्ण हानि होती है। परन्तु इंग्लैण्ड को कपड़े के उत्पादन में तुलनात्मक लाभ है, क्योंकि यहां पर उसे कम से कम पूर्ण हानि है। उपरोक्त उदाहरण में यद्यपि पुर्तगाल दोनों वस्तुओं का उत्पादन कर सकता है, फिर भी लाभ और हानि की तुलनात्मक मात्राएँ विशिष्टीकरण और व्यापार को जन्म देती है। दोनों देश के निवासियों को अब भी लाभ हो सकता है। यदि इंग्लैण्ड के कपड़े से पुर्तगाल अपनी शराब का विनिमय करता रहे, क्योंकि शराब में पुर्तगाल का लागत अन्तर (120 —80) कपड़े में उसके लागत अन्तर (100 — 90) की अपेक्षा अधिक है । और लागत अनुपात भी 90 प्रतिशत से 80 प्रतिशत कम है।

उपरोक्त उदाहरण में पुर्तगाल को उत्पादन की दोनों शाखाओं में पूर्ण लाभ है। यह लाभ कपड़े की अपेक्षा शराब के उत्पादन में अधिक है। इस प्रकार पुर्तगाल को शराब के उत्पादन में तुलनात्मक लाभ प्राप्त है और कपड़े के उत्पादन में तुलनात्मक लाभ कम है। इसके विपरीत इंग्लैण्ड को कपड़े के उत्पादन में और शराब के उत्पादन में भी —दोनों में ही—पूर्ण हानि होती है। परन्तु इंग्लैण्ड को कपड़े के उत्पादन में तुलनात्मक लाभ है, क्योंकि यहां पर उसे कम से कम पूर्ण हानि है। उपरोक्त उदाहरण में यद्यपि पुर्तगाल दोनों वस्तुओं का उत्पादन कर सकता है, फिर भी लाभ और हानि की तुलनात्मक मात्राएँ विशिष्टीकरण और व्यापार को जन्म देती है। दोनों देश के निवासियों को अब भी लाभ हो सकता है। यदि इंग्लैण्ड के कपड़े से पुर्तगाल अपनी शराब का विनिमय करता रहे, क्योंकि शराब में पुर्तगाल का लागत अन्तर (120 —80) कपड़े में उसके लागत अन्तर (100 — 90) की अपेक्षा अधिक है । और लागत अनुपात भी 90 प्रतिशत से 80 प्रतिशत कम है।

यहाँ पर पूर्ण लाभ का अर्थ अधिक स्पष्ट किया जाना आवश्यक है। कम से कम दो देशों एवं दो वस्तुओं का होना आवश्यक है। एक वस्तु के दोनों देशों में उत्पादन लागत अनुपात को दूसरी वस्तु के दोनों देशों के उत्पादन-लागत अनुपात से तुलना करनी चाहिए।

उपरोक्त उदाहरण में रिकार्डो की मान्यता यह भी थी कि दोनों देशों के बीच में अभी तक कोई वस्तु-व्यापार प्रचलित नहीं था। ऐसी परिस्थिति में सापेक्षिक लागतों के अनुसार विनिमय अनुपात इंग्लैण्ड में शराब की 1 इकाई के बदले में 1.2 इकाई कपड़े की ओर पुर्तगाल में शराब की 9 इकाईयों के बदले कपड़े की 8 इकाई या शराब की 1 इकाई के बदले कपड़े की 0.88 इकाई होगा। यदि यह मान लें कि अब दोनों देशों में व्यापार शुरू होता है तो पुर्तगाल के लिए इंग्लैण्ड को शराब भेजना निश्चय ही लाभदायक होगा, क्योंकि इंग्लैण्ड में एक इकाई शराब के बदले कपड़े की 1.2 इकाई प्राप्त होगी। हमारी मान्यता के अनुसार क्योंकि प्रत्येक देश के विभिन्न उद्योगों में श्रम पूर्णतया गतिशील होता है, इसलिए पुर्तगाल कपड़े की अपेक्षा शराब का ही उत्पादन करेगा, इसके विपरीत इंग्लैण्ड को बहुत कम खर्च पर शराब प्राप्त हो सकती है यदि वह कपड़े के उत्पादन में विशिष्टीकरण प्राप्त कर ले और पुर्तगाल से कपड़े के बदले शराब प्राप्त कर ले। पुर्तगाल को अन्तर्राष्ट्रीय व्यापार से तब तक लाभ रहेगा जब तक कि उसे शराब की एक इकाई के बदले कपड़े की 0.88 इकाई से कुछ अधिक मिलता रहे। इसी प्रकार इंग्लैण्ड भी इस व्यापार से तब तक लाभान्वित होता रहेगा जब तक कि उसे एक इकाई शराब के बदले कपड़े की 1.2 इकाई से कुछ कम तक भी देना पड़े। अतएव एक इकाई शराब के बदले कपड़े की 0.88 इकाई से 1.2 इकाई के बीच का कोई भी विनिमय अनुपात दोनों देशों के लिए लाभदायक रहेगा। अब मान लें कि

Experience however, shows that the fancied or real insecurity of capital, when not under the immediate control of its owner, together with the natural disinclination which every man has to quit the country of his birth and connections, and intrust himself, with all his habits fixed, to a strange government and new laws, check the emigration of capital. These feelings, which I should be sorry to see weakened, induce most men of property to be satisfied with a low rate of profits in their own country, rather than to seek a more advantageous employment for their wealth in foreign nationa." David Ricardo, 'Principles of Political Economy', Everyman's Edition, p. 83.

''एक डाक्टर अपने यहाँ नौकर होने वाले माली से बगीचे के काम में अधिक निपुण हो सकता है, परन्तु डाक्टरी में वह बगीचे के काम से भी अधिक नपु हळ यत यदि वह अपना सारा समय उस काम (डॉक्टरी) में नहीं देगा, जिससे वह सबसे अधिक निपुण है, तो उसे हानि होगी। उसको सबसे अधिक लाभ तभी होगा जबकि वह माली के बदले डॉक्टरी का ही काम सारे दिन करता रहे। इसी प्रकार यदि एक देश दूसरे देश की अपेक्षा प्रत्येक वस्तु अधिक सस्ती बना सकता हो, परन्तु यही उसको सबसे अधिक लाभदायक होगा कि वह केवल उसी वस्तु का उत्पादन करने में लगा रहे जिस वस्तु के उत्पादन में दूसरे देश की अपेक्षा उसे सबसे अधिक तुलनात्मक लाभ प्राप्त है। दूसरी ओर घटिया देश के हित में भी यही होगा कि वह भी केवल उन्हीं वस्तुओं का उत्पादन करे जिनसे उसको तुलनात्मक हानि कम से कम हो।''

रिकार्डों के उपरोक्त उदाहरण में दो बातें ध्यान देने योग्य हैं। पहली तो यह कि इंग्लैण्ड और पुर्तगाल के बीच व्यापार की शर्त कपड़े की एक इकाई के लिए शराब की एक इकाई होगी, दूसरे प्रत्येक देश को उस वस्तु के उत्पादन में ही तुलनात्मक लाभ प्राप्त होता है जिसमें उसकी उत्पादन लागत कम होती है अर्थात् इंग्लैण्ड को कपड़े की एक इकाई के उत्पादन में शराब के उत्पादन की अपेक्षा कम श्रम घण्टे व्यय करने होते हैं। इसी प्रकार पुर्तगाल भी शराब की एक इकाई को, कपड़े की एक इकाई की अपेक्षा कम श्रम-घण्टे में उत्पादित कर सकता है। इन दोनों बन्धनों को जान स्टुअर्ट मिल ने अपनी पुस्तक में, जो 1848 में प्रकाशित हुई, दूर किया है।

उनके अनुसार मान लीजिए इंग्लैण्ड में 10 गज कनात बनाने में उतना ही श्रम लगता है जितना कि 15 गज लिनन बनाने में और जर्मनी में 20 गज लिनन बनाने में 1 कनात का उत्पादन दोनों ही देशों में महंगा है, परन्तु श्रम की उतनी ही इकाइयों से जितनी कि 10 गज लिनन के उत्पादन में आवश्यक हैं, जर्मनी में 20 गज लिनन का उत्पादन होता है, परन्तु इंग्लेण्ड में केवल 10 गज लिनन का उत्पादन होता है। इस प्रकार जर्मनी को लिनन के उत्पादन में तुलनात्मक लाभ प्राप्त है और इंग्लैण्ड को कनात के उत्पादन में तुलनात्मक लाभ प्राप्त है। यहाँ पर यदि हम यह मान लेते हैं, जैसा कि रिकार्डों ने माना था, कि कनात की एक इकाई के विनिमय में यदि 1 इकाई लिनन की दी जाएगी तो दोनों देशों के बीच कोई व्यापार-सम्बन्ध नहीं होगा, क्योंकि ऐसी परिस्थिति में इंग्लैण्ड को हानि होगी। इंग्लैण्ड को कनात की 10 इकाई के बदले में 10 इकाई लिनन ही प्राप्त होगा, जब इसी लागत पर यदि देश में उत्पादन किया जाता तो 15 इकाई लिनन प्राप्त होती। इसलिए कोई कारण नहीं कि व्यापार 1: 1 आधार पर किया जाय। यदि व्यापार की शर्तें इस प्रकार हैं कि 10 इकाई कनात के बदले 15 इकाई लिनन दी जाएगी तो इंग्लैण्ड को इस व्यापार से न तो लाभ ही होगा न हानि, बल्कि सम्पूर्ण लाभ केवल जर्मनी को ही प्राप्त होगा। इसके विपरीत यदि यही विनिमय दर

जिसमें उसकी उत्पादन लागत कम होती है अर्थात् इंग्लैण्ड को कपड़े की एक इकाई के उत्पादन में शराब के उत्पादन की अपेक्षा कम श्रम घण्टे व्यय करने होते हैं। इसी प्रकार पुर्तगाल भी शराब की एक इकाई को, कपड़े की एक इकाई की अपेक्षा कम श्रम-घण्टे में उत्पादित कर सकता है। इन दोनों बन्धनों को जान स्टुअर्ट मिल ने अपनी पुस्तक में, जो 1848 में प्रकाशित हुई, दूर किया है।

उनके अनुसार मान लीजिए इंग्लैण्ड में 10 गज कनात बनाने में उतना ही श्रम लगता है जितना कि 15 गज लिनन बनाने में और जर्मनी में 20 गज लिनन बनाने में 1 कनात का उत्पादन दोनों ही देशों में महंगा है, परन्तु श्रम की उतनी ही इकाइयों से जितनी कि 10 गज लिनन के उत्पादन में आवश्यक हैं, जर्मनी में 20 गज लिनन का उत्पादन होता है, परन्तु इंग्लेण्ड में केवल 10 गज लिनन का उत्पादन होता है। इस प्रकार जर्मनी को लिनन के उत्पादन में तुलनात्मक लाभ प्राप्त है और इंग्लैण्ड को कनात के उत्पादन में तुलनात्मक लाभ प्राप्त है। यहाँ पर यदि हम यह मान लेते हैं, जैसा कि रिकार्डों ने माना था, कि कनात की एक इकाई के विनिमय में यदि 1 इकाई लिनन की दी जाएगी तो दोनों देशों के बीच कोई व्यापार-सम्बन्ध नहीं होगा, क्योंकि ऐसी परिस्थिति में इंग्लैण्ड को हानि होगी। इंग्लैण्ड को कनात की 10 इकाई के बदले में 10 इकाई लिनन ही प्राप्त होगा, जब इसी लागत पर यदि देश में उत्पादन किया जाता तो 15 इकाई लिनन प्राप्त होती। इसलिए कोई कारण नहीं कि व्यापार 1: 1 आधार पर किया जाय। यदि व्यापार की शर्तें इस प्रकार हैं कि 10 इकाई कनात के बदले 15 इकाई लिनन दी जाएगी तो इंग्लैण्ड को इस व्यापार से न तो लाभ ही होगा न हानि, बल्कि सम्पूर्ण लाभ केवल जर्मनी को ही प्राप्त होगा। इसके विपरीत यदि यही विनिमय दर 10 इकाई कनात के बदले 20 इकाई लिनन (जो कि अन्तर्राष्ट्रीय व्यापार के अभाव में इंग्लैण्ड का घरू उत्पादन एवं विनिमय अनुपात है) और 10 इकाई कनात के बदले 20 इकाई लिनन (जो कि जर्मनी का विनिमय अनुपात है) के बीच की कोई भी दर, उदाहरण के लिए 10 इकाई कनात के बदले 17 इकाई लिनन, दोनों देशों के लिए लाभदायक होगी। यह दर एड़म स्मिथ के अनुसार बाजार के अन्दर मोलभाव के अनुसार निश्चित होती है। साम्य विनिमय दर तब निर्धारित होगी जबकि प्रत्येक देश उसी दर पर अपने आयातों का भुगतान निर्यात से कर सके।

सारांश मिल के शब्दों में, ''जिस नियम का अभी हमने स्पष्टीकरण किया है हम उसे अन्तर्राष्ट्रीय माँग समीकरण कह सकते हैं। इसका वर्णन संक्षिप्त में इस प्रकार है—एक देश के उत्पादन का दूसरे देश के उत्पादन से एक मूल्य पर विनिमय किया जाता है जिससे उसके समस्त निर्यात उसके समस्त आयातों का भुगतान कर सकें। अन्तर्राष्ट्रीय मूल्यों का यह नियम, मूल्य के साधारण नियम, जिसे हम पूर्ति एवं माँग का समीकरण कहते हैं, का ही विस्तार है। परन्तु समस्त व्यापार, चाहे वह विभिन्न देशों के बीच हो या व्यक्तियों के बीच हो, वस्तुओं की अदला बदली है। उसमें वे जो वस्तु बेचते हैं उन्हीं में उनके खरीदने के साधन निहित होते हैं। इस प्रकार एक देश के द्वारा उत्पादित वस्तुओं की पूर्ति में दूसरे देशों द्वारा उत्पादित वस्तुओं की माँग उस देश के लिए निहित होती है। इस प्रकार पूर्ति एवं माँग परस्पर माँग का

(अ) समस्त श्रम एक ही गुण वाला है,

(ब) श्रम ही उत्पत्ति का एकमात्र साधन हैं,

(स) प्रत्येक रोजगार सबके लिये खुला है अर्थात् श्रम गतिशील साधन है,

(द) श्रमिकों में स्वतन्त्र प्रतियोगिता रहती है उपरोक्त परिस्थितियाँ एक देश के सन्दर्भ में ही हैं।

(4) उत्पादन की लागत हमेशा स्थिर रहती है।

(5) वास्तविक उत्पादन लागत उस देश के एक प्रमाप कुशलता वाले श्रम की मात्रा के समान अनुपात में होती है।

(6) एक देश से दूसरे देश को वस्तुओं के लाने ले जाने में कोई व्यय नहीं होता अर्थात् अन्तर्राष्ट्रीय व्यापार में यातायात निःशुल्क होता है। इसलिये दोनों देशों में विभिन्न वस्तुओं के सापेक्षिक मूल्य सामान्यतः एक ही रहेंगे।

(7) अन्तर्राष्ट्रीय रूप से श्रम गतिशील नहीं होता है। अर्थात् श्रम एक देश से दूसरे देश में नहीं जा सकता।

उपरोक्त मान्यताएं वास्तविक जगत में देखने को नहीं मिलती अतएव बाद के विद्वानों ने इन मान्यताओं को समाप्त कर यह दिखाने की कोशिश की है कि फिर भी तुलनात्मक लागत सिद्धान्त सही है।

तुलनात्मक लागत सिद्धान्त की आलोचना
(Criticism of the Theory of Comparative Cost)

तुलनात्मक लागत का सिद्धान्त प्रतिष्ठित अर्थशास्त्र का बहुत लोकप्रिय सिद्धान्त रहा है। प्रथम विश्व-युद्ध के समय तक इस सिद्धान्त की प्रायः कोई आलोचना नहीं की गयी तथा इसे अन्तर्राष्ट्रीय व्यापार का सन्तोषजनक स्पष्टीकरण स्वीकार किया गया, किन्तु इसके बाद भी इस सिद्धान्त में जो विकास किये गये उन्होंने उक्त सिद्धान्त के मूल स्वरूप को नष्ट नहीं किया, केवल उसके पूरक सिद्धान्त ही विकसित किये। इस सिद्धान्त को विकसित करने का श्रेय ओहलिन, एल्सवर्थ तथा हेबरलर को है यद्यपि इन्होंने इस सिद्धान्त की कटु आलोचना भी की है।

समुअलसन के अनुसार, "तुलनात्मक लागत सिद्धान्त में सत्य की बहुत महत्त्वपूर्ण झलक है .... तुलनात्मक लाभ की अवहेलना करने वाले राष्ट्र को जीवर स्तर एवं विकास की सम्भावित दर के रूप में एक भारी कीमत चुकानी पड़ सकती है।" इसका निष्कर्ष यह नहीं है कि सिद्धान्त में कोई दोष नहीं हैं। इस सिद्धान्त का तार्किक ढांचा तो मजबूत है, किन्तु

(6) एक देश से दूसरे देश को वस्तुओं के लाने ले जाने में कोई व्यय नहीं होता अर्थात् अन्तर्राष्ट्रीय व्यापार में यातायात नि:शुल्क होता है। इसलिये दोनों देशों में विभिन्न वस्तुओं के सापेक्षिक मूल्य सामान्यत: एक ही रहेंगे।

(7) अन्तर्राष्ट्रीय रूप से श्रम गतिशील नहीं होता है। अर्थात् श्रम एक देश से दूसरे देश में नहीं जा सकता।

उपरोक्त मान्यताएं वास्तविक जगत में देखने को नहीं मिलती अतएव बाद के विद्वानों ने इन मान्यताओं को समाप्त कर यह दिखाने की कोशिश की है कि फिर भी तुलनात्मक लागत सिद्धान्त सही है।[22]

तुलनात्मक लागत सिद्धान्त की आलोचना
(Criticism of the Theory of Comparative Cost)

तुलनात्मक लागत का सिद्धान्त प्रतिष्ठित अर्थशास्त्र का बहुत लोकप्रिय सिद्धान्त रहा है। प्रथम विश्व-युद्ध के समय तक इस सिद्धान्त की प्राय: कोई आलोचना नहीं की गयी तथा इसे अन्तर्राष्ट्रीय व्यापार का सन्तोषजनक स्पष्टीकरण स्वीकार किया गया, किन्तु इसके बाद भी इस सिद्धान्त में जो विकास किये गये उन्होंने उक्त सिद्धान्त के मूल स्वरूप को नष्ट नहीं किया, केवल उसके पूरक सिद्धान्त ही विकसित किये। इस सिद्धान्त को विकसित करने का श्रेय ओहलिन, एल्सवर्थ तथा हेबरलर को है यद्यपि इन्होंने इस सिद्धान्त की कटु आलोचना भी की है।

समुअलसन के अनुसार, "तुलनात्मक लागत सिद्धान्त में सत्य की बहुत महत्त्वपूर्ण झलक है .... तुलनात्मक लाभ की अवहेलना करने वाले राष्ट्र को जीवर स्तर एवं विकास की सम्भावित दर के रूप में एक भारी कीमत चुकानी पड़ सकती है।" इसका निष्कर्ष यह नहीं है कि सिद्धान्त में कोई दोष नहीं हैं। इस सिद्धान्त का तार्किक ढांचा तो मजबूत है, किन्तु इसकी प्रमुख कमजोरी वे मान्यताएँ हैं जिन पर यह आधारित है। यही कारण है कि ओहलिन एवं ग्राहम सरीखे अर्थशास्त्रियों ने इस सिद्धान्त की कटु आलोचना की है।

नि:सन्देह अन्तर्राष्ट्रीय व्यापार के प्रतिष्ठित सिद्धान्त, अर्थात् तुलनात्मक लागत सिद्धान्त ने अन्तर्राष्ट्रीय व्यापार की अनेक व्यावहारिक समस्याओं के सम्मानजनक समाधान करने में बहुत सहायता की है। इसके बावजूद भी इस सिद्धान्त में कई कमिया हैं जिनके कारण समय-समय पर विभिन्न अर्थशास्त्रियों ने इसकी आलोचना की है। कुछ समय पूर्व तक रिकार्डो द्वारा प्रतिपादित व मिल द्वारा संशोधित तुलनात्मक लागत का सिद्धान्त अन्तर्राष्ट्रीय व्यापार का एक मान्य सिद्धान्त रहा है। जैसा एल्सवर्थ ने लिखा है "इस सिद्धान्त को इतना ही निरपेक्ष और निर्विवाद सत्य समझा जाता था जितना कि उत्पत्ति ह्रास नियम एवं श्रमविभाजन के लाभों आदि को।" इस सिद्धान्त ने अन्तर्राष्ट्रीय व्यापार की अनेक व्यावहारिक समस्याओं को सुलझाने में सहायता की है परन्तु यह सिद्धान्त बहुत ही दुर्बल था क्योंकि यह बहुत सी अवास्तविक मान्यताओं पर आधारित था। आलोचकों में सर्वश्री ओहलिन एवं ग्राहम के नाम विशेषरूप से लिये जा सकते हैं। अन्तर्राष्ट्रीय व्यापार के तुलनात्मक लागत सिद्धान्त की मुख्य आलोचनाएं इस प्रकार है—

---

22 'तुलनात्मक लागत सिद्धान्त में सुधार' नामक अध्याय देखिये।

आलोचकों की मान्यता है कि इस सिद्धान्त को श्रम लागत के आधार पर समझना त्याग देना चाहिए और अन्तर्राष्ट्रीय व्यापार की व्याख्या कीमतों के रूप में करनी चाहिए। क्योंकि ये कीमतें ही हैं जो यह निर्धारित करती हैं कि कौन-सी वस्तुएँ अन्तर्राष्ट्रीय व्यापार में सम्मिलित होंगी और कौन-सा देश उन्हें उत्पन्न करेगा। इस प्रकार आलोचकों का कहना है कि केवल मौद्रिक लागतें ही तुलना का सर्वोत्तम आधार बन सकती हैं — श्रम लागतें तुलना का सर्वश्रेष्ठ आधार नहीं। परन्तु प्रो. टॉजिग ने चतुराई पूर्वक यह समझाने का प्रयास किया है कि उत्पादन के अन्य तत्त्व पूंजी आदि अपने अन्तिम विश्लेषण में मजदूरी से कुछ भिन्न नहीं होते। अत: श्रम लागत सिद्धान्त ही उचित है।

रिकार्डो इस तथ्य से भली भांति अवगत थे कि उपरोक्त मान्यताएँ तथ्यों के अनुसार नहीं हैं। इसके बावजूद भी उन्होंने इनको अपनाया। वस्तुओं के सापेक्षिक मूल्यों की विवेचना करते समय उत्पादन लागत के एक सामान्य सूचक की आवश्यकता अनुभव की जाती है। ऐसी परिस्थिति में यदि मुद्रा से यह कार्य नहीं लिया जाता है तो उत्पादन के सबसे महत्त्वपूर्ण घटक श्रम को अपनाना आवश्यक हो जाता है। उत्पादन लागतों को श्रम के रूप में व्यक्त करना होता है।

उपरोक्त वर्णित मान्यताओं के अनुसार सभी उद्योगों में पूंजी एवं श्रम की लागत का अनुपात बराबर मान लेना तथ्यों की ओर से आँख बन्द कर लेने के समान होगा। आज के इस युग में ऐसे उद्योग भी विद्यमान हैं जिनमें श्रम लागतें, पूँजी-व्यय से पच्चीस गुना अधिक हैं। इसके अतिरिक्त ऐसे उद्योग भी, जिनमें श्रम लागतों से पूँजी व्यय बहुत अधिक है। इसी प्रकार श्रम की विभिन्न इकाइयों के बीच भी कोई सम्बन्ध नहीं होता है। उनके बीच किसी प्रकार का सामान्य सूचक निर्धारित नहीं किया जा सकता है। उदाहरण के लिए सड़क पर पत्थर फोड़ने वाले के श्रम की तुलना मोर्चें पर शत्रु से लड़ रहे जनरल से किया जाना तर्कसंगत प्रतित नहीं होता है। बर्नार्ड शा के नाटक लिखवाने के श्रम और उनके नाटक टाइप करने वाले के श्रम की तुलना किस प्रकार की जा सकती है।

आलोचना के उपर्युक्त वर्णित तथ्यों के अतिरिक्त मूल्य का श्रम सिद्धान्त उत्पादन के नियमों, अर्थात् उत्पत्ति वृद्धि नियम एवं उत्पत्ति ह्रास नियम का विवेचन नहीं करता है। यह नियम लागतों को स्थिर मान लेता है जबकि उत्पादन वास्तव में या तो उत्पत्ति वृद्धि नियम के अन्तर्गत या उत्पत्ति ह्रास के अन्तर्गत होता है। यदि व्यावहारिक रूप से अन्तर्राष्ट्रीय व्यापार के ढांचे को देखा जाये तो उत्पत्ति समता (स्थिर) नियम की मान्यता उचित प्रतीत नहीं होती, किन्तु यदि हम इस मान्यता को अलग कर दें तो रिकार्डो का सिद्धान्त भी लागू नहीं होगा। रिकार्डो का कहना है कि यदि इंग्लैण्ड तुलनात्मक लाभ के कारण कपड़े के उत्पादन में विशिष्टीकरण करता है तो उसे शराब का उत्पादन करने का कोई कारण नहीं है। इसी प्रकार यदि पुर्तगाल को शराब बनाने में तुलनात्मक लाभ है तो वह कपड़े का उत्पादन नहीं करेगा

इसके अतिरिक्त ऐसे उद्योग भी, जिनमें श्रम लागतों से पूँजी व्यय बहुत अधिक है। इसी प्रकार श्रम की विभिन्न इकाइयों के बीच भी कोई सम्बन्ध नहीं होता है। उनके बीच किसी प्रकार का सामान्य सूचक निर्धारित नहीं किया जा सकता है। उदाहरण के लिए सड़क पर पत्थर फोड़ने वाले के श्रम की तुलना मोर्चे पर शत्रु से लड़ रहे जनरल से किया जाना तर्कसंगत प्रतित नहीं होता है। बर्नार्ड शा के नाटक लिखवाने के श्रम और उनके नाटक टाइप करने वाले के श्रम की तुलना किस प्रकार की जा सकती है।

आलोचना के उपर्युक्त वर्णित तथ्यों के अतिरिक्त मूल्य का श्रम सिद्धान्त उत्पादन के नियमों, अर्थात् उत्पत्ति वृद्धि नियम एवं उत्पत्ति ह्रास नियम का विवेचन नहीं करता है। यह नियम लागतों को स्थिर मान लेता है जबकि उत्पादन वास्तव में या तो उत्पत्ति वृद्धि नियम के अन्तर्गत या उत्पत्ति ह्रास के अन्तर्गत होता है। यदि व्यावहारिक रूप से अन्तर्राष्ट्रीय व्यापार के ढांचे को देखा जाये तो उत्पत्ति समता (स्थिर) नियम की मान्यता उचित प्रतीत नहीं होती, किन्तु यदि हम इस मान्यता को अलग कर दें तो रिकार्डों का सिद्धान्त भी लागू नहीं होगा। रिकार्डों का कहना है कि यदि इंग्लैण्ड तुलनात्मक लाभ के कारण कपड़े के उत्पादन में विशिष्टीकरण करता है तो उसे शराब का उत्पादन करने का कोई कारण नहीं है। इसी प्रकार यदि पुर्तगाल को शराब बनाने में तुलनात्मक लाभ है तो वह कपड़े का उत्पादन नहीं करेगा वरन् उसे इंग्लैण्ड से आयात करेगा। यह विश्लेषण उत्पत्ति समता नियम पर आधारित है जो व्यावहारिक रूप में नहीं पाया जाता। एक ऐसी स्थिति आ सकती है जब पुर्तगाल इंग्लैण्ड से कपड़े का आयात न करे क्योंकि इंग्लैण्ड में उत्पत्ति ह्रास नियम लागू होने से पुर्तगाल को कपड़े का आयात महंगा पड़ सकता है।

इस सिद्धान्त की यह मान्यता भी गलत है कि एक देश किसी वस्तु को पूर्णरूप से आयात करता है। वास्तविकता तो यह है कि एक देश एक वस्तु की कुछ मात्रा तो आयात करता है, शेष का उत्पादन देश में ही करता है। लेकिन तुलनात्मक लागत सिद्धान्त में इसे स्पष्ट नहीं किया गया है।

प्रतिष्ठित अर्थशास्त्रियों के द्वारा यह मान लिए जाने के कारण कि उत्पादन में पूँजी व श्रम का सम्बन्ध एवं श्रम की विभिन्न इकाइयों की सापेक्षिक लागत निश्चित होती है, यह असम्भव हो गया कि उत्पादन के इन साधनों के सापेक्षिक सम्बन्धों एवं सापेक्षिक मूल्यों के आपस में होने वाले परिवर्तनों को माना जा सके। मूल्यों में होने वाले परिवर्तनों के कारण सापेक्षिक सम्बन्धों में व कुल उत्पादन में कितना परिवर्तन होता है—इन समस्याओं का अध्ययन इन अर्थशास्त्रियों द्वारा नहीं किया गया। उन्होंने केवल जनसंख्या की वृद्धि का श्रम एवं पूँजी के सम्बन्धों एवं भूमि पर क्या प्रभाव होता है, इसका ही अध्ययन किया। यही कारण है कि उन्होंने उत्पत्ति ह्रास नियम को मुख्यतया भूमि पर ही लागू किया।

बेस्टेबल ने इस सिद्धान्त में परिवर्तनशील लागतों के विचार को सम्मिलित करके इस दोष को दूर करने का प्रयास किया है।

मूल्य का श्रम सिद्धान्त इस बात को भुला देता है कि कुछ वस्तुएँ ऐसी होती हैं जिनका मूल्य तो होता है परन्तु उनके उत्पादन में श्रम नहीं लगता या मूल्य के अनुपात में नहीं लगता है। प्रथम प्रकार की वस्तुओं के उदाहरण हैं—दवाईयुक्त कुएँ, मृत पुरूष के हस्ताक्षर

उक्त आलोचना का उत्तर टाजिंग ने दिया। मूल्य के श्रम सिद्धान्त का औचित्य बताते हुए वे कहते हैं कि यदि हम यह मानकर चलें कि व्यापार करने वाले देशों के तकनीकी विकास का स्तर समान है तो श्रम के साथ एकत्रित होने वाले उत्पत्ति के साधनों का अनुपात भी समान होगा। ऐसी स्थिति में हम उत्पत्ति के अन्य साधनों पर ध्यान दिये बिना विभिन्न देशों में श्रमिकों की सापेक्षिक कुशलता की तुलना कर सकते हैं। इस प्रकार टाजिंग ने रिकार्डो के उत्पत्ति के एक साधन (श्रम) मॉडल को उचित ठहराया, किन्तु टाजिंग का उक्त तर्क उचित नहीं है क्योंकि व्यापार करने वाले समस्त देश तकनीकी विकास की समान अवस्था में नहीं होते।

(2) प्रतिष्ठित मूल्य सिद्धान्त को अन्तर्राष्ट्रीय व्यापार के सिद्धान्त का आधार मानने की आलोचना —ऊपर हम इस बात का अध्ययन कर चुके हैं कि प्रतिष्ठित मूल्य सिद्धान्त की मान्यता कि पूँजी और श्रम सभी वस्तुओं के उत्पादन में समान अनुपात में होते हैं, सन्तोषजनक नहीं है। यदि प्रतिष्ठित सिद्धान्त के अनुसार किसी एक बाजार में मूल्य-निर्धारण का अध्ययन नहीं किया जा सकता है तो उसी आधार पर विभिन्न बाजारों के मूल्यों का अध्ययन कैसे किया जा सकता है।

मूल्य के श्रम सिद्धान्त की निहित मान्यता यह भी है कि सब श्रमिक एक समान होते हैं, किन्तु यह गलत हैं क्योंकि श्रमिकों में एकरूपता नहीं होती अत: श्रम के आधार पर लागत की तुलना नहीं की जा सकती। इस प्रकार तुलनात्मक लागत का आधार ही गलत है।

टाजिंग ने पुन: उक्त आलोचना का उत्तर देने का प्रयत्न किया है। उनका कहना है कि यदि श्रमिकों को कुछ समूहों में बांट दिया जाय तो प्रत्येक समूह में एकसमान कार्यक्षमता वाले श्रमिक होंगे। इसे श्रम-स्तरबद्धता कहते हैं। इसका आशय यह है कि व्यापार करने वाले दोनों देश आर्थिक विकास के समान स्तर पर हैं। परन्तु टाजिंग का उक्त समर्थन कमजोर है क्योंकि व्यापार करने वाले देश आर्थिक और तकनीकी विकास के विभिन्न स्तर पर होते हैं।

यह पहले भी वर्णित किया जा चुका है कि कुछ वस्तुओं के उत्पादन में अधिक पूंजी की आवश्यकता होती है जब कि किसी में कम। परन्तु विभिन्न देशों में पूंली पर ब्याज की दर भिन्न भिन्न होती है। जिस देश में ब्याज की दर कम है वह देश तो वस्तुओं का उत्पादन कम लागत पर कर सकता है, परन्तु जिस देश में पूंजी की कमी हो वह केवल उन्हीं वस्तुओं का उत्पादन कम लागत पर कर सकता है जिनके उत्पादन में कम पूंजी की आवश्यकता होती है। अन्य शब्दों में, इन देशों में अधिक पूंजी की लागत वाली वस्तुएं सापेक्षिक रूप से अधिक लागत पर उत्पन्न की जा सकेंगी। ब्याज की दरों में विभिन्नता के कारण ही विश्व युद्ध के बाद के वर्षों में विभिन्न देशों के व्यापार एवं उत्पादन पर प्रभाव पड़ा था।

आवश्यकता होती है। अन्य शब्दों में, इन देशों में अधिक पूंजी की लागत वाली वस्तुएं सापेक्षिक रूप से अधिक लागत पर उत्पन्न की जा सकेंगी। ब्याज की दरों में विभिन्नता के कारण ही विश्व युद्ध के बाद के वर्षों में विभिन्न देशों के व्यापार एवं उत्पादन पर प्रभाव पड़ा था।

प्रो. ग्राहम तुलनात्मक लागत सिद्धान्त की आलोचना करते हुए कहते हैं कि अन्तर्राष्ट्रीय व्यापार करने वाले दो देश विभिन्न वस्तुओं के उत्पादन में पूर्णरूप से विशिष्टीकरण नहीं करते अत: ऐसी स्थिति में उक्त सिद्धान्त महत्त्वहीन हो जाता है। ऐसी स्थिति विशेष रूप से उस समय उपस्थित होती है जब व्यापार करने वाले दो देशों में एक बड़ा तथा दूसरा छोटा हो। छोटा देश तो पूर्णरूप से विशिष्टीकरण कर सकता है क्योंकि वह अपना पूर्ण अतिरेक उत्पादन बड़े देश को निर्यात कर सकता है, किन्तु बड़ा देश निम्न दो कारणों से पूर्ण विशिष्टीकरण नहीं कर सकता:

(1) यदि यह देश एक विशेष वस्तु के उत्पादन में पूर्णरूप से विशिष्टीकरण करता है तो उसका अतिरेक उत्पादन इतना अधिक हो सकता है कि छोटा देश उसको आयात नहीं कर सकता।

(2) वह अपनी पूर्ण आवश्यकता की पूर्ति दूसरे देश के आयात से नहीं कर सकता।

देश की उत्पादन लागत को प्रभावित करने वाले समस्त घटक उसके अन्तर्राष्ट्रीय व्यापार को भी प्रभावित करते हैं। मजदूरी एवं ब्याज की दर में, पूँजी की अधिक पूर्ति के कारण विपरीत दिशाओं में होने वाले परिवर्तनों का प्रभाव अन्तर्राष्ट्रीय व्यापार पर अवश्य होना चाहिए। परन्तु प्रतिष्ठित सिद्धान्त इस बात को समझने में बिल्कुल असमर्थ है।[24] इस प्रकार यह मान लेना कि श्रम ही लागत का एक मात्र घटक है गलत बात हैं। वस्तु की लागत पूंजी पर प्राप्त होने वाले ब्याज के अनुसार कम या अधिक हुआ करती है। प्रो. टासिंग का मत है कि उत्पादन के अन्य घटक मजदूरी से भिन्न नहीं है और ब्याज की दर में विभिन्नता आदि के कारण इस सिद्धान्त में कुछ सुधार कर देने चाहिए, परन्तु ये सुधार केवल नाममात्र के होंगे अत्रएव अन्तर्राष्ट्रीय व्यापार के सिद्धान्त का आधार मूल्य के श्रम सिद्धान्त पर मानना उचित है। परन्तु प्रो. ओहलिन इस मत से सहमत नहीं है।

प्रतिष्ठित अर्थशास्त्रियों की यह मान्यता कि विभिन्न श्रेणी के श्रमिकों को एक निश्चित स्केल के अनुसार मजदूरी का भुगतान किया जाता है एवं किसी भी दिन कुशल श्रम को अकुशल श्रम के दिनों में परिवर्तित किया जा सकता है अपरिपूर्ण है। मान लो 'अ' देश में श्रमिकों को कुशल श्रमिकों के बराबर अधिक मजदूरी मिलती है। 'ब' देश में उनको इससे आधी प्राप्त होती है। ऐसी परिस्थिति में प्रतिष्ठित सिद्धान्त के अनुसार कुशल श्रमिकों का एक

---

24 It is obvious that all factors which effect the cost of production in a country must also influence its international trade. Changes in wages and interest rates in opposite directions, caused by increased supplies of capital, must, therefore, have this effect. It should be observed that the classical doctrine is really unable to explain these phenomena." Ohlin—'Inter-regional and International Trade', Appendix III, Page 576-577.

रूपये कुशल श्रमिक को दिए जाते हैं। ऐसी परिस्थिति में ऐसी वस्तुएं, जिनके उत्पादन में केवल श्रम की आवश्यकता होती है, 'ब' देश में 'अ' देश की अपेक्षा अधिक महंगी होगी और ऐसी वस्तुएँ जिनके उत्पादन में अकुशल श्रमिक की ही आवश्यकता होती है, 'अ' देश में 'ब' की अपेक्षा अधिक मंहगी होगी। यदि किन्हीं कारणवश देश 'ब' में कुशल श्रमिक की पूर्ति बढ़ने लगे तो अकुशल श्रमिक और कुशल श्रमिक की मजदूरी के बीच का अन्तर कम होने लगेगा और हो सकता है कि सम्पूर्ण ही समाप्त हो जाय एवं 'ब' देश में मजदूरी की दर 'अ' के समान 5 रूपये प्रतिदिन हो जाय। इस परिवर्तन का उद्योगों पर अवश्य प्रभाव होगा। देश के आयात-निर्यात भी प्रभावित होंगे। इस प्रकार श्रम की विभिन्न श्रेणियों में मजदूरी में अन्तर होने पर उत्पादन लागत में अन्तर होता है एवं फलस्वरूप अन्तर्राष्ट्रीय व्यापार भी प्रभावित होता है।

यह कहना कि ये परिवर्तन दीर्घकालीन होते हैं और इसलिए इनका महत्त्व कम है, कोई अर्थ नहीं रखता। पहले तो किसी भी सिद्धान्त के लिए यह आवश्यक है कि वह दीर्घकालीन एवं अल्पकालीन दोनों ही प्रकार के परिवर्तनों को समझा सके, दूसरे श्रम संघ की नीति, जिसके फलस्वरूप सभी श्रमिकों को श्रम संघ का सदस्य बनना है, के कारण अ-प्रतिस्पर्धी समूहों का निर्माण हो जाता है एवं इनके कारण भी मजदूरी में बहुत अधिक घट-बढ़ होती रहती है। इस घट-बढ़ के कारण भी उत्पादन लागत एवं अन्तर्राष्ट्रीय व्यापार पर प्रभाव पड़ता है। प्रतिष्ठित सिद्धान्त इन परिवर्तनों के कारणों का विवेचन प्रस्तुत नहीं करता है। इसके अनुसार पहले तो हमें एक दिन के कुशल श्रम को दो दिन के कुशल श्रम के रूप में बदल देना पड़ता है और फिर दोनों को बराबर मानना पड़ता है। इन सब सुधारों का अर्थ होगा प्रतिष्ठित सिद्धान्तं के दृष्टिकोण को बिल्कुल छोड़ देना। उत्पादन लागतों की मुद्रा के रूप में गणना करना और तकनीकी इकाइयों में समझना वास्तव में बिल्कुल ही छोड़ दिया गया है। श्रम की विभिन्न श्रेणियों की मजदूरी की घट-बढ़ का उत्पादन लागत एवं अन्तर्राष्ट्रीय व्यापार पर क्या प्रभाव होता है, इसका विवेचन करना सरल एवं अधिक सही होता है।

तुलनात्मक लागत सिद्धान्त इस बात की व्याख्या नहीं करता कि उत्पादन के विभिन्न क्षेत्रों में अन्य देशों की तुलना में एक देश के श्रमिक अधिक कुशल क्यों होते हैं। इसका कारण यह हो सकता है कि उस देश के प्राकृतिक साधन श्रेष्ठ हों, वहां अच्छी मशीनों का प्रयोग होता हो तथा वहां उद्यमी प्रतिभा अधिक हो अर्थात् श्रम की कार्यक्षमता अधिक होने के कारण अन्य साधनों की प्रचुरता है। यही कारण है कि ओहलिन ने उत्पत्ति के साधन के रूप में केवल श्रम को महत्त्व न देकर अन्य साधनों को भी महत्त्व दिया है।

यहाँ पर भी प्रो. टॉसिग ने प्रतिष्ठित सिद्धान्त का पक्ष लिया है और कहा है कि अन्तर्राष्ट्रीय माँग, मजदूरी की विभिन्न श्रेणियों के सम्बन्ध को किसी प्रकार परिवर्तित नहीं करती हैं।

तुलनात्मक लागत सिद्धान्त की एक मुख्य कमजोरी यह है कि यह पूर्ण रोजगार की मान्यता पर आधारित है अर्थात् व्यापार करने वाले दोनों देशों में पूर्ण रोजगार की स्थिति विद्यमान रहती हैं, किन्तु केन्स ने प्रतिष्ठित अर्थशास्त्रियों की पूर्ण रोजगार की मान्यता को अवास्तविक सिद्ध कर खण्डित कर दिया है। केन्स का कहना है कि सदैव पूर्ण रोजगार से कम की स्थिति विद्यमान रहती है। इस दृष्टि से तुलनात्मक लागत का सिद्धान्त भी अव्यावहारिक प्रतीत होता है।

(3) अन्तर्राष्ट्रीय व्यापार के प्रतिष्ठित सिद्धान्त के अन्य दोष--प्रतिष्ठित सिद्धान्त के वे दोष, जो कि प्रतिष्ठित मूल्य सिद्धान्त में पाये जाते हैं, ऊपर वर्णित किये जा चुके हैं। इन दोषों के कारण किसी एक बाजार में या अन्तर्राष्ट्रीय बाजार में मूल्य परिवर्तनों का अध्ययन नहीं किया जा सकता है। कुछ अन्य दोष भी इस सिद्धान्त में पाये जाते हैं जिनमें से यद्यपि कुछ को दूर किया जा सकता है, फिर भी वे इस सिद्धान्त से गहरे जुडे हुए हैं।

तुलनात्मक लागत का सिद्धान्त केवल उन्हीं दशाओं में लागू हो सकता है जब अन्तर्राष्ट्रीय व्यापार स्वतन्त्र रूप से हो रहा हो तथा उसके मार्ग में कोई बाधाएँ न हों, किन्तु तथ्य एवं वास्तविकता तो यह है कि वर्तमान में अधिकांश देश संरक्षण की नीति अपना रहे हैं तथा प्रशुल्क, कोटा प्रणाली, विनिमय नियन्त्रण, आदि कई बाधाएँ स्वतन्त्र व्यापार में रूकावट पैदा करती हैं।

प्रतिष्ठित सिद्धान्त कें अनुसार यदि कोई यह जानना चाहे कि एक देश कुछ वस्तुओं का निर्यात दूसरे देशों को क्यों करता है तो उसे बहुत-सी अवास्तविक बातों का सहारा लेना होगा। सबसे सरल बात तो यह होती कि हम किसी वस्तु की समस्त लागतों का सभी देशों में अध्ययन करते और यह ज्ञात करते कि उस देश में उत्पादन लागत कम क्यों हैं? यह क्या कम मजदूरी व्यय, कम ब्याज या कम यातायात व्यय के कारण है? फिर यह देखते कि उत्पादन लागतों का कार्यरत श्रमिकों की संख्या, मजदूरी के स्तर, लगाई गई पूँजी की मात्रा एवं ब्याज दर से क्या सम्बन्ध है। दूसरे शब्दों में, प्रत्येक देश की लागतों एवं कीमतों का सम्बन्ध जानते। परन्तु प्रतिष्ठित सिद्धान्त इस प्रकार का सरल तरीका नहीं अपनाता है। पहले तो प्रति श्रमिक उत्पादन की गणना की जाती है और फिर परिणाम की विभिन्न देशों की मजदूरी से तुलना की जाती है। कई बार ऐसा होता है कि तुलनात्मक लागत तालिका गलत होती है। फिर इन विभिन्नताओं को सुधार या पुनर्विचार के नाम पर जोड़ा जाता है।[26] दूसरे शब्दों में पहले केवल श्रम लागत का ही कृत्रिम रूप से श्रम के प्रतिदिन उत्पादन की मजदूरी से तुलना करके अध्ययन करना और अन्य लागत मदरों को बाद में विचार करने के लिये छोड़ देना।

इस आधार पर भी इस सिद्धान्त की आलोचना की है कि तुलनात्मक लागत सिद्धान्त इस बात की स्पष्ट व्याख्या नहीं करता कि एक देश किसी वस्तु की दूसरी किस्म का

---

26 'तुलनात्मक लागत सिद्धान्त में सुधार' नामक अध्याय देखिये।

उत्पादन कर उसका निर्यात क्यों करता है तथा उस वस्तु की दूसरी किस्म का विदेशों से आयात क्यों करता है? जैसे भारत लोहे की कुछ वस्तुओं का निर्यात करता है एवं कुछ वस्तुओं का आयात करता है।

यह आलोचना उस समय महत्त्वहीन हो जाती हैं जब वस्तु की प्रत्येक किस्म को एक पृथक उत्पादन मान लिया जाय।

यदि अन्य लागत मदें प्रतियोगिता की दशाओं के निर्धारण में भाग लेती हैं तो उन्हें पहले क्यों छोड़ दिया जाता है और बाद में उन्हीं का प्रतिदिन श्रम उत्पादन के रूप में क्यों विस्तृत वर्णन किया जाता है, जबकि उपरोक्त बातों को ध्यान में रखते हुए निर्णयों में तुरन्त बाद ही सुधार करने पड़ते हैं।

तुलनात्मक लागत सिद्धान्त आवश्यक रूप से कुछ स्थैतिक मान्यताओं पर आधारित है। यह व्यापार करने वाले देशों में उत्पत्ति के साधनों को स्थिर मानकर चलता है तथा दोनों के उत्पादन फलन को भी समान मानता है, किन्तु वास्तविक जगत् में इन सबमें परिवर्तन होता है अतः उक्त सिद्धान्त गतिशील अर्थव्यवस्था में लागू नहीं होता क्योंकि तकनीक, उत्पत्ति के साधन और उत्पादन फलन में परिवर्तन होने के कारण तुलनात्मक लागत की गणना करना आसान नहीं है। इस पर टिप्पणी व करते हुए एल्सवर्थ कहते हैं कि "या तो पुराने सिद्धान्त के पूरक के रूप में, अधिक सारगर्भित और उपयुक्त नयी व्यवस्था को विकसित किया जाना चाहिए अथवा बड़े पैमाने पर (इस सिद्धान्त की) पूरक जांच की जानी चाहिए।"

प्रतिष्ठित सिद्धान्त केवल दो देशों एवं दो वस्तुओं को ही अपना आधार बनाता है। ऐसा करने से सिद्धान्त वास्तव में अत्यन्त सरल हो गया है, परन्तु यह कई अवांछित निष्कर्षों को जन्म देता है। सबसे पहले तो जब दो देशों में व्यापार शुरू होता है तो तुलनात्मक लागत जो कि श्रम दिनों के रूप में निकाली जाती हैं, यह निर्धारित करती है कि कौनसी वस्तुएँ आयात की जाएगी और कौनसी निर्यात की जाएगी परन्तु जैसा कि हम व्यवहार में देखते हैं, अन्तर्राष्ट्रीय व्यापार दो से अधिक राष्ट्रों के बीच एवं दो से अधिक वस्तुओं का होता है। दो देशों के बीच व्यापार भी जब दो से अधिक वस्तुओं का होता है तो श्री ग्राहम का मत है कि हमें आवश्यक रूप से उस वस्तु की मांग की दशाओं को, केवल विनिमय की शर्तें ही जानने के लिये नहीं वरन् कौनसी वस्तुएं एक देश निर्यात करेगा यह जानने के लिये भी ज्ञात करना होता है। प्रो. मेन्गोल्ट का भी मत है कि अन्तर्राष्ट्रीय व्यापार केवल तुलनात्मक लागत अर्थात् पूर्ति पर ही नहीं बल्कि माँग की दशाओं पर भी निर्भर करता है। प्रो. ओहलिन ने तो यहाँ तक लिखा है कि तुलनात्मक लागत सिद्धान्त अन्तर्राष्ट्रीय व्यापार के सम्बन्ध में व्याख्या बहुत कम करता है। वास्तव में यह तो केवल पूर्ति की परिस्थितियों का संक्षिप्त वर्णन हैं। यह बात कहना ठीक है कि मांग की परिस्थितियों को ध्यान में रखकर यह ज्ञात करना सरल हैं कि

कौनसी वस्तुओं का निर्यात किया जायेगा। परन्तु वास्तव में जब कई देश एवं कई वस्तुओं के सम्बन्ध में विचार किया जाता है तो यही बात बहुत ही अधिक कठिन हो जाती है। इसलिये प्रतिष्ठित अर्थशास्त्रियों ने अपने विवेचन को केवल दो वस्तुओं और दो देशों तक ही सीमित रखा।

तुलनात्मक लागत सिद्धान्त के निष्कर्ष उसी समय लागू होते हैं जब इसे केवल दो वस्तुओं और दो देशों पर लागू किया जाये। दो से अधिक देशों या दो से अधिक वस्तुओं पर लागू करने से इसका प्रयोग सीमित हो जाता है। जब हम दो से अधिक वस्तुओं पर विचार करते हैं तो हमें न केवल व्यापार की शर्तों वरन् इसका भी निर्धारण करने के लिए कि एक देश किन वस्तुओं का निर्यात करेगा, मांग की दशाओं पर विचार करना होगा क्योंकि एक ही तुलनात्मक लागत के आधार पर विभिन्न वस्तुओं का निर्यात किया जायगा। वास्तविक रूप में अन्तर्राष्ट्रीय व्यापार विभिन्न देशों में दो से अधिक वस्तुओं में किया जाता है। इस सीमा को स्पष्ट करते हुए ओहलिन कहते हैं कि, ''केवल तुलनात्मक लागत का तर्क अन्तर्राष्ट्रीय व्यापार के सम्बन्ध में बहुत अपर्याप्त है। यह वास्तव में पूर्ति की दशाओं के संक्षिप्त विवरण से अधिक कुछ नहीं हैं।

प्रतिष्ठित अर्थशास्त्रियों का यह सिद्धान्त इस मान्यता को लेकर चलता है कि आर्थिक शक्ति सम्पन्न दोनों देशों के बीच व्यापार होता है और इन वस्तुओं का आर्थिक मूल्य समान होता है। इसका निष्कर्ष यह होगा कि अन्तर्राष्ट्रीय व्यापार में भाग लेने वाले देशों में लाभ का बंटवारा बराबर बराबर हो जाता है। परन्तु प्रो. ग्राहम के अनुसार, वास्तविक संसार में ये मान्यताएं पूर्ण नहीं होती हैं। जब जर्मनी जैसा छोटा देश अमेरिका जैसे बड़े देश से व्यापार करता है या जब एक देश का माल दूसरे देश के माल की अपेक्षा कम मूल्य का हो (ऐसे उदाहरण ही प्रायः अधिक देखने में आते हैं) तो छोटा देश एक विशेष वस्तु के निर्माण में ही पूर्ण विशिष्टीकरण प्राप्त कर सकता है, परन्तु बड़े देश को दोनों ही वस्तुओं का उत्पादन करना पड़ता है क्योंकि छोटे देश से प्राप्त होने वाली वस्तुओं की पूर्ति से उसकी अपनी आवश्यकताएं पूर्ण नहीं होती हैं। इन परिस्थितयों में व्यापार से होने वाला लाभ भी केवल छोटे देश को ही प्राप्त होगा। इसी प्रकार जब व्यापार की वस्तुओं का मूल्य कम ज्यादा हो, जैसे माचिस एवं कपड़ा, तो कम मूल्य वाली वस्तु को उत्पादन करने वाला देश आंशिक विशिष्टीकरण ही प्राप्त कर सकेगा, क्योंकि उसके निर्यातों का मूल्य (माचिस का) उसके आयातों के लिये (कपड़ा) पर्याप्त न होगा और ऐसी परिस्थिति में सम्पूर्ण लाभ कपड़े के उत्पादन में विशिष्टीकरण प्राप्त करने वाले देश को मिलेगा। तुलनात्मक लागत सिद्धान्त इन बातों की विवेचना नहीं करता, इसलिये प्रतिष्ठित अर्थशास्त्रियों का यह सिद्धान्त अपूर्ण एवं दोषपूर्ण है। ''यदि दो बराबर कुल उपभोग मूल्य की वस्तुओं में तथा लगभग समान आर्थिक महत्त्व के दो देशों के बीच व्यापार की कल्पना करके पलड़े बराबर रखे जायें, तभी प्रतिष्ठित अर्थशास्त्रियों का निष्कर्ष सत्य हो सकता है।''

तुलनात्मक लागत सिद्धान्त में परिवहन लागत पर कोई ध्यान नहीं दिया गया, किन्तु यदि परिवहन व्यय अधिक है तो कभी यह भी सम्भव हो सकता है कि तुलनात्मक लागत के कारण होने वाला अन्तर समाप्त हो जाय। ऐसी स्थिति में अन्तर्राष्ट्रीय व्यापार नहीं होगा। अन्तर्राष्ट्रीय व्यापार उस समय सम्भव होता है जब लागत में तुलनात्मक अन्तर, पनिरवहन व्यय मिलाने पर भी अधिक हो।

कुछ अर्थशास्त्रियों ने उक्त आलोचना को महत्तवपूर्ण नहीं माना है क्योंकि उनका कहना है कि यदि परिवहन व्यय को भी शामिल कर लिया जाय तो उससे तुलनात्मक लागत सिद्धान्त मूल धारणा पर कोई प्रभाव नहीं पड़ता।

तुलनात्मक लागत सिद्धान्त में यदि **यातायात लागत** और जोड़ दी जाये तो इस सिद्धान्त की अव्यावहारिकता अधिक हो जाती है। लागत तालिका यह नहीं दर्शाती है कि किसी वस्तु के दो देशों के मूल्यों में इतना अन्तर है या नहीं कि यदि उसमें यातायात व्यय और जोड़ दिया जाये तो उसका निर्यात होता रहेगा। यदि यातायात सेवाएं किसी तीसरे देश द्वारा उपलब्ध की जाती है तो लागत तालिका में निर्यात की गई वस्तुओं के लिये लगाई गई श्रम लागत को भी सम्मिलित करना होगा और प्रत्येक सम्भावित निर्यात बाजार के लिए श्रम दिनों में *यातायात लागत ज्ञात होनी चाहिये।*

उत्पत्ति के साधनों की गतिशीलता का प्रतिष्ठित सिद्धान्त में पूर्णरूपेण विवेचन नहीं किया गया है। यह सिद्धान्त इस बात पर आधारित है कि श्रम एवं पूंजी में अन्तर्राष्ट्रीय गतिशीलता का अभाव पाया जाता है। प्रो. टासिंग एवं अन्य विद्वानों ने अन्तर्राष्ट्रीय पूंजी की गतिशीलता की प्रकृति एवं प्रभावों की व्याख्या की है, परन्तु उन्होंने इस बात का विश्लेषण नहीं किया है कि क्या इस गतिशीलता के कारण सिद्धान्त के उपरोक्त आधार में सुधार की आवश्यकता है अथवा नहीं और यदि है तो किस सीमा तक। अन्तर्राष्ट्रीय व्यापार में परिवर्तन एवं पूंजी की गतिशीलता का विवेचन करते समय मूल्य के श्रम सिद्धान्त के कारण मजदूरी के परिवर्तनों पर आवश्यकता से अधिक जोर दिया गया है एवं अन्य आय परिवर्तनों को बिल्कुल भुला दिया गया है।[32]

तुलनात्मक लागत सिद्धान्त की एक आलोचना यह भी है कि वह एक देश के भीतर उत्पत्ति के साधनों को पूर्णरूप से गतिशील मानता है एवं दो देशों के बीच इस गतिशीलता को स्वीकार नहीं करता, किन्तु ओहलिन ने उक्त मत का खण्डन किया है। उनकी दृष्टि में, उत्पत्ति के साधनों में गतिशीलता का अभाव अन्तर्राष्ट्रीय व्यापार का ही विशेष लक्षण नही हैं वरन् एक ही देश के विभिन्न क्षेत्रों में भी उत्पत्ति के साधनों में गतिशीलता का अभाव पाया जाता है। केयरन्स ने भी यह मत प्रकट किया था कि श्रमिकों के अप्रतियोगी समूह न केवल विभिन्न देशों में पाये जाते हैं वरन् एक ही देश के विभिन्न क्षेत्रों में भी पाये जाते हैं।

अन्तर्राष्ट्रीय व्यापार में उत्पादन के साधनों को अगतिशील मानकर एक देश में गतिशील मानना दोहरी गलती है। किसी भी देश में पूंजी व श्रम इतने पूर्ण गतिशील नहीं होते जितने कि प्रतिष्ठित अर्थशास्त्रियों द्वारा मान लिए गए हैं। प्रत्येक देश कई क्षेत्रों में बँटा रहता है

32 Ohlin, "Inter-regional and International Trade", page 589.

एवं साधारणतया गतिशीलता का अभाव पाया जाता है। इस तथ्य के अनुसार इस सिद्धान्त में सुधार होना चाहिए। अन्तर्राष्ट्रीय व्यापार को इसीलिए अन्तर्क्षेत्रीय व्यापार की एक विशेष दशा माननी चाहिए।

तुलनात्मक लागत का सिद्धान्त एकपक्षीय है क्योंकि यह केवल पूर्ति पक्ष पर विचार करता है तथा मांग पक्ष पर कोई ध्यान नहीं देता। यह सिद्धान्त यह तो बताता है कि एक देश अन्तर्राष्ट्रीय व्यापार के क्षेत्र में किन वस्तुओं को बेचेगा एवं किन वस्तुओं को खरीदेगा, किन्तु यह दृष्टिकोण केवल पूर्तिपक्ष पर आधारित होने के कारण अपूर्ण है। प्रतिष्ठित अर्थशास्त्रियों ने स्थिर लागत की कल्पना की है एवं पूर्ति की दशाओं के आधार पर ही कीमत-लागत का अन्तर्राष्ट्रीय स्तर पर विश्लेषण किया है। उनकी दृष्टि में मांग कीमत को प्रभावित नहीं करती जो उत्पत्ति के पैमाने में परिवर्तन के बावजूद भी स्थिर रहती है।

यह मान्यता उचित नहीं है क्योंकि उत्पादन में परिवर्तन के साथ लागत में भी परिवर्तन हो सकता है। ऐसी स्थिति में किसी वस्तु की लागत और कीमत केवल पूर्ति की दशाओं पर निर्भर न रहकर मांग की दशाओं द्वारा भी प्रभावित होती है।

यह सिद्धान्त इस बात पर भी विचार नहीं करता कि आज के इस युग में एक देश इसलिए भी आत्मनिर्भर बनना चाहता है कि संकट के समय वह दूसरों पर निर्भर न रहे, युद्धकाल में दूसरे देशों पर निर्भरता के कारण देश का अस्तित्व खतरे में पड़ सकता है। अतएव चाहे प्राकृतिक साधन उपलब्ध हों या न हों, सामरिक कारणों से आत्मनिर्भर बनना चाहते हैं।

इस सिद्धान्त की कमजोरी है कि यह लोचपूर्ण बाजारों एवं स्थिर कीमतों को स्वीकार करके चलता है। एक देश तुलनात्मक लाभों की कल्पना उसी समय कर सकता है। जबकि देश यह चुनाव करने के लिए स्वतन्त्र हो कि वह अपना निर्यात बढ़ाये अथवा आयात प्रतिस्थापना करे, किन्तु निर्यातों के लिए मांग में लोच का अभाव होने से तुलनात्मक लाभों को पूर्णरूप से ज्ञात नहीं किया जा सकता एवं तुलनात्मक लाभ का विचार ही अव्यावहारिक हो जाता है। कीमतों में भी परिवर्तन होता है जिससे तुलनात्मक लाभ पर प्रभाव पड़ता है।

उपरोक्त आलोचनाओं का अर्थ यह कदापि नहीं है कि तुलनात्मक लागत सिद्धान्त बिल्कुल ही दोषपूर्ण है और उससे अन्तर्राष्ट्रीय व्यापार के स्वभाव एवं मात्रा के सम्बन्ध में कोई ज्ञान प्राप्त नहीं होता। वैसे इस सिद्धान्त से अन्तर्राष्ट्रीय व्यापार की कई समस्याओं का निदान हुआ है। इस सिद्धान्त को कुछ सुधारों के साथ प्रयोग करके अर्थशास्त्रियों ने कई सही निष्कर्ष निकाले हैं।

यही कारण है कि सेमुअलसन ने दोनों के बावजूद इस सिद्धान्त की प्रशंसा की है उनके ही शब्दों में, ''यदि लड़कियों की भांति, सिद्धान्त भी सौन्दर्य प्रतियोगिताओं में विजयी हो सके तो तुलनात्मक लाभ का सिद्धान्त उच्च स्थान प्राप्त करेगा क्योंकि यह सुन्दर और तर्कपूर्ण ढांचा है'' कुछ ऐसे महत्त्वपूर्ण मुद्दे हैं जहाँ तुलनात्मक लाभ का सिद्धान्त क्रियाशील नहीं होता। जैसे देश की सुरक्षा एवं सैनिक महत्त्व की वस्तुओं को देश में ही पैदा किया जा सकता है भले ही उसके उत्पादन में तुलनात्मक हानि हो एवं वे विदेशों से कम कीमत पर उपलब्ध हों। देश में सुरक्षा की दृष्टि से आत्मनिर्भरता लाने एवं राजनीतिक कारणों से यह एक देश के हित में होता है कि वह सैनिक महत्त्व की वस्तुओं का उत्पादन स्वयं करे।

माँग एवं पूर्ति विश्लेषणतुलनात्मक लागत सिद्धान्त का विस्तार—
(Development of the Theory of Comparative Cost—
Demand and Supply Analysis)

जॉन स्टुअर्ट मिल ने रिकार्डो द्वारा प्रतिपादित तुलनात्मक लागत सिद्धान्त की व्याख्या और भी अधिक स्पष्ट रूप में वस्तुओं की मांग और पूर्ति के आधार प की है। उन्होंने पारस्परिक या प्रतिपूरक मांग का सिद्धान्त प्रतिपादित किया। उन्होंने अन्तर्राष्ट्रीय व्यापार से प्राप्त होने वाले लाभों को भी स्पष्ट किया है। मिल के अनुसार अन्तर्राष्ट्रीय व्यापार का सबसे अधिक महत्त्वपूर्ण लाभ यह है कि व्यापार द्वारा विभिन्न राष्ट्र ऐसी वस्तुओं को भी सस्ते दामों पर प्राप्त करने में सफल हो जाते हैं जिनका उत्पादन या तो वे कर ही नहीं सकते अथवा जिनके उत्पादन में उन्हें घाटा होता है। मांग की परिस्थितियों के द्वारा साम्य की स्थिति का निर्धारण होता है। यदि दोनों देश प्रत्येक एक ही वस्तु का निर्यात करें, तो तुलनात्मक लागत सिद्धान्त इतना ही बताता है कि व्यापार की शर्तों का निर्धारण किन सीमाओं में होगा? वास्तव में इन सीमाओं में उनकी वास्तविक स्थिति इस बात पर निर्भर करती है कि प्रत्येक देश में दूसरे देश द्वारा निर्यात की गई वस्तु की मांग कितनी है। यदि एक देश कई वस्तुएं उत्पन्न करता है तो केवल लागत के आंकड़ों से ही यह नही बताया जा सकता है कि कौनसी वस्तु आयात की जावेगी? या कौनसी निर्यात की जावेगी? आयात व निर्यात दोनों के बीच विभाजक रेखा मांग एवं पूर्ति द्वारा निर्धारित की जावेगी।

रिकार्डो तथा उनके तात्कालिक अनुवर्त्तियों ने केवल व्यापार को जन्म देने वाली परिस्थितियों का ही वर्णन किया था और उनका विश्लेषण केवल इतना ही बताने में सफल है कि वस्तुओं का विनिमय किन सीमाओं के अन्दर होगा। किन्तु इन सीमाओं के भीतर किस विशेष बिन्दु पर विनिमय दर तय होगी। इसका उत्तर वे नहीं दे पाए थे। मिल के विचार में वस्तुओं की विनिमय दर किस प्रकार निश्चित होगी इसका स्पष्टीकरण तुलनात्मक लागत सिद्धान्त द्वारा नहीं हो पात। मिल के अनुसार यह दर पारस्परिक मांग द्वारा प्रभावित होती है जिसे मिल ने अन्तर्राष्ट्रीय मांग का समीकरण की संज्ञा दी है।

यह भी वर्णित किया जा चुका है कि जान स्टुअर्ट मिल ने अपनी पुस्तक (Principles of Political Economy) में तुलनात्मक लागत सिद्धान्त का विस्तार किया और मार्शल एवं एजवर्थ ने इसका अधिक विस्तार किया। प्रो. मार्शल ने सम्बन्धित समस्याओं को समझाने के लिये रेखा चित्रों का सहारा लिया।

अन्तर्राष्ट्रीय मूल्य का सिद्धान्त (Mill's Theory of International Trade)

मिल के पारस्परिक मांग का सिद्धान्त को निम्न उदाहरण से समझाया जा सकता है—

	गेहूँ	लिनन
अमेरिका में 10 दिन में श्रम का उत्पादन	20 इकाई	20 इकाई
जर्मनी में 10 दिन के श्रम का उत्पादन	10 इकाई	15 इकाई

यदि हम पूर्व में बतलाई गई सभी मान्यताओं पर विचार करे तो यह कहा जा सकता है कि व्यापार के पूर्व विभिन्न देशों में विनिमय अनुपात इस प्रकार होगा—

अमेरिका में 1 इकाई लिनन = 1 इकाई गेहूँ
जर्मनी में 1.5 इकाई लिनन = 1 इकाई गेहूँ

यदि दोनों देशों के बीच व्यापार प्रारम्भ हुआ तो अमेरिका गेहूँ के उत्पादन में विशिष्टीकरण करेगा और विनिमय का अनुपात 1.5 इकाई लिनन के बदले 1 इकाई गेहूँ से लेकर, 1 इकाई लिनन के बदले 1 इकाई गेहूँ तक हो सकता है। अगर विनिमय की दर 1.5 इकाई लिनन के बदले 1 इकाई गेहूँ की हो तो व्यापार का सारा लाभ अमेरिका को मिल जाता है, जर्मनी की स्थिति पूर्ववत ही रहती है अतएव इस स्थिति में व्यापार नहीं होगा, इसी प्रकार 1 इकाई लिनन के बदले 1 इकाई गेहू कि विनिमय दर होने पर भी, क्योंकि सारा लाभ जर्मनी को मिल जाता है, अतएव निर्यात नहीं होंगे। वास्तविक स्थिति इन दोनों स्थितियों के बीच कहीं होना चाहिए।

मिल ने तुलनात्मक लागतों द्वारा निर्धारित सीमाओं के अन्दर उस निश्चित बिन्दु को निर्धारित करने के लिए जिस पर दो देशों व दो वस्तुओं के बीच विनिमय अनुपात (अथवा व्यापार की शर्तों) निश्चित होगा, मांग व पूर्ति के तार्किक मौलिक नियम का सहारा लिया। मिल ने कहा कि वास्तविक विनिमय दर का निर्धारण दोनों देशों की पारस्परिक मोल-तोल करने की शक्ति अर्थात् इनकी पारस्परिक मांग की लोच पर निर्भर करेगा। यदि किसी देश के पास अन्य देशों की वस्तुओं की मांग बहुत तीव्र है तो इस देश के लिए अन्तर्राष्ट्रीय व्यापार की शर्तें (अर्थात विनिमय दर) प्रतिकूल होगी। इसके विपरीत यदि इस देश के पास विदेशी वस्तुओं के लिए मांग कम तीव्र है और इस देश की वस्तुओं के लिए विदेशी मांग अधिक तीव्र है तो व्यापार की शर्तें (अर्थात् विनिमय की दर) इस देश के अनुकूल होगी। इस प्रकार वास्तविक विनिमय दर के निर्धारण में विभिन्न देशों की पारस्परिक मांग की लोच का बहुत ही महत्त्वपूर्ण स्थान है।

मिल के अनुसार व्यापार की दोनों वस्तुओं का विनिमय दर दोनों देशों में मांग के प्रभाव द्वारा, इस प्रकार से समायोजित होता है कि प्रत्येक देश के आयात उसके निर्यात को बिल्कुल चुका देंगे। मिल ने यह प्रदर्शित किया कि जिस बिन्दु पर निर्यातों का कुल मूल्य आयातों के कुल मूल्य के बराबर हो जाता है, वहीं पर साम्य स्थापित हो जाएगा। इसे अन्तर्राष्ट्रीय मांग का समीकरण कहा जाता है। अन्तर्राष्ट्रीय मांग का समीकरण संक्षेप में इस प्रकार है त्र "एक देश के उत्पादन का विनिमय दूसरे देशों के उत्पादन के साथ इस प्रकार के मूल्यों पर होता है कि उसके समूचे निर्यात उसके समूचे आयातों का ठीक-ठीक भुगतान कर दें। अन्तर्राष्ट्रीय मूल्यों का यह नियम उस सामान्य मूल्य नियम का ही केवल एक विस्तार है, जिसे हम पूर्ति व मांग का समीकरण कहते हैं। परन्तु समस्त व्यापार, चाहे वह विभिन्न देशों के बीच हो या व्यक्तियों के बीच हो, वस्तुओं की अदला-बदली ही है। उसमें वे जो वस्तु बेचते हैं उन्हीं में उनके खरीदने के साधन निहित होते हैं। इस प्रकार एक देश द्वारा उत्पादित वस्तुओं की पूर्ति में दूसरे देशों द्वारा उत्पादित वस्तुओं की मांग उस देश के लिए निहित होती है। इस प्रकार मांग और पूर्ति पारस्परिक मांग का ही दूसरा नाम है और यह कहना कि मूल्य अपने आपको इस प्रकार से समायोजित कर लेगा, जिससे कि मांग और पूर्ति बराबर हो जाए, वास्तव में यह देखने के तुल्य है कि मूल्य एक पक्ष की मांग को दूसरे पक्ष की मांग के बराबर करता है।"

हेबरलर ने इसे एक तालिका से स्पष्ट किया है—

हेबरलर द्वारा प्रस्तुत तालिका का विश्लेषण करने के पूर्व निम्न बातों को जान लेना आवश्यक है—

(1) पहले कालम में, अन्तर्राष्ट्रीय विनिमय अनुपात जिस सीमा में होना चाहिये, अर्थात् 1 इकाई गेहूँ के लिए 1.5 इकाई लिनन से 1 इकाई गेहूं के लिये 1 इकाई लिनन तक, यह तुलनात्मक लागतों द्वारा निर्धारित हैं, अन्य अनुपात मनमाने तौर पर चुन लिये गये हैं।

(2) दूसरे कालम की संख्याएं भी मनमाने तौर पर मान ली गई हैं। ये संख्याएँ (ऊपर से नीचे की ओर) किसी अन्य दर से भी बढ़ती हुई दिखाई जा सकती हैं या घटती हुई भी दिखाई जा सकती हैं परन्तु ऐसा तभी होगा (बाद वाली दशा) जबकि माँग बेलोच हो।

(3) तीसरे कालम की संख्याएँ, कालम 2 और 1 के गुणनफल I परिणाम हैं।

(4) चौथे कालम की संख्याएं भी मनमाने तौर पर, कालम 2 की भांति चुनी गई हैं। कालम 2 की अन्य विशेषताएं यहां भी लागू होती हैं।

(5) पांचवे कालम की संख्याएं, कालम 4 को कालम एक से भाग देने पर प्राप्त हुई हैं।

(6) छठे कालम में जर्मनी में मौद्रिक मजदूरी स्थिर मान ली गई है। अमेरिका में मौद्रिक मजदूरी की गणना इस मान्यता के आधार पर की गई है कि जर्मनी में 10 दिन के श्रम से 15 इकाई लिनन का उत्पादन होता है और अमेरिका में 10 दिन के श्रम से 20 इकाई गेहूँ का उत्पादन किया जाता है। गणनाएं इस तथ्य पर भी आधारित हैं कि विनिमय की जाने वाली मात्राओं की मौद्रिक लागतें हमेशा समान रहें।

(7) अमेरिका में गेहूं की एक इकाई की उत्पत्ति में लगे हुए श्रम (आधा दिन) की प्रतिदिन की मौद्रिक मजदूरी से गुणाकर, गणनाएं सातवें कालम में लिखी गई है।

(8) आठवें कालम की संख्याएं जर्मनी में एक इकाई लिनन की उत्पादन लागत प्रतिदिन की मौद्रिक मजदूरी को श्रम की मात्रा (1/1.5 दिन) से गुणा करके प्राप्त की गई हैं।

(9) सातवें कालम की संख्याओं को दूसरे कालम की संख्याओं से गुणाकर 9 वे कालम में लिखा गया है।

(10) आठवें कालम की संख्याओं को चौथे कालम की संख्याओं से गुणाकर 10 वे कालम में लिखा गया है।

इस प्रकार हेबरलर द्वारा प्रस्तुत तालिका में 1 से 5वें कालम तक दोनों देशों की अन्तर्राष्ट्रीय मांग वस्तुओं में व्यक्त की गई है। 6 से 10 तक के कालम में प्रत्येक गेहूँ लिनन अनुपात और मांग तालिकाओं के परिणाम मौद्रिक रूप में लिखे गये हैं। जर्मनी में मौद्रिक मजदूरी स्थिर मान ली गई है। यदि इस मान्यता का सहारा नहीं लिया जाता तो मौद्रिक यन्त्र सम्भवत: किसी अन्य दिशा में कार्य करता निरपेक्ष मौद्रिक आंकड़ों में परिवर्तन हो जाता परन्तु मौद्रिक मजदूरी का अनुपात और मौद्रिक कीमतों का अनुपात तथा मांग एवं पूर्ति अनुसूचियां अपरिवर्तित रहतीं। यदि मौद्रिक यन्त्र भिन्न तरह से कार्य करता है तो यह सही है कि वास्तविक सम्बन्ध वास्तव में ऐसे नहीं होते। परन्तु यहाँ हम यह मान लेने को बाध्य हैं कि मौद्रिक यन्त्र के कार्य करने से ये तत्त्व भिन्न प्रकार से कार्य नहीं करेंगे।

यदि विनिमय का अनुपात 1 इकाई गेहूँ के बदले 1.5 इकाई लिनन हो तो व्यापार नहीं होगा। अतएव दूसरी दशा 1 इकाई गेहूँ के बदले 1.4 इकाई लिनन से व्यापार प्रारम्भ होगा। यहाँ मौद्रिक मजदूरी जर्मनी में 1 डालर तथा अमेरिका में 1.87 डालर होगी। अतएव अमेरिका में, गेहूँ की कीमतें, देशी तथा निर्यात कीमतें दोनों ही, उत्पादन लागत के बराबर अर्थात् 934 डालर प्रति इकाई होगी और जर्मनी में लिनन की कीमतें 66.3 डालर प्रति इकाई होगी। अब यदि यह मान लें कि इस स्थिति में अमेरिका लिनन का आयात जर्मनी से करता है तो जर्मनी का भुगतान सन्तुलन अनुकूल हो जावेगा और मौद्रिक यन्त्र कार्य करने लगेगा। क्योंकि जर्मनी में मजदूरी की दर स्थायी मान ली गई हैं अतएव परिवर्तन अमेरिकन पक्ष में होंगे, इसका तात्पर्य यह है कि अमेरिका में मजदूरी की दर और गेहूँ की कीमतें कम होनी चाहिए। इससे अमेरिका में आयात हतोत्साहित होंगे एवं निर्यातों को प्रोत्साहन मिलेगा। ऐसा तब तक होता रहेगा जब तक की साम्य की स्थिति प्राप्त नहीं हो जाती अर्थात् 1 इकाई गेहूँ के बदले 13 इकाई लिनन विनिमय अनुपात प्राप्त नहीं हो जाता।

उपरोक्त विवेचन से स्पष्ट है कि–

(अ) दो देशों के मध्य होने वाले व्यापार के लिए अधिकतम व न्यूनतम विनिमय दरों (अर्थात् व्यापार की शर्तों) की दो सीमाएँ रहती हैं जो कि दो देशों की वस्तु की लागत अनुपातों (अर्थात् गृह लागत अनुपातों) के अनुसार निश्चित होती हैं।

(ब) अधिकतम और न्यूनतम विनिमय दरों के बीच वास्तविक विनिमय दर (अर्थात् व्यापार की वास्तविक शर्तें) दो देशों की व्रस्तु की सापेक्षिक मांग की लोच और तीव्रता पर निर्भर रहती है। अर्थात् यह दर पारस्परिक मांग द्वारा प्रभावित होती है जिसे मिल ने अन्तर्राष्ट्रीय मांग के समीकरण की संज्ञा दी है।

(स) साम्य की स्थापना उस विनिमय दर पर होती है जिस पर दो देशों की पारस्परिक मांगे बराबर हो जाती है। अन्य देशों में जिस बिन्दु पर निर्यातों का कुल मूल्य आयातों के कुल मूल्य के बराबर हो जाए, वहीं पर पर साम्य स्थापित हो जाएगा और एक स्थायी मूल्य सम्बन्ध विद्यमान हो सकेगा।

मिल को इस बात का श्रेय दिया जाना चाहिए कि उन्होनें यह अनुभव किया था कि दो वस्तुओं एवं दो देशों की मान्यता पर आधारित उनकी व्याख्या पूर्ण व सन्तोषजनक नहीं हो सकती। अत: उन्होनें दो से अधिक वस्तुओं के सम्बन्ध में व्यापार का विवेचन करते

हुए पारस्परिक मांग की भूमिका पर विशेष रूप से बल दिया है और उन्होंने अन्तर्राष्ट्रीय व्यापार के सिद्धान्त को दो से अधिक देशों पर विस्तृत किया। उन्होंने कहा कि बहुपक्षी-विनिमय भी होता है और एक ही साम्य बिन्दु के स्थान पर बहु-साम्य बिन्दु भी हो सकते हैं और अन्तर्राष्ट्रीय मूल्यों के निर्धारण एवं व्याख्या में और भी बहुत से नाजुक प्रश्न उपस्थित हो सकते हैं।

अन्तर्राष्ट्रीय व्यापार से किस देश को कितना अधिक लाभ होगा यह इस बात पर निर्भर करता है कि वास्तविक विनिमय अनुपात दो सम्भावित सीमाओं में से किसके निकट निश्चित होता है। यदि यह ऊपरी सीमा के पास है अर्थात् व्यापार प्रारम्भ होने के पूर्व जर्मनी में प्रचलित विनिमय अनुपात 1 इकाई गेहूँ के बदले 1.5 इकाई लिनन, तो लाभ का अधिकांश हिस्सा अमेरिका को प्राप्त होगा तथा जर्मनी के लाभ अपेक्षाकृत कम होंगे। यहाँ अमेरिका को 1 इकाई गेहूँ के बदले 1 इकाई लिनन के स्थान पर 1.5 इकाई लिनन या कुछ ही कम मिलता है। अमेरिका की मौद्रिक तथा वास्तविक मजदूरी प्रभावित होने लगती हैं। यदि विनिमय अनुपात निम्नतम सीमा 1 इकाई गेहूँ के बदले 1 इकाई लिनन के पास जो कि व्यापार प्रारम्भ होने के पूर्व अमेरिका में प्रचलित अनुपात था, निश्चित होता है, तो सारा लाभ जर्मनी को मिल जावेगा।

वास्तव में कौन सा विनिमय अनुपात निर्धारित होगा यह दोनों देशों की मांग और पूर्ति अनुसूचि पर निर्भर करता है। इन अनुसूचियों के दो भिन्नक पहलू हैं, दोनों ही अन्तिम परिणामों को प्रभावित करते हैं—

(अ) किसी दिये हुए अनुपात पर मांगी गई मात्रा का आकार (और पूर्ति की मात्रा का आकार भी) प्रत्येक देश की एक उत्पादक एवं बाजार के रूप में क्षमता पर निर्भर करता है,

(ब) मांग की लोच-विनिमय अनुपात में परिवर्तन (अर्थात तुलनात्मक कीमतों में कमी) के परिणामस्वरूप वृद्धि की मात्रा।

जब एक देश की शोषण क्षमता (Absorptive Capacity) दूसरे देश की तुलना में अधिक होती है तो दूसरे देश के अनुकूल अनुपात निर्मित हो जावेगा। उपरोक्त उदाहरण में कालम 4 व 5 में दिये गये अमेरिका के आंकड़े जर्मनी की तुलना में अमेरिका की शोषण क्षमता प्रदर्शित करते हैं तो अनुपात जर्मनी के पक्ष में कम होने लगेगा। उदाहरण के लिये यदि 1 इकाई गेहूँ के लिए 1.1 इकाई लिनन के अनुपात पर अमेरिका की माँग 1950 इकाई और अतएव पूर्ति 1500 इकाई होती तो जर्मनी इस स्थिति में नहीं होता कि वह अमेरिका की लिनन की सारी मांग को पूरा कर दे। अतएव अमेरिकी उत्पादन में आंशिक परिवर्तन ही होगा जोकि जर्मनी की गेहूँ की मांग की पूर्ति हेतु पर्याप्त हो। अमेरिका यद्यपि लिनन का आयात करेगा परन्तु लिनन का उत्पादन भी होता रहेगा, परन्तु पहिले की तुलना में कम होगा। जर्मनी लिनन के उत्पादन में पूर्णतः विशिष्टीकरण कर लेगा। अन्तर्राष्ट्रीय विनिमय अनुपात वही होगा जोकि अमेरिका में था अर्थात् 1 इकाई गेहूँ के बदले 1 इकाई लिनन और अन्तर्राष्ट्रीय श्रम विभाजन का सारा लाभ जर्मनी को प्राप्त हो जावेगा।

यही नतीजे तब भी प्राप्त हुए होते जबकि अमेरिका के केवल एक ही निर्यात वस्तु, मिर्च होती जिसकी मांग इतनी कम होती कि उपभोक्ताओं द्वारा मिर्च पर किया गया व्यय जर्मनी को निर्यात वस्तु, लिनन पर किये गये व्यय की तुलना में बहुत कम होता। तब अमेरिका इस बात के लिये बाध्य हो जाता कि वह लिनन के आयातों के अतिरिक्त देश में भी लिनन का उत्पादन करता और जर्मनी पूर्णत: लिनन में विशिष्टीकरण करते हुए अपनी सारी मिर्च सम्बन्धी मांग अमेरिका से आयातों द्वारा पूरा कर लेता।

यहाँ इस नियम का भी उल्लेख किया जाना चाहिये कि अन्य बातों के समान रहते हुए अनुपात उस देश के अनुकूल होगा जिसकी, दूसरे देश के द्वारा निर्यात की गई वस्तु के लिये, मांग कम लोचदार है और देश द्वारा निर्यात की जाने वाली वस्तुओं के लिए मांग अधिक लोचदार है। उपरोक्त तालिका के कालम 2 के आंकड़े धीरे-धीरे बढ़ते हैं, जर्मनी के द्वारा गेहूँ के आयात की मात्रा, इसकी तुलनात्मक कीमतों में कमी के कारण, धीरे बढ़ती है परिणामस्वरूप विनिमय अनुपात कम होता चला जाता है और 1.1 होने लगता है। यदि लिनन के लिये अमेरिका की मांग, इसकी तुलनात्मक कीमतों में कमी के कारण तेजी से बढ़ती है अर्थात् कालम चौथे के आंकड़े नीचे से ऊपर की ओर तेजी से बढ़ते हैं तो भी परिणाम उसी प्रकार होंगे।

सरल मान्यताओं के अन्तर्गत स्थिर लागतों पर विचार किया गया है या विनिमय के अन्तर्गत केवल दो ही वस्तुएं और दो ही देश लिये गये हैं, अतएव इनका त्याग कर व्याख्या का और अधिक विस्तार करने की आवश्यकता नहीं है। यातायात व्यय के सम्बन्ध में मिल का विचार है कि, "यातायात व्यय का विभाजन किस प्रकार किया जायगा यह निश्चित नहीं हैं, किन्तु यह कहा जा सकता है कि एक देश उस वस्तुओं का निर्यात करेगा जिनमें उसे अधिकतम लाभ है और उन वस्तुओं का आयात करेगा जिनमें उसे अधिकतम असुविधा होती है। इनके बीच अनेक वस्तुएं ऐसी हैं जिनका व्यापार इसलिये नहीं हो सकेगा कि सम्भावित लाभ यातायात व्ययों द्वारा ही समाप्त कर दिया जाता है।"

उपरोक्त सिद्धान्त को ही मिल ने अन्तर्राष्ट्रीय मांग का समीकरण कहा है कि मिल के अनुसार, "एक देश का उत्पादन अन्य देशों के उत्पादन से ऐसे मूल्यों पर, जो कि उसके कुल निर्यातों द्वारा कुल आयातों का भुगतान करने के लिये पर्याप्त हों, विनिमय किया जावेगा। अन्तर्राष्ट्रीय मूल्य का यह सिद्धान्त वास्तव में एक अधिक सामान्य सिद्धान्त—मूल्य सिद्धान्त का, जिसे मांग व पूर्ति का समीकरण कहते हैं, विस्तार मात्र हैं।"

मिल के सिद्धान्त की समालोचना

अपने उपरोक्त सिद्धान्त में मिल ने, व्यापार से लाभों की गणना करने के सम्बन्ध में माँग पर विशेष ध्यान दिया। व्यापार करने वाले देशों के बीच, व्यापार की शर्तों पर मांग सम्बन्धी दशाओं के प्रभाव के द्वारा व्यापार का लाभ किस प्रकार वितरित हो जाता है इसकी व्याख्या की। परन्तु उनके विश्लेषण की आलोचना भी की जाती है। सर्वप्रथम तो मार्शल का

कहना यह है कि उपरोक्त विश्लेषण में पूर्ति प्रभावों की उपेक्षा की गई है। मिल के सिद्धान्त की आलोचना करते हुए प्रो. मार्शल ने कहा है कि उन्होंनें पूर्ति सम्बन्धी स्थितियों की उपेक्षा की है। वास्तव में पूर्ति सम्बन्धी दशाएं भी व्यापार शर्तों को प्रभावित करती है।

पूर्ति सम्बन्धी दशाएं भी व्यापार की शर्तों को प्रभावित करती हैं। मार्शल के शब्दों में विदेशी वस्तुओं के लिये इसकी जनसंख्या की इच्छाओं की लोच द्वारा, वरन् इसकी अपनी विभिन्न प्रकार की वस्तुओं की पूर्तियों को विदेशी बाजारों की मांग के साथ समायोजित करने की क्षमता द्वारा भी प्रभावित होती है। व्यापार से बड़े देशों को छोटे देशों की अपेक्षा लाभ कम होना आवश्यक नहीं है। मिल का कथन था कि छोटे देश विदेशी व्यापार पर अधिक निर्भर रहते हैं। और इस कारण उन्हें बड़े देशों की अपेक्षा विदेशी व्यापार में अधिक लाभ होता है।

इस कारण से भी मार्शल ने मिल की आलोचना की है कि व्यापार से बड़े देशों को छोट देशों की तुलना में कम लाभ प्राप्त होता है क्योंकि बड़े देशों की मांग विदेशी वस्तुओं के लिये अधिक होती है तथा इस कारण विनिमय अनुपात में उनके प्रतिकूल परिवर्तन हो जाता है। निःसन्देह यह सम्भव है कि छोटे देश विदेशी व्यापार पर अधिक निर्भर होने के कारण अधिक लाभ प्राप्त कर सकते हैं परन्तु मार्शल के अनुसार एक धनी देश भी

(अ) नई वस्तुओं का प्रचलन कर सकता है,

(ब) विस्तृत एवं सुसंगठित व्यापारिक सम्बन्धों से लाभ उठा सकता है,

(स) एक विशेष वस्तु के बाजार में उस वस्तु की बिक्री करने के स्थान पर नये बाजार खोज सकता हैं और निर्धन देशों की अपेक्षा वह विभिन्न बाजारों की मांग के अनुसार अपने उत्पादन को अच्छी तरह से समायोजित करने की स्थिति में होता है।

(द) यही नहीं कोई देश अपनी व्यापार की शर्तों में सुधार करने के लिये आयातों पर प्रतिबन्ध भी लगा सकता है। इस प्रकार व्यापार की मात्रा में कमी आ जाती है और उत्पत्ति के साधनों का सर्वोत्तम वितरण न होने के कारण हानि होने लगती है।

मार्शल द्वारा अन्तर्राष्ट्रीय मूल्यों के सिद्धान्त का सामान्यीकरण

(Marshall's Generalisation of the Theory of International Value)

प्रत्येक देश विभिन्न प्रकार की वस्तुओं का आयात-निर्यात करता है परन्तु कौन-सी वस्तुएं आयात की जाएगी और कौन-सी निर्यात की जाएंगी इन दो प्रकार की वस्तुओं में विभाजन रेखा निश्चित नहीं होती, इसे निर्धारित करना होता है। प्रत्येक देश की मांग व पूर्ति का पता लगाना भी कठिन है, क्योंकि वस्तुओं की श्रेणी स्थिर नहीं है।

इस कठिनाई को दूर करने के लिए मार्शल ने एक इकाई को सब निर्यात वस्तुओं का प्रतिनिधि मान लिया है। मार्शल के शब्दों में, "यह मानना अधिक श्रेष्ठ प्रतीत होता है कि प्रत्येक देश अपने निर्यातों को प्रतिनिधि गांठों में बनाता है, अर्थात् ऐसी गांठे जिनमें प्रत्येक उसके विभिन्न प्रकार के श्रमों के समांग कुल विनियोगों का प्रतिनिधित्व करे।" उन्होंने जर्मनी

के निर्यातों को जर्मन वस्तुओं की प्रतिनिधि गांठों एवं इंग्लैण्ड के निर्यातों को इंग्लैण्ड की वस्तुओं की प्रतिनिधि गांठों के रूप में व्यक्त किया है। इन्हें क्रमशः G गांठों एवं E गाँठों की संज्ञा दी है।

अपने सिद्धान्त के लिए मार्शल ने कुछ मान्यताएं स्वीकार की हैं-

(1) केवल दो देश हैं जो आपस में व्यापार करते हैं और वे किसी अन्य देश के साथ व्यापार नहीं करते।

(2) प्रत्येक देश वस्तु को दूसरे की सीमओं तक पहुंचाने की लागत सहन करता है और इसके बाद ही वस्तु की कीमत निर्धारित की जाती है अथवा व्यापार का व्यवहार दो देशों के व्यापारियों के बीच बराबर विभाजित किया जाता है। यह मान्यता यातायात व्यय के विचार विमर्श को अलग रखने का प्रयास करती है।

(3) कोई देश व्यापार से उत्पन्न होने वाले भुगतानों के अतिरिक्त किसी भुगतान को करने के लिए बाध्य नहीं है। इस मान्यता के द्वारा पूंजी को गति द्वारा उत्पन्न उलझनों को दूर किया जाता है।

(4) प्रत्येक व्यापारी अपने निर्यात के बदले प्राप्त होने वाले सामान को अपने देश में वापस लाता है और अपने निर्यात के विरूद्ध कोई बिल नहीं रखता। इससे विदेशी मुद्रा की समस्या हल हो जाती है।

(5) प्रत्येक देश की मुद्रा का मूल्य केवल उसकी घरेलू अर्थव्यवस्था में ही है।

मार्शल ने अन्तर्राष्ट्रीय व्यापार के ढांचे के निर्धारकों के रूप में मांग व पूर्ति दोनों के संयुक्त कार्यवाहन पर बहुत बल दिया। मार्शल के शब्दों में, "दो देशों के बीच होने वाले व्यापार में किसी को भी केवल मांग या पूर्ति से ही विशेष रूप से सम्बद्ध नहीं किया जा सकता। प्रत्येक की मांग उसके निवासियों की विदेशों से कुछ वस्तुएं प्राप्त करने की इच्छा से उत्पन्न होती है और उसकी पूर्ति का मूल उन वस्तुओं को, जो कि अन्य देशों के लोग लेना चाहते हैं, उत्पन्न करने की सुविधाओं में छिपा है। परन्तु उसकी मांग व्यापार को जन्म देने में सामान्यतः केवल उस सीमा तक ही प्रभावशाली है जहां तक उसके पीछे उपयुक्त वस्तुओं की पूर्ति की आड़ है और उसकी पूर्ति उस सीमा तक सक्रिय होती है जहां तक कि विदेशी वस्तुओं के लिए उसकी मांग विस्तृत है।"

मार्शल ने मिल के समीकरण की आलोचना करते हुए मिल के मांग सम्बन्धी विश्लेषण को पूर्ति विश्लेषण से सम्बद्ध करने का प्रयास भी किया है। उन्होंने सम्बन्धित समस्याओं को समझाने के लिये रेखा चित्रों का प्रयोग किया है।

मार्शल ने अन्तर्राष्ट्रीय व्यापार के निर्धारण में मांग और पूर्ति दोनों पर बल दिया है। उन्होंने नीचे दी गयी तालिका के माध्यम से जर्मनी और इंगलैण्ड के बीच व्यापार की सम्भावनाओं को दिखाया हैं।

तालिका

व्यापार की शर्तें (100-E गांठों के बदले मिलने वाली G-गांठे)	जर्मन गांठों के लिए इंगलैण्ड की मांग	E-गांठों की इंगलैण्ड द्वारा पूर्ति	कीमत 100-E गांठों के लिए G गांठो में	जर्मनी द्वारा G गांठों की पूति (3) के विनिमय में
1	2	3	4	5
10	1,000	10,000	230	23,000
20	4,000	20,000	275	35,000
30	9,000	30,000	143	42,900
35	14,000	40,000	122	48,800
40	20,000	50,000	108	54,000
46	27,600	60,000	95	57,000
55	28,500	70,000	86	60,200
68	54,400	80,000	$82\frac{1}{2}$	66,000
78	70,200,	90,000	78	70,200
83	83,000	1,00,000	76	76,000
86	94,600	1,10,000	$74\frac{1}{2}$	81,950
$88\frac{1}{2}$	1,06,200	1,20,000	$73\frac{1}{2}$	88,500

उपर्युक्त तालिका में खण्ड 1–3 में इंग्लैण्ड की मांग तालिका व्यक्त की गयी है अर्थात् यह उन शर्तों की सूची है जिन पर इंग्लैण्ड व्यापार करने को तैयार है तथा खण्ड 3–5 में जर्मनी की मांग तालिका प्रस्तुत की गयी है अर्थात् यह उन शर्तों की सूची है जिन पर जर्मनी व्यापार करने को तैयार है। तालिका से स्पष्ट है कि इंगलैण्ड 1,000 जर्मनी की गांठों के बदले 10,000 गांठ देने को तैयार है, किन्तु जर्मनी 10,000 E गांठों के बदले 23,000 गांठ देने को तैयार है अर्थात G गांठों की पूर्ति मांग से बहुत अधिक है। दूसरी पंक्ति में, इंगलैण्ड, 4,000 G गांठों के बदले 20,000 गांठ देने को तैयार है, किन्तु जर्मनी 20,000 E गांठों के बदले 35,000 गांठे देने को तैयार है अर्थात् यहां भी G गांठों की पूर्ति मांग से अधिक है। अन्तिम पंक्ति में इंगलैण्ड 1,06,200 जर्मनी की गांठों के बदले 1,20,000 गांठे देने को तैयार है, किन्तु जर्मनी 1,20,000 गांठों के बदले केवल 88,500 गांठ देने को तैयार है अर्थात् G गांठों की मांग, पूर्ति की अपेक्षा अधिक है, किन्तु जब इंगलैण्ड 70,200 G गांठों के बदले 90,000 गांठे देने को तैयार हो जाता है तो यहां साम्य की अवस्था प्राप्त हो

जाती है क्योंकि जर्मनी भी 90,000 E गांठों के बदल 70,200 G गांठे देने को तैयार है। यहां जर्मनी एवं इंगलैण्ड के बीच विनिमय अनुपात 78 : 100 गांठे होगा क्योंकि इसी विनिमय अनुपात पर मांग और पूर्ति बराबर है।

हेबरलर का मत है कि मार्शल द्वारा दी गयी अनुसूचियां सामान्य मांग और पूर्ति अनुसूचियों की भांति ही हैं। जैसे-जैसे E गांठों में G गांठों की कीमत गिरती जाती है, G गांठों के लिए E की मांग G गांठों की पूर्ति की तुलना में अधिक बढ़ती जाती है और अन्त में पूर्ति की अपेक्षा बहुत अधिक हो जाती है। इस प्रकार, ये वास्तव में पारस्परिक मांग अनुसूचियां ही है और अन्हें प्राय ग्राफ द्वारा प्रदर्शित किया जाता है। पारस्परिक मांग वक्रों को मार्शल-एजवर्थ का प्रस्ताव वक्र भी कहते हैं।

(अ) X अक्ष में E देश द्वारा पूर्ति की जाने वाली E गांठों को प्रदर्शित किया गया है तथा Y अक्ष में E देश की G गांठों की मांग (अर्थात G गांठों की कुल संख्या जिसके बदले में E देश निश्चित E गांठे देने को तैयार है) दिखाया गया है।

(ब) OE वक्र इंग्लैण्ड का प्रस्ताव वक्र हैं जो यह प्रदर्शित कर रहा है कि इंग्लैण्ड किस शर्त पर व्यापार करने को इच्छुक है। अर्थात् यह इंग्लैण्ड का पूर्ति-मांग वक्र है। OE वक्र को इंग्लैण्ड का G गांठों का मांग वक्र व इंग्लैण्ड के E गांठों का पूर्ति वक्र दोनों ही कहा जा सकता है। सरल शब्दों में यह वक्र यह प्रदर्शित कर रहा कि E देश G गांठों के बदले में कितनी E गांठे देना चाह रहा है। यह वक्र X अक्ष के उन्नतोदर है। इसका अर्थ यह है कि इंग्लैण्ड G गांठों की प्रत्येक इकाई का E गांठों की घटती हुई मात्रा से विनिमय करता है। अर्थात् जैसे-जैसे E देश के पास G गांठों की मात्रा बढ़ती जाती है वह अधिक G गांठों के बदले में कम E गांठों को देना चाहता है। इसका कारण यह है कि (G) जैसे-जैसे E देश के पास G गांठो की मात्रा बढ़ती चली जाती है, वैसे वैसे ही E गांठों के रूप में वह G गांठों को कम महत्त्व देता है। इसके विपरीत जिस वस्तु का विनिमय किया जा रहा है (यहां पर E गांठ है) उसका महत्त्व उसकी मात्रा की प्रत्येक कमी के साथ बढ़ता जाता है। यही कारण है कि प्रत्येक अतिरिक्त G गांठ के लिए वह पहले की अपेक्षा कम E गांठ देने को तैयार रहता है।

(स) OG वक्र जर्मनी का प्रस्ताव वक्र है जो यह प्रदर्शित कर रहा है कि G देश E गांठों के बदले में कितनी G गांठे देना चाहता है। जैसे-जैसे G देश की पास E गांठों की मात्रा बढ़ती जाती है वह भी अधिक E गांठों के बदले में कम G गांठे देना चाहता है।

(द) ये दोनों प्रस्ताव वक्र दोनों देशों के पारस्परिक मांग वक्र कहलाते हैं। ये दोनों वक्र जहां पर एक दूसरे को काटते हैं, वह बिन्दु इन दोनों देशों के बीच व्यापार की शर्त का निर्धारण करेगा। उपरोक्त चित्र में OE तथा OG वक्रो का प्रतिछेदन या कटान बिन्दु P है। इस बिन्दु पर अन्तर्राष्ट्रीय विनिमय अनुपात (अथवा व्यापार की शर्त) OQ E गांठे = OA G गांठे। जब मांग की दशाएं सामान्य होती है तब दोनों वक्र एक-दूसरे को केवल एक बिन्दु पर ही काटते हैं जिसे व्यापार का साम्य बिन्दु कहते हैं। उपरोक्त चित्र में साम्य बिन्दु P है। इस बिन्दु पर E देश की मांग व पूर्ति तथा G देश की मांग व पूर्ति के बराबर है। P बिन्दु के अतिरिक्त अन्य किसी भी बिन्दु पर E तथा G की मांग पूर्ति असमान होगी।

(य) OS व OT रेखाएं क्रमशः स्थिर-लागत की मान्यता पर इंगलैण्ड व जर्मनी की E गांठो व G गांठों के गृह उत्पादन लागत अनुपात प्रदर्शित कर रही है। प्रस्ताव वक्र इन्हीं सीमा रेखाओं के बीच स्थिर है अर्थात् व्यापार शर्त का साम्य इन्हीं दो रेखाओं के बीच रहेगा। व्यापार की शर्त जब इन दोनों रेखाओं के बीच निश्चित होती है तब दोनो देश लाभान्वित होते हैं, फिर भी इस लाभ का बड़ा अंश एक देश को और छोटा अंश दूसरे देश को प्राप्त होता है। यदि व्यापार की शर्त इन सीमा-रेखाओं के बाहर स्थित होती है तो उस दशा में किसी भी एक देश को दोनों वस्तुओं के गृह उत्पादन में ही अधिक लाभ होगा, अतः वह वस्तुओं का आयात नहीं करेगा। इस प्रकार दोनों देशों के बीच व्यापार नहीं होगा।

सामान्य मांग व पूर्ति वक्र व मार्शल के वक्र में सम्बन्ध —साधारण मांग वक्र विभिन्न मूल्यों पर वस्तुओं की भिन्न भिन्न मात्राओं को प्रदर्शित करती है। यह सामान्यतः बाएं से दांए और ऊपर से नीचे की ओर झूकती रहती है। कीमत घटती है तो मांग की मात्रा बढ़ती है उसी प्रकार साधारण पूर्ति वक्र भिन्न भिन्न कीमतों पर पूर्ति की मात्राओं को प्रदर्शित करती है। यह वक्र बाएं से दाएं नीचे से ऊपर की ओर झूकती रहती है। कीमत बढ़ती है तो पूर्ति भी बढ़ती है। मार्शल का वक्र किसी वस्तु की मांग को किसी अन्य वस्तु की पूर्ति में व्यक्त करता है। मार्शल के वक्र का Y नियमक अमुक वस्तु की प्रति इकाई मूल्य ही प्रदर्शित नहीं करती है। बल्कि X अक्ष पर प्रदर्शित वस्तु के विनिमय द्वारा प्राप्ति को दर्शाती है। मार्शल का वक्र कुल आय तथा कुल लागत को प्रदर्शित करती है और जबकि साधारण मांग पूर्ति की औसत आय या औसत लागत बताती है।

मार्शल के वक्र द्वारा सम्पूर्ण अन्तर्राष्ट्रीय व्यापार की प्रक्रिया का ज्ञान होता है जबकि साधारण वक्रों द्वारा मौद्रिक कीमत तथा वस्तुओं के परिमाणों के सम्बन्ध का पता चलता है। मार्शल के वक्रों से सम्पूर्ण चित्र तथा साधारण वक्रों द्वारा आर्थिक चित्र का बोध होता है। मांग की साधारण वक्र रेखा विभिन्न मूल्यों पर एक वस्तु की मांग की विभिन्न मात्राओं को अभिव्यक्त करती है।

मार्शल के **विश्लेषण की समालोचना**

ग्राहम ने मार्शल की इसलिए आलोचना की है कि उन्होनें पारस्परिक मांग का अत्यधिक महत्त्व बताया और व्यापार की शर्तों के निर्धारण में तुलनात्मक लागत दशाओं का महत्त्व बिल्कुल ही भुला दिया।

मार्शल के विश्लेषण की इसलिये भी आलोचना की जाती है कि पारस्परिक माँग को व्यक्त करने के लिए प्रतिनिधि गांठों का सहारा लिया क्योंकि परस्पर मांग व्यक्तिगत वस्तुओं के लिए होती है न कि वस्तुओं की गाँठों के लिए। गाँठों की बनावट स्थिर नहीं रहती है। ग्राहम के उपरोक्त तर्क को स्वीकार करते हुए वाइनर कहते हैं कि ऐसा इसलिए किया कि और कोई श्रेष्ठ विकल्प उपलब्ध नहीं था।

हेबरलर का मत हैं कि मार्शल ने पारस्परिक मांग अनुसूचियों को ही ई और ज गांठों के रूप में ग्राफ पर दिखाया है।

बाद के अर्थशास्त्रियों ने, इनमें एजवर्थ का नाम उल्लेखनीय है, मार्शल के बक्रों का विस्तृत उपयोग किया है। परन्तु यह कहा जाता है कि ये वक्र कभी-कभी जितना बताते हैं उससे अधिक छिपा रखते हैं। उदाहरण के लिए प्रतिनिधि गांठों की वस्तु रचना के परिवर्तनों की तह में व्यापारिक ढांचे से सम्बन्धित जटिल परिवर्तन छिपे हुए हैं।

परिक्षापयोगी प्रश्न

1. अन्तर्राष्ट्रीय व्यापार की व्याख्या के रूप में तुलनात्मक लागत सिद्धान्त को समझाइए?
2. "अपने देश की लागत की तुलना में विदेशों से सस्ता सामान खरीदना लाभदायक है", क्या यह तुलनात्मक लागत के अनुरूप है? समझाइए।
3. तुलनात्मक लागत सिद्धान्त की आलोचनात्मक विवेचना कीजिए? यह अन्तर्राष्ट्रीय श्रम-विभाजन कहां तक स्पष्ट करता है?
4. तुलनात्मक लागत सिद्धान्त की कौन-सी मान्यताएं हैं? उन्हें हटाने पर क्या यह सिद्धान्त लागू हो सकता है?
5. तुलनात्मक लागत सिद्धान्त की विभिन्न आलोचनाओं को समझाते हुए उनका परीक्षण कीजिए?
6. "लागत अनुपातों में अन्तर होना ही अन्तर्राष्ट्रीय व्यापार का आधार है।" इस कथन की व्याख्या कीजिए?
7. "जब तक तुलनात्मक लागतों में अन्तर नहीं होगा अन्तर्राष्ट्रीय व्यापार के लिए कोई प्रोत्साहन नहीं होगा किन्तु जब तक लागतों में अन्तिम रूप से समानता स्थापित नहीं होती, अन्तर्राष्ट्रीय व्यापार का कोई अन्त नहीं होता।" इस कथन की तर्कपूर्ण विवेचना कीजिए।
8. प्रतिष्ठित अन्तर्राष्ट्रीय व्यापार सिद्धान्त की रूपरेखा प्रस्तुत कीजिए और बताइए कि आप इसे आधुनिक जगत के अन्तर्राष्ट्रीय व्यापार की व्याख्या के लिए कहां तक पर्याप्त मानते हैं?

7

अन्तर्राष्ट्रीय व्यापार से प्राप्तियाँ
(Gains from International Trade)

अन्तर्राष्ट्रीय व्यापार का मूल आधार विभिन्न देशों के मूल्यों में पाई जाने वाली विभिन्नता है। पुरातन अर्थशास्त्रियों ने उत्पादक लागतों में निरपेक्ष और सापेक्षिक अन्तर को अन्तर्राष्ट्रीय व्यापार का प्रमुख कारण माना है। कुछ देश प्राकृतिक साधनों की पर्याप्तता या जलवायु की अनुकूलता अथवा श्रम की कुशलता के कारण दूसरे देशों के मुकाबले वस्तुओं का कम लागत पर उत्पादन कर सकते हैं तो उसकी लागतों में निरपेक्ष अन्तर माना जाता है। कभी-कभी कुछ देश अनेक वस्तुओं को कम लागत पर बना सकते हैं फिर भी दोनों या अनेक वस्तुओं को उत्पादित न कर केवल उनमें विशिष्टीकरण अपनाते हैं जिनमें वे तुलनात्मक दृष्टि से अधिक कुशल होते हैं। प्रो. ऐलीहेक्सर तथा ओहलिन ने पुरातन अर्थशास्त्रियों के द्वि-साधन मॉडल के स्थान पर बहु-साधन अपनाया। इन सब विश्लेषणों से यही निष्कर्ष निकलता है कि सब देशों में श्रम-विभाजन एवं विशिष्टीकरण को तब तक प्रोत्साहन मिलता है जब तक कि अन्तर्राष्ट्रीय व्यापार से दोनों देशों को लाभ की प्राप्ति होती है।

अन्तर्राष्ट्रीय व्यापार से प्राप्ति का अर्थ - अन्तर्राष्ट्रीय व्यापार के फलस्वरूप विशिष्टीकरण की प्रक्रिया प्रारम्भ होती है और विशिष्टीकरण के कारण अन्तर्राष्ट्रीय उत्पादन, आय और रोजगार में जो वृद्धि होती है वह ही अन्तर्राष्ट्रीय व्यापार की प्राप्तियाँ हैं। प्रो. टॉजिंग के अनुसार, "अन्तर्राष्ट्रीय व्यापार से वह देश सर्वाधिक लाभ प्राप्त करता है जिसके निर्यातों की माँग सर्वाधिक है और वह स्वयं दूसरे देशों के निर्यातों की माँग बहुत कम रखता हो। जो दूसरे देशों के उत्पादनों की सर्वाधिक माँग रखता है उसे सबसे कम प्राप्तियाँ होती हैं।"

अन्तर्राष्ट्रीय व्यापार से प्राप्तियों की गणना के आधार

अन्तर्राष्ट्रीय व्यापार में प्राप्तियों की गणना के भिन्न-भिन्न आधार हैं। प्रतिष्ठावादी अर्थशास्त्रियों ने अन्तर्राष्ट्रीय लाभ की गणना में तीन दृष्टिकोण अपनायें हैं। पहला, एक राष्ट्र की आय को तुलनात्मक लागत के आधार पर मापा जा सकता है। दूसरा, इसे राष्ट्रीय आय की वृद्धि के आधार पर नापा जाये तथा तीसरा उसे अन्तर्राष्ट्रीय वितरण के सूची-पत्र एवं प्राप्ति की

प्रकृति के आधार पर मापा जा सकता है। आधुनिक विचारधारा के अनुसार अन्तर्राष्ट्रीय व्यापार की प्राप्तियों की गणना अनेक आधारों पर की जाती है-

(1) तुलनात्मक लागतों के आधार पर दो देशों में अन्तर्राष्ट्रीय व्यापार से प्राप्तियों का स्पष्टीकरण निम्न उदाहरण से होता है-

तुलनात्मक लागत

(सीमान्त लागत प्रति क्विंटल रूपये में)

देश	गेहूँ	कपास
भारत	100	200
अमेरिका	40	60

गेहूँ और कपास का लागत अनुपात भारत में 1 : 2 है तथा अमेरिका में 1 : 1.5 है। अमेरिका भारत की अपेक्षा दोनों वस्तुओं का उत्पादन सस्ता कर सकता है। किन्तु तुलनात्मक लाभ गेहूँ की उत्पत्ति की अपेक्षाकृत कपास की उत्पत्ति में अधिक है। भारत के लिए दोनों वस्तुओं का उत्पादन महँगा पड़ता है परन्तु हानि की दृष्टि से गेहूँ के उत्पादन में हानि अपेक्षाकृत कम है। अत: भारत गेहूँ में और अमेरिका कपास में विशिष्टीकरण करेंगें। भारत को गेहूँ के बदले अमेरिका से कपास आयात करने में तब तक लाभ रहेगा जब तक कि 1 क्विटंल गेहूँ के बदले 0.5 क्विटंल कपास से अधिक मिलता है और इसी प्रकार अमेरिका के लिए भी कपास के बदले गेहूँ का आयात करना तब तक लाभप्रद रहेगा जब तक कि 2/3 क्विटंल कपास के बदले एक किंवटल गेहूँ प्राप्त होता रहे।

अगर दोनों देशों में अन्तर्राष्ट्रीय व्यापार न होता और दोनों देश दोनों प्रकार की वस्तुओं का उत्पादन करते तो दोनों देशों द्वारा श्रम और साधनों की दो-दो इकाइयों से निम्न उत्पादन होता -

भारत में उत्पादन	= 1 क्विटंल गेहूँ + 0.5 किंवटल कपास
अमेरिका में उत्पादन	= 1 किंवटल गेहूँ + 2/3 किंवटल कपास
कुल उत्पादन	= 2 किंवटल गेहूँ + 1.1/6 किंवटल कपास

पर अगर दोनों देश एक-एक वस्तु में विशिष्टता प्राप्त करें और उत्पादन की दोनों इकाइयों को एक ही वस्तु के उत्पादन में लगाया जाए तो दोनों देशों में उत्पादन इस प्रकार होगा -

भारत में उत्पाद	= 2 किंवटल गेहूँ + 0 किंवटल कपास
अमेरिका में उत्पादन	= 0 किंवटल गेहूँ + 1.13 किंवटल कपास
संयुक्त उत्पादन	= 2 किंवटल गेहूँ + 1.13 किंवटल कपास

दोनों परिस्थितियों की तुलना से स्पष्ट है कि अन्तर्राष्ट्रीय व्यापार से विशिष्टीकरण की दशा में 1/6 किंवटल कपास की उत्पत्ति अधिक हुई है। यही अन्तर्राष्ट्रीय व्यापार का लाभ है और इसी कारण अन्तर्राष्ट्रीय व्यापार का उदय हुआ है।

(2) अन्तर्राष्ट्रीय व्यापार की प्राप्तियों को अन्तर्राष्ट्रीय व्यापार के अभाव में होने वाली हानि से भी मापा जा सकता है। यदि तकनीकी विकास या अन्य किसी कारण से वस्तु का उत्पादन दूसरे देश की अपेक्षा कम लागत पर किया जा सकता है, तो उस वस्तु को विदेशों से मँगाने में कोई प्राप्ति नहीं होगी।

(3) जब कुछ वस्तुओं का घरेलू स्तर पर उत्पादन करना असम्भव हो या बहुत महंगा पड़ता हो तो अन्तर्राष्ट्रीय व्यापार से प्राप्ति भी अधिक होगी। यह उस अन्तर के बराबर होगा जो आयातित वस्तुओं के प्राप्त होने वाले सन्तोष तथा निर्यात की जाने वाली वस्तुओं से किये जाने वाले त्याग के बीच पाया जाता है।

(4) द्रव्य आय के स्तर के आधार पर भी अन्तर्राष्ट्रीय व्यापार के लाभ की मात्रा ज्ञात की जा सकती है। जिन देशों के उत्पादनों की मांग अन्य देशों में अधिक होती है उस देश की द्रव्य आय का स्तर भी ऊँचा होता है और इसके विपरीत जिस देश में विदेशी वस्तुओं की माँग अधिक होती है उस देश का आय स्तर नीचा हो जाता है। अत: दो देशों के आय स्तर से अधिक ऊँचे स्तर वाले देश को अधिक लाभ और नीचे आय स्तर वाले देश को कम लाभ होता है।

(5) व्यापारिक शर्तों के आधार पर भी अन्तर्राष्ट्रीय व्यापार प्राप्ति का साधारण ज्ञान हो सकता है। जो देश अनुकूल व्यापारिक शर्तों पर अन्तर्राष्ट्रीय व्यापार में संलग्न है, उस देश का लाभ उस देश की अपेक्षाकृत ऊँचा हो जाता है जो प्रतिकूल शर्तों पर अन्तर्राष्ट्रीय व्यापार में संलग्न है।

(6) निर्यातों की वास्तविक उत्पादन लागत में परिवर्तन भी अन्तर्राष्ट्रीय लाभ को जन्म देता है। अगर लागत घटती है तो लाभ बढ़ता है और लागत बढ़ती है तो लाभ घटता है।

(7) अन्तर्राष्ट्रीय व्यापार की मात्रा बढ़ने पर अन्तर्राष्ट्रीय व्यापार से मिलने वाली प्राप्तियाँ बढ़ती हैं और अन्तर्राष्ट्रीय व्यापार घटने से अन्तर्राष्ट्रीय लाभ प्राप्तियाँ भी कम हो जाती हैं। यही कारण है कि अन्तर्राष्ट्रीय मुद्राकोष विभिन्न देशों में विदेशी व्यापार पर लगाये गये प्रतिबन्धों को कम से कम करने तथा अन्तर्राष्ट्रीय व्यापार की अभिवृद्धि में सतत प्रयत्नशील है।

(8) अन्तर्राष्ट्रीय व्यापार की संरचना में परिवर्तन अन्तर्राष्ट्रीय व्यापार की संरचना से भी कुछ सीमा तक अन्तर्राष्ट्रीय लाभ की गणना की जा सकती है। अगर देश कच्चे माल तथा प्राथमिक वस्तुओं का निर्यात करता है तो उसका लाभ कम रहता है पर निर्मित, मशीनरी तथा आधारभूत वस्तुओं का निर्यात करता है तो अधिक लाभ मिलता है।

अन्तर्राष्ट्रीय व्यापार के लाभ की मात्रा को प्रभावित करने वाले घटक

अन्तर्राष्ट्रीय व्यापार में संलग्न देशों को लाभ प्राप्त होता है पर लाभ की मात्रा पर कुछ महत्त्वपूर्ण घटक प्रभाव डालते हैं। प्रो. टॉजिंग के अनुसार किसी देश को मिलने वाला लाभ दो बातों पर निर्भर करता हैं - (अ) व्यापार की शर्तें, तथा (ब) निर्यात की वस्तुओं के उत्पादन में श्रम की कार्यक्षमता। सामान्यत: लाभ की मात्रा को प्रभावित करने वाले घटक या तत्त्व निम्न हैं -

(1) अन्तर्राष्ट्रीय व्यापार में लाभ की मात्रा दोनों देशों में एक जैसी वस्तुओं के उत्पादन लागतों के तुलनात्मक अन्तर पर निर्भर करती हैं। उत्पादन लागत में तुलनात्मक अन्तर जितना अधिक होगा, उतनी ही लाभ की मात्रा अधिक होगी। प्रो. हेराडे के शब्दों में, "देश को विदेशी व्यापार में तब लाभ होता है जब उस देश के व्यवसायियों को यह अनुभव हो कि उनके देश में वस्तुओं के मूल्यों का जो अनुपात प्रचलित है उससे कहीं अधिक भिन्न मूल्य अनुपात विदेशों में विद्यमान है तो वे उन वस्तुओं को जो उन्हें सस्ती प्रतीत होती है, खरीदते हैं और जो वस्तुएँ महँगी प्रतीत होती हैं, बेचते हैं। उनकी दृष्टि में इन ऊँचे और नीचे मूल्यों में जितना अन्तर होगा और जितनी महत्त्वपूर्ण वस्तुयें होगी उतना ही व्यापार में अधिक लाभ होगा।"

(2) प्रो. टॉजिंग के शब्दों में, "अन्तर्राष्ट्रीय व्यापार से उन देशों को सर्वाधिक लाभ होता है जिनके माल की विदेशों में बहुत माँग है और जो स्वयं अन्य देशों के माल की कम से कम माँग करते हैं।" यह स्पष्ट करता है कि आयात माँग की तीव्रता में कठोर शर्तों की पूर्ति करवा कर अधिक लाभ कमाया जा सकता है और माँग की तीव्रता कम होने पर निर्यातकों को आयातकों की शर्तों के सामने झुकना पड़ता है। इससे कम लाभ होता है।

(3) जो देश अपनी प्रभावी विज्ञापन कला से माल भेजने में नियमितता तथा विक्रय संगठन की सुव्यवस्था से अधिकाधिक ग्राहकों को माल निर्यात करने में सफल होत हैं, उन्हें, निश्चित रूप से अधिक लाभ प्राप्त होगा। इसके विपरीत अगर विज्ञापन व्यवस्था कमजोर, विक्रय व्यवस्था, असंगठित तथा माल भेजने में अनियमितता है तो माल की बिक्री कम होने से लाभ भी कम होगा।

(4) जिन देशों के लोगों का आय का स्तर ऊँचा है उनको अधिक लाभ प्राप्त होगा और आय स्तर नीचा होने पर अन्तर्राष्ट्रीय लाभ की मात्रा भी कम हो जायेगी।

(5) आयात-निर्यात की जाने वाली वस्तुओं की प्रकृति का भी अन्तर्राष्ट्रीय प्राप्तियों पर प्रभाव पड़ता है। देश जिन वस्तुओं का निर्यात करता है अगर उनका अन्तर्राष्ट्रीय बाजार में अन्य वस्तुओं की अपेक्षा अधिक महत्त्व है तो ऐसे देश को उन देशों की अपेक्षा अधिक लाभ प्राप्त होगा जिनकी वस्तुओं का अन्तर्राष्ट्रीय बाजार में कम महत्त्व है। जैसे भारत की चाय व जूट के माल की माँग अधिक महत्त्वपूर्ण है या विदेशों से विकासशील राष्ट्रों को प्राप्त मशीनरी अधिक महत्त्वपूर्ण होती है अत: ऐसे निर्यातक राष्ट्रों को अधिक लाभ रहता है।

(6) अन्य बातों के समान रहने पर जो राष्ट्र अधिक मात्रा में आयात-निर्यात करता है उसे अन्तर्राष्ट्रीय प्राप्तियाँ भी अधिक होती है। इसी कारण अमेरिका, जापान, इंग्लेण्ड व जर्मनी की अन्तर्राष्ट्रीय प्राप्तियाँ अपेक्षाकृत अधिक हैं।

अन्तर्राष्ट्रीय व्यापार के लाभ का वितरण

यह सर्वमान्य सत्य है कि अन्तर्राष्ट्रीय व्यापार में संलग्न सभी देशों को कुछ न कुछ लाभ अवश्य प्राप्त होता है। पर यह प्रश्न महत्त्वपूर्ण है कि इन प्राप्तियों का वितरण विभिन्न देशों में कैसे होता है? रिकार्डों ने तो इसके सम्बन्ध में मौन रखा, परन्तु जे. एस. मिल ने अन्तर्राष्ट्रीय व्यापार की प्राप्तियों को व्यापार करने वाले देशों के बीच पूर्ण प्रतियोगिता के कारण समान रूप से वितरित किये जाने का विचार प्रस्तुत किया। इस विचारधारा को अधिक

मान्यता न मिल सकी। बाद में पेनिंगठन ने स्पष्ट किया कि उत्पादन की तुलनात्मक लागतों में अन्तर अन्तर्राष्ट्रीय विनिमय की न्यूनतम और अधिकतम सीमाओं का निर्धारण करता है। इन दोनों सीमाओं के बीच माँग की शक्ति की तीव्रता के पारस्परिक सम्बन्ध से अन्तर्राष्ट्रीय व्यापार का लाभ दोनों देशों में विपरीत हो जाता है। प्रो. मार्शल ने लाभ वितरण कि सिद्धान्त का सरल विश्लेषण करने की चेष्टा की। एक देश से निर्यात किये जाने वाले माल को सामान्य इकाई के रूप में व्यक्त किया और अन्तर्राष्ट्रीय मूल्यों के निर्धारण को संख्यागत उदाहरणों से स्पष्ट किया। पर उनकी ये गलत मान्यताएँ कि

(अ) व्यापार केवल दो देशों के बीच ही हैं,

(ब) लागत में परिवहन व्यय को सम्मिलित नहीं किया,

(स) व्यापार के अतिरिक्त और भुगतानों की बाध्यता नहीं,

(द) आयात और निर्यात की मात्राएँ समान मूल्य की होती हैं, और

(य) प्रत्येक देश की मुद्रा की मूल्य केवल उसकी घरेलू अर्थव्यवस्था से ही सम्बन्धित हैं। इन सब कमियों के कारण ग्राहम ने तीव्र आलोचना की।

आज अन्तर्राष्ट्रीय व्यापार विश्व के सब देशों में व्याप्त हैं और इन देशों के बीच अनेक वस्तुओं के आदान-प्रदान एवं क्रय-विक्रय की क्रियाएँ सम्पन्न होती है। अत: विभिन्न विद्वानों के विचारों के विश्लेषण से यह निष्कर्ष निकलता है कि अन्तर्राष्ट्रीय व्यापार की प्राप्तियों का वितरण अनेक तथ्यों से प्रभावित होता है।

अन्तर्राष्ट्रीय व्यापार लाभ के वितरण को प्रभावित करने वाले घटक

(1) जब कोई देश अपनी आन्तरिक लागत रचना को इस प्रकार परिवर्तित करने में समर्थ हो कि वह विनिमय के अन्तर्राष्ट्रीय अनुपात से कम हो जाये अर्थात् दो देशों में लागत-अनुपातों में जितना अधिक अन्तर होगा, उन देशों को अन्तर्राष्ट्रीय व्यापार से प्राप्तियाँ भी अधिक होंगी। प्रो. हेरोड़ के अनुसार, "देश में वस्तुओं के मूल्यों का जो अनुपात प्रचलित हैं उससे कहीं अधिक भिन्न मूल्य अनुपात विदेशों में विद्यमान है। इन ऊँचे एवं नीचे चिन्हों में जितना अन्तर होगा उतना ही व्यापार में अधिक लाभ होगा।" दूसरे शब्दों में जो देश अपनी वस्तुओं का मूल्य दूसरे देशों के मुकाबले जितना कम रख सकेगा उतना ही उसे अन्तर्राष्ट्रीय व्यापार से मिलने वाली प्राप्तियों में अधिक हिस्सा मिलेगा।

(2) एक छोटा देश अन्तर्राष्ट्रीय व्यापार में आसानी से विशिष्टीकरण के लाभ प्राप्त करने में समर्थ हो सकता है जबकि बड़े देश को विशिष्टीकरण प्राप्त करने में कठिनाई आती है। यही कारण है कि इराक, ईरान अधिक लाभ प्राप्त करते हैं।

(3) जिस देश की विदेशी वस्तुओं की माँग लोचदार तथा स्वयं की वस्तुओं की माँग विदेशों में बेलोचदार होती है तो वह देश अनुकूल व्यापार शर्तों का लाभ उठाकर अन्तर्राष्ट्रीय व्यापार से अधिक लाभ प्राप्त करता है। इसके विपरीत जो देश दूसरे देशों के आयातों पर अधिक निर्भर करते हैं और आयातों की प्रकृति अनिवार्य हो तो वह देश दूसरे देशों में अपने निर्यातों के अनुकूल शर्तों के अभाव में अन्तर्राष्ट्रीय व्यापार से अधिक लाभ प्राप्त नहीं कर सकेगा। प्रो. टॉजिंग के अनुसार, "उस देश को अन्तर्राष्ट्रीय व्यापार से अधिक लाभ

होगा जिसकी वस्तुओं की माँग विदेशों में अधिक है परन्तु उसकी अपनी माँग विदेशी वस्तुओं के लिए कम हैं।''

(4) यदि देश धनवान है तो अन्तर्राष्ट्रीय व्यापार से प्राप्तियाँ गरीब देश से कम भी हो सकती है और अधिक भी। अगर उस देश का आय-स्तर अनुकूल व्यापार शर्तों के कारण ऊँचा है तो उसे अधिक लाभ मिलता है, पर अगर आय-स्तर ऊँचा होने से उत्पादन लागत बढ़ती हो तथा देश में आन्तरिक उपभोग बढ़ने से व्यापार शर्तों प्रतिकूल हो जायें तथा निर्यात घट जावें तो अन्तर्राष्ट्रीय व्यापार से प्राप्तियाँ कम हो जायेगी।

परिक्षापयोगी प्रश्न

1. अन्तर्राष्ट्रीय व्यापार में लाभ अथवा प्राप्तियाँ से आपका क्या अभिप्राय हैं? व्यापार में संलग्न देश इन प्राप्तियों को किस अनुपात में बाँटते हैं?
2. अन्तर्राष्ट्रीय व्यापार के लाभों की गणना कैसे की जाती है तथा उसके वितरण को प्रभावित करने वाले कौन-कौनसे तत्त्व हैं?

□□□

8

व्यापार सन्तुलन तथा भुगतान सन्तुलन उनमें असन्तुलन, कारण तथा सुधार के उपाय

(Balance of Trade and Balance of Payments Disequilibrium, Causes and Remedies)

अन्तर्राष्ट्रीय स्तर पर वर्तमान में विभिन्न देशों के बीच केवल वस्तुओं का ही व्यापार नहीं होता है। विभिन्न राष्ट्रों बीच अनेक अदृश्य, किन्तु उपयोगी सेवाओं का भी लेन-देन होता रहता है। इन सबके कारण, अन्तर्राष्ट्रीय भुगतानों की समस्याएँ उत्पन्न होती हैं। भुगतानों में सन्तुलन की स्थिति विदेशी विनिमय की कुल माँग एवं पूर्ति को प्रभावित कर विनिमय दरों में उतार चढ़ाव को जन्म देती है। अत: इस दृष्टि से व्यापार सन्तुलन एवं भुगतान सन्तुलन का अभिप्राय स्पष्ट करना जरूरी है।

व्यापार सन्तुलन का अर्थ - प्राय: एक देश अनेक देशों से वस्तुओं का आयात करता है और अनेक देशों को माल निर्यात करता है। अत: किसी वर्ष विशेष के दौरान एक देश द्वारा विभिन्न देशों को किये गये कुल निर्यात मूल्यों के समग्र योग में से यदि उस देश द्वारा विभिन्न देशों से किये गये आयात मूल्यों के समग्र योग को घटा दिया जाय तो जो अन्तर आता है, वही व्यापार सन्तुलन कहा जाता है। इस प्रकार वर्ष के अन्त में विभिन्न देशों को होने वाले कुल निर्यातों तथा विभिन्न देशों से हाने वाले कुल आयातों का अलग-अलग योग ले लिया जाता है। इस प्रकार कुल निर्यातों का योग अलग और कुल आयातों का योग अलग लेकर दोनों का अन्तर निकाल लिया जाता है। यह अन्तर ही व्यापार सन्तुलन कहलाता हैं।

अधिक सामान्य शब्दों में, कुल निर्यात मूल्यों व कुल आयात मूल्यों का अन्तर ही व्यापार सन्तुलन कहा जाता है। एक प्रकार से व्यापार सन्तुलन देश के दृश्य आयातों एवं निर्यातों का वार्षिक ब्यौरा होता है। उदाहरण के लिए एक देश का 1991-92 में विभिन्न देशों को कुल निर्यातों का समग्र योग 2000 करोड़ डॉलर है और विभिन्न देशों से उसके आयातों का समग्र योग 1800 करोड़ डॉलर हो तो उस देश का व्यापार सन्तुलन इस प्रकार ज्ञात होगा-

व्यापार सन्तुलन = कुल निर्यात मूल्य – कुल आयात मूल्य

= (2000 – 1800) करोड़ डॉलर

= 200 करोड़ डॉलर

गणितीय सूत्र के रूप में हम व्यापार सन्तुलन को इस प्रकार व्यक्त कर सकते हैं–

BT = (X—M)

जिसमें BT व्यापार सन्तुलन, X कुल निर्यात मूल्य तथा M कुल आयात मूल्य को व्यक्त करता है।

अनुकूल (पक्ष) तथा प्रतिकूल (विपक्ष) व्यापार सन्तुलन

व्यापार सन्तुलन अनुकूल भी हो सकता है अथवा प्रतिकूल होता है। जब किसी वर्ष विशेष में किसी देश के निर्यातों का कुल मूल्य उसके आयातों के कुल मूल्य से अधिक होता हो तो उपर्युक्त सूत्र के अनुसार अन्तर धनात्मक होगा। इसे अनुकूल (पक्ष) व्यापार सन्तुलन कहा जाता है। दूसरे शब्दों में, निर्यात आयात से अधिक होने पर व्यापार सन्तुलन अनुकूल (पक्ष) में कहा जाता है। इसके विपरीत यदि देश के निर्यातों का कुल मूल्य उसके आयातों के कुल मूल्य से कम हो अर्थात् निर्यात मूल्यों का योग कम व आयात मूल्यों का योग अधिक होता हो तो व्यापार सन्तुलन प्रतिकूल या विपक्ष कहलाता है। उपर्युक्त वर्णित विवेचन की उदाहरण द्वारा स्पष्ट किया जा सकता है –

अनुकूल (पक्ष) व्यापार सन्तुलन	**प्रतिकुल (विपक्ष) व्यापार सन्तुलन**
निर्यात > आयात अर्थात (X-M)	निर्यात <आयात (X-M)
2000 – 1800 करोड़ डॉलर	2500 – 3000 करोड़ डॉलर
= 200 करोड़ डॉलर	= – 500 करोड़ डॉलर
(धनात्मक अन्तर)	(ऋणात्मक अन्तर)

सामान्यतः व्यापार सन्तुलन की राशि ज्ञात करने में निम्न बातों का ध्यान रखना चाहिए–

1. व्यापार सन्तुलन को ज्ञात करने के लिए सदैव ही निर्यातों के कुल मुल्यों में से आयातों के कुल मूल्यों के योग को घटाना चाहिए।

2. यदि निर्यात के कुल मूल्यों में से आयात का कुल मूल्य घटाने से शेष धनात्मक आता है तो व्यापार सन्तुलन पक्ष या अनुकूल कहलाता है।

3. यदि निर्यात के कुल मूल्यों में से आयात के कुल मूल्यों को घटाने से शेष ऋणात्मक आता है तो व्यापार सन्तुलन विपक्ष या प्रतिकूल कहलाता है। यह स्थिति व्यापार घाटे को व्यक्त करती है।

4. आयात तथा निर्यात के कुल मूल्य केवल दृश्य व्यापार से ही सम्बन्धित होते हैं। इसमें अदृश्य व्यापार मदें, जिनका विवरण आगे भुगतान सन्तुलन के अन्तर्गत दिया गया है, व्यापार सन्तुलन ज्ञात करने में शामिल नहीं की जातीं।

अनुकूल तथा प्रतिकूल व्यापार सन्तुलन के प्रभाव (परिणाम)

व्यापार सन्तुलन भी किसी देश की अर्थव्यवस्था को काफी हद तक प्रभावित करता है। अनुकूल व्यापार सन्तुलन की अवस्था देश की अर्थव्यवस्था पर अच्छे प्रभाव डालती है जबकि प्रतिकूल व्यापार सन्तुलन अर्थव्यवस्था में संकट का द्योतक है। दोनों के प्रभाव निम्नांकित हैं-

(अ) अनुकूल व्यापार सन्तुलन के प्रभाव

जब देश के निर्यातों का मूल्य आयातों के मूल्य से अधिक होता है तो व्यापार सन्तुलन अनुकूल अथवा पक्ष में माना जाता है। अनुकूल व्यापार सन्तुलन से देश की अर्थव्यवस्था पर निम्न अच्छे प्रभाव पड़ते हैं-

(1) विदेशी विनिमय कोषों में वृद्धि - जब देश में निर्यातों का मूल्य आयातों के मूल्य से अधिक होता है तो देश को विदेशी मुद्रा अधिक मिलती है जबकि आयातों के लिए कम विदेशी मुद्रा चुकानी पड़ती है। अत: विदेशी मुद्रा की बचत बढ़ने से देश के विदेशी विनिमय कोषों में वृद्धि होती है।

(2) अनुकूल विनिमय दर की प्रवृत्ति - अनुकूल व्यापार सन्तुलन के कारण विदेशी विनिमय कोष बढ़ते हैं और विदेशी मुद्रा की माँग कम तथा पूर्ति बढ़ने से विनिमय दर पक्ष में होने की प्रवृत्ति होती है।

(3) भुगतान सन्तुलन की स्थिति में सुधार - व्यापार सन्तुलन देश के भुगतान सन्तुलन का महत्त्वपूर्ण भाग होता है। अत: जब व्यापार सन्तुलन पक्ष में होता है तो भुगतान सन्तुलन की स्थिति में सुधार आता है।

(4) आर्थिक विकास में मदद - विकासशील देशों में अनुकूल व्यापार सन्तुलन से आर्थिक विकास के लिए पूँजीगत सामान एवं मशीनें आयात करने का अवसर मिलता है। विदेशी विनिमय कोषों में वृद्धि से विदेशों में विनियोग सम्भव होते हैं। अत: अर्थव्यवस्था के विकास में मदद मिलती है।

(5) अर्थव्यवस्था सुदृढ़ होती है - अनुकूल व्यापार सन्तुलन से देश की मुद्रा की विदेशों में माँग बढ़ती हैं। इससे विदेशी विनिमय दर पक्ष में होती है। आर्थिक विकास की गति तेज होती है। इससे देश विदेशी विनिमय कोषों को अन्यत्र ऋणों के रूप में दे सकता है। अथवा विनियोग कर सकता है, भुगतान सन्तुलन की स्थिति सुधरती है। इन सब प्रभावों से अर्थव्यवस्था सुदृढ़ होती है।

(6) विदेशों में प्रतिष्ठा बढ़ती है - अनुकूल व्यापार सन्तुलन होने से विदेशों में देश की प्रतिष्ठा बढ़ती हैं, क्योंकि सुदृढ़ अर्थव्यवस्था देश को सम्मान दिलाती है।

(7) विदेशी मुद्रा में देश अपनी सुदृढ़ता कायम कर सकता है।

(ब) प्रतिकूल व्यापार सन्तुलन के प्रभाव

जब देश के आयातों का मूल्य उसके निर्यातों के मुकाबले अधिक होता है तो व्यापार सन्तुलन प्रतिकूल या विपक्ष में कहा जाता है। निःसन्देह प्रतिकूल व्यापार सन्तुलन के प्रभाव अर्थव्यवस्था पर प्रतिकूल ही पड़ते हैं और यह कमजोर अर्थव्यवस्था के द्योतक हैं।

(1) विदेशी विनिमय कोषों में कमी - प्रतिकूल व्यापार सन्तुलन अवस्था में देश को विदेशी मुद्रा में अधिक भुगतान करने होते हैं जबकि देश को निर्यातों के बदले में विदेशी मुद्रा में भुगतान कम प्राप्त होते हैं, अतः विदेशी मुद्रा कोष घटते हैं।

(2) प्रतिकूल विनिमय दर - विदेशी मुद्रा की पूर्ति कम एवं माँग बढ़ने तथा विनिमय कोषों में कमी से देश की विनिमय दर विपक्ष में होने की प्रवृत्ति बढ़ती हैं।

(3) भुगतान असन्तुलन को बढ़ावा - प्रतिकूल व्यापार सन्तुलन के कारण देश की भुगतान सन्तुलन स्थिति पर भी प्रभाव पड़ता है। इसमे असन्तुलन की प्रवृत्ति बढ़ती है। इससे अन्ततः विनिमय संकट उत्पन्न होते हैं।

(4) आर्थिक विकास में बाधा - विदेशी विनिमय कोषों में कमी, प्रतिकूल विनिमय दरें तथा विनिमय संकट प्रायः प्रतिकूल व्यापार सन्तुलन का परिणाम होते हैं, उससे देश में विकास हेतु पूँजीगत सामान, मशीनें आदि मँगाने में बाधा आती है और विकास का मार्ग अवरूद्ध हो जाता है।

(5) अर्थव्यवस्था कमजोर होती है - प्रतिकूल व्यापार सन्तुलन के उपर्युक्त दुष्प्रभावों से अर्थव्यवस्था कमजोर होती है।

(6) आर्थिक प्रतिष्ठ गिरती हैं - विदेशों में देश की प्रतिष्ठा गिरती हैं, क्योंकि प्रतिकूल भुगतान सन्तुलन कमजोर अर्थव्यवस्था का द्योतक है। विनिमय कोषों में कमी, विदेशी विनिमय संकट, मुद्रा का अवमूल्यन आदि देश की प्रतिष्ठा गिराते हैं।

(7) विदेशी मुद्रा बाजार में देश की मुद्रा-स्थिति कमजोर होती है

उपर्युक्त विवरण से यह निष्कर्ष निकलता है कि व्यापार सन्तुलन भुगतान सन्तुलन की स्थिति को प्रभावित करके देश की अर्थव्यवस्था पर अच्छे एवं बुरे प्रभाव डाल सकती है। अगर देश की भुगतान सन्तुलन स्थिति सुदृढ़ एवं पक्ष में हुई तो व्यापार सन्तुलन विपक्ष में होने पर भी अर्थव्यवस्था पर बुरे प्रभाव नगण्य होंगे, किन्तु भुगतान सन्तुलन प्रतिकूल होने पर व्यापार सन्तुलन पक्ष में होने पर भी अच्छे प्रभाव घट जायेंगे तथा प्रतिकूल होने पर बुरे प्रभाव बढ़ जायेंगे।

प्रतिकूल व्यापार सन्तुलन को सुधारने की आवश्यकता क्यों?

निरन्तर प्रतिकूल व्यापार सन्तुलन देश की अर्थव्यवस्था के लिए घातक सिद्ध हो सकता है, यह तपैदिक जैसा रोग है जो अर्थव्यवस्था की धीरे-धीरे कमजोर एवं खोखला करता जाता है। व्यापार सन्तुलन विपक्ष में रहने से विनिमय कोषों में कमी आती है, विनिमय दर विपक्ष में होने लगती है। इससे भुगतान सन्तुलन स्थिति बिगड़ती है। इसके परिणामस्वरूप आर्थिक विकास में वाधा आती है, जिससे अर्थव्यवस्था कमजोर होती है तथा विदेशों में देश

की प्रतिष्ठा घटती है। अतः इन दोषों के निराकरण के लिए प्रतिकूल व्यापार सन्तुलन को सुधारने की आवश्यकता होती है। संक्षेप में प्रतिकूल व्यापार सन्तुलन को सुधारने की आवश्यकता निम्न कारणों से है-

1. विदेशी विनिमय की सुरक्षा एवं वृद्धि - प्रतिकूल व्यापार सन्तुलन को सुधारने की आवश्यकता देश के उपलब्ध विनिमय कोषों की सुरक्षा करने तथा उनमें गिरावट को रोक कर उसमें वृद्धि करने के लिए होती है।

2. विनिमय दरों में सुधार - प्रतिकूल विनिमय दरें देश के लिए घातक रहती हैं, क्योंकि देश की मुद्रा के बदले विदेशी मुद्रा कम प्राप्त होती है, अतः विनिमय दरों में सुधार करने तथा उन्हें पक्ष में करने के लिए भी प्रतिकूल व्यापार सन्तुलन में सुधार की आवश्यकता होती है।

3. भुगतान असन्तुलन में सुधार - प्रतिकूल भुगतान सन्तुलन देश के सामने विनिमय संकट को जन्म देता है। अतः असन्तुलन को ठीक करने के लिए प्रतिकूल व्यापार सन्तुलन को सुधारने की आवश्यकता होती है।

4. आर्थिक विकास में बाधा दूर करना - प्रतिकूल व्यापार सन्तुलन देश में विदेशी विनिमय संकट को बढ़ाकर विकास का मार्ग अवरूद्ध कर देता है। अतः विदेशों से पूँजीगत सामान एवं मशीने आयात करने के लिए विदेशी मुद्रा की पूर्ति में वृद्धि प्रतिकूल व्यापार सन्तुलन में सुधार से सम्भव है।

5. आय एवं रोजगार में वृद्धि - देश में आत्म-निर्भरता के लिए आयातों में कमी तथा देशी उद्योगों के विकास की आवश्यकता होती है। अतः देश में उत्पादन, आय एवं रोजगार बढ़ाने के लिए भी प्रतिकूल भुगतान सन्तुलन में सुधार आवश्यक है।

6. मुद्रा बाजार में देश की मुद्रा की सुदृढ़ता एवं प्रतिष्ठा जमाना - विदेशी मुद्रा बाजार में देश की मुद्रा की गिरती प्रतिष्ठा को रोकने तथा उसकी स्थिति सुदृढ़ करने के लिए भी प्रतिकूल भुगतान सन्तुलन में सुधार की सख्त आवश्यकता होती है।

प्रतिकूल व्यापार सन्तुलन को सुधारने के उपाय/तरीक

प्रतिकूल व्यापार सन्तुलन के आर्थिक दुष्प्रभावों पर नियन्त्रण करने अथवा उन्हें दूर करने के लिए सुधार के अनेक उपाय किये जाते हैं। इन उपायों में निम्न उल्लेखनीय हैं-

1. निर्यातों को प्रोत्साहन एवं वृद्धि - निर्यातों को प्रोत्साहन देकर उनमें वृद्धि द्वारा प्रतिकूल व्यापार सन्तुलन में सुधार किया जा सकता है। इसके लिए निर्यातों में करों की छूट, निर्यातों पर अनुदान, विदेशी बाजारों में देश के माल की माँग उत्पन्न करने के लिए प्रचार, विज्ञापन, उत्पादन लागतों में कमी, आन्तरिक उपभोग पर रोक व निर्यातकों को अन्य प्रलोभन दिये जा सकते हैं।

2. आयातो पर नियन्त्रण एवं कमी - अनावश्यक आयातों में कमी, विलासिताओं के आयात पर पूर्णतः रोक तथा आयात प्रतिस्थापनों को प्रोत्साहन देकर आयातों में कमी की जा सकती है। इसी प्रकार आयातों पर ऊँचे कर लगाकर उन्हें हतोत्साहित किया

जा सकता है। देश भावना जागृत कर विदेशी वस्तुओं के उपभोग को कम करना तथा आयातों में अन्य नियन्त्रणों से कमी की जा सकती है।

3. अवमूल्यन - निर्यात वृद्धि एवं आयातों में कमी के लिए कभी-कभी अवमूल्यन का सहारा लिया जाता है। इसके अन्तर्गत देश की मुद्रा का मूल्य विदेशी मुद्रा के रूप में घटा दिया जाता है। इससे विदेशों में निर्यात सस्ते पड़ते हैं और विदेशों से आयात महँगे हो जाते हैं। इसके परिणामस्वरूप निर्यातों में वृद्धि और आयातों में कमी प्रतिकूल व्यापार सन्तुलन में सुधार लाती है।

4. संरक्षण की नीति का अनुसरण - प्रतिकूल व्यापार सन्तुलन सुधारने के लिए संरक्षण नीति भी अपनाई जा सकती है। इससे देश में संरक्षित क्षेत्रों के आयातों में कमी होगी और प्रतिकूल व्यापार सन्तुलन में सुधार होगा।

5. राशि-पातन की नीति अपनाना - प्रतिकूल व्यापार सन्तुलन को सुधारने के लिए कभी कभी राशिपातन की नीति अपनाई जा सकती है। इसके अन्तर्गत एक देश अपनी वस्तुओं को विदेशी बाजार में बहुत ही कम मूल्यों, यहाँ तक कि लागत से भी कम मूल्यों पर बेचकर अपने निर्यातों को बढ़ाता है और घाटे की पूर्ति आन्तरिक मूल्यों में वृद्धि द्वारा कर ली जाती है। राशिपातन से विदेशी बाजारों में निर्यात बढ़ने से प्रतिकूल व्यापार सन्तुलन में सुधार होता है।

6. निर्यात साख एवं सुविधाओं में वृद्धि - देश से निर्यात बढ़ाने के लिए निर्यातकों को विशेष साख की व्यवस्था की जा सकती है। इसके लिए निर्यात-आयात बैंकों की स्थापना की जा सकती हैं। इसके साथ ही निर्यात सम्वर्द्धन परिषदों की स्थापना भी की जा सकती है। इसके अतिरिक्त साख एवं बीमा सुविधाओं में वृद्धि की जा सकती है। निर्यात किये जाने वाले माल के सम्बन्ध में रियायतों एवं सुविधाओं में वृद्धि कर निर्यातों को बढ़ाकर प्रतिकूल व्यापार सन्तुलन को सुधारा जा सकता है।

7. अदृश्य निर्यातों से भुगतान सन्तुलन को पक्ष में करना - यदि आयातों की अनिवार्यता एवं निर्यातों की धीमी गति से प्रतिकूल व्यापार सन्तुलन में सुधार सम्भव न हो तो प्रतिकूल व्यापार सन्तुलन के दुष्प्रभावों को दूर करने के लिए अदृश्य निर्यातों में वृद्धि से भुगतान सन्तुलन को अनुकूल किया जाना चाहिए।

निर्यात आयातों का भुगतान करते हैं - कैसे?

अन्तर्राष्ट्रीय व्यापार की एक विशेषता यह है कि जो देश आर्थिक विकास के लिए मशीनें आदि प्रचुर मात्रा में आयात करना चाहता है वह आयातों का भुगतान करने के लिए अधिक से अधिक विदेशी मुद्रा कमाने का प्रयत्न करता है। विदेशी मुद्रा अधिक निर्यातों द्वारा कमाई जाती है। इस प्रकार प्रत्येक देश निर्यातों द्वारा विदेशी मुद्रा कमाता है। (क्योंकि जिस देश को माल निर्यात किया जाता है उससे भुगतान में विदेशी मुद्रा मिलती है।) और इस विदेशी मुद्रा का प्रयोग आयातों का भुगतान करने में होता है।

जब कोई देश विदेशों से माल आयात करता है तो उसके लिए विदेशों में भुगतान करना पड़ता है। किन्तु विदेशों में माल निर्यात करने पर देश के व्यापारियों को विदेशी मुद्रा में

भुगतान प्राप्त होते हैं। अतः स्पष्ट है कि निर्यातों से विदेशी मुद्रा कमाई जाती है और आयातों के भुगतान के लिए विदेशी मुद्रा खर्च की जाती है। इसलिए कहा जाता है कि **''निर्यात आयातों का भुगतान करते हैं।''**

अनेक बार ऐसा होता है कि कोई देश किसी एक देश से तो बहुत अधिक माल आयात करता है और बदले में उस देश को बहुत कम माल निर्यात करता है। इसी प्रकार वह किसी अन्य देश को बहुत अधिक माल निर्यात करता है और बदले में बहुम कम माल आयात करता है। इसका परिणाम यह होता है कि कुछ देशों से तो उसका व्यापार सन्तुलन बहुत विपक्ष में होता है जबकि कुछ अन्य देशों से उसका व्यापार सन्तुलन अनुकूल होता है। ऐसा देश, विदेशों में माल बेच कर जो मुद्रा कमाता है उसके बदले वह अन्तर्राष्ट्रीय मुद्रा बाजार (लन्दन, न्यूयार्क, पेरिस आदि) से उन देशों की मुद्राएँ खरीद लेता है जिनमें उसे भुगतान करना होता है। इस प्रकार अनुकूल व्यापार सन्तुलन से कमाई गयी देशी मुद्रा प्रतिकूल व्यापार सन्तुलन के भुगतान में काम आ जाती है।

जब तक देश के निर्यातों का मूल्य उसके आयातों के मूल्य से अधिक होता है तो व्यापार सन्तुलन पक्ष में होने से विदेशों से प्राप्त भुगतानों की मात्रा आयातों के लिए खर्च की गई विदेशी मुद्रा से अधिक होती है और निर्यातों द्वारा आयातों का भुगतान करने के बाद भी विदेशी विनिमय बच जाता है। किन्तु इसके विपरीत यदि देश के निर्यातों का मूल्य उनके आयातों के मूल्य से कम हो तो देश को विदेशों से कम विदेशी मुद्रा प्राप्त होगी जबकि आयातों के भुगतान से अधिक विदेशी मुद्रा चुकाने की समस्या होगी। ऐसी स्थिति में निर्यात आयातों का भुगतान नहीं कर पायेंगे। किसी देश को अपने पुराने या अन्य बचे विनिमय कोषों से या स्वर्ण बेचकर आयातों का भुगतान करना पड़ेगा। किन्तु निर्यातों को बढ़ाये बगैर निरन्तर आयातों का भुगतान सम्भव नहीं होता है। अतः अन्ततः निर्यातों को बढ़ाने से ही आयातों का भुगतान सम्भव है। इस कारण यह कहा जाता है कि निर्यात आयातों का भुगतान करते हैं।

इसी प्रकार प्रायः प्रत्येक देश अनुकूल व्यापार सन्तुलन से अर्जित कि गई विदेशी मुद्रा से प्रतिकुल व्यापार शेष वाले देशों की मुद्रा खरीदकर अपने आयातों का भुगतान करते हैं।

व्यापार सन्तुलन का भय

जब किसी देश का व्यापार सन्तुलन अनुकूल होता है तो उस देश के पास विदेशी मुद्रा के कोष बढ़ने लगते हैं। क्योंकि निर्यातों से विदेशी मुद्रा की कमाई अधिक होती है और आयातों के भुगतान में विदेशी मुद्रा कम खर्च करनी पड़ती है। इन कोषों का प्रयोग तीन प्रकार से किया जा सकता है-

(अ) अन्य देशों से माल खरीदा जा सकता है।

(ब) अन्य देशों की रकम उधार दी जा सकता है।

(स) इन कोषों को यूरो बाजार में जमा करवा कर उन पर ब्याज कमाया जा सकता है।

(द) इस विदेशी मुद्रा को स्वर्ण में परिवर्तित करवाया जा सकता है।

विदेशी मुद्रा के प्रथम तीन प्रयोग परम्परागत हैं, उनमें कोई नवीनता या कठिनाई नहीं हैं किन्तु विदेशी मुद्रा के बदले स्वर्ण प्राप्त करना इतना सरल नहीं है। वर्तमान युग में कोई भी मुद्रा ऐसी नहीं है जिसके बदले में उस देश की सरकार स्वर्ण देने के लिए वचनबद्ध हो (15 अगस्त, 1971 से पहले अमरीका की सरकार प्रत्येक डालर के बदले जो विदेशी नागरिकों के पास था, स्वर्ण देने के लिए वचनबद्ध थी।)

जिस देश का व्यापार सन्तुलन निरन्तर अनुकूल रहता है उस देश की अर्थव्यवस्था बहुत श्रेष्ठ कही जा सकती है। उस देश पर विदेशी ऋणों का कोई भार नहीं होता और उसे अन्तर्राष्ट्रीय आर्थिक दबाव भी सहन नहीं करने पड़ते।

इनके विपरीत जिस देश का व्यापार सन्तुलन निरन्तर प्रतिकूल रहता है उस देश के विदेशी विनिमय के कोष समाप्त हो जाते हैं और उस पर विदेशी भुगतान का दबाव बढ़ जाता है। अनेक बार ऐसे देश द्वारा स्वर्ण में भुगतान कर अपने दायित्व से मुक्ति प्राप्त की जाती है। इससे उस देश के स्वर्ण कोष समाप्त होने का भय रहता है।

भुगतान सन्तुलन का अर्थ

"भुगतान सन्तुलन" वाक्यांश के कई अर्थ प्रचलित है। प्रथम अर्थ में भुगतान सन्तुलन का आशय किसी देश में एक समय विशेष में खरीदी व बेची गई विदेशी मुद्रा की मात्रा से है। दूसरे अर्थ में यह विदेशों से प्राप्त विदेशी मुद्रा तथा विदेशों को भेजे गये भुगतानों से है। तीसरे अर्थ में यह आय खाते में भुगतानों का सन्तुलन बताता है तथा चौथे अर्थ में यह अन्तर्राष्ट्रीय ऋणों का भुगतान बताता है। इस प्रकार यों तो भुगतान सन्तुलन के कई अर्थ हैं, किन्तु सबसे अधिक प्रचलित अर्थ में "भुगतान सन्तुलन का अभिप्राय विदेशी मुद्रा की सम्पूर्ण माँग व पूर्ति की परिस्थितियों से हैं।"

व्यापार सन्तुलन एक देश के आयात एवं निर्यातों का वार्षिक ब्यौरा होता है। भुगतान सन्तुलन एक देश के सम्पूर्ण लेन-देन का वार्षिक ब्यौरा होता है। इसमें उस देश का व्यापारिक आय-व्यय, अन्य मदों से प्राप्तियाँ और भुगतान, ऋण तथा निवेश आदि के अनेक मद सम्मिलित किये जाते हैं। व्यापार संन्तुलन की भाँति भुगतान संन्तुलन भी वार्षिक एवं सब देशों के लेन-देन के सामूहिक खाते के रूप में बनाया जाता है।

प्रो. हेबरलर के अनुसार, "भुगतान सन्तुलन वाक्यांश का प्रयोग विदेशी मुद्रा की सम्पूर्ण माँग एवं पूर्ति सम्बन्धी परिस्थितियों के अर्थ में किया जाता है और इसी अर्थ में भुगतान सन्तुलन की धारणा का अन्तर्राष्ट्रीय व्यापार विवेचनों में सर्वाधिक प्रयोग होता है।

प्रो. एल्सवर्थ के शब्दों में, "भुगतान सन्तुलन किसी देश के निवासियों और शेष विश्व के निवासियों के मध्य हुए समस्त सौदों का संक्षिप्त विवरण है।"

इस आशय को अधिक स्पष्ट करने की दृष्टि से प्रो. जेम्स इन्ग्राम ने लिखा है, "भुगतान सन्तुलन उन सभी आर्थिक लेन-देनों का अभिलेख है जो एक देश के निवासियों (व्यक्तियों, फर्मों, कम्पनियों, सरकारों, बैंकों, वित्तीय संस्थाओं आदि) तथा शेष संसार के बीच किसी निश्चित समय में होते हैं।"

इसी प्रकार का मत **प्रो. स्नाइडर** ने भी व्यक्त किया है। उनके अनुसार भुगतान सन्तुलन एक विवरण है, जिसमें देश के कुल (दृश्य व अदृश्य) आयातों और निर्यातों को बताया जाता है। यह किसी देश का विश्व के अन्य देशों से होने वाले सम्पूर्ण लेन-देनों का विस्तृत ब्यौरा है। इसमें एक निश्चित अवधि से सम्बद्ध वस्तुओं व सेवाओं के आयात-निर्यात, पूँजी, ब्याज, लाभ तथा अन्य भुगतनों सम्बन्धी सभी प्रकार के विदेशी लेन-देनों का समावेश होता है। भुगतान सन्तुलन के एक ओर तो उन समस्त मदों को बताया जाता है जिनके लिए विदेशों से भुगताप प्राप्त हुए या होने हैं तथा दूसरी ओर उन समस्त मदों को बताया जाता है जिनके लिए विदेशी मुद्रा में भुगतान किये जाने हैं। इन दोनों शीर्षकों के मौद्रिक मूल्यों के अन्तर को भुगतान सन्तुलन कहा जाता है। भुगतान सन्तुलन निश्चित रूप से सन्तुलित होता है, क्योंकि अन्तर को स्वर्ण के आयात-निर्यात अथवा ऋण समझौतों द्वारा समाप्त किया जाता है।

भुगतान सन्तुलन की विशेषताएँ

1. भुगतान सन्तुलन किसी देश का शेष विश्व के साथ हुए सम्पूर्ण आर्थिक लेन-देनों का ब्यौरा होता है।

2. यदि देश को किसी वर्ष विशेष में प्राप्त होने वाली समस्त विदेशी मुद्राओं का कुल मूल्य उसके द्वारा भुगतान की जाने वाली समस्त विदेशी मुद्राओं के कुल मूल्य से अधिक है तो भुगतान सन्तुलन पक्ष में कहलाता है।

3. यदि विदेशों से समस्त प्राप्तियाँ कम जबकि विदेशी भुगतान दायित्व अधिक होते हैं तो दायित्व का आधिक्य प्रतिकूल (विपक्ष) भुगतान सन्तुलन कहा जाता है।

4. भुगतान सन्तुलन में दृश्य व अदृश्य व्यापार की समस्त मदों का समावेश होता है अर्थात वस्तुओं के आयात-निर्यात के अतिरिक्त सेवाओं, पूँजी, ऋणों, ब्याज लाभ आदि सब लेन-देनों का समावेश होता है।

5. भुगतान सन्तुलन अन्ततः सन्तुलित होता है क्योंकि अन्तर की पूर्ति स्वर्ण के आयात-निर्यात अथवा ऋणों के लेन-देन द्वारा पूरी की जाती है।

6. भुगतान सन्तुलन का निरन्तर घाटा देश को विदेशी विनिमय संकट में धकेल सकता है।

व्यापार सन्तुलन एवं भुगतान सन्तुलन में भेद/अन्तर/तुलना

व्यापार सन्तुलन एवं भुगतान सन्तुलन में काफी अन्तर है जो निम्न विवरण से स्पष्ट है-

1. दृष्टिकोण - व्यापार सन्तुलन विदेशी व्यापार भुगतानों का विश्लेषण संकीर्ण दृष्टिकोण से करता है जबकि भुगतान सन्तुलन में एक व्यापक दृष्टिकोण अपनाया जाता है, इसमें सभी प्रकार के विदेशी विनिमय लेन-देन शामिल होते हैं।

2. मदें - व्यापार सन्तुलन में केवल दृश्य व्यापार (केवल वस्तुओं के आयात निर्यात) मदों का समावेश होता है जबकि भुगतान सन्तुलन में दृश्य व्यापार एवं अदृश्य व्यापार (समस्त अन्तर्राष्ट्रीय भुगतानों) की मदों का समावेश किया जाता है।

3. क्षेत्र - व्यापार सन्तुलन में केवल दृश्य व्यापार के विदेशी भुगतानों का समावेश होने से इसका क्षेत्र सीमित हैं जबकि भुगतान सन्तुलन में सभी प्रकार के विदेशी भुगतानों का समावेश होने से क्षेत्र व्यापक है।

4. विश्लेषण - व्यापार सन्तुलन में केवल दृश्य व्यापार सम्बन्धी विदेशी भुगतानों का ही समावेश होने से यह एक आंशिक विश्लेषण है जबकि भुगतान सन्तुलन में सभी प्रकार के विदेशी भुगतानों का विश्लेषण होने से यह विदेशी मुद्रा की कुल माँग एवं पूर्ति का व्यापक विश्लेषण है।

5. प्रकृति - व्यापार सन्तुलन पक्ष अथवा विपक्ष में हो सकता है जबकि भुगतान सन्तुलन सदैव सन्तुलित होता है, क्योंकि अगर देश की भुगतान स्थिति असन्तुलित है जो उसे स्वर्ण के आयात-निर्यात अथवा ऋणों के लेन-देनों से सन्तुलित कर लिया जाता है।

6. अर्थव्यवस्था का ज्ञान - व्यापार सन्तुलन पक्ष में होने पर भी आवश्यक नहीं है कि अर्थव्यवस्था सुदृढ़ हो जबकि भुगतान सन्तुलन पक्ष में होने पर वह सुदृढ़ अर्थव्यवस्था का परिचायक है।

7. विनिमय दर निर्धारण - विनिमय दर का निर्धारण भुगतान सन्तुलन पर निर्भर करता है। यह विदेशी मुद्रा की कुल माँग एवं कुल पूर्ति का ब्यौरा है। व्यापार सन्तुलन अपूर्ण ब्यौरा है। यह विनिमय दर को प्रभावित करता है, विनिमय दर का निर्धारण नहीं करता।

8. उपयोग - व्यापार सन्तुलन एक आंशिक विश्लेषण होने से इसका आर्थिक गणनाओं में कम उपयोग किया जाता है। भुगतान सन्तुलन अन्तर्राष्ट्रीय मौद्रिक सम्बन्धों का व्यापक विश्लेषण होने से इसका आर्थिक गणनाओं में काफी उपयोग होता है।

9. प्रभाव - व्यापार सन्तुलन का अर्थव्यवस्था पर विशेष प्रभाव नहीं पड़ता जबकि भुगतान सन्तुलन का अर्थव्यवस्था पर काफी महत्त्वपूर्ण प्रभाव होता है।

10. महत्त्व - व्यापार सन्तुलन का अर्थव्यवस्था में सापेक्षिक महत्त्व कम है जबकि भुगतान सन्तुलन का सापेक्षिक महत्त्व अधिक है।

(11) गणना - व्यापार सन्तुलन की गणना करना सरल है जबकि भुगतान सन्तुलन की गणना करना कठिन कार्य है।

व्यापार सन्तुलन एवं भुगतान सन्तुलन का सापेक्षिक महत्त्व

आधुनिक जगत विकास की दौड़ में संलग्न है। प्रत्येक विकासशील देश आर्थिक विकास के लिए अधिक से अधिक माल का आयात करता है किन्तु उसके पास तुरन्त भुगतान के लिए रकम नहीं होती। इस प्रकार विकासशील देश माल खरीदने के लिए आतुर हैं और विकसित देशों को अपने माल के लिए उपयुक्त मंडियों की आवश्यकता है। ऐसी स्थिति में विकासशील देशों को सरलता से उधार माल मिलता रहता है। अतः उनका व्यापार सन्तुलन तो प्रतिकूल रहता है किन्तु भुगतान सन्तुलन सन्तुलित हो जाता है अथवा अनुकूल बन जाता है।

आजकल विभिन्न देशों के पारस्परिक लेन-देन केवल वस्तुओं के आयात-निर्यात (दृश्य व्यापार) तक ही सीमित नहीं होते, बल्कि उनमें अनेक सेवाओं व भुगतानों (अदृश्य

व्यापार) सम्बन्धी लेन-देनों का भी समावेश होता है। अत: देश की अन्तर्राष्ट्रीय आर्थिक दशा का ज्ञान केवल व्यापार सन्तुलन के पक्ष या विपक्ष में होने से ही नहीं लग सकता, क्योंकि व्यापार सन्तुलन तो भुगतान सन्तुलन का एक अंग मात्र होता है, जबकि भुगतान सन्तुलन में प्रतिकूलता देश की बिगड़ी आर्थिक दशा का द्योतक और भुगतान सन्तुलन की अनुकूलता देश की आर्थिक स्थिति में सुदृढ़ता का परिचायक है।

उदाहरण के तौर पर द्वितीय महायुद्ध से पूर्व भारत का व्यापार सन्तुलन पक्ष में तथा इंगलैण्ड का विपक्ष में रहता था। लेकिन इंगलैण्ड भारत की तुलना में कहीं अधिक सम्पन्न और उन्नत देश था, क्योंकि इंगलैण्ड की अदृश्य व्यापार से प्राप्तियाँ उसके व्यापार भुगतानों के मुकाबले में इतनी अधिक रहती थी कि न केवल प्रतिकूल व्यापार सन्तुलन की क्षतिपूर्ति होती थी, बल्कि भुगतान सन्तुलन में बहुत धनात्मक अन्तर हो जाता था जबकि भारत के अदृश्य व्यापार में विदेशी भुगतान उसकी प्राप्तियों से इतने अधिक रहते थे कि व्यापार सन्तुलन में पक्ष का अन्तर समाप्त होकर भुगतान सन्तुलन प्रतिकूल हो जाता था। अत: भुगतान सन्तुलन की प्रतिकुलता असन्तोषजनक आर्थिक स्थिति का द्योतक है जबकि भुगतान सन्तुलन की अनुकूलता देश की आर्थिक सुदृढ़ता एवं सम्पन्नता का सूचक है। इसलिए कहा गया है कि भुगतान सन्तुलन वास्तव में एक आर्थिक बेरोमीटर है, जिसके गम्भीर विश्लेषण से देश की अन्तर्राष्ट्रीय शोधन क्षमता, आर्थिक दशा एवं आर्थिक सम्भावनाओं का अनुमान लगाया जा सकता है तथा उसकी विनिमय दर की उपयुक्तता को परखा जा सकता है। जेवन्स ने यहाँ तक कहा है कि "एक अन्तर्राष्ट्रीय अर्थशास्त्री के लिए भुगतान सन्तुलन का वही महत्त्व है जो कि एक रसायनशास्त्री के लिए तत्वों की सर्वाधिक तालिका का है।

अत: जिन देशों का व्यापार सन्तुलन प्रतिकूल है उन्हें आर्थिक दृष्टि से दुर्बल समझना बहुत सही नहीं है किन्तु जिन देशों को भुगतान सन्तुलन सन्तुलित करने में कठिनाई होती है (अर्थात् ऋण और निवेश पूँजी सरलतापूर्वक नहीं मिलती) उन देशों की आर्थिक स्थिति निश्चय ही चिन्ताजनक होती है। अत: प्रत्येक देश को अपना भुगतान सन्तुलन अनुकूल करने का प्रयत्न करना चाहिए।

इस तरह व्यापार सन्तुलन की अपेक्षा भुगतान सन्तुलन का सापेक्षिक महत्व बहुत अधिक है। अनेक सम्पन्न देशों का व्यापार सन्तुलन सदैव अनुकूल रहने पर भी दूसरे देशों से पूँजी उधार या विदेशों में पूँजी विनियोग से भुगतान सन्तुलन असन्तुलित हो जाता है। गत कुछ वर्षों में अमेरिका की यही स्थिति हुई है।

भुगतान सन्तुलन का स्वरूप एवं उसकी प्रमुख मदें

भुगतान सन्तुलन में विदेशी मुद्रा की कुल माँग एवं कुल पूर्ति की अवस्था प्रदर्शित होती है। यह एक ऐसा विवरण है जिसमें दृश्य एवं अदृश्य व्यापार की सभी मदों को एक निश्चित तरीके से खाते के रूप में जमाया जाता है। बायें भाग में समस्त दृश्य एवं अदृश्य निर्यात मदें, जिनका देश को विदेशियों से भुगतान प्राप्त होता है, दर्शायी जाती हैं। बायीं ओर की सभी मदों का योग प्राप्तियाँ, नाम या विकलन कहलाता है जबकि दाहिने भाग में समस्त दृश्य एवं अदृश्य आयात की मदें जिनका विदेशियों को भुगतान देना होता है, दिखाई जाती हैं। दाहिने भाग की सभी मदों का योग भुगतान, जमा या समाकलन कहलाता है। दायें और बायें भाग की मदों के योग के अन्तर से भुगतान सन्तुलन की स्थिति का पता चलता है अर्थात्

भुगतान सन्तुलन = (कुल विदेशी प्राप्तियाँ - कुल विदेशी भुगतान) सूत्र से ज्ञात होता है। दोनों भागों में योग बराबर होने पर भुगतान "सन्तुलित" होगा। पर अगर बायें भाग का योग दायें भाग से अधिक हुआ तो भुगतान सन्तुलन अनुकूल या पक्ष में कहलाता है जबकि इसके विपरीत दायें भाग का योग बायें भाग से अधिक होने पर भुगतान सन्तुलन विपक्ष या प्रतिकूल कहलाता है। भुगतान सन्तुलन सम्बन्धी ब्यौरों में दायीं और बायीं तरफ जिन-जिन मदों का समावेश होता है, उनका एक काल्पनिक विवरण आगे दिया गया है-

भारत के भुगतान सन्तुलन का विवरण (खाते के रूप में)

दृश्य एवं अदृश्य निर्यात (विदेशों से प्राप्तियाँ)	**राशि**	**दृश्य एवं अदृश्य आयात (विदेशों को भुगतान)**	**राशि**
1. भारत से वस्तुओं का निर्यात		1. भारत द्वारा वस्तुओ का आयात-	
2. भारत से सेवाओ का निर्यात		2. भारत द्वारा सेवाओं का आयात	
(अ) व्यापारिक कम्पनियों की सेवाएँ, बीमा, बैंकिंग शुल्क, जहाजी भाड़ा, कमीशन आदि।		(अ) विदेशी व्यापारिक कम्पनियों की सेवाएँ-बीमा, बैंकिंग, जहाजी भाड़ा, कमीशन आदि	
(ब) भारतीय विशेषज्ञों की सेवाएँ।		(ब) विदेशी विशेषज्ञों की सेवाएँ।	
(स) विदेशियों द्वारा भारत में शिक्षा सम्बन्धी व्यय।		(स) भारतीयों द्वारा विदेशों में शिक्षा सम्बन्धी व्यय।	
(द) विदेशियों द्वारा भारत में यात्रा सम्बन्धी व्यय।		(द) भारतीयों द्वारा विदेशों में यात्रा सम्बन्धी व्यय	
3. विदेशियों को दिये गये ऋणों तथा विनियोगों से प्राप्त होने वाली आय - पूँजी, ऋण ब्याज, लाभांश		3. विदशियों से लिये गए ऋणों तथा विनियोगों के लिए भुगतान - पूँजी, ऋण, ब्याज, लाभांश।	
4. विदेशी सरकारों द्वारा भारत में व्यय-दूतावासों, विदेशों में प्राप्त पेंशनें, शिष्टमण्डलों आदि पर सरकारी व्यय।		4. भारत सरकार द्वारा विदेशों में व्यय -विदेशियों की पेंशनों, दूतावास, शिष्टमण्डलों आदि पर व्यय।	
5. जनसंख्या के देश में आवास से प्राप्त धन।		5. जनसंख्या के देश से प्रवास पर भुगतान की गई राशि।	
6. विदेशों से भारत को दान, दण्ड, हर्जाना, तथा मुआवजे के रूप में प्राप्त धन तथा अन्य हस्तातरण।		6. भारत द्वारा विदेशों को दान, दण्ड, हर्जाना व मुआवजा आदि के रूप में दिए गए भुगतान तथा अन्य हस्तान्तरण।	
7. भारत से मौद्रिक स्वर्ण का निर्यात।		7. भारत में मौद्रिक स्वर्ण का आयात।	

दोनों भागों में क्रम संख्या 1 की मदों के अन्तर को व्यापार सन्तुलन कहा जाता है और केवल यही दोनों मदें दृश्य व्यापार में गिनी जाती है। बाकी क्रम संख्या 2 से 7 तक की सब मदें अदृश्य व्यापार में सम्मिलित की जाती है। बायी और दायीं दोनों ओर की क्रम संख्या 1 से 7 की मदों के अलग-अलग कुल योगों के अन्तर से भुगतान सन्तुलन की गणना की जाती है।

भुगतान सन्तुल की प्रमुख मदें

भुगतान सन्तुलन विवरण में बताई गई उपयुक्त मदों का संक्षिप्त विवरण इस प्रकार है-

1. वस्तुओं का आयात-निर्यात - किसी भी देश से निर्यातित कुल माल का मूल्य और देश में आयातित कुल माल के मूल्य का भुगतान सन्तुलन पर सीधा और महत्त्वपूर्ण प्रभाव पड़ता है। वस्तुओं के आयात-निर्यात को दृश्य व्यापार कहा जाता है और इस आयात-निर्यात के अन्तर को व्यापार सन्तुलन कहा जाता है। जो माल देश में आयात होता है, उसका भुगतान विदेशियों को विदेशी मुद्रा में करना पड़ता है जबकि जो माल हम निर्यात करते हैं, उसका भुगतान हमें विदेशी मुद्रा में प्राप्त होता है, अतः आयात से विदेशी मुद्रा की माँग उत्पन्न होती है तथा वह देनदारी है जबकि निर्यात से विदेशी मुद्रा की पूर्ति बढ़ती है और वह देश की लेनदारी है। ये दोनों भुगतान सन्तुलन की महत्त्वपूर्ण मदें हैं।

2. सेवाओं का आयात-निर्यात - विकसित देश अन्य देशों में न केवल अधिक वस्तुएँ ही निर्यात या आयात करते हैं, बल्कि विदेशों को अन्य कई प्रकार की सेवाएँ भी प्रदान करते हैं। एक ओर विदेशों से सेवाओं के उपयोग का भुगतान प्राप्त होता है तो दूसरी ओर विदेशियों द्वारा दी गई सेवाओं के लिए उन्हें भुगतान देना पड़ता है। ये सेवाएँ मुख्यतः निम्नांकित हो सकती हैं-

(अ) व्यापारिक कम्पनियों द्वारा की गई सेवाएँ - जब देश की बीमा, बैंक, जहाजी या सामुद्रिक जहाजी कम्पनियाँ अन्य देश के लोगों को बीमा, वित्तीय सेवाएँ या परिवहन या व्यापारिक सेवाएँ प्रदान करती हैं तो उससे देश को विदेशियों से भुगतान प्राप्त होते हैं। इसके विपरीत जब देश विदेशी कम्पनियों की बीमा, वित्तीय या परिवहन सेवाओं का उपयोग करता है तो उसे विदेशियों को भुगतान देना पड़ता है।

(ब) विशेषज्ञों की सेवाएँ - आजकल विभिन्न राष्ट्र (विशेषतः विकासशील देश) अन्य देशों (सामान्यतः विकसित देशों) से विशेषज्ञों, चिकित्सकों, प्रोफेसरों, इन्जीनियरों आदि की सेवाओं का आयात-निर्यात करते हैं। जो राष्ट्र ये सेवाएँ उपलब्ध करते हैं, उन्हें भुगतान प्राप्त होता है और जो इन सेवाओं का आयात करते हैं, उन्हें विदेशों को भुगतान देना पड़ता है।

(स) शिक्षा सम्बन्धी व्यय - जब देश के लोग बाहर विदेशों में ज्ञानोपार्जन या उच्च शिक्षा के लिए जाते हैं और उन पर जो व्यय होता है, उसका विदेशी मुद्रा में भुगतान किया जाता है। पर जो लोग विदेशों से देश में ज्ञानोपार्जन या उच्च शिक्षा आदि के लिए आते हैं तो उनके द्वारा किए गए व्यय के बदले विदेशी मुद्रा प्राप्त होती है।

(द) यात्रियों की सेवाएँ - जब देश में विदेशी यात्री आते हैं तो उनके द्वारा देश में किया गया व्यय विदेशी मुद्रा में प्राप्त होता है। पर जब देश के यात्री विदेशों में भ्रमण हेतु जाते हैं तो उनके यात्रा व्यय का भुगतान विदेशी मुद्रा में चुकाना पड़ता है।

3. विदेशी ऋण, विनियोग, मुलधन की वापसी, ब्याज, लाभांश - जब देश को विदेशों से ऋण प्राप्त होता है या देश में विदेशी विनियोग किये जाते हैं अथवा देश के ऋण एवं विनियोगों की देश में वापसी होती है तथा जब देश को विदेशों से ब्याज एवं लाभांश का भुगतान प्राप्त होता है तो विदेशी मुद्रा की प्राप्ति होती है और विदेशी मुद्रा की पूर्ति बढ़ती है। इसके विपरीत जब देश से विदेशों में विनियोग किये जाते हैं या विदेशी ऋणों एवं विनियोगों की विदेशों में वापसी की जाती है तथा जो ब्याज एवं लाभांश विदेशों को चुका जाते हैं, उनका भुगतान विदेशी मुद्रा में किया जाता है और विदेशी मुद्रा की माँग बढ़ती है। अतः यह एक ओर प्राप्ति है तो दूसरी ओर भुगतान की मद भी होती है। आजकल अदृश्य मदों में यह मद महत्त्वपूर्ण वबन गई है, क्योंकि ये सब विदेशी मुद्रा की माँग और पूर्ति को प्रभावित कर भुगतान सन्तुलन पर प्रभाव डालती है।

4. सरकारी व्यय - आजकल प्रत्येक देश की सरकार विदेशों में अनेक प्रकार के व्यय करती है। जब देश की सरकार विदेशों में दूतावासों सम्बन्धी व्यय, शिष्टमण्डलों सम्बन्धी व्यय या राजकीय स्तर पर कोई व्यय करती है तो उनका भुगतान विदेशी मुद्रा में किया जाता है पर जब विदेशी सरकरें इसी प्रकार क व्यय देश में करती है तो देश को विदेशी मुद्रा प्राप्त होती है। इस प्रकार यह मद भी विदेशी मुद्रा की माँग एवं पूर्ति को प्रभावित कर भुगतान सन्तुलन पर प्रभावी डालती है।

5. जनसंख्या आवास-प्रवास व्यय - जब एक देश के नागरिक दूसरे देश में जाकर बस जाते हैं तो वे अपनी सम्पत्ति आदि धन अपने साथ दूसरे देश में ले जाते हैं। जिन देशों में जनसंख्या का प्रवास होता है, उनकी विदेशी मुद्रा की माँग बढ़ती है, क्योंकि जनसंख्या जहाँ प्रवास कर रही है जो वहाँ की मुद्रा में भुगतान चाहेगी। इसके अतिरिक्त जिन देशों में जनसंख्या का आवास होता है, वे अपना धन देश में लाकर विदेशी मुद्रा की पूर्ति बढ़ाते हैं। इस प्रकार जनसंख्या के आवास-प्रवास से भी भुगतान सन्तुलन पर प्रभाव पड़ता है। जैसे भारत से पाकिस्तान में जाने वाले लोग पाकिस्तानी मुद्रा की माँग करेगें तथा पाकिस्तान से भारत आने वाले लोग भारतीय मुद्रा की माँग करेंगें। अतः विदेशी मुद्रा की माँग और पूर्ति दोनों पर प्रभाव पड़ने से भुगतान सन्तुलन पर प्रभाव पड़ता है।

6. विदेशी दान, हर्जाना, मुआवजा, दण्ड व अन्य हस्तान्तरण - जब किसी देश को अन्य विदेशी राष्ट्रों के निवासियों या सरकारों से दान, हर्जाना, मुआवजा, दण्ड या अन्य हस्तान्तरण के रूप में भुगतान प्राप्त होते हैं, तो विदेशी मुद्रा की पूर्ति बढ़ती है जब किसी देश को दूसरे राष्ट्रों को ये भुगातन करने पड़ते है तो विदेशी मुद्रा की माँग होती है। इस प्रकार के भुगतानों और प्राप्तियों से भुगतान सन्तुलन प्रभावित होता है।

7. मौद्रिक स्वर्ण का आयात-निर्यात - जब उपर्युक्त मदों के आधार पर देश को विदेशों से प्राप्त होने वाले कुल भुगतनों का योग उस देश के द्वारा विदेशों में किए जाने वाले भुगत.नों के कुल योग से कम या अधिक होता है ता क्रमशः स्वर्ण के निर्यात और आयात

द्वारा भुगतान सन्तुलन को सन्तुलित किया जाता है। स्वर्ण भेजने वाले देश के लिए यह निर्यात तुल्य है और स्वर्ण पाने वाले देश के लिए यह आयात तुल्य होता है।

भुगतान सन्तुलन ब्यौरा कभी-कभी दूसरे ढंग से भी बनाया जाता है, जिसमें भुगतान सन्तुलन के सम्पूर्ण लेन-देनों को चाले खाते तथा पूँजी खाते के रूप में बताया जाता है।

1. चालू खाते में -

(1) माल का आयात निर्यात,

(2) यात्रा व्यय,

(3) परिवहन,,

(4) बीमा,

(5) ब्याज तथा लाभांश,

(6) विविध,

(7) हस्तान्तरण भुगतान सरकारी व निजी क्षेत्र,

(8) भूल=चूक = योग=लेनदारी, देनदारी अन्तर।

2. पूँजी खाता -

(1) पूँजी विनियोग अल्पाकालीन, दीर्घकालीन,

(2) बैंकिग क्षेत्र,

(3) सरकारी क्षेत्र एवं ऋण भुगतान,

(4) स्वर्ण आयात-निर्यात,

(5) भूल=चुक=योग=लेनदारी, देनदारी अन्तर।

चालू खाते में भुगतान सन्तुलन प्रतिकूल होने के कारण

किसी देश के चालू खाते में भुगतान सन्तुलन प्रतिकूल हो सकता है। इसके निम्नलिखित कारण हैं:

(1) व्यापार - देश का व्यापार सन्तुलन प्रतिकूल है अर्थात् आयात अधिक और निर्यात कम होते हैं।

(2) सेवाओं से आय - जब देश की शिक्षा, चिकित्सा, पर्यटन, परिवहन राजनैतिक सम्बन्ध (दूतावास) आदि पर व्यय अधिक और आय कम होती है।

(3) ब्याज तथा लाभांश - देश की ब्याज तथा लाभांश से प्राप्तियाँ कम और भुगतान अधिक होता है।

(4) अपव्यय - अनेक बार विभिन्न मदों पर विदेशी विनिमय का अपव्यय होता है जिससे भुगतान सन्तुलन बिगड़ जाता है।

भुगतान सन्तुलन सदैव सन्तुलित होता है

जैसे कि बताया जा चुका है भुगतान सन्तुलन का विवरण एक प्रकार से बैलेंस शीट के समान होता है, जिसमें लेनदारियों और देनदारियों दोनों पक्षों का सन्तुलन रहता है। भुगतान सन्तुलन में भी कुल प्राप्तियों और कुल भुगतानों का सन्तुलन हो जाता है। इसका प्रमुख कारण यह है कि जब चालू खाते में देनदारी की मदें लेनदारी से अधिक हो जाती है तो घाटे की पूर्ति स्वर्ण के निर्यात, विदेशों से प्राप्त ऋण राशि, विदेशी पूँजी के आयात या पुरानी बचतों से की जाती है। यदि घाटे की पूर्ति उपर्युक्त उपायो से न भी की जाय तो भुगतान सन्तुलन के दोनों पक्षों का सन्तुलन हो जायेगा, क्योंकि जिस रकम का भुगतान नहीं किया जाता, वह विदेशों के प्रति उस राष्ट्र का दायित्व प्रदर्शित करती है। इस दायित्व को क्रेडिट पक्ष में 'अल्पकालीन विदेशी ऋण' के रूप में बनाने से दोनो पक्ष सन्तुलित हो जायेंगे।

जिस प्रकार किसी व्यापार के आँकड़े या स्थिति विवरण की सम्पत्ति और दायित्व का योग समान होता है उसी प्रकार भुगतान सन्तुलन के ब्यौरे में भी लेन-दारियों तथा देनदारियों का योग समान होता है अर्थात् भुगतान सन्तुलन आवश्यक रूप में सन्तुलित होता है। (Balance of Payments Necessarily Balances)

भुगतान सन्तुलन में असाम्य अथवा असन्तुलन

जैसा कि उपर्युक्त विवरण में यह संकेत मिलता है कि भुगतान सन्तुलन को स्वर्ण ऋणों एवं पूँजी के आयात-निर्यात से सन्तुलित किया जाता है। जब एक देश की कुल विदेशी प्राप्तियाँ उस देश के कुल विदेशी भुगतान दायित्वों का निपटारा करने में अपर्याप्त रहती है तो उसे भुगतान सन्तुलन में घाटे की स्थिति कहा जाता है और इसके विपरीत जब देश की विदेशी प्राप्तियों का कुल योग विदेशों में किये जाने वाले भुगतान दायित्वों से अधिक हों तो भुगतान सन्तुलन में अतिरेक की स्थिति कहा जाता है। इस प्रकार भुगतान सन्तुलन में घाटा तथा अतिरेक दोनों ही स्थितियाँ भुगतान सन्तुलन में असाम्य की द्योतक है। यद्यपि भुगतान सन्तुलन तो स्वर्ण आयात-निर्यात या पूँजीगत समझौतों द्वारा सन्तुलित किया जाता है, पर यह सन्तुलन वास्तविक नहीं, इसमें असाम्य की स्थिति ही बनी रहती है। अतः आर्थिक दशा का ठीक ठीक ज्ञान करने के लिए भुगतान सन्तुलन में अतिरेक व घाटे की स्थितियों का गम्भीर विश्लेषण करना जरूरी है। स्पष्ट है कि सन्तुलन के साथ असाम्यता का अस्तत्व होने से देश की वास्तविक आर्थिक दशा का विश्लेषण करने एवं वास्तविकता का पता लगाने हेतु भुगतान सन्तुलन की असाम्यता पर ध्यान दिया जाए।

वास्तव में, भुगतान सन्तुलन के ब्यौरे का मूल भाग चालू खाता होता है। चालू खाते में किसी भी देश का भुगतान सन्तुलन अनुकूल या प्रतिकूल हो सकता है। यदि चालू खाते में किसी देश का भुगतान सन्तुलन अनुकूल (+) हो तो वह देश प्रायः प्रतिकूल भुगतान सन्तुलन वाले देश को ऋण दे देता है जिससे उसके पूंजी खाते में देनदारी बढ़ जाती है और भुगतान सन्तुलन सम हो जाता है। यदि अनुकूल भुगतान संन्तुल वाला देश ऋण देने के लिए तैयार नहीं हो तो उसे प्रायः स्वर्ण में भुगतान मिल जाता है और भुगतान सन्तुलन समान हो जाता है।

जिस देश का भुगतान सन्तुलन प्रतिकूल हो उसे वार्षिक लेन-देन तो बराबर करना ही पड़ता है। अत: उसके सामने दो मार्ग खुले होते हैं-या तो वह स्वर्ण में भुगतान कर देता है जिससे लेन-देन का खाता बराबर हो जाता है, या वह ऋण लेकर भुगतान कर देता है। अनेक बार अनुकूल भुगतान सन्तुलन वाले देश से ही ऋण मिल जाता है। इस प्रकार निम्नलिखित निष्कर्ष निकलते हैं:

(अ) चालू खाते में भुगतान सन्तुलन अनुकूल या प्रतिकूल हो सकता है,

(ब) चालू खाते का भुगतान सन्तुलन ठीक करने के लिये प्राय: स्वर्ण में भुगतान कर दिया जाता है या उसे ऋण द्वारा बराबर कर दिया जाता है,

(स) कुल मिलाकर भुगतान सन्तुलन अनिवार्य रूप में सन्तुलित हो जाता है।

भुगतान सन्तुलन में असाम्य के प्रकार

भुगतान सन्तुलन एक देश के विदेशी विनिमय व्यवहारों से सम्बन्धित कुल सम्पत्तियों और दायित्वों को दिखाने वाला स्थिति विवरण है, जिसमें दृश्य एवं अदृश्य आयात-निर्यात की सभी मदों का समावेश होता है। यदि इन मदों से विदेशी मुद्रा की प्राप्तियों और भुगतानों में अन्तर या घटत-बढ़त होती है या एकपक्षीय आवागमन हो तो भुगतान सन्तुलन में असाम्य उत्पन्न हो जाता है। यह असाम्य की स्थिति अल्पकालीन या दीर्घकालीन हो सकती है। भुगतान सन्तुलन का असाम्य सामान्यत: तब उत्पन्न होता है जबकि

(अ) निर्यातों में घटत-बढ़त हो पर आयात पूर्ववत रहें,

(ब) आयातों में घटत-बढ़त हो पर निर्यात पूर्ववत रहें,

(स) आयात निर्यात में असमान दर से घटत-बढ़त हो। प्रो. स्नाइडर ने भुगतान सन्तुलन में असाम्य उत्पन्न करने वाले कारणों के स्रोतों को दो भागों में विभाजित किया है और उनका विवरण इस प्रकार है।

I. उत्पादन के क्षेत्र में तकनीकी परिवर्तनों तथा उपभोक्ताओं के परिवर्तनशील स्वभाव से आयात-निर्यात के दोनों पक्ष प्रभावित होते हैं, अत: अर्थव्यवस्था में विदेशी वस्तुओं और सेवाओं की रचना से उत्पन्न होने वाले असाम्य के सात कारण हो सकते हैं। रचनात्मक असाम्य अपेक्षाकृत दीर्घकालीन होता है।

(1) उत्पादन की संरचना - अगर किसी देश में उत्पादन संरचना में परिवर्तन होता है तो विदेशी आयात-निर्यात पर भी प्रभाव पड़ेगा। अगर देश में औद्योगिक उत्पादन बढ़ रहा है तो कच्चे माल का आयात भी होगा, निर्मित माल का आयात घटेगा ही नहीं, बल्कि निर्मित माल का निर्यात भी बढ़ेगा। अत: आयात-निर्यात में परिवर्तन उत्पादन की संरचना पर निर्भर करेगा।

2. माँग का स्वरूप - भुगतान सन्तुलन में असाम्य माँग के स्वरूप में परिवर्तन से भी हो सकता है। अगर किसी देश की वस्तुओं की माँग उपभोक्ताओं या उत्पादकों की रूचि में परिवर्तन के कारण बिल्कुल न रहे तो निर्यात कम हो जायेंगे। जैसे भारत के जूट के थैलों के स्थान पर विदेशों में प्लास्टिक के थैलों का प्रतिस्थापन होने से माँग में परिवर्तन हुआ है।

इसी प्रकार टेरेलीन कपड़ों का आयात होने से तथा बढ़ते हुए जीवन-स्तर के कारण विदेशी और देशी दोनों प्रकार की वस्तुओं की माँग में वृद्धि निर्यात को कम तथा आयात को बढ़ाकर भुगतान सन्तुलन में असाम्य उत्पन्न करती है।

3. व्यापार की शर्तें - जिस देश के लिए आयात व्यापार की शर्तें अनुकूल तथा निर्यात के लिए प्रतिकूल हों या इसके विपरीत स्थिति हो तो ऐसी परिस्थितियाँ भी भुगतान सन्तुलन में असाम्य का कारण बनेगी।

4. व्यापार का स्वरूप - अगर किसी देश को कई वस्तुओं का अनिवार्यतः आयात करना पड़ता हो जबकि वह निर्यात करने में असमर्थ रहता हो अथवा इसके विपरीत स्थिति हो। इसी प्रकार जिन देशों में आयात की लोच कम होती है, उनके लिए आयात महँगा ही पड़ता है पर अगर लोचदार हो तो आयात सस्ता पड़ता है और असाम्य का कारण बनता है।

5. संस्थागत परिवर्तन - जब राजनीतिक, सामाजिक एवं आर्थिक संस्थाओं में परिवर्तन होता है या सरकार द्वारा व्यापार में प्रतिबन्ध, सहायता, नियन्त्रण आदि की नीति में परिवर्तन किया जाता है तो भुगतान सन्तुलन में असाम्य उत्पन्न हो सकता है।

6. दीर्घकालीन पूँजी प्रवाह - जब किसी देश में बड़ी मात्रा में दीर्घकालीन पूँजी का प्रवाह हो अथवा पूँजी एक देश से दूसरे देश में जाने लगे तो दोनों ही देशों में भुगतान असाम्य उत्पन्न हो सकता है।

7. पूँजी की क्षति - जब किसी देश में असामान्य परिस्थितियों - बाढ़, भूचाल, युद्ध तथा राजनीतिक उथल-पुथल के कारण पूँजी की हानि हुई हो तो उत्पादन ठप्प हो जाता है। नई मशीनों एवं उपकरणों का आयात करना पड़ सकता है तो असाम्य उत्पन्न होता है।

II. व्यापार चक्रों के कारण उत्पन्न भुगतान सन्तुलन असाम्य को चक्रीय असाम्य कहते हैं। ये अल्पकालीन असाम्य को जन्म देते हैं। चक्रवत् असाम्य देश में तेजी-मन्दी के कारण उत्पन्न होता है जबकि मूल्य स्तर में अचानक बहुत अधिक घट-बढ़ से व्यक्तियों के आय-स्तर तथा व्यापार पर प्रभाव पड़ता है और भुगतान में असाम्य उत्पन्न हो जाता है।

मौद्रिक असाम्य मुख्यतः तीन कारणों से होता है-

1. मूल्य स्तर में परिवर्तन - जब देश में सामान्य मूल्य -स्तर में वृद्धि हो जाए तो विदेशी वस्तुओं का आयात बढ़ेगा तथा निर्यात घटेगा। इससे असाम्य उत्पन्न हो जाता है। मुद्रा स्फीति भुगतान सन्तुलन में असाम्य उत्पन्न करती है।

2. मौद्रिक आय में परिवर्तन - इससे माल और सेवाओं की माँग बढ़ती है जबकि मौद्रिक आय में कमी से कुल माँग भी कम हो जाती है। इसका आयात-निर्यात पर प्रभाव असाम्य उत्पन्न कर सकता है।

3. विनिमय दर में परिवर्तन - इसका भी सामान्य मूल्य परिवर्तनों के समान ही प्रभाव पड़ता है। जब विदेशी विनिमय दर घटा दी जाती है तो निर्यात बढ़ते हैं तथा आयात घटते हैं और इसके विपरीत विनिमय दर बढ़ने पर आयात बढ़ते हैं तथा निर्यात घटते हैं, इनसे भुगतान सन्तुलन में असाम्य हो जाता है।

संक्षेप में कहा जा सकता है कि किसी देश में भुगतान सन्तुलन में असाम्य की स्थिति आयात-निर्यात की मात्रा में परिवर्तन, पूँजी के आवागमन, आर्थिक विकास, विदेशी माल की माँग में परिवर्तन तथा सरकार द्वारा व्ययों में वृद्धि या कमी, विदेशों में याता पर व्यय आदि से प्रभावित होता है।

विकासशील राष्ट्रों में भुगतान सन्तुलन के असाम्य/असन्तुलन के कारण

विश्व के प्राय सभी विकासशील राष्ट्रों के सामने भुगतान के असाम्य की समस्या हैं। भारत में भुगतान सन्तुलन की प्रतिकूलता तृतीय योजना के अन्त तक अपनी चरम सीमा पर पहुँच गई थी तथा भारत को बाध्य होकर अपनी मुद्रा का 5 जून, 1966 को 36.5 प्रतिशत अवमूल्यन करना पड़ा। विदेशी सहायता की संदिग्धता में पंचवर्षीय योजनाओं के क्रम में अवकाश करना पड़ा। विकासशील राष्ट्रों में भुगतान सन्तुलन की प्रतिकूलता अथवा असाम्य के मुख्य कारण इस प्रकार हैं-

1. विकास कार्यों के लिए आयातों की अनिवार्यता - विकासशील राष्ट्रों में आर्थिक विकास कार्यों व योजनाओं को मूर्त रूप देने के लिए बड़ी मात्रा में पूँजीगत सामान, मशीनें, रासायनिक तत्त्व, कच्चा माल व तकनीकी विशेषज्ञों की सेवाओं का आयात अनिवार्य हो जाता है। आयातों में वृद्धि के कारण भारी मात्रा में विदेशी विनिमय की माँग भुगतान सन्तुलन में असाम्य का कारण बनती है। यही नहीं, विकासशील राष्ट्रों में हीनार्थ प्रबन्ध भी मुद्रा स्फीति को जन्म देकर विदेशी आयातों को प्रोत्साहन देता है, अतः आयातों में वृद्धि भुगतान असन्तुलन उत्पन्न कर देती है।

2. निर्यातों में वृद्धि की धीमी गति - विकासशील राष्ट्रों के परम्परागत खनिज व कृषि पदार्थों की माँग विदेशों में प्रायः बेलोचदार होती है, अतः इन वस्तुओं के निर्यात विदेशों में मूल्यों में वृद्धि होने के बावजूद भी नहीं बढ़ते। इसके अतिरिक्त विकास कार्यों के कारण औद्योगिक कच्चे माल, खाद्यान्न, खनिज तेल आदि की आन्तरिक माँग भी बढ़ जाती है। घाटे की वित्त व्यवस्था से प्रजनित मुद्रा स्फीति में निर्यातकों को आन्तरिक बाजार में ही माल की बिक्री निर्यात की अपेक्षा अधिक लाभदायक अनुभव होती है। अंतः निर्यात बढ़ नहीं पाते और अगर बढ़ते हैं, तो भी उनकी गति बहुत धीमी रहती है।

3. विकासशील राष्ट्रों की कमजोर विक्रय शर्तें - विकासशील राष्ट्रों के माल की घटिया किस्म व ऊँची लागत होने से वे विकसित राष्ट्रों के माल की प्रतिस्पर्द्धा में टिक नहीं पाते तथा बाध्य होकर कमजोर विक्रय शर्तों पर माल बेचना पड़ता है, जिससे कम विदेशी मुद्रा मिलती है।

4. विदेशी ऋणों व पूँजी पर ब्याज व मूलधन की वापसी का बढ़ता भारी भार - यह विकासशील राष्ट्रों के भुगतान सन्तुलन की प्रतिकूलता का एक मुख्य कारण है। भारत को आजकल विदेशी ऋणों की वापसी व ब्याज के लिए लगभग 6000 से 7500 करोड़ प्रतिवर्ष चुकाना पड़ता है, इससे भुगतान सन्तुलन में असाम्य हो जाता है।

5. विकसित देशों में संरक्षणवाद तथा कठोर आयात नियन्त्रणों की बढ़ती प्रवृत्ति - विकसित देशों का दृष्टिकोण विकासशील राष्ट्रों के आयातों के प्रति उदार नहीं है। वे धीरे-धीरे संरक्षणवाद तथा कठोर आयात नियन्त्रणों की प्रवृत्ति अपना रहे है। अमेरिका ने

आयात कर में वृद्धि कर दी है। यूरोपीय साझा बाजार के देशों ने भी कठोर रुख अपनाया है। ब्रिटेन के साझा बाजार में प्रवेश से राष्ट्र मण्डलीय देशों के निर्यातों में भी बाधा उत्पन्न हो गई है। अतः विकासशील राष्ट्रों में भुगतान असन्तुलन होना स्वाभाविक है।

6. मुद्रा स्फीति का भयंकर संकट – विकासशील राष्ट्रों में आर्थिक विकास की वित्त व्यवस्था में हीनार्थ प्रबन्ध का अत्यधिक सहारा लिया जाता है। परिणामस्वरूप उनके मूल्यों में अप्रत्याशित वृद्धि हो गई है, इससे निर्यातों में कमी व आयातों में वृद्धि को प्रोत्साहन मिला है, जिसने व्यापार असन्तुलन को जन्म देकर भुगतान सन्तुलन में असाम्य उत्पन्न किया है।

7. जनसंख्या में विस्फोटक वृद्धि – प्रायः सभी विकासशील राष्ट्रों में जनसंख्या में विस्फोटक वृद्धि हो रही है, अतः आन्तरिक माँग बढ़ने से निर्यातों में कमी व आयातों में वृद्धि से व्यापार का घाटा निरन्तर बढ़ रहा है। भारत में भी जनसंख्या में विस्फोटक वृद्धि खाद्यान्नों का आयात बहुत बढ़ा था। निर्यातों में वृद्धि की गति धीमी है। अब भी खनिज तेल तथा खाद्यान्न तेलों का आयात करना पड़ता है।

8. सुरक्षा बनाम युद्ध की तैयारी – विकासशील राष्ट्रों में युद्ध व अन्य राजनैतिक संकटों के कारण बड़ी मात्रा में विकसित राष्ट्रों से युद्ध सामग्री का आयात किया जाता है। यही नहीं, बहुत से नवोदित राष्ट्रों में अपनी स्वतन्त्रता व अखण्डता को बनाए रखने के लिए सुरक्षा की तैयारी में विदेशों से युद्ध सामग्री का आयात होता है। विश्व के पूँजीवादी व साम्यवादी गुट दुर्बल देशों को राजनैतिक कठपुतली बनाकर उन्हें येन-केन प्रकारेण लड़ाने का प्रयास करते हैं ताकि उनका राजनीतिक स्वार्थ पूरा होता रहे। अतः अनुत्पादक आयात भुगतान असन्तुलन की स्थिति को और बिगाड़ रहे है।

9. प्रजातन्त्र का ऊँचा मूल्य व विदेशी भ्रमण – बहुत से विकासशील राष्ट्रों ने प्रजातन्त्र की शासन व्यवस्था अपनाई है। देश में इस कारण बहुत से साधनों का अपव्यय होता है। विदेशों में राजदूतों पर भारी व्यय होता है। यही नहीं, राजनीतिज्ञ, अधिकारी व जन-प्रतिनिधि सद्भावना यात्रा, सांस्कृतिक सहयोग, राजनीतिक सम्मेलनों आदि में भाग लेने के लिए देश की दुर्लभ विदेशी मुद्रा को आनन-फानन में उड़ाते हैं। दिखावे की प्रवृत्ति ने इसे और बढ़ावा दिया है। ये सब कारण भुगतान सन्तुलन की समस्या को और जटिल बना रहे हैं।

10. सामाजिक सेवाओं पर बढ़ता व्यय – प्रजातान्त्रिक शासन व्यवस्था के आवरण में विकासशील राष्ट्रों में सामाजिक सेवाओं पर बड़ी मात्रा में विदेशी मुद्रा का उपयोग हो रहा है। विदेशों में शिक्षा प्राप्त करने की प्रवृत्ति भी बढ़ी है। इसके कारण भी विदेशी मुद्रा की माँग में वृद्धि भुगतान असन्तुलन का कारण बनी है।

11. विदेशी सहायता में कमी – विकासशील राष्ट्रों को विकसित राष्ट्रों से मिलने वाली सहायता में निरन्तर कमी हुई है, अतः भुगतान असन्तुलन बढ़ा है।

भुगतान सन्तुलन में असाम्य को सुधारने के उपाय/उपचार

किसी भी देश के भुगतान सन्तुलन में लगातार असाम्य की स्थिति अन्तर्राष्ट्रीय व्यापार तथा देश की अर्थव्यवस्था दोनों के लिए अनुपयुक्त मानी जाती है। भुगतान सन्तुलन रे

अतिरेक उतना भयावह नहीं है जितना कि घाटा अथवा भुगतान सन्तुलन की प्रतिकूलता। यही कारण है कि प्रतिकूलता को सुधारने के लिए प्रयत्नों को तेज किया जाना चाहिए। ये प्रत्यन इस प्रकार हैं–

1. निर्यातों को प्रोत्साहन – चालू खातों में भुगतान असन्तुलन ठीक करने के लिए सबसे महत्त्वपूर्ण उपाय निर्यातों को प्रोत्साहन देना है। निर्यातों को प्रोत्साहन देने के लिए –

(i) उत्पादन लागतों में कमी,

(ii) निर्यात करों में कमी,

(iii) निर्यात उद्योगों को आर्थिक सहायता,

(iv) विदेशों में देशी माल के लिए प्रचार,

(v) निर्यात किये जाने वाले माल की पूर्ति में वृद्धि,

(vi) निर्यात उद्योगों को कच्चे माल एवं मशीनरी में प्राथमिकता के आधार पर लाइसेंन्स आदि से निर्यातों में वृद्धि को प्रेरित किया जा सकता है।

(vii) देश के माल की किस्म में सुधार करना चाहिए।

(viii) निर्यात होने वाले माल पर किस्म नियन्त्रण लागू किया जाना चाहिए।

(ix) माल के मूल्य में कमी करने की चेष्टा की जानी चाहिए। इसके लिए उत्पादन की नवीनतम प्रणालियों को प्रोत्साहन देना उचित होगा।

(x) विदेशी ग्राहकों की रुचि के अनुसार माल बनाना चाहिए तथा उसकी पैंकिग और डिजाइन उन देशों के व्यवहार एवं जलवायु के अनुकूल होनी चाहिए।

(xi) माल निर्यात करने वाले व्यापारियों के लिए कच्चे माल तथा साख आदि की सुविधाओं की पर्याप्त व्यवस्था करनी चाहिए।

(xii) मुक्त बन्दरगाह क्षेत्र स्थापित किये जाने चाहिए जहाँ से माल बिना कर निर्यात हो सके और जहाँ बिना सीमा शुल्क ही माल आयात हो सके।

(xiii) कुछ महत्त्वपूर्ण निर्यातों के लिए आर्थिक अनुदान दिये जा सकते हैं।

(xiv) कुछ महत्त्वपूर्ण वस्तुओं का निर्यात अधिकार किसी सरकारी विभाग या निगम को सौंपा जा सकता है।

2. आयातों में कमी या नियन्त्रण – निर्यात में वृद्धि करने के साथ–साथ आयातों में कमी करना उपयुक्त माना जाता है। आयात कम करने के लिए –

(i) भारी आयात कर लगाना,

(ii) आयात कोटा प्रणाली,

(iii) अनावश्यक आयातों पर प्रतिबन्ध या कठोर नियन्त्रण,

(iv) आयात प्रतिस्थापन को प्रोत्साहन,

(v) आयातों पर दी जाने वाली साख-सुविधाओं में कमी,

(vi) स्वदेशी भावना को जागृत करना आदि है।

3. विदेशी विनियोगों को प्रोत्साहन - विकासशील देशों में प्राय: भुगतान अथवा नयी परियोजनाओं के लिए पूँजी की कमी रहती है। यदि निश्चित योजनाओं के लिए (जो देश की सरकार द्वारा जनहित में बनायी गयी है) विदेशी पूँजी प्राप्त की जाय और उसके उपयोग पर उचित नियन्त्रण रखा जाय तो भुगतान सन्तुलन भी ठीक हो सकता है और पूँजी का प्रयोग भी राष्ट्र हित के विरुद्ध नहीं होता। देश की सुनिश्चित एवं आकर्षक नीतियों द्वारा विदेशियों को देश में विनियोगों के लिए प्रोत्साहन देना जिससे पर्याप्त मात्रा में विदेशी मुद्रा की पूर्ति में वृद्धि से असन्तुलन दूर हो सके।

4. विदेशों से ऋण - आर्थिक विकास के लिए विदेशों से ऋण भी प्राप्त किये जा सकते हैं, यह ऋण भी प्राथमिक क्षेत्रों के विकास के लिए काम में लिये जाने चाहिए ताकि देश में आर्थिक प्रगति के लिए उपयुक्त वातावरण तैयार हो सके। इससे व्यापार की स्थिति में सुधार हो जाता है और भुगतान की स्थिति में भी सुधार होने लगता है।

चालू खाते में भुगतान सन्तुलन की प्रतिकूलता को समाप्त करने के लिए विदेशों से कम ब्याज पर दीर्घकालीन ऋणों को प्रोत्साहन देना चाहिए। विदेशी बैंकों, सरकारों या निजी संस्थाओं से ऋण लेकर भुगतान सन्तुलन के असाम्य को मिटाया जा सकता है और इन ऋणों की भुगतान तिथि तक तो देश अपनी स्थिति सुधार कर ऋण चुकाने में समर्थ हो सकता है।

5. विनिमय नियन्त्रण - भुगतान सन्तुलन की स्थिति को ठीक रखने के लिए यह आवश्यक है कि देश के विदेशी विनिमय कोषों का सदुपयोग हो। इसके लिए विदेशी विनिमय पर उचित नियन्त्रण लगाये जाने चाहिए और उनका सख्ती से पालन किया जाना चाहिए। वर्तमान युग में प्राय: सभी विकासशील देशों में विनिमय नियन्त्रण लागू हैं।

सरकार विदेशी मुद्रा के लेन-देन पर प्रभावी नियन्त्रण लागू कर विदेशें से अर्जित मुद्रा की सीमा तक ही आयातों को सीमित करें। विदेशी मुद्रा का उपयोग अधिक महत्त्वपूर्ण कार्यों में ही हो। अत: केन्द्रिय बैंक देश में अर्जित विदेशी मुद्रा को विभिन्न भुगतानों में व्यवस्थित ढंग से समायोजित करता है ताकि भुगतान सन्तुलन में असाम्य की स्थिति को मिटाया जा सके। इस पद्धति की यह विशेषता है कि न तो इससे प्रतिकार की भावना उत्पन्न होती है, न अवमूल्यन के कारण से देश की प्रतिष्ठा को धक्का लगता है। इससे मुद्रा संकुचन की नीति से उत्पन्न होने वाले आर्थिक संकट का भय भी नहीं रहता।

6. करेन्सी का संकुचन और मूल्य पर नियन्त्रण - जिस देश में वस्तुओं के मूल्यों में निरन्तर वृद्धि होती रहती है उस देश के निर्यात प्राय: बहुत सीमित रहते हैं क्योंकि ऊँचे मूल्य पर सामान खरीदने के लिए कोई देश तैयार नहीं होता। अत: देश के माल की माँग विदेशों में बनाये रखने के लिए उसके मूल्य को उचित सीमा में नियन्त्रित रखा जाना चाहिए। इस नीति के परिणामस्वरूप निर्यातों का स्तर ठीक रहता है और भुगतान सन्तुलन भी नहीं बिगड़ने पाता।

देश में आयातों को कम करने और निर्यातों को बढ़ाने का एक तरीका यह भी है कि देश में मुद्रा संकुचन या मूल्यों पर नियन्त्रण से वस्तुओं और सेवाओं का मूल्य नीच रखा जाए ताकि निर्यात सस्ते होने से बढ़े और आयातों को निरूत्साहित किया जा सके।

7. विदेशी पर्यटकों को प्रोत्साहन - भुगतान सन्तुलन ठीक करने के लिए अधिक से अधिक विदेशी विनिमय प्राप्त करना आवश्यक होता है। इसका एक उपाय यह है कि विदेशी पर्यटकों को अधिक से अधिक प्रोत्साहन दिया जाना चाहिए। विदेशों में निरन्तर प्रचार तथा पर्यटकों के लिए परिवहन एवं होटल आदि की सुविधाओं में सुधार द्वारा यह सम्भव है।

देश में विदेशी पर्यटकों एवं यात्रियों को, देश के दर्शनीय स्थानों को विकसित एवं आरामदायक बनाकर, आकर्षित किया जा सकता है तथा देश से बाहर अनावश्यक यात्राओं पर रोक लगाई जावे तो भुगतानों की प्रतिकूलता को सुधारा जा सकता है।

8. अवमूल्यन - भुगतान सन्तुलन ठीक करने के सभी उपाय असफल हो जाने पर प्राय: मुद्रा का अवमूल्यन किया जाता है। अवमूल्यन करने वाले देश का माल विदेशों में सस्ता बिकने लगता है जिससे उसकी माँग में पर्याप्त वृद्धि होती है। इस प्रकार उस देश के निर्यातों को प्रोत्साहन मिलता है और आयात महँगे होने के कारण उनमें कमी आने लगती है, व्यापार सन्तुलन में सुधार होता है और भुगतान सन्तुलन उचित स्तर पर आ जाता है।

देश की मुद्रा का मूल्य विदेशी मुद्रा के रूप में कम कर देने से निर्यात सस्ते और आयात महँगे हो जाते हैं। इससे निर्यातों को प्रोत्साहन मिलता है और आयात हतोत्साहित होते हैं। यह पद्धति तब सफल हो सकती है जबकि देश के माल की विदेशों में माँग लोचदार हो और देश में आयातों की माँग भी लोचदार हो तथा विदेशी राष्ट्र अवमूल्यन के विरूद्ध बदले की भावना से कार्य न करें।

9. अन्तर्राष्ट्रीय मुद्रा कोष से ऋण सहायता - अस्थायी भुगतान असन्तुलन की स्थिति में सदस्य राष्ट्र मुद्रा कोष से ऋण सहायता लेकर भुगतान असन्तुलन समस्या का समाधान कर सकते हैं, किन्तु यह अल्पकालीन सहायता है।

10. तस्करी पर प्रभावी रोक - अवैध रूप से चोरी छुपे देश में लाये जाने वाले माल तथा देश से बाहर ले जाये जाने वाले माल की तस्करी पर प्रभावी रोक लगानी चाहिए ताकि देश को विदेशी विनिमय की अवैधानिक चोरी की क्षति से बचाया जा सके।

11. आयात प्रतिस्थापन को प्रोत्साहन - भुगतान असन्तुलन को सुधारने के लिए देश में निर्मित माल एवं मशीनों को विदेशी माल के स्थान पर प्रयोग करने से आयातों को कम करने में मदद मिलेगी और देश को विदेशी मुद्रा में बचत से असाम्य को दूर करने में मदद मिलेगी।

12. ऋण भुगतानों की अवधि आगे बढ़ाना - अल्पकालीन भुगतान असन्तुलन को सुधारने के लिए प्राय: ऋणदाता देशों को उनके ऋणों के भुगतान की अवधि बढ़ाने के लिए समझौते किये जाने चाहिए। इस व्यवस्था से विदेशी भुगतानों की माँग को आगे की अवधि तक टाल कर असाम्य दूर किया जाना चाहिए।

13. विदेशों में बसे प्रवासियों को उनके द्वारा अर्जित विदेशी मुद्रा को देश में लाकर विनियोग को बढ़ाने की छूट और उनके प्रलोभन भी उपयोगी सिद्ध हुए हैं।

भुगतान सन्तुलन की समस्या का मूल कारण व्यापारिक असन्तुलन होता है, शेष कारण केवल सामायिक एवं सामान्य महत्त्व के होते हैं, अतः प्रत्येक देश को भुगतान सन्तुलन अनुकूल बनाये रखने के लिए आयात तथा निर्यातों का विशेष ध्यान रखना चाहिए अन्यथा इस समस्या का वास्तविक समाधान मिलना कठिन होगा।

इस प्रकार उपर्युक्त विवरण यह स्पष्ट करता है कि भुगतान सन्तुलन में प्रतिकूल असाम्य को सुधारने के लिए निर्यातों को प्रोत्साहन, आयातों में कमी या नियन्त्रण, विदेशी ऋणों एवं विनियोगों में वृद्धि, मुद्रा का संकुचन, विदेशी यात्रियों को प्रोत्साहन, विनिमय नियन्त्रण तथा अवमूल्यन की नीति अपनानी चाहिए। पर अगर देश के भुगतान सन्तुलन का असाम्य अनुकूल में हो तो उपर्युक्त पद्धतियों के विपरीत उपचार किये जाने चाहिए अर्थात निर्यातों में कमी, आयातों को प्रोत्साहन, मुद्रा का अधिमुल्यन, मुद्रा प्रसार एवं मुद्रा मूल्य में वृद्धि आदि तरीके अपनाने चाहिए। भुगतान सन्तुलन की समस्या विकासशील देशों के लिए ज्यादा महत्त्वपूर्ण है, अतः उन्हें अपने निर्यातों को उच्च स्तर पर बनाये रखना पड़ता है। विदेशी विनियोगों एवं विदेशी ऋणों का सहारा लेना पड़ता है जैसा कि भारत कर रहा है।

विदेशी विनिमय दर पर प्रभाव - भुगतान सन्तुलन में असाम्य की स्थिति विनिमय दरों पर गहरा प्रभाव डालती हैं। भुगतान सन्तुलन के प्रतिकूल होने पर देश की मुद्रा की विनिमय दर विदेशी मुद्रा के रूप में कम हो जाती है और असाम्य अनुकूल होने पर विनिमय दर बढ़ जाती है। विनिमय दर घटने से आयातों को हतोत्साहन तथा निर्यातों की वृद्धि को प्रोत्साहन मिलता है जबकि विनिमय दर बढ़ने पर आयातों को प्रोत्साहन एवं निर्यातों का हतोत्साहन होता है। अतः असाम्य में स्वतः साम्य की प्रवृत्ति उत्पन्न होती है पर यह तभी सम्भव होता है जबकि विनिमय नियन्त्रण न हो और अर्थव्यवस्था में अन्तर्राष्ट्रीय लेन-देनों की पूर्ण स्वतन्त्रता हो।

अन्तर्राष्ट्रीय मुद्रा कोष एवं भुगतान सन्तुलन में असाम्य

अन्तर्राष्ट्रीय मुद्रा कोष किसी भी देश में भुगतान सन्तुलन में असाम्य को सुधारने तथा अन्तर्राष्ट्रीय व्यापार में प्रतिबन्धों को कम कर अन्तर्राष्ट्रीय व्यापार में वृद्धि के लिए विदेशी मुद्रा में अल्पकालीन सहायता उपलब्ध करता है तथा असाम्य दूर करने के लिए उचित परामर्श देता है। अस्थायी साम्य को दूर करने के लिए तो मुद्रा कोष विदेशी मुद्रा में नियमों के अनुकूल सहायता देता ही है पर स्थायी असाम्य को दूर करने के लिए भी उपयुक्त परामर्श देता है।

क्या निरन्तर अनुकूल भुगतान सन्तुलन रखना सम्भव है?

अन्तर्राष्ट्रीय व्यापार विभिन्न देशों के परस्पर सहयोग पर निर्भर करता है। यदि सभी देश अपने भुगतान सन्तुलन को अनुकूल रखना चाहे तो विदेशी व्यापार को भारी क्षति पहुँच सकती है। निरन्तर अनुकूल भुगतान सन्तुलन तभी सम्भव होता है जबकि देश अधिकांश वस्तुओं में आत्मनिर्भर हो, विदेशों में उसकी वस्तुओं की माँग बेलोचदार हो और वह राष्ट्र दूसरे देशों में विनियोग व ऋण देने की नीति न अपनाता हो जैसा कि मध्य पूर्व एशियाई देशों में है जबकि प्रायः ऐसा नहीं होता अतः सामान्यतः निरन्तर अनुकूल भुगतान सन्तुलन रखना सम्भव नहीं होता।

परिक्षापयोगी प्रश्न

1. व्यापार सन्तुलन तथा भुगतान सन्तुलन में क्या अन्तर है? व्यापार शेष की प्रतिकूलता ठीक करने के उपाय लिखिए।
2. भुगतान असन्तुलन का क्या तात्पर्य है? इस प्रकार के असन्तुलन में सुधार के उपाय पर प्रकाश डालिये।
3. भुगतान असन्तुलन ठीक करने के लिए कौन-सी रीतियाँ अपनायी जा सकती हैं? विश्लेषण कीजिए।
4. किसी देश का भुगतान सन्तुलन किन कारणों से प्रतिकूल हो सकता है? उन कारणों को किस प्रकार दूर किया जा सकता है?
5. भुगतान सन्तुलन तथा व्यापार सन्तुलन के सापेक्षिक महत्त्व को स्पष्ट कीजिए तथा व्यापार सन्तुलन अनुकूल होने के लाभों को विवेचन कीजिए।
6. किसी देश के प्रतिकूल भुगतान सन्तुलन के क्या कारण हो सकते हैं? विकासशील देशों में प्रतिकूल भुगतान सन्तुलन को ठीक करने हेतु कौन से कदम उठाये जाते हैं?
7. भुगतान सन्तुलन की प्रमुख मदें कौन-सी हैं? प्रतिकूल भुगतान सन्तुलन को सुधारने के विभिन्न उपायों का संक्षेप में वर्णन कीजिये।
8. भुगतान सन्तुलन का अर्थ लिखिए। एक देश के विपरीत भुगतान सन्तुलन में सुधार किये जाने के लिए क्या उपाय किये जा सकते हैं?
9. अन्तर्राष्ट्रीय व्यापार की निम्नलिखित धारणाओं को स्पष्ट कीजिए:

   (अ) भुगतान सन्तुलन,

   (ब) व्यापार सन्तुलन, तथा

   (स) भुगतान सन्तुलन का असाम्य।

9

मुक्त व्यापार बनाम संरक्षण
(Free Trade V/s Protection)

प्रत्येक राष्ट्र की व्यापारिक नीति का सम्बन्धित राष्ट्र के आर्थिक विकास पर महत्त्वपूर्ण प्रभाव पड़ता है अतः यह किसी राष्ट्र के नीति निर्धारकों की सुझ-बुझ पर निर्भर करता है कि वे किस प्रकार कि व्यापारिक नीति के पक्षधर है। व्यापारिक नीति के अन्तर्गत उन समस्त उपायों को सम्मिलित किया जाता है जो किसी राष्ट्र के बाहरी सम्बन्धों की स्थापना में निर्णायक भूमिका को वहन करते हैं। प्रारम्भ से ही विदेशी व्यापार एवं विनिमय को व्यापारिक नीति के नियन्त्रित किये जाने के पक्ष में विचार व्यक्त किये गये हैं। यह प्रारम्भ से ही एक अत्यन्त विवादास्प्रद विषय रहा है कि किसी राष्ट्र द्वारा मुक्त व्यापार की नीति को अपनाया जाय अथवा संरक्षण की नीति को। अन्तर्राष्ट्रीय व्यापार के सम्बन्ध में प्रत्येक देश अपनी अलग-अलग व्यापारिक नीति अपनाता है। प्रत्येक राष्ट्र अपने वैदेशिक आर्थिक सम्बन्धों को उपयुक्त व्यापारिक नीति के निर्माण तथा क्रियान्वयन द्वारा इच्छित दिशा में परिवर्तन का प्रयास करता है। अन्तर्राष्ट्रीय व्यापार से सम्बन्धित दो प्रकार की नीतियों का अनुकरण किया जाता है। अन्तर्राष्ट्रीय व्यापार में यदि देश में सरकार किसी भी प्रकार कोई हस्तक्षेप न करे और व्यापारिक गतिविधियों को स्वतन्त्र छोड़ दे तो उसे मुक्त व्यापार नीति कहते हैं। इसके विपरीत जब सरकार व्यापारिक क्षेत्र में हस्तक्षेप करती है और अन्तर्राष्ट्रीय व्यापार में वांछित उद्देश्य की पूर्ति हेतु अन्तर्राष्ट्रीय व्यापार में आयातों को हतोत्साहित या निर्यातों को प्रोत्साहित करती है, अथवा स्वतन्त्र व्यापार पर रोक लगाई जाती हैं तो उसे संरक्षण की व्यापार नीति कहा जाता है। कभी-कभी व्यापारिक नीति एवं वाणिज्य नीति में भेद किया जाता है, क्योंकि व्यापारिक नीति का क्षेत्र वाणिज्य नीति से अधिक व्यापक है। वाणिज्य नीति के अन्तर्गत जहाँ केवल आयात-निर्यात का ही अध्ययन किया जाता है व्यापारिक नीति में आयात-निर्यात के अतिरिक्त अन्य सम्बन्धित समस्याओं का भी अध्ययन किया जाता है जैसे विदेशी विनिमय एवं भुगतान सन्तुलन की समस्या, व्यापारिक समझौते, इत्यादि। इन नीतियों का विस्तृत वर्णन इस प्रकार है-

मुक्त व्यापार या स्वतन्त्र व्यापार का अर्थ एवं परिभाषा

स्वतन्त्र व्यापार का अभिप्राय विभिन्न देशों के मध्य वस्तुओं तथा सेवाओं के स्वतन्त्र आदान-प्रदान से है। जब विभिन्न देशों के बीच वस्तुओं या सेवाओं का क्रय-विक्रय बिना किसी सरकारी रोक-टोक के किया जाता है और विभिन्न देशों के बीच वस्तुओं व सेवाओं के आदान-प्रदान पर कोई प्रतिबन्ध न हो और विनिमय निर्बाध होता रहे तो उसे स्वतन्त्र या मुक्त व्यापार कहा जाता है। स्वतन्त्र व्यापार विचार अन्तर्राष्ट्रीय व्यापार के तुलनात्मक लागत सिद्धान्त पर आधारित है। एडम *स्मिथ* के शब्दों में, **"वह व्यापार नीति जिसमें घरेलू और विदेशी वस्तुओं में कोई अन्तर नहीं समझा जाता और न किसी एक को बुरा और न किसी दूसरे को विशेष अधिकार दिये जाते हैं तो उसे मुक्त या स्वतन्त्र व्यापार कहा जाता है।"** इससे अन्तर्राष्ट्रीय व्यापार अपनी स्वाभाविक गति से स्वतन्त्रतापूर्वक चलता रहता है। इसका अर्थ यह नहीं कि कर नहीं लगाये जाते, कर तो लगाये जाते हैं पर कर संरक्षण की दृष्टि से न लगाये जाकर आय के उद्देश्य से लगाये जाते हैं।

स्वतन्त्र व्यापार नीति अपनाने को जो कहते हैं उनका विचार है कि देश की समृद्धि को बढ़ाने का सबसे अच्छा उपाय यह है कि प्रत्येक देश को उन वस्तुओं के उत्पादन में विशिष्टीकरण प्राप्त करने की स्वतन्त्रता होनी चाहिए जिनके उत्पादन में वह सबसे अधिक उपयुक्त व दक्ष हो। अन्तर्राष्ट्रीय व्यापार के द्वारा भौगोलिक श्रम विभाजन तथा विशिष्टीकरण के लाभ केवल स्वतन्त्र व्यापार की नीति अपनाने पर ही प्राप्त किए जा सकते हैं। स्वतन्त्र व्यापार के सिद्धान्तों को अन्तर्राष्ट्रीय क्षेत्र में श्रम-विभाजन के सिद्धान्त का विस्तार मात्र समझना चाहिए। वास्तव में लगभग एक सौ वर्ष तक इस सिद्धान्त का बोलबाला रहा है। आजकल भी अनेक अर्थशास्त्री स्वतन्त्र व्यापार प्रणाली की पुनर्स्थापना का प्रबल समर्थन कर रहे है।

स्वतन्त्र व्यापार का अर्थ अन्तर्राष्ट्रीय व्यापार की स्वतन्त्रता है। स्वतन्त्र व्यापार वह नीति है जिसके अन्तर्गत देशों के मध्य आयातों और निर्यातों पर कोई प्रतिबन्ध नहीं हो। प्रो. जगदीश भगवती के मतानुसार, **"मुक्त व्यापार (स्वतन्त्र व्यापार) की स्थिति वह है जिसमें किसी प्रकार के तटकर न हों, अभ्यंश निर्धारित न किये गये हों, विनिमय प्रबन्ध का अभाव हो, उत्पादन पर आर्थिक सहायताओं की पद्धति न हो और उत्पादन के साधनों के प्रयोग व उपयोग पर किसी प्रकार का नियन्त्रण न हो।"**

प्रो. जगदीश भगवती ने स्वतन्त्र व्यापार को इष्टतम नीति मानने का आधार इन शब्दों में व्यक्त किया है:, **"स्वतन्त्र व्यापार नीति की (इसे उत्पादन, साधन उपभोग व उपभोग पर प्रशुल्क, नियतांश, विनिमय, प्रतिबन्धों, करों व उपदानों की अनुपस्थिति के रूप में परिभाषित करने पर) सर्वोत्तमता इस तथ्य से प्राप्त होती है कि इससे घरेलू उत्पादन तथा विदेशी व्यापार में सीमान्त रूपान्तरण दरें समान हो जाती हैं तथा ये दोनों दरें उपभोग में सीमान्त प्रतिस्थापन की दर के समान हो जाती हैं। यह इस तथ्य से भी ज्ञान हो जाती है कि स्वतन्त्र व्यापार में घरेलू कीमतें (परिवहन लागतों को टालकर) व्यापार वाली विदेशी कीमतों के समान हो जाती है एवं घरेलू कीमतें उत्पादन में सीमान्त रूपान्तरण की दर व उपभोग में सीमान्त प्रतिस्थापन की दर के समान हो जाती है जबकि व्यापार में एकाधिकार विहीन छोटे राष्ट्र की स्थिति में विदेशी कीमतें विदेशी व्यापार में साम्य वाली सीमान्त रूपान्तरण की दर के समान हो जाती हैं।**

प्रो. एड्म स्मिथ के शब्दों में, "स्वतन्त्र व्यापार व्यापारिक नीति की उस प्रणाली को कहते हैं जिसमें देशी व विदेशी वस्तुओं में किसी प्रकार का भेदभाव नहीं रखा जाता और न तो विदेशी वस्तुओं पर अनावश्यक कर लगाए जाते हैं और न स्वदेशी उद्योगों को कोई विशेष सुविधाएँ प्रदान की जाती हैं।" इसका यह अर्थ नहीं है कि स्वतन्त्र व्यापार के अन्तर्गत वस्तुओं पर किसी प्रकार के कर लगते ही नहीं। यह नीति केवल यह कहती है कि जो भी कर लगाए जाएं वे केवल आय प्राप्त करने के लिए होने चाहिए और संरक्षण के लिए नहीं।

प्रो. हेबरलर ने इंगित किया है कि अधिकतम विश्व उत्पादन के आधार पर ही स्वतन्त्र व्यापार का सर्वोत्तम नीति के रूप में औचित्य ठहराया जा सकता है, उन्हीं के शब्दो में, "केवल इसी आधार पर, एवं निश्चय ही इसी मान्यता पर कि वांछनीय उद्देश्य सामाजिक उत्पत्ति अधिकतम होना है, स्वतन्त्र व्यापार का विज्ञान सम्मत औचित्य ठहराया जा सकता है, यद्यपि राजनैतिक प्रचार के उद्देश्य से अन्य तर्कों को अग्रिम पंक्ति में प्रस्तुत किया जा सकता है।

पॉल सेम्युलसन के अनुसार, "स्वतन्त्र व्यापार हम उसे कहेंगे जब व्यापार पर कोई बाह्य हस्तक्षेप व एकाधिकार न हो तथा अनिश्चितताओं एवं अविभाज्यताओं का अभाव रहता हो।"

अपने विचारों को और अधिक स्पष्ट करते हुए सेम्यूलसन लिखते हैं कि, "ईश्वर है अथवा नहीं, यह निर्णय लेने हेतु एक ओर तो ईश्वर है इसके पक्ष के समस्त तर्कों की गणना करली जाय एवं दूसरी ओर ईश्वर नहीं है इसके पक्ष में समस्त तर्कों की गणना करली जाय और फिर जिस तरफ तर्कों की संख्या अधिक है उसके पक्ष में निर्णय लेने का प्रयत्न किया जाय तो यह बेतुका ही होगा। प्रशुल्क द्वारा संरक्षण का मूल्यांकन करने हेतु इसके पक्ष व विपक्ष के असमान महत्त्व वाले तर्कों की गणना मात्र कर लेना भी ठीक उतना ही बेतुका होगा।"

प्रो. सेम्युअलसन आगे लिखते हैं कि, "——वास्तव में स्वतन्त्र व्यापार के पक्ष में केवल एक ही अत्यधिक शक्तिशाली तर्क है, जो इस प्रकार है:

अप्रतिबन्धित व्यापार परस्पर लाभप्रद अन्तर्राष्ट्रीय श्रम विभाजन को बढ़ावा देता है, समस्त राष्ट्रों की सम्भाव्य वास्तविक राष्ट्रीय उत्पाद में अत्यधिक वृद्धि करता है, तथा समस्त विश्व में ऊँचे जीवन स्तर को सम्भव बनाता है।"

स्वतन्त्र व्यापार नीति की विशेषताएँ

(1) आयात-निर्यात व्यापार पर कोई प्रतिबन्ध नहीं होता।

(2) किसी भी प्रकार का कोई तटकर नहीं होता।

(3) अभ्यंश निर्धारण का अभाव होता है।

(4) विदेशी विनिमय के क्रय-विक्रय तथा आवागमन पर कोई रोक-टोक नहीं होती।

(5) उत्पादन साधनों के प्रयोग एवं उपयोग पर कोई नियन्त्रण नहीं होता।

(6) विदेशी व्यापार में भेदभाव अथवा उद्योगों के संरक्षण का अभाव होता है।

एडम स्मिथ ने 1776 में अपनी रचना के प्रकाशन में संरक्षणवाद की कड़ी आलोचना की और स्वतन्त्र व्यापार के पक्ष में प्रबल जनमत का तैयार किया। इंग्लैण्ड के नेतृत्व में स्वतन्त्र व्यापार नीति को प्रोत्साहन मिला, पर साथ ही साथ भय भी व्याप्त था। प्रथम महायुद्ध में अनेक प्रतिबन्ध लगाये गये। 1930 में तो अन्तर्राष्ट्रीय व्यापार पर प्रतिबन्धों की बाढ़-सी आ गई। इससे अन्तर्राष्ट्रीय व्यापार के विकास में अत्यधिक बाधा पड़ी और किसी देश को विशेष लाभ नहीं हुआ। द्वितीय विश्वयुद्ध के बाद नवीन दृष्टिकोण का उदय हुआ जिससे राष्ट्रीय अर्थव्यवस्था को खतरे में डाले बिना ही अन्तर्राष्ट्रीय व्यापार के प्राचीन, स्वतन्त्र एवं बहुपक्षीय स्वरूप के लिए संगठित प्रयास किये जा रहे हैं। अन्तर्राष्ट्रीय मुद्रा कोष तथा अंकटाड इसके कतिपय उदाहरण हैं।

मुक्त व्यापार या स्वतन्त्र व्यापार के पक्ष में तर्क (लाभ)

परम्परावादी अर्थशास्त्री द्वारा स्वतन्त्र व्यापार की विचारधारा कट्टर रूप से पक्ष लिया गया थे। और उनका मत था कि विदेशी व्यापार में किसी भी प्रकार की बाधा को अनुचित है। वे स्वतन्त्र व्यापार को आर्थिक समृद्धि का स्रोत और श्रम-विभाजन का आधार मानते थे। स्वतन्त्र व्यापार से निम्न लाभ हैं और उसके पक्ष में निम्न तर्क दिये जाते हैं।

(1) स्वतन्त्र व्यापार की नीति का अनुशरण किये जाने से विश्व के उत्पत्ति साधनों का अनुकूलतम उपयोग सम्भव है। मुक्त व्यापार से प्रत्येक देश उन वस्तुओं और सेवाओं का उत्पादन करता है जिनमें यह सर्वाधिक दक्ष है और तुलनात्मक लागत की दृष्टि से सबसे कम उत्पादन लागत पर वस्तु का निर्माण कर सकता है। इससे भौगौलिक एवं क्षेत्रीय श्रम-विभाजन एवं विशिष्टीकरण का बल मिलता है, अधिकतम उत्पादन सम्भव होता है तथा लागत कम से कम बैठती हैं।

(2) स्वतन्त्र व्यापार की नीति का अनुशरण किये जाने से उपभोक्ताओं को अधिकतम सन्तुष्टि प्रदान किया जाना सम्भव है। स्वतन्त्र व्यापार में उपभोक्ताओं को अनेक वस्तुओं के उपभोग का अवसर ही प्राप्त नहीं होता बल्कि विभिन्न देशों में प्रतिस्पर्द्धा से वस्तु सस्ती भी मिलती हैं। इससे उपभोक्ताओं को अपनी सन्तुष्टि अधिकतम करने का अवसर मिलता है।

(3) स्वतन्त्र व्यापार की नीति का अनुशरण किये जाने से वस्तुओं के बाजारों का विस्तार किया जाना सम्भव हो सकेगा। स्वतन्त्र अन्तर्राष्ट्रीय व्यापार से वस्तुओं का बाजार देश की सीमा से बहुत परे अन्तर्राष्ट्रीय क्षेत्र में फैल जाता है। विस्तृत बाजार होने से बड़े पैमाने की उत्पत्ति के लाभ प्राप्त होते हैं, विशिष्टीकरण को प्रोत्साहन मिलता है। इससे उत्पादकों और उपभोक्ताओं दोनों को लाभ मिलता है।

(4) स्वतन्त्र व्यापार की नीति का अनुशरण किये जाने से एकाधिकार पर रोक स्थापित किया जाना सम्भव हो सकेगा। स्वतन्त्र व्यापार से देशी उद्योगों में परस्पर प्रतिस्पर्द्धा रहती है। वस्तुओं के अनेक विक्रेता होते हैं। अत: एकाधिकारी प्रवृत्तियाँ हतोत्साहित होती हैं। एकाधिकारी संघों के अभाव में उपभोक्ताओं एवं श्रमिकों को शोषण से मुक्ति मिलती है।

प्रतियोगिता के फलस्वरूप मुक्त व्यापार का एक महत्त्वपूर्ण लाभ यह भी है कि इससे देश में एकाधिकारी शक्तियां स्थापित नहीं हो पाती। यदि स्वतन्त्र व्यापार न अपनाकर आयात कर लगा दिये जाते हैं तो बहुत से उद्योग में फर्में अपने अनुकूलतम आकार को प्राप्त नहीं कर पाती जबकि उत्पादन में वृद्धि उनके लिए लाभप्रद होती है। इसका परिणाम यह होता है कि एकाधिकार संघों का निर्माण होने लगता है जिससे सापेक्षिक रूप से कीमतें बढ़ने लगती हैं, किन्तु स्वतन्त्र व्यापार से बाजार का विस्तार बढ़ता है, प्रतियोगिता को बल मिलता है, फर्मों में अनुकूलतम उत्पादन होता है और लागतें कम हो जाती है।

(5) विश्व के सभी देशों की संकटकाल में रक्षा किया जाना सम्भव होगा। स्वतन्त्र व्यापार में सभी देशों को संकट या युद्धकालीन परिस्थितियों में आर्थिक संकटों से मुक्ति मिल जाती है। देश में किसी वस्तु के अभाव की पूर्ति आयातों से की जा सकती है और उत्पादन आधिक्य की समस्या का समाधान दूसरे देशों में निर्यात से किया जा सकता है। स्वतन्त्र आयात-निर्यात के मूल्यों में स्थायित्व रहता है।

(6) उत्पादन पद्धतियों में सुधार किया जाना सम्भव होगा। मुक्त व्यापार में विभिन्न उत्पादक देशों में परस्पर प्रतिस्पर्द्धा होती है और वही देश अधिक लाभ कमा सकता है जो नवीनतम विधियों से कम से कम उत्पादन लागत में वस्तु की पूर्ति कर सके। स्वाभाविक रूप से उत्पादन रीतियों में सुधार के प्रयत्न किये जाते हैं। एक देश में सुधरी हुई पद्धति दूसरे देशों में भी आयात द्वारा सुधारी जाती है। इससे निरन्तर यह प्रक्रिया चलती रहने से उत्पादन लागतों में कमी होती है।

(7) स्वर्णमान की सफलता मुक्त व्यापार पर ही निर्भर करती है। मुक्त व्यापार ही स्वर्णमान की स्वचालित का आधार है और स्वतन्त्र व्यापार के अभाव में स्वर्णमान की सफलता असम्भव है।

(8) भौगोलिक स्थानीयकरण को प्रोत्साहन प्रदान किया जाना सम्भव हो सकेगा। स्वतन्त्र व्यापार से प्रत्येक देश उन्हीं वस्तुओं का उत्पादन करता है जिसके पास उत्पादन के प्राकृतिक साधन सुलभ एवं पर्याप्त हैं और उत्पादन लागत कम बैठती हैं। इस प्रकार से विशिष्टीकरण व श्रम-विभाजन के लाभ मिलते हैं और उद्योगों से स्थानीयकरण को प्रोत्साहन मिलता है।

(9) औद्योगिक कच्चा माल एवं नये-नये उद्योग का विकास भी मुक्त व्यापार की नीति के अनुसरण के अन्तर्गत ही सम्भव है। मुक्त व्यापार से जहाँ कच्चे माल का आयात कर देश अपने उद्योगों को बनाये रख सकते हैं वहाँ स्वतन्त्र व्यापार से ही एक देश दूसरे देशों से मशीनें, उपकरण आदि मँगा कर औद्योगिकरण कर सकता है।

(10) राष्ट्रों में सद्भावना और सहयोग का विकास भी मुक्त व्यापार की नीति के अनुसरण के अन्तर्गत ही सम्भव है। मुक्त व्यापार के अन्तर्गत अन्तर्राष्ट्रीय व्यापार अपनी स्वाभाविक गति से स्वतन्त्रतापूर्वक चलता रहता है। किसी भी राष्ट्र को कोई दुर्भावना या द्वेष नहीं रहता। इससे पारस्परिक सद्भावना एव सहयोग बढ़ता है व संघर्ष की सम्भावना घटती हैं।

(11) व्यापार चक्रों के दुष्प्रभावों को न्यूनतम करने में मदद केवल स्वतन्त्र व्यापार की नीति के अनुशरण के अन्तर्गत ही सम्भव है। स्वतन्त्र व्यापार से तेजी-मन्दी के समय वस्तुओं एवं सेवाओं का आसानी से आयात-निर्यात कर व्यापार चक्रों के दुष्प्रभावों को कम करने में मदद मिलती है।

(12) संरक्षण के दोषों से मुक्ति केवल स्वतन्त्र व्यापार की नीति के अनुशरण के अन्तर्गत ही सम्भव है। संरक्षण से उत्पन्न राजनैतिक भ्रष्टाचार प्रशासन में रिश्वतखोरी, प्रतिस्पर्द्धा में कमी से अकुशलता में वृद्धि और एकाधिकारी प्रवृत्तियों के साथ-साथ ऊँची लागत की समस्याओं से छुटकारा मिलता है। उपभोक्ताओं को अवांछित शोषण से मुक्ति मिलती है।

(13) अर्द्ध विकसित देशों के आर्थिक विकास में मदद केवल स्वतन्त्र व्यापार की नीति के अनुशरण के अन्तर्गत ही सम्भव है। स्वतन्त्र व्यापार से अर्द्ध विकसित एवं विकासशील देशों को अपने आर्थिक विकास में मशीनें, उपकरण, औद्योगिक कच्चा माल, साज-सामान, प्रौद्योगिकी और वित्तीय साधन सुगमता से मिल जाते हैं जिससे आर्थिक विकास में मदद मिलती है। यह आर्थिक विकास का गति निर्धारक बन सकता है। इसी कारण हैबरलर ने कहा कि स्वंतत्र व्यापार अल्प विकसित राष्ट्रों के आर्थिक विकास दर में त्वरित वृद्धि में सहायता करता है।

(14) स्वतन्त्र व्यापार की नीति का अनुशरण किया जाकर विशिष्टीकरण के लाभ प्राप्त किया जाना सम्भव हो सकेगा। स्वतंत्र व्यापार से प्रत्येक देश को उन उद्योगों में विशिष्टीकरण का लाभ मिलता है जिनके लिये वे सर्वाधिक उपयुक्त हैं।

(15) स्वतन्त्र व्यापार की नीति का अनुशरण किया जाकर राष्ट्रीय आय, उत्पादन एवं रोजगार में वृद्धि प्राप्त किया जाना सम्भव हो सकेगा। स्वतंत्र व्यापार के कारण प्रत्येक देश को अपने साधनों का अनुकूलतम उपयोग करने का अवसर मिलता है जिससे विकास की गति तेज होती है। रोजगार बढ़ता है, उत्पादन में वृद्धि होती है जिससे राष्ट्रीय आय में वृद्धि होती है।

(16) अन्तर्राष्ट्रीय व्यापार में देश की श्रम-शक्ति एवं अन्य साधनों का वितरण तुलनात्मक लाभ के अनुसार हो जाता है जो श्रम विभाजन का विस्तार है। श्रम विभाजन से विशिष्टीकरण सम्भव होता है जिससे (1) दक्षता प्राप्त होती है, (2) श्रमिकों की योग्यता एवं क्षमता के अनुसार कार्यों का वितरण होता है, (3) समय की बचत होती है, एवं (4) नयी मशीनों के प्रयोग की प्रेरणा मिलती है। इन सबका परिणाम यह होता है कि उत्पादन में वृद्धि होती है। कुछ विशेष प्राकृतिक सुविधाओं के कारण प्रत्येक देश कुछ विशेष वस्तुओं के उत्पादन में अधिक दक्ष होता है। जब देश स्वतन्त्र व्यापार करते हैं तो पूर्ण प्रतियोगिता के अन्तर्गत कीमत संयन्त्र अपने आप यह निर्धारित कर देता है कि प्रत्येक देश उन वस्तुओं के उत्पादन में विशिष्टीकरण करता है जिनके उत्पादन मे वह सबसे अधिक कुशल होता है एवं उन वस्तुओं का आयात करता है जो अपने देश की तुलना में सस्ते में प्राप्त कर सकता है।

(17) स्वतन्त्र व्यापार से प्रतियोगिता शक्ति में वृद्धि होती है एवं प्रतियोगिता के फलस्वरूप प्रगति एवं तकनीकी सुधारों को प्रोत्साहन मिलता है जिससे व्यापार करने वाले

देशों की औद्योगिक तकनीक सुधारों को प्रोत्साहन मिलता है जिससे व्यापार करने वाले देशों की औद्योगिक तकनीक में भी सुधार होता है। हैबरलर के अनुसार, "विदेशी प्रतियोगिता के कारण, घरेलू उत्पादक अधिक कुशल बनने के लिए प्रोत्साहित होते हैं एवं उत्पादन की विधि में शीघ्र ही कोई भी सुधार अपनाने के लिए तत्पर रहते हैं चाहे वह सुधार कहीं से भी प्रारम्भ किया जाए।"

(18) उपर्युक्त लागतों में कमी से मुक्त व्यापार का यह लाभ होता है कि स्वतन्त्र आयात करने से आयातित वस्तुओं की कीमतें घट जाती हैं। यह स्वतन्त्र व्यापार के पक्ष में बहुत ही सामान्य एवं आकर्षक तर्क है, क्योंकि प्रत्येक व्यक्ति उपभोक्ता होता है एवं सस्ती वस्तुएँ प्राप्त करना चाहता है। इस तर्क की यह कहकर आलोचना की जाती है कि इसमें केवल उपभोक्ताओं के हितों को ध्यान में रखा गया है, रोजगार एवं उत्पादकों के हितों की अवहेलना की गयी है, किन्तु स्वतन्त्र व्यापार के समर्थक उक्त आलोचना का प्रत्युत्तर यह कहकर देते हैं कि स्वतन्त्र व्यापार से केवल कीमतें नहीं गिरती किन्तु संसाधनों का प्रवाह उस दिशा में होता है जहाँ उनका अधिक प्रतिफल होता है। इससे उत्पादकों को भी लाभ होता है।

(19) स्वतन्त्र व्यापार के अन्तर्गत, उत्पत्ति के साधनों की भी आय बढ़ती है, क्योंकि उन्हें ऐसी इकाइयों में रोजगार मिलता है जहां उनकी कुशलता अधिकतम होती है। इसके फलस्वरूप मजदूरी, ब्याज एवं लगान, अन्य दशाओं की तुलना में अधिक ऊंचे रहते हैं।

(20) स्वतन्त्र व्यापार में बेरोक-टोक आयात-निर्यात होने के कारण बाजार का विस्तार होता है जिससे अधिक श्रम-विभाजन एवं विशिष्टीकरण सम्भव हो जाता है। इसका परिणाम यह होता है कि उत्पादन अनुकूलतम होता है एवं लागत कम हो जाती है। इससे सारे विश्व को लाभ होता है जबकि स्वतन्त्र व्यापार को नियन्त्रित करने से विशिष्टीकरण का क्षेत्र सीमित हो जाता है एवं कुल उत्पादन कम हो जाता है।

(21) स्वतन्त्र व्यापार के कारण विभिन्न व्यापार करने वाले देश आयातों एवं निर्यातों के लिए एक-दूसरे पर निर्भर हो जाते हैं अतः उनमें पारस्परिक सहयोग एवं सद्भावना की वृद्धि होती है।

(22) अपने औद्योगिक विकास के लिए जिन देशों के पास आवश्यक कच्चे माल की कमी है, वे उसे आयात करके दूसरे देशों से मंगा सकते हैं। इससे देशों का औद्योगिक विकास एवं उसके फलस्वरूप आर्थिक विकास हो सकता है। इसके साथ ही देश के कच्चे माल का भी कुशलता से प्रयोग किया जा सकता है।

(23) स्वतन्त्र व्यापार के अन्तर्गत कीमत प्रणाली के कुशलतम ढंग से कार्य करने के फलस्वरूप, साधनों के आबंटन एवं उत्पादन के क्षेत्र में अर्थ-व्यवस्था सर्वोत्तम कुशलता की स्थिति को प्राप्त करती है। अर्थशास्त्र की कल्याणकारी शब्दावली में कहा जा सकता है कि देश स्वतन्त्र व्यापार में पैरेटो की अनुकूलतम स्थिति को प्राप्त कर सकता है और अधिक से अधिक व्यक्तियों के अधिक से अधिक कल्याण की स्थिति उत्पन्न होती है।

(24) स्वतन्त्र व्यापार का यह भी लाभ है कि वह व्यापार चक्रों के प्रभावों को न्यून बनाकर अर्थ-व्यवस्था में सन्तुलन स्थिति बनाये रखता है। मन्दी की स्थिति में देश में कीमतों के गिर जाने से निर्यातों को प्रोत्साहन मिलता है एवं तेजी तथा मुद्रा प्रसार की स्थिति में आयातों को प्रोत्साहन मिलता है।

स्वतन्त्र व्यापार के उपर्युक्त लाभ केवल कुछ ही उन्नत राष्ट्रों की बपौती बन जाते हैं और वे शोषण को बढ़ावा देते हैं, आन्तरिक उद्योगों के पतन का कारण बनते हैं, उनमें आत्मनिर्भरता का लोप हो जाता है और युद्ध की संकटकालीन परिस्थितियाँ राजनैतिक दासता को जन्म देती हैं। स्वतन्त्र व्यापार का अनुभव यह बताता है कि स्वतन्त्र व्यापार की नीति एकाधिकार संघो को निर्मित होने से रोक नहीं पायी है। स्वतन्त्र व्यापार में कुछ ऐसे दोष निहित हैं जिनके कारण या तो सब देशों ने इसे अपनाया नहीं और यदि इस नीति का अनुसरण भी किया तो बाद में इसका परित्याग करना पड़ा। अतः आजकल आर्थिक राष्ट्रीयवाद तथा नियन्त्रित अर्थव्यवस्था की अभिवृद्धि ने मुक्त व्यापार नीति को दफना दिया है। अब केवल उसका सैद्धान्तिक महत्त्व है। अब अन्तर्राष्ट्रीय व्यापार में संरक्षण की नीति हावी हो गयी है।

स्वतन्त्र व्यापार के दोष अथवा सीमाएँ

प्रतिष्ठित अर्थशास्त्रियों ने सर्वोत्तम अथवा अनुकूलतम कुशलता के आधार पर स्वतन्त्र व्यापार का समर्थन किया और इसे अनुकूलतम कल्याण के अर्थ में भी ग्रहण कर लिया, परन्तु वे यह भूल गये कि कल्याण का सम्बन्ध केवल उत्पादन कुशलता से नहीं है वरन् वितरण की कुशलता से भी है। यदि हम केवल उत्पादन के प्रश्न पर ही विचार करें तो यह कहा जा सकता है कि स्वतन्त्र व्यापार संरक्षण से श्रेष्ठ है, किन्तु यह भी सत्य है कि वितरण की समस्या की अवहेलना नहीं की जा सकती। इनके अतिरिक्त अन्य कई दोष हैं जिनके कारण स्वतन्त्र व्यापार की नीति सर्वमान्य नहीं बन पायी। ये दोष निम्न प्रकार हैं:

(1) स्वतन्त्र व्यापार के कारण सबसे अधिक हानि अर्द्ध-विकसित देशों को हुई जो विकसित देशों के साथ प्रतियोगिता नहीं कर सके। उदाहरण के लिए, स्वतन्त्रता के पूर्व भारत में ब्रिटिश सरकार द्वारा जो स्वतन्त्र व्यापार की नीति अपनायी गयी उसके कारण देश के कुटीर उद्योगों का पतन हो गया, क्योंकि वे विदेशी मशीनों की निर्मित वस्तुओं से प्रतियोगिता नहीं कर सके। इसी कारण यूरोप के देशों ने भी स्वतन्त्र व्यापार की नीति को समाप्त कर प्रशुल्क एवं आयात करों को अपनाया।

(2) स्वतन्त्र व्यापार अनुकूलतम वितरण एवं सामाजिक न्याय के पक्ष पर विचार नहीं करता। स्वतन्त्र व्यापार के फलस्वरूप विभिन्न देशों एवं एक ही देश के विभिन्न वर्गों में आय का असमान वितरण हो सकता है अतः वितरण की दृष्टि से स्वतन्त्र व्यापार की नीति सर्वोत्तम नीति नहीं है। यह आवश्यक हो सकता है कि देश के भीतर एवं विभिन्न देशों में वितरण में सुधार करने के लिए आयात करों द्वारा स्वतन्त्र व्यापार को नियन्त्रित किया जाए।

(3) स्वतन्त्र व्यापार का तर्क इस मान्यता पर आधारित है कि देश में सारे संसाधनों को पूर्ण रोजगार प्राप्त है, किन्तु वास्तविकता तो यह है कि अनेक देशों में अत्यधिक बेरोजगार की स्थिति है। जब साधन अप्रयुक्त हैं तो आयातों को नियन्त्रित कर उनका पूर्ण

प्रयोग कर उत्पादन में वृद्धि की जा सकती है। इस आधार पर स्वतन्त्र व्यापार का तर्क दुर्बल हो जाता है।

(4) स्वतन्त्र व्यापार यह मानकर चलता है कि कीमत प्रणाली पूर्ण कुशलता के साथ कार्य करती है और इसके कारण वस्तुओं की कीमतें प्रत्येक स्थान पर इस तरह समान हो जाती हैं कि इसके बाद और अधिक विनिमय सम्भव नहीं होता। इसके साथ ही कीमत प्रणाली से वस्तुओं की कीमतें उनकी सीमान्त लागत के बराबर हो जाती है जिससे उत्पादन अनुकूलतम होता है, किन्तु ऐसे अनेक कारण हैं जिनसे कीमत प्रणाली कुशलता से कार्य नहीं कर पाती जैसे फर्म की बाह्य बचतें एवं अमितव्ययताएं, फर्मों अथवा साधनों में प्रतियोगिता का अभाव, इत्यादि।

(5) बाजार में पूर्ण प्रतियोगिता नहीं, वरन् अपूर्ण प्रतियोगिता पायी जाती है जिससे उत्पादन अधिकतम नहीं हो पाता। साथ ही एकाधिकारी शक्तियां भी सक्रिय होती हैं जिनके अन्तर्गत नियन्त्रित उत्पादन के कारण व्यक्तिगत स्वार्थ सामाजिक या राष्ट्रीय हित के ऊपर हो जाता है। यदि साधनों के बाजार में अपूर्णता रहती है तो साधनों का उचित वितरण नहीं हो पाता जिससे किन्हीं उद्योगों में निजी लागत सामाजिक लागत से अधिक हो जाती है और किन्हीं उद्योगों में कम हो जाती है।

(6) स्वतन्त्र व्यापार गलाकाट प्रतियोगिता को जन्म देता है। अपने निर्यातों को बढ़ाने के लिए अनेक देश राशिपातन का सहारा लेते हैं जिससे छोटे एवं अर्द्ध-विकसित देशों को भारी नुकसान उठाना पड़ता है। इसी कारण इन देशों द्वारा आयातों पर प्रतिबन्ध लगाने पड़ते हैं।

(7) स्वतन्त्र व्यापार का यह परिणाम होता है कि पारस्परिक आर्थिक निर्भरता के साथ ही साथ राजनीतिक हस्तक्षेप एवं दबाव बढ़ने लगते हैं। अनेक देशों ने यह अनुभव किया है कि राजनीतिक स्थिरता एवं स्वतन्त्रता के लिए आर्थिक आत्म-निर्भरता भी आवश्यक है। इसी कारण देशों ने संरक्षण की नीति का सहारा लिया।

(8) स्वतन्त्र व्यापार के अन्तर्गत हानिप्रद उपभोग की वस्तुओं का भी आयात होता था जो देश के लोगों के लिए हानिप्रद था अतः इन्हें नियन्त्रित करने के लिए स्वतन्त्र व्यापार की नीति का परित्याग किया गया।

(9) स्वतन्त्र व्यापार का एक परिणाम यह हुआ कि छोटे-छोटे विकासशील देशों में उद्योगों की स्थापना नहीं हो सकी, क्योंकि ये उद्योग विकसित देशों के उद्योगों से प्रतियोगिता नहीं कर पाते थे अतः पिछड़े देशों ने अपने यहां शिशु उद्योगों को संरक्षण देने के लिए स्वतन्त्र व्यापार की नीति को छोड़ दिया।

स्वतन्त्र व्यापार के उक्त दोषों के कारण एक समय ऐसा आया जब विश्व में संरक्षण की लहर फैल गयी और प्रतिष्ठित अर्थशास्त्रियों की स्वतन्त्र व्यापार की नीति लड़खड़ाकर समाप्त हो गयी।

संरक्षण का अर्थ

"संरक्षण का अभिप्राय सरकार की उस नीति से है जिसके अन्तर्गत घरेलू उद्योगों की विदेशी प्रतिस्पर्द्धा से रक्षा के लिए विदेशी व्यापार पर प्रतिबन्ध लगाये जाते हैं। संरक्षण के अन्तर्गत अन्तर्राष्ट्रीय व्यापार की स्वाभाविक गति एवं स्वतन्त्र संचालन पर कृत्रिम प्रतिबन्ध लगाकर बाधायें उपस्थित की जाती है।" ये प्रतिबन्ध आंशिक या पूर्ण हो सकते हैं। इनके उद्देश्य विशुद्ध आर्थिक या राजनैतिक हो सकते हैं। सामान्यतः संरक्षण का उद्देश्य घरेलू उद्योगों की विदेशी प्रतिस्पर्द्धा से रक्षा करना होता है।

संरक्षण के सिद्धान्त का सुझाव सर्वप्रथम सन् 1791 में अमरीकी अर्थशास्त्री एलेक्जेण्डर हेमिल्टन ने देश के आर्थिक विकास हेतु रखा। उसके बाद हेनरी केयरे ने भी संरक्षण नीति का समर्थन किया। तदनुसार अमेरिकी सरकार ने 19वीं शताब्दी में संरक्षण नीति को स्वीकार कर लिया। यूरोप में जर्मनी के प्रसिद्ध राष्ट्रवादी अर्थशास्त्री फ्रेडरिक लिस्ट ने संरक्षण की नीति का सर्वप्रथम सुझाव दिया। बाद में इसके पक्ष में विचारधारा प्रबल होती गई। जहाँ प्रथम विश्वयुद्ध से पूर्व स्वतन्त्र व्यापार का बोलबाला था वहाँ प्रथम विश्वयुद्ध के बाद विश्व के प्रायः सभी राष्ट्र मुक्त व्यापार को अन्तिम तिलांजलि देकर संरक्षण की नीति के अनुयायी बन गये थे। आज विश्व के सभी राष्ट्र अपने देश के आर्थिक विकास के लिए संरक्षण नीति के पक्षपाती हैं। बढ़ती हुई कट्टर राष्ट्रीयता की भावना और नियोजित अर्थव्यवस्थाओं के कारण स्वतन्त्र व्यापार निरास्वप्न बन गया है। द्वितीय विश्वयुद्ध के बाद नवीन दृष्टिकोण से राष्ट्रीय अर्थव्यवस्था को बिना खतरे में डाले अन्तर्राष्ट्रीय व्यापार में बहुपक्षीय स्वरूप एवं आंशिक स्वतन्त्रता के संगठित प्रयास अंकटाड तथा अन्तर्राष्ट्रीय मुद्रा-कोष के माध्यम से किये जा रहे हैं। ये संरक्षण में सुधारवादी प्रवृत्ति के द्योतक हैं।

संरक्षण क्यों? संरक्षण के पक्ष में तर्क (संरक्षण के लाभ)

स्वतन्त्र व्यापार के लिये दिये तर्क स्पष्ट हैं पर संरक्षण के पक्ष में दिये गये तर्कों में व्यापाकता का अभाव है। कुछ तर्कों को वैज्ञानिक नहीं कहा जा सकता और वे केवल भौण्डा प्रचार मात्र होते हैं। संरक्षण के पक्ष में दिये गये तर्कों को दो भागों में वर्गीकृत कर सकते हैं - (क) गैर-आर्थिक तर्क (ख) आर्थिक तर्क

(क) संरक्षण के पक्ष में गैर-आर्थिक तर्क

(1) राष्ट्रीय सुरक्षा की दृष्टि से संरक्षण उपयुक्त नीति है। राष्ट्रीय सुरक्षा की दृष्टि से प्रत्येक राष्ट्र को दूसरे देशों पर निर्भरता से बचना चाहिए तथा आत्मनिर्भर बनने का प्रयास करना चाहिए क्योंकि युद्धकाल में अस्त्र-शस्त्रों एवं वस्तुओं के आयात रूक जाने से देश की सुरक्षा खतरे में पड़ सकती है और देश की गुलामी व पराजय दोनों ही अनुपयुक्त होती है। द्वितीय विश्वयुद्ध के समय इंग्लैण्ड में खाद्यान्न का अभाव हो गया था। उसी प्रकार भारत को पाकिस्तान तथा चीन के युद्ध के समय अस्त्र शस्त्रों की बाधा आई।

(2) राष्ट्र के विशेष गुणों व व्यवसायों की रक्षा के लिए संरक्षण आवश्यक है। यदि स्वतन्त्र व्यापार में विदेशों से निकटतम सम्पर्क से राष्ट्र के आचार-विचारों की क्षति पहुँचती है, उनकी सभ्यता एवं संस्कृति पर बुरा प्रभाव पड़ता है अथवा कलाकारी व दस्तकारी के कुछ व्यवसायों को क्षति पहुँचती हो तो ऐसी परिस्थिति में राष्ट्र के इन विशेष व्यवसायों व कलात्मक गुणों की रक्षा के लिए संरक्षण का तर्क दिया जाता है।

(ख) संरक्षण के पक्ष में आर्थिक तर्क

संरक्षण के आर्थिक तत्त्व ही ज्यादा महत्त्वपूर्ण हैं और आर्थिक तर्कों में निम्नलिखित विशेष महत्त्वपूर्ण हैं-

(1) शिशु उद्योगों की रक्षा संरक्षण के अन्तर्गत सम्भव है। यह तर्क आर्थिक विकास हेतु अमेरिका में सर्वप्रथम हेमिल्टन ने तथा यूरोप में फ्रेडरिक लिस्ट ने प्रस्तुत किया। आजकल यह संरक्षण का सबसे महत्त्वपूर्ण तर्क माना जाता है। यह सर्वविदित सत्य है कि नवोदित उद्योग सुव्यवस्थित एवं सुसंस्थापित उद्योगों की प्रतिस्पर्द्धा में टिक नहीं पाते, अत: घरेलू शिशु उद्योगों को विदेशी विकसित उद्योगों से, संरक्षण मिलना चाहिए। शिशु उद्योग के संरक्षण की सुन्दर अभिव्यक्ति 'शिशु का पालन करों, बालक की रक्षा करों और युवक को स्वतन्त्र करों' में निहित है। यद्यपि शिशु उद्योगों को पहचानना कठिन है, संरक्षण की प्रवृत्ति स्थायी होने तथा अन्य उद्योगों द्वारा भी संरक्षण की माँग का भय रहता है। उपभोक्ता वर्ग को उपभोग में क्षति उठानी पड़ती है, फिर भी शिशु उद्योगों की रक्षा का तर्क महत्वपूर्ण है।

(2) बहुमुखी विकास के पक्ष में संरक्षण आवश्यक है। यद्यपि वर्तमान युग में विशिष्टीकरण का तकाजा है पर देश के सन्तुलित विकास और दूसरे देशों पर निर्भरता कम करने के लिए बहुमुखी विकास का तर्क फ्रेडरिक लिस्ट ने दिया था, जिससे देश यथासम्भव आत्मनिर्भर हो सके और युद्ध व संकट के समय अपनी रक्षा करने में सक्षम हो। इस तर्क की यह आलोचना की जाती है कि इससे श्रम-विभाजन एवं विशिष्टीकरण हतोत्साहित होता है।

(3) स्वदेशी बाजार के विकास एवं विस्तार हेतु संरक्षण आवश्यक है। इस तर्क के पक्षपाती संरक्षण से स्वदेशी बाजार के निर्माण और विस्तार पर बल देते हैं। जब विदेशों के निर्मित माल के आयात पर प्रतिबन्ध लगाकर देश के आन्तरिक बाजार स्वदेशी उद्योगों के लिए सुरक्षित कर दिये जाते हैं तो उद्योगों को उत्पत्ति बढ़ाने का अवसर मिलता है, अधिक लोगों को रोजगार मिलता है। रोजगार से प्रभावपूर्ण माँग में वृद्धि होती है और अधिक उद्योग पनपते हैं। प्रो. कीन्स ने इस तर्क का खण्डन किया है।

(4) आधार उद्योग का विकास संरक्षण के अन्तर्गत ही सम्भव है। आजकल यह धारणा दृढ़ होती जा रही है कि देश का तीव्रगति से आर्थिक विकास देश में आधारभूत उद्योगों के विकास पर निर्भर करता है। आधारभूत उद्योगों का अभिप्राय लौह-इस्पात, रासायनिक उद्योग, मशीन निर्माण, सीमेन्ट, विद्युत उद्योगों आदि से है जिन पर अन्य उद्योगों का विकास आश्रित है। अत: ऐसे उद्योगों को संरक्षण दिया जाना चाहिए ताकि भावी विकास का मार्ग प्रशस्त हो सके।

(5) रक्षा उद्योग के विकास का प्रत्येक राष्ट्र में विशेष महत्त्व है। देश की बाह्य आक्रमणों से सुरक्षा एवं आन्तरिक शांति की दृष्टि से देश में रक्षा उद्योगों को हर कीमत पर संरक्षण देना आवश्यक माना जाता है। देश की राजनैतिक सुरक्षा सर्वोपरि है। अत: रक्षा उद्योगों को संरक्षण देकर उन्हें विकसित करना सरकार का प्रमुख कर्त्तव्य बन गया है।

(6) राष्ट्रीय प्राकृतिक साधनों का उपयोग राष्ट्र के हित में किया जाना उपयुक्त नीति है। मुक्त व्यापार में देश के प्रचुर आर्थिक साधनों का उचित उपयोग नहीं हो पाता, यहाँ तक कि अपव्यय होता है। देश की प्राकृतिक सम्पत्ति का उपयोग कच्चे माल के रूप में दूसरे

विकसित देश करते हैं और राष्ट्र को उन साधनों के उपयोग से वंचित रहना पड़ता है। संरक्षण से प्राकृतिक साधनों का दुरूपयोग बच जाता है।

(7) अधिक रोजगार के अवशर संरक्षण के अन्तर्गत सम्भव है। इस तर्क के अनुसार संरक्षण देने से देश में नये-नये उद्योगों का विकास होता है और उनमें अधिक लोगों को रोजगार के अतिरिक्त अवसर मिलते हैं। इससे बेरोजगारी की समस्या के निराकरण का लाभ प्राप्त होता है। यहाँ यह ध्यान देने योग्य है कि दूसरे देशों द्वारा भी संरक्षण अपनाये जाने पर बेकारी फैल सकती है। अतः प्रो. कीन्स ने संरक्षण नीति से उत्पन्न इस बेरोजगारी के समापन के लिए विदेशियों से ऋण के आधार पर खरीदने तथा संरक्षण-करों से प्राप्त आय को निर्यात उद्योगों को आर्थिक सहायता के रूप में दे दिये जाने पर वे अपने माल को विदेशों में कम कीमत पर अधिक बेच सकें। पर इन सुझावों में अगर बदले की भावना आ गई तो रोजगार में वृद्धि सैद्धान्तिक बन कर रह जायेगी।

(8) ''देश का पैसा देश में'' में रहना संरक्षण के अन्तर्गत ही सम्भव होता है। 16वीं शताब्दी में सर्वप्रथम अमेरिका के राष्ट्रपति अब्राहम लिंकन ने यह तर्क प्रस्तुत किया था। इस तर्क के अनुसार दूसरे देशों से आयात करने पर देश का धन विदेशों में जाता हैं जबकि संरक्षण की नीति से देश का पैसा देश में ही रहेगा। यह तर्क दोषपूर्ण है क्योंकि विदेशी व्यापार से दूसरे राष्ट्रों से सस्ती वस्तुओं की प्राप्ति और अनेक वस्तुओं के उपयोग से मिलने वाली सन्तुष्टि की इस तर्क में अवहेलना होती है। इसके साथ अगर आयातों और निर्यातों का सन्तुलन हो जाये तो देश का पैसा देश से बाहर जाने की समस्या उतनी जटिल नहीं है।

(9) संरक्षित उद्योगों में उत्पादन वृद्धि हेतु संरक्षण आवश्यक है। इस तर्क के अनुसार संरक्षित उद्योगों में उत्पादन वृद्धि का अवसर मिलता है। जैसे जर्मनी ने द्वितीय विश्व-युद्ध से पूर्व कृषि को संरक्षण दे उसके उत्पादन में अप्रत्याशित वृद्धि कर ली। किन्तु इस सम्बन्ध में आलोचकों का मत है कि यह तर्क एकपक्षीय है। आयातों में कमी निर्यातों में कमी को जन्म देती है। इसी प्रकार उत्पादन की एक शाखा में वृद्धि दूसरी शाखा में साधनों की कमी करती हैं। अतः संरक्षित उद्योगों में उत्पादन में वृद्धि से दूसरे उद्योगों के उत्पादन में कमी हो जाती हैं। अतः कुल राष्ट्रीय उत्पादन में वृद्धि नहीं होती है।

(10) व्यापार सन्तुलन में सुधार हेतु भी संरक्षण का महत्त्व है। संरक्षण नीति का यह तर्क व्यापार असन्तुलन को ठीक करने के लिए दिया जाता है। जब देश के सामने बढ़ते आयातों और स्थिर निर्यातों की समस्या हो तो व्यापार सन्तुलन को ठीक करने का विकल्प संरक्षण की नीति ही रह जाती है। ऊँचे आयात करों से आयातों को कम कर दिया जाता है पर यह तर्क तब तक ठीक है जब इससे अनावश्यक आयात कम हो पर अगर इससे अनिवार्य आयातों पर बुरा प्रभाव पड़े तो समूची अर्थव्यवस्था को क्षति पहुँचेगी। 1931 के बाद अनेक राष्ट्रों ने व्यापार सन्तुलन सुधार के लिए संरक्षण की नीति का सहारा लिया।

(11) राशिपातन हेतु भी संरक्षण की नीति का अनुशरण आवश्यक है। कभी-कभी विदेशी व्यापारी किसी बाजार को हथियाने के लालच से उस पिछड़े बाजार में अपनी वस्तु की अपनी उत्पादन लागत से भी कम कीमत पर बेचने की नीति अपनाते हैं तो उसे राशिपातन कहा जाता है। देश की सरकार विदेशी उत्पादकों या व्यापारियों की इस प्रवृत्ति को

रोकने के लिए घरेलू उद्योगों को संरक्षण प्रदान कर देती है। इससे वे उद्योग राशिपातन के घातक प्रभावों से बच जाते हैं और राशिपातन करने वालों से प्रतिस्पर्द्धा कर सकते हैं।

(12) विलासिता या हानिप्रद वस्तुओं के आयात पर रोक हेतु संरक्षण आवश्यक है। विदेशी व्यापार की स्वतन्त्रता से कभी-कभी देश में ऐसी वस्तुओ के आयात को प्रोत्साहन मिलता है जो हानिप्रद हैं या विलासिता की वस्तुएँ हैं। संरक्षण की नीति का अनुसरण कर ऐसी वस्तुओं के आयात को रोका या कम किया जा सकता है। इससे देश के लोगों पर पड़ने वाले दुष्प्रभावों से रक्षा होती है। अत: ऐसी परिस्थिति में संरक्षण का तर्क उपयुक्त लगता है।

(13) आत्मनिर्भरता को प्रोत्साहित किये जाने हेतु संरक्षण की नीति उपयुक्त है। विदेशी आयातों की स्वतन्त्रता के कारण देश में अर्थव्यवस्था का सन्तुलित विकास नहीं होता, देश केवल उन्हीं वस्तुओं का उत्पादन करता है जिनमें तुलनात्मक लागत की दृष्टि से यह अधिक कार्यकुशल एवं सक्षम है। दूसरी वस्तुओं के उत्पादन को प्रोत्साहन नहीं मिलता है। परिणामस्वरूप देश आत्मनिर्भर नहीं बन पाता और युद्ध व संकट के समय पराश्रितता घातक रहती है अत: आत्मनिर्भरता के लिए संरक्षण आवश्यक है।

(14) सरकारी आय में वृद्धि का संरक्षण एक उपयुक्त माध्यम है। आयात करों से जहाँ एक ओर देशी उद्योगों को संरक्षण मिलता है वहाँ सरकार को करों के रूप में आय भी प्राप्त होती है जो सरकार की आय वृद्धि में सहायक होती है जैसे भारत में प्रतिवर्ष आयात करों से अच्छी-खासी राशि प्राप्त होती है और इस रकम को राष्ट्र के विकास कार्यों में उपयोग किया जा सकता है। अत: सरकारी आय की दृष्टि से संरक्षण उपयोगी है।

(15) व्यापार की शर्तों में सुधार या सौदा शक्ति में संरक्षण की नीति के अन्तर्गत सुधार सम्भव है। इस तर्क के अनुसार संरक्षण से देश की विदेशी व्यापार के सम्बन्ध में विदेशी सौदों में शक्ति बढ़ जाती है और वह अपने निर्यातों के लिए विदेशों से अधिक उपयुक्त या अनुकूल शर्तें मनवाने में सफल हो सकता है अर्थात् आयातों में कठोर रूख से निर्यातों में लाभ की सम्भावना बढ़ सकती है।

(16) राष्ट्रीय भावना या स्वदेशी भावना को प्रोत्साहित किये जाने हेतु संरक्षण की नीति उपयुक्त है। संरक्षण से लोगों में स्वदेशी माल के उपयोग की भावना बढ़ती है, राष्ट्रीयवाद पनपता है और देश के उद्योगों के विकास से राष्ट्रीयता की भावना प्रबल हो जाती है।

(17) लागतों में समानता का को प्रोत्साहित किये जाने हेतु संरक्षण की नीति उपयुक्त है। इस तर्क के अनुसार जिन देशों में प्राकृतिक कारणों से तुलनात्मक दृष्टि से वस्तुओं को कम लागत पर उत्पादन करने की योग्यता है और स्वदेशी वस्तुओं की लागत अधिक है तो दोनों देशों के उद्योगों को समान स्तर पर लाने के लिए संरक्षण कर द्वारा विदेशी माल की कीमत घरेलू माल के बराबर कर दी जाती है ताकि दोनों देशों की वस्तुओं को बिक्री का समान अवसर मिले। पर यह दोषपूर्ण है क्योंकि उद्योग जितना अधिक दुर्बल होगा उतना ही अधिक संरक्षण देना पड़ेगा जो जनता पर भारस्वरूप रहेगा।

(18) मजदूरी समानता को प्रोत्साहित किये जाने हेतु संरक्षण की नीति उपयुक्त है। भिन्न भिन्न देशों में मजदूरी दरों का स्तर भिन्न भिन्न हो सकता है। अत: संरक्षण के पक्ष में

कभी यह तर्क दिया जा सकता है कि जिन देशों में मजदूरी का स्तर ऊँचा है वहाँ नीचे मजदूरी स्तर वाले देशों के आयातित माल पर मजदूरी की भिन्नता के बराबर संरक्षण कर लगा सकते हैं। इससे वे अपनी मजदूरी का ऊँचा स्तर रखकर भी अपने उद्योगों को विकसित कर सकते हैं। अमेरिका ने कपड़ा उद्योग को संरक्षण दिया ताकि अमेरिका का कपड़ा उद्योग जापानी प्रतिस्पर्द्धा के सामने नष्ट न होने पाये। इसी प्रकार इंग्लैण्ड में कपड़ा मिलों में काम करने वाले श्रमिकों की मजदूरी भारतीय कपड़ा मिलों के मजदूरों से कहीं ऊँची है। अत: इंग्लैण्ड ने कपड़ा उद्योगों को संरक्षण प्रदान किया। फिर भी मजदूरी तर्क दोषपूर्ण एवं भ्रमात्मक है।

इस प्रकार देश के उद्योगों के विकास, आत्मनिर्भरता, सुरक्षा, चहुँमुखी विकास आदि के लिए संरक्षण तब तक जरूरी है जब तक कि देश के उद्योग विदेशी प्रतिस्पर्द्धा का सामना करने लायक न बन जाये परन्तु जब संरक्षण स्थाई बन जाता है तो उससे सुस्ती, अकुशलता, एवं अयोग्यता को प्रोत्साहन मिलता है। यह संरक्षण के विपक्ष के तर्कों से स्पष्ट होता है।

संरक्षण के दोष, खतरे, हानियाँ अथवा संरक्षण के विपक्ष में तर्क

जहाँ संरक्षण की नीति से आर्थिक दृष्टि से अविकसित एवं पिछड़े राष्ट्रों को अपनी अर्थव्यवस्था को सुदृढ़, चहुँमुखी एवं आत्मनिर्भर बनाने का अवसर मिलता है वहाँ संरक्षण के कारण अनेक दोषों का जन्म होता है और लाभ लुप्त होने लगते हैं। मुख्य दोष या विपक्ष में तर्क इस प्रकार हैं –

(1) संरक्षण के अन्तर्गत साधनों का अनार्थिक प्रयोग होता है। संरक्षण प्रदान करने से कभी-कभी देश के साधनों का प्रयोग ऐसे कार्यों के लिए भी होने लगता है जो विशुद्ध आर्थिक सिद्धान्तों के प्रतिकूल होते हैं। ऐसी परिस्थितियों में साधनों का सर्वोत्तम उपयोग नहीं होने से दीर्घकाल में क्षति होती है।

(2) संरक्षण के अन्तर्गत अकुशल एवं दुर्बल उद्योगों का अनचाहा विकास होता है। संरक्षण के द्वारा देश के अकुशल एवं दुर्बल उद्योगों को विदेशी प्रतिस्पर्द्धा से बचाया जाता है और वे उद्योग अपनी स्थिति को सुधारने का प्रयास नहीं करते। ऐसी स्थिति में टेरिफ की ऊँची दीवारों के पीछे दुर्बल और अकुशल उद्योगों का पालन देश की अर्थव्यवस्था के लिए भारस्वरूप तथा घातक सिद्ध होता है।

(3) संरक्षण की नीति का अनुशरण किये जाने से उपभोक्ताओं को हानि होती है। संरक्षण देने से जहाँ एक ओर उपभोक्ताओं को ऊँचे मूल्य चुकाने पड़ते हैं वहाँ वे अनेक वस्तुओं के उपभोग से वंचित रह जाते हैं। साधनों की सीमितता और ऊँचे मूल्य उपभोक्ताओं की कुल सन्तुष्टि को कम करते हैं।

(4) संरक्षण की नीति का अनुशरण किये जाने से संरक्षण का स्थायी भार वहन करना पड़ता है। जब एक बार किसी उद्योग को सरकार की ओर से संरक्षण प्रदान कर दिया जाता है तो वह उद्योग निरन्तर संरक्षण की लालसा करता रहता है और अगर उद्योग संरक्षण की अवधि में विकसित नहीं हो और संरक्षण की समाप्ति के साथ-साथ ही अगर बन्द हो जावे तो संरक्षण का सारा उद्देश्य ही धराशायी हो जाता है।

(5) संरक्षण की नीति का अनुशरण किये जाने से एकाधिकारी औद्योगिक संगठनों की स्थापना को बल मिलता है। संरक्षण के कारण जब किसी उद्योग को विदेशी प्रतिस्पर्द्धा का डर नहीं रहता तो उन उद्योगों में उपभोक्ताओं के शोषण की प्रवृत्ति पनपती है। वे एकाधिकारी संगठनों का निर्माण करने लगते हैं, यह स्थिति कभी भी वांछित नहीं है।

(6) संरक्षण की नीति तुलनात्मक लागत सिद्धान्त के विपरीत है। संरक्षण के कारण प्रत्येक देश में सभी प्रकार से उत्पादनों को प्रोत्साहन मिलता है अतः विशिष्टीकरण के मार्ग में बाधा आती है, जबकि मुक्त व्यापार में उत्पादन में विशिष्टीकरण, बड़े पैमाने पर उत्पत्ति से अधिकतम उत्पादन कम से कम लागत पर सम्भव हो जाता है। संरक्षण में स्थिति बिल्कुल विपरीत होने से अधिकतम उत्पादन सम्भव नहीं होता और समूचे विश्व की दृष्टि से लोक-कल्याण में कमी आती है।

(7) संरक्षण की नीति विश्व व्यापार में कमी करती है। संरक्षण से आयात-निर्यात में कमी होती है, बाजार सीमित हो जाता है। अतः रोजगार, उत्पादन व आय पर बुरा प्रभाव पड़ता है।

(8) संरक्षण की नीति राजनैतिक भ्रष्टाचार को भी प्रोत्साहित करती है। संरक्षण प्राप्त उद्योगों के मालिक अधिकाधिक लाभ कमाते रहने की दृष्टि से उत्पादन का क्रम ऐसे चातुर्य से जमाते हैं कि उद्योग कमजोर एवं दुर्बल दिखता रहे। वे संरक्षण की सिफारिश करने वाले अधिकारियों को घूस या अन्य प्रलोभनों से उद्योग में संरक्षण बनाये रखना चाहते हैं। इससे जहाँ एक ओर भ्रष्टचार पनपता है वहाँ अन्य उद्योग भी सशक्त नहीं हो पाते हैं।

(9) संरक्षण की नीति राष्ट्रों में मनमुटाव एवं आर्थिक संघर्ष को प्रोत्साहन मिलता है। संरक्षण के कारण व्यापारिक देशों में बदले की भावना बढ़ती है, विरोध का कुचक्र बढ़ता जाता है। अन्तर्राष्ट्रीय सद्भावना एवं सहयोग के स्थान पर परस्पर द्वेष बढ़ता है और बढ़ता हुआ द्वेष राजनैतिक एवं आर्थिक संघर्ष का भयावह रूप धारण कर विश्व-युद्ध को आमन्त्रण दे सकता है। ऐसे अनेक उदाहरण देखने को मिलते हैं जिनमें संरक्षण के कारण देश का विदेशी बाजार खो जाने से वे युद्ध पर उतारू हुए है।

(10) संरक्षण की नीति कुशल उद्योगों को हतोत्साहित करती है। संरक्षण के द्वारा देश अपने अकुशल उद्योगों को कुशल एवं सशक्त उद्योगों की प्रतिस्पर्द्धा से बचाना चाहता है। इससे सरंक्षण कुशल उद्योगों को हतोत्साहित कर अकुशल एवं शिथिल उद्योगों को प्रोत्साहन देता है। कुशल उद्योगों का विक्रय कम हो जाने से उनका बाजार सीमित हो जाता है और उन्हें अधिक उत्पादन का प्रोत्साहन नहीं मिलता।

(11) संरक्षण से अदृश्य कर और असमान वितरण - संरक्षण के कारण जिन उद्योगों को संरक्षण मिलता है उन्हें भारी लाभ प्राप्त होता है पर दूसरी ओर संरक्षण से उपभोक्ताओं को वस्तुएँ महँगी मिलती हैं जो एक प्रकार से अदृश्य कर के रूप में होता है। पूँजीपतियों को लाभ और उपभोक्ताओं को हानि गरीबों के विरूद्ध असमान वितरण को बढ़ाती है।

निष्कर्ष - संरक्षण के लाभ एवं हानियों (पक्ष एवं विपक्ष में तर्कों) का विवेचन यह स्पष्ट करता है कि संरक्षण दोषरहित वरदान नहीं हैं। अल्प-विकसित एवं विकासशील

राष्ट्र संरक्षण की नीति का अनुसरण कर अपने आर्थिक विकास का मार्ग प्रशस्त कर सकते हैं जबकि संरक्षण के अभाव में उन राष्ट्रों में औद्योगिक विकास की कल्पना करना भी सम्भव नहीं लगता। यही कारण है कि सभी देशों में संरक्षण को अपनाया गया है। इसके दोषों का निराकरण सतर्कता में निहित है। संरक्षण केवल उन्हीं उद्योगों को दिया जाये जिनको संरक्षण प्रदान करना राष्ट्रीय हित में हैं। संरक्षण की अवधि निश्चित हो और सम्बन्धित अधिकारियों का नैतिक स्तर इतना ऊँचा हो कि प्रलोभनों की तरफ न झुकते हुए विशुद्ध आर्थिक आधार पर संरक्षण दें और आर्थिक असमानता को बढ़ने से रोका जा सके।

अर्द्धविकसित राष्ट्रों के लिए स्वतन्त्र व्यापार हितकर है या संरक्षण?

प्रो. कीन्स के अनुसार आर्थिक दृष्टि से पिछड़े एवं अविकसित राष्ट्रों के लिए स्वतन्त्र व्यापार की अपेक्षा संरक्षण की नीति ही अधिक उपयुक्त है। पिछड़े एवं विकासशील राष्ट्रों में पूर्ण रोजगार का अभाव होता है। अर्थव्यवस्था आंशिक या अपूर्ण रोजगार बिन्दु पर ही साम्य की स्थिति में आ जाती है। एक ओर विशाल मात्रा में आर्थिक साधन निष्क्रिय पड़े होते हैं तो दूसरी ओर आय का न्यूनतम स्तर एवं बेकारी व्याप्त होती है। ऐसी परिस्थिति में संरक्षण के द्वारा प्रभावपूर्ण मांग का स्तर ऊँचा कर रोजगार के स्तर में वृद्धि की जाती है। संरक्षण से बेकार पड़े प्राकृतिक साधनों तथा अप्रयुक्त मानव शक्ति का उत्पादन कार्य में प्रयोग कर उत्पादन और वास्तविक आय में वृद्धि की जा सकती है। इससे जिस सीमा तक बेकार पड़े साधनों को काम मिलता है उस सीमा तक रोजगार में वृद्धि और राष्ट्रीय आय में वृद्धि आर्थिक समृद्धि का मार्ग प्रशस्त करती है।

परन्तु जब अर्थव्यवस्था पूर्ण रोजगार के स्तर पर पहुँच जाती है तो उसके लिए स्वतन्त्र व्यापार ही लाभदायक सिद्ध होता है क्योंकि पूर्ण रोजगार की स्थिति में राष्ट्रीय आय तब ही अधिकतम हो सकती है जबकि अन्तर्राष्ट्रीय व्यापार द्वारा प्रति-इकाई उत्पादन लागत न्यूनतम हो। ऐसी परिस्थिति में संरक्षण देने से साधन सर्वोत्तम उपयोग से अकुशल उपयोगों की ओर मुड़ते हैं और राष्ट्रीय आय तथा रोजगार में कमी लाते हैं।

अतः यह स्पष्ट है कि अर्द्ध-विकसित एवं पिछड़े राष्ट्रों के आर्थिक विकास एवं समृद्धि के लिए संरक्षण की नीति ही अधिक उपयुक्त है। परन्तु विकसित राष्ट्रों में जब पूर्ण रोजगार का स्तर पहुँच चुका है, वहाँ स्वतन्त्र व्यापार ही अधिक उपयुक्त है। संरक्षण का तर्क अपूर्ण रोजगार की स्थिति में औचित्यपूर्ण है जबकि स्वतन्त्र व्यापार पूर्ण रोजगार की अवस्था में उपयुक्त है। भारत जैसे विकासशील राष्ट्र के लिए संरक्षण अनिवार्य एवं उपयुक्त कहा जाता है।

संरक्षण की रीतियाँ तथा तरीके

आज विश्व के प्रायः सभी राष्ट्रों में संरक्षण नीति का अनुसरण किया जा रहा है। संरक्षण देने की विभिन्न रीतियाँ हैं। प्रत्येक देश समय एवं परिस्थितियों के अनुकूल संरक्षण रीति अपनाकर उद्देश्यों की पूर्ति करते हैं और कभी-कभी इन विभिन्न रीतियों का संयुक्त प्रयोग होता है। इन विभिन्न रीतियों का संक्षिप्त विवरण इस प्रकार है-

(1) वैधानिक निषेध - सरकार कभी-कभी वैधानिक निषेधाज्ञा द्वारा ऐसी विदेशी वस्तुओं के आयात पर प्रतिबन्ध लगा देती है, जो देशवासियों के चरित्र या स्वास्थ्य

पर बहुत बुरा प्रभाव डालती हैं। जैसे पहले भारत की अफीम पर अमरीका ने निषेध लागू की। यह पद्धति बड़ी कठोर है और इसके गम्भीर परिणामों से बचने के लिए सामान्यत: इसका प्रयोग सीमित होता है।

(2) संरक्षण शुल्क - यह संरक्षण की सर्वाधिक प्रचलित पद्धति है। इसके अन्तर्गत आयातों पर ऊँचे कर लगाये जाते हैं। जब आयातों पर कर वस्तुओं के माप-तोल या संख्या के आधार पर लगाये जाते हैं तो उन्हें परिमाणानुसार कर कहते हैं, पर आयात पर वस्तुओं के मूल्य के आधार पर लगाये जाते हैं तो उसे मूल्यानुसार कर कहा जाता है। आयात कर लगाने से दूहरा लाभ होता है-पहला, आयात कर से आयातित वस्तु का मूल्य बढ़ जाने से देशी उद्योग विदेशी उद्योगों की प्रतिस्पर्द्धा से बच जाते हैं और दूसरा, सरकार को आय प्राप्त होती है जो विकास कार्यों में खर्च की जा सकती है।

(3) आयात अभ्यंश - इस रीति के अन्तर्गत सरकार द्वारा विदेशों से आयात की जाने वाली वस्तुओं की अलग-अलग अधिकतम मात्रा निश्चित कर दी जाती है। यह कुल मात्रा एक साथ बताई जा सकती है या विभिन्न देशों से आने वाली वस्तुओं के आयात की भी अलग-अलग सीमा निर्धारित की जा सकती है। साधारणत: दूसरी पद्धति अधिक लोकप्रिय है। कभी-कभी ऐसी भी व्यवस्था कर दी जाती है कि निर्धारित अभ्यंश से अधिक मात्रा आयात करने पर ही सामान्य दर से अधिक दर वसूल की जाती है। यह प्रणाली पर्याप्त लोचपूर्ण तो हैं ही पर साथ ही विभिन्न देशों के साथ समझौते करने में अनुकूल शर्तों और राष्ट्रों के आयातों में पक्षपात करना सम्भव होता है। देश के उत्पादक भी नि:संकोच कोटे के अनुसार उत्पादन करते हैं। इस प्रणाली में देश में अचानक माँग बढ़ जाने पर वस्तुओं के मूल्य ऊँचे होने का भय रहता है। सरकार की आय भी सीमित रहती है।

(4) निर्यात सहयोग - इस रीति के अन्तर्गत सरकार निर्यात करने वाले उद्योगपतियों व व्यापारियों को विशेष प्रकार के अनुदान, करों में छूट, कच्चे माल के आयात में प्राथमिकता तथा आर्थिक सहायता प्रदान कर विदेशों में निर्यातों को प्रोत्साहन देती है। इससे निर्यात उद्योगों को संरक्षण मिलता है तथा देश के भुगतान सन्तुलन में सुधार व विदेशी विनिमय संकट से मुक्ति का मार्ग प्रशस्त होता है।

(5) विनिमय नियन्त्रण - इस रीति के अन्तर्गत देश में वस्तुओं का आयात उपलब्ध विदेशी मुद्रा की मात्रा से नियन्त्रित होता है। सामान्यत: देश का केन्द्रीय बैंक विदेशों से माल आयात में कठोरता अपनाता है, इससे स्वत: ही देश के उद्योगों को विदेशी प्रतिस्पर्द्धा से छुटकारा मिल जाता है।

(6) मुद्रा का अवमूल्यन - इस रीति के अन्तर्गत देश की मुद्रा का मूल्य विदेशी मुद्रा के रूप में कम कर दिया जाता है। ऐसी परिस्थिति में आयात महँगा और निर्यात सस्ता हो जाता है। इससे दुहरा लाभ प्राप्त होता है। आयात महँगा होने से देश में ऐसे उद्योगों को संरक्षण मिलता हैं जिन्हें अवमूल्यन के अभाव में प्रतिस्पर्द्धा करनी पड़ती है और निर्यात विदेशियों को सस्ते पड़ने के कारण बढ़ते हैं। इससे निर्यात उद्योगों को परोक्ष रूप से संरक्षण मिलता है।

(7) राजकीय व्यापार अथवा आयात-निर्यात एकाधिकार - आजकल आर्थिक नियोजन के कारण राज्य के बढ़ते हुए हस्तक्षेप से सरकार बहुत-सी वस्तुओं के आयात-निर्यात का एकाधिकार प्राप्त कर विशिष्ट नियमों से उनके वितरण की व्यवस्था करती है। सरकार कभी भी ऐसी वस्तुओं का आयात नहीं करती जिससे स्वदेशी उद्योग हतोत्साहित हो तथा निर्यात वृद्धि के लिये पूर्ण प्रयास करती है। भारत में राज्य व्यापार निगम इसी प्रकार की संस्था है।

(8) लाइसेन्स प्रणाली - इस पद्धति में आयात की कुल मात्रा निश्चित कर उन वस्तुओं के आयात का अधिकार लाइसेन्स आयातकों को सौंप दिया जाता है जिससे सरकार का आयात पर नियन्त्रण रहता है, पर कभी-कभी लाइसेन्स देने में भ्रष्टाचार का बोलबाला होता है।

(9) भेदभावपूर्ण व्यवहार - इस पद्धति में सरकार विभिन्न देशों से आयातित माल पर आयात करों में पक्षपातपूर्ण ढंग से कमी-वृद्धि का रूख अपनाती है। जिनके आयातों पर कम कर लगाया जाता है वे तो देश में बहुत बिकती हैं पर जिन देशों के आयात पर अधिक दर से कम लगता है, उनके आयात हतोत्साहित होते हैं। जैसे देशों के मध्य पारस्परिक आयात करों की दरें कम हैं, अन्य राष्ट्रों में अधिक हैं। भारत और इंग्लैण्ड के बीच इम्पीरियल से आयात कर रियायती दर से लगता था। ये सब भेदभावपूर्ण व्यवहार के कतिपय उदाहरण है।

(10) विदेशी माल का बहिष्कार : जब देश की जनता में उग्र राष्ट्रीयता की भावना जाग्रत हो जाती है और वह विदेशी माल के उपभोग का पूर्ण बहिष्कार कर दे तो स्वयं ही आयात बन्द होकर स्वदेशी उद्योगों को संरक्षण मिल जायेगा। जैसे गांधीजी के स्वदेशी आन्दोलन से देश के उद्योगों को पर्याप्त संरक्षण मिला। अभी भी बहुत से भारतीयों के विदेशी वस्तुओं के उपभोग न करने से स्वदेशी उद्योगों को परोक्ष रूप में बल मिलता है।

संरक्षण की कौन-सी रीति श्रेष्ठ?

संरक्षण की उपर्युक्त रीतियों के विवेचन के बाद यह निर्णय देना कठिन है कि इनमें से कौन-सी रीति श्रेष्ठ है? प्रत्येक प्रणाली अपने आप में अपूर्ण है फिर भी संरक्षण शुल्क एवं आयात अभ्यंश रीतियाँ बहुत प्रचलित हैं। अभ्यंश रीति और दूसरी रीतियों में प्रतिकार की भावना बढ़ती है और प्रत्येक रीति अन्तर्राष्ट्रीय सद्भावना एवं सहयोग के विरूद्ध होते हुए भी अब इतनी प्रचलित हो गई है कि राष्ट्रों में दुर्भावना का जन्म सामान्यतः नहीं होता। परन्तु फिर भी प्रतिक्रिया की आशंका रहती है।

अब भी अन्तर्राष्ट्रीय स्तर पर विदेशी व्यापार में वृद्धि के लिये देश की आर्थिक स्थिति को बिना खतरे में डाले हुए संगठनात्मक प्रयास अन्तर्राष्ट्रीय मुद्रा कोष, व्यापार एवं प्रशुल्क समझौता संख्या, अन्तर्राष्ट्रीय व्यापार संगठन, तथा संयुक्त राष्ट्र व्यापार एवं विकास सम्मेलन के माध्यम से हो रहे हैं, जिनका उद्देश्य अन्तर्राष्ट्रीय व्यापार में प्रतिबन्धों को यथासम्भव कम करने का प्रयास जारी रखना है।

भारत में संरक्षण नीति

मुक्त व्यापार - भारत में अंग्रेजी शासन का इतिहास भारत के आर्थिक शोषण का इतिहास है। अंग्रेजों की दोषपूर्ण एवं धातक व्यापारिक नीति से लघु एवं कुटीर उद्योगों का पतन हुआ। 1921 से पूर्व भारत की आर्थिक एवं व्यापारिक नीति का संचालन इंग्लैण्ड में बैठकर भारत के सचिव करते थे जो इंग्लैण्ड के हितों के लिए भारतीय हितों की बलि देने से भी नहीं हिचकिचाते थे। तदनुसार मुक्त व्यापार की नीति से भारत कच्चे माल का उत्पादक और इंग्लैण्ड के निर्मित माल का बाजार बन गया था।

संरक्षण की शुरूआत - 1894 में परिस्थिति बदली। भारतीय रूपये का अवमूल्यन हो रहा था और भारत सरकार की आर्थिक आवश्यकतायें बढ़ रही थी। अतः आय की दृष्टि से 1894 में 5% आयात कर तथा लोहा-इस्पात पर 10% आयात कर लगाया गया। प्रथम विश्वयुद्ध में भारत के अपर्याप्त औद्योगिक विकास के कारण अंग्रेज शासकों को भारी कठिनाइयाँ प्रतीत हुई। 1905 से बढ़ता हुआ स्वदेशी आन्दोलन तथा 1916 में नियुक्त औद्योगिक आयोग की सिफारिशों के कारण 1921 में ब्रिटिश सरकार ने तटकर आयोग की नियुक्ति की।

संरक्षण नीति - तटकर आयोग ने भारतीय उद्योगों की जाँच के पश्चात् निर्णय दिया कि भारत एक कृषि प्रधान देश होते हुए भी उसमें औद्योगिक विकास की प्रचुर प्राकृतिक सुविधायें, विपुल कच्चा माल, सस्ता एव पर्याप्त श्रम तथा विद्युत उत्पादन के साधन उपलब्ध है। इसलिए उद्योगों के लिए त्रिसुत्रीय विभेदात्मक संरक्षण नीति की घोषणा की, जिसमें तीन शर्तें थी

(अ) संरक्षण चाहने वाले उद्योग के लिए पर्याप्त प्राकृतिक साधन देश में ही सुलभ होने चाहिए,

(ब) उद्योग ऐसे हों जो संरक्षण के अभाव में बिल्कुल न पनप सकें अथवा उतनी तेजी से न पनप सकें जितनी तेजी से इनका राष्ट्रीय हित में पनपना आवश्यक है, और

(स) उद्योग ऐसा हो जो भविष्य में भी बिना संरक्षण के विदेशी प्रतिस्पर्द्धा का मुकाबला कर सके। इन तीनों शर्तों के अलावा आधारभूत उद्योगों एवं सुरक्षा उद्योगों को संरक्षण दिया जाना चाहिए तथा राशिपातन, अनुचित लाभ, आर्थिक सहायता प्राप्त आयातों के मामलों की जाँच की जानी चाहिए।

पहला प्रशुल्क मण्डल, 1923 में स्थापित किया गया। इस नीति के अधीन क्रमशः 1924 में लोहा-इस्पात उद्योग, 1925 में कागज उद्योग, 1926 में सूती वस्त्र उद्योग तथा 1932 में चीनी उद्योग तथा 1934 में कृत्रिम रेशम उद्योग को संरक्षण प्रदान किया गया। इसके अलावा अन्य सहायक उद्योगों को भी संरक्षण दिया गया, विभेदात्मक संरक्षण नीति तक और बाद में कुछ परिवर्तन से चलती रही। 1939 में संरक्षण प्राप्त उद्योगों की संख्या 8 थी।

इस नीति की कठोरता, नये उद्योगों की उपेक्षा, प्रशुल्क नीति में विरोधाभास एवं क्रियान्वयन में संदिग्धता के कारण देश में उद्योगों के विकास में विशेष लाभ नहीं मिला। प्रो. अदारकर के शब्दों में, "इसने उद्योगों को बड़ी ही अनिच्छा एवं उदासीनता से सहायता दी और प्रायः उद्योगों को अपने पैरो पर ही खड़ा रहना पड़ा।"

1945 में अन्तरिम प्रशुल्क भण्डार

1939 में द्वितीय विश्वयुद्ध होने से सर्वत्र वस्तुओं का अभाव खटकने लगा। वस्तुओं की पूर्ति हेतु कई नये उद्योग स्थापित होने लगे। 1940 में अनेक उद्योगों को संरक्षण का आश्वासन दिया गया। तद्नुसार 1945 में एक अन्तरिम प्रशुल्क मण्डल का गठन किया गया जिसने निम्न तीन शर्तों के परिप्रेक्ष्य में संरक्षण के लिए 1947 तक 42 उद्योगों की जाँच की। ये शर्तें थी :

(अ) उद्योग दृढ़ व्यापारिक नीति के अनुरूप संचालित किया जा रहा है या नहीं

(ब) उद्योग उचित समय के भीतर पर्याप्त विकास कर सकेगा या नहीं तथा

(स) उद्योग को सहायता देश के हित में है या नहीं।

1947 में पुनर्गठित प्रशुल्क बोर्ड

स्वतन्त्रता प्राप्ति के बाद 1947 में तीन वर्ष के लिए प्रशुल्क बोर्ड का पुनर्गठन किया गया। इस बोर्ड का कार्य —

(अ) उद्योगों के संरक्षण की जाँच करना,

(ब) संरक्षण प्राप्त उद्योगों की प्रगति पर निगाह रखना,

(स) ऐसे उपाय सुझाना कि आन्तरिक संरक्षण कम से कम व्यय से सम्भव हो तथा संरक्षण प्राप्त उद्योगों की लागतों में वृद्धि की जाँच करना आदि थे। इसने 38 उद्योगों को संरक्षण दिया तथा इस्पात, चीनी एवं सूती उद्योगों के संरक्षण को समाप्त करने की सिफारिश की।

1949 में नया तटकर आयोग

1948 में नई औद्योगिक नीति की घोषणा के साथ उसके अनुरूप प्रशुल्क नीति निर्धारण हेतु टी.टी. कृष्णामाचारी की अध्यक्षता में 1949 में एक नये प्रशुल्क आयोग का गठन किया गया। आयोग ने 1950 में अपना प्रतिवेदन प्रस्तुत किया। उद्योगों को तीन श्रेणियों में बाँटा गया :

(अ) सुरक्षा उद्योग

(ब) आधारभूत उद्योग, तथा

(स) अन्य उद्योग।

आयोग ने पहली श्रेणी की उद्योगों को उनके राष्ट्रीय महत्व के कारण हर कीमत पर संरक्षण की सिफारिश की। दूसरी श्रेणी के उद्योगों को संरक्षण देने में प्रशुल्क अधिकारियों को संरक्षण का स्वरूप एवं प्रकृति निर्धारित करने आदि के अधिकार दिये गये। तृतीय श्रेणी के उद्योगों को संरक्षण देते समय

(अ) उनको प्राप्त आर्थिक सुविधाओं,

(ब) उद्योगों की सम्भावित लागत,

(स) उद्योग के समुचित समय में विकास की सम्भावनायें,

(द) संरक्षण के बिना संचालन की आशा, तथा

(द) राष्ट्रीय हित में संरक्षण की आवश्यकता आदि सिद्धान्त रखे गये।

इसके अतिरिक्त प्रशुल्क आयोग ने अन्य सुझाव भी दिये जिनमें संरक्षण से भावी निर्यात सम्भावना पर विचार, नये स्थापित होने वाले पूँजीगत उद्योगों को संरक्षण में सुविधा, संरक्षित उद्योगों को उत्पादन कर से मुक्ति तथा संरक्षण शुल्कों से प्राप्त आय को विकास कोष में जमा करने आदि उल्लेखनीय हैं। इसने स्थायी प्रशुल्क आयोग के गठन की भी सिफारिश की। तद्नुसार 1952 में स्थायी प्रशुल्क आयोग का गठन किया गया।

1949-50 के तटकर आयोग की सिफारिश एवं 1952 में स्थायी आयोग का गठन

निरन्तर बढ़ती माँग के कारण 1952 में एक अर्द्ध न्यायिक संस्था के रूप में स्थायी प्रशुल्क आयोग का गठन किया गया। इस प्रशुल्क आयोग को संरक्षण सम्बन्धी व्यापक अधिकार प्रदान किये गये। आयोग के सदस्यों की संख्या कम से कम 3 तथा अधिक से अधिक 5 की व्यवस्था थी। सदस्यों की नियुक्ति पहले तीन वर्ष के लिए की जाती थी जिसको तीन वर्ष और आगे बढ़ाने का प्रावधान था।

प्रशुल्क आयोग के कार्य

संरक्षण के सम्बन्ध में उद्योगों की जाँच करने तथा संरक्षण की सिफारिश करने के लिए सरकार ने आयोग को निम्न कार्य सौंपे -

(अ) किसी उद्योग को संरक्षण की सिफारिश करना।

(ब) संरक्षण की सफलता के लिए आयात-निर्यात करों अथवा अन्य करों में परिवर्तन की सिफारिश करना।

(स) संरक्षण से जनता पर पड़ने वाले प्रभावों की जाँच करना।

(द) राशिपातन की जाँच कर उसके विरूद्ध कार्यवाही का सुझाव देना।

(य) संरक्षण के दुरूपयोग की जाँच एवं उसके विरूद्ध कार्यवाही करने की सिफारिश करना।

(र) व्यापारिक समझौतों के अन्तर्गत प्रदत्त तटकर रियायतों के प्रभावों की जाँच कर प्रतिवेदन देना, तथा

(ल) संरक्षण से उत्पन्न अन्य समस्याओं एवं प्रश्नों पर विचार करना तथा सरकार को सुझाव देना आदि।

प्रशुल्क आयोग के वैधानिक अधिकार

प्रशुल्क आयोग को अपने कार्यों को सफलतापूर्वक करने तथा दायित्वों को निभाने के लिए व्यापक अधिकार दिये गये जिनमें निम्नलिखित उल्लेखनीय हैं -

(अ) ऐसे उद्योगों के संरक्षण के आवेदन पर भी विचार कर सकना जिनकी स्थापना नहीं की गई हो।

(ब) संरक्षण की कुशलता की जाँच करना तथा सरकार को प्रतिवेदन देना।

(स) संरक्षित उद्योगों के संरक्षण शुल्कों एवं दायित्वों का निर्धारण करने का व्यापक अधिकार, तथा

(द) अपनी ओर से ही उद्योग के संरक्षण के बारे में जाँच करना आदि।

प्रशुल्क आयोग के कार्यों की समीक्षा

1952 से 1976 के 15 वर्षों के जीवन-काल में आयोग ने संरक्षण के लगभग 184 मामलों पर विचार किया, पर उनमें से केवल 17 उद्योगों को ही संरक्षण प्रदान किया गया, जिनमें अधिकांश इन्जीनियरिंग एवं रासायनिक उद्योग थे। इतने कम उद्योगों को ही संरक्षण प्रदान करने के पीछे प्रशुल्क आयोग का कोई दोष नहीं था वरन् 1956 से ही सरकार द्वारा लागू आयात नियन्त्रणों एवं कठोर विनिमय व्यवस्था के कारण ऐसी परिस्थितियाँ उत्पन्न हो गई थी कि उद्योगों को संरक्षण की आवश्यकता ही नहीं रह गई थी। यह इस तथ्य से स्पष्ट है कि 1956-57 के बाद किसी उद्योग ने संरक्ष्ज्ञण की प्रार्थनातक नहीं की।

देश में द्वितीय पंचवर्षीय योजना में सरकार ने तीव्र औद्योगिकरण के लिए बड़े आयात नियन्त्रण लागू किए तथा उद्योगों की सहायता एवं सुविधाओं की नीति से देश के उद्योगों को विदेशी प्रतिस्पर्द्धा का भय मिटा और उनकी प्रतिस्पर्द्धात्मक शक्ति बढ़ती गई। नये उद्योगों की संरक्षण की माँग न होने तथा पुराने उद्योगों की संरक्षण अवधि समाप्त होने से संरक्षित उद्योगों की संख्या निरन्तर घटती गई। जहाँ संरक्षण प्राप्त उद्योगों की संख्या 1939 में 8 तथा 1950 में 44 थी, वह 1966 में घटकर 9 तथा 1976 में केवल 4 रह गई। ये चार उद्योग -रेशम उद्योग, एल्यूमिनियम उद्योग, रंग उद्योग एवं ऑटोमोबाइल्स उद्योग थे।

1967 में प्रशुल्क आयोग के कार्यों की जाँच करने के लिए डॉ. वी. के. आर. वी. राव की अध्यक्षता में एक समिति बनाई गई, जिसकी सिफारिशों पर सरकार ने प्रशुल्क आयोग को कुछ और दायित्व सौंपे, जिनमें (1) संरक्षण हटे उद्योगों की हर दो तीन वर्ष बाद नियमित समीक्षा करना, (2) वैधानिक मूल्य नियन्त्रण लागू करने के लिए लागत एवं मूल्यों की जाँच करना, तथा (3) उद्योगों में उत्पादन लागत ऊँची होने के कारणों की जाँच करने तथा कम करने का सुझाव देना आदि थे।

इसी प्रकार 1968 में प्रशासनिक सुधार आयोग ने भी प्रशुल्क आयोग के घटते महत्त्व के कारण उसके स्थान पर राष्ट्रीय आर्थिक आयोग की स्थापना का सुझाव दिया, जो उद्योगों में उत्पादन लागतों का अध्ययन प्रशुल्क मामलों की जाँच तथा मूल्य निर्धारण सम्बन्धी अन्वेषण करे।

संरक्षण की घटती माँग के कारण 1956 से ही प्रशुल्क आयोग धीरे-धीरे मूल्य तथा लागत जाँच आयोग बनता जा रहा था। 1967 में राव समिति तथा 1968 के प्रशासनिक सुधार आयोग की सिफारिशों से उसका कार्य-मूल्यों एवं लागतों की जाँच ही रह गया। आयोग ने अपने जीवनकाल में 71 मूल्य एवं लागतों सम्बन्धी मामलों की जाँच की।

1973 में सरकार द्वारा औद्योगिक लागत एवं मूल्य ब्यूरों की स्थापना से प्रशुल्क आयोग का रहा-सहा कार्य भी समाप्त हो गया। अन्ततः मई 1976 को सरकार ने प्रशुल्क आयोग को हमेशा के लिए भंग कर दिया।

वर्तमान स्थिति

अब देश में ऐसी परिस्थितियाँ विद्यमान हैं कि उद्योगों के संरक्षण की कोई आवश्यकता ही नहीं रह गई हैं। सरकार ने कड़े आयात प्रतिबन्धों, कठोर विदेशी विनिमय नियन्त्रणों तथा अनेक वित्तीय एवं आर्थिक सुविधाओं से देश के उद्योगों को निरन्तर तेजी से विकसित होने का अवसर प्रदान कर दिया। मूल्यों एवं लागतों की जाँच का कार्य औद्योगिक लागत एवं मूल्य ब्यूरों को सौंपा गया है। भारत विश्व व्यापार संगठन के संस्थापक सदस्यों में से एक हे और उसके अन्तर्गत कार्य करने में संरक्षण सम्भव नहीं है।

परिक्षापयोगी प्रश्न

1. संरक्षण से आप क्या समझते हैं? संरक्षण के पक्ष व विपक्ष में तर्क दीजिये।
2. स्वतन्त्र एवं संरक्षित व्यापार का आशय स्पष्ट करते हुए इनके पक्ष-विपक्ष में तर्कों का विवेचन कीजिए।

   अथवा

   स्वतन्त्र व्यापार एवं संरक्षण की नीतियों के लाभों का तुलनात्मक विवेचन कीजिए या स्वतन्त्र व्यापार या संरक्षण के सापेक्षिक गुणों की विवेचना कीजिए।
3. संरक्षण से क्या तात्पर्य है? किसी देश में संरक्षण की नीति के पीछे क्या-क्या उद्देश्य होते हैं?
4. संरक्षण के पक्ष में दिये जाने वाले तर्कों की विवेचना कीजिए।
5. विकासशील राष्ट्रों में संरक्षण की नीति का औचित्य स्पष्ट कीजिए।

   अथवा

   देश में रोजगार, घरेलू उद्योगों के विकास, प्राकृतिक साधनों के विदोहन तथा आत्मनिर्भरता के लिए संरक्षण के औचित्य को भारत के विशेष सन्दर्भ में सिद्ध कीजिए।
6. संरक्षण की कौन-कौनसी विधियाँ (ढ़ंग, तरीके) होती हैं तथा संरक्षण के क्या-क्या दोष उत्पन्न होते हैं? भारत के सन्दर्भ में बताइये।
7. स्वतन्त्र व्यापार के पक्ष में तर्क सैद्धान्तिक तथा संरक्षण के पक्ष के तर्क व्यावहारिक हैं। विवेचना कीजिए।
8. संरक्षण नीति के लाभों एवं खतरों की विवेचना कीजिए।
9. एक उद्योग को संरक्षण देने हेतु सरकार द्वारा कौन-कौन से विभिन्न तरीके अपनाये जाते हैं?

10

अन्तर्राष्ट्रीय व्यापार का नियमन
(Regulation of International Trade)

उस युग की अब समाप्ति हो चुकी है जब सरकार आर्थिक क्षेत्र में कोई हस्तक्षेप नहीं करती थी। इसके पश्चात् उस युग का प्रारम्भ हुआ जब कोई भी राष्ट्र अपनी आर्थिक क्रियाओं को स्वतन्त्र नहीं छोड़ने की नीति का अनुशरण कर रहा था। इसी परिप्रेक्ष्य में अन्तर्राष्ट्रीय व्यापार के सम्बन्ध में भी प्रत्येक देश अपने विदेशी व्यापार की मात्रा, बनावट तथा दिशा में वांछित परिवर्तन लाने के लिये सरकारी हस्तक्षेप और नियंत्रण की नीति अपनाता है। यही कारण है कि इस युग में मुक्त व्यापार की कल्पना निरर्थक है।

अन्तर्राष्ट्रीय व्यापार के नियमन का अर्थ (Meaning of Regulation of International Trade) – अन्तर्राष्ट्रीय व्यापार के नियमन का अभिप्राय सरकार द्वारा निश्चित उद्देश्य की पूर्ति हेतु अपनाई जाने वाली उन वैधानिक विधियों से है जिनके द्वारा विदेशी व्यापार की मात्रा, उसकी बनावट और उसकी दिशा को प्रभावित करने का प्रयास किया जाता है। आधुनिक सरकारें अन्तर्राष्ट्रीय व्यापार में जो हस्तक्षेप और नियन्त्रण की नीतियाँ क्रियान्वित करती हैं उन्हें ही अन्तर्राष्ट्रीय व्यापार का नियमन कहा जा सकता है।

अन्तर्राष्ट्रीय व्यापार के नियमन के कारण या आवश्यकता
(Need or Importance of Regulation of International Trade)

अन्तर्राष्ट्रीय व्यापार के नियमन के अनेक कारण हो सकते हैं। इन कारणों में प्रमुख कारण संक्षेप में इस प्रकार वर्णित किये जा सकते हैं –

(1) निर्यातों में वृद्धि एवं प्रोत्साहन (Encouragement to Rise Exports)– जब सरकार अपने निर्यातों को बढ़ाना चाहती है तो वह ऐसी नीतियों का अनुसरण करती है जिसमें निर्यातों को प्रोत्साहन मिले। भारत सरकार निर्यात सम्वर्द्धन के लिये कई प्रयास कर रही है।

(2) आयातों को हतोत्साहन (Discourage to Imports)– विदेशों से देश में आयात होने वाली वस्तुओं की मात्रा को घटाने अथवा उनके आयातों को हतोत्साहित करने के लिये अनेक प्रतिबन्धों का सहारा लिया जाता है।

(3) संरक्षण की नीति की सफलता (Success of Protection Policy) - अनेक बार सरकार संरक्षण की नीति का अनुशरण करती है। जब सरकार अपने देश के उद्योगों को विदेशी प्रतिस्पर्द्धा से बचाना चाहती है अथवा स्वयं द्वारा निर्मित संरक्षण की नीति को सफल बनाना चाहती है तो आयातों पर कई प्रकार के नियन्त्रण एवं प्रतिबन्ध लगाये जाते हैं।

(4) हानिप्रद एवं विलासिता की वस्तुओं के आयात पर रोक (Check Over Harmful and Luxirious Goods)- जब सरकार विदेशों से ऐसी वस्तुओं के आयात को रोकना चाहती है जो स्वास्थ्य के लिये हानिकारक हैं अथवा जो विलासिता की वस्तुएँ हैं तो उनके आयात पर नियन्त्रण एवं प्रतिबन्ध लगाया जाता है।

(5) व्यापार शर्तों में सुधार (Reforms in Terms of Trade)- अनेक बार देश अपनी व्यापार शर्तों में सुधार लाना चाहता है। इस प्रयोजन की प्राप्ति हेतु वह अन्तर्राष्ट्रीय व्यापार पर नियन्त्रण एवं नियमन की नीति अपनाता है।

(6) भुगतान सन्तुलन में सुधार (Reforms in Balance of Payment)- अन्तर्राष्ट्रीय व्यापार में अगर आयात-निर्यातों की अपेक्षा अधिक रहते हैं तो व्यापार सन्तुलन विपक्ष में हो जाता है। इसका प्रभाव भुगतान सन्तुलन पर भी पड़ता है। यदि भुगतान असन्तुलन की समस्या उत्पन्न हो जाये तो अन्तर्राष्ट्रीय व्यापार का नियमन आवश्यक हो जाता है।

(7) अन्तर्राष्ट्रीय व्यापार की बनावट में परिवर्तन (Changes in Composition of Foreign Trade)- जब सरकार देश में केवल उन वस्तुओं का ही आयात करना चाहती है जो देश में उपलब्ध नहीं है अथवा जिनकी कमी है जबकि उन वस्तुओं के आयात को रोकना चाहे जिनकी पूर्ति देश में ही पर्याप्त हो तो भी अन्तर्राष्ट्रीय व्यापार का नियमन किया जाता है।

(8) अन्तर्राष्ट्रीय व्यापार की दिशा में परिवर्तन (Change in Direction of Foreign Trade)- जब सरकार अपने विदेशी व्यापार में सब देशों के साथ समान व्यवहार न अपनाकर कर मित्रवत् देशों से तो आयात-निर्यात करे किन्तु अपने विरोधी देशों के साथ विदेशी व्यापार सम्बन्धों को नियन्त्रित करे तो भी अन्तर्राष्ट्रीय व्यापार की नियमन की आवश्यकता होती है।

(9) युद्धकालीन परिस्थितियाँ (Conditions of Works)— युद्धकालीन परिस्थितियों में देश के विदेशी व्यापार का नियमन जरूरी होता है जिससे जरूरी वस्तुओं एवं अस्त्र शस्त्रों की पर्याप्त पूर्ति हो सके और दुश्मनों के हौसले पस्त किये जा सके।

(10) राष्ट्रीय सुरक्षा (National Security)- राष्ट्रीय सुरक्षा की दृष्टि से प्रत्येक देश को अपनी आत्मनिर्भरता का प्रयास करना चाहिए तथा इसके साथ ही दूसरे देशों पर निर्भरता से भी बचना चाहिए।.अतः अस्त्र शस्त्रों और आवश्यक उपभोग की वस्तुओं की दृष्टि से देश को आत्मनिर्भर बनाने के लिए अन्तर्राष्ट्रीय व्यापार का नियमन जरूरी हो सकता है।

(11) राष्ट्रीय प्राकृतिक एवं मानवीय संसाधनों का अनुकूलतम उपयोग (Optimum Utilisation of National Natural Resources)- देश के प्राकृतिक एवं

मानवीय संसाधनों के अनुकूलतम उपयोग के लिए भी अन्तर्राष्ट्रीय व्यापार का नियमन जरूरी हो जाता है।

(12) शोषण से मुक्ति (Get Rid from Exploitation)- यदि अन्तर्राष्ट्रीय व्यापार में किसी देश के उपभोक्ताओं का शोषण होता हो तो ऐसे देश को अपने अन्तर्राष्ट्रीय व्यापार का नियमन करना आवश्यक हो जाता है।

(14) राशिपातन के विरूद्ध कार्यवाही (Action Against Dumping)- जब कुछ देश अपनी वस्तुओं को दूसरे देशों में लागत से भी कीमत पर बेचकर उसके बाजार पर आधिपत्य जमाने की बुरी नियत रखते हो तो ऐसे आयातों पर रोक व नियन्त्रण जरूरी हो जाता है।

(15) अन्य कारण (Other Factors)- कभी-कभी देश के उद्योगों को संरक्षण देकर प्रोत्साहन देने, एकाधिकार जमाने अथवा उद्योगों के विकास को प्रोत्साहन देने के लिये भी नियमन किया जाता है।

अन्तर्राष्ट्रीय व्यापार के नियमन की विधियाँ
(Methods of Control International Trade)

अन्तर्राष्ट्रीय व्यापार के नियमन के वर्तमान में कई तरीके प्रचलित हैं जिनमें प्रमुख तरीके इस प्रकार हैं –

1. यह वह कठोर पद्धति है जिसके द्वारा सरकार कभी-कभी निषेधाज्ञा द्वारा कुछ वस्तुओं के आयात या निर्यात पर प्रतिबन्ध लगा देती है। ऐसी वस्तुओं का व्यापार प्रतिबन्धित घोषित कर दिया जाता है। जिससे उनका प्राय: व्यापार बन्द हो जाता है।

2. जब किन्हीं वस्तुओं के आयातों में कमी-वृद्धि की नीति का अनुसरण किया जाता है तो आयातों को कम करने के लिये प्रशुल्क दरें बढ़ा दी जाती हैं जबकि आयात बढ़ाने के लिये प्रशुल्क दरें कम कर दी जाती हैं।

3. इस पद्धति के अन्तर्गत सरकार द्वारा विदेशों से आयात होने वाली अलग-अलग वस्तुओं की अलग-अलग अधिकतम सीमा निर्धारित कर दी जाती है। इसी प्रकार विदेशों में होने वाले निर्यातों की भी अधिकतम सीमा निर्धारित की जा सकती है। यह अन्तर्राष्ट्रीय व्यापार के मात्रात्मक नियमन की उचित रीति है।

4. आर्थिक नियोजन की सफलता के लिए कभी-कभी सरकार सभी आयात एवं निर्यात अपने एकाधिकार में कर लेती है अथवा कुछ देशों से व्यापार के लिये राजकीय व्यापार का सहारा लिया जाता है जैसे भारत ने साम्यवादी राष्ट्रों के साथ अपने विदेशी व्यापार में स्टेट ट्रेडिंग कॉरपोरेशन को एकाधिकार सौंपा था।

5. इस पद्धति के अन्तर्गत सरकार आयात और निर्यात की निर्धारित मात्रा लाइसेन्स प्राप्त आयातकों अथवा निर्यातकों के माध्यम से ही आयात-निर्यात होने देती है। दूसरों को आयात-निर्यात का अधिकार नहीं होता। इस प्रकार की अन्तर्राष्ट्रीय व्यापार नियमन पद्धति बहुत ही प्रचलित है।

6. जब सरकार यह चाहती है कि अपने देश के निर्यात बढ़े और आयात घटें तो वह अपनी मुद्रा का मूल्य विदेशी मुद्रा के मुकाबले घटा देती है, इसे अवमूल्यन कहा जाता है। जबकि इसके विपरीत अपने आयात बढ़ाने तथा निर्यात घटाने के लिए अपनी स्वदेशी मुद्रा का मूल्य विदेशी मुद्रा के रूप में बढ़ा दिया जाता है तो इस क्रिया को मुद्रा का अधिमूल्यन कहा जाता है।

7. जब कोई देश अपने देश में अलग-अलग देशों के आयातों को अलग-अलग एवं भेदभावपूर्ण वरीयता दे जैसे यूरोपीय संघ के देश अपने सदस्य देशों के बीच होने वाले व्यापार को वरीयता दें। ऐसी व्यवस्था पहले इम्पीरियल प्रीफरेन्स के अन्तर्गत भारत और इंग्लैण्ड के बीच थी। ऐसा प्रायः मित्रवत् राष्ट्रों अथवा क्षेत्रीय संघ बनने पर सम्भव होता है।

8. विदेशी व्यापार के नियमन एवं नियन्त्रण की यह पद्धति काफी प्रचलित रही है। इस पद्धति के अन्तर्गत वस्तुओं का आयात देश में उपलब्ध विदेशी मुद्रा की मात्रा से नियन्त्रित होता है। प्रायः देश का केन्द्रीय बैंक (भारत में रिजर्व बैंक ऑफ इण्डिया) विनिमय नियन्त्रण की कठोर पद्धति से विभिन्न आयातों पर अंकुश रखता है।

9. जब देश में कट्टर राष्ट्रीयता की भावना जगती है तो देश के लोग विदेशी माल का बहिष्कार करते हैं। इससे विदेशी माल के आयात पर रोक लगती है, भारत में स्वदेशी आन्दोलन और विदेशी माल की होली जलाने का कार्य इस पद्धति का एक उदाहरण है। भारत में स्वदेशी जागरण अभियान भी उसका एक उदाहरण है।

10. कभी-कभी कई राष्ट्र मिलकर अन्तर्राष्ट्रीय व्यापार के नियमन के लिये संगठन बनाते हैं। इसका अनुपम उदाहरण विश्व व्यापार संगठन है।

परिक्षापयोगी प्रश्न

1. अन्तर्राष्ट्रीय व्यापार नियमन का अभिप्राय स्पष्ट कीजिए तथा नियमन की आवश्यकता क्यों होती हैं? समझाइए।
2. अन्तर्राष्ट्रीय व्यापार नियमन से आप क्या समझते हैं? उसकी आवश्यकता तथा नियमन के तरीकों पर प्रकाश डालिए।

11

अंकटाड (संयुक्त राष्ट्र संघ का व्यापार एवं विकास सम्मेलन) के उद्देश्य, कार्य एवं उपलब्धियाँ

(The UNCTAD-Objects and Functions-Latest Study)

द्वितीय विश्व युद्ध के दौरान व बाद में विश्व में प्राय: सभी राष्ट्रों ने संरक्षण एवं विनिमय नियन्त्रण की नीति का सहारा लिया जिसके कारण अन्तर्राष्ट्रीय व्यापार पर अनेक प्रतिबन्ध लगाये गये। इन प्रतिबन्धों से पिछड़े एवं विकासशील राष्ट्रों के व्यापार व आर्थिक विकास पर बुरा प्रभाव पड़ने लगा। निर्धन व सम्पन्न राष्ट्रों के बीच आर्थिक असमानता की खाई चौड़ी होने लगी। जहाँ 1948 में विश्व के कुल निर्यातों में विकासशील देशों का भाग 30.2 प्रतिशत था वह 1964 में गिरकर केवल 22 प्रतिशत ही रह गया। अत: विकसित देशों ने विकासशील देशों को उनकी पूँजी की कमी, विदेशी व्यापार में प्रतिस्पर्द्धा, निर्यात व्यापार में वित्त व बीमा सुविधाओं के अभाव तथा परिवहन एवं संचार साधनों के पिछड़ेपन की कठिनाइयों को दूर करने की दृष्टि से अन्तर्राष्ट्रीय आर्थिक सहयोग के लिए 1964 में संयुक्त राष्ट्र संघ का व्यापार एवं विकास सम्मेलन जेनेवा में आयोजित किया गया। उसके बाद दूसरा सम्मेलन 1968 में दिल्ली में तथा तीसरा सम्मेलन चिली की राजधानी सेन्टिआगो में अप्रेल-मई 1972 में, चौथा सम्मेलन कीनिया की राजधानी नैरोबी में 1976 में, पाँचवा सम्मेलन फिलीपाइन्स की राजधानी मनीला में 1979 में तथा छठा सम्मेलन जून-जुलाई, 1983 में बेलग्रेड में, सातवाँ अंकटाड 9 जुलाई से 3 अगस्त, 1987 को जिनेवा में तथा आठवाँ अंकटाड 1992 में 8 फरवरी से 25 फरवरी तक कोलम्बिया के कारटेजेना डी इण्डियाज में आयोजित किया गया। इसी प्रकार संयुक्त राष्ट्र व्यापार एवं विकास सम्मेलन जिसे संक्षेप में अंकटाड भी कहते हैं, अन्तर्राष्ट्रीय व्यापार एवं पारस्परिक आर्थिक सहयोग की समस्याओं पर विचार-विमर्श व समस्याओं के समाधान के उपायों का एक अन्तर्राष्ट्रीय रंगमंच है। यद्यपि अंकटाड द्वारा लिये गए निर्णयों को कार्यान्वित करने अथवा स्वीकृत नीतियों को अमल

करवाने का कोई वैधानिक अधिकार अंकटाड को नहीं है। वह सदस्य देशों को इन नीतियों को लागू करने को बाध्य नहीं कर सकता, वह तो केवल नैतिक दबाव डाल सकता है फिर भी अंकटाड के आठ सम्मेलनों से विकसित देशों में विकासशील राष्ट्रों के हितों की दृष्टि से अन्तर्राष्ट्रीय व्यापार व पारस्परिक आर्थिक सहयोग की प्रवृत्ति को प्रोत्साहन मिला है। इसके कारण विकासशील राष्ट्रों के आर्थिक विकास को बल मिला है।

अंकटाड की पृष्ठभूमि व अन्तर्राष्ट्रीय व्यापार व आर्थिक सहयोग का महत्त्व

जब द्वितीय विश्व-युद्ध के दौरान तथा समाप्ति के बाद विश्व के प्रायः सभी देशों ने अपने विदेशी व्यापार पर प्रतिबन्ध व संरक्षण की नीति का सहारा लिया तो अन्तर्राष्ट्रीय व्यापार पर बुरा प्रभाव पड़ा। विकासशील राष्ट्रों के विदेशी व्यापार में अत्यधिक गिरावट आई। इनके सामने विदेशी विनिमय का संकट, विदेशी प्रतिस्पर्द्धा, पूँजी का अभाव आदि कठिनाइयाँ होने से उनके आर्थिक विकास का मार्ग अवरुद्ध हो गया। ऐसी विकट परिस्थितियों में अन्तर्राष्ट्रीय व्यापार पर लगे प्रतिबन्धों को यथासम्भव कम करने तथा अन्तर्राष्ट्रीय आर्थिक सहयोग के लिए अन्तर्राष्ट्रीय स्तर पर अनेक कदम उठाये गये जिनमें अन्तर्राष्ट्रीय मुद्रा कोष, विश्व बैंक, संयुक्त राष्ट्र संघ, खाद्य एवं कृषि संगठन की स्थापना के अतिरिक्त 1946 में हवाना में अन्तर्राष्ट्रीय व्यापार एवं रोजगार सम्मेलन का एक घोषणा-पत्र उल्लेखनीय है। इस घोषणा को मूर्तरूप देने व अन्तर्राष्ट्रीय व्यापार पर लगे प्रतिबन्धों को ढीला करने के उद्देश्य से 1947 में 23 बड़े राष्ट्रों ने प्रशुल्क एवं व्यापार विषयक सामान्य समझौते अथवा गैट पर हस्ताक्षर किए। इस समझौते में अन्तर्राष्ट्रीय व्यापार को बहुपक्षीय आधार पर बढ़ाने व विश्व के आर्थिक साधनों के समुचित एवं सर्वोत्तम उपयोग के लिए प्रतिबन्धों को बिना भेदभाव कम या समाप्त करने की व्यवस्था की गई। किन्तु ''गेट'' ने विकासशील राष्ट्रों की महत्त्वपूर्ण समस्याओं की अवहेलना की। केवल विकसित राष्ट्रों के तटकर सम्बन्धी हितों की रक्षा पर विशेष ध्यान दिया। यही नहीं, इसने वस्तुओं के मूल्यों, अ-तटकर प्रतिबन्धों, जहाजी यातायात व आर्थिक विकास जैसी महत्त्वपूर्ण समस्याओं पर कोई ध्यान नहीं दिया जिससे निर्धन व समृद्ध राष्ट्रों के बीच आर्थिक असमानता की खाई चौड़ी होती गई। विकासशील देशों को विदेशी व्यापार व आर्थिक विकास सम्बन्धी अनेक कठिनाइयों का सामना करना पड़ा था।

अतः अन्तर्राष्ट्रीय व्यापार व अन्तर्राष्ट्रीय आर्थिक सहयोग में अभिवृद्धि की दृष्टि से संयुक्त राष्ट्र महासभा के निर्णय के अनुसार संयुक्त राष्ट्र व्यापार एवं विकास सम्मेलन-जेनेवा में 1964 में आयोजित किया गया। उसके बाद दूसरा सम्मेलन 1968 में भारत में दिल्ली तथा तीसरा सम्मेलन 1972 में सेन्टिआगो (चिली की राजधानी) में आयोजित किये गये हैं अब तक अंकटाड के आठ सम्मेलन हो चुके हैं। प्रथम अंकटाड के एक निर्णय व सिफारिश के आधार पर संयुक्त राष्ट्र महासभा के एक प्रस्ताव 1995 द्वारा अंकटाड संयुक्त राष्ट्र महासभा का एक स्थायी अंग बन गया है और प्रति तीन-चार वर्ष में एक सम्मेलन नियमित रूप से आयोजित करने की व्यवस्था कर दी गई है।

अंकटाड के उद्देश्य एवं स्वीकृत सिद्धान्त

अंकटाड का प्रमुख उद्देश्य - अन्तर्राष्ट्रीय व्यापार एवं पारस्परिक आर्थिक सहयोग द्वारा अन्तर्राष्ट्रीय व्यापार तथा आर्थिक विकास में आने वाली बाधाओं को दूर करना है। इसके लिए अंकटाड विभिन्न देशों के बीच विचार-विमर्श, कुछ स्वीकृत सिद्धान्तों के आधार पर लिये जाने वाले बहु-पक्षीय समझौतों के आधार पर विकासशील देशों के आर्थिक विकास तथा अन्तर्राष्ट्रीय व्यापार वृद्धि में आने वाली बाधाओं को दूर करने के लिए व्यावहारिक सुझाव प्रस्तुत करता है। यद्यपि इस संगठन द्वारा लिये गये निर्णयों को लागू करने अथवा उन्हें मूर्तरूप देने के लिए कोई कानूनी बाध्यता नहीं है फिर भी निर्णय लेने वाले राष्ट्रों के बीच एक अदृश्य नैतिक दबाव अवश्य है। सदस्य राष्ट्रों द्वारा इन निर्णयों को न मानने पर ये केवल सुझाव मात्र रह जाते हैं और इस संस्था के उद्देश्यों की पूर्ति में बाधा आती है।

अंकटाड के स्वीकृत सिद्धान्त - अंकटाड के उद्देश्यों की प्राप्ति हेतु विभिन्न नीतियों के सन्दर्भ में अंकटाड की कार्यसमिति द्वारा उसके कार्यों के लिए निम्नलिखित 15 सामान्य सिद्धान्त तथा 13 विशेष सिद्धान्त स्वीकृत किये गये हैं। दोनों का अलग-अलग संक्षिप्त विवरण इस प्रकार हैं-

1. अंकटाड के 15 सामान्य सिद्धान्त

(1) समानता का सिद्धान्त - सभी देशों के बीच व्यापारिक एवं आर्थिक सम्बन्ध समानता के सिद्धान्त पर आधारित होंगे और कोई भी देश एक-दूसरे के आन्तरिक मामलों में हस्तक्षेप नहीं करेगा।

(2) भेदभाव निराकरण सिद्धान्त - सामाजिक एवं आर्थिक पद्धतियों के आधार पर बिना किसी भी प्रकार का भेदभाव किये अनुकूल व्यापार पद्धति अपनाना।

(3) प्राकृतिक साधनों के विदोहन में स्वतन्त्रता - अपने प्राकृतिक साधनों के विदोहन एवं उपयोग में प्रत्येक देश स्वतन्त्र होगा।

(4) विकासोन्मुख राष्ट्रों के शीघ्र विकास के लिए उपयुक्त नीतियों का अनुपालन करना।

(5) विकासोन्मुख श्रम विभाजन - अन्तर्राष्ट्रीय श्रम विभाजन इस प्रकार करना कि विकासशील देशों का अभ्युत्थान शीघ्र एवं तेजी से हो।

(6) विकासशील देशों के निर्यातों को बढ़ाने का प्रयास करना।

(7) अन्तर्राष्ट्रीय व्यापार अवरोधों को हटाना या कम करना जो विकासशील राष्ट्रों के निर्यात बाजार को घटाते हैं।

(8) विकासशील राष्ट्रों को सभी प्रकार की रियायतें देने में विकसित देशों को आगे आना चाहिए।

(9) विकसित राष्ट्रों के क्षेत्रीय संघों को ऐसे प्रयत्न करने चाहिए जिनसे विकासशील एवं विशेषकर अविकसित देशों के विकास एवं व्यापार पर विपरीत असर न पड़े।

(10) विकासशील राष्ट्र परस्पर मिलकर अपने आर्थिक संघों का निर्माण करें। उनको बढ़ावा दे तथा आपसी व्यापार वृद्धि के प्रयास करें।

(11) विकसित राष्ट्रों तथा अन्तर्राष्ट्रीय वित्तीय संस्थानों को विकासशील राष्ट्रों को बड़े पैमाने पर वित्तीय तथा तकनीकी सहायता बिना शर्तों के देने के लिए आगे आना चाहिये।

(12) अन्तर्राष्ट्रीय स्तर पर निःशस्त्रीकरण को बढ़ावा देना तथा उनकी बचतों को विकासशील देशों के आर्थिक विकास में उपयोग को प्रोत्साहन देना चाहिये।

(13) समुद्री सीमा रहित देशों को पड़ोसी देशों द्वारा यातायात में मदद दी जानी चाहिये।

(14) उपनिवेशीय देशों को यथाशीघ्र स्वतन्त्र कर उनके आर्थिक विकास में मदद करनी चाहिये।

(15) विकासशील देशों के स्थायी विकास हेतु अन्तर्राष्ट्रीय नीतियों एवं उपायों को अपनाना चाहिये।

2. अंकटाड के विशेष सिद्धान्त

उपर्युक्त 15 सामान्य सिद्धान्त के अलावा अंकटाड की कार्य समिति ने 13 विशेष सिद्धान्त भी स्वीकृत किये हैं जो संक्षेप में इस प्रकार हैं–

1. विकसित देश को विकासशील देशों के व्यापार वृद्धि के लक्ष्य निर्धारण में सहयोग करना चाहिये।

2. विकसित राष्ट्रों को विकासशील देशों की निर्मित वस्तुओं के आयात बढ़ाना चाहिये।

3. विकसित देशों द्वारा विकसशील राष्ट्रों को तकनीकी एवं प्रशिक्षण सुविधा प्रदान करनी चाहिये।

4. विकासशील देश अपने देश में स्थिति शैशव अवस्था वाले उद्योगों को संरक्षण प्रदान कर सकते हैं।

5. विकसित देशों को विकासशील राष्ट्रो के उद्योगों में विवेकीकरण एवं शोध कार्यों में मदद करनी चाहिये।

6. राशिपातन का उपयोग किसी भी देश द्वारा नहीं किया जाना चाहिये।

7. विकासशील देशों को वैज्ञानिक उपलब्धियों एवं प्राविधिक विकास के प्रयोग के लिये समर्थ बनाने तथा उन्हें उपलब्ध कराने का प्रयास करना चाहिये।

8. विकासशील देशों को व्यापार हेतु आर्थिक सहायता उपलब्ध कराई जानी चाहिये।

9. विकासशील देशों को सुलभ ऋण प्रदान करने तथा स्वदेशी मुद्रा में पुनर्भुगतान की सुविधा बढ़ानी चाहिये।

10. विकासशील देशों के आर्थिक विकास हेतु उनकी जहाजरानी तथा अन्य परिवहन साधनों के विकास कार्यक्रमों में सभी देशों को सहयोग करना चाहिये।

11. विकासशील देशों द्वारा विदेशी मुद्रा अर्जित करने के प्रयत्नों में विकसित राष्ट्रों को सहयोग करना चाहिये।

12. विकासशील देशों में पर्यटन उद्योग के विकास में विकसित राष्ट्रों को मदद करनी चाहिये।

13. विकासशील देशों के लिए बहु-पक्षीय सहायता विस्तार कार्यक्रमों में सभी देशों द्वारा समर्थन किया जाना चाहिये।

इस प्रकार स्पष्ट है कि अंकटाड के 15 सामान्य सिद्धान्त तो समानता, न्याय तथा पारस्परिक सहयोग के द्योतक हैं जबकि विशेष सिद्धान्तों में विकसित राष्ट्रों को विकासशील देशों के सर्वांगीण विकास में सभी प्रकार का सहयोग करने पर बल दिया गया है।

अंकटाड के कार्य

संयुक्त राष्ट्र व्यापार एवं विकास सम्मेलन को अपने निर्धारित उद्देश्यों की पूर्ति के लिए निम्न कार्य सम्पन्न करने पडते हैं-

1. नीतियों का निर्धारण व कार्यान्वयन - अन्तर्राष्ट्रीय व्यापार व आर्थिक विकास से सम्बन्धित सभी समस्याओं पर परस्पर विचार-विमर्श द्वारा उनके समाधान के लिए व्यावहारिक नीतियाँ निर्धारित करना तथा उन नीतियों को कारगर ढंग से लागू करने के लिए आवश्यक सुझाव देना है।

2. अन्तर्राष्ट्रीय समन्वय स्थापित करना - व्यापार एवं विकास सम्बन्धी राष्ट्रीय, क्षेत्रीय, एवं अन्तर्राष्ट्रीय आर्थिक नीतियों में समन्वय स्थापित करना तथा विकासशील राष्ट्रों के हितों के अनुरूप नीतियों को ढालना।

3. अन्तर्राष्ट्रीय आर्थिक सहयोग को बढ़ाना - विकासशील राष्ट्रों के आर्थिक विकास में योग देने के लिए विभिन्न देशों में पारस्परिक आर्थिक सहयोग को बढ़ावा देना ताकि सम्पन्न व पिछड़े राष्ट्रों के बीच आर्थिक विकास की खाई को पाटा जा सके।

4. अन्तर्राष्ट्रीय व्यापार को प्रोत्साहन देना - अपने उद्देश्य की पूर्ति के लिए अंकटाड का एक प्रमुख कार्य अन्तर्राष्ट्रीय व्यापार में वृद्धि के लिए बहु-पक्षीय एवं द्विपक्षीय व्यापारिक समझौतों को प्रोत्साहन देना है।

5. विभिन्न संगठनों की क्रियाओं का अवलोकन व सहयोग - संयुक्त राष्ट्र संघ के आर्थिक विकास व अन्तर्राष्ट्रीय व्यापार से सम्बन्धित सभी संस्थाओं में परस्पर समन्वय व सहयोग स्थापित करने में सहायता देना।

अंकटाड का संगठन

30 सितम्बर, 1964 को एक विशेष प्रस्ताव से "अंकटाड" संयुक्त राष्ट्र संघ का एक स्थायी संगठन बन गया है। संयुक्त राष्ट्र संघ का कोई भी सदस्य अंकटाड का सदस्य बन सकता हैं। इस समय अंकटाड 168 सदस्य हैं। यू.एन.ओ. की अन्य एजेन्सियों-अन्तर्राष्ट्रीय

श्रमिक संगठन, आणविक शक्ति एजेन्सी आदि को भी प्रतिनिधित्व प्राप्त है। प्रत्येक सदस्य देश को एक मत का अधिकार है। सामान्य निर्णय बहुमत से लिये जाते हैं, जबकि महत्त्वपूर्ण निर्णयों के लिए दो तिहाई बहुमत आवश्यक है। अंकटाड को अपनी साधारण सभा का अधिवेशन तीन वर्ष में कम से कम एक बार बुलाना पड़ता है। अंकटाड का संगठन निम्न चार्ट से स्पष्ट होता है-

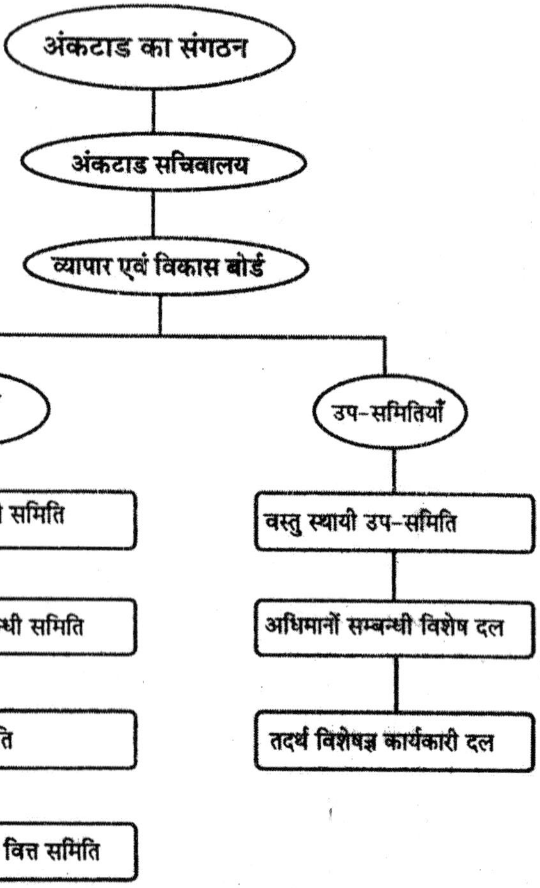

1. अंकटाड सचिवालय - अंकटाड के समस्त प्रशासनिक कार्यों का संचालन एवं देख-रेख स्विट्जरलैण्ड की राजधानी जेनेवा में स्थित अंकटाड-सचिवालय करता है, जिसका मुख्य अधिकारी महासचिव है। यह दैनिक प्रशासन के अतिरिक्त महासभा का अधिवेशन बुलाने के आवश्यक प्रपत्र तैयार करने तथा उन्हें सदस्य देशों तक पहुँचाने को उत्तरदायी होता है। इसकी एक शाखा कार्यालय न्यूयार्क में है। सचिवालय के अधीन ही व्यापार व विकास बोर्ड समितियाँ एवं उपसमितियाँ कार्य करती है।

2. व्यापार एवं विकास बोर्ड - अंकटाड के अधिवेशनों से सम्बन्धित सब कार्यों को करने के लिए एक अधीनस्थ विभाग के रूप में व्यापार एवं विकास बोर्ड संगठित किया गया है जिसमें भौगोलिक प्रतिनिधित्व हेतु सदस्य राष्ट्रों को चार-ग्रुपों में बाँटा गया है, जिनके कुल 55 प्रतिनिधि चुने जाते हैं।

व्यापार एवं विकास बोर्ड में प्रतिनिधित्व

ग्रुप	सम्मिलित देश	चुने गये सदस्य
ग्रुप A	एशियाई एवं अफ्रीकी देश एवं यूगोस्लाविया	22
ग्रुप B	पश्चिमी देश एवं जापान	18
ग्रुप C	दक्षिणी अमरीकी देश	9
ग्रुप D	समाजवादी देश	6
	कुल प्रतिनिधि	55

बोर्ड सदस्यों का चुनाव प्राय: अंकटाड में सम्मेलन के अवसर पर ही होता है, जो अगले सम्मेलन तक बने रहते हैं। इसकी सामान्यत: वर्ष में दो सभायें आयोजित होती हैं।

3. चार समितियाँ - अंकटाड के व्यापार एवं विकास बोर्ड के अधीन ये चार समितियाँ अपने क्षेत्र से सम्बन्धित क्षेत्रों का कार्य संचालन हेतु कार्य करती है। ये अपने-अपने क्षेत्र में व्यापार तथा विकास में आने वाली बाधाओं का अध्ययन एवं विश्लेषण करती हैं, शोध कार्य करती हैं, सदस्य देशों को सूचनायें देती हैं और सम्बद्ध सभी महत्त्वपूर्ण कार्य करती है।

4. उप समितियाँ - अंकटाड के व्यापार एवं विकास बोर्ड के कार्यों में सहयोग हेतु 3 उप-समितियाँ भी हैं- (1) वस्तुओं सम्बन्धी स्थायी उप-समिति, (2) अधिमानों की विशेष समिति, तथा (3) तदर्थ विशेषज्ञ कार्यकारी दल।

प्रथम अंकटाड अथवा संयुक्त राष्ट्र व्यापार एवं विकास सम्मेलन-प्रथम

'अंकटाड' का प्रथम 86 दिवसीय सम्मेलन 23 मार्च, 1964 से 16 जून, 1964 तक जिनेवा में हुआ, जिसमें 122 देशों के लगभग 1500 प्रतिनिधियों ने भाग लेकर विश्व के व्यापार एवं विकास समस्याओं के समाधान के लिए अन्तर्राष्ट्रीय आर्थिक सहयोग पर बल दिया। सम्मेलन के प्रथम महामन्त्री अर्जेन्टाइना के श्री राल प्रेबिश ने विश्व व्यापार में अभिवृद्धि के लिए 6 बातों पर जोर दिया-

(अ) समाजवादी देशों के साथ व्यापार बढ़ाना,

(ब) क्षेत्रीय संगठनों के माध्यम से आयात प्रतिस्थापन को प्रोत्साहन,

(स) विकासशील राष्ट्रों को बीमा, जहाजरानी-भाड़ा तथा अन्य खर्चों में रियायत,

(द) विकासशील राष्ट्रों को विकसित राष्ट्रों की प्रतिस्पर्द्धा में टिकने देने के लिए सहायता तथा द्विपक्षीय या बहु-पक्षीय व्यापारिक समझौते करना,

(य) विकासशील या अल्प-विकसित राष्ट्रों के निर्मित अथवा अर्द्ध-निर्मित माल के आयातों पर लगे व्यापारिक प्रतिबन्धों को कम करना अथवा हटाना,

(र) अर्द्ध-विकसित देशों के कच्चे माल के लिए नये बाजारों की खोज।

प्रथम अंकटाड विकासशील राष्ट्रों के लिए वरदान सिद्ध हुआ। इस रंगमंच पर विकसित व विकासशील देशों के बीच मतभेद व उनके परस्पर विरोधी हितों पर खुलकर विचार-विमर्श हुआ और अन्तत: विकसित देशों ने विकासशील देशों के साथ व्यापार व विकास में वृद्धि के लिए आर्थिक सहयोग का वचन दिया।

विकासशील देशों ने विकसित देशों के सामने दो प्रमुख माँगे रखी-

1. विकसित देशों द्वारा उनकी राष्ट्रीय आय का कम से कम एक प्रतिशत विकासशील देशों की सहायता के रूप में तथा 2. विकसित देशों को विकासशील राष्ट्रों से आयातों को प्राथमिकता देनी थी। उनमें से विकसित देशों ने प्रथम माँग तो मान ली पर द्वितीय माँग को मानने में असमर्थता व्यक्त की फिर भी यथासम्भव अधिकाधिक आयातों का आश्वासन दिया।

विकसित देशों ने अपनी राष्ट्रीय आय का कम से कम एक प्रतिशत विकासशील देशों की सहायता के रूप में देने का वचन तो दिया था पर अधिकांश देश अपने वचन को नहीं निभा पाये। इसी प्रकार विकासशील देशों में चाय, कोको, इमारती लकड़ी, तिलहन आदि के आयातों पर तो तटकर कम किया या प्रतिबन्ध हटाया पर उससे निर्मित व अर्द्ध-निर्मित माल के आयातों पर आस्ट्रेलिया के अतिरिक्त किसी भी विकसित राष्ट्र ने शाब्दिक सहानुभूति के अलावा और कोई उल्लेखनीय कदम नहीं उठाया जिसमें अमेरिका भी शामिल था।

प्रथम अंकटाड ने विकसित देशों को आर्थिक सहयोग देने के लिए प्रेरित किया साथ ही, विकासशील देशों के व्यापार व विकास में प्रगति के लिए निम्न महत्त्वपूर्ण सुझाव दिये-

अंकटाड द्वारा विकासशील देशों के व्यापार व विकास सम्बन्धी सुझाव

1. योजनाबद्ध निर्यात -विकासशील देशों को अपने द्वारा निर्यात किये जाने वाले निर्मित तथा अर्द्ध-निर्मित माल के उत्पादन को बढ़ाने के लिए उन्हें अपनी नियमित योजनाओं का आधारभूत अंग बनाना चाहिए।

2. द्विपक्षीय समझौते - समाजवादी देशों के साथ द्विपक्षीय समझौतों के आधार पर उपयोगी माल के आयात-निर्यात को प्रोत्साहन देना चाहिये।

3. विशिष्ट संस्थाओं की स्थापना - विकासशील देशों की आर्थिक प्रगति में सहयोग देने के लिए अन्तर्राष्ट्रीय स्तर पर एक विशेष संस्था की स्थापना करना। इन सुझावों को मूर्त रूप देने की दृष्टि से संयुक्त राष्ट्र संघ द्वारा संयुक्त राष्ट्र औद्योगिक विकास संगठन अथवा यू.एन.आई.डी.ओ की स्थापना की गई।

4. विकसित देशों में उदार प्रशुल्क नीति का अनुसरण -विकासशील देशों में विकासशील देशों से आयातों को प्रोत्साहन देने व उनकी प्रतिस्पर्द्धात्मक शक्ति बढ़ाने के लिए आयात करों में समुचित संशोधन करना।

5. पारस्परिक आयात-निर्यात को प्रोत्साहन -विकासशील देशों को अपने द्वारा निर्मित तथा अर्द्ध-निर्मित माल के आयात-निर्यात को आपस में ही प्रोत्साहन देना चाहिए।

6. विकसित देशों द्वारा आर्थिक एवं तकनीकी सहयोग - विकासशील देशों के निर्यातों की लागत कम करने, किस्म सुधारने, तकनीकी या विशेषज्ञ सहायता देने अथवा शोध कार्यों के लिए विकसित देशों को पूरक आर्थिक सहयोग देना चाहिए।

अंकटाड-प्रथम की सफलताओं का मूल्याँकन

प्रथम "अंकटाड" के कारण विकसित राष्ट्रों में विकासशील देशों को उनके आर्थिक विकास व व्यापार वृद्धि के लिए आर्थिक सहयोग की भावना प्रबल हुई है। विकासशील राष्ट्रों के लिए तो यह वरदान सिद्ध हुआ है, क्योंकि उन्हें अनेक रूपों में लाभ मिला है, जैसे-

(1) सामूहिक विचार-विमर्श का रंगमंच - अंकटाड एक ऐसा रंगमंच है जहाँ विश्व के प्रमुख विकसित तथा विकासशील देशों को अपनी व्यापार व आर्थिक विकास सम्बन्धी समस्याओं गर सामूहिक विचार-विमर्श व समस्याओं के समाधान के लिए व्यावहारिक नीतियों का प्रादुर्भाव होता है।

(2) आर्थिक सहयोग को बढ़ावा - विकासशील राष्ट्रों को आर्थिक सहयोग, निर्यात सम्वर्द्धन तथा आयात प्रतिस्थापन के अतिरिक्त अनेक रियायतों का मार्ग प्रशस्त हुआ है। उनमें औद्योगिक विकास की लहर दौड़ी है।

(3) औद्योगिक विकास संगठन की स्थापना - अन्तर्राष्ट्रीय स्तर पर विकासशील देशों में तीव्र औद्योगीकरण में आर्थिक सहयोग देने के लिए संयुक्त राष्ट्र औद्योगिक विकास संगठन की स्थापना "अंकटाड-प्रथम" की महत्त्वपूर्ण उपलब्धि है।

(4) आयातों में रियायत - अनेक विकसित देशों ने न केवल अपने आयात करों में कमी या छूट दी है वरन् अपनी राष्ट्रीय आय का लगभग एक प्रतिशत विकासशील देशों को आर्थिक सहायता के रूप में देने का वचन पूरा किया है। आस्ट्रेलिया ने विकासशील देशों की 60 निर्मित या अर्द्ध-निर्मित माल के आयात कर में रियायत देने की घोषणा की। उनके कच्चे माल के आयातों में तटकर में कमी की।

(5) केनेड़ी योजना के अन्तर्गत भी विकासशील देशों को व्यापार में कुछ रियायतें मिली हैं।

फिर भी इसकी सफलता आंशिक ही कही जानी चाहिए, क्योंकि विकसित देशों ने शाब्दिक सहानुभूति व नैतिक सहयोग तो बहुत दिखाया पर वचनों को निभाने में असफलता रही है। विकसित राष्ट्रों ने अपनी राष्ट्रीय आय का कम से कम 1 प्रतिशत भाग भी विकासशील देशों को आर्थिक सहयोग नहीं दिया। आस्ट्रेलिया के अतिरिक्त किसी विकसित देश ने आयात कर में कमी नही की। विकासशील देशों के कच्चे माल के नये बाजारों की

खोज तथा उनकी प्रतिस्पर्द्धात्मक शक्ति बढ़ाने के लिए तकनीकी व शोध कार्य आदि में कोई उल्लेखनीय सफलता नहीं रही। अंकटाड की सिफारिशों पर अमल बहुत कम व बहुत धीमी गति से होने से सफलता नगण्य ही रही है। इतना सब-कुछ होते हुए भी कहा जा सकता है कि इस रंगमंच के कारण विकासशील राष्ट्रों में विकास की लालसा तीव्र हुई है व विकसित देशों पर विकासशील राष्ट्रों के व्यापार व आर्थिक विकास में सहयोग का नैतिक दबाव आ पड़ा है तथा विश्व के सभी राष्ट्रों में सम्पन्नता व गरीबी की गहरी खाई को पाटने की प्रवृत्ति प्रबल हुई।

अंकटाड -द्वितीय

''अंकटाड'' का दूसरा 58 दिवसीय सम्मेलन 2 फरवरी, 1968 से 29 मार्च, 1968 तक भारत की राजधानी नई दिल्ली में हुआ जिसमें 130 देशों के लगभग 2500 प्रतिनिधियों ने भाग लिया। इस सम्मेलन की एक उल्लेखनीय बात यह थी कि इसमें 77 विकासशील देशों ने अपने अल्जीयर्स में पारित होने वाले सर्वसम्मत प्रस्तावों, विकसित देशों द्वारा विकासशील देशों के माल को प्राथमिकता के आधार पर खरीदने तथा उसे आयात करों से मुक्त करने पर जोर दिया पर विकसित देशों के प्रतिनिधियों ने सख्त दृष्टिकोण अपनाया। उन्होंने व्यापार व आर्थिक विकास में पारस्परिक अन्तर्राष्ट्रीय सहयोग को तो सिद्धान्त रूप में स्वीकार कर लिया। किन्तु व्यावहारिक रूप में लागू करने के लिए कोई ठोस नीति निर्धारित नहीं की। विकसित राष्ट्रों के कड़े रुख के कारण तत्कालीन महामन्त्री राल प्रेबिश ने निराशा होकर अपने पद से त्याग-पत्र दे दिया था।

अंकटाड-द्वितीय में विचार-विमर्श के प्रमुख मुद्दे

''अंकटाड-द्वितीय'' में परस्पर विचार-विमर्श के प्रमुख मुद्दे छः थे। इनका निर्धारण ''प्रथम-अंकटाड'' के अनुभव व मूल्यांकन, आर्थिक सहयोग की दिशा में कारगर कदम उठाने व विकसित देशों में विकासशील देशों के प्रति उदार दृष्टिकोण अपनाने के उद्देश्य से प्रेरित था।

1. विकसित राष्ट्रों द्वारा अपनी राष्ट्रीय आय का कम से कम एक प्रतिशत विकासशील देशों को आर्थिक सहायता के रूप में देना,

2. विकासशील देशों को आर्थिक सहयोग की शर्तों को और अधिक उदार बनाना,

3. विकासशील देशों पर ऋण भार कम करने के उपाय सुझाना तथा आवश्यक कदम उठाना,

4. अन्तर्राष्ट्रीय विकास संघ के साधनों में वृद्धि करना,

5. अन्तर्राष्ट्रीय मुद्रा कोष की क्रियाओं का विस्तार व क्रियाओं में तेजी लाना तथा

6. विकासशील देशों के निर्मित व अर्द्ध-निर्मित माल के निर्यात सम्वर्द्धन के लिए एक सामान्य छूट प्रणाली का निर्धारण व कार्यान्वयन।

अंकटाड-द्वितीय की सफलताओं व उपलब्धियों का मूल्यांकन

अंकटाड-द्वितीय का नई दिल्ली में होने वाला सम्मेलन 58 दिन चला। इस सम्मेलन में एक ओर विकासशील देशों में विकसित राष्ट्रों से अधिक आर्थिक सहायता व उदार शर्तों की आकांक्षाएँ थी वहाँ दूसरी ओर विकसित देशों में कोई दायित्व न झेलने का कड़ा रुख होने से सफलता आशाओं व निराशाओं के मध्य झूलती रही है। इस सम्मेलन की प्रमुख सफलताएँ इस प्रकार थीं-

1. **आर्थिक सहायता** - सभी विकसित देशों ने पुनः उस संकल्प को दोहराया जिसके अन्तर्गत उन्होंने अपनी राष्ट्रीय आय का कम से कम एक प्रतिशत विकासशील देशों को आर्थिक सहायताा के रूप में देने का आश्वासन पहले भी दिया था।

2. **उदार-ऋण** - विकसित राष्ट्रों ने विकासशील राष्ट्रों के ऋण भार की समस्या का समाधान करने के लिए उन्हें कम ब्याज पर अधिक ऋण लम्बी अवधि के लिए प्रदान करने व उदार ऋणों का आश्वासन दिया, किन्तु कोई ठोस नीति निश्चित नहीं की गई।

3. **विकासशील देशों के निर्यातों को प्रोत्साहन देने को सिद्धान्त रूप से** ता **मान लिया** पर विकासशील देशों के आयातों पर लगने वाले आयात करों में कमी या समाप्ति पर सहमति न हो सकी। समाजवादी देशों में निर्यातों की अभिवृद्धि पर जोर दिया गया।

4. **अदृश्य व्यापार में वृद्धि के लिए विकसित राष्ट्रों द्वारा विकासशील राष्ट्रों में पर्यटन को बढ़ावा,** जहाजों की उदार शर्तों पर बिक्री, बीमा व जहाजी भाड़े में रियायतें तथा विकासशील देशों में ही जहाजरानी क्षमता के विकास के लिए तकनीकी एवं वित्तीय सहायता प्रदान करने को सिद्धान्ततः मान लिया गया।

5. **77 विकासशील राष्ट्रों को अल्जीयर्स सम्मेलन ने एकता के सूत्र** में बांध दिया, वे अपने पारस्परिक सहयोग व संगठनों के प्रति जागरूक हुए।

इन सफलताओं के बावजूद भी "अंकटाड-द्वितीय" की उपलब्धियाँ आशानुकूल नहीं रही। पश्चिमी यूरोपीय देशों में क्षेत्रीय अधिमानों की प्रवृत्ति बढ़ी। विकसित देशों ने विकासशील देशों के प्रति शाब्दिक सहानुभूति ही अधिक दिखाई, वास्तविक आर्थिक सहायता नगण्य रही। विकासशील राष्ट्रों को अनुभूति होने लगी कि आर्थिक विकास के लिए विकसित राष्ट्रों पर अत्यधिक आश्रितता केवल मात्र मृगतृष्णा ही नहीं, आत्मप्रवंचना भी है। विकसित राष्ट्रों द्वारा अन्तर्राष्ट्रीय मुद्रा कोष व अन्तर्राष्ट्रीय विकास संघ के आर्थिक साधनों में वृद्धि करने तथा आयात करों में कमी न करने के कड़े रुख से निराशा होकर ही अंकटाड तत्कालीन महामन्त्री श्री प्रेबिश नें अपने पद से त्याग-पत्र दे दिया। कुल मिलाकर यह कहा जा सकता है कि "अंकटाड-द्वितीय" में विकसित राष्ट्रों के कड़े रुख से विकासशील राष्ट्रों में आत्मनिर्भरता की चेतना जागृत हुई और उन्हें आभास हुआ कि आर्थिक विकास के लिए विकसित राष्ट्रों पर अत्यधिक आश्रितता खतरे से खाली नहीं है।

अंकटाड-तृतीय

अंकटाड का तीसरा सम्मेलन 13 अप्रेल से 20 मई, 1972 तक चिली की राजधानी सेन्टिआगों में लगभग 5 सप्ताह चला जिसमें लगभग 96 विकासशील राष्ट्रों के

प्रतिनिधियों व लगभग 44 विकसित देशों के प्रतिनिधियों ने भाग लिया। इस सम्मेलन की मुख्य विशेषताएँ दी थी, - एक तो इस सम्मेलन में संयुक्त राष्ट्र संघ के विकास -दशक के उद्देश्यों को मूर्तरूप देने के लिए व्यावहारिक उपायों पर व्यापक विचार-विमर्श हुआ। दूसरा यह सम्मेलन ऐसे विषम समय में आयोजित किया गया जब डालर संकट के कारण सम्पूर्ण अन्तर्राष्ट्रीय भौतिक व्यवस्था डावाँडोल हो चुकी थी, विनिमय दरों में अस्थिरता तथा विकसित देशों की आर्थिक स्थिति डगमगाने लगी थी। यही कारण था कि सम्मेलन के प्रमुख विचाराधीन मुद्दे अग्र प्रकार थे-

अंकटाड तृतीय के विचाराधीन कार्यक्रम व समस्यायें

1. विकासशील राष्ट्रों को विकसित राष्ट्रों से आर्थिक सहायता का निश्चित आश्वासन प्राप्त करना,

2. विकासशील देशों के ऋण दायित्वों के भाग को कम करने के लिए उदार ऋणों व आसान शर्तों की व्यवस्था करना,

3. विशेष आहरण अधिकार को विकास वित्त से सम्बद्ध करने की योजना तैयार करना,

4. विकासशील देशों के आयातों पर लगे प्रशुल्कों में अधिमानों की सामान्य योजनाओं में सुधार कर उनके निर्यातों में वृद्धि करना,

5. जहाजरानी एवं पर्यटन विकास बीमा दरों में छूट आदि अदृश्य व्यापार मदों में बचत अभिवृद्धि के प्रयास करना, तथा

6. व्यापार व आर्थिक विकास के लिए द्विपक्षीय सहायता को कैसे प्रोत्साहन दिया जाए?

अंकटाड-तृतीय की उपलब्धियों का मूल्यांकन

अंकटाड-तृतीय की सफलता के सम्बन्ध में मिली-जुली प्रतिक्रिया है। कुछ देशों के अनुसार अंकटाड की महत्त्वपूर्ण उपलब्धि इसके द्वारा एक अन्तर्राष्ट्रीय जहाज कार्य संहिता स्वीकार किया जाना है। इस कार्य संहिता को लागू करने में विकसित राष्ट्रों ने स्व-अनुशासन व स्व-नियन्त्रण की बात कही, जबकि विकासशील राष्ट्रों ने इसको लागू करने के लिए कानून पर जोर दिया। काफी विचार-विमर्श व समिति के प्रतिवेदन के आधार पर जहाजी भाड़े में यथा सम्भव कमी करने तथा विकासशील देशों के पास विश्व जहाजरानी क्षमता का कम से कम 10 प्रतिशत भाग उपलब्ध करने की बात पर जोर दिया गया। सदस्य राष्ट्रों को अन्तर्राष्ट्रीय मुद्रा कोष के साधनों में वृद्धि का निर्णय लिया गया। विशेष आहरण अधिकार को विकास वित्त से जोड़ने की योजना तैयार करने का काम अन्तर्राष्ट्रीय मुद्रा-कोष की एक विशेषज्ञ समिति को सौंपा गया। विकसित राष्ट्रों में विकासशील राष्ट्रों को लाभान्वित करने की अधिकांश बातों पर कड़ा रुख होने से "अंकटाड-तृतीय" की विफलतायें भी उतनी ही महत्त्वपूर्ण हैं।

असफलतायें - अंकटाड तृतीय में विकसित देशों का विकासशील राष्ट्रों के पारस्परिक हितों से टकराव के कारण काफी मतभेद दृष्टिगोचर हुआ। अमेरिका के नेतृत्व

वाले विकसित देशों ने प्रशुल्क दरों में रियायतें देने में असमर्थता प्रकट की। दो बार आश्वासनों के बावजूद भी विकसित राष्ट्र विकासशील राष्ट्रों को अपनी राष्ट्रीय आय का केवल 0.74 प्रतिशत भाग ही आर्थिक सहायता का प्रदान कर रहे थे। अधिमानों की सामान्य योजना के सुधारों में कोई विशेष प्रगति नहीं हुई थी।

विकासशील देशों की दृष्टि से यह सम्मेलन असफल ही सिद्ध हुआ क्योंकि न तो उन्हें विकसित राष्ट्रों ने प्रशुल्क दरों में छूट/रियायतें दीं और न उनके बढ़ते ऋण दायित्वों को कम करने का उपाय ही खोजा। विकसित व विकासशील राष्ट्रों में मतभेद व्यापक रूप से उभरकर सामने आये। सहयोग तो दूर रहा, प्रतिस्पर्द्धा की भावना भड़की। विकासशील देशों के अदृश्य व्यापारिक मदों में वृद्धि तो दूर, कुल अदृश्य व्यापार में भी उनका भाग पहले की अपेक्षा घट गया।

अंकटाड-चतुर्थ

आर्थिक संकटों से त्रस्त विकासशील देशों की आकांक्षाओं और अपेक्षाओं की पूर्ति तथा उनके आर्थिक विकास एवं समृद्धि के लिए नयी विश्व अर्थव्यवस्था के लक्ष्य से प्रेरित चतुर्थ अंकटाड सम्मेलन अफ्रीकी देश कीनिया की राजधानी नैरोबी में 5 मई, 1976 से प्रारम्भ हुआ। 24 दिवसीय इस सम्मेलन में 49 विकसित देशों तथा 110 विकासशील देशों के लगभग 3 हजार प्रतिनिधियों ने विश्व के विकासशील देशों के आर्थिक विकास एवं व्यापार से सम्बद्ध महत्त्वपूर्ण समस्याओं का शान्तिपूर्ण समाधान ढूँढ़ने का प्रयास किया।

सम्मेलन की पृष्ठभूमि पर दृष्टिपात करने पर ज्ञात होता है कि यह सम्मेलन ऐसे समय में हुआ जब विकासशील देशों के सामने आर्थिक संकट विद्यमान था।

(1) तेल उत्पादक देशों द्वारा तेल की कीमतों में लगभग 5 गुना वृद्धि से उनकी स्थिति डगमगा गई थी,

(2) उनके परम्परागत निर्यातों में प्रतिकूल शर्तों के कारण काफी क्षति पहुँची थी और उनका विश्व व्यापार में हिस्सा 1950 के 28 प्रतिशत से घटकर 1975 में 15 प्रतिशत रह गया था,

(3) उन्हें विदेशी सहायता भी पर्याप्त न मिल पाने से उनका आर्थिक विकास अवरूद्ध था जहाँ विकसित राष्ट्र 1963 में अपनी राष्ट्रीय आय का 0.51 प्रतिशत भाग विदेशी सहायता में उपलब्ध कर रहे थे वह 1976 में घटकर 0.3 प्रतिशत ही रह गया था।

(4) इससे भी महत्त्वपूर्ण संकट बढ़ते ऋण भार, उनके मूलधन एवं ब्याज के पुनर्भुगतान की समस्या थी। जहाँ 1969 में विकासशील देशों पर विदेशी ऋणों का भार 70 अरब डालर था, 1965 में बढ़कर 140 अरब डालर पहुँच गया था। जहाँ 1963-73 की अवधि में विदेशी ऋणों में वार्षिक वृद्धि की दर 10 अरब डालर थी, वह 1974 में बढ़कर 40 अरब डालर और 1975 में तो 45 अरब डालर पहुँच गई थी। इस बढ़ते ऋण भार को सहन करने की सामर्थ्य विकासशील देशों में नहीं लगती थी।

(5) विकसित देशों द्वारा विकासशील देशों का टेक्नोलोजी हस्तान्तरण में भी बड़े पैमाने पर शोषण होने से वे आर्थिक विकास की गति तेज करने में दिक्कत महसूस कर रहे

थे। इन सब कारणों से विकसित एवं विकासशील देशों के बीच आर्थिक विषमता की खाई और अधिक चौड़ी होती जा रही थी।

अंकटाड की स्थापना (1964) के 12 वर्षों के बाद भी विश्व आर्थिक सहयोग का मार्ग निकालना तो दूर रहा, विकसित और विकासशील देशों के बीच टकराव की-सी स्थिति उत्पन्न हो गई थी। विश्व की दो तिहाई भूखी, नंगी और आर्थिक संकटों से त्रस्त जनता अधिक समय तक अपनी समृद्धि के लिए विकसित राष्ट्र अपना दृष्टिकोण बदले तथा विश्व शान्ति एवं समृद्धि के लिए विकासशील राष्ट्रों की आकांक्षाओं और अपेक्षाओं के प्रति उदार दृष्टिकोण अपनाकर आर्थिक सहयोग की नई विश्व अर्थव्यवस्था की स्थापना का मार्ग प्रशस्त करें। इन्हीं लक्ष्यों से प्रेरित चतुर्थ अंकटाड सम्मेलन में प्रमुख विचारणीय मुद्दे निम्नलिखित थे-

अंकटाड-चतुर्थ के विचाराधीन प्रमुख मुद्दे : कार्यक्रम एवं समस्यायें

यों तो अंकटाड-चतुर्थ के सामने अनेक मुद्दे थे, किन्तु उनमें प्रमुख मुद्दे निम्नलिखित थे-

(1) विकासशील देशों से निर्यातों में वृद्धि तथा उनके मूल्यों में स्थायित्व वके लिए मूल्य स्थिरीकरण कोष की स्थापना करना।

(2) विकासशील देशों के निर्मित एवं अर्द्ध-निर्मित माल निर्यात व्यापार को बढ़ाने के लिए रियायतों एवं सुविधाओं में वृद्धि करना।

(3) विकासशील देशों की व्यापार शर्तों को अधिकाधिक अनुकूल बनाना।

(4) विदेशी सहायता में वृद्धि करना।

(5) विकासशील देशों के ऋण दायित्वों के भार कम करने के लिए उदार ऋणों, आसान शर्तों पर पुनर्भुगतान की व्यवस्था तथा बहुत ही पिछड़े राष्ट्रों के ऋणों की समाप्ति करना।

(6) टेक्नोलोजी हस्तान्तरण के लिए आचार संहिता को वैधानिक रूप प्रदान करना।

(7) सदस्य देशों में अधिकाधिक आर्थिक सहयोग को बढ़ावा देना।

इन मुद्दों पर हुए विचार-विमर्श का संक्षिप्त विवरण इस प्रकार हैं-

1. अन्तर्राष्ट्रीय बफर स्टॉक तथा मूल्य स्थिरीकरण कोष की एक समन्वित योजना को मूर्त रूप देना - पिछले कुछ वर्षों में यह कटुअनुभव हुआ कि विकासशील देशों की परम्परागत निर्यात वस्तुओं के मूल्यों में काफी उतार-चढ़ाव होने से उनके निर्यात व्यापार में कमी आई तथा उनके आर्थिक हितों को काफी क्षति पहुँची। अत: उनके हितों की रक्षार्थ निर्यात वस्तुओं का एक अन्तर्राष्ट्रीय बफर स्टॉक बनाने तथा उसकी वित्त व्यवस्था करने के लिए एक स्थिरिकरण कोष बनाने की बात जोर पकड़ रही थी। इसे मूर्त रूप देने के मनीला घोषणा पत्र (फरवरी, 1976 में विकासशील देशों के ग्रुप-77 ने मनीला सम्मेलन में निर्धारित नीति-निर्देशक घोषणा) में जोर दिया जिसके लिए अंकटाड सचिवालय ने 10 आधार

वस्तुओं के बफर स्टॉक निर्माण की वित्तीय व्यवस्था में 3 अरब डालर तुल्य राशि की योजना प्रस्तुत की। इसको विकसित एवं विकासशील देशों ने सिद्धान्त रूप में स्वीकार किया, किन्तु अमेरिका ने इसके वित्तीय भार उठाने तथा मूल्यों में कमी से होने वाली हानि की पूर्ति में असहमति व्यक्त की। जापान ब्रिटेन आदि देशों ने भी इसका विराध किया, किन्तु अन्ततः विकासशील देशों के दृढ़ संकल्प के कारण विकसित देशों ने इस दिशा में विचार करने की बात कही थी। एकीकृत जिन्स योजना पर विचार के लिए सितम्बर, 1976 से दिसम्बर, 1978 तक 18 वस्तुओं के बारे में निर्णय लेने की व्यवस्था थी।

2. विकासशील देशों के निर्मित एवं अर्द्ध-निर्मित माल निर्याततों में वृद्धि के लिए अधिक सुविधाओं और रियायतों पर विचार हुआ। उसमें विकसित देशों ने यह धारणा व्यक्त की है कि प्रीफरेन्स की सामान्य योजना के अन्तर्गत दी गई, सुविधाओं को पूर्व निश्चित दस वर्षीय अवधि के बाद भी चालू रखा जाएगा ताकि विकासशील राष्ट्र अपनी निर्यातित वस्तुओं के निर्माण की दीर्घकालीन योजना पर आधारित रह सकें।

3. विकासशील देशों की व्यापार शर्तों में सुधार के लिए तथा इन्हें उनके अधिकाधिक अनुकूल बनाने की बात सिद्धान्ततः स्वीकार की गई, किन्तु विकसित राष्ट्र उन्हें अनुकूल बनाने में पहल नहीं कर पाये। अधिक उदार रुख अपनाने की आवश्यकता महसूस की गई।

4. विदेशी सहायता की अधिकाधिक वृद्धि तथा उदार शर्तें -यद्यपि अंकटाड द्वितीय में विकसित राष्ट्रों ने अपनी सकल राष्ट्रीय आय का कम से कम 1 प्रतिशत भाग विदेशी सहायता के रूप में उपलब्ध करने की बात सिद्धान्ततः स्वीकार कर ली थी, किन्तु कथनी और करनी में काफी अन्तर रहा। जहाँ 1963 में रियायती सहायता सकल राष्ट्रीय आय का 0.51 प्रतिशत थी वह 1975 में घटकर 0.30 प्रतिशत रह गई और यही क्रम रहा तो 1980 तक घटकर 0.24 प्रतिशत रहने का अनुमान था। ऐसी स्थिति में अंकटाड की भूमिका यह थी कि वह विकसित देशों से अर्द्ध विकसित देशों में विदेशी सहायता के प्रवाह में वृद्धि करे तथा विदेशी सहायता की मात्रा में वृद्धि उदार शर्तों व बिना राजनीतिक एवं आर्थिक हितों को क्षति पहुँचाये हो। इस सम्मेलन में काफी विचार-विमर्श के बाद इस दिशा में प्रगति की आशा रही। अमेरिका के हेनरी किसिंजर ने विकासशील देशों में साधनों के विकास व विदेशी पूंजी प्रवाह बढ़ाने के लिए विश्व बैंक से सम्बद्ध एक सहयोग संस्था के रूप में अन्तर्राष्ट्रीय साधन बैंक की स्थापना का सुझाव दिया है, जिनको विकासशील देशों ने रद्द कर दिया।

5. विदेशी ऋण दायित्वों का भार कम करने के लिए ऋणों के पुनर्भुगतान की आसान शर्तें व ब्याज की तथा ऋणों की समाप्ति - मनीला घोषणा के आधार पर विकासशील देशों के ग्रुप-77 की धारणा थी कि विकासशील देशों पर ऋण दायित्वों का भार निरन्तर बढ़ा है। एक अनुमान के अनुसार 1969 में विदेशी ऋणों की कुल मात्रा 70 अरब डालर थी वह बढ़कर 1975 में 140 अरब डालर से भी अधिक हो गई। उनमें वृद्धि की वार्षिक दर भी बढ़कर 1975 में 45 अरब डालर पहुँच गई थी। 1972 के अंकटाड तृतीय में भी कर्जों में राहत के प्रश्न पर काफी विचार-विमर्श हुआ था, किन्तु विकसित राष्ट्रों के कड़े रुख के कारण बातचीत अधर में लटकी रही। ग्रुप-77 का सुझाव था कि अत्यन्त ही पिछड़े 9 देशों के सरकारी द्वि-पक्षीय ऋणों की पूर्णतः रद्द कर दिया जाए। जहाँ तक तृतीय विश्व

देशों के व्यापारिक ऋणों का सवाल है अंकटाड के तत्त्वावधान में सम्बद्ध ऋणी ऋणदाता देशों का एक सम्मेलन बुलाया जाए, जो उन ऋणों को 25 वर्षों में पुनर्भुगतान के सम्बन्ध में विचार करे तथा उसके लिए उपयुक्त वित्तीय यन्त्र की व्यवस्था करे।

मनीला घोषणा के अनुसार एक और यह सुझाव था कि विकसित राष्ट्र या तो दशक के शेष भाग के ऋण सेवा भुगतानों को समाप्त कर दें या बकाया ऋणों को अनुदानों में बदल दें। बहुपक्षीय ऋणदाता संस्थाएँ कार्यक्रम सहायता द्वारा राहत प्रदान करें और व्यापारिक ऋणों की अवधि बढ़ा दी जाये।

ऋणों के बारे में विकासशील देशों को राहत देने के प्रश्न पर अमेरिका तथा ब्रिटेन दोनों को एतराज था। अमेरिका ने तो ऋणों में राहत के सम्बन्ध में बिल्कुल ही नया सुझाव रखा था कि विकासशील देशों को दिया गया यह ऋण अब अल्पविकसित देशों के नाम ऋणों में परिवर्तित कर देना चाहिए। अमेरिका का यह सुझाव स्वयं विकासशील देशों में भी मान्य नहीं हुआ। अन्ततः विकसित देशों ने एक कोई सर्वमान्य ऋण राहत का प्रस्ताव पास न कर प्रत्येक देश की ऋण समस्या को अलग रूप से सुलझाने का आश्वासन दिया था। इस प्रश्न को लेकर केवल इतना ही तय हो पाया कि 1976 के अन्त तक एक उचित अन्तर्राष्ट्रीय समिति एक ब्योरा तैयार करें।

6. टेक्नोलोजी प्रत्यावर्तन आचार संहिता – टेक्नोलोजी हस्तान्तरण आर्थिक विकास का महत्त्वपूर्ण स्तम्भ है, किन्तु विकासशील देशों को विकसित देशों से टेक्नोलोजी प्राप्त करने में कई कठिनाइयों का सामना ही नहीं करना पड़ता वरन् उसमें उनका शोषण भी होता है। अतः विकासशील राष्ट्र चाहते थे कि टेक्नोलोजी हस्तान्तरण सौदेबाजी दरों पर उपलब्ध हो सके। विकासशील देश टेक्नोलोजी प्रत्यावर्तन की एक वैधानिक मान्य आचार संहिता की माँग कर रहे थे, ताकि उन्हें सभी प्रकार की टेक्नोलोजी आसान शर्तों पर उपलब्ध हो सके और उसमें व्याप्त अवांछनीय एवं प्रतिबन्धात्मक प्रवृत्तियों का सामना हो सके, किन्तु विकसित राष्ट्र इस प्रकार वैधानिक मान्य आचार-संहिता के बिल्कुल विरुद्ध थे। अन्ततः काफी प्रयासों के बाद अंकटाड-चतुर्थ में यह समझौता हुआ कि अन्तर्सरकारी विशेषज्ञ दल कानूनी मान्य एवं प्रावधान वाली आचार संहिता की रूपरेखा तैयार करे जिसकी वैधानिक प्रगति पर अंकटाड के तत्वाधान में आयोजित संयुक्त राष्ट्र संघ सम्मेलन में 1977 के अन्त तक निर्णय लेना था।

7. सदस्य दलों में अधिकाधिक आर्थिक सहयोग – अंकटाड के सभी सदस्यों की यह दृढ़ धारणा थी कि संयुक्त राज्य के अन्तर्गत आर्थिक सहयोग और व्यापारिक समझौतो की बातचीत के लिए अंकटाड को ही एक महत्त्वपूर्ण एवं प्रभावशाली माध्यम बनाया जाए और तीन वर्ष के अन्दर यह कार्य पूरा कर लिया जाए। अंकटाड चतुर्थ ने संस्थागत मुद्दे पर प्रस्ताव पास कर यह प्रावधान किया था, जिसके द्वारा अंकटाड के व्यापार एवं विकास मण्डल के अन्तर्गत विकासशील देशों में आर्थिक सहयोग समिति की नियुक्ति की गई थी।

एक महीने के लम्बे विचार-विमर्श तथा विश्व संस्था के इस रंगमंच पर विकसित एवं विकासशील देशों की विरोध तथा प्रतिरोध की कलाबाजियों के बाद लिये गए निर्णयों को निश्चित ही नाटकीय सफलता की संज्ञा दी जा सकती है। सफलता कई अर्थों में नाटकीय इसलिए कही जा सकती है कि अंकटाड के चतुर्थ सम्मेलन के होते हुए भी महत्त्वपूर्ण प्रश्नों पर समझौतों के आसार नजर नहीं आ रहे थे। विकासशील देशों और विकसित देशों में कई मुद्दों पर काफी कशमकश होती रहने के बावजूद अन्ततः ग्रुप-77 के दृढ़ संकल्प और नैतिक बल के सामने विकसित राष्ट्रों को झुकना पड़ा और सैद्धान्तिक स्वीकृति देने पर बाध्य होना पड़ा, जैसा निम्न तथ्यों से स्पष्ट है-

(1) जिन्स सम्बन्धी समन्वित कार्यक्रम पर सहमति - विकसित देशों के द्वारा प्रारम्भ में कड़े विरोध के बावजूद उन्होंने विकासशील राष्ट्रों को जिन्स से होने वाली भावी उतार-चढ़ाव से सुरक्षा प्रदान करने के लिए सम्बन्धित जिन्स योजना को अन्ततः सिद्धान्त रूप से स्वीकार कर लिया था तथा योजना को मूर्त रूप देने के लिए सितम्बर, 1976 से 18 वस्तुओं के बारे में विचार-विमर्श कर 1978 तक अन्तिम निर्णय की सम्भावना व्यक्त की गई थी। अंकटाड के मुख्य सचिव श्री गमानी कोरिया के अनुसार, ''जिन्स सम्बन्धी समन्वित कार्यक्रम पर सहमति हो जाने से कहा जा सकता है कि अंकटाड ने अपना लक्ष्य पूरा कर लिया है।''

(2) साझा कोषों पर सैद्धान्तिक स्वीकृति - जिन्स सम्बन्धी समन्वित योजना के साथ-साथ उसकी वित्तीय व्यवस्था के लिए साझा कोष पर भी सिद्धान्त रूप से समझौता हो चुका था। भले ही साझा कोष की स्थापना नहीं हुई थी पर बातचीत का रास्ता तैयार हो चुका था। मार्च, 1977 तक इस कोष के बारे में निर्णय के लिए जाने का निश्चय था।

(3) विकासशील देशों से तैयार और अर्द्ध-तैयार माल के निर्यात में अधिक सुविधायें एवं रियायतें - अंकटाड ने इस सम्बन्ध में बहुत ही महत्त्वपूर्ण प्रस्ताव पास किया जिसके अनुसार विकासशील देशों से निर्मित एवं अर्द्ध-निर्मित माल निर्यात की विकसित देशों में बढ़ाया जाना था और उसमें विविधता को प्रोत्साहन दिया जाना था। इसके लिए आयात-निर्यात के मामलों की आचार-संहिता तैयार करने की व्यवस्था की गई थी जो सभी देशों पर समान रूप से लागू होती थी और इससे विकासशील देशों में आर्थिक सहयोग की आशा थी। विकसित देशों ने इस सम्बन्ध में यह मान लिया था कि जीएसपी के अन्तर्गत दी जाने वाली सुविधाओं का विस्तार किया जाए और उसकी निर्धारित अवधि के बाद भी सुविधाओं को जारी रखा जाए।

(4) विकासशील देशों के ऋणों के भार को कम करने की दिशा में तथा देने की दिशा में तो कोई वचन नहीं दिया गया पर विकसित देशों ने प्रत्येक देश की समस्या को उसके अलग स्तर पर पारस्परिक बातचीत से सुलझाने का आश्वासन दिया था। इस सन्दर्भ में अंकटाड की आंशिक सफलता भी काफी महत्त्व रखती है, क्योंकि केवल इतना ही तय हो पाया था कि एक उचित अन्तर्राष्ट्रीय समिति एक ब्यौरा तैयार करे।

(5) टेक्नोलोजी प्रत्यावर्तन की आचार-संहिता पर समझौता–तात्कालिक परिस्थितियों को देखते हुए अंकटाड चतुर्थ ने इस सम्बन्ध में जो समझौता प्रस्ताव पास किया वह काफी सन्तोषजनक था। इसके अनुसार विशेषज्ञों के अन्तर्सरकारी दल द्वारा आचार-संहिता की एक रूपरेखा तैयार की जानी थी जिसकी वैधानिक प्रगति पर निर्णय अंकटाड के तत्त्वाधान में आयोजित संयुक्त राष्ट्र संघ के सम्मेलन में 1977 की समाप्ति के पूर्व किया जाना था। यह एक अच्छा संकेत था जिससे विकासशील देशों को उचित शर्तों पर सभी प्रकार की टेक्नोलोजी में लाभ प्राप्ति का अवसर मिल सके और इस क्षेत्र में व्याप्त शोषण एवं प्रतिबन्धात्मक प्राप्तियों का समापन हो सके।

(6) विकासशील देशों के बीच आर्थिक सहयोग बढ़ाने की प्रक्रिया प्रदान हुई। सम्मेलन में विकसित राष्ट्रों के कड़े रुख ने विकासशील देशों को आगाह कर दिया कि नई विश्व अर्थव्यवस्था की स्थापना के लिए उन्हें विकसित राष्ट्रों से अधिक अपेक्षायें करना बेकार है। उन्हें स्वयं अपने बीच आर्थिक सहयोग बढ़ाकर अपने आर्थिक विकास का मार्ग प्रशस्त करने की पहल करना है। विकासशील देशों को आत्म निर्भर बनाने का प्रयास इस सम्मेलन में सच्चे अर्थों में किया गया।

अंकटाड-चतुर्थ की विफलतायें

अंकटाड-चतुर्थ की सफलता के बारे में मिली-जुली प्रतिक्रिया हुई जहाँ एक ओर आशावादी प्रेक्षकों और प्रतिनिधियों ने इसे सम्मेलन की सफलता की संज्ञा देकर सन्तोष व्यक्त किया वहाँ दूसरे यथार्थवादियों ने इसे पूर्णतः विफल माना। सम्मेलन को निम्न आधार पर असफल माना गया था।

(1) विकसित एवं विकासशील देशों का मतभेद उभर कर सामने आया - जहाँ एक और विश्व बन्धुत्व एवं शान्ति की बात की जाती है वहाँ उस सम्मेलन में विकसित एवं विकासशील देशों के मतभेद उभरकर सामने आये थे। विरोध और प्रतिरोध की ज्वालायें भड़की थीं। जहाँ एक और कीनिया के राष्ट्रपति जोमों केन्योथा ने अंकटाड चतुर्थ के उद्घाटन भाषण में कहा था कि "राजनीतिक सद्भावना के साथ नये एवं उत्तेजक भाव के बिना नैरोबी का सम्मेलन सफल नहीं होगा।" इस प्रकार अंकटाड के सचिव गोमानी कोरिया ने इस बात पर बल दिया कि आर्थिक एवं राजनीतिक कारणों का तकाजा था कि विकसित राष्ट्र अंकटाड-चतुर्थ के आधारभूत मुद्दों के प्रति धनात्मक रुख अपनावें वहाँ दूसरी ओर विकसित देशों की प्रतिक्रिया अमेरिका के हेनरी किसिंजर के भाषण से झलकती हैं- "विकासशील देशों में समृद्धि विकसित राष्ट्रों के आर्थिक सहयोग से आ सकती है टकराव से नहीं। विकसित देशों के साथ टकराव से नुकसान विकासशील देशों का ही होगा।"

(2) विकसित राष्ट्रों ने ऋण भार को कम करने तथा राहत देने के प्रश्न की उपेक्षा की। यह प्रश्न निरन्तर अंकटाड के सामने आया है, किन्तु विकसित राष्ट्रों ने मूल समस्या को पीछे धकेल दिया। वे अपने आर्थिक हितों के बचाव में विकासशील देशों को निरन्तर झाँसा देते आये हैं।

(3) जिन्सों सम्बन्धी समन्वित योजना तथा उसके लिए कोष की स्थापना के बारे में विकसित राष्ट्रों की कोई स्पष्ट स्वीकृति नहीं मिल पाई। उन्होंने राजनैतिक चालबाजी के पैतरों में इस महत्त्वपूर्ण मुद्दे को उलझा दिया ताकि उन्हें अपने आर्थिक हितों की रक्षा का और समय मिल जाये।

(4) विदेशी सहायता का आश्वासन भी केवल भूल-भुलैया था- विकसित राष्ट्रों द्वारा अंकटाड के पिछले सम्मेलनों में पूर्ण सैद्धान्तिक स्वीकृति के बावजूद भी विदेशी सहायता में निरन्तर कमी हुई है, ऐसे संकट के समय जब विकासशील राष्ट्रों के बढ़ते मूल्य, प्रतिकूल भुगतान सन्तुलन और बढ़ी विकास आवश्यकताओं की पूर्ति हेतु विदेशी सहायता की सख्त जरूरत हैं।

(5) टेक्नोलोजी प्रत्यावर्तन की आचार-संहिता को वैधानिक मान्यता नहीं मिल पाई। विकसित राष्ट्रों ने उसे सिद्धान्त रूप से तो स्वीकार किया, किन्तु अनिवार्यता के स्थान पर ऐच्छिकता का तत्त्व विकासशील राष्ट्रों के शोषण तथा टैक्नोलोजी प्राप्ति में अनेक बाधाओं का कारण बना हुआ है।

(6) विकसित राष्ट्रों ने ग्रुप-77 की घोषणा की उपेक्षा कर विकासशील देशों की आशाओं एवं आकांक्षाओं व आर्थिक विकास के प्रति उनकी अपेक्षाओं का खुल्लमखुल्ला निरादर किया जिससे अन्तर्राष्ट्रीय शान्ति एवं समृद्धि के लिए नई विश्व आर्थिक व्यवस्था की स्थापना का स्वप्न कोरी कल्पना बनकर रह गयी।

अंकटाड-चतुर्थ की समीक्षा एवं मूल्यांकन

यद्यपि अंकटाड-चतुर्थ की सफलता के बारे में मिली-जुली प्रतिक्रिया हुई है। फिर भी परिस्थितियों की गम्भीरता को देखते हुए अंकटाड चतुर्थ को काफी सफल कहा जा सकता है। काफी कशमकश के बाद विकसित देशों ने बड़े नाटकीय ढंग से विकासशील देशों की लगभग 18 वस्तुओं के बारे में जिन्सों की समन्वित योजना को सैद्धान्तिक स्वीकृति दे दी। इसी प्रकार ग्रुप-77 के देशों व अन्य देशों के सहयोग से साझा कोष की स्थापना पर विचार-विमर्श का द्वार खोल दिया। टेक्नोलोजी प्रत्यावर्तन की वैधानिक मान्य आचार-संहिता का मुद्दा विकसित देशों ने ऐच्छिकता के बहाने से लटका दिया। विकासशील देशों में परस्पर सहयोग और विकासशील देशों के अर्द्ध-निर्मित माल के निर्यातों में विविधता एवं वृद्धि के उदार दृष्टिकोण के प्रस्ताव प्रेरणास्पद थे। किन्तु काफी प्रयत्नों के बावजूद ऋणों में राहत की समस्या का कोई न्यायोचित हल नहीं ढूंढा जा सका और विदेशी सहायता में वृद्धि के लिए भी विकसित देशों ने कोई दिलचस्पी नहीं दिखाई। फिर भी अंकटाड-चतुर्थ आंशिक सफल रहा और भावी विचार-विमर्श का मार्ग प्रशस्त हुआ।

अंकटाड-पंचम

अंकटाड का पाँचवाँ अधिवेशन फिलिपाइन्स की राजधानी मनीला में 7 मई से शुरू होकर चार सप्ताह तक अनेक विषयों पर 159 देशों के प्रतिनिधियों के ओजस्वी भाषणों, गर्मागर्म बहसों एवं परस्पर दोषारोपणों के बाद विकसित देशों के असहयोग एवं स्वार्थपूर्ण कठोर रवैया अपनाने के कारण 3 जून, 1979 को बड़े ही निराशाजनक एवं नाटकीय ढंग से समाप्त हो गया। विश्व आर्थिक व्यवस्था को नये सिरे से ढालने के लक्ष्य से प्रेरित इस

अधिवेशन में 159 देशों के लगभग 3,000 प्रतिनिधियों ने भाग लिया जो पारस्परिक आर्थिक सहयोग से गरीब एवं अमीर राष्ट्रों के बीच आर्थिक सन्तुलन की खाई को पाटने, आर्थिक विकास की गति तेज करने तथा विश्व शान्ति का मार्ग प्रशस्त करने का आधार तैयार करना चाहते थे।

अंकटाड-पंचम के विचाराधीन प्रमुख मुद्दे, कार्यक्रम एवं समस्यायें

अंकटाड पंचम की पृष्ठभूमि पर दृष्टिपात करने पर हम देखते हैं कि इस समय जहाँ एक और विकसित देशों में आर्थिक शिथिलता, बेकारी एवं बढ़ती मुद्रा-स्फीति का भय था वहाँ दूसरी ओर विकासशील देशों के सामने तेल संकट, विदेशी विनिमय संकट, बढ़ती मुद्रा स्फीति एवं आर्थिक विकास उनके आर्थिक असन्तुलन का कारण था। इस परिप्रेक्ष्य में अंकटाड-पंचम के सामने विचारार्थ मुख्य मुद्दे निम्नलिखित थे-

(1) विश्व आर्थिक व्यवस्था को नये सिरे से ढालने का आधार तैयार करना।

(2) विकसित देशों में बढ़ते संरक्षणवाद पर रोक एवं नियंत्रण।

(3) विकासशील देशों के व्यापार वृद्धि के लिए सुविधाओं का विस्तार तथा अनुकूल एवं उदार व्यापार शर्तों।

(4) विकासशील देशों को विदेशी सरकारी सहायता में वृद्धि करना।

(5) अन्तर्राष्ट्रीय मौद्रिक व्यवस्था में सुधार।

(6) विकासशील देशों के ऋण दायित्वों के भार में कमी करना।

(7) टेक्नोलोजी प्रत्यावर्तन की आचार संहिता को वैधानिकता प्रदान करना।

(8) सदस्य राष्ट्रों में सामूहिक आत्म-निर्भरता के लिए अधिकाधिक आर्थिक सहयोग को प्रोत्साहन देना तथा

(9) सामुद्रिक व्यापार में विकासशील देशों की जहाजरानी की भूमिका बढ़ाना।

इनका संक्षिप्त विवरण इस प्रकार है-

(1) विश्व की आर्थिक व्यवस्था को नये सिरे से ढालने का आधार तैयार करना - विश्व की दो तिहाई भूखी, नंगी और आर्थिक दरिद्रता से त्रस्त जनता अपनी समृद्धि के लिए अब अधिक समय तक विकसित देशों की कृपा का इन्तजार नहीं कर सकती। अतः विकासशील देशों के तीव्र आर्थिक विकास के लिए अंकटाड विकसित देशों के सक्रिय सहयोग की अपेक्षा करता है। इसके लिए विकासशील देश एक सर्वोच्च स्तरीय विशेषज्ञों के समूह की नियुक्ति चाहते हैं जो क्षेत्रीय विचार-विमर्श एवं विशेष आर्थिक व्यवस्था के नये सिरे से निर्माण की जाँच करे। उसके लिए विकसित राष्ट्र सहमत नहीं थे।

(2) विकसित देशों के बढ़ते संरक्षणवाद पर रोक एवं नियन्त्रण - विकसित राष्ट्र अपने आर्थिक पुनरुद्धार का बहाना बनाकर निरन्तर संरक्षणवाद की नीतियाँ अपनाते रहे हैं उसके कारण विकासशील देशों के निर्यातों को धक्का लगा है। यही नहीं, उनकी कस्टम

यूनियनों से आयात पर भी नियन्त्रण है, अतः विकासशील देशों से निर्यातों को बढ़ाने के लिए संरक्षणवाद पर भी प्रभावी नियन्त्रणों की आवश्यकता है, किन्तु विकसित राष्ट्र इसमें असहयोग करते हैं।

(3) विकासशील देशों के निर्यातों में वृद्धि के लिए सुविधाओं में विस्तार तथा अनुकूल एवं उदार व्यापार शर्तें - विकासशील देशों का विश्व-निर्यात में घटता हुआ भाग उनके बढ़ते व्यापार घाटे का प्रमुख कारण है। जहाँ 1950 में उनका भाग 28 प्रतिशत था, वह घटकर 1975 में 15 प्रतिशत तथा 1979 में लगभग 12 प्रतिशत था। अतः उनके व्यापार वृद्धि के लिए विकसित देशों द्वारा सुविधायें प्रदान करना, अनुकूल एवं उदार व्यापार शर्तें स्वीकार करना आदि आवश्यक थे, किन्तु विकसित राष्ट्र उन्हें अनुकूल बनाने में पहल नहीं कर पाए।

(4) विकासशील देशों को विदेशी सहायता में वृद्धि करना - यद्यपि विकसित देशों ने अपनी राष्ट्रीय आय का कम से कम 1 प्रतिशत भाग विदेशी सहायता के रूप में उपलब्ध करने की बात बहुत पहले ही सिद्धान्ततः स्वीकार कर ली थी, किन्तु बढ़ना तो दूर रहा, यह सरकारी सहायता निरन्तर गिर रही है। जहाँ 1963 में रियायती सहायता उनके राष्ट्रीय आय का 0.51 प्रतिशत थी वह घटकर 1975 में 0.30 प्रतिशत तथा 1980 के अन्त तक 0.24 प्रतिशत ही रह जाने का अनुमान था। ऐसी स्थिति में अंकटाड-पंचम का दायित्व विदेशी सहायता में वृद्धि करना तथा शर्तों को और उदार बनाने का रहा।

(5) अन्तर्राष्ट्रीय मौद्रिक व्यवस्था में सुधार - अन्तर्राष्ट्रीय मुद्रा कोष अल्पकालीन ऋण देता है, जबकि विश्व बैंक दीर्घकालीन ऋण देता है। मध्यकालीन ऋण देने वाली कोई व्यवस्था नहीं थी अतः विकासशील देश अन्तर्राष्ट्रीय मौद्रिक व्यवस्था में मध्यकालीन अन्तर्राष्ट्रीय ऋणों की व्यवस्था चाहते थे। यही नहीं, अन्तर्राष्ट्रीय मुद्रा कोष से ऋण शर्तों, विभिन्न ऋण योजनाओं और अधिक सुविधायें एवं सुधार चाहते थे। अंकटाड भी इसके लिए काफी प्रयत्नशील है।

(6) विकासशील देशों के ऋण दायित्वों के भार में कमी, ऋणों का समापन तथा अधिक रियायती ऋण - अंकटाड पंचम यह महसूस करता था कि विकासशील देशों के ऋण दायित्वों का भार निरन्तर बढ़ रहा है। जहाँ 1969 में ऋणों का दायित्व 70 अरब डालर था वह 1975 में बढ़कर 140 अरब डालर तथा 1979 में 300 अरब डालर हो गये। इनमें प्रति वर्ष 50 से 60 अरब डालर की वृद्धि हो रही थी। इन देशों को प्रतिवर्ष 7 से 40 अरब ऋणों के पुनर्भुगतान एवं ब्याज के भुगतान का भार उठाना पड़ रहा था और अकेले ब्राजील पर 25 अरब डालर तथा भारत पर 13.5 अरब डालर का ऋण भारयुक्त लगता था। अतः इन ऋणों के समापन, पुनर्भुगतान की उदार शर्तों, रियायती ऋणों आदि पर विशेष बल था, किन्तु विकासशील राष्ट्र उनके लिए कठोर रवैया अपनाये हुए थे।

(7) टैक्नोलोजी प्रत्यावर्तन की वैधानिक मान्य आचार-संहिता - विकसित देशों से टेक्नोलोजी प्राप्त करने में विकासशील देशों को न केवल कई कठिनाइयों का सामना करना पड़ता है वरन् प्रतिबन्धात्मक तरीकों एवं प्रतिकूल शर्तों के कारण उनका शोषण भी होता है। एक मोटे अनुमान के अनुसार विकासशील गरीब देशों को टेक्नोलोजी के लिए

प्रतिवर्ष 30 अरब डालर लागत चुकानी पड़ती थी। अत: आसान शर्तों पर सौदेबाजी के आधार पर टेक्नोलोजी प्रत्यावर्तन की वैधानिक आचार-संहिता की माँग थी पर विकसित राष्ट्र इसे ऐच्छिक रखने पर तुले हुए थे और वैधानिक मान्यता में रोड़ा अटकाते रहे।

(8) विकासशील देशों में सामूहिक आत्मनिर्भरता के लिए पारस्परिक सहयोग को बढ़ावा देना - यह भी विकासशील देशों के हित में है कि वे बिना विकसित देशों की दया का पात्र बने अपने पारस्परिक सहयोग से सामूहिक आत्मनिर्भरता का मार्ग प्रशस्त करें। इसे मूर्त रूप देने में विकसित राष्ट्रों का कठोर रुख काफी उपयोगी माना जा सकता है। इस तरह अंकटाड-पंचम भी विकासशील देशों के व्यापारिक समझौतों एवं पारस्परिक आर्थिक सहयोग का प्रभावी माध्यम बना रहा।

(9) सामुद्रिक व्यापार में विकासशील देशों की जहाजरानी की भूमिका बढ़ाना - नवीन आर्थिक व्यवस्था के निर्माण हेतु यह आवश्यक है कि अन्तर्राष्ट्रीय जहाजरानी के विशाल नौ-भार में विकासशील देशों को बेहतर हिस्सा मिले अत: अंकटाड-पंचम इस विषय पर भी बातचीत एवं समझौते के लिए रंगमंच तैयार कर रहा था।

अंकटाड पंचम की उपलब्धियाँ एवं सफलतायें

आशा और निराशा के बीच झुलते चार सप्ताह में विचार-विमर्श एवं पारस्परिक विरोध-प्रतिरोध के वातावरण में अन्तत: विकसित देशों ने विकासशील देशों के ग्रुप-77 (अब 119 देश) के नैतिक बल के सामने झुककर अंकटाड पंचम की आंशिक सफलता में अपना योग दिया। कतिपय उपलब्धियाँ निम्नलिखित रहीं -

1. 31 सबसे कम विकसित देशों के तीव्र विकास का कार्यक्रम - प्रथम चरण (1979-81) में इन देशों को विकास कार्यों में निवेश हेतु बड़ी मात्रा में सहायता देना और दूसरे चरण में इनकी अर्थव्यवस्था में स्वयंस्फूर्त विकास और बुनियादी आर्थिक -सामाजिक परिवर्तन हेतु आकस्मिक सहायता देना शामिल था। विकसित देशों ने अपनी सरकारी विकास सहायता सकल राष्ट्रीय आय के 0.7 प्रतिशत तक बढ़ाने का निश्चय किया। यह आर्थिक सहायता अनुदानों और विशेष व्यापारिक रियायतों के माध्यम से दी जानी थी। यह उल्लेखनीय है कि इस कार्यक्रम के लिए रूस तथा अमेरिका सहित किसी बड़े राष्ट्र ने कोई निश्चित वित्तीय सहायता अथवा अवधि तय नही की, अत: वित्त के अभाव में इसकी सफलता संदिग्ध लगती थी।

2. मुद्रा-स्फीति दबावों से जुझने तथा अंकटाड द्वारा उत्पादन एवं व्यापार की वार्षिक अध्ययन योजना की अपील को सहमति प्रदान की गई उससे मुद्रा-स्फीति पर प्रभाव नियन्त्रण में सफलता मिल सके।

3. प्रतिबन्धात्मक व्यवसाय क्रियाओं की छान-बीन पर 1979 के अन्त तक सम्मेलन - अंकटाड-पंचम में यह स्वीकार किया गया कि संयुक्त राष्ट्र संघ के तत्वावधान में बहु-राष्ट्रीय तथा ट्रांस-नेशनल निगमों के साथ प्रतिबन्धात्मक व्यवसाय क्रियाओं की छानबीन तथा उपयुक्त अन्तर्राष्ट्रीय स्वीकृत सिद्धान्तों के प्रतिपादन के लिए सम्मेलन बुलाया जाए जिससे विकासशील देशों के व्यापार पर उनके दुष्प्रभावों को रोका जा सके। इसमें उनके वैधानिक स्वरूप पर भी विचार की व्यवस्था थी।

4. सरकारी विकास सहायता को दुगुना करने का आह्वान- अंकटाड पंचम में यह प्रस्ताव पास हुआ कि विकसित राष्ट्र अपनी सरकारी विकास सहायता अपनी सकल राष्ट्रीय आय के 0.35 प्रतिशत से बढ़ाकर उसको 0.7 प्रतिशत करें, किन्तु अमेरिका तथा रूस ने इस सम्बन्ध में लक्ष्य को पूरा करने में असमर्थता व्यक्त की जबकि जर्मनी ने सरकारी सहायता के बजाय निजी संस्थाओं के द्वारा निवेशों से वित्तीय सहायता पर जोर दिया। प्रस्ताव में इस लक्ष्य को पूरा करने के लिए कोई समयावधि निश्चित नहीं की गई।

5. व्यापार एवं उत्पादन के स्वरूप की वार्षिक जाँच एवं संरक्षणवाद पर रोक - अंकटाड पंचम के अन्तिम दिन केवल मुँह छिपाने भर को सर्वसम्मति से एक प्रस्ताव पास हुआ जिसमें विकसित देशों से यह आग्रह किया गया था कि वे तीसरी दुनिया के देशों से आयात पर पुराने नियमों का पालन करें, वर्तमान अवरोधों को कम करे तथा किसी भी तरह की नई बाधायें खड़ी न करें। इस प्रस्ताव में व्यापार विकास बोर्ड से व्यापार तथा उत्पादन के स्वरूप की वार्षिक जाँच करने को कहा गया था पर विकसित देशों के जोर देने पर यह तय किया गया कि यह जाँच दोषी पाये जाने वाले देशों के खिलाफ कोई कार्यवाही नहीं करे। यहाँ तक कि किसी नीतियों के सुधारने को भी नहीं कहे। पर इस शर्त से प्रस्ताव का कोई अर्थ नहीं रहा क्योंकि विकसित देश अनवरत रूप से संरक्षणवाद की नीतियों पर चलते रह सकते थे।

6. अंकटाड के अन्तर्गत विकासशील राष्ट्रों के पारस्परिक आर्थिक सहयोग हेतु पृथक बैठकें आयोजित करना - 119 विकासशील राष्ट्रों के संगठन "ग्रुप-77" द्वारा परस्पर आर्थिक सहयोग के लिए 18 सदस्यीय समिति का गठन अंकटाड की महत्त्वपूर्ण उपलब्धि कही जा सकती है। यह समिति विकासशील देशों के बीच आर्थिक सहयोग के लिए उचित सिफारिशें प्रस्तुत करने के लिए बनाई गई थी।

7. परिवहन, बैंकिंग, बीमा तथा वायु परिवहन में भेदभावपूर्ण तथा अनुचित तरीकों के अपनाने पर रोक लगाने का आह्वान किया गया, किन्तु विकसित देशों ने इसके विरुद्ध मत दिया।

8. कुशलता, बाह्य बहाव, टेक्नोलोजी का विपरीत - प्रत्यावर्तन, पेटेन्ट्स के सुधरे उपयोग एवं समुद्र तल साधनों के विदोहन आदि पर संयुक्त राष्ट्र द्वारा विशेष अध्ययन पर बल अंकटाड-पंचम की एक महत्त्वपूर्ण उपलब्धि कही जा सकती है क्योंकि इस प्रस्ताव से संयुक्त राष्ट्र संघ विकासशील देशों से विकसित देशों को लगातार कुशल कर्मियों के बाह्य-बहाव पर विशेष अध्ययन करने की व्यवस्था थी। इसी प्रकार टेक्नोलोजी के विपरीत प्रत्यावर्तन, पेटेन्ट्स के बेहतर उपयोग तथा समुद्र तल के साधनों के विदोहन पर भी विशेष अध्ययन की बात कही गई थी।

अंकटाड पंचय की विफलतायें/असफलतायें

अंकटाड-पंचम की सफलतायें उसकी विफलताओं के सामने नगण्य हैं। इसी कारण अंकटाड-पंचम से विकासशील देशों को विकसित देशों के कठोर एवं स्वार्थपूर्ण रवैये से काफी निराशा हुई।

(1) विश्व आर्थिक व्यवस्था को नये सिरे से ढालने के लिए सर्वोच्च स्तरीय विशेषज्ञ ग्रुप का निर्माण सम्भव नहीं हुआ – विकसित देशों ने विश्व आर्थिक व्यवस्था के ढांचे की नए सिरे से ढालने के लिए जो माँग अंकटाड –चतुर्थ में भी रखी थी पुन: अंकटाड पंचम में भी विकसित राष्ट्रों की दया के अभाव में दब कर रह गई। विकासशील देश यह चाहते थे कि विश्व आर्थिक व्यवस्था के ढाँचे को नये सिरे से तैयार करने और क्षेत्रीय विचार-विमर्श के लिए एक सर्वोच्च स्तरीय विशेषज्ञ ग्रुप का निर्माण किया जाए, किन्तु अमेरिका ने इस प्रस्ताव को यह कह कर ठुकरा दिया "दो शताब्दियों के मतभेदों को केवल दो घण्टे में हल नहीं किया जा सकता।" इस पर अन्त में यह फैसला हुआ कि इस विषय को व्यापार विकास बोर्ड को सौंप दिया जाए।

(2) अन्तर्राष्ट्रीय मौद्रिक व्यवस्था में सुधार की माँग नामंजूर – विकसित धनी देशों ने बड़ी बेरुखी से विकासशील देशों की इस मांग को ठुकरा दिया कि अन्तर्राष्ट्रीय मुद्रा कोष की ऋण नीति को उदार बनाया जाये, मध्यकालीन ऋण की व्यवस्था की जाये तथा अन्तर्राष्ट्रीय मुद्रा कोष की सहायता शर्तों को विकासशील देशों के प्रति उदार बनाया जाये। इसके लिए विशेषज्ञ ग्रुप के निर्माण की भी बात कही गई थी, किन्तु अंकटाड 5 इसमें असफल रहा।

(3) संरक्षणवाद पर प्रभावी नियन्त्रण में विफलता – अंकटाड-पंचम विकसित देशों में बढ़ते संरक्षणवाद पर प्रभावी नियन्त्रण लगाने में भी असफल रहा। यद्यपि एक प्रस्ताव मुँह छिपाने के लिए सर्वसम्मति से पास हुआ पर उसकी शर्तों से उसका कोई अर्थ नहीं रहा और संरक्षणवाद अनवरत रूप से चालू रहा। स्वयं रूस भी अमेरिका की भाँति विकासशील देशों के आयातों से मुक्त व्यापार की नीति के विरुद्ध था, जबकि उसने पाश्चात्य देशों की संरक्षणवादी नीति की कटु आलोचना की थी।

(4) सामान्यकृत प्राथमिकता प्रणाली के विस्तार प्रयोग क्षेत्र एवं अवधि पर असहमति – विकासशील देश जीएसपी के अन्तर्गत मिलने वाली सुविधाओं में विस्तार, अवधि को आगे बढ़ाने तथा उसके प्रयोग क्षेत्र को व्यापक बनवाने में विकसित देशों की स्वीकृति चाहते हैं, किन्तु अंकटाड पंचम में यह सहमति न हो सकी। धनी देशों का कठोर एवं स्वार्थपूर्ण रुख बाधक रहा।

(5) ऋण आयोग की स्थापना की असफल लड़ाई – विकासशील देशों का प्रस्ताव था कि उनके 300 अरब डालर तुल्य ऋणों के भार को कम करने, समाप्त करने तथा भुगतान की उदार शर्तों की व्यवस्था करने के लिए एक ऋण आयोग की स्थापना की जाए, किन्तु विकसित देशों ने अंकटाड चतुर्थ की तरह ही इस बार भी इस प्रश्न को अधर में लटका दिया।

(6) टेक्नोलोजी प्रत्यावर्तन की वैधानिक मान्य आचार-संहिता की माँग विफल – विकासशील देशों की यह माँग भी ठुकरा दी गई जिसमें वे टेक्नोलोजी प्रत्यावर्तन की एक वैधानिक मान्य आचार संहिता पर जोर दे रहे थे। विकसित देशों ने इसे केवल ऐच्छिक रखने पर जोर दिया, जबकि विकासशील देश इसे कानूनी मान्यता देना चाहते थे।

(7) अन्तर्राष्ट्रीय जहाजरानी विशाल नौ-भार में बेहतर हिस्सा अस्वीकार - विकासशील देश निरन्तर यह माँग करते रहे कि उन्हें विशाल जहाजरानी नौ-भार में बेहतर हिस्सा दिया जाए, किन्तु विकसित देशों ने इस माँग को भी अस्वीकार कर दिया।

(8) बहुराष्ट्रीय व्यापार समझौतों के मूल्यांकन की माँग पर ध्यान नहीं दिया - 119 विकासशील देशों का संगठन ग्रुप-77 यह चाहता था कि टोकियों सम्मेलन के बहुराष्ट्रीय व्यापार समझौतों का उनके हितों में मूल्यांकन किया जाए, किन्तु विकसित देशों ने उन पर भी ध्यान नहीं दिया। यह भी अंकटाड पंचम की असफलता थी।

(9) समाजवादी राष्ट्रों से अधिक सहायता व व्यापार वृद्धि की आशा धूमिल - अंकटाड के ग्रुप-डी के समाजवादी राष्ट्रों ने भी विकासशील देशों को अधिक विदेशी सहायता तथा व्यापार वृद्धि की सुविधा देने में असमर्थता प्रकट की। यह भी अंकटाड 5 की विफलता थी।

(10) कुशल कर्मी बाह्य बहाव की क्षतिपूर्ति का प्रस्ताव नामंजूर - अंकटाड के अध्ययन के अनुसार पिछले 12 वर्षों में तीसरी दुनिया के लगभग 3 लाख कुशल कर्मी पश्चिमी विकसित देशों को गये जिसमें उन्हें लगभग 5 अरब रुपये का पूँजीगत लाभ हुआ। एक-दूसरे अनुमान के अनुसार विकासशील देशों को इससे प्रतिवर्ष 3.8 अरब डालर तुल्य क्षति हुई जो विकसित देशों की कुल सहायता के बराबर थी अत: अंकटाड पंचम में यह प्रस्ताव था कि विकसित देश विकासशील देशों को इसकी क्षति पूर्ति करें, किन्तु विकसित देशों ने इनमें कोई रुचि नहीं दिखाई। अन्त में प्रस्ताव पास हुआ कि संयुक्त राष्ट्र संघ महासचिव इस सम्बन्ध में विस्तृत अध्ययन करें तथा अन्तर्राष्ट्रीय श्रम क्षति-पूर्ति सहायता के प्रस्ताव पर भी विचार करें।

अंकटाड पंचम की उपलब्धियों का मूल्यांकन

आशाओं और निराशाओं के बीच झूलता अंकटाड़ 5 अन्तत: नगण्य सफलताओं के साथ निराशाजनक ढंग से समाप्त हुआ। फिलिपाइन्स के विदेश मन्त्री श्री सी.पी.रोमूलों ने अंकटाड के बारे में कहा, "अंकटाड-पंचम में न कोई जीत और न कोई हार हुई है। हम यहाँ परस्पर लड़ नहीं रहे थे वरन् कुछ मुद्दों पर सहमति का प्रयास कर रहे थे, यद्यपि कुछ मुद्दों पर सहमति होने पर राजी हो गए हैं।" अंकटाड-5 के महासचिव श्री गोमानी कोरिया ने कहा कि यद्यपि अंकटाड-पंचम कुछ बुनियादी मुद्दों जैसे - विश्व आर्थिक व्यवस्था के नव-निर्माण, संरक्षणवाद, अन्तर्राष्ट्रीय, मौद्रिक व्यवस्था में सुधार, टेक्नोलोजी प्रत्यावर्तन, ऋण आयोग आदि के सम्बन्ध में तत्काल अच्छे परिणाम निकालने में असफल रहा फिर भी इसने कुछ अच्छे निर्णय लिये जिनसे भावी सहमति का मार्ग प्रशस्त हुआ। विकासशील देशों को आपस में विभाजित कर लाभ उठाने की अमरीकी नीति अंकटाड़-पंचम की असफलता का प्रमुख कारण रही। विकसित देशों के असहयोगपूर्ण गैर-जिम्मेदाराना एवं स्वार्थपूर्ण कठोर रवैये के कारण अंकटाड-पंचम की असफलता हमेशा याद रहेगी। क्यूबा के राजूदत श्री कार्लस लेचूगा जिन्होने तृतीय विश्व के देशों का नेतृत्व किया था, विकसित देशों पर आरोप लगाया कि "वे ही वर्तमान विश्व समस्याओं बढ़ते तूल्यों और तेल संकट के दोषी है।" श्री

लेचूगा के शब्दों में, "हमने विकसित देशों से और अधिक सहयोग की आशा की थी। हम यह आशा कर रहे थे कि वे अपने अन्तर्राष्ट्रीय दायित्वों को समझकर अन्तर्राष्ट्रीय आर्थिक व्यवस्था की स्थापना में मदद देंगे।"

इस परिप्रेक्ष्य में यह याद रखना होगा कि अलग-अलग हितों और विकास के विभिन्न स्तरों वाले 159 देशों जिनके सिद्धान्तों एवं विश्वासों में काफी अन्तर है। उनके हितों में सामान्य स्वीकृति में अनेक कठिनाइयाँ स्वाभाविक थी। विकसित धनी राष्ट्रों और विकासशील राष्ट्रों के हितों में एकदम तालमेल बिठाना कठिन था। फिर भी अंकटाड पंचम में इन 159 देशों के लगभग 3,000 प्रतिनिधियों ने पारस्परिक अन्तर्राष्ट्रीय आर्थिक सहयोग का मार्ग प्रशस्त किया। विकासशील देशों ने विकसित देशों के स्वार्थपूर्ण कठोर रवैये के विरुद्ध मौर्चा बनाकर संगठित होने का दृढ़ संकल्प किया। उन्होंने अपने में ही अधिक आर्थिक सहयोग से सामूहिक आत्म निर्भरता को मूर्त रूप देने का आह्वान किया। उनके संगठित मोर्चे के कारण ही अमेरिका काफी प्रयासों के बावजूद ऊर्जा समस्या को अंकटाड़ की कार्य-सूची में अन्तर्राष्ट्रीय समस्या के रूप में नहीं जुड़वा सका। उसे 119 विकासशील देशों के ग्रुप-77 के तीव्र विरोध का सामना करना पड़ा। यहाँ तक कि विकासशील देशों ने विकसित देशों को वर्तमान ऊर्जा संकट के लिए दोषी ठहराया, जो ऊर्जा की फिजुलखर्ची और तेल भण्डारण द्वारा पूरी दूनिया को परेशान किए हुए है। अल्जीरिया तो यहाँ तक कह गया कि विकसित देशों की बहुराष्ट्रीय तेल कम्पनियाँ उत्पादक देशों से 16 डालर प्रति बैरल से तेल खरीदकर उसे 30 डालर में गरीब देशों को बेचकर उनका शोषण कर रही है।

यद्यपि अंकटाड-पंचम ने विकसित राष्ट्रों पर नैतिक दबाव के कारण 31 सबसे कम विकसित देशों के लिए पर्याप्त सहायता कार्यक्रम टेक्नोलोजी प्रत्यावर्तन की ऐच्छिक आचार-संहिता, प्रतिबन्धक व्यापार क्रियाओं पर रोक, विदेशी सहायता को दुगुना करने के आह्वान तथा संरक्षणवाद पर नियन्त्रण के लिए आंशिक एवं सैद्धान्तिक सफलता प्राप्त की, किन्तु निराशा इस बात की रही कि काफी प्रयासों के बावजूद भी विकसित राष्ट्र संरक्षणवाद के प्रभावी नियन्त्रण का कोई निर्णय नहीं ले सके। अन्तर्राष्ट्रीय मौद्रिक व्यवस्था के सुधार का प्रश्न अटक गया। अन्तर्राष्ट्रीय ऋणों के भार से राहत के लिए ऋण आयोग की स्थापना का प्रश्न अभी भी लटका दिया गया। टेक्नोलोजी प्रत्यावर्तन की वैधानिक मान्य आचार-संहिता अधर में झूली रही और विकसित देश विकासशील देशों के प्रति अपने रुख में उदारता लाने में असमर्थ रहे।

निष्कर्ष यह है कि अंकटाड-5 की विफलताओं ने भावी सफलताओं के लिए आधार तैयार किया और विकासशील देशों को परस्पर आर्थिक सहयोग की प्रेरणा मिली। तृतीय विश्व के देशों को विकसित देशों के स्वार्थपूर्ण कठोर रवैये के विरुद्ध मोर्चा बनाने का बल मिला। अत: तत्काल कोई अच्छे परिणामों के अभाव में भी निराशा नहीं होनी चाहिए।

छठा अंकटाड

अंकटाड का छठा सम्मेलन यूगोस्लाविया की राजधानी बेलग्रेड में 6 जून से प्रारम्भ होकर लगभग एक महीन के विचार-विमर्श के बाद 3 जुलाई, 1983 को बड़े ही निराशाजनक ढंग से कुछ आंशिक सफलता के साथ समाप्त हो गया। इस सम्मेलन में

विकसित एवं विकासशील 167 देशों के लगभग 3000 प्रतिनिधियों ने भाग लिया। जहाँ एक ओर ग्रुप-77 के विकासशील देशों ने विकसित देशों से अन्तर्राष्ट्रीय मौद्रिक व्यवस्था में सुधार, अन्तर्राष्ट्रीय तरलता में वृद्धि, संरक्षणात्मक प्रतिबन्धों पर रोक एवं नियन्त्रण, व्यापार वृद्धि के लिए उदार व्यापार शर्तों एवं सुविधाओं के विस्तार, अधिक वित्तीय सहायता तथा अधिक आर्थिक एवं तकनीकी सहयोग की आशा की थी वहाँ विकसित देशों ने इन समस्याओं के प्रति कठोर एवं स्वार्थपूर्ण रुख अपनाकर सम्मेलन को निराशा के कगार पर ला खड़ा किया। ऐसी विषम स्थिति में किसी प्रकार सम्मेलन की अवधि को 3 जुलाई, 1983 तक बढ़ाकर कुछ महत्त्वपूर्ण निर्णयों से उसकी आंशिक सफलता का मार्ग प्रशस्त हुआ।

छठे अंकटाड़ के विचारणीय प्रमुख मुद्दे, कार्यक्रम व समस्यायें

छठे अंकटाड में कोई नया मुद्दा न उठाकर प्राय: उन्हीं मुद्दों-कार्यक्रमों एवं समस्याओं के प्रति समर्थन दोहराया गया जिन पर अंकटाड सम्मेलनों में सामान्य स्वीकृतियाँ थीं, अत: इसमें भी वे ही प्रमुख विचारणीय मुद्दे समस्यायें थीं जिन पर अंकटाड पंचम में आंशिक सफलता के कारण आगे विचार विमर्श के लिए छोड़ दिया गया था।

पाँचवे अंकटाड के समय आर्थिक शिथिलता एवं बेरोजगारी की समस्या की आड़ में विकसित राष्ट्रों ने जिन मुद्दों को अधर झूल में छोड़ दिया था, छठे अंकटाड के प्रारम्भ तक विकसित राष्ट्रों में आर्थिक पुनरुत्थान, बेरोजगारी में कमी तथा आर्थिक विकास की प्रक्रिया तेज हो चली थी। अत: इन बदली उपयुक्त परिस्थितियों में विकासशील देशों ने विकसित राष्ट्रों से उनके प्रति पूर्ण आर्थिक एवं तकनीकी सहयोग के साथ-साथ उदार दृष्टिकोण की आशा से पाँचवे अंकटाड के अधूरे मुद्दों को पुन: छठे अंकटाड में प्रमुख विचारणीय मुद्दों के रूप में रखा जो इस प्रकार थे-

(1) नई विश्व आर्थिक व्यवस्था के निर्माण का आधार तैयार करना।

(2) बढ़ते संरक्षणवाद पर रोक एवं नियन्त्रण।

(3) अनुकूल एवं उदार व्यापार शर्तें तथा निर्यात सुविधाओं का विस्तार।

(4) विकास के लिए अधिकाधिक विदेशी सरकारी सहायता।

(5) अन्तर्राष्ट्रीय मौद्रिक व्यवस्था में सुधार।

(6) अन्तर्राष्ट्रीय ऋणों एवं ऋण भुगतान की समस्याओं का समाधान।

(7) टेक्नोलोजी प्रत्यावर्तन की वैधानिक आचार संहिता।

(8) बहुपक्षीय अन्तर्राष्ट्रीय संस्थानों की भूमिका में वृद्धि।

(9) वस्तुओं के लिए समन्वित योजना तथा क्षतिपूरक वित्तीय व्यवस्था।

(10) सामुद्रिक व्यापार में विकासशील देशों की जहाजरानी की भूमिका में वृद्धि तथा व्यापारिक सेवाओं में भेदभावपूर्ण प्रतिबन्धों की समाप्ति।

इन प्रमुख मुद्दों का विवरण इस प्रकार है-

(1) नई विश्व आर्थिक व्यवस्था के निर्माण का आधार तैयार करना – एक ओर विकसित राष्ट्रों में बसी विश्व की एक-तिहाई जनसंख्या आर्थिक समृद्धि का विलासितापूर्ण जीवन बितायें वहाँ दूसरी ओर विकासशील देशों में बसी विश्व की दो-तिहाई जनसंख्या गरीबी, भुखमरी तथा बेकारी में दबी यातनाओं से त्रस्त रहे। यह आधुनिक युग का सबसे बड़ा अभिशाप एवं विश्व शान्ति को सबसे बड़ा खतरा है, अतः विकसित राष्ट्रों का यह नैतिक दायित्व है कि वे विकासशील देशों के तीव्र आर्थिक विकास में सक्रिय आर्थिक एवं तकनीकी सहयोग प्रदान करें। अतः विकासशील देश एक ऐसी सर्वोच्च स्तरीय विशेषज्ञ समिति के निर्माण पर अटल थे जो विश्व अर्थव्यवस्था को नये सिरे से ढालने का आधार तैयार करे, किन्तु विकसित राष्ट्रों में इसके लिए उपेक्षा भाव रहा।

(2) बढ़ते संरक्षणवाद पर प्रभावी रोक एवं नियन्त्रण – विकसित राष्ट्रों में आर्थिक पुनरुत्थान की आड़ में संरक्षणवादी नीतियों की होड़ है उसके कारण विकासशील देशों के निर्यातों को भारी धक्का पहुँचा है तथा विश्व व्यापार में कमी आई है। ऐसी विषम परिस्थिति में विकासशील राष्ट्र विकसित राष्ट्रों में संरक्षणवादी नीतियों पर प्रभावी रोक एवं नियन्त्रण की निरन्तर माँग करते जा रहे हैं, किन्तु विकसित राष्ट्र किसी व्यवस्थित एवं समयबद्ध कार्यक्रम के लिए तैयार नहीं हैं, वे केवल मौखिक सहानुभूति तथा झूठे वायदों से बहलाते रहे हैं।

(3) उदार व्यापार शर्तें तथा निर्यात सुविधाओं का विस्तार – विकसित राष्ट्रों के कठोर रुख तथा प्रतिकूल व्यापार शर्तों के कारण विकासशील देशों का विश्व निर्यातों में भाग घटता जा रहा है। जहाँ 1950 में विश्व निर्यातों में विकासशील देशों का भाग 28 प्रतिशत था वह 1975 में घटकर 15 प्रतिशत तथा 1983 में लगभग 12 प्रतिशत था। आयातों की अनिवार्यता और निर्यातों में धीमी वृद्धि से उनका व्यापार घाटा बढ़ता जा रहा है, अतः अंकटाड छठा भी यह अपेक्षा करता है कि विकासशील देशों के निर्यात में वृद्धि के लिए उन्हें अधिकाधिक निर्यात सुविधायें प्रदान की जायें तथा उदार व्यापार शर्तों से प्रेरणा दी जाये, किन्तु दुर्भाग्य से विकसित राष्ट्रों का कठोर रुख इसकी सबसे बड़ी बाधा रहा है।

(4) विकास कार्यों के लिए अधिकाधिक विदेशी सरकारी सहायता – अर्द्ध-विकसित एवं विकासशील देशों के तीव्र आर्थिक विकास हेतु विकसित राष्ट्रों की अधिकाधिक आर्थिक एवं तकनीकी सहायता जरूरी है, किन्तु विकसित राष्ट्रों द्वारा प्रदत्त सरकारी सहायता उनके राष्ट्रीय आय के अनुपात में निरन्तर गिरती जा रही है जहाँ 1963 में सरकारी सहायता उनकी सकल राष्ट्रीय उत्पाद के लगभग 0.51 प्रतिशत थी, वह घटकर 1975 में 0.3 प्रतिशत ही रह गई तथा अब और घटकर लगभग 0.2 प्रतिशत रहने का अनुमान है, जबकि प्रारम्भ में विकसित राष्ट्रों ने अपनी सकल राष्ट्रीय आय का 1 प्रतिशत भाग विकास सहायता के रूप में देना सिद्धान्ततः स्वीकार कर लिया था। यह सहायता बढ़ाना तो दूर रहा, निरन्तर घटी है। अंकटाड छठे में विकसित राष्ट्रों ने उनकी जीएनपी के 0.7 प्रतिशत विकास सहायता का आश्वासन दिया था जो पूरा होना संदिग्ध रहा।

(5) अन्तर्राष्ट्रीय मौद्रिक व्यवस्था में सुधार – मौद्रिक सुधारों के अन्तर्गत मुख्यतः पाँच मुद्दों का समावेश हैं –

(अ) विशेष आहरण अधिकारों के आवंटन में वृद्धि,

(ब) अन्तर्राष्ट्रीय मुद्राकोष के साधनों की पर्याप्तता,

(स) सदस्य राष्ट्रों को मुद्राकोष साधनों के उपयोग में वृद्धि,

(द) ऋण शर्तों में उदारता एवं सुविधाओं का विस्तार, तथा

(य) विनिमय दरों एवे आर्थिक नीतियों सम्बन्धी निगरानी।

विकासशील देश चाहते हैं कि न केवल विशेष आहरण अधिकारों का पर्याप्त नया आबंटन किया जाए वरन् मुद्राकोष के नवीं बार के अभ्यंश वृद्धि में पर्याप्तता हो और कोष के सदस्यों को इन साधनों से अधिकाधिक ऋण मिले और वह भी उदार शर्तों पर तथा विनिमय दरों में स्थायित्व के लिए सदस्य देशों की आर्थिक नीतियों व विनिमय दरों के उतार-चढ़ाव पर पर्याप्त निगरानी की व्यवस्था की जाए। विकसित देश इन सुधारों में वांछित रुचि एवं उत्साह नहीं दिखा रहे थे।

(6) अन्तर्राष्ट्रीय ऋणों एवं ऋणों के भुगतान की समस्याएँ - इसके अन्तर्गत तीन प्रमुख मुद्दों का समावेश था-

(अ) व्यापार एवं विकास मण्डल द्वारा पारित उस प्रस्ताव को मूर्तरूप देना जिसमें गरीब देशों को प्रदत्त सरकारी विकास सहायता ऋणों को अनुदान में बदलने की व्यवस्था है, किन्तु विकसित राष्ट्र अभी तक अनिच्छुक एवं आनाकानी कर रहे थे।

(ब) विकसित राष्ट्रों द्वारा प्रदत्त सरकारी विकास सहायता ऋणों अथवा गारण्टी ऋणों की वापसी का पुनर्निर्धारण करना, किन्तु इसमें भी विकसित राष्ट्रों का कड़ा रुख रहा।

(स) विकासशील देशों की ऋण समस्याओं के समाधान के लिए संस्थागत व्यवस्था में सुधार करना ताकि विकासशील देश यथासम्भव विदेशी ऋणों के शोषण एवं भार से बच सकें। यहाँ पर उल्लेखनीय है कि अनुमानों के अनुसार 1986 के अन्त में विकासशील राष्ट्रों पर लगभग 1035 अरब डालर का ऋण का भार था और प्रतिवर्ष 100 अरब डालर ऋणों के पुनर्भुगतान तथा ब्याज के भुगतान में लौटाने का भार था। ये ऋण भार निरन्तर बढ़ते जा रहे थे। जहाँ 1969 में विकासशील देशों का ऋण दायित्व केवल 70 अरब डालर था, वह 1975 में बढ़कर 140 अरब डालर तथा 1980 में बढ़कर 650 अरब डालर हो गया जबकि 1983 में यह लगभग दुगुना 1035 अरब डालर था, इसमें प्रतिवर्ष 50 से 6C अरब डालर की वृद्धि हो रही थी। ऐसी स्थिति में विकासशील देशों द्व.ा अंकटाड के माध्यम से विकसित राष्ट्रों के भारी ऋणों से राहत का प्रयास सामयिक ही नहीं आवश्यक भी था, किन्तु साहूकार विकसित राष्ट्र इन ऋणों को अनुदानों में बदलने, वापसी के पुनर्निर्धारण तथा उचित संस्थागत व्यवस्था के प्रति उदासीन और कठोर रवैया अपनाये हुए थे जिससे समस्या जटिल होती जा रही है।

(7) टेक्नोलोजी प्रत्यावर्तन की वैधानिक मान्य आचार-संहिता - विकासशील देशों में आर्थिक विकास की प्रक्रिया को तेज करने में आधुनिक टेक्नोलोजी की महती भूमिका है, किन्तु विकासशील देशों की विकसित राष्ट्रों से टेक्नोलोजी प्रत्यावर्तन के प्रतिबन्धात्मक तरीकों एवं प्रतिकूल शर्तों के कारण न केवल कठिनाइयों का सामना करना पड़ता है वरन् प्रतिवर्ष 30 से 60 अरब डालर की ऊँची लागत चुकानी पड़ती है। इससे

उनका शोषण होता है अतः इस स्थिति के निराकरण के लिए विकासशील राष्ट्र अंकटाड के माध्यम से आसान शर्तों एवं सौदेबाजी के आधार पर टेक्नोलोजी प्रत्यावर्तन की वैधानिक मान्य आचार-संहिता की माँग करते रहे हैं किन्तु विकसित राष्ट्र इसे वैधानिक न बनाकर ऐच्छिक रखने पर तुले हुए हैं। छठे अंकटाड में भी कोई विशेष प्रगति दृष्टिगोचर नहीं हुई।

(8) बहुपक्षीय अन्तर्राष्ट्रीय संस्थाओं की भूमिका में वृद्धि - इसके अन्तर्गत विकासशील राष्ट्र यह चाहते हैं कि विश्व बैंक तथा उससे सम्बद्ध अन्तर्राष्ट्रीय विकास संघ एवं अन्तर्राष्ट्रीय वित्त निगम आदि के ऋणों में वृद्धि की जाए, बैंक द्वारा प्रदत्त ऋणों की शर्तों में सुधार एवं उदारता बरती जाए तथा अन्तर्राष्ट्रीय विकास संघ के सातवें साधन वृद्धि कार्यक्रम में पर्याप्त वृद्धि की व्यवस्था की जाए तथा विकास कार्यों के लिए पर्याप्त वित्तीय सहायता दी जाए। अंकटाड छठे में विश्व बैंक द्वारा 1985 से ऋणों में 5 प्रतिशत वार्षिक वृद्धि तथा अन्तर्राष्ट्रीय विकास संघ के सातवें पुनर्भरण में पर्याप्त वृद्धि का प्रस्ताव पारित किया गया।

(9) वस्तुओं के लिए समन्वित योजना तथा क्षतिपूरक वित्त व्यवस्था - विकसित राष्ट्रों में संरक्षणवादी प्रतिबन्धों के कारण विकासशील राष्ट्रों को परम्परागत निर्यातित वस्तुओं की कीमतों में उतार-चढ़ाव के साथ-साथ प्रतिकूल व्यापार शर्तों का सामना करना पड़ता है। अतः पाँचवे अंकटाड़ में समर्थित सामान्य कोष की स्थापना को मूर्तरूप दिये जाने पर जोर दिया गया। यही नहीं, ग्रुप-77 के विकासशील राष्ट्रों ने यह माँग की कि विकासशील देशों की निर्यात आय में होने वाली कमी की क्षतिपूर्ति की पूरक व्यवस्था की जाए, किन्तु विकसित राष्ट्रों से समझौते पूरे होने तक मुद्राकोष द्वारा उदारता से क्षतिपूरक वित्त व्यवस्था के विस्तार का प्रस्ताव ही पारित हो सका।

(10) सामुद्रिक व्यापार में विकासशील देशों की जहाजरानी की भूमिका में वृद्धि तथा व्यापारिक सेवाओं में भेदभावपूर्ण प्रतिबन्धों की समाप्ति - विकासशील राष्ट्र अपनी जहाजरानी की भूमिका वृद्धि हेतु सदैव प्रयत्नशील रहे हैं तथा वे बैंकिंग, बीमा तथा अन्य परिवहन सेवाओं में विकसित राष्ट्रों द्वारा भेदभावपूर्ण तथा अनुचित तरीकों के अपनाने का विरोध करते रहे हैं। छठे अंकटाड में भी विचारशील राष्ट्रों ने पुनः इस मुद्दे को पुरजोर शब्दों में उठाया, किन्तु विशेष सफलता नहीं मिली।

छठे अंकटाड की उपलब्धियाँ एवं सफलतायें

विकसित एवं विकासशील राष्ट्रों में परस्पर विरोध-प्रतिरोध के वातावरण में आशाओं एवं निराशाओं के बीच झूलता छठा अंकटाड सम्मेलन अन्ततः आंशिक सफलता के साथ समाप्त हो गया। यद्यपि विकासशील राष्ट्रों के ग्रुप-77 ने पर्याप्त तैयारी से ऊँची आशाओं के स्वप्न संजाये थे, किन्तु विकसित राष्ट्रों के कठोर रुख तथा स्वार्थपूर्ण प्रवृत्ति से आंशिक सफलता ही सम्भव हो पाई। कतिपय उपलब्धियाँ इस प्रकार रही-

(1) संरक्षणवादी तरीकों की व्यवस्थित रूप से समापन की स्वीकृति - विकसित राष्ट्रों ने यद्यपि विकासशील देशों द्वारा संरक्षणवादी प्रतिबन्धों को हटाने के समयबद्ध कार्यक्रम की माँग तो ठुकरा दी, किन्तु अन्ततः उन्होंने एक प्रस्ताव से संरक्षणवादी तरीकों को व्यवस्थित रूप से समाप्त करने की दिशा में काम करने को मन्जुरी दे दी। प्रस्ताव में सरक्षण

को विकास एवं व्यापार दोनों के लिए हानिकारक बताते हुए उसके प्रति विरोध को स्वीकार किया गया तथा विकसित देशों ने संरक्षणवाद को रोकने का दायित्व लिया।

(2) अधिमानों की सामान्य योजना में सुधार तथा विकासशील देशों से पर्याप्त विचार-विमर्श का आश्वासन – छठे अंकटाड की सफलता इस बात में निहित है कि एक प्रस्ताव में विकसित राष्ट्रों से अधिमानों को सामान्य योजना में सुधार तथा समस्याग्रस्त क्षेत्रों के लिए विकासशील राष्ट्रों से विचार-विमर्श की पर्याप्त व्यवस्था का आश्वासन लिया गया। इसी प्रकार सेवाओं में व्यापार विषय पर एक प्रस्ताव पास कर संयुक्त राष्ट्र संघ के महासचिव को भावी अध्ययन हेतु अधिकृत किया गया।

(3) अन्तर्राष्ट्रीय तलरता में वृद्धि हेतु विशेष आहरण अधिकार के आवंटन का आह्वान – छठे अंकटाड के एक प्रस्ताव से अन्तर्राष्ट्रीय तरलता में पर्याप्त वृद्धि हेतु और विशेष आहरण अधिकारों के आवंटन का आह्वान किया गया तथा मुद्रा कोष की सदस्य सरकारों को कहा गया कि वे कोष के प्रबन्ध निदेशक को इसके लिए एक विशेष आवेदन रखने को कहें।

(4) विनिमय दरों एवं आर्थिक नीतियों की प्रभावी निगरानी – छठे अंकटाड़ ने मुद्रा कोष पर विनिमय दरों में भारी उतार चढ़ाव को रोकने तथा मुद्रा कोष के सदस्य देशों द्वारा प्रतिबन्धात्मक आर्थिक नीतियों पर प्रभावी नियन्त्रण के लिए प्रस्ताव पारित किया।

(5) मुद्रा कोष के नवें अभ्यंश निर्धारण में पर्याप्त वृद्धि की आवश्यकता पर जोर दिया – छठे अंकटाड में यद्यपि प्रत्यक्ष रूप से मुद्रा कोष के नवें अभ्यंश निर्धारण में वृद्धि का प्रस्ताव तो पारित नहीं किया गया, किन्तु कोष के साधनों में पर्याप्त वृद्धि की आवश्यकता पर बल दिया गया।

(6) विश्व बैंक के ऋणों में 5 प्रतिशत वार्षिक वृद्धि तथा अन्तर्राष्ट्रीय विकास संघ के सातवें पुनर्भरण में पर्याप्त वृद्धि की आवश्यकता का प्रस्ताव पारित किया गया। प्रस्ताव में यह भी कहा गया कि कुछ ऋणी विकासशील देशों में ऋणात्मक विकास दर को देखते हुए उन्हें अधिक उदार ऋणों की आवश्यकता है।

(7) सरकारी विकास सहायता का लक्ष्य पूरा करने तथा विदेशी ऋणों के पुनर्भुगतान को उदार एवं सुविधाजनक बनाने का आह्वान – छठे अंकटाड की सफलता इस बात में भी निहित है कि उसमें विकसित राष्ट्रों द्वारा दी जाने वाली सरकारी वित्तीय सहायता 0.7 प्रतिशत लक्ष्य से काफी कम रहने पर चिंता व्यक्त की गई तथा इस लक्ष्य को पूरा करने का आह्वान किया गया। इसके अतिरिक्त विकासशील राष्ट्रों के ऋणों के पुनर्भुगतान हेतु उदार एवं सुविधाजनक व्यवस्था पर जोर दिया गया। मुद्रा कोष को भी इसमें आवश्यक सहयोग देने पर जोर दिया गया।

(8) कृषि उत्पादनों के लिए सामान्य कोष की स्थापना का समर्थन दोहराया गया तथा क्षतिपूरक वित्तीय व्यवस्था के विस्तार एवं पर्याप्त उदारता के लिए मुद्रा कोष से आग्रह किया गया।

इस प्रकार अंकटाड छठे में पारित प्रस्तावों में कहीं भी वैधानिक बाध्यता नहीं थी केवल मात्र आह्वान एवं आग्रह था जिन पर अमल करना ऐच्छिक एवं विकसित राष्ट्रों की दया पर निर्भर था। इसी कारण सफलता की आंशिक ही कहना न्यायोचित है।

अंकटाड-छठे की असफलतायें/विफलतायें

छठे अंकटाड की सफलतायें उसकी विफलतायें के सामने नगण्य-सी रहीं। इसी कारण ग्रुप-77 देशों के अध्यक्ष ने विफलताओं पर निराशा व्यक्त करते हुए कहा कि "हम विकास एवं पुनरुत्थान का एक ऐतिहासिक सुअवसर खो बैठे हैं।" इसकी मुख्य असफलताएँ निम्न तथ्यों से उजागर होती हैं–

(1) संरक्षणवाद पर रोक का न कोई समयाबद्ध कार्यक्रम और न कोई प्रभावी तरीका तय हो पाया। केवल मात्र संरक्षणात्मक प्रतिबन्धों को हटाने का आश्वासन और एच्छिक उपायों के पीछे कोई वैधानिक बाध्यता के अभाव में कोई भरोसा नहीं रहा।

(2) विश्व आर्थिक व्यवस्था को नये सिर से ढालने हेतु सर्वोच्च स्तरीय विशेषज्ञ समिति का गठन चतुर्थ अंकटाड से अधरझूल में लटका रहा।

(3) अन्तर्राष्ट्रीय मौद्रिक व्यवस्था में सुधार के प्रभावी उपायों की माँग विकसित राष्ट्रों द्वारा नामन्जुर होने से विकासशील राष्ट्र उनकी दया के पात्र ही बने रहे।

(4) अधिमानों की सामान्यकृत प्रणाली के सुधार, विस्तार एवं प्रयोग पर सामान्य सहमति न हो पाने से विकासशील राष्ट्रों को निराशा रही।

(5) विकासशील राष्ट्रों की ऋण-भुगतान समस्याओं का कोई उपयुक्त हल नहीं निकल पाया और भार की समस्या निरन्तर बढ़ती जा रही है।

(6) सरकारी विकास सहायता को लक्ष्य तक पहुँचाने की कोई बाध्यता नहीं रही। सरकारी विकास सहायता राष्ट्रीय आय के 1 प्रतिशत तथा 0.7 प्रतिशत लक्ष्य के मुकाबले केवल 0.3 प्रतिशत रह गई।

(7) समाजवादी राष्ट्रों से भी अधिक विकास सहायता और व्यापार सुविधाओं का कोई निश्चित वादा नहीं होने से अधिक आशा करना व्यर्थ रहा।

(8) विकसित देशों ने टेक्नोलोजी प्रत्यावर्तन की वैधानिक मान्य आचार-संहिता की माँग को ठुकरा कर विकासशील देशों को निराश किया।

(9) कृषिगत वस्तुओं के लिए सामूहिक कोष की स्थापना तथा निर्यात आय में होने वाली कमी की क्षतिपूर्ति की वित्त व्यवस्था का विकासशील देशों का स्वप्न अधूरा रहा।

(10) बहुराष्ट्रीय व्यापार समझौतों के मूल्याँकन, कुशलता के बाह्य बहाव की समस्या और विकसित देशों द्वारा उसकी क्षतिपूर्ति, सामुद्रिक व्यापार में विकासशील देशों का हिस्सा बेहतर बनाने के महत्त्वपूर्ण निर्णय अधर-झूल में लटके रहे।

इस प्रकार अंकटाड-छटे की उपलब्धियाँ नगण्य ही रहीं। यद्यपि सम्मेलन की अवधि तीन दिन बढ़ाकर विकसित राष्ट्रों पर नैतिक दबाव से कुछ महत्त्वपूर्ण निर्णयों से

आर्थिक एवं तकनीकी सहयोग का मार्ग प्रशस्त हुआ फिर भी संरक्षणात्मक प्रतिबन्धों पर रोक के प्रभावी समयबद्ध कार्यक्रम के अभाव, सरकारी विकास सहायता के लक्ष्य की विफलता, मौद्रिक सुधारों में अरुचि तथा ऋण भुगतान के उचित हल के अभाव में विकासशील राष्ट्रों को निराश होना पड़ा। विकासशील राष्ट्र आर्थिक विकास एवं पुनरुत्थान की प्रक्रिया तेज करने की ऊँची आशा से सम्मेलन में आये थे, किन्तु विकसित राष्ट्रों के कठोर रुख तथा आर्थिक सहयोग में उदासीनता ने उसकी उम्मीदों पर पानी फेर दिया। अस्त्र-शस्त्रों पर भारी व्यय करने वाले विकसित राष्ट्रों ने विकास एवं उत्थान के प्रति उदासीनता का रुख अपनाकर विश्व-शान्ति में असहयोग का ही मार्ग अपनाया जो कभी भी न्यायोचित नहीं कहा जा सकता।

सातवाँ अंकटाड

विश्व के विकसित एवं विकासशील देशों के बीच व्यापार तथा विकास से सम्बन्धित विचार-विमर्श का मंच अंकटाड-सातवाँ 9 अगस्त, 1987 तक जिनेवा में बड़े ही उत्साह एवं सहयोग के वातावरण में सन्तोषजनक परिणामों से सम्पन्न हुआ। इस सम्मेलन में *विश्व के लगभग 168 विकसित तथा विकासशील देशों के 3 हजार से अधिक प्रतिनिधियों* ने भाग लेकर इसकी सार्थकता को सिद्ध किया है। यद्यपि अन्तर्राष्ट्रीय स्तर पर बढ़ती बेकारी, विकास दर में गिरावट, अन्तर्राष्ट्रीय व्यापार में निरन्तर स्थिरता और विकासशील देशों पर बढ़ते कर्जभार आदि आर्थिक चुनौतियों के वातावरण के कारण प्रारम्भ में तो सम्मेलन की सफलता संदिग्ध लग रही थी, किन्तु सम्मेलन के दौरान विकसित एवं विकासशील देशों में टकराव के स्थान पर सहयोग, आपसी सूझ-बूझ तथा राचनात्मक रवैये के कारण सम्मेलन काफी सफल रहा।

अंकटाड-सातवाँ के विचारणी मुद्दे

इस सम्मेलन में विचार-विमर्श के मुख्य मुद्दे चार थे-

(1) विकासशील देशों के लिए विकास के साधन एवं बढ़ते कर्ज की समस्या।

(2) कच्चे माल के बाजारों का विकास तथा गिरती कीमतें।

(3) अन्तर्राष्ट्रीय व्यापार।

(4) सबसे कम विकसित देशों की समस्यों।

सातवें अंकटाड की यह विशेषता रही कि यह कई मायनों में परम्पराओं से हटकर था। इसका एजेण्डा मुख्य चार मुद्दों तक सीमित रहा तथा कई अलग-अलग प्रस्तावों के स्थान पर एक ठोस प्रलेख अंकटाड का अन्तिम अधिनियम स्वीकृत किया गया। कई समिति बैठकों के अतिरिक्त प्रत्येक मुद्दे के लिए एक-एक कमेटी बनाने से बातचीत में भाग लेने वाले सब देश मुख्य रूप से चार खेमों में बँटे थे- (अ) विकासशील देशों का समूह ग्रुप-77 जिसमें 127 देश थे, (ब) विकसित देशों का ग्रुप-बी, (स) यूरोपीय आर्थिक समुदाय के 12 सदस्य देश तथा (द) समाजवादी राष्ट्र। इस अंकटाड में प्रत्येक राष्ट्र को सम्मेलन के विचार-विमर्श में सक्रियता से भाग लेने का अवसर दिया गया जो पूर्व की प्रक्रिया में सम्भव नहीं होता था। विचार-विमर्श के दौरान प्रमुख मुद्दों का संक्षिप्त विवरण इस प्रकार हैं-

(1) विकासशील देशों के विकास साधन तथा कर्ज की समस्या - यह मुद्दा सर्वाधिक विवादास्पद रहा। जहाँ विकासशील राष्ट्र चाहते थे कि तीसरी दुनिया के देशों को दी जाने वाली विकास सहायता में वृद्धि हो तथा कर्ज की समस्या पर विचारार्थ एक अन्तर्राष्ट्रीय सम्मेलन बुलाया जाए जो नये उपायों पर विचार करे। समाजवादी राष्ट्रों ने भी विकासशील राष्ट्रों का समर्थन किया, वहाँ विकसित पाश्चात्य राष्ट्र विरोधी रवैया अपनाते हुए इस जिद पर अड़े रहे कि समस्या का समाधान वर्तमान राष्ट्रीय व्यवस्था के अन्तर्गत ही किया जाना चाहिए। काफी नोक-झोंक के बाद कर्ज समस्या के हल के लिए कोई रियायत तो नहीं दी पर आशिक जिम्मेदारी महसूस करते हुए नरमी का रुख तथा उचित कदम उठाने का वचन दिया जो कंटक मसले पर समझौते के रास्ते का द्योतक है। इस सम्मेलन में विकासशील देशों से विकसित देशों को नकारात्मक संसाधन बहाव पर रोक के प्रस्ताव पर पानी फिर गया जिसमें तीसरी दुनिया के देशों को मिलने वाली सहायता उनके द्वारा चुकाये जाने वाले ब्याज तथा ऋण सेवाओं के मुकाबले बहुत कम है। यही नकारात्मक संसाधन बहास की समस्या है। विकासशील एवं समाजवादी राष्ट्र चाहते थे कि विकसित देश अधिक आर्थिक सहायता दें, कर्ज पर ब्याज की दरें कम करें तथा ऋणों के भुगतान में रियायतें दी जाए, पर विकसित राष्ट्रों ने अड़ियल रुख अपनाया और केवल अलग-अलग राष्ट्रों की समस्या के आधार पर सकारात्मक लचीला रुख अपनाने को राजी हुए।

अन्तिम प्रलेख में यह भी आम सहमति व्यक्त की गई कि विदेशी सहायता का 0.7 प्रतिशत लक्ष्य पूरा किया जाए तथा अन्तर्राष्टीय विकास संघ का आठवाँ पूँजी वृद्धि कार्यक्रम पूरा करने के लिए सदस्य राष्ट्रों को प्रार्थना की जाए। विश्व बैंक के पूँजीगत साधनों में भी वृद्धि की जाए। अन्तर्राष्ट्रीय कृषि विकास कोष के लिए भी अतिरिक्त साधन जुटाये जायें। विकासशील राष्ट्र भी अपनी आन्तरिक बचतों को गतिशील बनावे तथा विनियोगों में गुणात्मक सुधार हो। मानवीय साधनों के विकास के साथ-साथ सामाजिक संरचना में विनियोगों से उपयोगी परिणामों की आशा की गई।

(2) कच्चे माल के बाजारों का विकास तथा गिरते मूल्यों के घटक - सातवें अंकटाड में कच्चे माल के क्षेत्र में सर्वाधिक सफलता मिली। कच्चे माल के मूल्यों में पिछले 6-7 वर्षों में निन्तर 3.8 प्रतिशत वार्षिक दर से गिरावट के कारण विकासशील देशों को लगभग 100 अरब डालर का घाटा होने से उनकी अर्थव्यवस्था पर पड़ने वाले दुष्प्रभावों को सभी सदस्य देशों ने स्वीकार किया।

1976 में अंकटाड के नैरोबी सम्मेलन में कच्चे माल की कीमतों में स्थायित्व के लिए सामूहिक कोष का प्रस्ताव पास किया गया था। किन्तु जनवरी, 1987 तक केवल 92 देशों द्वारा अभिपुष्टि होने से उनका कोष में अंशदान 58.51 प्रतिशत तक पहुच पाया। सातवें अंकटाड में सोवियत रूस द्वारा कच्चे माल की कीमतों में स्थायित्व हेतु इस सामूहिक कोष का भारी समर्थन करने से तथा सोवियत रूस सहित युक्रेन तथा बाइलों रूस गणराज्यों द्वारा कोष स्थापना की पुष्टि करने के कारण कुल 95 राष्ट्रों का अंशदान 75 प्रतिशत जा पहुँचा। केवल 1.6 प्रतिशत अंशदान और मिलने पर 750 मिलियन डालर से इस कोष की स्थापना होनी थी। सातवें अंकटाड में लगभग सभी राष्ट्रों में आम सहमति थी कि कच्चे माल के

निर्यातक देशों को कच्चे माल के विविधिकरण प्रोसेसिंग, विपणन तथा वितरण सम्बन्धी कार्यों के लिए अधिकाधिक तकनीकी एवं वित्तीय सहायता प्रदान की जाय ताकि उनके मूल्यों में स्थायित्व का मार्ग प्रशस्त हो सके।

विकासशील देशों ने जब विकसित राष्ट्रों द्वारा राजनीतिक कारणों से व्यापारिक प्रतिबन्धों को नाजायज बताया तो अमेरिकी प्रतिनिधि ने गैट के अन्तर्गत व्यापार प्रतिबन्धों को जायज करार देते हुए विकासशील देशों के प्रयास को विफल कर दिया, फिर भी कच्चे माल के क्षेत्र में सोवियत रूस के अथक प्रयासों से सामूहिक कोष स्थापना अंकटाड-सातवें की महत्त्वपूर्ण उपलब्धि सम्भव हुई।

(3) अन्तर्राष्ट्रीय व्यापार - सातवें अंकटाड में इस मुद्दे पर बहस के दौरान आर्थिक विकास में अन्तर्राष्ट्रीय व्यापार की अहम भूमिका को स्वीकार करते हुए विकसित देशों के बाजारों में विकसित देशों के निर्यातों को सहज बनाने का अनुरोध किया गया। प्रलेख में सीमा शुल्क तथा व्यापार प्रतिबन्धों को कम करने तथा समाप्त करने पर जोर दिया। इस दिशा में युरुग्वे बहुपक्षीय व्यापार वार्ता में प्रयास करने की आशा व्यक्त की गई कि वे कृषिजन्य पदार्थों के व्यापार में अनुशासन एवं तारतम्य बनाये रखने के लिए संरक्षण की नीति को समाप्त करें। इस सम्मेलन के प्रलेख में अंकटाड सचिवालय द्वारा बहुक्षीय व्यापार समझौतों से सम्बद्ध विचार विमर्श में तकनीकी सहायता और सेवाओं के क्षेत्र में अपना कार्य करते रहने के साथ-साथ सेवाओं के व्यापार में निहित समस्याओं का विश्लेषण करने की व्यवस्था की गई।

ग्रुप-77 के देशों का यह प्रस्ताव स्वीकार नहीं किया जा सका कि अंकटाड "एक सर्वव्यापी, अविभेदात्मक, व्यापक, स्थिर एवं भावी व्यापार व्यवस्था का एक ब्लूप्रिंट तैयार करें।"

विकासशील देशों एवं समाजवादी देशों में व्यापार वृद्धि हेतु समाजवादी देशों को जनरेलाईज्ड सिस्टम आफ प्रिफरेन्सेज की शर्तों में सुधार व आसान शर्तों पर उधार की व्यवस्था बढ़ाने पर जोर दिया गया।

(4) सबसे कम विकसित देशों की समस्याएँ - इस महत्त्वपूर्ण मुद्दे पर सातवें अंकटाड के प्रलेख में सबसे कम विकसित देशों को सर्वाधिक विदेशी सहायता देने तथा आपसी बातचीत से उसमें सुधार लाने की बात सम्मेलन की सफलता का संकेत रही। यद्यपि विकसित राष्ट्रों द्वारा अधिकाधिक विकास सहायता का लक्ष्य पूरा न करने पर निराशा एवं रोष व्यक्त किया गया फिर भी उन्हें अपना वादा पूरा करने का अग्रह किया गया। सबसे कम विकसित देशों की उदार ऋणों पर अत्यधिक निर्भरता तथा उनकी सीमित प्रशासनिक क्षमता के कारण सहायता में प्रभावी समन्वय पर जोर दिया गया।

अन्तर्राष्ट्रीय मुद्रा कोष तथा विश्व बैंक द्वारा इन देशों को अधिकाधिक सहायता का स्वागत किया गया और यह आशा व्यक्त की गई कि संरचनात्मक समायोजन सुविधा के साधनों में पर्याप्त वृद्धि तथा अन्तर्राष्ट्रीय विकास संघ के पूँजीगत साधनों में आठवीं बार वृद्धि से आने वाले वर्षों में इन देशों को अधिक विदेशी सहायता सुलभ हो सकेगी।

सातवें अंकटाड में सबसे कम विकसित देशों पर भारी विदेशी कर्जों के कारण उनकी बिगड़ती आर्थिक हालत पर चिन्ता व्यक्त की गई। ऋणदाता देशों द्वारा कर्जों को माफ करने अथवा राहत प्रदान करने का स्वागत करते हुए अन्य विकसित राष्ट्रों को भी इस प्रकार का अनुसरण करने का आग्रह किया गया।

सातवें अंकटाड की उपलब्धियाँ/सफलतायें

विश्व में बढ़ती, घटती विकास दर, विकासशील देशों में व्याप्त कर्ज भार की समस्या तथा अन्तर्राष्ट्रीय व्यापार में स्थिरता आदि कई अन्तर्राष्ट्रीय चुनौतियों के वातावरण में अंकटाड सातवें की सफलता प्रारम्भ से संदिग्ध लग रही थी, किन्तु विकसित राष्ट्रों के उदार एवं सहयोगी रुख तथा विकासशील राष्ट्रों के रचनात्मक राजनयिक कौशल एवं आपसी सूझबूझ के कारण सातवाँ अंकटाड काफी हद तक सफल रहा जो उसकी निम्नलिखित उपलब्धियों से उजागर होता है–

(1) वस्तुओं के सामूहिक कोष की स्थापना निश्चित हुई – विकासशील देशों को कच्चे माल की कीमतों में होने वाली भारी उतार-चढ़ाव से होने वाली क्षति से मुक्ति दिलाने के लिए रूस तथा उसके सहयोगी समाजवादी देशों के भारी समर्थन के कारण वस्तुओं के सामूहिक कोष की स्थापना प्राय: निश्चित हुई।

(2) कच्चे माल उत्पादक राष्ट्रों को तकनीकी एवं वित्तीय सहायता को सामान्य स्वीकृति – सातवें अंकटाड की दूरी महत्त्वपूर्ण सफलता कच्चे माल उत्पादक राष्ट्रों को प्रोसेसिंग, विविधकरण तथा विपणन आदि के लिए तकनीकी एवं वित्तीय सहायता की सामान्य स्वीकृति होना था। इससे विकासशील देशों की कई व्यापारिक समस्याएँ स्वत: हल हो जायेगी।

(3) सहकारी कर्ज व्यूह रचना को सिद्धान्तत: स्वीकार किया। विकसित राष्ट्रों ने अन्तर्राष्ट्रीय ऋणों के निपटारे में उदार रुख अपनाने का आश्वासन देते हुए सहकारी कर्ज व्यूह रचना को सिद्धान्तत: स्वीकार कर लिया जिसमें प्रत्येक राष्ट्र की ऋण समस्या को आपसी बातचीत से निपटारे की बात कही गई थी।

(4) अंकटाड तथा गेट के परस्पर पूरक सम्बन्धों का उदय – सातवें अंकटाड की यह महत्त्वपूर्ण उपलब्धि रही कि अंकटाड तथा गेट के नये परस्पर पूरक सम्बन्धों का उदय हुआ जिससे यह परम्परागत धारणा समाप्त होगी कि अंकटाड विकासशील देशों के हितों की रक्षा करता है जबकि गैट विकसित देशों के हितों का हामी होकर विकासशील देशों के हितों की उपेक्षा करता है। ये दोनों संगठन नये अन्तर्राष्ट्रीय आर्थिक सहयोग तथा समस्याओं के निराकरण में संलग्न हैं।

(5) सबसे कम विकसित देशों को विकास सहायता तथा कर्जों के बोझ में कमी का नैतिक दायित्व विकसित देशों ने स्वीकार कर लिया।

(6) संरक्षणात्मक प्रतिबन्धों में ढिलाई का आश्वासन – इस सम्मेलन में सीमा शुल्क एवं अन्य व्यापारिक प्रतिबन्धों को कम करने अथवा समाप्त करने का प्रस्ताव स्वीकार किया गया तथा "उरुग्वे वार्ता" में इस दिशा में प्रयत्न की बात कही गई।

(7) सरकारी विकास सहायता के लक्ष्य को पूरा करने का आश्वासन दिया गया और विकसित राष्ट्र विकास सहायता में आगे आने को तैयार हुए।

(8) उत्तर-दक्षिण सम्बन्धों में नई चेतना – सातवाँ अंकटाड अन्ततः उत्तर-दक्षिण सम्बन्धों में एक नई चेतना का द्योतक है। यह इसकी सबसे महत्त्वपूर्ण उपलब्धि है।

सातवें अंकटाड की असफलताएँ/विफलताएँ

यद्यपि अंकटाड-सातवें की कई महत्त्वपूर्ण उपलब्धियाँ रही हैं फिर भी यह कई अन्तर्राष्ट्रीय समस्याओं का समाधान न निकाल पाने के कारण असफल रहा है। विकसित देशों के कठोर एवं स्वार्थी रुख के कारण अंकटाड-सातवें की मुख्य असफलताएँ अग्र तथ्यों से स्पष्ट हैं-

(1) संरक्षणात्मक प्रतिबन्धों में कमी अथवा समाप्ति का कोई समयबद्ध कार्यक्रम एवं प्रभावी उपायों का अभाव सातवें अंकटाड के बाद भी ज्याह्यं का त्यों है। विकसित राष्ट्र राजनीतिक प्रतिबन्धों को भी जायज करार देते हैं। व्यापारिक प्रतिबन्धों को रोकने का न तो कोई समयबद्ध कार्यक्रम और न कोई प्रभावी उपाय तय हो पाये हैं। अतः पाश्चात्य राष्ट्रों द्वारा मनमाने ढंग से संरक्षणात्मक प्रतिबन्धों को रोकना कठिन बना हुआ है। कोई वैधानिक व्यवस्था अभी तक नहीं है।

(2) विकासशील देशों पर निरन्तर बढ़ते कर्जभार तथा पुनर्भुगतान समस्याओं का कोई उचित समाधान नहीं हो पाया है। 1989-90 तक ऋण भार लगभग 1350 अरब डालर तक पहुँचने का अनुमान है। विकसित राष्ट्रों ने कर्ज की समस्या पर विचार करने के लिए एक अन्तर्राष्ट्रीय सम्मेलन बुलाये जाने की विकासशील राष्ट्रों की माँग ठुकराकर वे विरोधी रुख व जिद पर अड़े रहे कि इस समस्या का हल वर्तमान आर्थिक व्यवस्था के अन्तर्गत किया जावे व कोई रियायत न देने से अंकटाड-सातवें भी असफल ही रहा।

(3) विकासशील राष्ट्रों से ऋणात्मक संसाधन बहाव रोकने हेतु कोई प्रभावी सातवें अंकटाड में भी नहीं सुझाया क्योंकि – विकसित राष्ट्र यह मानने को तैयार नहीं थे कि विकासशील देशों द्वारा ब्याज एवं ऋण सेवाओं के भुगतान में दी जाने वाली राशि उनको प्राप्त आर्थिक सहायता से कहीं अधिक थी। परिणामस्वरूप विकसित देश अधिक आर्थिक सहायता देने तथा ब्याज दरों में कमी करने को तैयार नहीं हुए। यह ऋणात्मक ऋणभार लगभग 30 अरब डालर वार्षिक है जो विकासशील राष्ट्रों के सामर्थ्य से बाहर है।

(4) सरकारी विकास सहायता में निरन्तर कमी रही। प्रत्येक अंकटाड में वचन पूरा करने के आश्वासनों के बावजूद विकसित राष्ट्रों से मिलने वाली सरकारी आर्थिक सहायता निर्धारित 0.7 प्रतिशत लक्ष्य के मुकाबले में राष्ट्रीय आय का केवल 0.3 प्रतिशत ही रह गया है। सातवें अंकटाड में विकासशील राष्ट्रों को अधिक विकास सहायता के लिए कोई प्रभावी कदम नहीं रहा। अब भी विकासशील राष्ट्र विकसित राष्ट्रों की दया के पात्र बने हुए है।

(5) अधिमानों की सामान्य प्रणाली का क्रियान्वयन असफल रहा। सातवें अंकटाड में भी इस व्यवस्था की असफलता पर अफसोस जाहिर किया गया तथा उसके विस्तार, सुधार तथा प्रयोग पर इसमें भी कोई आम सहमति नही हो पाई।

(6) सबसे कम विकसित देशों की आर्थिक समस्याओं का कोई प्रभावी समाधान अंकटाड सातवें में भी तय नहीं हो पाया। यद्यपि विकसित राष्ट्रों द्वारा इन्हें सर्वाधिक आर्थिक सहायता देने तथा आपसी बातचीत में उसमें सुधार लाने की बात केवल आश्वासन मात्र रही।

(7) अन्य कई मुद्दों को अधर में छोड़ दिया गया। सातवें अंकटाड में मुख्य रूप से चार मुद्दे ही महत्त्वपूर्ण रहे जबकि अन्तर्राष्ट्रीय आर्थिक समस्याओं के मुद्दों पर विचार न होने से उनके समाधान की दिशा में कोई प्रगति नहीं हुई।

(8) टेक्नोलोजी प्रत्यावर्तन की वैधानिक मान्य आचार संहिता की माँग अभी भी अधरझुल में रही। विकसित राष्ट्रों द्वारा माँग को ठुकरा दिये जाने से उसकी कोई वैधानिक व्यवस्था नहीं हो पाई।

(9) समाजवादी देशों से भी अधिक विकास सहायता और व्यापारिक सुविधाओं की आशा नहीं हैं क्योंकि उन्होंने भी कोई निश्चित बचन नहीं दिया।

निष्कर्ष - सातवें अंकटाड से उत्तर-दक्षिण के सम्बन्धों में एक नई चेतना जागृत हुई है। सामूहिक कोष स्थापना की लगभग पूरी तैयारी है। अधिक विकास सहायता और कर्जों के भार को कम करने की सामान्य स्वीकृति के साथ-साथ अन्तर्राष्ट्रीय तरलता में वृद्धि के कारगर कदम उठाने पर जोर दिया जाने से सातवाँ अंकटाड काफी हद तक सफल रहा, किन्तु उसकी यह नई चेतना इस बात पर निर्भर है कि अंकटाड की विभिन्न समितियाँ अगले आने वाले वर्षों में क्या प्रभावी कदम उठाती हैं, पर्यवेक्षकों की नजर इस बात पर है कि अन्तर्राष्ट्रीय स्तर पर अन्तर सरकारी विश्व मंच के रूप में अंकटाड विकास एवं व्यापारिक वित्त और कर्जभार की समस्या को निपटाने में कितनी प्रभावी भूमिका निभाता है।

अंकटाड-आठवाँ

अन्तर्राष्ट्रीय स्तर पर व्यापार एवं विकास की समस्याओं पर विचार-विमर्श हेतु विकसित एवं विकासशील देशों का आठवां अंकटाड सम्मेलन 8 फरवरी से 25 फरवरी, 1992 को कोलम्बिया के कारटेजना डी इण्डियाज में बड़े ही नाटकीय ढंग से सम्पन्न हो गया। इसमें 130 देशों के लगभग 2 हजार प्रतिनिधियों ने भाग लिया। यह सम्मेलन ऐसी विषम अन्तर्राष्ट्रीय आर्थिक परिस्थितियों में शुरू हुआ जब अन्तर्राष्ट्रीय स्तर पर बढ़ती बेकारी, विकास दर में गिरावट, अन्तर्राष्ट्रीय व्यापार में स्थिरता और विकासशील देशों में निरन्तर बढ़ते ऋणभार एवं उनके पुनर्भुगतान की समस्याएँ विकट थी।

जहाँ एक ओर अमेरिका एवं उसके सहयोगी पाश्चात्य देशों का अन्तर्राष्ट्रीय आर्थिक समस्याओं के प्रति अड़ियल रुख और दूसरी और विकासशील देशों में बिखराब एवं संगठित सामूहिक प्रयासों का अभाव होने से विकसित एवं विकासशील देशों में टकराव के स्थान पर रचनात्मक रवैये और आपसी सूझ-बूझ से सम्मेलन कुछ महत्त्वपूर्ण निर्णय लेने में सफल कहा जा सकता है-

(1) अंकटाड कार्यप्रणाली एवं व्यवस्था में सुधार का प्रस्ताव आठवें अंकटाड़ में छाया रहा। विकासशील देशों ने अनुभव किया कि पाश्चात्य विकसित देशों का सम्मेलन में वर्चस्व बना रहा और उन्होंनें कई क्षेत्रों में अपनी चाहत के निर्णय कराने में सफलता हासिल की।

(2) वस्तुओं पर विश्व सम्मेलन का प्रस्ताव -अंकटाड सातवे द्वारा वस्तुओं पर विश्व सम्मेलन आयोजित करने का कम्बोडिया का प्रस्ताव स्वीकर कर लिया गया जिससे वस्तु उत्पादकों, उपभोक्ताओं, विपणन साहसियों एवं बाजार घटकों को एक साथ लाया जा सके। सम्मेलन ने अंकटाड के महामंत्री को वस्तुओं के विश्व सम्मेलन के प्रश्न पर विचार-विमर्श हेतु आमंत्रित करने का निर्णय लिया।

(3) अंकटाड की पुनर्सरचना के लिए वर्तमान कार्यरत समितियों को निलम्बित कर उनके स्थान पर स्थायी समितियाँ, विशेष समितियां तथा तदर्थ समितियाँ बनाने का निर्णय लिया। इनमें स्थायी समितियां चार विशेष क्षेत्रों में देख-भाल करेगी जो हैं -

(अ) वस्तुओं का बाजार -विकास एवं उसकी समस्याएँ

(ब) गरीबी निवारण,

(स) विकासशील देशों में आर्थिक सहयोग, तथा

(द) विकासशील देशों में प्रतिस्पर्द्धात्मक सेवा क्षेत्रों के विकास को बढ़ावा देना आदि है।

(4) एतदर्थ समितियाँ - जिनकी अवधि लगभग दो वर्ष होगी, वे इन क्षेत्रों की देखभाल करेगी -

(अ) वित्तीय एवं विनियोग प्रवाह,

(ब) व्यापारिक कुशलता,

(स) निजीकरण के तुलनात्मक अनुभवों का विश्लेषण,

(द) विकासशील देशों के लिए व्यापारिक अवसरों का विस्तार

(य) विनियोग तथा प्रौद्योगिकी हस्तान्तरण के पारस्परिक सम्बन्धों की देखभाल करना।

(5) ब्राजील के रियोडीजेनेरों में आयोजित संयुक्त राष्ट्र संघ का पर्यावरण एवं विकास पर विश्व सम्मेलन का स्वागत तथा उसके निर्णयों को मूर्तरूप देने की अंकटाड की तत्परता का आश्वासन दिया गया।

(6) विकासशील देशों के बढ़ते कर्जभार की समस्या पर अन्तर्राष्ट्रीय सम्मेलन अथवा एक विशेषज्ञ दल मीटिंग का अमेरिका ने विरोध किया और असहमति प्रकट करने से इस दिशा में विशेष प्रगति नहीं हो सकी। केवल ऋण एवं ऋणदाता देशों के पारस्परिक विचार-विमर्श से इस समस्या के हल का रास्ता निकालने पर बल दिया।

(7) महत्त्वपूर्ण अन्तर्राष्ट्रीय आर्थिक मुद्दों पर एक आम सहमति व्यक्त करते हुए उनकी चुनौतियों को पारस्परिक सहयोग से निपटाने पर बल रहा। प्रमुख मुद्दे अभी भी बिना प्रभावी निर्णयों के अधर-झूल में लटके हुए हैं।

(अ) विकास के लिए वित्तीय साधनों का जुटाना और विकसित राष्ट्रों का अपनी राष्ट्रीय आय का 1 प्रतिशत विकासशील देशों के आर्थिक विकास के लिए देना अभी तक सुनहरा स्वप्न ही बना रहा है। सरकारी विकास सहायता राष्ट्रीय आय के 0.25 प्रतिशत तक रहीं है बढ़ना तो दूर यह निरन्तर घट रही है।

(ब) अन्तर्राष्ट्रीय व्यापार की समस्याओं और रूकावटों पर कोई प्रभावी निर्णय नहीं हो पाया है यहां तक कि विकसित राष्ट्र संरक्षण की नीति का स्वयं उपयोग कर विकासशील देशों के व्यापार में बाधा खड़ी कर रहे हैं। धमकियां दे रहे हैं।

(स) प्रौद्योगिकी हस्तान्तरण भी विकासशील देशों को आसानी से हस्तान्तरण में कई समस्याएँ हैं।

(द) वस्तुओं की व्यापार एवं उत्पादन समस्याएं भी ज्यों की त्यों बनी हुई हैं। विकसित राष्ट्रों का अडियल रवैया इसमें सबसे बड़ी बाधा है। वे वस्तुओं के मूल्यों में उतार-चढ़ाव के कोष के प्रति सहमत होते हुए भी साधनों की पूर्ति के अभाव में प्रभावी कार्यक्रम लागू नहीं कर पाये हैं।

(य) सेवा क्षेत्रों के प्रतिस्पर्द्धात्मक विकास पर भी विकासशील देशों की स्थिति दयनीय है। इन्हें विकसित राष्ट्रों की कृपा पर जीना पड़ रहा है।

(र) वस्तुओं पर अन्तर्राष्ट्रीय सम्मेलन का प्रस्ताव यद्यपि स्वीकार हो गया है फिर भी उस सम्मेलन में महत्त्वपूर्ण निर्णयों की सन्दिग्धता बनी रहेगी। यह इस कारण है कि विकसित देशों में इस दिशा में कोई ठोस एवं प्रभावी कार्यक्रम अब तक नहीं उठाया गया है।

निष्कर्ष - निष्कर्ष में यही कहा जा सकता है कि अंकटाड का आठवां सम्मेलन, विकसित राष्ट्रों के अडियल रुख और विकासशील राष्ट्रों में संगठित सामूहिक प्रयास के अभाव में आंशिक सफल रहा है। इसमें अंकटाड की कार्यप्रणाली एवं व्यवस्था में सुधार के प्रस्तावों से अन्तर्राष्ट्रीय स्तर पर विकास के लिए एक नयी साझेदारी पर आम सहमति व्यक्त की गई। अंकटाड ने भावी चुनौतियों का सामना करने के लिए अन्तर्राष्ट्रीय समुदाय के विकास को सर्वोच्च प्राथमिकता देने की आम सहमति जताई है। यह इसकी सबसे बड़ी उपलब्धि है। यह सम्मेलन भी सातवें अंकटाड के कार्यों को आगे बढ़ाने तक सीमित रहा और केवल सैद्धान्तिक विचार-विमर्श में सफलता देखता है।

अंकटाड की अब तक की उपलब्धियाँ एवं सफलताएं

अंकटाड के अब तक के आठ सम्मेलनों में इसने महत्त्वपूर्ण उपलब्धियां अर्जित की हैं। जहाँ एक ओर अन्तर्राष्ट्रीय व्यापार में वृद्धि हुई है। विकासशील देशों को आर्थिक विकास के लिए निरन्तर अधिक आर्थिक एवं तकनीकी सहयोग मिल रहा है वहां दूसरी ओर अन्तर्राष्ट्रीय मौद्रिक व्यवस्था में सुधार, विदेशी ऋण भार की समस्याओं के समाधान में सहयोग तथा संरक्षणात्मक प्रतिबन्धों को कम करने का प्रयास किया गया है। यद्यपि विकसित

राष्ट्रों के कठोर रुख तथा स्वार्थपूर्ण रवैये से अंकटाड अपने उद्देश्यों में आंशिक सफलता ही अर्जित कर पाया है, फिर भी विकासशील देशों के बढ़ते नैतिक दबाव से भावी आर्थिक एवं तकनीकी सहयोग की सम्भावनायें बढ़ी हैं। विकासशील देशों के आर्थिक विकास का मार्ग प्रशस्त हुआ है। अंकटाड की मुख्य उपलब्धियों एवं सफलताओं का संक्षिप्त विवरण इस प्रकार हैं-

(1) सरकारी विकास सहायता में उत्तरोत्तर वृद्धि - विकसित राष्ट्रों द्वारा विकासशील राष्ट्रों को आर्थिक विकास के लिए दी जाने वाली कुल आर्थिक सहायता में निरन्तर वृद्धि हुई है पर दी जाने वाली सहायता का उनकी राष्ट्रीय उत्पत्ति के रूप में अनुपात घटा है। जहाँ प्रारम्भिक अंकटाड सम्मेलनों में विकसित राष्ट्रां ने अपनी जीएनपी का 1 प्रतिशत विकास सहातया में देना सिद्धान्ततः स्वीकर कर लिया था बाद में उन्होनें अपनी राष्ट्रीय उत्पत्ति का 0.7 प्रतिशत देना स्वीकार कर लिया है। जहाँ 1960 में विकसित देशों द्वारा प्रदत्त सहायता 463 करोड़ डालर तुल्य थी वह 1970 ने 697 करोड़ डालर, 1980 में 2726 करोड डालर तथा 1990-91 में 4000 करोड डालर होने का अनुमान है जो उनकी राष्ट्रीय आय का लगीग 0.27 प्रतिशत भाग था। अब यह और घटकर 0.25 प्रतिशत रह गया है।

(2) ऋण भार व शर्तों में उदारता - अंकटाड सम्मेलनों के कारण ही समय-समय पर विकसित देशों ने विकासशील देशों के ऋण भार में कमी की है, शर्तों को उदार बनाया है तथा ऋण समस्याओं से समाधान के यथासम्भव उपाय किए हैं फिर भी दुर्भाग्य से अब विकासशील राष्ट्रों पर 1700 अरब डालर का ऋण भार है। यह प्रतिवर्ष 80-90 अरब बढ़ जाता है। अब भी प्रतिवर्ष 80-90 अरब डालर की पुनर्भुगतान एवं ऋण सेवाओं के लिए आवश्यकता पड़ती है। अतः समस्या जटिल होती जा रही है।

(3) संरक्षणात्मक प्रतिबन्धों में कमी - अंकटाड सम्मेलनों के निर्णय से ही विकसित देशों ने संरक्षणात्मक प्रतिबन्धों में कमी की है तथा नियन्त्रण के उपाय किये हैं, उससे विकासशील देशों को अपने व्यापार में वृद्धि के साथ-साथ निर्यातों को बढ़ाने में मदद मिली है।

(4) अधिकृत अधिमानों की व्यवस्था का विस्तार एवं सुधार - विकसित राष्ट्रों को विकासशील देशों के निर्मित अर्द्ध-निर्मित माल के आयातों में अधिकृत अधिमानों का विस्तार एवं सुधार करके उनके निर्यातों में वृद्धि से विनिमय संकट को कम करने की मदद मिली है।

(5) अन्तर्राष्ट्रीय मौद्रिक व्यवस्था में सुधार - अंकटाड के कारण पिछले वर्षों में अन्तर्राष्ट्रीय मौद्रिक व्यवस्था में काफी सुधार हुआ है। जहाँ एक ओर विकासशील राष्ट्रों को अधिक मूल्य के एसडीआरएस का आवंटन हुआ है वहाँ दूसर ओर अन्तर्राष्ट्रीय मुद्रा कोष के साधनों में काफी वृद्धि की गई है। विकासशील देशों को पहले के मुकाबले कहीं अधिक मात्रा में ऋण अपेक्षाकृत उदार शर्तों पर दिये जाने लगे हैं। विनिमय दरों में होने वाले उतार चढ़ावों को रोकने हेतु यथासम्भव आर्थिक नीतियों पर कड़ी निगरानी रखने का प्रयास किया जाता है।

(6) बहुपक्षीय अन्तर्राष्ट्रीय वित्तीय संस्थानों के साधनों एवं ऋणों में वृद्धि - अंकटाड की सफलता इस बात में भी निहित है कि पिछले कुछ वर्षों में विश्व बैंक अन्तर्राष्ट्रीय विकास संघ तथा अन्तर्राष्ट्रीय वित्त निगम आदि के साधनों में निरन्तर वृद्धि की गई है और विकासशील देशों की बढ़ती माँग को पूरा करने के लिए अधिकाधिक ऋण उदार शर्तों पर देने की व्यवस्था बढ़ाई गई हैं।

(7) टेक्नोलोजी प्रत्यावर्तन की ऐच्छिक तत्परता - यद्यपि अंकटाड टेक्नोलोजी प्रत्यावर्तन की वैधानिक मान्य आचार-संहिता को स्वीकृत नहीं करा पाया है फिर भी वह विकसित राष्ट्रों से ऐच्छिक आधार पर प्रौद्योगिक ज्ञान, विकास तकनीक, ट्रेड मार्क एवं पेटेन्ट्स आदि के लाभ विकासशील देशों को दिलाने में सफल रहा है।

(8) विकासशील देशों में पारस्परिक, आर्थिक एवं तकनीकी सहयोग को बढ़ावा - अंकटाड सभी विकासशील देशों को एक मंच पर लाकर उनमें परस्पर आर्थिक एवं तकनीकी सहयोग बढ़ाने में सफल हुआ है। इससे वे परस्पर संगठित होकर अपनी माँगों के लिए एकजूट हुए हैं।

(9) विकासशील देशों के कृषि उत्पादनों के मूल्यों में उतार-चढ़ाव को रोकने के लिए सामान्य कोष की स्थापना का कार्य लगभग निश्चित है और उनके भुगतान असन्तुलन के संकट के निवारण हेतु अल्पकालीन ऋणों एवं क्षति-पूरक वित्तीय व्यवस्था का प्रावधान किया गया है।

(10) संयुक्त राष्ट्र औद्योगिक विकास संगठन की स्थापना - विकासशील देशों में औद्योगीकरण को प्रोत्साहन तथा आर्थिक सहयोग प्रदान करने के लिए इस संगठन की स्थापना प्रथम अंकटाड की महत्त्वपूर्ण उपलब्धि हैं।

(11) भावी आर्थिक एवं तकनीकी सहयोग का मार्ग प्रशस्त हुआ है - अंकटाड की यह सबसे बड़ी सफलता है कि उसने विकसित एवं विकासशील राष्ट्रों के लिए एक मंच प्रदान कर उनमें आर्थिक एवं तकनीकी सहयोग की प्रेरणा दी है जिससे उनमें परस्पर आर्थिक एवं तकनीकी सहयोग का मार्ग प्रशस्त हुआ है।

अंकटाड की असफलताएं

यद्यपि अंकटाड विश्व व्यापार व आर्थिक विकास के पारस्परिक सहयोग के अनेक विषयों पर सामान्य सहमति व सिद्धान्त प्रतिपादन में सफल रहा है पर इन निर्णयों को वैधानिक रूप से लागू करने की शक्ति व बाध्यता का अभाव होने के कारण उनका व्यावहारिक पक्ष बड़ा कमजोर रहा है जैसा कि निम्न तथ्यों से स्पष्ट हैं-

1. आर्थिक सहायता नगण्य - विकसित देशों ने विकासशील देशों को अपनी राष्ट्रीय आय का कम से कम 1 प्रतिशत भाग आर्थिक सहायता के रूप में देना तो स्वीकार किया पर अब तक दी गई सहायता उनकी राष्ट्रीय आय का 0.25 प्रतिशत एक नगण्य भाग हैं। सबसे बड़े देश अमेरिका की सहायता की कुल मात्रा भी पिछले दशक (1960-70) में उसके राष्ट्रीय आय के 0.5 प्रतिशत से घटकर 0.33 प्रतिशत रह गई तथा 1975 तक घटकर

केवल 0.30 प्रतिशत ही रही। अन्य राष्ट्र भी अपने वचनों को पूरा करने में असफल रहे हैं। 1991 तक विकसित राष्ट्र अपनी राष्ट्रीय आय का केवल 0.25 प्रतिशत ही आर्थिक सहायता के रूप में दे रहे थे।

2. अधिनियमों की सामान्य योजना को भी समान रूप से लागू नहीं किया गया है उसमें अनेक कमियाँ रही हैं जिसके कारण विकासशील देशों को वांछित लाभ नहीं मिल पाया है। अनेक क्षेत्रीय संधियों से उसमें भेद-भाव बढ़ता जा रहा है।

3. ऋण व भार में कमी व उदार शर्तों का अभाव – सिद्धान्त रूप में सहमति के बावजूद भी विकासशील देशों के ऋण-भार व दायित्वों का भार निरन्तर बढ़ा है, उनको दिये जाने वाले ऋणों की शर्तें भी पर्याप्त उदार न होने से उन्हें भुगतान असन्तुलन व विदेशी विनिमय संकट का सामना करना पड़ता है। ऋण भार जो 1969 में 70 अरब डालर था, 1980 में बढ़कर 650 अरब डालर, 1984 में 929 अरब डालर, 1989 में बढ़कर 1300 अरब डालर तथा 1991 में 1500 अरब डालर होने का अनुमान है(

4. विकासशील देशों के निर्यातों का विश्व व्यापार में प्रतिशत घट रहा है – यद्यपि विकासशील देशों के निर्यातों में निपेक्ष रूप से वृद्धि हुई है, किन्तु सापेक्षिक रूप से देखने पर स्पष्ट होता है कि विकासशील देशो का भाग कुल विश्व निर्यातों में निरन्तर घट रहा है क्योंकि विकसित देशों के निर्यात अपेक्षाकृत तीव्र गति से बढ़े हैं। जहाँ 1953 में विकासशील देशों के निर्यात का भाग विश्व व्यापार का 27 प्रतिशत था, वह 1974 में घटकर 14 प्रतिशत ही रह गया है। भारत का भाग अब 0.40 प्रतिशत ही रह गया है।

5. गैर-शुल्क व प्रशुल्क प्रतिबन्धों में कमी नगण्य व धीमी गति से हुई है अतः विकासशील राष्ट्रों को अपने निर्यातों को बढ़ाने में प्रोत्साहन नहीं मिल पाया। विकसित राष्ट्रों में संरक्षणवाद की प्रवृत्ति निरन्तर बढ़ती जा रही है।

6. सम्पन्नता व विपन्नता की खाई चौड़ी हुई है – विकसित राष्ट्र और अधिक धनी होते जा रहे हैं पर विकासशील राष्ट्रों के सामने अनेक कठिनाइयाँ होने से उनका विकास मंद गति से हो रहा है अतः सम्पन्नता व गरीबी के बीच अन्तराल बढ़ता ही जा रहा है। यह अंकटाड के सिद्धान्तों की असफलता है।

7. विकसित देशों का कड़ा रूख हैं वे विकासशील राष्ट्रों की तीव्र प्रगति के प्रति खिन्न हैं क्योंकि इसके कारण उनके शोषण का बाजार बन्द होता जा रहा है।

8. विकासशील देशों पर ऋण सेवाओं का भार बढ़ता गया है – जहाँ 1974 में ऋण सेवाओं का भार 12.8 अरब डालर था वह बढ़कर 1980 में 47 अरब डालर तथा 1986 में 50 अरब डालर वार्षिक हो गया है। ब्राजील पर सर्वाधिक ऋण है। भारत का स्थान छठा है। जहाँ ब्राजील पर ऋण 80 अरब डालर है वहाँ भारत पर 22.5 अरब डालर है।

इन सफलताओं को देखते हुए यह निष्कर्ष निकाला जा सकता है कि अंकटाड विकासशील राष्ट्रों को आर्थिक सहयोग प्रदान करने की दृष्टि से निर्बल संगठन रहा है। विकसित राष्ट्र केवल शाब्दिक सहानुभूति जताकर विकासशील राष्ट्रों पर अपना राजनीतिक

प्रभुत्व व आर्थिक श्रेष्ठता कायम रखना चाहते हैं। विकसित देश विकासशील राष्ट्रों के प्रति कड़ा रुख अपनाते रहे हैं जिससे वांछित लाभ नहीं मिल पाया है। इस प्रकार अंकटाड अपने उद्देश्यों की प्राप्ति में पूर्णतः सफल नहीं रहा है।

अंकटाड की भावी सफलता के सुझाव

अंकटाड की सफलता के लिए विकसित देशों में विकासशील देशों के प्रति उदार दृष्टिकोण की आवश्यकता है। यद्यपि विकसित राष्ट्रों के सामने भी उनकी अपनी समस्यायें हैं फिर भी वे आर्थिक सहयोग से विकासशील देशों के तीव्र आर्थक विकास व व्यापार वृद्धि का मार्ग प्रशस्त कर सकते हैं। इस सम्बन्ध में निम्न सुझाव अंकटाड के सातवें सम्मेलन में विचारणीय हैं-

1. अधिक उदार रुख - प्रशुल्क व गैर-प्रशुल्क प्रतिबन्धों में वांछित कमी करने के लिए सभी विकसित राष्ट्रों को उदार रुख अपनाना चाहिए।

2. पर्याप्त आर्थिक एवं तकनीकी सहयोग - विकासशील देशों के प्राकृतिक साधनों के विदोहन के लिए विकसित देशों को पर्याप्त आर्थिक एवं तकनीकी सहयोग देना चाहिए। विकासशील देशों के लिए औद्योगिक विकास के कार्यक्रम तैयार करके उनके कार्यान्वयन में तेजी पर ध्यान देना उचित होगा।

3. ठोस नीति एवं निश्चित समयावधि - अंकटाड के निर्णयों को लागू करने व उन्हें मूर्तरूप देने के लिए एक ठोस नीति व निश्चित समयावधि होनी चाहिए।

4. व्यापक अधिमान योजना - अधिमानों की सामान्य योजना को व्यापक बनाकर उसको व्यावहारिकता से लागू करना चाहिए। अब तक जो महत्त्वपूर्ण वस्तुयें अधिमानों की सूची में नहीं आई हैं उनका समावेश किया जाना चाहिए।

5. निर्यातों की वृद्धि हेतु विशेष योजनायें - विकासशील देशों से निर्यात बढ़ाने के लिए अंकटाड सचिवालय द्वारा कुछ विशेष योजनाएँ तैयार कर उन्हें कार्यान्वित करना चाहिए।

6. अधिक मात्रा में दीर्घकालीन उदार ऋणों को प्रोत्साहन - विकासशील देशों को अधिक मात्रा में दीर्घकालीन उदार ऋणों के लिए विश्व बैंक, अन्तर्राष्ट्रीय वित्त निगम तथा अन्तर्राष्ट्रीय विकास संघ के साधनों में वृद्धि करनी चाहिए तथा अधिक ऋणों की व्यवस्था पर जोर देना चाहिए।

7. अंकटाड को विश्व की प्रमुख आर्थिक संस्थाओं में प्रतिनिधित्व - अंकटाड को अधिक प्रभावशाली बनाने तथा विश्व की प्रमुख वित्तीय एवं व्यापारिक संस्थाओं में उसकी नीतियों को मूर्तरूप देने के लिए अंकटाड का प्रतिनिधित्व एक अनिवार्य आवश्यकता बन गया है। इससे विकासशील देशों की आशाओं और आकांक्षाओं को पूरा करने में मदद मिलेगी।

8. पारस्परिक आर्थिक सहयोग को बढ़ावा – विकासशील देशो को स्वयं अपने ही क्षेत्रीय संगठन बनाकर आपसी सहयोग करना चाहिये क्योंकि विकसित देशों पर सहायता की अत्यधिक आश्रितता मृगतृष्णा के समान हैं।

निष्कर्ष – उपर्युक्त विवेचन से हम इस निष्कर्ष पर पहुंचते हैं कि 'अंकटाड' की स्थापना जिन उद्देश्यों से प्रेरित थी उन उद्देश्यों की पूर्ति विकसित राष्ट्रों के कड़े रुख के कारण नहीं हो पाई। अत: उसकी सफलता के लिए सभी राष्ट्रों को मिलकर उदारतापूर्वक दृष्टिकोण अपनाना चाहिए, ताकि विकासशील देशों के व्यापार व आर्थिक विकास में तीव्रता, सम्पन्नता व गरीबी की गहरी खाई को पाटा जा सके।

परिक्षापयोगी प्रश्न

1. अंकटाड के संगठन व कार्यों की संक्षिप्त विवेचना कीजिए। विकासशील देशों के लिए इसका क्या महत्त्व है? समझाइये।
2. अंकटाड के सिद्धान्तों की विवेचना कीजिए। अंकटाड की उपलब्धियों का संक्षिप्त परीक्षण कीजिए।
3. अंकटाड के संगठंन व कार्यों की संक्षिप्त विवेचना कीजिए। विकासशील देश के लिए इसका क्या महत्त्व है? समझाइये।

   अथवा

   अंकटाड के संगठन व कार्यों की संक्षिप्त विवेचना कीजिए। विकासशील देशों के लिए उसके महत्त्व की व्याख्या कीजिए।
4. अंकटाड के क्या कार्य हैं? इसके कार्यों के सम्बन्ध में संक्षिप्त टिप्पणी दीजिए।

12

निर्यात-आयात नीति
(Export Import Policy)

विकसित एवं अर्द्ध-विकसित अर्थ-व्यवस्था की आर्थिक समस्याएँ भिन्न होने के कारण इनके सन्दर्भ में अपनायी जाने वाली आर्थिक नीति का मौलिक स्वरूप भी भिन्न होता है। व्यापारिक नीति (Commercial Policy) आर्थिक नीति (Economic Policy) का वह अंग है जिसका सम्बन्ध अन्तर्राष्ट्रीय आर्थिक सम्बन्धों के नियमन (Regulation) से है। प्रो. *हेबरलर* के शब्दों में, ''व्यापारिक नीति या वाणिज्य नीति से आशय उन सब उपायों हैं, जो किसी देश के बाह्य आर्थिक सम्बन्धों का नियमन करते है।'' स्पष्ट है कि व्यापारिक नीति का आशय उस देश के विदेशी व्यापार से सम्बन्धित नीति (जिसमें आयात एवं निर्यात नीतियाँ भी सम्मिलित होती है) से होता है। मुख्य रूप से व्यापारिक नीति का विभाजन निम्न दो प्रकार से किया जा सकता है:

(i) **स्वतन्त्र व्यापार नीति** (Policy of Free Trade)- इसके अन्तर्गत आयात तथा निर्यात पर सरकारी प्रतिबन्ध नहीं होते। इसं प्रणाली में देशी एवं विदेशी वस्तुओं में किसी प्रकार का भेदभाव नहीं रखा जाता। उद्योगों को किसी प्रकार का संरक्षण नहीं दिया जाता है; और न उन्हें कोई विशेष सुविधाएँ प्राप्त होती है।

(ii) **संरक्षण** (Protection)- विदेशी प्रतिस्पर्द्धा से गृह उद्योगों की सुरक्षा हेतु आयात व्यापार पर प्रतिबन्ध लगाये जाने की नीति को संरक्षण अथवा संरक्षणवादी व्यापार नीति कहा जाता है। संरक्षण का प्रमुख उद्देश्य नवीन एवं छोटे आकार वाले उद्योगों के विकास हेतु उचित वातावरण का निर्माण करना होता है।

भारत की व्यापारिक नीति के प्रमुख उद्देश्य
(Main Objectives of India's Commercial Policy)

भारत एक विकासशील अर्थव्यवस्था है। राष्ट्रिय अर्थव्यवस्था की विकास प्रक्रिया में अभी तक किसी स्थायी व्यवस्था का विकास नहीं हो सका है। राष्ट्रिय अर्थव्यवस्था के सर्वथा अनुकूल स्थिति को ध्यान में रखते हुए व्यापारिक नीति के कतिपय विशिष्ट उद्धेश्य निर्धारित किये गये है। अब तक भारत सरकार द्वारा घोषित की गयी समस्त निर्यात-आयात

नीति में से उद्धेश्य परिलक्षित हुए है। भारत की व्यापार नीति की निम्नलिखित प्रमुख उद्देश्य निम्नलिखित है :

(1) **निर्यात सम्बर्धन** (Export Promotion) - सरकार द्वारा अब तक घोषित सभी व्यापारिक नीतियों में भी निर्यात सम्बर्धन की बात कही गयी है। इस उद्देश्य को पूरा करने के लिए निर्यातकों को अनेक सुविधाएँ दिये जाने की व्यवस्था की जाती है।

(2) **उत्पादन वृद्धि** (Production Growth) - व्यापारिक नीति के माध्यम से इस प्रकार का वातावरण तैयार करना जिससे देश के उत्पादन में वृद्धि हो सके। भारत की व्यापारिक नीति का यह एक महत्वपूर्ण उद्देश्य है।

(3) **आत्मनिर्भरता** (Self-Reliance) - उत्पादन में न केवल वृद्धि वरन् आत्मनिर्भरता प्राप्त करना भी व्यापारिक नीति का महत्वपूर्ण पहलू होता है। आत्मनिर्भरता प्राप्ति के लिए अनुकूल वातावरण तैयार किया जाने को व्यापारिक नीति में विशेष महत्व प्रदान किया जाता है। इस आत्म निर्भरता से अनावश्यक वस्तुओं के आयात में कमी होगी।

(4) **विदेशी सहायता** (Foreign Aid) - विदेशी सहायता की निर्भरता को समाप्त अथवा सीमित अथवा युक्ति संगत बनाने की मंशा भारत की व्यापारिक नीति में दृष्टिगत हुई है। इससे देश आत्मनिर्भरता की तरफ अग्रसर होंगा। कुछ चयनित परियोजनाओं के लिए विश्व के वित्तीय बाजार एवं बैंकिंग क्षेत्रों से ऋण प्राप्त करने के प्रयास किये जायेंगें।

(5) **मूल्यों में स्थिरता** (Price Stability) - मूल्यों में स्थिरता की प्रवृत्ति आर्थिक विकास में महत्वपूर्ण योगदान करती है। मूल्यों में उच्चावचन स्वदेशी उपभोक्ताओं, आयात एवं निर्यात सभी को प्रभावित करती है। वर्तमान व्यापारिक नीति में इस सम्भावित खतरे से बचाव के लिए मुल्यों में स्थिरता की बात कही गयी है।

निर्यात-आयात नीति 1992

(Export-Import Policy 1992)

स्वतंत्रता प्राप्ति के पश्चात् सरकार ने समय समय पर विदेशी व्यापार नीति (निर्यात-आयात) घोषित की हैं। सरकार ने 31 मार्च 1992 की विदेश व्यापार नीति घोषित की जिसका कार्यकाल वर्ष 1992-97 अर्थात् आंठवी योजना के कार्यकाल से सम्बन्धित रहा हैं। इस नीति के मुख्य तथ्य निम्न है :

1. लाइसेंस प्रणाली समाप्त (Abolition of License System) - इस नीति में आयात एवं निर्यात के लिए लाइसेंस प्रणाली को समाप्त कर दिया गया।

2. आयात-निर्यात के लिए प्रतिबन्धित सूची (Restricted list of Imports and Export)- इस नीति में आयात व निर्यात के लिए अलग अलग सूचियाँ बनाई गई हैं। इन सूचियों में सम्मिलित वस्तुओं का आयात व निर्यात नहीं किया जा सकता है।

3. आयातित पूंजीगत सामान का निर्यात एवं पुनः आयात (Export of Imported Capital Goods and then Re-Import)- आयातित पूंजीगत सामानों और पूर्जों को विदेश भेजा जा सकता है और उनका बिना लाइसेंस के पुनः आयात किया जा सकता है।

4. उपहारों के आयात की अनुमति (Permission for Import of Gifts) - इस नीति में सरकार ने उपहारों के आयात की अनुमति प्रदान की है।

5. नि:शुल्क आयात का अग्रिम लाइसेंन्स (Advance Licence of Free Import) - नि:शुल्क आयात का अग्रिम लाइसेन्स तभी दिया जायेगा जबकि निश्चित अवधि के अंदर निर्यात की प्रतिबद्धता पूरी हुई हो।

6. पुराने उपकरणों के आयात की अनुमति (Permission for Import of Used Equipments) - विदेशों में परियोजनाएं पूरी होने के बाद इस्तेमाल किये गये उपकरणों, वाहनों और निर्माण उपकरणों का बिना लाइसेंस आयात किया जा सकेगा, बशर्ते कि इन वस्तुओं का इस्तेमाल न्यूनतम एक वर्ष के लिए हुआ हो।

उपर्युक्त निर्यात-आयात नीति की घोषणा के पश्चात् 31 मार्च, 1993 को इस नीति में कुछ संशोधन किये गये हैं जो निम्न प्रकार हैं :

1. कृषि एवं संबंधित क्षेत्र को कर मुक्त आयात की सुविधा (Duty Free Imports by Agricultural and Allied Industries) - इस नीति में कृषि एवं सबंधित क्षेत्र की इकाइयों को पूंजीगत माल का कर मुक्त आयात करने की अनुमति दी गई हैं, परन्तु शर्त यह है कि वे अपने उत्पादन का कम से कम 50 प्रतिशत निर्यात अवश्य करें।

2. व्यापार एवं सेवाएँ (Trade and Services) - सरकार ने सेवा क्षेत्र के लिए निर्यात संवर्द्धन पूंजीगत माल योजना प्रारम्भ की है जिसके अंतर्गत 15 प्रतिशत आयात कर पर यह इकाइयां पूंजीगत माल का आयात कर सकती है। इस आयात के अधिकारी हैं, पेशेवर सेवाओं वाले-आर्टिस्ट, चार्टर्ड एकाउन्टेन्ट, अर्थशास्त्री, पत्रकार, वकील, वैज्ञानिक आदि।

3. 144 वस्तुओं के निर्यात की अनुमति (Permission to Export 144 Products) - पहले ये वस्तुएं निर्यात नहीं सकती थी, परन्तु अब इन 144 वस्तुओं को निर्यात करने की अनुमति दे दी गई है।

निर्यात-आयात नीति - 2001-2002

(Export-Import Policy : 2001-2002)

वित्तीय वर्ष 2001-2002 के लिए आयात-निर्यात नीति (Exim Policy) की घोषणा केन्द्रीय वाणिज्य एवं उद्योग मंत्री मुरासोली मारण ने 31 मार्च 2001 को की। भारतीय विदेशी व्यापार के इतिहास में यह नीति एक ऐतिहासिक नीति स्वीकार की गई क्योंकि इसके अंतर्गत बाकी बचे सभी 715 उत्पादों के आयात पर से परिमाणात्मक प्रतिबंध (Quantative Restrictions) हटा लिये गए । इससे अब सुरक्षा की दृष्टि से अति संवेदनशील उत्पादों को छोड़कर सभी उत्पादों का आयात देश में किया जा सकेगा।

प्रमुख विशेषताएँ (Main Characteristics)

निर्यात-आयात नीति 2001-02 की प्रमुख विशेषताएं निम्नलिखित है :

1. विश्व व्यापार संगठन के नियमों के प्रति प्रतिबद्धता के चलते 715 वस्तुओं के आयात पर से प्रतिबन्ध अप्रेल, 2000 से ही हटा लिए गए थे।

2. नई नीति के अंतर्गत 1 अप्रैल 2001 से शेष बचे जिन 715 उत्पादों के आयात को अनुमति प्रदान की गई, उनमें से 147 उत्पाद कृषि क्षेत्र व 342 उत्पाद टैक्सटाइल क्षेत्र से संबंन्धित हैं। अन्य 226 उत्पादों में ऑटोमोबाइल्स सहित दूसरे उपभोक्ता उत्पाद शामिल है।

3. सभी उत्पादों का आयात खोलने के परिणामस्वरूप सस्ते आयातों से स्वदेशी उद्योग व कृषि क्षेत्र को बचाने के लिए आवश्यक उपायों की घोषणा आयात-निर्यात नीति 2001-02 में की गई है। इनमें प्रशुल्कों (Tariffs) का आवश्यकतानुसार समायोजन भी शामिल है।

4. इनके अतिरिक्त गेहूँ, चावल, मक्का, पेट्रोल, डीजल व यूरिया का आयात केवल अधिकृत एजेंसियों के माध्यम से ही करने की बात 2001-2001 की नीति में कही गई है।

5. कारों, जीपों, फल व सब्जियों, कॉफी, चाय, पोल्ट्री उत्पादन, डेरी उत्पाद, रबर, खिलौने, पेंसिलों व पैनों आदि सहित कुल 300 संवेदनशील उत्पादों के आयात के मामलें में निगरानी रखने के लिए वाणिज्य सचिव की अध्यक्षता में एक उच्चस्तरीय समिति का गठन करने की इस नीति बात कही गई है।

6. राजस्व, लघु उद्योग, पशुपालन, डेरी आदि विभागों के सचिव तथा विदेशी व्यापार के महानिदेशक से संयुक्त दल संवेदनशील उत्पादों के आयात पर निगरानी रखने के लिए वार रूम (War Room) के रूप में कार्य करेगा।

7. पुरानी कारों व वाहनों का आयात कुछ शर्तों के अंन्तर्गत ही करने की अनुमति नई नीति में प्रदान की गई है। इसके तहत तीन वर्ष से अधिक पुराने वाहनों का आयात नहीं किया जा सकेगा।

8. लैफ्ट हैंड ड्राइवन (Left Hand Driven) कारों के आयात की अनुमति भी नहीं प्रदान की जाएगी। वाहनों का आयात केवल मुम्बई बन्दरगाह के रास्ते ही किया जा सकेगा। इनके लिए आयात को हतोत्साहित करने के लिए ऊँचे आयात शुल्क का प्रावधान किया गया है।

9. आयातों पर से मात्रात्मक प्रतिबंध हटाने के साथ साथ निर्यातों में वृद्धि के लिए भी अनेक उपायों की घोषणा वर्ष 2001-2002 की एग्जिम नीति में की गई है।

10. इसमें कृषि को सर्वाधिक महत्व प्रदान करते हुए कृषि उत्पादों के निर्यात की व्यापक संभावनाएं मौजूद होने की बात कही गई है। इनके विदोहन के लिए ड्यूटी एक्जेम्पशन स्कीम (Duty Exemption Scheme) व एक्सपोर्ट प्रमोशन कैपिटल गुड्स स्कीम (Export Promotion Capital Goods Scheme) जैसी निर्यातकों को मिलने वाली सुविधाओं का विस्तार कृषि क्षेत्र में भी किया गया है।

11. कृषिगत निर्यातकों को सुविधाएं प्रदान करने के लिए कृषि आर्थिक जोन (Agriculture Economic Zone) स्थापित किये जाएगें।

12. निर्यात संवर्द्धन के लिए 2000-01 में प्रारम्भ की गई विशेष आर्थिक जोन योजना (Special Economic Zone-SEZ) के तहत कुछ नए प्रोत्साहन 2001-2002 की एक्जिम नीति में प्रदान किए गए है।

अतः निर्यात-अयात नीति 2001-02 में सभी तरह के आयातों की अनुमति उपलब्ध हो जाने के कारण स्वदेशी उद्योगों को अब विदेशी उत्पादों से कड़ी स्पर्द्धा का सामना करना पड़ेगा। बाजार में टिके रहने के लिए स्वदेशी उत्पादों की गुणवत्ता में सुधार के साथ साथ कीमतों को भी भारतीय निर्यातकों द्वारा प्रतिस्पर्द्धात्मक बनाना होगा।

नवीन निर्यात-आयात नीति (2002-2007)
(New Export-Import Policy 2002-2007,

केन्द्रीय वाणिज्य मंत्री मुरासोली मारन द्वारा नवीन आयात-निर्यात नीति (2002-2007) की घोषणा की गई। इस नीति की घोषणा करते हुए वाणिज्य मंत्री ने कहा कि निर्यात आधारित अर्थव्यवस्था के लिए अब मात्रात्मक प्रतिबंधों की कोई आवश्यकता नहीं है। निर्यात को बढ़ावा देने के लिए कई रियायतों और योजनाओं की भी घोषणा इस नीति में की गई है। केन्द्रीय वाणिज्य मंत्री के अनुसार नई नीति के क्रियान्वयन से 8 प्रतिशत की निर्यात दर प्राप्त की जा सकती है। उन्होंने वर्ष 2007 तक भारत का निर्यात 80 अरब डॉलर करने का लक्ष्य निर्धारित किया। नवीन नीति में कुटीर, हस्तशिल्प, लघु उद्योग और कृषि-उत्पादों के निर्यात को बढ़ावा दिया जाने के उद्धेश्य अनेक उपयों की घोषणा की है।

विश्व बाजार में एक प्रतिशत निर्यात लक्ष्य प्राप्त करने की दिशा में आगे बढ़ते हुए सरकार ने नवीन एक्जिम नीति में कुछ संवेदनशील वस्तुओं को छोड़कर सभी वस्तुओं के निर्यात पर से सभी मात्रात्मक प्रतिबन्ध एवं प्रक्रियात्मक बाधाएं समाप्त करने तथा कृषि निर्यात एवं विशेष आर्थिक क्षेत्रों (SEZ) को प्रोत्साहन देने की घोषणा की है। नवीन नीति में हार्डवेयर उद्योग के लिए विशेष रियायत की भी घोषणा की गई है।

इसके अतिरिक्त माल के आने जाने के खर्चें को कम करने के लिए नियम कानूनों में सुधार और आयात निर्यात को आसान बनाने के लिए जिंसों के वर्गीकरण के नए नियम भी बनाए है। इस सम्बन्ध में नए वर्गीकरण नियमों की घोषणा केन्द्रीय उत्पाद व सीमा शुल्क बोर्ड करेगा।

नवीन नीति में जहाजों की जांच के नियम काफी आसान बना दिए गए है। अब कुछ विशेष मार्गो को छोड़कर निर्यात माल की जांच नहीं की जा सकती। इसके अतिरिक्त प्रक्रिया सम्बन्धी नियमों को भी सरल बनाने के प्रयास किये गये है। मात्रात्मक प्रतिबन्धों को समाप्त करने का एकमात्र उद्‌देश्य यह है कि अर्थव्यवसथा को आयातोन्मुखी की बजाय निर्यातोन्मुखी बनाया जाए। नवीन नीति में कृषि उत्पादों के निर्यात को बढ़ावा देने, खाद्यान्न निर्यात की लागत को कम करने के लिए परिवहन सहायता उपलब्ध कराने, कुटीर, हस्तशिल्प और लघु उद्योग क्षेत्र को बाजार विकास सहायता तथा रत्न एवं आभुषण निर्यात को बढ़ावा देने के लिए कुछ और सुविधाएं उपलब्ध कराने की घोषणा की गई है।

इस नीति में देश के दुरस्थ इलाकों में स्थित निर्यात कारोबार में उल्लेखनीय नई पहचान देने का प्रयास किया है। होजरी के लिय तमिलनाडु में त्रिपुर, ऊनी कम्बलों के लिये हरियाणा में पानीपत, ऊन के बुने कपड़ों और सामानों के लिये पंजाब में लुधियाना की पहचान ऐसे क्षेत्रों के रूप में की है जिन्हें बाजार विकास के लिये राशि और अन्य सुविधाएं उपलब्ध कराई जायेगी।

प्रमुख विशेषताएँ (Main Characteristics)

नवीन निर्यात आयात नीति (2002-07) के मुख्य बिन्दुओं का संक्षिप्त विवरण निम्न प्रकार है।

1. देश से निर्यात वृद्धि पर जोर (Emphasis of Export Growth) - पूर्व की नीतियों के समान ही 2002-2007 की निर्यात-आयात नीति का केन्द्र बिन्दु निर्यात वृद्धि है। निर्यात-आयात नीति 2002-07 में भारत के निर्यात 2007 तक 80 अरब डालर करने का लक्ष्य निर्धारित किया गया है।

2. मात्रात्मक प्रतिबन्ध समाप्त (Abolition of Quantitative Restrictions) - 2001-02 की आयात निर्यात नीति में कुछ संवदेनशील वस्तुओं को छोड़कर सभी वस्तुओं के निर्यात पर से मात्रात्मक प्रतिबन्ध समाप्त कर दिये गये थे। अब नवीन पंचवर्षीय आयात निर्यात नीति 2002-07 में सभी निर्याती पर से मात्रात्मक प्रतिबन्ध हटा लिये गये है। केवल जूट और प्याज के निर्यात पर कुछ प्रतिबन्ध रहेंगे। इनके निर्यात राज्य संस्थाओं के माध्यम से ही हो सकेंगे।

3. कुछ निर्यात को विशेष महत्व (Special Importance to Some Exports) - वर्तमान आयात निर्यात नीति के वर्णित 106 निर्यात मदों पर विशेष ध्यान की व्यवस्था लागु की गई है। इन वस्तुओं में प्रमुखतः इंजीनियरिंग वस्तुएँ, बिजली का सामान व इलेक्ट्रोनिक्स वस्तुएँ, उपकरण, घड़ियां, चमड़े के जुते व सामान,समुद्री उत्पाद, कपड़ा, रसायन, आभुषण इत्यादि को सम्मिलित किया गया है।

4. परिवहन सहायता (Transportation Facility)- इस नीति में कृषि निर्यातों को प्रोत्साहन देने के लिये अनेक महत्वपूर्ण प्रयासों की घोषणा की गयी है। इन प्रयासों में प्रमुख रूप से ताजे व परिष्कृत फल, फूल, सब्जियाँ, पोल्ट्री व डेयरी उत्पाद तथा गेहुँ और चावल के उत्पादन के लिये परिवहन सहायता की विशेष व्यवस्था इस नीति में की गयी है। इन प्रयासों को अपनाकर यह अपेक्षा की गयी है कि किसान कृषि विविधकरण के लिए प्रेरित होंगे। भारतीय खाद्य निगम के पास जमा खाद्यानों के भडारों को निर्यात करने के लिए भी परिवहन सहायता की व्यवस्था की गयी है।

5. कृषि निर्यात क्षेत्र (Agriculture Export Zones)-इस आयात निर्यात नीति में 20 कृषि निर्यात क्षेत्र बनाने की योजना घोषित की गयी है। इन कृषि निर्यात क्षेत्रों को बनाने का उद्देश्य क्षेत्र विशेष में उपलब्ध बागबानी उत्पादों के निर्यात को प्रोत्साहित करना है।

6. विशिष्ट आर्थिक क्षेत्र (Special Economic Zones)- आगामी 5 वर्षों में निर्यातों को प्रतिवर्ष 11.9 प्रतिशत की दर से बढ़ाने के लिये इस नीति में विशिष्ट आर्थिक क्षेत्रों को केन्द्र बिन्दु बनाने की बात कहीं गयी है। इन विशिष्ट आर्थिक क्षेत्रों में स्थापित इकाइयों को अनेक प्रकार की छुटे व रियायतें उपलब्ध करवायी जायेगी। इन रियायतों में प्रमुखतः आय कर सम्बन्धी रियायतें, बिक्रीकर से छुट, विदेशी ऋण लेने की अनुमति इत्यादि सम्मिलित होगी।

7. तीन नये शहरों का चुनाव (Selection of Three New Cities)- 2002-07 की आयात निर्यात नीति में प्रयोग के तौर पर तीन शहरों का चुनाव किया गया है। इनमें होजरी के लिये थीरूपुर, ऊनी कपड़ो के लिए पानीपन तथा ऊनी स्वेटरों के लिए लुधियाना को सम्मिलित किया गया है। इन शहरों में इन उद्योगों के विकास के लिये विशेष रियायतें तथा छूटे प्रदान की जायेगी। आंतरिक संरचना में व्याप्त कमियों को दूर किया जायेगा जिससे ये शहर औद्योगिक केन्द्रों के रूप में विकसित हो सके।

8. राज्यों को अतिरिक्त सहायता (Additional Assistance to States)- राज्य सरकारों को निर्यात के लिये श्रेष्ठ आधारित संरचना उपलब्ध कराने के उद्देश्य से अतिरिक्त सहायता का प्रावधान किया गया है। इस उद्देश्य के लिए योजना के अन्तर्गत 2002-03 में 330 करोड़ रूपये की सहायता प्रदान करने की घोषणा की गयी है। यह राशि इस योजना के तहत बन्दरगाहों को उत्पादन केन्द्रों से जोड़ने, सड़के बनाने, भड़ार व्यवस्था मजबूत बनाने, मौजूदा क्षेत्रों में सुविधाएँ बढ़ाने इत्यादि की व्यवस्था पर व्यय की जायेगी।

9. लघु उद्योगों की भूमिका (Role of Small Scale Industries)- भारतीय अर्थव्यवस्था में लघु उद्योगों का विशेष महत्व है। भारतीय निर्यातों में लघु उद्योगों द्वारा उत्पादित माल का प्रतिशत वर्तमान में लगभग 50 प्रतिशत है। इस महत्व को ध्यान में रखते हुए 2002-07 की निर्यात-आयात नीति में लघु क्षेत्र के लिए अनेक महत्वपूर्ण प्रयासों की घोषणा की गयी है।

10. कम्प्यूटर उत्पादक कम्पनियों को छुट (Concession to Computer Manufacturers)- कम्प्यूटर उत्पादक कम्पनियों को पूँजी तथा कच्चा माल आयात करने की छूट इस नीति में प्रदान की गयी है। अब यह कम्पनियाँ घरेलू बाजार में कम्प्यूटर बेच सकेंगी। इसके बदले उन पर कोई निर्यात बाध्यता लागू नहीं रहेगी। इस घोषणा ने भारतीय कम्प्यूटर उत्पादक कम्पनियों को अन्य देशों की कम्प्यूटर उत्पादक कम्पनियों के साथ प्रतिस्पर्धा में छोड़ दिया है।

11. विशेष सुविधाएँ (Special Facilities)- निर्यात गृहों, व्यापार गृहों तथा स्टार व्यापार गृहों को विशेष सुविधाओं की घोषणा की गयी है। यह इकाइयाँ विदेशी खातों में कमाई गयी समस्त विदेशी मुद्रा अपने पास रखने हेतु अब स्वतन्त्र होंगे। इन इकाइयों को मध्यकालीन और दीर्घकालीन पूँजी के लिए प्राथमिकता प्रदान की जायेगी तथा स्वघोषित आधार पर आयात तथा निर्यातों को कस्टम अधिकारियों से छुड़ाने की स्वतन्त्रता होगी।

12. खुली सामान्य लाइसेंन्स व्यवस्था (Open General Licencing)- 2002-07 की आयात निर्यात नीति में 50 मदों को खुले सामान्य लाइसेंन्स व्यवस्था के अन्तर्गत लाया गया है। अब मात्रात्मक प्रतिबन्ध न्यूनतम स्तर तक कम कर दिये गये है। केवल मात्रात्मक प्रतिबन्ध उन वस्तुओं तक ही सीमित रह गये है जिनका आयात अन्तर्राष्ट्रीय नियमों के अन्तर्गत हो सकता है। इनमें प्रमुख है कुछ विशेष प्रकार की युद्ध सामग्री, वन्य जीव उत्पाद तथा पर्यावरण की सुरक्षा के लिए प्रतिबन्धित मदें सम्मिलित है।

13. प्रत्यक्ष विदेशी विनयोग को प्रोत्साहन (Encouragement to Direct Foreign Investment)- भारत में प्रत्यक्ष विदेशी विनियोग को प्रोत्साहित करने के लिए इस

नीति में यह व्यवस्था की गयी है कि विदेशी कम्पनियाँ अपने पुराने औद्योगिक प्लान्टों को ज्यों की त्यों भारत में बिना लाइसेंन्स के पुनः स्थापित कर सकती है। इसके लिए केवल यह शर्त है कि उनका मुल्य ह्रास लगाने के बाद मूल्य 5 करोड़ रूपाये से अधिक होना चाहिए।

14. पूँजीगत वस्तु निर्यात प्रोत्साहन योजना में परिवर्तन (Change in Capital Good Export Scheme)- निर्यातकों को सहायता पहुँचाने के उद्देश्य से, पुँजीगत वस्तु निर्यात प्रोत्साहन योजना में महत्वपूर्ण परिवर्तन किये गये है। इन परिवर्तनों के अन्तर्गत 100 करोड़ रूपये से अधिक पूँजीगत वस्तु निर्यात प्रोत्साहन लाइसेंन्सों के लिए अब निर्यात बाध्यता की अवधि 12 वर्ष होंगी। यह अवधि उद्योग की स्थापना के 5 वर्ष पश्चात प्रारम्भ होगी। वर्तमान में निर्यात बाध्यता की अवधि 8 वर्ष है।

15. निर्यात योजनाओं का सरलीकरण (Simplification of Export Schemes)- सभी निर्यात योजनाओं के सरलीकरण के लिये प्रयास किये जायेंगे जिससे लाइसेंन्स मिलने में विलम्ब को कम किया जा सके। प्रार्थना पत्र में लगायी जाने वाली फीस में कटौती की गयी है। विदेशी व्यापार के महानिदेशक के सभी 32 कार्यालयों को पूरी तरह कम्प्यूटरीकृत कर दिया गया है। अब निर्यातक कम्प्यूटर पर इटरनेट के माध्यम से पूरा काम सम्पन्न कर सकेंगे। निर्यातकों को विभिन्न कार्यालयों के चक्कर लगाने से मुक्ति प्रदान की गयी है। सरकारी घोषणा के अनुसार अब तक 75 प्रतिशत लाइसेन्स प्रार्थना पत्र कम्प्यूटर पर ऑन लाइन दर्ज किये जा रहे है तथा शेष पर कार्यवाही हो रही है।

16. सीमा शुल्क में कमी (Reduction in Custom Duty)- आयात किए गये कच्चे हीरों पर सीमा शुल्क घटा कर शुन्य किया जाएगा। भारत को हीरों के लिये विश्व का प्रमुख अन्तर्राष्ट्रीय केन्द्र बनाने के लिये कच्चे हीरों पर से लाइसेंस प्रणाली समाप्त कर दिये जाने का प्रावधान निर्यात-आयात नीति 2002-2007 में किया गया है।

17. रूपया ऋण भुगतान सुधार (Rupee Debt Payment Reform) - रूस के साथ चल रही रूपया ऋण भुगतान योजना के तहत निर्यात पर भी कुछ प्रतिबन्धों को समाप्त किया जाएगा।

निर्यात-आयात नीति 2002-2007 के उपर्युक्त वर्णित प्रावधानों के अध्ययन से यह स्पष्ट है कि नवीन नीति में कुछ संवेदनशील वस्तुओं के निर्यात को छोड़कर सभी वस्तुओं पर से मात्रात्मक प्रतिबन्ध हटा लिए गए। कुटीर व हस्तशिल्प उद्योगों पर विशेष ध्यान दिया गया है तथा हार्डवेयर क्षेत्र के नियात को बढ़ावा देने के लिये इलेक्ट्रोनिक्स हार्डवेयर प्रौद्योगिकी पार्क योजना में संशोधन कर इस क्षेत्र को विश्व व्यापार संगठन के सूचना प्रौद्योगिकी समझौतों के तहत शुन्य शुल्क क्षेत्र बनाने की भी घोषणा की गई है।

प्रशंसात्मक पहलू (Appreciable Aspects)

वर्तमान नियात-आयात नीति 2002-07 में भारत के विदेशी व्यापार के औचित्यपूर्ण विस्तार हेतु अनेक प्रावधानों की व्यवस्था की गयी है। इस प्रयोजन हेतु कुछ रियायतें दी गयी है, साथ ही विदेशी व्यापार से सम्बन्धित विभिन्न क्षेत्रों में विद्यमान कार्यप्रणाली को युक्तिसंगत बनाने का प्रयास किया गया है। अनेक मात्रात्मक प्रतिबन्धों को या तो हटा दिया गया है अथवा उन्हें युक्तिसंगत बना दिया गया है। इस नीति के निम्नलिखित प्रशंसात्क पहलू है:

1. निर्यात वृद्धि (Export Growth) - विशेष आर्थिक क्षेत्रों को प्रोत्साहन देने के प्रावधान से दसवीं योजना (2002-07) में भारत के निर्यात में औसतन वार्षिक निर्यात वृद्धि 11.9 प्रतिशत प्राप्त करना सम्भव हो सकेगा। इससे 2007 तक भारत के निर्यात बढ़कर 80 अरब यू. एस. डालर तक पहुँच जाने की सम्भावना है।

2. अफ्रिकन देशों के साथ व्यापार (Trading with African Countries)- इस नीति में अफ्रिका के देशों के साथ व्यापार बढ़ाने पर ध्यान केन्द्रित किया जाना भी एक सराहनीय प्रयास है। इससे इन देशों के साथ भारत के निर्यातों को सकारात्मक प्रोत्साहन प्राप्त होगा। अफ्रिका के बाजारों की अब तक भारतीय निर्यातों में उपेक्षा रही है। इस नीति में अफ्रिका के साथ व्यापार के नये द्वारा खुले है।

3. बैंकें की विदेशों में शाखाएँ (Bank Branches Abroad) - इस नीति में भारतीय बैंकों को विदेशों में शाखाएं स्थापित करने हेतु हो प्रोत्साहन मूलक वातावरण प्रदान करने की बात कही गयी वह भी एक अनुठा प्रयास है। इससे निर्यातकों को अन्तराष्ट्रीय दरों पर अन्तर्राष्ट्रीय वित्त प्राप्त करने में सुगमता रहेगी। इससे निर्यातकों को कम लागत पर कोषों की उपलब्धि भी होगी जिससे उनकी प्रतिस्पर्धी शक्ति का विस्तार होगा। ऐसा बैंकिंग वातावरण पूर्व में आर्थिक क्षेत्रों (Economic Zones) के लिए ही उपलब्ध था।

4. निर्यात संवर्द्धन परिषद (Exports Promotion Councils)-जनवरी 2003 में निर्यातोन्मुखी इकाईयों के लिए निर्यात संवर्द्धन इकाईयों की स्थापना किया जाना निर्यात-आयात नीति में किया गया एक महत्वपूर्ण प्रयास है। यह हो जाने के पश्चात निर्यातोन्मुखी इकाईयों की काफी समय से एक पृथक निर्यात संवर्द्धन परिषद की स्थापना की माँग पूरी हो गई है।

5. कृषि निर्यातों पर प्रतिबन्ध समाप्त (Abolition of Restriction on Agricutural Export) - इस नीति में अनेक कृषि पदार्थों के निर्यात पर से निर्यात प्रतिबन्धों, जैसे पैकेजिंग तथा पंजीकरण प्रतिबन्ध, को हटा लिये जाने के भी सकरात्मक प्रभाव होंगें।

6. कुटीर क्षेत्रों तथा हस्तशिल्प निर्यात (Export of Cottage and Handicraft) -भारत के निर्यातों में कुटीर उद्योगों तथा हस्तशिल्प वस्तुओं का लाभगत 50 प्रतिशत भाग होता है। अतः एग्जिम नीति में इन क्षेत्रों को जो छूट तथा प्रोत्साहन पैकेज की घोघणा की गई है उससे निर्यात वृद्धि के रूप में सकारात्मक प्रभाव परिलक्षित होगें।

7. माल जब्ती से मुक्ति (*Freedom From Seize of Goods*) - इस नीति का यह एक अत्यन्त प्रशंसात्मक पहलू है कि इसके अन्तर्गत की गई घोषणा के अनुसार व्यापार के किसी माल को जब्त नहीं किया जायेगा क्योंकि यह निर्यातकों की वितरण समय तालिका को प्रभावित करते हुए विर्निमान प्रक्रिया को अवरूद्ध करता है।

गम्भीर कमजोरिया (Searious Shortcomings)

निःसन्देह निर्यात-आयात नीति 2002-07 भारत के विदेशी व्यापार के विकास तथा विस्तार की दिशा में एक बहुआयामी प्रयास है। इस नीति में भारतीय निर्यात के आकार

में वृद्धि तथा आयातों को युक्तिसंगत बनाने के प्रयास किये गये है। निर्यात-आयात नीति के अनेक प्रयास अभिनन्दनीय है, किन्तु, साथ हो नीति के कतिपय प्रयास आलोचना योग्य भी है। इस नीति की कतिपय गम्भिर कमजोरिया निम्न प्रकार है:

1. अवास्तविक निर्यात लक्ष्य (Un-realistic Export Target) -निर्यात आयात नीति में जो 11.9 प्रतिशत औसत वार्षिक निर्यात का लक्ष्य आगामी पाँच वर्षों के लिए नियत किया गया है वह दसवीं योजना में सकल देशीय उत्पादन की औसत 8 प्रतिशत वृद्धि दर प्राप्त करने की दृष्टि से अवास्तविक प्रतित होता है। 1991-2000 के दौरान भारत के निर्यात की वार्षिक दर 9.8 प्रतिशत को देखते हुए 11.9 प्रतिशत के लक्ष्य को अवास्तविक ही कहा जायेगा।

2. कृषि निर्यात (Agricultural Export)- निर्यात-आयात नीति 2002-07 में कृषि निर्यात को बढ़ाने की बात कही गयी है। इसके पीछे प्रमुख मंशा गेहूँ के निर्यात को बढ़ाना है जिससे भारत में गेहूँ के बफर स्टॉक को कम किया जा सकें। किन्तु भारत का गेहूँ गुणवत्ता में ठीक नहीं होने के कारण इसके उचित मूल्य प्राप्त होने में आशंका है। ऐसी स्थिति में निर्यात बढ़ाने की आड़ में यदि गेहूँ ओने-पोने मूल्य पर बेच दिया जाता है यह अनुपयुक्त होगा।

3. कृषि - निर्यात क्षेत्र (Agro-Export Zones) - कृषि निर्यातों को प्रोत्साहन की दृष्टि से कृषि निर्यात क्षेत्रों की स्थापना पर निर्यात-आयात नीति में अधिक बल दिया गया है। यह अपेक्षा की गयी है कि ये कृषि निर्यात क्षेत्र कृषि निर्यातों की वृद्धि में सहायक सिद्ध होंगें। इन निर्यात क्षेत्रों की सफलता में कुशल परिवहन प्रणाली के विकास तथा विद्यमानता का विशेष महत्व होता है, किन्तु भारतीय परिवहन व्यवस्था की कुशलता की जो वर्तमान स्थिति है उसे देखते हुए इन कृषि-निर्यात क्षेत्राों के विकास की सम्भावना अत्यन्त क्षीण है।

4. निर्यात संवर्द्धन क्षेत्र (Export Promotion Zone) - यद्यपि निर्यात संवर्द्धन के उद्धेश्य से निर्यात-आयात नीति में विशेष आर्थिक क्षेत्रों की स्थापना तथा विकास पर भारी बल दिया गया है। किन्तु विगत अनुभव दर्शाता है कि पूर्व में इन निर्यात संवर्द्धन क्षेत्रों द्वारा कोई विशेष अथवा श्रेष्ठ कार्य-निष्पादन का प्रदर्शन नहीं किया गया है। यदि भविष्य में इसी प्रकार की पुनरावृत्ति होती है तो इन क्षेत्रों पर किया गया व्यय बर्बाद होगा।

5. कुटीर तथा लघु उद्योग (Small and Cottage Industries) -निर्यात-आयात नीति में, कुटीर तथा हस्तशिल्प क्षेत्र को कतिपय रियायतें देने की बात कही गयी है, परन्तु सर्वाधिक महत्वपूर्ण पहलु, अर्थात बैंक साख प्रबन्ध की उपयुक्त व्यवस्था स्थापित करने की दिशा में कोई घोषणा नहीं की गयी है।

6. रियायतों तथा राहतों में कमी (Reduction in Concession and Relief Measures) - निर्यात आयात नीति में पूर्व में प्रचलित कतिपय रियायतें तथा राहत उपयों में कमी की घोषणा की गयी है। इसका भारतीय वस्तुओं के निर्यात पर विपरीत प्रभाव पड़ने की सम्भावना है।

7. सीमा-शुल्क कटौती का लाभ नहीं (No Benefits of Reduction in Excise Duty) - इस नीति में गैर-तराशे हीरों पर सीमा शुल्क हटा कर इन्हें शुल्क मुक्त रखने की घोषण की गयी है। किन्तु रत्नों एवं आभुषणों के निर्यात में वैसे ही कमी हो रही है। भारत के निर्यातों में रत्न एवं आभुषणों का भाग 1995-96 में 60.1 प्रतिशत था,वह 1999-2000 में 28 प्रतिशत रह गया। केवल आयात शुल्क कटौती से ही निर्यात को आवश्यक प्रोत्साहन प्राप्त नहीं होगा।

निर्यात-आयात नीति का विदेशी व्यापार संवृद्धि में अत्यन्त महत्वपूर्ण स्थान है। भारत में अब तक जो निर्यात-आयात नीति का निर्माण किया गया है उसके अन्य अनेक उद्धेश्यों में सर्वाधिक महत्वपूर्ण राष्ट्रिय आवश्यकताओं को पूर्णत: सन्तुष्ट करते हुए निर्यात वृद्धि रहा है जिससे प्रतिकूल भुगतान सन्तुलन के आकार को कम किया जा सके। इस दिशा में कुछ सफलता भी प्राप्त हुई है।

परिक्षापयोगी प्रश्न

1. निर्यात-आयात नीति से आप क्या समझते है। भारत सरकार द्वारा अब तक घोषित निर्यात आयात नीति के क्या प्रमुख उद्धेश्य रहे है।
2. निर्यात-आयात नीति 1992-97 तथा 2002-07 में अन्तर स्पष्ट कीजिये।
3. भारतीय निर्यात आयात नीति 2002-07 की प्रमुख विशेषताओं तथा प्रशंसात्मक पहलू की व्याख्या कीजिये।

❑❑❑

13

व्यापार शर्तों को प्रभावित करने वाले घटक

(Factors Affecting Terms of Trade)

प्रतिष्ठित अर्थशास्त्रियों का विदेशी व्यापार से सम्बन्धित निम्नांकित तीन प्रश्नों से मुख्य सरोकार रहा है:

1. एक देश दूसरे देश के साथ व्यापार करते समय किन-किन वस्तुओं का क्रय करेगा और किन-किन का विक्रय करेगा?
2. खरीदे गये और बेचे गये सामान के बीच विनिमय की शर्तें क्या होंगी? और
3. जब कभी व्यापारिक सम्बन्धों में अस्त-व्यस्तता आ जाए तो साम्य की स्थिति की पुनः प्राप्ति के लिए क्या किया जायेगा?

उपर्युक्त प्रश्नों में से दूसरा प्रश्न, जो वस्तुओं के खरीद-फरोख्त से सम्बन्धित है, सामान्यतः व्यापार की शर्तों पर प्रकाश डालता है। व्यापार करने वाले दुनियाँ के विभिन्न राष्ट्रों की इस प्रश्न में गहरी रुचि रही है क्योंकि व्यापार की शर्तों राष्ट्रों के आय स्तर और उसमें होने वाले परिवर्तनों पर गहरा और दूरगामी प्रभाव डालती हैं। इसके अलावा, आज की व्यावहारिक आर्थिक नीति की अनेक समस्याओं के समाधान में व्यापार की शर्तों का महत्त्वपूर्ण योगदान होता है। इनके माध्यम से ही अन्तर्राष्ट्रीय और राष्ट्रीय व्यापार में होने वाले लाभों को ज्ञात किया जाता है।

अन्तर्राष्ट्रीय व्यापार में लाभ की मात्रा बहुत कुछ व्यापार की शर्तों पर निर्भर करती है क्योंकि व्यापार की शर्तों में परिवर्तन होने से राष्ट्र की आय, उत्पादन शक्ति, रोजगार तथा भुगतान सन्तुलन पर भी भारी असर पड़ता है। प्रो. रस्टोव के मतानुसार, "व्यापार की शर्तें उन अनेक शक्तियों के शुद्ध प्रभाव के सुविधाजनक सूचक हैं जो कि अन्तर्राष्ट्रीय आर्थिक सम्बन्धों पर क्रिया करते हैं और जो व्यापार में संलग्न देशों के कल्याण में होने वाले परिवर्तनों को निर्धारित करने की दृष्टि से महत्त्वपूर्ण होते हैं।" अन्तर्राष्ट्रीय व्यापार की प्राप्तियों का विभाजन

भी व्यापार शर्तों से प्रभावित होता है। जिन राष्ट्रों की अर्थव्यवस्था विदेशी व्यापार पर अत्यधिक आश्रित होती है उनके लिए व्यापार शर्तों की अनुकूलता महत्त्वपूर्ण मानी जाती है। द्वितीय विश्व युद्ध से ही व्यापार शर्तों के सम्बन्ध में रूचि बढ़ती जा रही है। यहाँ तक कि अब आर्थिक नीति की अनेक समस्याओं के अध्ययन एवं उनके समाधान में व्यापार की शर्तों की धारणा महत्त्वपूर्ण योगदान करती है।

साधारण बोल चाल की भाषा में व्यापार की शर्तें उस दर को प्रकट करती हैं जिस पर किसी देश के निर्यातों और आयातों में विनिमय (अदला-बदली) होता है। ये शर्तें यह स्पष्ट करती हैं कि कोई देश जितनी वस्तुओं का आयात करता है, उनके एवज में वह कितनी वस्तुओं का निर्यात करेगा अर्थात् एक देश की वस्तुओं की एक निश्चित मात्रा आयात करने के लिए वस्तुओं की कितनी मात्रा का निर्यात करना पड़ेगा। इस प्रकार यह स्पष्ट है कि व्यापार शर्तों से अभिप्राय उन शर्तों से है जिन पर किसी देश के आयातों और निर्यातों का विनिमय होता है। उदाहरण के लिए भारत को 100 टन शक्कर के बदले रूस से 150 टन गेहूँ प्राप्त होता है, तो व्यापार की शर्तें 100 : 150 होंगी। इससे हमें यह पता चलता है कि भारत को एक टन शक्कर के बदले रूस से 1.5 टन गेहूँ प्राप्त होता है अर्थात् व्यापार शर्त 1 : 5 होगी।

लेकिन जब दो से अधिक वस्तुओं का व्यापार किया जाता है तो हम फिर वस्तुओं के भौतिक विनिमय को आधार मानकर उनके सामूहिक मूल्यों को विनिमय का आधार मानते हैं। ऐसी स्थिति में व्यापार शर्तों का सम्बन्ध उस दर से होता है जो एक देश की निर्यात कीमतों तथा आयात कीमतों के आपसी अनुपात को व्यक्त करते हैं।

सामान्यतः व्यापार की शर्तों का अभिप्राय किसी देश की वस्तु के उस अनुपात से है जिसके बदले दूसरे देश की कोई वस्तु खरीदी जा सकती है। दूसरे शब्दों में, "व्यापार की शर्तों से आशय उन शर्तों से है जिन पर किसी एक देश के निर्यात, आयातों का विनिमय करते हैं। एक दूसरे सिद्धान्त के अनुसार, "एक देश की व्यापार शर्तों का सम्बन्ध उन दो विश्व कीमतों से है जिन कीमतों पर वस्तुयें आयात की जाती हैं तथा जिन कीमतों पर वस्तुयें निर्यात की जाती है।" व्यापार की शर्तें सदा एक समान नहीं रहती। एक समीकरण के रूप में व्यापार की शर्तों का स्पष्टीकरण सरल हैं जैसे -

$$\text{व्यापार की शर्तों} = \frac{\text{आयातों का समस्त मूल्य}}{\text{निर्यातों का समस्त मूल्य}}$$

इस सूत्र के अनुसार विदेशी व्यापार में जिस मूल्यानुपात पर वस्तुओं का आयात निर्यात किया जाता है उसे ही व्यापार की शर्तों के नाम से जाना जाता है। एक अन्तर्राष्ट्रीय अर्थशास्त्री के अनुसार, "किसी देश की व्यापार की शर्तें दो प्रकार के विश्व मूल्यों से सम्बद्ध है। कोई देश जिस प्रकार की वस्तुओं का निर्यात करता है उनके मूल्यों और जिस प्रकार की वस्तुओं का आयात करता है उनके मूल्यों के आपसी सम्बन्ध को व्यापार की शर्तें कहा जात है।" सर्वप्रथम व्यापार की शर्तों का उल्लेख जान स्टुअर्ट मिल ने, "अन्तर्राष्ट्रीय माँग समीकरण" के रूप में किया था जिसे अन्तर्राष्ट्रीय अर्थशास्त्र में प्रतिपूरक माँग के सिद्धान्त के नाम से जाना जाता है। आगे चलकर इस सिद्धान्त में प्रो. मार्शल, एजवर्थ तथा जेकब वाइनर जैसे अर्थशास्त्रीयों ने संशोधन प्रस्तुत किये। व्यापार की शर्तों के स्पष्टीकरण के लिए

आधुनिक अर्थशास्त्री विदेशी व्यापार गुणक सिद्धान्त का प्रयोग व्यापार के किसी देश पर पड़ने वाले आय व मूल्य प्रभावों के विवेचन -विश्लेषण के लिए करते हैं।

अनुकूल एवं प्रतिकूल व्यापार शर्तें

उपर्युक्त समीकरण से स्पष्ट है कि व्यापार की शर्तें उस दर को व्यक्त करती हैं जिस दर पर निर्यातों के बदले आयातों का क्रय किया जाता है। व्यापार की शर्तें देश के अनुकूल तथा प्रतिकूल दोनों ही प्रकार हो सकती है। जब कोई देश वस्तुओं के निर्यात के बदले वस्तुओं का अधिक आयात कर सके तो व्यापार शर्तें सम्बन्धित देश के लिए अनुकूल होती है और उसके विपरीत जब देश के अधिक निर्यातों के बदले में कम वस्तुओं का आयात किया जा सकता हो अथवा आयात की गई वस्तुओं के लिए अधिक निर्यात करना पड़े तो व्यापार की शर्तें उस देश के प्रतिकूल मानी जाती है वहाँ अनुकूल व्यापार शर्तों से विदेशों से परिसम्पत्ति संग्रहित की जा सकती है वहाँ प्रतिकूल व्यापार शर्तों से विदेशी ऋणों का बोझ बढ़ सकता है।

व्यापार शर्तों के विभिन्न रूप

अलग-अलग लेखकों ने व्यापार शर्तों का स्पष्टीकरण अलग-अलग रूपों में किया है। रिकार्डो तथा कुछ पुरातन अर्थशास्त्रियों ने अन्तर्राष्ट्रीय आदान-प्रदान का अनुपात तथा वस्तु व्यापार शर्तों पर विचार किया है। डरेन्स और स्टैल द्वारा आय व्यापार शर्तों जबकि रॉबर्टसन ने तत्त्व सम्बन्धी व्यापार शर्तों को बताने का प्रयास किया है। संक्षेप में व्यापार की शर्तों के निम्न रूप महत्त्वपूर्ण हैं-

(1) वस्तु व्यापार की शर्तें - यह व्यापार शर्तों की धारणा का सरलतम रूप है। श्री वाइनर ने समीकरण के रूप में इसे इस प्रकार व्यक्त किया है:

$$Tx = \frac{Px_1}{Pm_1} \times \frac{Pm_0}{Px_0} \qquad \text{...........(1)}$$

जिसमें—

Tx = व्यापार की शर्तें अथवा निर्यातित माल की एक मौद्रिक इकाई के बदले में प्राप्त विदेशी माल की सूची

Px_1 = चालू वर्ष में निर्यातित माल का मूल्य

Px_0 = आधार वर्ष में निर्यातित माल का मूल्य

Pm_0 = चालू वर्ष में आयात का कुल मूल्य

Px_0 = आधार वर्ष में आयात का कुल मूल्य

यदि सूची-पत्र निर्देशांक में वृद्धि होती है तो व्यापार शर्तों को अनुकूल माना जाता है पर चूँकि यह पद्धति निर्यातित वस्तुओं के उत्पादन क्षेत्र में नई तकनीकी बातों की अवहेलना करती है, अतः अपर्याप्तता है।

(2) एक तत्वीय व्यापार शर्तें – वाइनर ने अपने पहले समीकरण की कमी को दूर करने के लिए वस्तु व्यापार सूची पत्र को निर्यात वस्तु तकनीकी सूचीपत्र की पारस्परिकता से गुणा कर निम्न समीकरण प्रस्तुत किया। इसे एक तत्वीय व्यापार शर्त कहा जाता है।

$$Tfx = \frac{Px_1}{Pm_1} \cdot \frac{Pm_0}{Px_0} \cdot \frac{Fx_0}{Fx_1} \qquad \text{..........(2)}$$

इस समीकरण में पहले सूत्र के समान ही अभिव्यक्ति है पर केवल आधार वर्ष में तत्वीय प्रभाव को चालू वर्ष के तत्वीय प्रभाव मूल्यों अर्थात् तकनीकी सूची पत्र से गुणा किया है। इसमें देश में उत्पादित निर्यात के घरेलू मूल्यों पर ध्यान दिया गया है पर आयातों के सम्भावित घरेलू उत्पादन लागत पर ध्यान नहीं दिया जाता, अतः अपूर्ण है।

(3) वास्तविक लागत की व्यापार शर्तें – वाइनर ने दूसरे समीकरण की कमी को दूर करने के लिये एक तत्वीय व्यापार शर्तों के सूची पत्र को निर्यात की जाने वाली वस्तुओं के तकनीक सकुशल को अनुपयोगी सकुशल द्वारा गुणा किया और निम्न समीकरण प्रस्तुत किया–

$$Txf, R = \frac{Px_1}{Pm_1} \cdot \frac{Pm_0}{Px_0} \cdot \frac{Fx_1}{Fx_0} \cdot \frac{Fx_1}{Fr_0} \qquad \text{..........(3)}$$

जिसमें Px_1, Px_0, Pm_1, Pm_0, Fx_1, Fx_0 द्वितीय सूत्र के अनुसार हैं।

इस सूची पत्र में आयातित एवं निर्यातित दोनों प्रकार की वस्तुओं के सम्भावित घरेलू उत्पादन लागत को ध्यान में रखा गया है। फिर भी यह सूची पत्र अपूर्ण है क्योंकि इसमें आयातों से प्राप्त होने वाली सापेक्षिक उपयोगिता की अवहेलना की है। इसका सम्बन्ध केवल निर्यातों की सापेक्षिक उपयोगिता से है।

(4) उपयोगिता व्यापार शर्तों – वाइनर ने अपने तीसरे समीकरण की कमी को दूर करने के लिए उसमें पुनः सुधार कर एक नया, सूची पत्र प्रस्तुत किया जो आयातों की सापेक्षिक उपयोगिता का सूची-पत्र हैं

$$Te = \frac{\frac{iU_1}{aU_1}}{\frac{iU_0}{aU_0}} \qquad \text{.........(4)}$$

जिसमें—

Tc = व्यापार शर्तें
iU_1 = चालू वर्ष के आयातों की उपयोगिता
aU_1 = चालू वर्ष की औसत उपयोगिता
iU_0 = आधार वर्ष के आयातों की उपयोगिता
aU_0 = आधार वर्ष में औसत उपयोगिता

यह सूत्र भी अपर्याप्त और एकपक्षीय है, निर्यातों व अन्य तत्वों पर ध्यान नहीं देता।

(5) द्वि-तत्वीय व्यापार शर्तें - प्रो. वाइनर द्वारा प्रस्तुत इस सूत्री पत्र को रोबर्टसन ने सत्य व्यापार शर्तों की संज्ञा दी है। इसी समीकरण में आयात और निर्यात के वस्तु व्यापार सूची-पत्र में आयात और निर्यात के सम्भावित घरेलू उत्पादन लागतों की ओर ध्यान दिया है। यह समीकरण इस प्रकार है-

$$Txf = \frac{Px_1}{Pm_1} \cdot \frac{Pm_0}{Px_0} \cdot \frac{Fm_1}{Fx_0} \cdot \frac{Fx_0}{Fm_0} \qquad \text{..........(5)}$$

जिसमें Txf = द्वि-तत्वीय व्यापार शर्तें

Px_1, Px_0, Pm_1, Pm_0 प्रथम सूत्र के समान हैं।

Fm_1 तथा Fx_0 क्रमशः आयातों के सम्भावित घरेलू उत्पादन लागतों को चालू मूल्यों तथा आधार मूल्यों पर प्रदर्शित करता है।

Fx_1 तथा Fx_0 क्रमशः निर्यातों के सम्भावित घरेलू उत्पादन लागतों पर चालू मूल्यों तथा आधार मूल्यों पर व्यक्त करते हैं।

(6) आय की व्यापार शर्तें - आय की शर्तों का प्रतिपादन डोरेन्स ने किया। इसमें यह निर्यातों के मूल्य के सूची-पत्र को आयातों की कीमतों के सूची-पत्र से विभाजित कर वास्तविक आय के होने वाले परिवर्तनों की ओर संकेत नहीं करता है बल्कि एक देश की आयात करने की क्षमता को इंगित करता है जैसे अगर भारत की निर्यात कीमतों 60% की कमी हो जाये और निर्यात में 60% की वृद्धि हो जाये तो भी व्यापार शर्तों का सूची-पत्र अपरिवर्तनशील रहेगा। गणितीय समीकरण के रूप में -

किसी देश को भुगतान साम्य स्थिति में होने पर

$$Px \cdot Qx = Pm \cdot Qm$$

अथवा $Qm = \frac{Px \cdot Qx}{Pm}$

इसके आधार पर कहा जा सकता है कि किसी देश की आयात-क्षमता उसकी निर्यात वस्तुओं के मूल्य, निर्यात की मात्रा तथा आयातित वस्तुओं के मूल्य का फलन है-

सूत्र $$Qm = f (Px, Qx, Pm)$$

देश की आयात क्षमता में वृद्धि तीन परिस्थितियों में सम्भव है (अ) जब निर्यात मूल्यों में बढ़ोतरी हो। (ब) निर्यात मात्रा बढ़ जाये, तथा (स) आयात मूल्यों में कमी हों,

जब दो अवधियों में आयात क्षमताओं की तुलना करनी हो तो आय-व्यापार शर्त की गणना निम्न समीकरण से हो सकती है-

चूँकि $Qm_1 = \frac{Px_1 \cdot Qx_1}{Pm_1}$

$Qm_0 = \frac{Px_0 . Qx_0}{Pm_0}$

अस्तु, आय व्यापार शर्तें $= \frac{Qm_1}{Qm_0}$ ....(8)

$= \frac{Px_1 . Qx_1}{Pm_1} / \frac{Px_0 . Qx_0}{Pm_0}$ होगी

(7) बाजार व्यापार की शर्तें - प्रो. के. दूधा के अनुसार कुल एवं विशुद्ध वस्तु-विनिमय व्यापार की शर्तों के संयोग को बाजार व्यापार शर्तों के रूप में व्यक्त किया जा सकता है जिसे दो अवधियों में निर्यात की मात्रा एवं मूल्य तथा आयात की मात्रा एवं मूल्य के अनुपात में व्यक्त किया जा सकता है। समीकरण के रूप में -

बाजार व्यापार की शर्तें $= \frac{Px_1}{Pm_1} \cdot \frac{Qx_1}{Qm_1} \times \frac{Px_0}{Pm_0} \cdot \frac{Qx_0}{Qm_0}$ होंगी ......(9)

जिसमें—

Qx_1 = वर्तमान वर्ष में निर्यात मात्रा

Qx_0 = आधार वर्ष में निर्यात मात्रा

Qm_1 = वर्तमान वर्ष में आयात मात्रा

Qm_0 = आधार वर्ष में आयात मात्रा

जबकि Px_1, Pm_1, Px_0, Pm_0 क्रमशः प्रथम समीकरण के अनुसार ही हैं।

(8) सकल वस्तु विनिमय व्यापार की शर्तें – यह धारणा प्रो. टॉजिंग ने प्रस्तुत की जिसमें उसने दो अवधियो के बीच आयात व निर्यात की वास्तविक मात्राओं के तुलनात्मक अनुपात के रूप में सकल वस्तु विनिमय व्यापार शर्तों के रूप में व्यक्त किया है। समीकरण के रूप में –

$$\text{सकल वस्तु-विनिमय व्यापार शर्तें} = \frac{Qx_1}{Qm_1} \cdot \frac{Pm_1}{Px_1} \Big/ \frac{Qm_0}{x_0} \cdot \frac{Px_0}{Pm_0} \quad .....(10)$$

इसमें Px_1, Px_0, Pm_1, Pm_0 तथा Qx_1, Qx_0, Qm_1, Qm_0 सभी समीकरण (9) के अनुसार व्यक्त किये जाते हैं।

(9) शुद्ध वस्तु विनिमय व्यापार की शर्त – एक देश के निर्यातों और आयातों के मूल्यों के बीच पाये जाने वाले अनुपात को ही शुद्ध वस्तु विनिमय व्यापार की शर्तें कहा जाता है। समीकरण के रूप में–

$$\text{विशुद्ध वस्तु विनिमय व्यापार की शर्तें} = \frac{Px}{Pm} \text{ अथवा } Px/Pm$$

जिसमें Px निर्यातों के कीमत सूचकांक को तथा Pm आयातों के कीमत सूचकांक (Price Index Number of Imports) को व्यक्त करते हैं।

इस प्रकार व्यापार शर्तों के उपर्युक्त रूपों का विवरण यह संकेत करता है कि प्राय: सभी व्यापारिक उद्देश्यों के लिए वस्तु व्यापार शर्तों को प्रयुक्त किया जाता है। अन्य सभी व्यापार शर्तों के मापने में अनेक कठिनाइयाँ हैं तथा पूरा ध्यान रखने के बावजूद भी त्रुटिपूर्ण निष्कर्षों की सम्भावनायें प्रबल रहती हैं।

व्यापार की शर्तों को प्रभावित करने वाले तत्त्व

अन्तर्राष्ट्रीय व्यापार में संलग्न देशों की व्यापार शर्तों में निरन्तर परिवर्तनों की प्रक्रिया चलती रहती है क्योंकि विभिन्न राष्ट्रों की आन्तरिक स्थिति में अनेक जो परिवर्तन होते रहते हैं वे व्यापार शर्तों में परिवर्तन को जन्म देते हैं। व्यापार शर्तों को प्रभावित करने वाले कुछ प्रमुख तत्त्व इस प्रकार है –

(1) मांग में परिवर्तन – उपभोक्ताओं की आय, रूचि, स्वभाव एवं फैशन में निरन्तर परिवर्तन होते रहने से वे विदेशी व्यापार में आयात–निर्यात की वस्तुओं की माँग को प्रभावित करते हैं। इस सम्बन्ध में कोई भविष्यवाणी नहीं की जा सकती है। अन्य बातों के समान रहते अगर किसी देश के निर्यातों की विदेशों में माँग बेलोचदार है तथा उसके स्वयं की आयातों की माँग लोचदार है तो वह देश अनुकूल व्यापार शर्तें प्राप्त कर सकेगा और इसके विपरीत अगर उस देश के लिये आयातों की मांग बेलोचदार तथा उसके निर्यातों की माँग विदेशों में लोचदार है तो व्यापार शर्तें उस देश के प्रतिकूल होंगी अर्थात् दूसरे शब्दों में –

(अ) देश के आयातां की माँग की लोच,

(ब) देश के निर्यातों की विदेशों में माँग की लोच,

(स) देश के निर्यातों में पूर्ति की लोच, तथा

(द) विदेशों द्वारा निर्यातों की लोच के सामूहिक प्रभाव से ही व्यापार शर्तों का निर्धारण होता है।

व्यापार की शर्तें, जैसा कि पहले स्पष्ट किया जा चुका है, अन्य बातों के अलावा आयात-निर्यात की जाने वाली वस्तुओं की माँग की लोच पर निर्भर करती है। यदि किसी देश द्वारा आयात की जाने वाली वस्तुओं की माँग लोचदार है तथा उसके द्वारा निर्यात की जाने वाली वस्तुओं की माँग बेलोचदार है, तो व्यापार शर्तें उस देश के अनुकूल होंगी। इसके विपरीत यदि उस देश के आयातों की माँग बेलोचदार है और निर्यातों की माँग लोचदार है, तो व्यापार शर्तें उस देश के प्रतिकूल होंगी। विकासशील राष्ट्रों की व्यापार शर्तें इसलिए प्रतिकूल होती हैं क्योंकि प्राय: उनके आयातों की माँग बेलोचदार तथा निर्यातों की माँग लोचदार होती है। इस प्रकार यह स्पष्ट है कि व्यापार शर्तों पर आयात-निर्यात की जानेवाली वस्तुओं की माँग की लोच का अत्यधिक प्रभाव पड़ता है।

(2) प्रशुल्क नीति — एक देश अपने आयातों को कम करने के लिए उन पर प्रशुल्क लगाता है। ऊँचे आयात करों के कारण देश में आयात हतोत्साहित होते हैं और दूसरे देशों को इस देश को निर्यात कम होते हैं। निर्यात करों में छूट देकर अथवा इन्हें समाप्त कर एक देश अन्य देशों में अपने निर्यातों को भी बढ़ा सकता है। सीमा शुल्कों के कारण व्यापार शर्तें प्रभावित होती हैं। संरक्षण की नीति व्यापार शर्तों में सुधार करने के अलावा घरेलू उद्योगों का विदेशी प्रतिस्पर्धा से बचाने के लिए भी लागू की जाती है। विदेशों से प्राप्त आयातों पर प्रशुल्क लगाने से संरक्षण देने वाले देश को व्यापार शर्तों के अनुकूल बनाने में सहायता मिलती हैं, क्योंकि विदेशी निर्यातकों को हतोत्साहित किया जाता है और आयातों की माँग पर रोक लगाई जाती हैं।

(3) आर्थिक विकास का स्तर —अन्तर्राष्ट्रीय व्यापार में संलग्न देशों के आर्थिक विकास से उनकी व्यापार शर्तों में भी परिवर्तन सम्भव हो सकता है। आर्थिक विकास से जब उत्पादन तथा तकनीकी ज्ञान में वृद्धि होती है तो व्यापार शर्तों में सुधार की सम्भावनायें बढ़ती हैं। यदि किसी देश के आर्थिक विकास का स्तर निम्न है अथवा वह ऐसा अपेक्षाकृत पिछड़ा हुआ है, तो व्यापार शर्तें उसके प्रतिकूल होंगी। इसके विपरीत उच्च विकास स्तर वाले देश की व्यापार शर्तें उसके अनुकूल होंगी। यही कारण है कि विकसित देशों की व्यापार शर्तें उनके अनुकूल और विकासशील देशों की व्यापार शर्तें उनके प्रतिकूल होती हैं। जैसे-जैसे किसी अर्थव्यवस्था का विकास का स्तर सुधरता जाता है, वैसे-वैसे उसकी व्यापार की शर्तों में भी सुधार होता चला जाता है क्योंकि आर्थिक विकास के कारण उस देश के तकनीकी कौशल में वृद्धि होती है जिससे उसका उत्पादन बढ़ने लगता है और लागत घटने लगती है।

(4) राजनैतिक स्थिति — जब देश में राजनैतिक शांति एवं सुरक्षा होती है और राजनैतिक उथल-पुथल का अभाव होता है तो अन्य बातों के समान रहते हुए उस देश के लिए व्यापार शर्तों में अनुकूल होने की प्रवृत्ति होगी और अगर देश में शांति एवं व्यवस्था का अभाव है तो व्यापार की शर्तों में देश के प्रतिकूल होने की प्रवृत्ति होगी, क्योंकि देश में उत्पादन में बाधा आने पर निर्यात कम और आयात अधिक होंगे। इसके अतिरिक्त आज जब

विश्व दो बड़े राजनैतिक गुटों — अमेरिकन पूँजीवाद तथा रूसी साम्यवाद — मैं बँटा हुआ है तो स्वाभाविक रूप से जो देश जिस गुट को समर्थन देता है उससे अनुकूल शर्तों प्राप्त करने में सफल रहता है।

व्यापार की शर्तों द्वर देश के राजनैतिक परिवेश का व्यापक और गहरा असर पड़ता है। यदि देश में राजनैतिक शांति और सुरक्षा का वातावरण है तो उस देश की व्यापार शर्तों के उसके अनुकूल होने की प्रवृति होगी। इसके विपरीत यदि देश में आन्तरिक उथल-पुथल, कानून एवं व्यवस्था का अभाव है तथा देश की सीमाओं पर तनाव विद्यमान है, तो व्यापार शर्तें उसके प्रतिकूल होने की प्रवृत्ति रखेंगी। राजनैतिक शान्ति और सुरक्षा के वातावरण में देश का आर्थिक विकास तेजी के साथ होता है जिससे व्यापार शर्तें अनुकूल होने की प्रवृत्ति रखती है।

(5) भुगतान स्थानान्तरण की मात्रा —आजकल विभिन्न देशों में वस्तुओं के आयात-निर्यात के अलावा भी अनेक भुगतानों का लेन-देन होता है। ये भुगतान प्रायः युद्ध की क्षति-पूर्तियाँ, कर्ज, कर्ज का पुनः भुगतान, लाभ, ब्याज, जनसंख्या के आवास-प्रवास से धन का स्थानान्तरण, अनुदान, आर्थिक सहायता आदि के रूप में होते हैं। इनका भी व्यापारिक शर्तों पर प्रभाव पड़ता है। इस सम्बन्ध में दो विचारधारायें हैं - एक तो स्थानान्तरण को वास्तविक समस्या मानते हैं जबकि दूसरी विचारधारा वाले इसे व्यापार शर्तों से सम्बद्ध न कर धन सम्बन्धी समस्या मानते हैं।

देश में वस्तुओं के आयात-निर्यातों से उत्पन्न भुगतानों के अतिरिक्त भी अनेक कारणों की वजह से भुगतानों के लेन-देन की आवश्यकता होती है। उदाहरण के लिए ऋण, ऋण भुगतान, ब्याज, लाभांश भुगतान, युद्ध की क्षतिपूर्ति, अनुदान, आर्थिक सहायता, उपहार, पर्यटन, सेवाओं के बदले जनशक्ति के आवागमन से धन का स्थानान्तरण आदि के रूप में भुगतान करने होते हैं या फिर पाने होते हैं। इन सब भुगतानों का भुगतान सन्तुलन की स्थिति पर प्रभाव पड़ता है। और भुगतान सन्तुलन की स्थिति का प्रभाव व्यापार शर्तों पर पड़ता है। यदि किसी देश को इन भुगतानों के कारण दायित्वों की तुलना में प्राप्तियाँ अधिक होती है, तो व्यापार शर्तें उसके पक्ष में होने की सम्भावना प्रबल होती है और इसके विपरीत स्थिति विलोमशः होगी।

(6) मुद्रा का अवमूल्यन — देश की मुद्रा के बाह्य मूल्य अथवा विदेशी विनिमय दर में होने वाले परिवर्तन भी व्यापार शर्तों को प्रभावित करते हैं। मुद्रा के बाह्य मूल्य में परिवर्तन निम्न दो प्रकार से किया जाता है। मुद्रा के बाह्य मूल्य में परिवर्तन निम्न दो प्रकार से किया जा सकता है: (अ) अवमूल्यन द्वारा, तथा (ब) पुनर्मूल्यन द्वारा।

कुछ अर्थवेत्ताओं का यह विश्वास है कि देश की मुद्रा के अवमूल्यन से व्यापार शर्तें उसके अनुकूल हो जाती हैं, क्योंकि अवमूल्यन के कारण देश के आयात मँहगे और निर्यात सस्ते हो जाते हैं। श्रीमती रोबिन्सन का यही अभिमत है जब अवमूल्यन द्वारा देश अपने निर्यातों में विशिष्टिकरण करने लगते हैं, तो उनकी व्यापार शर्तों में सुधार होने की सम्भावना रहती है। इसलिए अनेक देश व्यापार शर्तों में सुधार हेतु कई बार अपनी मुद्रा का अवमूल्यन करते हैं। मुद्रा के पुनर्मल्यन के कारण व्यापार शर्तें उस देश के प्रतिकूल होने की सम्भावना रहती है इसलिए देश प्रायः अपनी मुद्रा के पुनर्मूल्यन में रुचि नहीं रखते हैं। जब

कोई देश अपनी मुद्रा का अवमूल्यन करता है तो उसके निर्यातों की विदेशी कीमत गिर जाती है और विदेशी आयातों का मूल्य बढ़ जाता है। अतः कुछ विद्वानों की धारणा है कि इससे व्यापार शर्तें बेहतर हो जाती हैं क्योंकि निर्यात बढ़ते हैं और आयात कम हो जाते हैं। श्रीमती रोबिन्स के अनुसार जब अवमूल्यन से देश निर्यात में विशिष्टीकरण प्राप्त करते हैं तो व्यापार शर्तों का बेहतर होना सम्भव है क्योंकि उससे वह विश्वपूर्ति में प्रभावशाली रहेगा और आयातित माल में कम प्रभावशाली रहेगा। इन सभी सामूहिक प्रभावों से व्यापार शर्तों में सुधार की प्रवृत्ति रहेगी।

कई बार कुछ राष्ट्र अपने सामूहिक आर्थिक एवं व्यापारिक हितों के रक्षार्थ आपस में मिलकर एक संगठन का निर्माण कर लेते हैं और फिर सामूहिक रूप से मिलकर कार्य करते हैं।

(7) आर्थिक तेजी-मन्दी —जब देश में आर्थिक मन्दी का प्रकोप होता है तो देश में मूल्य-स्तर बहुत नीचे गिर जाते हैं, आयात हतोत्साहित होते हैं जबकि निर्यात, विदेशों में सस्ते पड़ने के कारण बढ़ते जाते हैं। विदेशों में देश के माल की माँग अगर बेलोचदार है तो व्यापार शर्तें कम लाभप्रद होंगी पर लोचदार होने पर अधिक लाभप्रद रहेंगी।

आर्थिक उच्चावचनों का भी देश की व्यापार शर्तों पर प्रभाव पड़ता है। आर्थिक उच्चावचनों के कारण व्यावसायिक गतिविधियों में उतार-चढ़ाव होते रहते हैं जो तेजी और मन्दी के रूप में परिलक्षित होते हैं। यदि किसी देश की अर्थव्यवस्था मंदी के जाल में फँसी हुई है, तो उसकी व्यापार शर्तों में सुधार होने की सम्भावना होगी क्यों कि मन्दी में कीमतों में निरन्तर होती कमी के कारण आयात घटते हैं और निर्यात बढ़ते हैं। वास्तव में व्यापार शर्तों में अनुकूलता की सीमा निर्यातों की माँग की लोच की प्रकृति पर निर्भर करेगी। तेजी काल में कीमतों में वृद्धि होने के कारण देश की निर्यात की जाने वाली वस्तुओं की प्रतिस्पर्धात्मक शक्ति में ह्रास होने के कारण उनका निर्यात घटेगा और विदेशी वस्तुएँ तुलनात्मक रूप से मँहगी होने के कारण अधिक मात्रा में आयात की जायेगी। फलस्वरूप व्यापार शर्तें देश के प्रतिकूल जाने की प्रवृत्ति होगी।

(8) आर्थिक एवं व्यापारिक संगठन — जब कुछ राष्ट्र अपने आर्थिक एवं व्यापारिक हितों की रक्षार्थ संगठन बनाते हैं तो ये आर्थिक एवं व्यापारिक संगठन भी व्यापार की शर्तों को अपने अनुकूल बनाने में प्रायः सफल होते हैं उदाहरणार्थ यूरोपीय आर्थिक समुदाय, आशियान, नाफटा आदि संगठनों का प्रभाव व्यापार शर्तों पर अनुकूल रहा है। जबकि असंगठित विकासशील राष्ट्रों का भाग्य अधर में हैं।

संगठन निर्माण के कारण इन राष्ट्रों की आर्थिक शक्ति तथा मोलभाव करने की शक्ति में अकल्पनीय सुधार हो जाता है, परिणामस्वरूप इनकी व्यापार शर्तें इनके पक्ष में रहने की सम्भावना बढ़ जाती है। इसके विपरीत यदि कोई राष्ट्र बिना किसी संगठित समूह के व्यापार करता है तो उसकी आर्थिक शक्ति क्षीण होने के कारण व्यापार शर्तें उसके प्रतिकूल रहने की प्रवृत्ति होगी।

इस प्रकार उपर्युक्त विवेचन से यह स्पष्ट है कि किसी देश की व्यापार शर्तों को एक साथ अनेक तत्त्व प्रभावित करते हैं। उपर्युक्त वर्णित घटकों के अलावा भी अन्य घटक

व्यापार शर्तों को प्रभावित करते हैं। उदाहरण के लिए अन्तर्राष्ट्रीय आर्थिक स्थिति एवं परिवेश, विकसित देशों का विकासशील देशों के प्रति दृष्टिकोण, विकासशील देशों के बीच आपसी तालमेल एवं संगठन की भावना, अन्तर्राष्ट्रीय मौद्रिक, वित्तीय एवं व्यापारिक संस्थाओं (अन्तर्राष्ट्रीय मुद्राकोष, विश्व बैंक, विश्व व्यापार संगठन, अंकटाड आदि) की नीति एवं दृष्टिकोण, देश की राजनैतिक नेतृत्व आदि का भी व्यापार शर्तों पर प्रभाव पड़ता है।

(9) विदेशी पूँजी का आवागमन —यह भी व्यापार शर्तों को अप्रत्यक्ष रूप से प्रभावित करता है। जब देश में विदेशी पूँजी का अन्तर्गमन होता है तो आर्थिक विकास का मार्ग प्रशस्त होने पर व्यापार शर्तें सुधरती हैं जबकि देश से विदेशी पूँजी का बहिर्गमन देश में भुगतान असन्तुलन का संकट उत्पन्न कर व्यापार शर्तों को प्रतिकूल बनाता है।

पूँजी के अन्तर्गमन और बहिगर्मन —भी व्यापार शर्तों को अप्रत्यक्ष रूप से प्रभावित करते हैं। यदि किसी देश में पूँजी का शुद्ध अन्तर्गमन होता है, तो वहाँ विनियोग बढ़ने से आर्थिक विकास को बल मिलेगा, परिणामस्वरूप व्यापार शर्तों में सुधार की प्रवृत्ति होगी। इसके विपरीत किसी देश की पूँजी का शुद्ध बहिगर्मन होता है अथवा एकदम अस्थायी प्रकृति का विनयोजन होता है, तो ऐसी स्थिति में व्यापार शर्तें प्रतिकूल हो सकती है। त्वरित पूँजी आवागमन अर्थव्यवस्था में अस्थिरता का माहौल उत्पन्न कर देते हैं जिससे आर्थिक विकास और व्यापार शर्तें दोनों पर प्रतिकूल असर पड़ेगा।

व्यापार की शर्तों का माप

विदेशी व्यापार की शर्तें विश्व मूल्यों के दो समूहों —आयात व निर्यात मूल्यों में सम्बन्ध बताती हैं। किसी भी देश की किसी वर्ष की व्यापार की शर्तों को आयात व निर्यात के मूल्य स्तरों के परिवर्तनों से तुलना करके मापा जाता है। इसके लिए हमें आयात-निर्यात सूचकांकों की आवश्यकता होती है। ये आंकड़े विदेशी व्यापार सूचना विभाग प्रकाशित करता है। विदेशी व्यापार शर्तों का सूत्र द्वारा माप इस प्रकार किया जाता है—

$$\text{किसी वर्ष की विदेशी व्यापार शर्तें} = \frac{\text{आयात मूल्यों का सूचकांक}}{\text{निर्यात मूल्यों का सूचकांक}} \times 100$$

इसके अतिरिक्त व्यापार शर्तों के समीकरण पहले दिये जा चुके हैं।

अमीर तथा गरीब राष्ट्रों के मध्य व्यापार शर्तें

व्यापार की शर्तों का अर्थ और स्वरूप को जान लेने के बाद हमें अमीर तथा गरीब राष्ट्रों के मध्य व्यापार की शर्तों का अध्ययन करने में कोई कठिनाई नहीं होगी। व्यापार की शर्तों से हमें विदेशी व्यापार से प्राप्त लाभों की गणना करने में काफी आसानी रहती है। इसलिए यदि किसी देश की व्यापार शर्तें उसके अनुकूल हैं, तो उसे कम भुगतान करना पड़ता है। इससे अन्तर्राष्ट्रीयबाजार में देश की क्रियाशक्ति बढ़ जाती है, विदेशी पूँजी देश में आती है और इसका कुल मिलाकर यह परिणाम होता है कि देश का आर्थिक विकास द्रुत गति से होने लगता है। परन्तु यदि किसी देश की व्यापार शर्तें उसके प्रतिकूल हैं, तो उसकी अन्तर्राष्ट्रीय क्रय शक्ति कम हो जाती है और आयातों के बदले अधिक विदेशी मुद्रा का भुगतान करना पड़ता है जिससे उसकी विकास क्षमता पर बुरा प्रभाव पड़ता है। इसलिए ही व्यापार की शर्तों

का विश्व के विभिन्न राष्ट्रों के लिए अत्यधिक महत्त्व होता है। जहाँ तक अर्द्ध-विकसित राष्ट्रों का प्रश्न है, उनके लिए तीव्र आर्थिक विकास की दृष्टि से अनुकूल व्यापार शर्तों का बहुत महत्त्व होता है। यह महत्त्व उस अर्थ व्यवस्था में और अधिक बढ़ जाता जहाँ विदेशी व्यापार की भूमिका महत्त्वपूर्ण होती है। व्यापार शर्तों का अर्द्ध-विकसित देशों के पक्ष में परिवर्तन से उपलब्ध अतिरिक्त विदेशी राशियाँ अनुदान के समान हैं क्योंकि विदेशी ऋणों के समान इन राशियों पर मूलधन व ब्याज का कोई भुगतान करने की कोई आवश्यकता नहीं होती है। रेगनर नर्कसे के अनुसार, ''पूँजी निर्माण के इस सम्भावित स्रोतों से बड़ा लाभ यह है कि इसमें न तो विदेशी ऋण के भार में वृद्धि होती है और न ही विभिन्न सरकारों के बीच ऋण-अनुदान लेन-देन से उत्पन्न विभिन्न संघर्षों का डर है।''

वैसे तो अन्तर्राष्ट्रीय व्यापार में संलग्न दोनों प्रकार के राष्ट्रों (आयातक एवं निर्यातक राष्ट्रों) को लाभ प्राप्त होता है, परन्तु फिर भी इनमें से किसी एक को अधिक व दूसरे को कम लाभ हो सकता है। व्यापार से प्राप्त लाभों के परिगणन में व्यापार शर्तों का विशेष महत्त्व है। आर्थिक व्यापारिक दृष्टि से अन्तर्राष्ट्रीय बिरादरी दो वर्गों में बंटी हुई है। इनमें से एक विकसित राष्ट्रों का समूह है, जिन्हें अमीर राष्ट्रों की श्रेणी में रखा जाता है तथा दूसरे समूह में दुनिया के वे अर्द्ध विकसित राष्ट्र सम्मिलित हैं, जो गरीब एवं पिछड़े हुए हैं तथा विकास के लिए प्रयत्नशील हैं। आज का युग द्विपक्षीय वस्तु विनिमय व्यापार की संकीर्ण अंध गुफा से निकलकर बहुपक्षीय मुद्रा विनिमय व्यापार के विस्तृत दायरे में पहुँच गया है। ऐसी स्थिति में व्यापार से प्राप्त लाभ का बड़ा भाग किस समुदाय के राष्ट्रों को प्राप्त होता है—यह एक विचारणीय प्रश्न हैं। अन्तर्राष्ट्रीय आर्थिक सन्तुलन व व्यवस्था को बरकरार रखने के लिए भी यह जरूरी है कि विश्व के विभिन्न राष्ट्रों को व्यापार से प्राप्त लाभों का कमोवेश रूप में समान भाग प्राप्त हो। पर यह तभी सम्भव है जब गरीब राष्ट्रों की व्यापार की शर्तें उनके अनुकूल रहें।

व्यापार की शर्तें और अर्द्ध विकसित देश

प्रतिष्ठित अर्थशास्त्रियों का मत था कि उत्पादन के कतिपय नियमों के कारण व्यापार की शर्तें औद्योगिक देशों के विरुद्ध जायेंगी। अर्थशास्त्र के जनक एडम स्मिथ के समय से ही यह धारणा चली आ रही है कि कृषि में क्रमागत उत्पत्ति ह्रास नियम लागू होता है और उद्योगों में उत्पत्ति वृद्धि नियम। मार्शल तथा अन्य अर्थशास्त्रियों का भी ऐसा ही मानन रहा है। व्यवहार में भी वस्तुतः उत्पादन तकनीक में सुधार आदि के कारण निर्मित वस्तु के उत्पादन में प्रयुक्त आवश्यक श्रम की मात्रा कम होती गई, परन्तु खेती के सम्बन्ध में ऐसा नहीं हुआ। इसके कारण यह सोचा जाने लगा कि समय व्यतीत होने के साथ कृषि उत्पाद की एक इकाई के उत्पादन के लिए औद्योगिक उत्पाद की एक इकाई की तुलना में श्रम की अधिक मात्रा लगेगी। यहाँ हम यह मान लें कि वस्तुओं का विनिमय उनमें निहित श्रम की मात्रानुसार होता है, तो यह निष्कर्ष निकलता है कि व्यापार शर्त उद्योगों के प्रतिकूल हो जायेगी क्योंकि कृषि उत्पाद की एक निश्चित मात्रा प्राप्त करने के लिए अधिक मात्रा में निर्मित वस्तुएँ देनी पड़ेगी। बीसवीं शताब्दी के प्रारम्भ तक व्यापार शर्तों के बारे में यही अवधारणा चली आ रही थी। सामान्यतः गरीब अर्द्ध-विकसित राष्ट्र कृषि-उत्पादों का अधिक मात्रा में निर्माण करते हैं तथा अमीर राष्ट्र औद्योगिक वस्तुओं का।

परन्तु बहुत से अर्थशास्त्रियों (राउल प्रेबिश, हेन्स सिंगर, लेविस तथा गुन्नार मिरडल आदि) का यह मत है कि दीर्घकाल में व्यापार शर्तें अर्द्ध-विकसित (गरीब) राष्ट्रों के प्रतिकूल रहती हैं जबकि अमीर (औद्योगिक) राष्ट्रों के अनुकूल रहती हैं। तथ्यात्मक विश्लेषण से भी इसी मत की पुष्टि होती है। संयुक्त राष्ट्र संघ के अनुसार, ''उन्नसीवीं शताब्दी के उत्तरार्द्ध वसे लेकर द्वितीय विश्व युद्ध के समय तक निर्मित वस्तुओं की कीमतों की तुलना में प्राथमिक वस्तुओं की कीमतों में लगातार घटने की प्रवृत्ति रही है। औसत रूप से प्राथमिक वस्तुओं की एक निश्चित मात्रा, उस अवधि के अन्त में निर्मित वस्तुओं की कुल मात्रा का 60 प्रतिशत भुगतार कर सकी है जितनी कि इसके द्वारा आरम्भ में खरीदी जा सकती थी। के.एस.मेहरा ने भी 1948 से 1966 के अंकों के आधार पर यही राय जाहिर की है कि अर्द्ध विकसित राष्ट्रों की व्यापार शर्तों में निरन्तर गिरावट की प्रवृत्ति परिलक्षित हुई है। सयुक्त राष्ट्र के व्यापार और विकास सम्मेलन (नई दिल्ली अधिवेशन) में भी अर्द्ध-विकसित राष्ट्रों की व्यापार शर्तों में गिरावट पर चिन्ता प्रकट की गई थी। उस समय स्पष्ट किया गया था कि अर्द्ध विकसित राष्ट्रों से निर्यात की जाने वाली वस्तुओं की कीमतों में 1958 से 7 प्रतिशत की कमी हुई है, जबकि इसके विपरीत विकसित राष्ट्रों के द्वारा निर्यात की जाने वाली वस्तुओं की कीमतों में 10 प्रतिशत की बढ़ोतरी हुई है।

प्रो. प्रेबिश ने अपने मत की पुष्टि में तर्क दिया है कि 1919 से 1930 की अवधि में निर्यात-आयात कीमतें इस बात का प्रमाण हैं कि औद्योगिक राष्ट्रों को अपने तकनीकी कौशल का पूरा लाभ मिला है, जबकि अर्द्धविकसित देशों में जो कुछ भी तकनीकी प्रगति हुई उसका अधिकांश लाभ उन्हें न मिलकर विकसित देशो को मिला है। उनका कहना है कि व्यापार चक्र की तेजी की अवस्था में प्राथमिक वस्तुओं के मूल्यों में वृद्धि हुई, परन्तु मन्दी की प्रावस्था में यह वृद्धि निष्फल हो गई। इसके विपरीत तेजी की अवस्था में निर्मित वस्तुओं की कीमतों में उतनी अधिक वृद्धि नहीं हुई, किन्तु मन्दी काल में उतनी अधिक गिरावट भी नहीं आई। इसका प्रमुख कारण यह है कि औद्योगिक मजदूरी व कीमतों में अपेक्षाकृत कम लोच होती है। अतः प्राथमिक और औद्योगिक वस्तुओ की कीमतों में अन्तर बढ़ता गया जिससे अर्द्ध विकसित राष्ट्रों की व्यापार शर्तों में ह्रास हुआ। प्रो. प्रेबिश अपने मत का समर्थन ब्रिटेन की अनुकूल व्यापार शर्तों का उदाहरण देकर करते हैं। परन्तु प्रो. किंडलबर्जर, प्रो. रेबिश के तर्क को स्वीकार नहीं करते हैं। इसके उन्होंनें दो कारण गिनाये हैं। पहला तो यह कि अर्द्ध विकसित राष्ट्रों के आयात और निर्यातों के सम्पूर्ण आँकड़े विश्लेषण के लिए उपलब्ध नहीं है। और दूसरे यद्यपि उन्नीसवीं शताब्दी के उत्तरार्द्ध में ब्रिटेन की व्यापार शर्तों में सुधार हुआ, पर इसी अवधि में यूरोप के अन्य औद्योगिक देश की व्यापार शर्तें प्रतिकूल रही है।

उक्त वर्णित मतभेद के बावजूद भी सामान्यतया यह माना जाता है कि गरीब व पिछड़े हुए राष्ट्रों की व्यापार शर्तें तुलनात्मक रूप से प्रतिकूल रही है और अब भी है। इसका प्रमुख कारण निर्धन तथा धनी देशों के आर्थिक विकास में भारी अन्तर है। गरीब देशों द्वारा उत्पादित प्राथमिकक् वस्तुओं की माँग में सापेक्षिक कमी हुई है और अमीर देशों द्वारा उत्पादित औद्योगिक वस्तुओं की माँग में सापेक्षिक वृद्धि हुई है।

व्यापार शर्तों को मापने के दोष

विभिन्न अर्थशास्त्रियों ने अलग-अलग रूपों में व्यापार शर्तों को मापने के समीकरण प्रस्तुत किये, परन्तु सभी समीकरण अपूर्ण एवं अपर्याप्त हैं। उनमें सामान्यत: निम्न दोष दृष्टिगोचन होते हैं —

(1) आयात-निर्यात आधिक्य के कारणों की उपेक्षा —व्यापार शर्तों का माप करते समय केवल आयात और निर्यात के मूल्य सूचकांकों की ओर ही ध्यान दिया जाता है जबकि उन कारणों की ओर ध्यान नहीं दिया जाता जिनके कारण आयात अथवा निर्यात में वृद्धि या कमी होती है। कारणों से आयात-निर्यात का स्वरूप भी बदल जाता है अत: कारणों का विश्लेषण आवश्यक होता है।

(2) अन्तर्राष्ट्रीय लाभ-हानि के स्पष्टीकरण में अनुपयुक्त — व्यापार शर्तों पर केवल देश के आयात-निर्यातों का ही प्रभाव नहीं पड़ता बल्कि अनेक भुगतान स्थानान्तरणों का भी प्रभाव पड़ता है। युद्ध हर्जाना भुगतान, ऋण एवं ऋणों की वापसी, ब्याज, लाभ आदि का भी व्यापार शर्तों पर प्रभाव पड़ता है जो कि वास्तव में वस्तुओं में आयात-निर्यात से भिन्न होते हैं पर ऋण स्वीकृति पर आयात-निर्यात में वृद्धि होती है।

(3) अनेक वस्तुओं का आयात-निर्यात —जब विदेशी व्यापार में दो देशों द्वारा भिन्न भिन्न वस्तुओं का आयात-निर्यात होता है जिनके सूचकांक देश के भीतर इसलिए नहीं बनाये जाते क्योंकि वह उस देश में उत्पादित होती ही नहीं हो अर्थात् जब एक देश केवल ऐसी मिलती जुलती वस्तुओं क ही आयात करता हो जा विदेशों में निर्यात भी की जाती हों तो सूचकांकों में सरलता रहती है पर व्यवहार में ऐसा बहुत-सी वस्तुओं के सम्बन्ध में लागू नहीं होता और माप गलत हो सकता है।

(4) गुण, आकार-प्रकार में भिन्नता की कठिनाई — विभिन्न देशों में अधिकांश माल के गुण, आकार और प्रकार में अन्तर होता रहता है, अत: आयात-निर्यात कीमतों में परिवर्तन भ्रमात्मक परिणामों का कारण बन सकते हैं।

(5) सूचकांक स्वयं अनेक दोषों से ओत-प्रोत होते हैं और इसलिए उनके आधार पर निकाले गये निष्कर्षों में अनेक कमियाँ भ्रमात्मक होती हैं।

इस प्रकार हम देखते हैं कि व्यापार शर्तों को मापने में सांख्यिकीय समस्यायें सामने आती हैं जिनमें समय-समय पर सुधार भी किए जाते हैं फिर भी व्यापार शर्तों को मापने की यह पद्धति कुछ संकेत देती हैं और ये आयात और निर्यात के मूल्य में संक्रमण की सूचक हैं तथा विदेशी व्यापार शर्तों की स्थिति का महत्त्वपूर्ण संकेत देती हैं।

गरीब, अर्द्ध-विकसित एवं विकासशील देशों में व्यापारिक शर्तों की प्रतिकूलता क्यों? कारण

जैसा कि ऊपर स्पष्ट किया जा चुका है कि अर्ध-विकसित राष्ट्र आर्थिक दृष्टि से गरीब और पिछड़े हुए ऐसे राष्ट्र हैं जो मुख्यत: प्राथमिक वस्तुओं का उत्पादन करते हैं। यह भी स्पष्ट किया जा चुका है कि इन देशों की व्यापार शर्तें काफी अरसे से निरन्तर रूप से प्रतिकूल चली आ रही हैं। इन गरीब राष्ट्रों की व्यापार शर्तों का प्रतिकूल होने का दूसरा सीधा

अर्थ यह है कि अमीर औद्योगिक राष्ट्रों की व्यापार शर्तें उनके लिए अनुकूल हैं। ज्ञातव्य हैं कि औद्योगिक राष्ट्र मुख्यतया निर्माणकारी वस्तुओं का उत्पादन करते हैं। इसलिए पिछड़े गरीब मुल्कों की व्यापार शर्तों की प्रतिकूलता के कारणों में ही अमीर उन्न राष्ट्रों की व्यापार शर्तों की अनुकूलता का राज छिपा है।

विकसित देशों के मुकाबले गरीब देशों की व्यापार शर्तों में प्रतिकूलता की प्रवृत्ति प्रबल होती है, उसके प्रमुख कारण निम्न हैं—

(1) प्राथमिक उत्पादनों की प्रधानता —गरीब एवं विकासशील देशों में प्राथमिक उत्पादनों की प्रधानता होती है, उन्हें अपने सीमित उत्पादनों के निर्यात में प्रतिकूल शर्तों को भी मानना पड़ता है जबकि अनेक प्रकार की आवश्यकताओं की पूर्ति के लिए आयातों में भी प्रतिकूल शर्तों की समस्या आती है। इग उत्पादनों की कीमतों में भारी उतार-चढ़ाव भी प्रतिकुल शर्तों में सहायक होते हैं।

सामान्यतया अर्द्ध-विकसित राष्ट्रों को श्रम प्रधान या भूमि प्रधान वस्तुओं के उत्पादन में ही विशिष्टीकरण हासिल होता है। ये देश मूलतः प्राथमिक वस्तुओं तथा खनिज पदार्थों के उत्पादन में विशेषज्ञ होते हैं। इनका अर्थव्यवस्था का ढाँचा ही कुछ ऐसा होता है कि यह मुख्यतः इन्हीं वस्तुओं के उत्पादन पर टिकी होती है। विकासशील देशों की राष्ट्रीय आय का एक बड़ा भाग प्राथमिक क्षेत्र से प्राप्त होता है तथा बहुसंख्य जनसंख्या अपनी जीविकोपार्जन के लिए खेती या सम्बद्ध क्षेत्रों पर आश्रित होती है। इससे इन राष्ट्रों की व्यापार शर्तें प्रायः प्रतिकूल ही रहती है। इसका कारण यह है कि एक तो इन वस्तुओं की उत्पादकता कम होती है तथा दूसरे इनकी माँग की आय लोच भी नीची रहती है। इसके विपरीत, विकसित राष्ट्र मुख्य रूप से निर्मित वस्तुओं का उत्पादन और निर्यात करते हैं जिनकी उत्पादकता और माँग की आय लोच दोनों ही तुलनात्मक रूप से अधिक होती है। यह कारण किसी देश की राष्ट्रीय आय में वृद्धि होने पर उसका अनुपातिक व्यय प्राथमिक वस्तुओं पर कम तथा निर्मित वस्तुओं पर अधिक होने लगता है। अतः विकसित देशों के निर्यातों में विकासशील देशों की तुलना में अधिक वृद्धि होती है जिससे निर्धन राष्ट्रों को व्यापार शर्तों में ह्रास होता है।

प्रो. सिंगर के अनुसार, तकनीकी प्रगति के फल या तो अधिक आय के रूप में उत्पादकों को प्रदान किये जाते हैं अथवा कम कीमतों के रूप में उपभोक्ताओं को दिये जाते हैं। जहाँ तक औद्योगिक देशों का सम्बन्ध है, वे तकनीकी प्रगति के फलों को उच्च आमदनी के रूप में कीमतों के रूप में उपभोक्ताओं को प्रदान किया जाता है। विचारकों का मानना है कि औद्योगिक देशों में श्रम संघों के अधिक शक्तिशाली होने के कारण बढ़ी हुई उत्पादकता का एक भाग बढ़ी हुई मजदूरी के रूप में प्राप्त होता है तथा उत्पादकों का भी मुनाफा बढ़ जाता है, जबकि गरीब राष्ट्रों में बेरोजगारी तथा सौदेबाजी की शक्ति के अभाव में ऐसा नहीं हो पाता। अतः औद्योगिक राष्ट्रों में कीमतें तकनीकी प्रगति के कारण पूर्ववत् ही रहती है परन्तु अर्द्ध-विकसित राष्ट्रों में कीमतें गिर जाती हैं इसलिए उनकी व्यापार शर्तों प्रतिकूल बनी रहती हैं। हकीकत में गरीब मूल्कों की व्यापार शर्तें प्रतिकूल होने की वजह यह भी रही है कि औद्योगिक देशों में उत्पादन की क्षमता प्राथमिक वस्तुओं के उत्पादनकर्त्ता देशों की अपेक्षा अधिक बढ़ गई है।

(2) प्राथमिक उत्पादनों की निर्यात मांग अधिक लोचदार होती है क्योंकि विकसित देशों ने उनके अनेक प्रतिस्थापन निकाल लिये हैं जबकि गरीब देशों के लिए विकसित देशों के उत्पादित माल की आयात मांग बेलोचदार होती है। परिणामस्वरूप गरीब देशों को प्रतिकूल व्यापार शर्तों का सामना करना पड़ता है।

विकसित देशों की अर्थव्यवस्थाओं में विविधता होने के कारण विकासशील राष्ट्रों की तुलना में अधिक लोचशीलता पाई जाती है। जब विश्व बाजार में कुछ वस्तुओं की कीमतों में गिरावट होने लगती हैं, तो वे अन्य वस्तुओं का उत्पादन करने लगते हैं। परन्तु अर्द्ध-विकसित राष्ट्रों के लिए अर्थ-व्यवस्थाओं में पर्याप्त लोच के अभाव के कारण ऐसा करना सम्भव नहीं हो पाता है। विकासशील देशों की अर्थव्यवस्थायें अत्यन्त कठोर होती है तथा उनमें समायोजन की क्षमता अत्यन्त ही कम होती है। इस कारण से गरीब राष्ट्रों को प्रतिकूल व्यापार की शर्तों का सामना करने को मजबूर होना पड़ता है।

(3) प्राथमिक उत्पादनों की संख्या सीमित एवं मात्रा कम होने से निर्यात सम्भावनायें कम होती हैं। यही नहीं, परम्परागत वस्तुओं की मांग विकसित देशों में गिरने की प्रवृत्ति होती है, अतः प्रतिकूल व्यापार शर्तें स्वाभाविक हैं। एक देश द्वारा निर्यात की जाने वाली वस्तुओं की संख्या जितनी अधिक होगी, उतनी ही अधिक उसकी निर्यात आय स्थिर होगी। यह एक विडम्बना है कि विकासशील देशों की निर्यात-वस्तुओं की संख्या बहुत ही कम है, जबकि विकसित राष्ट्रों की निर्यात वस्तुओं की संख्या अत्यधिक होने के कारण उनकी मोल-भाव करने की शक्ति अधिक होती है तथा वे किसी भी अन्तर्राष्ट्रीय परिवर्तन का सामना कर सकने की स्थिति में होते हैं। प्रो. अमनदत्त के शब्दों में, ''अनेक अल्प विकसित देश थोड़ी सी निर्यात वस्तुओं पर अत्यधिक निर्भर करते हैं, यही बात उनकी स्थिति को उनसे अधिक विकसित देशों की तुलना में कमजोर बना देती है जो अनेक प्रकार की वस्तुओं का व्यापार करते है।

(4) गरीब देशों में पाश्चात्य देशों के उच्च जीवन स्तर की नकल प्रवृत्ति तथा आर्थिक विकास हेतु आयातों की अनिवार्यता और उनमें बढ़ती प्रवृत्ति के कारण भी उनकी व्यापार शर्तें निरन्तर प्रतिकूल बनती जा रही है। औद्योगिक देशों में अपने घरेलू कृषि उद्योग की रक्षा के लिए विकासशील राष्ट्रों द्वारा निर्यात किये जाने वाले कृषि सम्बन्धी माल के आयात पर विभिन्न प्रकार के प्रतिबन्ध लगा रखे हैं। इसके फलस्वरूप निर्धन राष्ट्रों के निर्यात की माँग घटती है। कुछ विकसित राष्ट्रों ने (अमरीका और पश्चिमी यूरोप के कुछ राष्ट्रों ने) अपने अपने यहाँ कृषि क्षेत्र में व्याप्त बेरोजगारी को समाप्त करने के लिए कृषि वस्तुओं के आयात पर प्रतिबन्ध लगाने के अतिरिक्त अपने कृषि सम्बन्धी माल के निर्यात पर सहायता बढ़ा करके अनुचित रूप से अल्प विकसित देशों के साथ प्रतियोगिता भी शुरू कर दी है। इसके परिणामस्वरूप अर्द्ध विकसित राष्ट्रों के निर्यातों पर विपरीत असर पड़ा है।

(5) औद्योगिक विकसित राष्ट्रों का गरीब राष्ट्रों के प्रति कड़ा रुख है। वे गरीब राष्ट्रों को निर्मित माल ऊँचे मूल्यों एवं कठोर शर्तों पर बेचने का प्रयास करते हैं, जबकि उन राष्ट्रों से आयातों पर प्रतिबन्ध का सामूहिक प्रयास करते हैं, परिणामस्वरूप प्रतिकूल शर्तों बढ़ती जाती है।

(6) अन्तर्राष्ट्रीय व्यापार पर कुछ ही विकसित राष्ट्रों का एकाधिकार है अत: वे अपनी एकाधिकारी शक्तियों के कारण निर्मित माल को ऊँचे मूल्यों व कठोर शर्तों पर बेचते हैं जबकि कच्चे माल एवं प्राथमिक उत्पादनों को नीची कीमतों पर आयात करते हैं।

अन्तर्राष्ट्रीय व्यापार पर कुछेक विकसित राष्ट्रों के एकाधिकार के कारण भी गरीब राष्ट्रों की व्यापार शर्तें उनके प्रतिकूल रही है। पिछले कुछ वर्षों में विकासशील राष्ट्रों का अन्तर्राष्ट्रीय व्यापार में हिस्सा बढ़ने के स्थान पर कम हुआ है। विश्व व्यापार के सन्दर्भ में इन राष्ट्रों के निर्यातों में प्रतिशत हिस्सेदारी में कमी के कारण भुगतान सन्तुलन में असाम्य उत्पन्न हो गया है जिसकी पूर्ति हेतु उन्हें विकसित राष्ट्रों की बन्धित सहायता पर निर्भर रहना पड़ता है अर्थात उनसे ही मजबूरी में ऊँचे दामों पर घटिया माल क्रय करना पड़ता है।

(7) गरीब एवं विकासशील देशों में जनसंख्या में विस्फोटक वृद्धि के कारण निर्यातों में कमी, जबकि खाद्यान्न, तेलों आदि अनिवार्य वस्तुओं के आयात में वृद्धि ने प्रतिकूल शर्तों में वृद्धि को जन्म दिया है। विकासशील देशों में जनसंख्या वृद्धि की गति विकसित देशों की तुलना में काफी अधिक रही है। बढ़ती हुई जनसंख्या की आवश्यकताओं की पूर्ति के लिए निर्धन देशों में निर्मित वस्तुओं की माँग तेजी से बढ़ी है। दूसरी और विकसित देशों में जनसंख्या वृद्धि की दर काफी कम रही है। (यहाँ तक की कुछ देशों में तो जनसुख्या स्थिरता की स्थिति उत्पन्न हो गई है) इससे उनकी विकासशील राष्ट्रों द्वारा निर्यात की जाने वाली वस्तुओं की माँग में वृद्धि की दर या तो काफी कम हो गई है या फिर रुक गई। अत: निर्धन देशों की आयातों की माँग निर्यातों की तुलना में बढ़ी है जिससे व्यापार की शर्तें प्रतिकूल हुई है

(8) जहाँ विकसित देशों ने औद्योगिक एवं निर्मित माल में विशिष्टीकरण किया है, वहाँ गरीब देशों ने प्राथमिक वस्तुओं —खनिज एवं कृषि उपज आदि में विशिष्टीकरण किया है जिनकी माँग की लोच कम होती है अत: प्रतिकूल शर्तें रहती हैं।

विकासशील देशों ने मुख्य रूप से कृषि और खनिज पदार्थों के निर्यात में विशिष्टीकरण किया हुआ है, जिनकी माँग की लोच काफी कम है। इसके विपरीत सम्पन्न राष्ट्रों ने मुख्य रूप से पूँजीगत औद्योगिक माल के निर्यात में विशिष्टीकरण प्राप्त किया है, जिनकी माँग की लोच अपेक्षाकृत ऊँची है। जैसे ही एक देश की आय बढ़ जाती है, वैसे ही निर्मित वस्तुओं पर होने वाले खर्च का अनुपात बढ़ जाता है और खाद्यान्न आदि पर खर्च का अनुपात घट जाता है। इस प्रकार विश्व की आय में वृद्धि के साथ सम्पन्न राष्ट्रों के निर्यातों की माँग बढ़ जाती है और प्राथमिक वस्तुओं का उत्पादन करने वाले देशों के निर्यातों की माँग उतनी नहीं रह पाती। फलत: व्यापार शर्तों उनके प्रतिकूल हो जाती है। प्रो. किंडलबर्गर के अनुसार, ''जैसे-जैसे विश्व के रहन-सहन के स्तर में वृद्धि होती है और जैसे जैसे एंजिल का नियम लागू होता है वैसे-वैसे कृषि और प्राथमिक उत्पादन वाले राष्ट्रों की व्यापार शर्तें प्रतिकूल होती जाती हैं।''

(9) विकासशील देशों की व्यापारिक शर्तों प्रतिकूल होने का एक प्रमुख कारण उनमें मजबूत व्यापारिक संगठनों का अभाव हैं यदि ये देश भी अपने व्यापारिक संगठन बनाकर विकसित देशों से बेहतर मोल-भाव करें तो व्यापार शर्तों में सुधार सम्भव है। विकासशील देशों के पास अपनी वस्तुओं को बेचने के लिए कोई उपयुक्त संगठन नहीं है।

इस कारण से इनमें अपनी वस्तु को बेचने की गलाकाट होड़ लगी रहती है। जिसका प्रत्यक्ष फायदा अमीर राष्ट्रों को मिलता है। यदि ये राष्ट्र भी यूरोपीय साझा बाजार की तरह अपना संगठन बनाकर माल बेंचे, तो इनकी व्यापार शर्तों में सुधार हो सकता है।

(10) विकासशील देशों में आधारभूत संरचना की कमियों के कारण उत्पादन साधनों की गतिशीलता अपेक्षाकृत बहुत कम है। परिणामस्वरूप कम से कम लागत पर अधिकतम उत्पादन में बाधा आती है और ऊँची लागतों के कारण व्यापार शर्तें सुधारने में कठिनाईयों का सामना करना पड़ता है। विकासशील राष्ट्रों में उत्पादन के साधनों में उतनी गतिशीलता नहीं पाई जाती जितनी कि विकसित राष्ट्रों में पाई जाती है। इसका यह नतीजा निकलता है कि ये राष्ट्र जिन वस्तुओं का उत्पादन करते हैं, यदि उनकी कीमत गिर भी जाय तो, उनमें प्रयुक्त उत्पादन के साधनों की उनकी गतिशीलता के अभाव में अन्यत्र प्रयुक्त नहीं कर सकते। अर्थ व्यवस्था का पिछड़ापन भी साधनों के वैकल्पिक प्रयोग को परिसीमित करता है। ऐसी स्थिति में कीमतों में कमी होने पर भी ये देश अपनी वस्तुओं को बेचने को तैयार रहते हैं जिससे इनकी व्यापार शर्तें प्रतिकूल रहती है।

(11) जहाँ विकसित राष्ट्र नवीनतम उत्पादन तकनीकों से कम से कम लागत पर उत्पादन को बढ़ाने में प्रयत्नशील हैं वहाँ विकासशील राष्ट्रों में अभी भी उत्पादन की अपेक्षाकृत पिछड़ी तकनीक की प्रमुखता से लागत ऊँची, उत्पादन कम और विश्व बाजारों में प्रतिस्पर्द्धात्मक शक्ति का अभाव उनकी व्यापार शर्तों को प्रतिकूल बनाये रखने में मददगार है।

विकासशील देशों की उत्पादन तकनीक का स्तर औद्योगिक राष्ट्रों की तुलना में काफी पिछड़ा हुआ होता है जिसके कारण न केवल उत्पादन कम होता है, वरन् उत्पादन लागत भी ऊँची बैठती है। इससे उनकी विश्व बाजार में प्रतिस्पर्धात्मक शक्ति गिर जाती है। दूसरी ओर दिन-दूनी और रात चौगुनी गति से विकसित राष्ट्रों में उत्पादन तकनीक का विकास हुआ है जिससे उनकी प्रतिस्पर्धात्मक शक्ति में बढ़ोतरी हुई है। फलतः अमीर राष्ट्रों की व्यापार शर्तें अनुकूल और गरीब राष्ट्रों की व्यापार शर्तें प्रतिकूल बनी हुई है।

(12) जहाँ विकसित राष्ट्रों की अर्थव्यवस्थाओं में विविधता और बदलाव की शीघ्रता के कारण पर्याप्त लोचशीलता पाई जाती है वहाँ विकासशील देशों में एकाकी विकास और परम्परागत उत्पादन के कारण अर्थव्यवस्थाएँ अत्यन्त कठोर और लोचहीन होती हैं परिणामस्वरूप उनमें कठोर व्यापार शर्तों को झेलने की मजबुरी होती है। यह एक कटु सत्य है कि जिन देशों के आयातों की माँग अधिक लोचदार होती है और निर्यातों की माँग कम लोचदार हेाती है उनकी व्यापार शर्तें अनुकूल होती है। दुर्भायवश विकासशील राष्ट्रों के आयातों की माँग कम लोचदार है तथा उनके निर्यातों की माँग की लोच अधिक है। फलस्वरूप उनकी व्यापार शर्तें प्रतिकूल हैं। औद्योगिक राष्ट्रों की आयातों की माँग की लोच अधिक और निर्यातों की माँग की लोच कम होने के कारण व्यापार शर्तें उनके अनुकूल रहती हैं। ऐसा होने की मुख्य वजह यह है कि प्राथमिक वस्तुओं की पूर्ति को माँग के अनुसार यथ शीध्र समायोजित नहीं किया जा सकता है, जबकि निर्मित वस्तुओं की पूर्ति में यथाशीध्र परिवर्तन किया जा सकता है।

(13) विकासशील देशों की व्यापार शर्तें प्रतिकूल होने का एक प्रमुख कारण यह है कि उनमें अपनी माँग की पूर्ति करने के लिये पर्याप्त प्रतिस्थापन वस्तुएँ उपलब्ध नहीं होती। परिणामस्वरूप उन्हें विदेशों से आयात की मजबूरी के कारण प्रतिकूल व्यापार शर्तें भी सहन करनी पड़ती हैं।

विकासशील देशों को अपनी आवश्यकताओं की पूर्ति के लिए एक बड़ी सीमा तक विकसित राष्ट्रों पर निर्भर रहना पड़ता है क्योंकि उनके पास विकसित देशों की वस्तुओं की कोई प्रतिस्थानापन्न वस्तुएँ नहीं होती है। दूसरे शब्दों में उनकी आयातों की माँग बेलोचदार होती हैं। परन्तु विकसित देशों ने निर्धन राष्ट्रों से आयात की जाने वाली अनेक वस्तुओं की अपने यहाँ प्रतिस्थापन्न वस्तुएँ खोज ली हैं। अतः अब उनकी गरीब राष्ट्रों पर आयात निर्भरता तुलनात्मक रूप से काफी कम हो गई है। उदाहरण के लिए सूती धागे के स्थान पर कृत्रिम धागा, जूट के स्थान पर सिंथेटिक निर्मित टाट इत्यादि। विकासशील देश अपनी आवश्यकताओं में वृद्धि के कारण विकसित देशों पर अधिक निर्भर हो गये हैं। जिसके कारण उनकी व्यापार शर्तें प्रतिकूल है।

निष्कर्ष—उपर्युक्त वर्णित कारणों के आधार पर यह निष्कर्ष निकलता है कि अर्द्ध-विकसित विकासशील देशों की व्यापार की शर्तों की प्रवृत्ति प्रतिकूल रखने की रही है। इससे यह भी अर्थ लगाया जा सकता है कि इन राष्ट्रों की आय इनके बजायदूसरे देशों में जाती रही है। जिससे उनकी विकास करने की शक्ति में कटौती हुई है। परन्तु यह निष्कर्ष निकालने से पूर्व कुछ अन्य बातों पर भी विचार कर लेना आवश्यक है। कच्चे माल और निर्मित माल के बीच जो वस्तु व्यापार की शर्तें होती हैं वह इन व्यापार की शर्तों से भिन्न है जो निर्धन और अमीर देशों के बीच होती हैं। विगत कई वर्षों के दौरान उत्पादित वस्तुओं कि किस्म में जो सुधार हुआ है वह कृषि की तुलना में औद्योगिक वस्तुओं के क्षेत्र में अधिक हुआ है। परन्तु इस प्रगति का आँकड़ों में पर्याप्त संकेत नहीं मिलता जिनके आधार पर व्यापार शर्तों के बारे में निष्कर्ष निकाला गया है। कुछ अर्थशास्त्रियों ने सन्देह व्यक्त किया है कि अर्द्ध-विकसित देशों की दीर्घकाल में व्यापार शर्त प्रतिकूल हो गई है। ऐसा कोई पूर्ण प्रमाण नहीं मिलता कि पिछले 80 वर्षों की अवधि में इन देशों की व्यापार शर्तें प्रतिकूल रही है। इसके विपरीत कुछ लोगों का मत है कि इन देशों की वस्तुओं में गुणात्मक सुधार होने एव परिवहन लागत में कमी के परिणामस्वरूप व्यापार शर्तों में सुधार हुआ है। प्रो. हैबरलर का भी मत कुछ ऐसा ही है। उनके अनुसार—"इस सम्बन्ध में कि अर्द्ध-विकसित देशों में दीर्घकाल तक व्यापार की शर्तें प्रतिकूल रही हैं, जो कारण दिये गये हैं वे या तो गलत हैं अथवा उक्त निष्कर्षों के लिए पूर्णरूप से अनुपयुक्त एवं अपर्याप्त हैं।"

इस प्रकार दो विरोधी विचारधारा के बाद भी मोटे तौर से यह माना जाता है कि अर्द्ध विकसित राष्ट्रों की व्यापार की शर्तें उनके प्रतिकूल रही हैं और एक सीमा तक आज भी हैं। बढ़ते अन्तर्राष्ट्रीय संरक्षणवाद के माहौल में उनकी स्थिति और भी खराब हुई है जो उनकी बढ़ती ऋणग्रस्तता और भुगतान सन्तुलन की असाम्यता में एक सीमा तक प्रतिबिम्बित होती है।

व्यापार शर्तों का व्यावहारिक महत्त्व

यद्यपि विदेशी व्यापार शर्तों को मापने में अनेक कठिनाइयाँ हैं फिर भी अनेक व्यावहारिक महत्त्व के कारण व्यापार शर्तों का अध्ययन अन्तर्राष्ट्रीय अर्थशास्त्र का महत्त्वपूर्ण अंग बन गया है। द्वितीय विश्वयुद्ध के बाद व्यापार शर्तों के बारे में रूचि अधिक हुई है। व्यापार शर्तों का निम्न व्यावहारिक महत्त्व है—

(1) व्यापार शर्तों के आधार पर ही किसी देश को अन्तर्राष्ट्रीय व्यापार से प्राप्त लाभ की मात्रा का ज्ञान होता है। जब व्यापार शर्तें अनुकूल होती हैं, तो देश को अधिक लाभ प्राप्त होता है और व्यापार शर्तें प्रतिकूल होने पर लाभ की मात्रा घट जाती है। वाल्टर क्राज के अनुसार, ''निर्यातकर्त्ता देश और आयातकर्त्ता देश के बीच लाभ का विभाजन व्यापार शर्तों पर निर्भर करता है। एक देश की व्यापार शर्तें जितनी अनुकूल होंगी व्यापार से होने वाली उसकी प्राप्तियों का अंश उतना ही अधिक होगा।''

(2) व्यापार शर्तों के द्वारा आयात-निर्यात मूल्यों का तुलनात्मक विवरण प्रस्तुत किया जाता है इससे न केवल विदेशी विनिमय में सापेक्षिक परिवर्तन का पता लगता है वरन् विदेशी विनिमय की स्थिति तथा उससे विनिमय दरों में परिवर्तनों कारणों का भी विश्लेषण किया जा सकता है।

(3) पिछड़े राष्ट्रों की आर्थिक प्रगति बहुत कुछ उनकी अनुकूल व्यापार शर्तों पर निर्भर करती है। अनुकूल व्यापार शर्तों पर पिछड़े राष्ट्र विकसित राष्ट्रों को अधिक मात्रा में कच्चा माल एवं प्राथमिक वस्तुओं के निर्यात कर के बदले में मशीनों व पूँजीगत वस्तुओं का आयात कर आर्थिक विकास का मार्ग प्रशस्त कर सकते हैं जबकि व्यापार शर्तों के प्रतिकूल होने पर पिछड़े राष्ट्रों को निर्यातों के बदले लाभ में कमी तथा आयातों में कमी होने से आर्थिक विकास में व्यापार शर्तों का महत्त्व है।

(4) जिन देशों की अर्थव्यवस्था विदेशी व्यापार पर ही आश्रित होती है उनमें उत्पादन और रोजगार बहुत कुछ व्यापार शर्तों पर निर्भर करता है। अनुकूल व्यापार शर्तों पर निर्यात उद्योग बढ़ते हैं तथा आर्थिक प्रगति का मार्ग प्रशस्त होता है। स्वाभाविक रूप से उत्पादन, रोजगार तथा आय में वृद्धि होती है और इसके विपरीत जब देश की व्यापार शर्तें प्रतिकूल होती हैं तो निर्यात घटने से आयात में कमी होने एवं विदेशी विनिमय संकट आदि से उत्पादन, रोजगार तथा आय का स्तर गिरता है।

इस प्रकार हम यह देखते हैं कि व्यापार शर्तों का अर्थव्यवस्था में पर्याप्त महत्त्व है। विकासशील राष्ट्रों की आर्थिक प्रगति बहुत कुछ अनुकूल व्यापार शर्तों पर निर्भर करती है जबकि प्रतिकूल शर्तों से विकास में बाधा आती है।

परिक्षापयोगी प्रश्न

1. अन्तर्राष्ट्रीय व्यापार शर्तों का क्या अभिप्राय है और व्यापार को कैसे मापा जाता है?
2. अन्तर्राष्ट्रीय व्यापार की शर्तों का स्पष्टीकरण करते हुए उन पर प्रभाव डालने वाले तत्त्वों को उल्लेख कीजिए।

3. अन्तर्राष्ट्रीय व्यापार की शर्तों का व्यापारिक महत्त्व बताते हुए उनको प्रभावित करने वाले घटक समझाइए।

4. व्यापार की शर्तों का क्या अर्थ है? वें कब प्रतिकूल हो जाती हं? इस विचार की जाँच कीजिए कि एक गरीब देश के लिए जो प्राथमिक उत्पाद को निर्यात करता है व्यापार की शर्तों की प्रवृत्ति आमतौर पर प्रतिकूल होने की होती है।

5. व्यापार की शर्तें क्या है? व्यापार शर्तों के विभिन्न प्रकारों का वर्णन कीजिए।

6. व्यापार की शर्तों से क्या आशय हैं? व्यापार शर्तों को प्रभावित करने वाले तत्त्व कौन-कौन से हैं? समझाइये।

7. "व्यापार की शर्तों" से आप क्या समझते हैं? व्यापार की शर्तों को प्रभावित करने वाले घटकों की विवेचना कीजिये।

□□□

14

विदेशी व्यापार एवं भुगतान शेष
(Foreign Trade and Balance of Payment

विदेशी व्यापार का प्रत्येक राष्ट्र की अर्थव्यवस्था में महत्वपूर्ण भूमिका होती है। कोई भी राष्ट्र विदेशी व्यापार से अलग थलग रह कर अपनी राष्ट्रीय व्यवस्था का निर्बाध पूर्वक संचालन नहीं कर सकता। विदेशी व्यापार के अध्ययन में, विदेशी व्यापार का आकार, आयात तथा निर्यातों की संरचना तथा विदेशी व्यापार की दिशा आदि अनेक महत्वपूर्ण पक्षों को सम्मिलित किया जाता है। किसी भी देश के व्यापार में वृद्धि आर्थिक विकास का सूचक माना जाता है। किन्तु, यदि आयातों की मात्रा अधिक रहे तथा निर्यात अपेक्षित दर के अनुरूप नहीं बड़े तो भुगतान शेष में असंतुलन की स्थिति उत्पन्न हो जाती है। भुगतान सन्तुलन में निरन्तर असंतुलन की स्थिति नुकसानदेय सिद्ध होती है। भारत के विदेशी व्यापार तथा भुगतान शेष में स्वतन्त्रता के पश्चात् महत्वपूर्ण प्रवृत्तियों का उदय हुआ है। भारत के विदेशी व्यापार तथा भुगतान शेष में विगत वर्षों में घटित हुई प्रवृत्तियों का संक्षिप्त विवरण निम्न प्रकार है:

विदेशी व्यापार का महत्व (Importance of Foreign Trade)

प्रत्येक देश की अर्थव्यवस्था में विदेशी व्यापार का महत्त्वपूर्ण स्थान होता है। रोबर्टसन के अनुसार, "विदेशी व्यापार आर्थिक विकास का इन्जन है।" (Foreign Trade is an engine of economic growth-Robertson) विदेशी व्यापार में सक्रिय भागीदारी द्वारा ही

(1) राष्ट्र अपने प्राकृतिक साधनों का उचित प्रयोग कर सकता है,

(2) अतिरिक्त उत्पादन का निर्यात कर सकता है,

(3) विदेशों से तकनीकी जानकारी आदि प्राप्त कर सकता है,

(4) प्राकृतिक संकट के समय आवश्यक तथा अन्य वस्तुएं प्राप्त कर सकता है",

(5) विदेशी व्यापार के द्वारा औद्योगीकरण के लिए आवश्यक पूँजी, मशीने तथा कच्चा माल प्राप्त किया जा सकता है,

(6) विदेशी व्यापार उपयुक्त नियन्त्रण द्वारा रोजगार, उत्पादन, कीमत, औद्योगिकरण तथा देश के आर्थिक विकास पर उचित प्रभाव डाला जा सकता है।

(7) विदेशी व्यापार द्वारा ही दूसरे देशों से आर्थिक विकास के लिए आवश्यक सहायता तथा अन्य उपकरण प्राप्त किये जा सकते हैं। यही कारण है कि भारत के योजना आयोग ने विभिन्न पंचवर्षीय योजनाओं में विदेशी व्यापार के विकास को बहुत अधिक महत्त्व दिया है।

विदेशी व्यापार की मुख्य विशेषताएं (Main Features of Foreign Trade)

स्वतन्त्रता के पश्चात् भारत के विदेशी व्यापार की मुख्य विशेषताएँ निम्नलिखित है:

(1) कुल राष्ट्रीय आय का बढ़ता हुआ प्रतिशत (Increasing Share of Gross National Income of World Trade) - भारत के विदेशी व्यापार का कुल राष्ट्रीय आय में काफी महत्व है। 1950-51 में भारत का विदेशी व्यापार (आयात+निर्यात) शुद्ध राष्ट्रीय आय का 12 प्रतिशत था। 1997-98 में यह बढ़कर शुद्ध राष्ट्रीय आय का 22 प्रतिशत हो गया है।

(2) विश्व के विदेशी व्यापार में घटता हुआ भाग (Less Percentage in World Trade) - विश्व के विदेशी व्यापार में भारत के विदेशी व्यापार का भाग निरन्तर घटता जा रहा है। 1950-51 में विश्व के कुल आयात व्यापार में भारत का भाग 1.8 प्रतिशत था तथा निर्यात व्यापार में भाग 2 प्रतिशत था। 2000 में आयात व्यापार में भारत का भाग कम होकर 0.63 प्रतिशत तथा निर्यात व्यापार में 0.6 रह गया है।

(3) समुद्री व्यापार (Oceanic Trade) -भारत का अधिकांश व्यापार समुद्री मार्ग से होता है। भारत में पड़ौसी देशों जैसे नेपाल, अफगानिस्तान, बर्मा, श्री लंका, आदि से व्यापारिक सम्बन्ध काफी कम है। इसलिए भारत का 68 प्रतिशत विदेशी व्यापार समुद्री मार्गों द्वारा सम्पन्न होता है।

(4) थोड़े बन्दरगाहों पर निर्भर (Dependence on a few Ports) - भारत का विदेशी व्यापार विशेष रूप में तीन बन्दरगाहों बम्बई, कलकत्ता, और मद्रास के द्वारा होता है। इसके फलस्वरूप इन बन्दरगाहों पर काफी दबाव रहता है। अब भारत सरकार ने कांडला, कोचीन, विशाखापटनम आदि बन्दरगाहों का विकास किया है।

(5) व्यापार के परिमाण तथा मूल्य में वृद्धि (Increase in Volume and Value of Trade) -स्वतन्त्रता के बाद से भारत के विदेशी व्यापार के परिमाण तथा मूल्य में निरन्तर बढ़ी मात्रा में वृद्धि हुई। भारत अब पहले से कई गुणा अधिक मात्रा तथा मूल्य की वस्तुओं का आयात तथा निर्यात करता है। सन् 1939 में आयात 152 करोड़ रूपये के तथा निर्यात 169 करोड़ रूपये के हुए। भारत के विदेशी व्यापार का कुल मूल्य 321 करोड़ रूपये था। स्वतन्त्रता के समय 1948-49 में कुल विदेशी व्यापार 792 करोड़ रूपये का था। 1990-91 में यह बढ़कर 75,750.49 करोड़ रूपये का हो गया। 2000-01 में भारत के विदेशी व्यापार का मूल्य बढ़कर 4,29,246 हो गया जिसमें 2,01,674 करोड़ रूपये के मूल्य का निर्यात तथा 2,27,512 करोड़ रूपये का आयात किया गया।

(6) निर्यात व्यापार के स्वरूप में परिवर्तन (Change in the Composition of Exports) - स्वतन्त्रता के बाद भारत के निर्यात व्यापार के स्वरूप में भी परिवर्तन हुआ है। स्वतन्त्रता से पूर्व भारत कृषि वस्तुओं तथा कच्चा माल जैसे पटसन, कपास, चाय, तिलहन, चमड़ा, अनाज, काजू तथा खनिज पदार्थों का निर्यात करता था। बहुत सा तैयार माल भी निर्यात किया जाता था। अब भारत तैयार माल जैसे मशीनें, सिले-सिलाए कपड़े, हीरे-जवाहरात, चाय, जूट का तैयार समान, काजू इलैक्ट्रोनिक्स के सामान आदि का भी निर्यात काफी मात्रा में करने लगा है।

(7) आयात व्यापार के स्वरूप में परिवर्तन (Change in the Composition of Imports) - स्वतन्त्रता के पश्चात् भारत के आयात व्यापार के स्वरूप में भी परिवर्तन हुआ है। स्वतन्त्रता से पहले भारत अधिकतर उपभोग वस्तुओं, जैसे दवाइयां, कपड़ा, मोटर गाड़िया, बिजली का सामान, लोहा, इस्पात आदि का आयात करता था। परन्तु अब पैट्रोल, मशीने, रसायन, खाद्य अनाज, तिलहन, कच्चे माल, इस्पात, तेल, कपास आदि का आयात अधिक मात्रा में किया जाता है।

(8) विदेशी व्यापार की दिशा (Direction of Foreign Trade) -किसी देश के विदेशी व्यापार की दिशा से हमारा अभिप्राय उन देशों से होता है जिनके साथ व्यापार किया जाता है। स्वतन्त्रता से पहले भारत का सबसे अधिक विदेशी व्यापार इंग्लैण्ड से होता था परन्तु अब इसमें काफी कमी आ गई है। अब यूरोपियन यूनियन (EU) का भारत के निर्यात तथा आयात व्यापार में सबसे अधिक भाग है। भारत के विदेशी व्यापार में जापान, रूप अमेरिका तथा पैट्रोल निर्यात करने वाले देशों का भी महत्व बढ़ गया है।

(9) व्यापार शेष (Balance of Trade) - स्वतन्त्रता से पूर्व भारत का व्यापार शेष अनुकूल (Favourable) रहा। परन्तु स्वतन्त्रता के बाद यह प्रतिकूल(Unfavourable) हो गया अर्थात् आयात में निरन्तर वृद्धि एवं निर्यात में निरन्तर गिरावट। सन् 1944-45 में व्यापार शेष 42 करोड़ रूपये के मूल्य का भारत के पक्ष में था। परन्तु सन् 1946 में ही व्यापार शेष प्रतिकूल होना शुरू हो गया। 1990-91 में व्यापार शेष का घाटा 10,635 करोड़ रूपये था। जो कि बढ़कर 2000-01 में 25,898 करोड़ रूपये हो गया। योजनाओं की अवधि में केवल 1972-73 तथा 1976-77 के दो वर्षों में ही भारत का व्यापार शेष अनुकूल रहा है।

(10) निर्भर व्यापार (Dependent Trade) -भारत का विदेशी व्यापार अधिकतर विदेशी जहाज कम्पनियों, बीमा कम्पनियों तथा बैंकों पर ही निर्भर रहता है। स्वतन्त्रता के पश्चात् सरकार ने इस ओर विशेष ध्यान देना प्रारम्भ किया है। पंचवर्षीय योजनाओं में व्यापारिक समुद्री जहाजों का भारत में ही निर्माण प्रारम्भ हुआ है। भारतीय बैंकों तथा बीमा कम्पनियों ने भी इस ओर विशेष ध्यान देना आरम्भ कर दिया है।

(11) विदेशी व्यापार पर सरकारी नियन्त्रण (State Control on Foreign Trade) - भारत सरकार विदेशी व्यापार पर पूर्ण नियन्त्रण रखती है। सरकार की विदेशी व्यापार की नीति का प्रमुख उद्देश्य निर्यात को बढ़ावा देना है। अनावश्यक वस्तुओं का आयात बिल्कुल बन्द कर दिया गया है। निर्यात को बढ़ाने के लिए कई संस्थाएं स्थापित की गई हैं जैसे -

(अ) व्यापार बोर्ड *(Board of Trade)*

(ब) निर्यात विकास समितियां (Export Promotion Councils)

(स) निर्यात निरीक्षण सलाहकार समितियां
(Expost Inspection Advisory Councils)

(द) निर्यात साख तथा गारन्टी निगम
(Export Credit and Guarantee Corporation)

(य) प्रदर्शनी निर्देशक (Director of Exhibition) आदि।

(12) सरकार द्वारा विदेशी व्यापार *(Foreign Trade by Government)* - सरकार ने विदेशी व्यापार के निर्बाध संचालन की मंशा से कई निगम स्थापित किये हैं जैसे -

(अ) राजकिय व्यापार निगम (State Trading Corporation) की स्थापना *1956 में की गई। इस निगम ने 2001-02 में लगभग 1582 करोड़ रूपए का विदेशी व्यापार* किया था।

(ब) खनिज तथा धातु व्यापारिक निगम (Mineral and Metal Trading Corporation) की स्थापना 1963 में खनिज पदार्थों तथा धातुओं का निर्यात करने के लिए की गई है। इस निगम द्वारा 2001-02 में 7,243.65 करोड़ रूपये का कारोबार किया गया।

स्वतन्त्रता के पश्चात भारत का विदेशी व्यापार

(Foreign Trade of India after Independence)

स्वतन्त्रता के पश्चात और विशेष रूप से 1951 के पश्चात से जब भारत ने प्रथम पंचवर्षीय योजना आरम्भ की, तो भारत के विदेशी व्यापार में अनेक परिवर्तन घटित हुए है। इस परिवर्तन का अध्ययन भी चार भागों में किया जायेगा।

(1) विदेशी व्यापार का परिमाण (Volume of Foreign Trade) - **स्वतन्त्रता प्राप्ति के पश्चात् तथा पंचवर्षीय योजनाओं की अवधि में भारत के विदेशी व्यापार में वृद्धि हुई है। वर्ष 1946-47 में भारत का विदेशी व्यापार 507 करोड़ रूपये का था।** सन् 1951 में यह बढ़कर 1,250 करोड़ रूपये का हो गया। सन् 2001-02 में भारत के विदेशी व्यापार का आकार बढ़कर 4,54,217 करोड़ रूपये हो गया। सन. 1951 के बाद महत्वपूर्ण औद्योगिक प्रगति के फलस्वरूप विदेशी व्यापार की पूरी तरह कायापलट हो गई है। अब यह व्यापार कुछ ही देशों या कुछ ही वस्तुओं तक सीमित नहीं है। आज विश्व के लगभग सभी देशों के साथ भारत के व्यापारिक सम्बन्ध है और निर्यात होने वाले या आयात किए जाने वाले सामान की सूची में लगभग (7,500) वस्तुएं है। स्वतन्त्रता के पश्चात् विभिन्न पंचवर्षीय योजनाओं के अन्तिम वर्ष में भारत के विदेशी व्यापार का परिमाण निम्नलिखित तालिका-1 से ज्ञात हो जाता है।

तालिका-1 के विश्लेषण से यह स्पष्ट होता है कि (1) पंचवर्षीय योजना की अवधि में विदेशी व्यापार का परिमाण जो 1950-51 में 1,250 करोड़ रूपये था। 2001-02 में बढ़कर 4,54,217 करोड़ रूपये हो गया। विदेशी व्यापार के परिमाण में इस दौरान लगभग 222 गुणा वृद्धि हुई है। (2) वर्ष 1950-51 में भारत के कुल आयात 650 करोड़ रूपये के

थे, वह वर्ष 2001-02 में बढ़कर 2,45,199 करोड़ रूपये के हो गया। इस प्रकार आयात लगभग 233 गुणा बढ़ गये। (3) वर्ष 1950-51 में भारत के कुल निर्यात 600 करोड़ रूपये के थे जो बढ़कर 2001-02 में 2,09,018 करोड़ रूपये के हो गये। इस प्रकार निर्यात लगभग 210 गुणा बढ़ गये।

तालिका-1

भारत के विदेशी व्यापार का आकार

(करोड़ रूपये)

	वर्ष	आयात	निर्यात	कुल व्यापार का मूल्य
	(1950-51)	650	600	1,250
First Plan	(1951-56)	3,651	3,109	6,760
Second Plan	(1956-61)	5,402	3,063	8,465
Third Plan	(1961-66)	6,119	2,735	9,854
Fourth Plan	(1969-74)	10,035	9,426	19,461
Fifth Plan	(1974-78)	20,882	17,937	38,819
Sixth Plan	(1980-85	73,410	45,035	1,18,445
Seventh Plan	(1985-90)	35,412	27,681	63,093
Eighth Plan	(1992-97)	1,36,844	1,17,525	2,54,369
	1997-98	1,54,176	1,30,100	2,84,277
	1998-99	1,78,331	1,39,753	3,18,084
	1999-00	2,15,528	1,59,561	3,75,089
	2000-01	2,27,512	2,01,674	4,29,246
	2001-02	2,45,199	2,09,018	4,54,217

Source : Economic Surveys.

(2) विदेशी व्यापार का स्वरूप (Composition of Foreign Trade) - स्वतन्त्रता के पश्चात् पंचवर्षीय योजनाओं में भारत के विदेशी व्यापार के स्वरूप में भी काफी परिवर्तन आया है। जिन वस्तुओं का पहले भारत से निर्यात किया जाता था, जैसे अनाज, कपास आदि उनका आयात किया जाने लगा। इसके विपरीत भारत के निर्यातों में तैयार माल, लोहा व इस्पात, इन्जीनियरिंग वस्तुओं, जवाहरात का अंश काफी बढ़ गया।

(अ) निर्यात व्यापार की रचना में परिवर्तन (Change in the Composition of Exports) -सन् 1947 के पश्चात् भारत के निर्यात व्यापार में महत्त्वपूर्ण परिवर्तन हुए है।

स्वतन्त्रता प्राप्ति से पहले भारत चाय, जूट, कपड़े, चमड़े, कच्चे लोहे, काजू तथा मसालों का अधिक निर्यात करता था। अब अनेक प्रकार की तैयार वस्तुओं का निर्यात किया जाने लगा है जैसे पूंजीगत माल (मशीनें), इन्जीनियरिंग समान, रासायनिक उत्पादन, सिले सिलायें कपड़े, हीरे जवाहरात, तैयार भोजन, हस्तशिल्प आदि। भारत के परम्परागत निर्यातों में चाय, जूट तथा कृषि पदार्थों का 1950-51 में कुल निर्यात में हिस्सा 55 प्रतिशत था। 1997-98 में यह काम होकर केवल 18.8 प्रतिशत रह गया। भारत के निर्यातों में जूट का हिस्सा 2000-01 में मात्र 0.4 प्रतिशत तथा चाय का हिस्सा 1.0 प्रतिशत रह गया है। इसके विपरीत इन्जीनियरिंग वस्तुओं का भाग जो 1961 में कवेल 0.05 प्रतिशत था वह 2001-02 में बढ़कर 15.6 प्रतिशत हो गया।

(ब) आयात व्यापार की रचना में परिवर्तन (Change in the Composition of Imports) - सन. 1947 के पश्चात भारत के अयात व्यापार की रचना में हुए निरन्तर परिवर्तनों के परिणाम स्वरूप अनाज, कपास, जूट के आयात काफी बढ़ गये थे। अब ये कम हो गये हैं। भारत द्वारा पैट्रोलियम, खाद, इस्पात, लोहा, अलौह धातुएं, औद्योगिक कच्चे माल, मशीनरी, पूंजीगत सामग्री, खाने के तेल, रसायन. बिना तराशे जवाहरात के आयात अब बढ़ गये हैं।

(3) विदेशी व्यापार की दिशा (Direction of Foreign Trade) - स्वतन्त्रता के पश्चात् विदेशी व्यापार की दिशा में अनेक परिवर्तन घटित हुए। विदेशी व्यापार की दिशा में हुए परिवर्तनों का संक्षिप्त विवरण निम्न प्रकार है :

(अ) निर्यात व्यापार की दिशा में परिवर्तन (Change in the Direction of Export Trade) -वर्ष 1950-51 से पहले भारत का अधिकतर निर्यात व्यापार इंग्लैण्ड, राष्ट्रमण्डल के देशों तथा अमेरिका से था। 1951-52 में भारत के 27 प्रतिशत निर्यात इंग्लैझउ या यू. के. को, 18.6 प्रतिशत यू. एस. ए. को तथा 2.2 प्रतिशत जापान को होते थे। भारत के निर्यात व्यापार में रूस का भाग केवल 1.2 प्रतिशत, यूरोपियन यूनियन (E.U.) का 5.9 प्रतिशत था। वर्ष 2000-01 में भारत का निर्यात व्यापार में यू. के. का भाग कम होकर 5.2 प्रतिशत तथा यू. एस. ए. का 20.9 प्रतिशत रह गया तथा जापान का भाग बढ़ कर 4.0 प्रतिशत तथा रूस का बढ़ कर 2.0 प्रतिशत हो गया। EU के देशों अर्थात् बेल्जियम, फ्रांस लक्समबर्ग, जर्मनी, नीदरलैण्ड, यू. के., इटली, डेनमार्क तथा आयरलैंड का भाग बढकर 25.5 प्रतिशत तथा पैट्रोलियम, निर्यात करने वाले देशों का भाग बढ़कर 10 प्रतिशत हो गया। भारत नये देशों जैसे केनिया, अर्जेटाइना, बेल्जियम आदि से भी व्यापार अब करने लग है।

(ब) आयात व्यापार की दिशा में परिवर्तन (Change in the Direction of Imports) स्वतन्त्रता से पहले अधिकतर आयात व्यापार भी इँग्लैण्ड, अमेरिका आदि से होता था। 1951-52 में भारत के आयात व्यापार में अमेरिका का भाग 33.6 प्रतिशत, यू. के. का 18.0 प्रतिशत, रूस का 0.2 प्रतिशत था। 2000-01 जापान का भाग बढ़कर 3.6 प्रतिशत तथा रूस का 1.0 प्रतिशत हो गया, EU के देशों का भाग बढ़कर 23.8 प्रतिशत तथा O.P.E.C. के देशों का भाग बढ़कर 23.1 प्रतिशत हो गया।

(4) व्यापार शेष (Balance of Trade) -स्वतन्त्रता के पश्चात् से अभी तक भारत के व्यापार शेष में निरन्तर घाटे का क्रम दृष्टिगत हुआ। स्वतन्त्रता के पश्चात् केवल

1972–73 में पहली बार व्यापार शेष अनुकूल हुआ था। किन्तु 1973–74 में यह पुनः प्रतिकूल हो गया है। यद्यपि 1976–77 में पुनः अनुकूल हो गया । भारत के निर्यात स्वतन्त्रता के बाद काफी बढ़ गये है। परन्तु आयात और भी अधिक मात्रा में बढ़ गये। भारत का विभिन्न वर्षों में व्यापार शेष आगे दी तालिका से स्पष्ट हो जाता है।

तालिका–2

भारत का व्यापार शेष

(करोड़ रूपये)

	वर्ष	व्यापार सन्तुलन (करोड़ रूपये)
First Plan (Last Year)	1950-51	— 50
Second Plan (Last Year)	1955-56	— 825
Third Plan (Last Year)	1960-61	— 480
Fourth Plan	1965-67	— 604
(Last Year)	1972-73	+ 104
Fifth Plan	1973-74	— 432
(Last Year)	1076-77	+ 68
Sixth Plan	1978-79	— 2,724
(Last Year)	1984-85	— 5,390
Seventh Plan (Last Year)	1985-90	— 7,731
Eighth Plan (Last Year)	1996-97	— 19,318
	1997-98	— 24,075
	1998-99	— 38,578
	1999-00	— 55,967
	2000-01	— 27,302
	2001-02	— 36,181

स्रोत – विभिन्न वर्षों के आर्थिक सर्वेक्षण भारत सरकार द्वारा प्रकाशित।

तालिका –2 के विश्लेषण से यह स्पष्ट होता है कि भारत का विदेशी व्यापार में स्वतन्त्रता के पश्चात् निरन्तर घाटा हो रहा है। भारत के विदेशी व्यापार का घाटा 1950–51 में 50 करोड़ रूपये से बढ़कर 2001–02 में 36,181 करोड़ रूपये तक पहुँच गया है।

भारत के मुख्य आयात तथा निर्यात (Main Imports and Exports of India)

स्वतन्त्रता प्राप्ति के पश्चात् से भारत के विदेशी व्यापार के आकार में निरन्तर वृद्धि के कारण आयात की मात्रा संरचना तथा वस्तुओं की संख्या में महत्वपूर्ण बदलाव आया है। भारत लगभग 7500 वस्तुओं के आयात तथा निर्यात करता है। भारत के आयात तथा निर्यात निरन्तर बढ़ते जा रहे है। भारत के मूख्य आयात-निर्यात निम्नलिखित है:

प्रमुख आयात (Chief Imports)

भारत के आयात सम्बन्ध विश्व के लगभग सभी महत्व राष्ट्रों से विकसित हो चुके है। इसके बावजूद भारत द्वारा अनेक वस्तुओं का आयात किया जाता है। तालिका -3 में भारतीय आयातों की संरचना का विवरण दर्शाया गया है:

भारत के प्रमुख आयातों का संक्षिप्त विवरण निम्न प्रकार है:

(1) मशीनरी (Machinery) -भारत के औद्योगीकरण की आवश्यकताओं के कारण सबसे अधिक आयात मशीनों का किया जाता है। इन मशीनों का अमेरिका, इंग्लेण्ड, पश्चिमी, जर्मनी, जापान, रूस तथा यूरोप से आयात हुआ है। भारत द्वारा 2001-02 में 23,405 करोड़ रूपये की मशीनरी का आयात किया गया।

(2) लोहा और इस्पात (Iron and Steel) -भारत अभी तक लोहे एवं इस्पात के उत्पादन में आत्मनिर्भर नहीं हुआ है। अत: प्रतिवर्ष काफी इस्पात विदेशों से मंगवाना पड़ता है। यह अधिकतर जर्मनी, अमेरिका, इंग्लेण्ड, इटली तथा फ्रांस से मंगवाया जाता है। 1997-98 में 5,595 करोड़ रूपये का लोहा तथा इस्पात बाहर से मंगवाया गया। भारत द्वारा 2001-02 में 3,976 करोड रूपये का लोहा-इस्पात आयात किया गया।

(3) लौह-हीन धातुएं तथा धातुओं का सामान (Non-Ferrous Metals and Metal Products) -लोह-हीन धातुएं जैसे जस्ता, तांबा, टिन तथा इन धातुओं द्वारा निर्मित पदार्थ हमें दूसरे देशों से मंगवाने पड़ते हैं। ये धातुएँ मलाया, ब्राजील, अमेरिका आदि देशों से मंगाई जाती है। इस मद के अन्तर्गत 1997-98 में 3,377 करोड़ रूपये आयात 2001-02 में 3086 करोड़ रूपये हुआ।

(4) पैट्रोल तथा पैट्रोल उत्पादन - भारत अपनी मांग का 35 प्रतिशत पैट्रोल विदेशों से मंगवाता है। यह पैट्रोल, ईरान, ईराक, कुवैत, तथा सऊदी अरब से आता है। 1997-98 में 30,538 करोड़ रूपये तथा 2001-02 में 66,769 करोड़ रूपये का पैट्रोल तथा अन्य पैट्रोल का आयात किया गया।

(5) यातायात के साधन (Transport Equipment) - देश के आर्थिक विकास के लिये यातायात के साधनों की बहुत आवश्यकता है। इसके लिये मोटरें, समुद्री जहाज, हवाई जहाज आदि दूसर सामान विदेशों से मंगवाने पड़ते हैं। यातायात का सामान अधिकतर जर्मनी, इटली, जापान अमेरिका तथा ब्रिटेन से आयात किया जाता है। 1997-98 में 3,368 करोड़ रूपये का यातायात का सामान विदेशों से आयात किया गया। 2001-02 में 5,482 करोड़ रूपये के परिवहन उपकरणों का आयात किया गया।

तालिका-3

भारतीय आयातों की संरचना

वस्तुएँ	1960-61		1990-91		2000-01	
	मिलियन डालर	कुल का प्रतिशत	मिलियन डालर	कुल का प्रतिशत	मिलियन डालर	कुल का प्रतिशत
1. खाद्य उपभोग वस्तुएं	449	19.1	उ.न.	उ.न.	उ.न.	उ.न.
जिनमें अनाज और अनाज उत्पाद	380	16.1	102	0.4	20	0.0
2. कच्चे पदार्थ और मध्यवर्ती विनिर्मित वस्तुएँ	1105	47.0	उ.न.	उ.न.	उ.न.	उ.न.
(अ) खाद्य तेल	8	0.4	182	0.8	1334	2.6
(ब) पैट्रोलियम तेल और लुब्रिकेंट	145	6.1	6028	25.0	15650	31.0
(स) उर्वरक और उर्वकर सामग्री	27	1.1	984	4.1	664	1.3
(द) लोहा व इस्पात	258	11.0	1178	4.9	781	1.5
(य) रासायनिक तत्व और यौगिक	82	3.5	1276	5.3	338	0.7
(र) मोती और बहुमूल्य रत्न	2	0.1	2083	8.7	4838	9.6
3. पूंजीगत वस्तुएं	747	31.7	5833	24.2	8785	17.4
(अ) गैर- विद्युतीय मशीरनी	426	18.1	2363	9.8	3703	7.3
(ब) विद्युतीय मशीनरी	120	5.1	949	3.9	487	1.0
(स) परिवहन सम्बन्धी उपकरण	151	6.4	921	3.9	643	1.3
4. अन्य (अवर्गीकृत)	52	2.2	उ.न.	उ.न.	उ.न.	उ.न.
कुल	2353	100.0	24075	100.0	50536	100.0

Source: Government of India, *Economic Survey*, 2001-02,(New Delhi, 2002) Statement 7.2 (A), pp.S-80 to S-82.

(6) रासायनिक खाद (Chemical Fertilizers) -भारत में कृषि उत्पादन को विकसित करने के लिये रासायनिक खाद की बहुत आवश्यकता है। अत: रासायनिक खाद काफी मात्रा में आयात की जा रही है। यह खाद अमेरिका, रूस तथा E.U. के देशों से विशेष रूप से आयात की जाती है। 1997-98 में 3,755 करोड़ रूपये की खाद का आयात किया गया। 1999-2000 में 6063 करोड़ रूपये तथा 2000-01 में 3,407 करोड़ रूपये की रासायनिक खादों का आयात किया गया।

(7) खाद्यान्न (Foodgrains) -विभाजन के बाद खाद्यान्नों की देश में बहुत कमी की गई थी। इस कमी को आयात द्वारा पूरा किया जाता था। खाद्यान्न अमेरिका, आस्ट्रेलिया, कैनेड़ा, बर्मा तथा अर्जेन्टाइना से मंगवाये जाते हैं7 सन् 1997-98 में 1,061 करोड़ रूपये के खाद्यान्न विदेशों से आयात किये गये। जबकि 1995-97 में कवेल 481 करोड़ रूपय के खाद्यान्न ही आयात किये गये थे। खाद्यान्न के आयातों में वृद्धि होने के मुख्य कारण गेहूं के आयातों में होने वाली वृद्धि थी। वर्तमान में खाद्यान्नों के आयात में महत्त्वपूर्ण कमी हुई है।

(8) ऊन (Wool) -भारत में ऊन आस्ट्रेलिया, न्यूजीलैण्ड आदि देशों से आयात की जाती है। 1995-98 में 593 करोड़ रूपय की ऊन आयात की गई। आयात की गई कच्चा ऊन का मूल्य 2001-02 में 623 करोड़ रूपये हो गया।

(9) काजू (Cashewnuts) -भारत में विदेशों से कच्चा काजू आयात किया जाता है। इसे तैयार करके पुन: निर्यात कर दिया जाता है। वर्ष 1970-71 में 29 करोड़ रूपये के काजू आयात किये गये। 1997-98 में काजू के आयात बढ़कर 744 करोड़ रूपये तथा 2000-01 में 962 करोड़, किन्तु 2001-02 में कम होकर 431 करोड़ रूपये हो गए।

(10) कागज (Paper) -भारत स्वीड़न, चेकोस्लोवाकिया आदि कई देशों के कागज बोर्ड आदि का भी आयात करता है। 1997-98 में विदेशों से 1,844 करोड़ रूपये के कागज तथा कागज का तैयार माल आयात किया गया। 2001-02 में रद्दी कागज, पेपर तथा पेपर बोर्ड तथा अखबारी कागज का 3536 करोड़ रूपये का आयात किया गया।

(11) रसायन (Chemical) -भारत में विदेशों से कई प्रकार के रसायन, दवाइयां, रंगने का सामान आदि मंगवाए जाते हैं। 1997-98 में 12,128 करोड़ रूपये तथा 2001-02 में 15,471 करोड़ रूपये के रसायनों किया गया।

(12) खाने के तेल (Edible Oil) -भारत में पिछले कुछ वर्षों से खाने के तेलों तथा तिलहन के आयात काफी बढ़ गये हैं। परन्तु 1997-98 में इनके आयात बढ़कर 2,733 करोड़ रूपये के हो गये। तेलों का आयात अधिकतर यू.एस. ए. कैनेड़ा, आदि से किया जाता है। 2001-02 में भारत द्वारा 6,465 करोड़ रूपये का खाद्य तेल आयात किया गया।

(13) हीरे जवाहरात (Precious Stones) - भारत में हीरे जवाहरात के आयात पहले से काफी बढ़ गये हैं। उन्हें तराश कर दुबारा निर्यात किया जाता है। ये अधिकतर बैल्जियम, अमेरिका, आदि देशों से आते हैं। 1997-98 में 11,680 करोड़ रूपये के हीरे जवाहरात आयात किये गये। 2001-02 में हीरे-जवाहरात का अयात बढ़कर 22,046 करोड़ रूपये हो गया।

आयातों की संरचना में परिवर्तन

(Change in the Composition of Imports)

स्वतन्त्रता के बाद आयातों की संरचना में निम्नलिखित परिवर्तन हुये हैं :

(1) कृषि पदार्थों के आयातों में परिवर्तन (Change in Imports of Agricultural Products) – स्वतन्त्रता के पश्चात् भारत के आयातों में कृषि पदार्थों विशेष रूप से गेहूं का प्रतिशत भाग बहुत अधिक था। परन्तु हरित क्रान्ति के बाद भारत के आयातों में खाद्य पदार्थों का कुल आयातों में प्रतिशत भाग काफी कम हो गया है। 1970-71 में कृषि पदार्थों का कुल आयातों में भाग 14.6 प्रतिशत था परन्तु 2001-02 में कम हो कर 4.5 प्रतिशत हो गया।

(2) मध्यवर्ती वस्तुओं के आयात में वृद्धि (Increase in Imports of Intermediate Goods) – कई प्रकार की मध्यवर्ती वस्तुओं जैसे कच्चे काजू, धातु के रूप में रत्न आदि के आयातों में काफी वृद्धि हुई है। इन वस्तुओं का प्रयोग करके तैयार वस्तुयें बना कर उनका निर्यात् कर दिया जाता है। उदाहरण के लिये *1870-71* में *29* करोड़ रूपये के कच्चे काजू तथा 25 करोड़ रूपये के रत्नों का आयात किया गया था। 2001-02 में काजू गिरी आयात बढ़कर 431 करोड़ रू. तथा मोती, बेशकीमती, कीमती पत्थर के आयात 22046 करोड़ रू. हो गये। इसका मुख्य कारण भारत में श्रम का सस्ता होना है।

(3) पैट्रोलियम का आयातों में प्रथम स्थान (Petroleum Enjoys First Place in Imports) – भारत के आयातों में पैट्रोलियम का प्रथम स्थान है। 1970-71 में केवल 163 करोड़ रूपये के मूल्य के पैट्रोलियम का आयात किया गया था, परन्तु 1996-97 में इनके आयातों का मूल्य बढ़कर 30538 करोड़ रूपये हो गया। पेट्रोलियम तथा पैट्रोलियम उत्पाद का आयात 2000-01 में बढ़कर 71,497 करोड़ रूपये हो गया। 2001-02 में पैट्रोलियम तथा पैट्रोलियम उत्पाद का आयात 66,769 करोड़ रूपये का हुआ। विगत वर्षों में इस मद भुगतान की गयी राशि में महत्वपूर्ण वृद्धि के उत्तरदायी के दो मुख्य कारण है एक तो पैट्रोलियम कीमतों में होने वाली वृद्धि तथा दूसरा भारत के बढ़ते हुए उद्योगों तथा यातायात के लिये पैट्रोलियम की मांग में होने वाली वृद्धि।

(4) पूंजीगत पदार्थों के आयात में वृद्धि (Increase in Imports of Caapital Goods) –भारत के औद्योगिक विकास के फलस्वरूप पूंजीगत पदार्थों जैसे: मशीनों, बिजली के यन्त्रों, धातुओं, यातायात के सामान के आयात में काफी वृद्धि हुई है। उदाहरण के लिए *1970-71* में *404* करोड़ रूपये के पूंजीगत पदार्थों का आयात किया गया, परन्तु 1997-98 में इनके आयात बढ़कर 26,532 करोड़ रूपये तथा 2001-02 में 28,059 करोड़ रूपये के हो गये। पूंजीगत पदार्थों के आयातों में वृद्धि के प्रमुख उत्तरदायी कारण है:

(1) पूजीगत पदार्थ देश की पूंजी निर्माण के आवश्यक तत्त्व हैं। देश के आर्थिक विकास के साथ साथ पूंजी निर्माण की दर बढ़ती जा रही है। इसके फलस्वरूप पूंजीगत पदार्थों के आयात भी बढ़ने की प्रवृत्ति दर्शाते है।

(2) आधुनिक मशीनों का अधिक आयात देश की विवशता बन चुकि है।

(3) इन्जिनियरिंग उद्योग के विकास के लिये आधुनिक तथा उन्नत मशीनों तथा औजारों के अधिक आयात की आवश्यकता की अनदेखी किया जाना असम्भव है,

(4) पूंजीगत पदार्थों के लिये उदारवादी आयात नीति का अनशरण किया जा रहा है।

(5) रासायनिक खाद के आयात में वृद्धि (Increase in Imports of Chemical Fertiliser) -भारत में हरित क्रान्ति के कारण रासायनिक खाद की मांग काफी बढ़ गई है। रासायनिक खाद के घरेलू उत्पादन के अपर्याप्त होने के कारण अनेक प्रकार की रासायनिक खादों के आयातों में काफी वृद्धि हुई है। सन् 1970-71 में कवेल 85 करोड़ की रासायनिक खाद का आयात किया गया परन्तु 1997-98 में इनके आयात बढ़कर 3755 करोड़ रूपये के हो गये।

संक्षेप में भारत में अनाज के आयातों में कमी हो गई हैं परन्तु मध्यवर्त्ती वस्तुओ, कच्चे माल, पैट्रोल तथा पंजीगत वस्तुओं था रासायनिक खाद के आयातों में काफी वृद्धि हुई।

आयातों की दिशा में परिवर्तन (Change in the Direction of Imports)

स्वतन्त्रता के पश्चात् भारत के आयातों की दिशा में महत्वपूर्ण परिवर्तन हुए है। पूर्व में जिन देशों के साथ महत्वपूर्ण आयात होता था, उसके स्थान पर अन्य अनेक नवीन राष्ट्रों का उदय हुआ। भारतीय आयात व्यापार की दिशा में हुये परिवर्तन को तालिका-4 में दर्शाया गया है।

भारत के आयातों की दिशा में हुए परिवर्तन को निम्न विवेचन में दर्शाया गया है:

(अ) स्वतन्त्रता से पहले भारत के काफी अधिक आयात इंग्लैण्ड से होते थे। 1950-51 में आयात व्यापार में इंग्लेण्ड का भाग 18.5 प्रतिशत था अब यह कम होकर 6.3 प्रतिशत रह गया है।

(ब) भारत 1950-51 में सबसे अधिक आयात अमरीका से करता था। 1950-51 में भारत के आयातों में अमरीका का भाग 18.8 प्रतिशत था परन्तु 2001-02 में यह कम होकर 6.0 प्रतिशत हो गया।

(स) भारत सबसे अधिक आयात यूरोपीयन यूनियन देशों अथात यू. के., जर्मनी, इटली, फ्रांस, लक्समबर्ग, नीदरलैण्ड, आयरलैण्ड, बेल्जियम तथा डेनमार्क से करता है। *2001-02 में कुल अयातों में इन देशों का भाग 19.8 प्रतिशत था।*

(द) तेल निर्यात देशो का संगठन (OPEC-Orgainisation of Petroluem *Exporting Countries): तेल निर्यातक संगठन के देशों अर्थात् सऊदी अरब, ईरान, ईराक,* ब्राजील आदि देशों से भीभारत काफी मात्रा में आयात करता है। इन देशों का कुल आयात में भाग बढ़कर 23 प्रतिशत हो गया है। यह 2000-01 में गिरकर 5.1 रह गया।

तालिका-4
भारतीय व्यापार की दिशा (आयात)

(प्रतिशत हिस्सा)

वस्तुएँ	1960-61	1990-91	2000-01
1. ओ. ई. सी. डी. जिसमें से-	78.0	54.0	39.9
(अ) यूरोपिय संघ जिसमें से	37.1	29.4	19.8
(क) बेल्जियम	1.4	6.3	5.7
(ख) फ्रांस	1.9	3.0	1.3
(ग) जर्मनी*	10.9	8.0	3.5
(घ) इंग्लैण्ड	19.4	6.7	6.3
(ब) अमेरिका	29.2	12.1	6.0
(स) जापान	5.4	6.0	3.6
2. तेल निर्यातक देशों का संगठन जिसमें	4.6	27.8	5.1
(अ) ईरान	2.6	10.7	0.2
(ब) इराक	0.2	6.0	Nil
(स) कुवैत	0.0	2.7	0.2
(द) सऊदी अरब	1.3	4.3	1.2
3. पूर्वी यूरोप जिसमें	3.4	10.3	1.3
(अ) रूस**	1.4	8.1	1.0
4. विकासशील देश *** जिसमें	11.8	15.7	17.5
(अ) अफ्रीका	5.6	1.6	1.7
(ब) एशिया	5.7	11.4	14.4
(स) लैटिन अमेरिका और केरेबियन	0.4	2.5	1.5
5. अन्य	2.2	0.5	36.2
कुल	100.0	100.0	100.0

* 1999-2000 और 2000-01 के आंकड़े संयुक्त जर्मनी के लिए है

** 1992-93 से पूर्व के आंकड़े भूतपूर्व सोवियत संघ के लिए हैं।

*** ओपेक के सदस्य देशों को छोड़ करे।

Source: Government of India, Economic Survey, 2001-02, Statement 7.4 (A), p.S-88 and 7.4 (B), p, S-89.

(य) रूस (U.S.S.R.): रूस के विघटन के बाद रूप से किये जाने वाले आयात काफी कम हो गये हैं। रूस से *आयात व्यापार की मांग कम होकर केवल 1.7 प्रतिशत रह* गई है।

(र) जापान (Japan): जापान से भारत को होने वाले आयातों में काफी वृद्धि हुई है। *1950-51 में जापान का आयात माल 2.9 प्रतिशत था परन्तु 2000-01 में यह बढ़कर* 1.0 प्रतिशत हो गया।

(ल) विकासशील देशों (Developing Countries) से भारत का विदेशी व्यापार बढ़ रहा है। इन देशों का भारत के आयात व्यापार में भाग बढ़कर 17.5 प्रतिशत हो गया। अफ्रिका के साथ किये जाने वाले आयातों के प्रतिशत में वृद्धि हुई है।

उदारवादी आयात नीति (Liberalised Import Policy)

सन् 1991 में विश्व अर्थव्यवस्था में उदारवादी प्रवृत्ति का उदय हुआ तथा विश्व के अनेक विकसित एवं विकासशील राष्ट्रों द्वारा नवीन आर्थिक नीति की घोषणा की गई। नई आर्थिक नीति के अन्तर्गत भारत की आयात नीति को भी अधिक उदारवादी बना दिया गया है। भारत सरकार की नई आयात-निर्यात नीति की घोषणा 31 मार्च 1997 को तथा अभी हाल ही में 2001 में की गईं। वर्तमान व्यापार नीति 2002-2007, पाँच वर्ष, अर्थात 2007 तक प्रभावी रहेगी। सरकार प्रतिवर्ष इनमें संशोधन करती रहती है। नवीनतम संशोधनों की के अनुसार:

(अ) देश में जिन वस्तुओं का उत्पादन कम होता है उनका पर्याप्त मात्रा में आयात करके कीमतों में अनुचित वृद्धि को रोकना,

(ब) अर्थव्यवस्था के आधुनिकीकरण के लिये आवश्यक मशीनों तथा आधुनिक तकनीकों के आयात को आसान बनाना।

(स) उद्योगों की उत्पादन क्षमता के पूर्ण उपभोग के लिये आवश्यक कच्चे माल तथा कलपुर्जों के आयात की सुविधा में वृद्धि करना।

(द) वस्तुओं का आयात करने से जो विदेशी प्रतियोगिता बढ़ेगी, घरेलू उत्पादकों को उसका सामना करने के लिये अपने उत्पादन की गुणवत्ता में वृद्धि तथा लागत कम करने की प्रेरणा देना। भारत द्वारा जो उदारवादी आयात नीति की मुख्य विशेषतायं निम्नलिखित है।

(1) लाईसेन्सों में कमी (Reduction in Licensing)- आयात लाइसेन्सों की संख्या में कमी कर दी गई है। निर्यातकों को यह सुविधा दी गई है कि निर्यातों के फलस्वरूप जितनी विदेशी मुद्रा प्राप्त करेंगें वे उसके कुछ भाग का अपनी इच्छानुसार स्वीकृत वस्तुओं का आयात करने के लिये प्रयोग कर सकेंगे। इस प्रकार उन्हें बिना किसी लाइसेंन्स के आयात करने की सुविधा प्रदान की गई है।

(2) पूंजीगत पदार्थों के आयातों का सरलीकरण (Simplification of Imports of Capital Goods)- पूंजीगत पदार्थों के आयातों की विधि को सरल बना दिया गया। नए कारखाने या वे कारखाने जो अपनी क्षमता का निरन्तर विस्तार करना चाहते है। केवल रिजर्व बैंक की अनुमति पत्र प्राप्त करके पूंजीगत पदार्थों अर्थात् मशीनों, यन्त्रों आदि का अयात कर सकते हैं।

(3) खुली सामान्य सूची में वृद्धि (Increase in Open General List OGL)- खुली सामान्य सूची से अभिप्राय उन मदों की सूची से है जिनका बिना कोई लाइसेंस या सरकारी अनुमति के आयात किया जा सकता है। नई आयात नीति में इस सूची की मदों में काफी वृद्धि कर दी गई हैं। उसका अभिप्राय यह है कि जिन वस्तुओं के आयात पहले प्रतिबन्धित थे उन्हें अब मुक्त कर दिया गया है।

(4) केवल सार्वजनिक क्षेत्र की एजेन्सियों द्वारा किये जाने वाले आयातों में कमी (Reduction in Canalised Items) : केवल सार्वजनिक क्षेत्र की एजेन्सियों जैसे STC या MMTC आदि द्वारा किये जाने वाले मदों की सूची में कमी कर दी गई है। इसके फलस्वरूप सूची से हटाई गई वस्तुओं का आयात अब निजी क्षेत्र द्वारा भी किया जा सकता है।

(5) आयात करों में कमी (Reduction of Imports Duties)-नई आयात नीति में आवश्यकता को ध्यान में रखकर आयात करों में काफी कमी की गई हैं। इसके फलस्वरूप आयातों को प्रोत्साहन प्राप्त हुआ है।

(6) निजी भंडार गृहों की स्थापना (Establishment of Private Warehousing)- नई आयात निर्यात नीति में यह भी व्यवस्था की गई है कि निजी कम्पनियों को बंधक भंडारगृह स्थापित करने की अनुमति दी जायेगी। इनमें वे आयातित सामान का भंडार कर सकेगी। यह सामान निर्यातकों तथा लघु उद्योगों को उचित मूल्य पर तथा थोड़ी मात्रा में भी बेचा जा सकेगा। इससे निर्यातकों को सही समय पर कच्चा माल मिल सकेगा और उनके निर्यात लक्ष्य में कोई बाधा नहीं आयेगी।

मुख्य निर्यात
(Main Exports)

स्वतन्त्रता के पश्चात देश के निर्यात बढ़ाने के विशेष प्रयत्न किये गये हैं। इन प्रयासों में निःसन्देह सफलता प्राप्त हुई है। तालिका-5 में भारत के निर्यात संरचना में हुये महत्वपूर्ण परिवर्तनों को दर्शाया गया है।

भारत के मुख्य निर्यातों का संक्षिप्त विवेचन निम्न प्रकार प्रस्तुत किया जा सकता है:

(1) पटसन का सामान (Jute Products)- भारत में निर्यात में पटसन के सामान का स्थान पूर्व के वर्षो में पहला था परन्तु 1994-95 में यह 25 वां हो गया। यह भारत के लिये डालर कमाने का मुख्य साधन था। पटसन की बनी वस्तुएं अधिकतर अमेरिका, जापान, बैल्जियम, रूस, ब्रिटेन, तथा कैनेड्रा को जाती है। भारत द्वारा 1997-98 में 363 करोड़ रूपये तथा 2001-02 में 633 करोड़ रूपये के सामान का नियात किया गया है।

(2) चाय (Tea)- विश्व में चाय का सबसे अधिक निर्यात भारत द्वारा किया जाता है। 1997-98 में 1,505 करोड़ रूपये तथा 2001-02 में 2814 करोड़ रूपये की चाय विदेशों में भेजी गई। विश्व बाजार में भारत की चाय के प्रमुख ग्राहक, ब्रिटेन, रूस, ईरान, मिस्र, जापान तथा जर्मनी हैं। आजकल रूस को भी काफी मात्रा में चाय निर्यात की जाती है। भारत से सर्वाधिक चाय ब्रिटेन को निर्यात की जाती है।

तालिका -5

भारतीय निर्यातो की संरचना

वस्तुएँ	1960-61		1990-91		2000-01	
	मिलियन डालर	कुल का प्रतिशत	मिलियन डालर	कुल का प्रतिशत	मिलियन डालर	कुल का प्रतिशत
1. कृषि व संबद्ध उत्पाद जिनमें	596	44.2	3521	19.4	6246	14.0
(अ) चाय और मेट	260	19.3	596	3.4	433	1.0
(ब) काजू गिरी	40	3.0	249	1.4	412	0.9
(स) मछली व मछली उत्पादन	10	0.8	535	2.9	1394	3.1
2. अयस्क और खनिज (कोयले के अतिरिक्त) जिसमें	109	8.1	834	4.6	906	2.0
(अ) कच्चा लोहा	36	2.6	585	3.2	358	0.8
3. विनिर्मित वस्तुएं	610	45.3	13229	72.9	35192	79.0
(अ) सूती धागे, रेशा व उससे निर्मित कपड़ा इत्यादि	136	10.1	1170	6.4	3509	7.9
(ब) सिले सिलाएं कपड़े	2	0.1	2236	12.8	5577	12.5
(स) जूट उत्पाद	283	21.0	166	0.9	204	0.4
(द) चमड़ा व उससे निर्मित सामान	59	4.4	1449	8.0	1951	4.4
(य) हस्तशिल्प	23	1.7	3437	13.4	8500	19.1
जिसमें से रत्न और आभुषण	2	0.1	2924	16.1	7384	16.6
(र) रसायन और संबद्ध उत्पाद	15	1.1	1176	6.5	5002	11.2
(ल) इंजीनियरिंग वस्तुएं	46	3.4	2158	11.9	6976	15.6
4. अन्य	31	2.4	31	0.2	2216	5.0
कुल	1346	100.0	18143	100.0	44560	100.0

Source: Government of India, Economic Survey, 2001-02, Statement 7.3 (A), p.S-84 to S-86.

(3) सूती कपड़ा तथा सिले सिलाएं कपड़े (Cloth and Apparels)- भारत द्वारा सूती कपड़े तथा वस्त्रों का निर्यात प्रमुख रूप से किया जाता है। 1997-98 में 12,094 करोड़ रूपये का सूती कपड़ा विदेशों को भेजा गया तथा 14,032 करोड़ रूपये के सिले सिलाये कपड़े निर्यात किये गये। भारत द्वारा 2000-01 तथा 2001 -02 में क्रमशः 25,478 करोड़ रूपये तथा 23,877 करोड़ रूपये के सिले सिलाए वस्त्रों का निर्यात किया गया।

(4) कच्ची धातुएं (Metallic Ores)- भारत में कच्ची धातुएं जैसे मैगनीज, अभ्रक तथा लोहा विदेशों को भेजा जाता है। ये धातुएं अमेरिका तथा जापान आदि देशों को भेजी जाती है। 1997-98 में 1,763 करोड़ रूपये का लोहा 25 करोड़ रूपये का अभ्रक तथा 17 करोड़ रूपये का मैगनीज विदेशों को भेजा गया। 2001-02 में 6020 करोड़ रूपये का अयस्क व खनिज निर्यात किया गया।

(5) मसाले (Spices)- भारत द्वारा अनेक प्रकार के मसाले जैसे काली मिर्च आदि का निर्यात किया जाता है। यह निर्यात इंग्लेण्ड, जर्मनी, इटली, जापान, रूस, सऊदी अरब, अमेरिका आदि देशों को किया जाता है। 1997-98 में 1,408 करोड़ रूपये तथा 2001-02 में 1497 करोड़ रूपये के मसाले विदेशों को भेजे गये।

(6) चमड़ा तथा चमड़े का सामान (Leather and Leather Products)- भारत से चमड़ा, जुते, चमड़े का दूसरा सामान, विदेशों को भेजा जाता है। इसके प्रमुख ग्राहक इँगलेण्ड, संयुक्त राज्य अमेरिका, फ्रांस, जर्मनी, रूस, इटली आदि देश है 1997-98 में 5,461 करोड़ रूपये तथा 2001-02 में 6,108 करोड़ रूपये के मूल्य का चमड़े का सामान विदेशों को भेजा गया।

(7) खल (Oil Cakes)- भारत से खल भी काफी मात्रा में निर्यात की जाती है। मुख्य ग्राहक जापान, नीदरलैण्ड, तथा ब्रिटेन आदि देश है। 1997-98 में 3,404 करोड़ रूपये तथा 2001-02 में 2263 करोड़ रूपये की खल का निर्यात किया गया।

(8) तम्बाकू (Tobacco)- भारत द्वारा प्रमुख रूप से तम्बाकू का निर्यात किया जाता है। भारत से तम्बाकू, मुख्य रूप से इंगलैण्ड, जापान, रूस तथा नेताल को निर्यात किया जाता है। 1997-98 में तम्बाकू का निर्यात बढ़कर 1,058 करोड़ रूपये हो गया। 2001-02 में भारत द्वारा तम्बाकू का निर्यात गिरकर 808 करोड़ रूपये हो गया।

(9) कॉफी (Coffee)- भारत से कॉफी का निर्यात बढ़ता जा रहा है। भारत से काफी यम. एस.ए., इटली तथा योगोस्वालाविया आदि देशों को भेजी जाती है। 1997-98 में 1,622 करोड़ रूपये की कॉफी का निर्यात किया गया। यद्यपि 2001-02 में काफी निर्यात गिरकर 1095 करोड़ रूपये रह गया।

(10) जवाहरात (Jewellery) - भारत से किये जाने वाले निर्यातों में सबसे अधिक वृद्धि जवाहरात के निर्यात में हुई है। भारत से हांगकांग, यू. एस. ए. तथा बेल्जियम, जापान आदि कई देशों को कई प्रकार के जवाहरात निर्यात किये जाते हैं। वर्ष 1997-98 में 19,014 करोड़ रूपये तथा 2001-02 में 34,845 करोड़ रूपये के जवाहरात निर्यात किये गए।

(11) काजू (Cashew Kernels)- काजू के निर्यात से भारत को अपेक्षाकृत अधि लाभ प्राप्त होता है। भारत से काजू रूस, अमेरिका, तथा जापान आदि देशों को भेजे जाते हैं। 1997-98 में 1,384 करोड़ रूपये तथा 2001-02 में 1652 करोड़ रूपये के काजू निर्यात किय गये।

(12) इन्जीनियरिंग का सामान (Engineering Goods)- भारत से इन्जीनियरिंग का सामान बंगलादेश, ईराक, जापान, रूस, नाईजीरिया, आदि देशों को भेजा जाता है। 1997-98 में 18,354 करोड़ रूपये तथा 2001-02 में 27,406 करोड़ रूपये का इंजीनियरिंग का सामान निर्यात किया है।

(13) हस्तकला (Handicrafts)- भारत के कुटीर उद्योगों द्वारा निर्मित हस्तकला का सामान जैसे हाथी दांत की वस्तुएं विदेशों को निर्यात की जाती है। ये वस्तुएं अमेरिका, जर्मनी, सऊदी अरब तथा मध्य पूर्व के देशों को भी निर्यात की जाती है। 1997-98 में 5,310 करोड़ रूपये के मूल्य का हस्तकला का सामान निर्यात किया गया। 2001-02 में हस्तकला निर्यात कम होकर 2618 करोड़ रूपये रह गया।

निर्यातों की रचना में परिवर्तन

Change in Composition of Exports)

स्वतन्त्रता के पश्चात भारत के निर्यात व्यापार में महत्वपूर्ण परिवर्तन हुए है। स्वतन्त्रता प्राप्ति से पहले भारत द्वारा चाय, जूट, चमड़े, कच्चे लोहे तथा मसालों का अधिक निर्यात था। अब अनेक प्रकार की तैयार वस्तुओं का निर्यात किया जाने लगा है। जैसे पूंजीगत माल (मशीने) इन्जीनियरिंग सामान, रसायन उत्पादन, सिले-सिलाये कपड़े, हीरे, तैयार भोजन, हस्तशिल्प आदि। भारत के परम्परागत निर्यातों में चाय, जुट तथा खनिज पदार्थों का 1950-51 में कुल निर्यात में हिस्सा 55 प्रतिशत था। 2001-02 में जूट का हिस्सा मात्र 0.4 प्रतिशत तथा चाय का हिस्सा केवल 9.6 प्रतिशत रह गया। इसके विपरीत इन्जीनियरिंग वस्तुओं का भाग जो 1951 में केवल 0.05 प्रतिशत था वह 2001-02 में बढ़कर 13.11 प्रतिशत हो गया। भारत के निर्यातों की रचना में निम्नलिखित मुख्य परिवर्तन हुये हैं:

(1) कृषि पदार्थों के निर्यातों के प्रतिशत में कमी (Decline in Percentage of Exports of Agricultural Commodities)- स्वतन्तन्त्रता के पश्चात् कृषि पदार्थों के निर्यातों का कुल निर्यातों में प्रतिशत भाग कम होता जा रहा है। उदाहरण के लिये 1970-71 में कृषि तथा सम्बन्धित पदार्थों के निर्यातों का कुल निर्यात में 31 प्रतिशत भाग था परन्तु 1997-98 में यह कम होकर 18.8 प्रतिशत तथा 2001-02 में 9 प्रतिशत भाग रह गया। इसका मुख्य कारण यह है कि देश की जनसंख्या में बहुत अधिक वृद्धि हो जाने के कारण कृषि पदार्थों की घरेलू मांग काफी अधिक बढ़ गई है। इसके फलस्वरूप कृषि पदार्थ निर्यात के लिये उपलब्ध नहीं हो पाते।

(2) परम्परागत वस्तुओं के निर्यातों के प्रतिशत में कमी (Deline in Percentage of Exports of Conventional Items)- भारत अधिकतर निर्यात परम्परागत वस्तुओं जैसे चाय, जुट, खाद्यान्न आदि कृषि पदार्थों तथा खनिज पदार्थों का करता था। 1970-71 में इन परम्परागत वस्तुओं का कुल निर्यात में 41 प्रतिशत भाग था। परन्तु अब

इनका भाग कम होकर केवल 20 प्रतिशत रह गया। इसका मुख्य कारण इन पदार्थों की घरेलू मांग में वृद्धि हो जाने के कारण निर्यात के लिये कम मात्रा का उपलब्ध होना है। देश के औद्योगिकरण में वृद्धि हो जाने के कारण कच्चे माल की देश में ही खपत बढ़ गई हैं।

(3) तैयार माल के निर्यातों में प्रतिशत वृद्धि (Increase in Percentage of Exports of Manufacturing)- स्वतन्त्रता के पश्चात् भारत के निर्यातों में तैयार माल के प्रतिशत में काफी अधिक वृद्धि हुई है। उदाहरण के लिय 1970-71 में भारत के कुल निर्यातों में तैयार माल का भाग 56 प्रतिशत था परन्तु 2000-01 में यह बढ़कर 72.9 प्रतिशत हो गया।

(4) जवाहरात तथा सिलेसिलायें कपडों के निर्यात का बढ़ता हुआ महत्व (Increasing Importance of Exports Readmades Cloth etc.) - भारत के कुल निर्यातों में जहाँ पहलं जुट तथा चाय का सबसे महत्तवपूर्ण स्थान था वहां अब उनका स्थान जवाहरात तथा सिले सिलाये कपड़ों के निर्यातों ने ने लिया है। भारत के कुल निर्यातों में जवाहरात का स्थान प्रथम तथा सिले सिलायें कपडों का तीसरा स्थान है।

(5) पैट्रोलियम पदार्थों के निर्यात (Exports of Petroleum Products) - भारत अब पैट्रोलियम पदार्थों का भी काफी निर्यात करने लगा है। 1970-71 में इन पदार्थों के निर्यात का मूल्य केवल 13 करोड़ रूपये था। अब यह 2001-02 बढ़कर 10107 करोड़ रूपये हो गया है। इससे सिद्ध होता है कि देश में पैट्रोलियम उद्योगों का विकास हो रहा है।

(6) कृषि निर्यातों की संरचना में परिवर्तन (Change in Composition of Agricultural Exports) - कृषित निर्यातों की संरचना में काफी परिवर्तन दृष्टिगत हुआ है। 1997-98 में इनके निर्यात क्रमशः 1,622 करोड़ रू., 1058 करोड़ रू. तथा 4,314 करोड़ रू. मछलियों तथा उनसे बने पदार्थो के निर्यात् में विगत वर्षों में बहुत अधिक वृद्धि हुई। 1970-71 में चावल का निर्यात नहीं किया जाता था। परन्तु 1997-98 में 840 करोड़ रूपये तथा 2001-02 में 3,174 करोड़ रूपये मूल्य के चावल का निर्यात किया गया। यह वास्तव में नीति क्रान्ति तथा हरित क्रान्ति का परिणाम है। जूट के निर्यातों में कोई विशेष वृद्धि नहीं हुई।

(7) इन्जीनियरिंग के सामान, हस्तकला तथा चमड़े के सामान के निर्यातों में वृद्धि (Increase in Engineering Goods, Handicrafts and Leather Products) - भारत के निर्यातों में इन्जीनियरिंग के सामान, हस्तकला तथा चमड़े के सामान का महत्त्व वर्तमान वर्षों में काफी बढ़ गया। 1970-71 में इन्जीनियरिंग के सामान हस्तकला तथा चमड़े के सामान के निर्यातों का मूल्य क्रमशः 198 करोड़ रू., 73 करोड़ रू. तथा 80 करोड़ रू. था। 2001-02 में इनके निर्यात बढ़कर क्रमशः 27406 करोड़ रू., 2618 करोड़ रू. तथा 1951 करोड़ रू. हो गया।

निर्यातों की दिशा में परिवर्तन

(Change in the Direction of Exports)

स्वतन्त्रता के पश्चात भारत के निर्यातों की दिशा में अनेक महत्त्वपूर्ण परिवर्तन हुए है। इन परिवर्तनों का संक्षिप्त विवरण तालिका -6 में दर्शाया गया है।

भारत के निर्यातों में विगत वर्षों में निम्नलिखित मुख्य परिवर्तन दृष्टिगत हुये हैं:

(अ) स्वतन्त्रा से पहले भारत के सर्वाधिक निर्यात व्यापार इंग्लेण्ड से होते थे। 1950-51 में भारत के निर्यातों में इंग्लैण्ड का भाग 27 प्रतिशत था परन्तु 2000-01 में यह कम होकर केवल 5.2 प्रतिशत रह गया।

(ब) भारत द्वारा अमरीका से काफी मूल्य के निर्यात किये जाते थे। 1950-51 में भारत के निर्यात व्यापार में अमरीका का भाग 18.6 प्रतिशत था। अब यह बढ़कर 20.9 प्रतिशत हो गया। इस प्रकार अमरीका को किये जाने वाले निर्यातों में निरन्तर वृद्धि हो रही है।

(स) भारत सबसे अधिक निर्यात यूरोपियन यूनियन के देशों को करता है। इन देशों में इंगलैण्ड, जर्मनी, बैल्जियम, फ्रांस, लग्समबर्ग, नीदरलैण्ड, इटली, डैनमार्ग आदि शामिल है। इन देशों का 2000-01 में निर्यातों में भाग 23 प्रतिशत था।

(द) पैट्रोलियम निर्यातक देशों के संगठन (*Organisation of Petroleum* Exporting Countries-OPEC) को भी काफी मात्रा में निर्यात किये जाने लगे है। 1997-98 में इन देशों का कुल निर्यात में भाग 10 प्रतिशत जो बढ़कर 2000-01 में 10.9 प्रतिशत हो गया।

(य) सन् 1950-51 में भारत के निर्यात व्यापार में रूस का भाग केवल 1.2 प्रतिशत था परन्तु 1997-98 में यह बढ़कर 2.6 प्रतिशत किन्तु 2000-01 में गिरकर 2.0 प्रतिशत रह गया।। रूस के विघटन के कारण इसमें अधिक वृद्धि नहीं हो सकी है।

(र) भारत के निर्यात व्यापार में जापान का महत्व बढ़ता जा रहा है। 1950-51 में भारत के निर्यात व्यापार में जापान का भाग केवल 2.2 प्रतिशत था। परन्तु 1997-98 में यह बढ़कर 5.5 प्रतिशत हो गया। किन्तु 2000-01 में कम होकर 4.0 प्रतिशत रह गया।

(ल) भारत कई विकासशील देशों जैसे कीनिया, इथोपिया, नाइजीरिया, अर्जेन्टाइना आदि को भी निर्यात करने लगा है। इन देशों को किये जाने वाले निर्यातों में भी निरन्तर वृद्धि हो रही है।

तालिका -6

भारतीय व्यापार की दिशा (निर्यात)

(प्रतिशत हिस्सा)

वस्तुएँ	1960-61	1990-91	2000-01
1. ओ. ई. सी. डी. जिसमें से-	66.1	53.5	52.7
(अ) यूरोपिय संघ जिसमें से	36.2	27.5	22.7
(क) बेल्जियम	0.8	3.9	3.3
(ख) फ्रांस	1.4	2.4	2.3
(ग) जर्मनी*	3.1	7.8	4.3
(घ) इंग्लैण्ड	26.9	6.5	5.2
(ब) अमेरिका	16.0	14.7	20.9
(स) जापान	5.5	9.3	4.0
2. तेल निर्यातक देशों का संगठन जिसमें	4.1	5.6	10.9
(अ) ईरान	0.8	0.4	0.5
(ब) इराक	0.5	0.1	0.2
(स) कुवैत	0.5	0.2	0.4
(द) सऊदी अरब	0.9	1.3	1.8
3. पूर्वी यूरोप जिसमें	7.0	17.9	2.4
(अ) रूस**	4.5	16.1	2.0
4. विकासशील देश *** जिसमें	14.8	16.8	26.7
(अ) अफ्रीका	6.3	2.1	3.2
(ब) एशिया	6.9	14.3	21.4
(स) लैटिन अमेरिका और केरेबियन	1.6	0.4	3.1
5. अन्य	8.0	6.2	7.3
कुल	100.0	100.0	100.0

* 1999-2000 और 2000-01 के आंकड़े संयुक्त जर्मनी के लिए है

** 1992-93 से पूर्व के आंकड़े भूतपूर्व सोवियत संघ के लिए हैं।

*** ओपेक के सदस्य देशों को छोड़ कर

Source: Government of India, Economic Survey, 2001-02, Statement 7.4 (A), p.S-88 and 7.4 (B), p, S-89.

भारत के भुगतान शेष (India's Balance of Payments)

भारत के भुगतान शेष के प्रतिकूल या घाटे का होना एक गम्भीर समस्या है। इस समस्या का विस्तृत अध्ययन करने से पहले यह जानना आवश्यक है कि भुगतान शेष से क्या अभिप्राय है।

अर्थ (Meaning) भुगतान शेष से अभिप्राय उस लेन देन से है जिसमें किसी देश के निश्चित समय में अन्य देशों के साथ होने वाले सभी आर्थिक लेन देन का उल्लेख होता है। किसी देश के भुगतान शेष में वस्तुओं, सेवाओं तथा पूंजी के सभी प्रकार के आयात तथा निर्यात सम्मिलित होते है। व्यापार शेष तो भुगतान शेष का केवल एक भाग है, क्योंकि व्यापार शेष में केवल वस्तुओं के आयात तथा निर्यात ही सम्मिलित किया जाता है। भुगतान शेष के दो खाते हैं -

(1) चालू खाता (Current Account) चालू खाते में

(अ) वस्तुओं अर्थात् व्यापार की दृश्य मदों के निर्यात तथा आयात के अन्तर को सम्मिलित किया जाता है। तथा

(ब) सेवाओं जैसे बीमा, बैंकिंग आदि अर्थात अदृश्य मदों के निर्यात तथा आयात के अन्तर को सम्मिलित किए जाते हैं।

(2) पूंजी खाता (Capital Accounts) - इसके अन्तर्गत पूंजीगत भुगतानों तथा प्राप्तियों को सम्मिलित किया जाता है। भुगतान शेष के अनुकूल या प्रतिकूल होने से हमारा अभिप्राय चालू खाते के अनुकूल या प्रतिकूल होने से है। भुगतान शेष के घाटे से अभिप्राय यह है कि भारत के दृश्य तथा अदृश्य आयात अधिक है तथा उनकी तुलना में दृश्य और अदृश्य निर्यात कम हैं। भुगतान शेष के अनुकूल होने का अर्थ है कि भारत का विदेशी व्यापार लाभकर है अर्थात् भारत के दृश्य और अदृश्य निर्यात अधिक हैं तथा तुलना में दृश्य और अदृश्य आयात कम हैं।

भुगतान शेष की प्रवृत्तियां

(Trends of Balance of Payments)

स्वतन्त्रता के पश्चात् से ही भारत का भुगतान शेष प्रतिकूल रहना प्रारम्भ हो गया दूसरे महायुद्ध के दौरान भारत का भुगतान शेष अनूकूल रहा है। युद्धकाल में भारत ने मित्र देशों को काफी मात्रा में निर्यात किए तथा तथा बदले में आयात बहुत कम मात्रा में किये। इंगलैण्ड पर स्टलिंग क रूप में भारत का 1733 करोड़ रूपये का कर्जा चढ़ गया परन्तु विभाजन के तुरन्त बाद भारत के निर्यातों की अपेक्षा आयात काफी बढ़ गए।

तालिका-7 से ज्ञात होता है कि पांचवी योजना की अवधि को छोड़कर बाकी सभी योजनाओं में भारत का भुगतान शेष घाटे का रहा है।

तालिका-7

चालू खाते पर भुगतान शेष

योजना	वर्ष	व्यापार शेष	शुद्ध अदृश्य मदें	भुगतान शेष
पहली योजना	(1951-52-1955-56)	-542	+500	-42
दूसरी योजना	(1956-57-1960-61)	-2,339	+614	-1,725
तीसरी योजना	(1961-62-1965-66)	-2382	+432	-1950
वार्षिक योजना	1966-67 से 1968-69)	-2067	+52	-2015
चौथी योजना	(1969-70 से 1973-74)	-1564	+1664	-100
पांचवी योजना	(1974-75 से 1978-79)	-1,379	+6,261	-3082
छठी योजना	(1980-81 से 1984-85)	-30,456	+19,072	-11,384
सातवीं योजना	1985-86 से 1989-90)	-54,204	+13,157	-41,047
1990-91*		-16,934	-435	-17,369
1991-91*		-6,495	+4,258	-2,337
आठवीं योजना	(1992-97)	-149,004	+86,090	-62,914
2000-2001		-65,376	+53,945	-11,431

Source: Reserve Bank of India Bulletin April 1995 Economic Survey 1995

चालू खाते के घाटे को पूंजीगत खाते से पूरा किया जाता है। इसके अन्तर्गत निम्नलिखित प्राप्तियों को शामिल किया जाता है। (अ) विदेशी सरकारों तथा अन्तर्राष्टीय संस्थाओं से कर्जा, (ब) निजी विदेशी क्षेत्र से कर्जे तथा उनके द्वारा निवेश, (स) बैंकों से प्राप्त फण्डस। यदि इन स्रोतों से भुगतान शेष के चालू खाते का घाटा पूरा नहीं होता तो शेष घाटे को देश की विदेशी मुद्रा भण्डार को कम करके पूरा किया जाता है।

प्रतिकूल भुगतान शेष के कारण

(Causes of Unfavourable Balance of Payments)

भुगतान शेष में उत्पन्न हुए घाटे को पूरा करने के लिए सरकार अल्पकालीन उपायों (जैसे संचित विदेशी मुद्रा कोष का प्रयोग, अन्तर्राष्ट्रीय मुद्रा कोष से ऋण तथा विदेशी ऋण या अनुदान प्राप्त कर ले) द्वारा अस्थायी राहत प्राप्त कर सकती है। इन उपायों से भुगतान शेष की समस्या का स्थायी समाधान नहीं किया जा सकता है। जब तक भुगतान शेष में निरन्तर घाटा उत्पन्न करने वाले के कारण विद्यमान रहते है, देश भुगतान संतुलन में प्रतिकूलता अनुभव करता रहेगा। यह भी समभव है कि कोई देश इस समस्या के समाधान के अस्थायी उपायों पर आश्रित रहते हुए एक दिन ऐसी अवस्था में पहुँच जाय जब (अ) उसके संचित

विदेशी विनिमय कोष समाप्त हो जाय, (ब) अन्तर्राष्ट्रीय मुद्रा कोष से सामान्य और विशिष्ट योजनाओं के अन्तर्गत समस्त ऋण प्राप्त कर लिये जाये, तथा (स) कोई राष्ट्रीय तथा विदेशी सरकार अथवा संस्था सरकार को और अधिक उधार देने के लिए राजी न हो। अतः सर्वाधिक सुरक्षित स्थिति यही है है कि भुगतान शेष में प्रतिकुलता के कारणों का विश्लेषण कर उपाय सुझाये जाय। भारत के भुगतान शेष के प्रतिकूल होने के कारण निम्नलिखित हैं :

(1) मशीनों का आयात (Import of Machinery)- स्वतन्त्रता के पश्चात, भारत में मशीनों का आयात दो कारणों से बढ़ गया। प्रथम, द्वितीय महायुद्ध में कारखानों से अधिक काम लिया गया। इससे उनकी मशीने घिस गई तथा पुरानी पड़ गई। इनको बदलने के लिए विदेशों से काफी मूल्य की नई मशीनें मंगवानी पड़ी। द्वितीय, पंचवर्षीय योजनाओं के कारण देश के औद्योगिकरण के लिए भी बहुत अधिक मूल्य की मशीनों तथा तकनीक के आयात ने भारत के भुगतान शेष को प्रतिकूल कर दिया।

(2) युद्ध सामग्री का आयात (Import of War Equipment)- स्वतन्त्रता के पश्चात् भारत को एक बार चीन तथा दो बार पाकिस्तान के साथ युद्ध लड़ना पड़ा। भारत को चीन तथा पाकिस्तान से रक्षा करने के लिए विदेशों से अधिक मूल्य की युद्ध सामग्री मंगवानी पड़ी। इनके आयात ने भी भुगतान शेष को असन्तुलित बना दिया।

(3) उपभोक्ता वस्तुओं की अधिक मांग (More Demand of Consumption Goods)- युद्ध के बाद न केवल विदेशी बल्कि भारतीय वस्तुओं की मांग भी बढ़ गई। पहले तिलहन, चाय, कच्चा लोहा अधिक मात्रा में निर्यात किये जाते थे परन्तु अब इनका उपयोग देश के अन्दर ही बढ़ गया है। अतः उन वस्तुओं का निर्यात कम होने लगा है जिनकी विदेशों में अधिक माँग थी।

(4) मूल्य असन्तुलन (Price Disequilibrium)- राजकोषीय आयोग की रिपोट के अनुसार 1945 के पश्चात् से भारत में वस्तुओं के घरेलू किमतों और विदेशी व्यापार प्रसारण बढ़ गया है। अनाज के दाम बढ़ने के कारण दूसरी वस्तुओं के दाम बढ़े। इसके कारण आयात बढ़े तथा निर्यात कम हो गया।

(5) विदेशों में दुतावास (Embassies)- भारत को स्वतन्त्रता के बाद विदेशों से सम्बन्ध स्थापित करने के लिए विश्व के लगभग सभी देशों में दूतावास कार्यालय खोलने पड़े। इन पर काफी खर्च करना पड़ता है। इसके फलस्वरूप भी भुगतान शेष प्रतिकूल हो गया है।

(6) विदेशी प्रतियोगिता (Foreign Competition) - भारत मुख्य रूप से पटसन, चाय तथा कपड़े का निर्यात करता है, परन्तु अब इन वस्तुओं में विदेशी प्रतियोगिता बढ़ने लगी है, जैसे- जूट में बंगला देश से तथा चाय में लंका और पूर्वी अफ्रीका से। इसके कारण भारत के निर्यात कम हो गए।

(7) पैट्रोल की कीमतों में वृद्धि (Increase in the Price of Petrol) - पिछले कई वर्षो से पैट्रोल की कीमतों में वृद्धि होने के कारण भी आयात का मूल्य बहुत अधिक बढ़ गया है। सन् 1973 में पैट्रोल की कीमत दो डालर प्रति बैरल थी अब यह बढ़कर 36 डालर प्रति बैरल हो गई। इसके फलस्वरूप पैट्रोल के आयात का मूल्य बहुत बढ़

गया। 1970-71 में केवल 136 करोड़ रूपये के पैट्रोल का आयात किया गया। सन् 1994 में पैट्रोल का आयात बढ़कर 18,046 करोड़ रूपये का हो गया। कुल निर्यात का 24 प्रतिशत भाग पैट्रोल के आयात पर खर्च किया जाता है।

(8) विदेशी ऋणों पर ब्याज का भुगतान (Payments of Interest on Foreign Loans)- सरकार ने विदेशों से लगभग 9,040 करोड़ डार के ऋण लिये हैं। इन ऋणों पर 1994 में लगभग 372 करोड़ डालर का भुगतान ऋण सेवाओं के रूप में विदेशों को दिया गया है। इसके फलस्वरूप भी भुगतान शेष असन्तुलित हो जाता है।

(9) निर्यात में कम वृद्धि (Less Growth of Exports)- सन् 1976 तक देश के निर्यात में आयात की तुलना में कम वृद्धि हुई उसके फलस्वरूप भुगतान शेष का असन्तुलन बढ़ गया। सातवीं योजना के आरम्भ से ही यह स्थिति उत्पन्न हो गई। आयात तथा निर्यात का अन्तर बहुत अधिक बढ़ गया है। इस कारणवश भी भुगतान शेष प्रतिकूल हो गया है।

भुगतान शेष के असन्तुलन को ठीक करने के उपाय

(Measures to Correct Disequilibrium in the Balance of Payments)

भुगतान शेष में असन्तुलन होने का मुख्य कारण निर्यात की अपेक्षा आयात का अधिक होना है। इसलिए भुगतान शेष के असन्तुलन को ठीक करने के लिए दो उपाय किये जाने चाहिए। भुगतान शेष को अनुकूल बनाने के लिए निर्यात बढ़ाने (Export Promotion) तथा आयात कम किये जाने चाहिए। इसके अतिरिक्त आयात प्रतिस्थापत्र (Import Substitution) किया जाना चाहिए। भुगतान शेष के असन्तुलन को ठीक करने के लिए निम्नलिखित उपाय अपनाने चाहिए -

(1) निर्यातों को प्रोत्साहन (Promotion to Exports)- भुगतान सन्तुलन के प्रतिकूल होने पर निर्यातों को बढ़ाना सर्वोत्तम उपाय है। इस उद्देश्य की पूर्ति के लिए निर्यातों पर से सभी कर हटा देने चाहिए, निर्यात उद्योगों को कच्चे माल तथा यातायात की सुविधाएं कम लागत पर प्रदान की जानी चाहिए जिससे निर्यात वस्तुओं की कीमतें कम हों। इसके अतिरिक्त इन उद्योगों को बैंकिंग तथा साख की अधिक सुविधाएं तथा वित्तीय सहायता दी जानी चाहिए। वस्तुओं के निर्यात को बढ़ावा देने के लिए विदेशी बाजार में प्रचार किया जाना चाहिए तथा विदेशियों की रूचि के अनुसार वस्तुओं का निर्माण किया जाना चाहिए।

(2) उत्पादन में वृद्धि (Increase in Production)- देश के आयात कम करने तथा निर्यात बढ़ाने के लिए यह आवश्यक है कि देश में कृषि, उद्योगों और खानों का उत्पादन बढ़ाया जाए। भारत के निर्यात में जूट के सामान, चाय तथा सूती कपड़े तथा कॉफी का बहुत महत्व है। पंचवर्षीय योजनाओं में इन तीनों के उत्पादन में वृद्धि करने के अनेक सार्थक प्रयत्न किया गये हैं। कई नई वस्तुओं का निर्यात किया जा रहा है जैसे मशीनें, बिजली के पंखे, साईकिलें, सिले-सिलाये कपड़े, हौजरी का सामान, लोहा और इस्पात, जवाहरात तथा जूते आदि। निर्यात उद्योगों को अन्तर्राष्ट्रीय मूल्यों पर कच्चे माल की उपलब्धि कराई जानी चाहिए। देश में सीमेंट, खाद लोहें तथा इस्पात, चीनी आदि उद्योगों की उत्पादन क्षमता का पूर्ण उपयोग किया जाना चाहिए।

(3) व्यापारिक समझौते (Trade Agreements)- अन्तर्राष्ट्रीय व्यापारिक परिदृश्य में बहुत अधिक तेजी से परिवर्तन हो रहे है। विदेशों में व्यापार बढ़ाने के लिए हमारी सरकार दूसरे देशों की सरकारों से कई समझौते करती है। व्यापार बढ़ाने के लिए विदेशों के कई व्यापारिक प्रतिनिधि मण्डल भारत आते हैं। इसी प्रकार कई व्यापारिक प्रतिनिधि मण्डल भारत से विश्व के अनेक देशों में भ्रमण करते हैं। भारत विश्व व्यापार संगठन आदि अन्तर्राष्ट्रीय संस्थाओं का सक्रिय सदस्य है। विगत वर्षों में भारत के दक्षिण एशिया तथा साक्र, उत्तरी पूर्वी, एशिया, दक्षिण-पूर्व एशिया, स्वतन्त्र राष्ट्रकुल देश एवं बाल्टिक देश आदि के साथ अनेक व्यापारिक समझौते की क्रियान्विति हुई है तथा आपकी व्यापाकरिक सम्बन्ध मजबूत हुए है। इस दिशा मैं और अधिक प्रयास किये जाने चाहिए।

(4) विदेशी निवेश को प्रोत्साहŸ (Encouragement to Foreign Investment)- भुगतान सन्तुलन की प्रतिकूलता को दूर करने का यह महत्वपूर्ण उपाय है। इसके अन्तर्गत विदेशी उद्योगपतियों को भारत में पूंजी लगाने के लिए प्रोत्साहित किया जाता है। विदेशी पूंजी को आकर्षित करने के लिए विशेष सुविधाएं प्रदान की जाती है। इससे निर्यात वस्तुओं का उत्पादन बढ़ता है और इसी प्रकार निर्यातों को प्रोत्साहन मिलता है। परन्तु विदेशी पूंजी के निवेश में सरकार को अत्यन्त सावधानी से काम लेना चहिए जिससे विदेशी पूँजीपति देश की अर्थव्यवस्था पर अपना प्रभुत्व न जमा लें।

(5) विदेशी पर्यटकों को आकर्षित करना (Attraction to Foreign Tourists)- विदेशी पर्यटकों को आकर्षित करने के लिए देश के विभिन्न प्रदेशों में आकर्षक पिकनिक स्थानों का निर्माण करना चाहिए। सरकार इस प्रकार के स्थानों को विकसित करने में पर्याप्त धन राशि व्यय करे इनके अतिरिक्त विदेशी पर्यटकों को यातायात तथा अन्य सुविधाऐं प्रदान कि जानी चाहिए। इन विदेशी पर्यटकों से पर्याप्त मात्रा में विदेशी मुद्रा प्राप्त होती है।

(6) भारतीय मुद्रा का अवमूल्यन (Devaluation of Indian Currency)- अवमूल्यन का अर्थ है किसी देश की मुद्रा का मूल्य दूसरे देशों की मुद्रा के मूल्य की अपेक्षा कम हो जाता है। किसी मुद्रा के अवमूल्यन की आवश्यकता मुख्य रूप से उस समय होती है जब देश के आयात, निर्यात से अधिक होने लगते हैं। अवमूल्यन के कारण आयात महंगा हो जाता है तथा निर्यात सस्ता हो जाता है। भारत में प्रथम अवमूल्यन 1949 में किया गया। 6 जून, 1966 को भारतीय रूपये का फिर से अवमूल्यन कर दिया गया। रूपए का मूल्य कम होकर 118 ग्रेन सोना या 13.3 सेन्ट्स रह गया। 1991 में रूपये का तीसरी बार अवमूल्यन कर दिया गया।

(7) मुद्रा विस्फीति या कीमतों में कमी (Deflation)- इसका अभिप्राय यह है कि देश में उत्पादित वस्तुओं की कीमतों को कम किया जाए। इसके फलस्वरूप देश के द्वारा निर्यात की जाने वाली वस्तुएं विदेशियों को सस्ती प्राप्त हो सकेगी। इसके कारण देश के निर्यात बढ़ेंगें।

(8) आयातों पर नियन्त्रण (Restriction on Imports)- भुगतान संतुलन को सुधारने का दूसरा महत्वपूर्ण उपाय आयातों पर रोक लगाना है। आयातों को कम करने के लिए निम्नलिखित उपाय सुझाये जा सकते हैं -

(अ) विलासितापूर्ण वस्तुओं के आयातों पर प्रतिबन्ध लगाना,

(ब) आयात की जाने वाली वस्तुओं का देश में ही उत्पादन करने का प्रयत्न करना,

(स) अति आवश्यक वस्तुओं के आयात पर लाइसेंस व्यवस्था लागू करना,

(द) विभिन्न वस्तुओं के आयात का कोटा निर्धारित करना,

(य) नए आयात कर लगाना तथा पुराने करों में वृद्धि करना,

(र) आयात की जाने वाली वस्तुओं के माल भाड़े में वृद्धि करना,

(ल) स्वदेशी वस्तुओं के उपभोग की भावना जागृत करना,

(व) आयातित वस्तुओं के लिए कम साख सुविधाएं प्रदान करना, इत्यादि।

(9) आयात प्रतिस्थापन (Import Substitution)- भुगतान सन्तुलन शेष के घाटे को पूरा करने के लिए आयात प्रतिस्थापन का बहुत अधिक महत्व है। "आयात प्रतिस्थापन का अर्थ है आयात की जाने वाली किसी वस्तु का कुल या आंशिक रूप से देश के कच्चे माल तथा तकनीकी ज्ञान द्वारा उत्पादित उसी प्रकार के कार्य करने वाली वस्तु द्वारा प्रतिस्थापन करना" इसका मुख्य उद्देश्य आयात को कम करना है। उदाहरण के लिए स्वतन्त्रता से पहले साईकिलें, सिलाई की मशीनें, बिजली के पंखे आयात किये जाते थे। परन्तु अब इनका देश में ही उत्पादन होने लगा है। इसी प्रकार बिजली उद्योग के लिए आयात किए गए तांबे के तार के स्थान पर देश में बने एल्यूमीनियम के तार का उपयोग किया जाने लगा।

संक्षेप में, निर्यात बढ़ाकर तथा आयात कम करके भुगतान शेष के घाटे के कम किया जा सकता है, भारत सरकार ने निर्यात प्रोत्साहन तथा आयात प्रतिस्थापन के लिए कई उपाय किए गए हैं।

परिक्षापयोगी प्रश्न

1. भारत द्वारा आयात एवं निर्यात की जाने वाली प्रमुख वस्तुएँ कौन-सी हैं? इनका नवीनतम वर्णन कीजिए।

2. आर्थिक नियोजन के बाद भारत के विदेशी व्यापार की संरचना एवं दिशा में हुए परिवर्तनों का नवीनतम विश्लेषण दीजिए।

3. भारत के विदेशी व्यापार की नवीनतम विविधताओं एवं प्रवृत्तियों का उल्लेख कीजिए।

□□□

15

निर्यात संवर्द्धन
(Export Promotion)

प्रत्येक विकासशील देश के लिए निर्यातों का महत्व बहुत अधिक होता है। विकास की आवश्यकताओं को पूरा करने के लिए यह आवश्यक हो जाता है कि मशीनों एवं तकनीकी ज्ञान का अधिक से अधिक आयात किया जाय। इन बढ़ते हुए आयातों का भुगतान निर्यातों को बढ़ाकर ही किया जा सकता है; अन्यथा देश को विदेश से भारी मात्रा में ऋण लेने होंगें और उन पर ब्याज देना होगा। सन् 1945 में भारत का विदेशी व्यापार प्रतिकूल अवस्था में था। इस स्थिति को अनुकूल बनाने हेतु राष्ट्र के आर्थिक निती निर्माता इस दिशा में प्रयत्नशील है। कि हमारे निर्यात बढ़े और अनावश्यक आयात प्रभावी नियन्त्रण स्थापित किये जाये। स्वतन्त्रता के पश्चात् निती निर्धारकों का व्यापार नीति की तरफ ध्यान विशेष रूप से आकर्षित हुआ जिसके परिणास्वरूप और आयात को सीमित करने और निर्यात को अधिकाधिक बढावा देने कि दिशा में सजग प्रयास प्रारम्भ हुये। पंचवर्षीय योजनाओं के सुचारू रूप से संचालन और उनकी सफलता भी देश के निर्यात संवर्द्धन प्रयत्नों की सफलता पर निर्भर है। निर्यात के क्षेत्र और उनकी मात्रा विस्तार के साथ साथ उनके विविधीकरण की और भी ध्यान दिया जाना प्रारम्भ हुआ।

द्वितीय एवं तृतीय पंचवर्षीय योजनाओं की अवधि में हमारे आयातों में जिस तेजी से वृद्धि हुई उसी अनुपात में हम अपने निर्यातों में वृद्धि नहीं कर सके। अत: हमारा व्यापार शेष विपक्ष में बढ़ता गया और देश के समक्ष भुगतान-सन्तुलन का संकट बढ़ता गया। पिछले ऋणों पर मूल एवं ब्याज की किस्तों का बोझ बढ़ता गया और दूसरी ओर विदेशों से प्राप्त होने वाली सहायता की धनराशि में कमी होने लगी। इस विषम स्थिति का सामना करने के लिए भारत सरकार द्वारा निर्यात-सम्बर्द्धन के लिए विशेष प्रयास किये गये। वस्तुत: हमारे आर्थिक विकास की सफलता और हमारी अर्थ-व्यवस्था का उज्ज्वल भविष्य हमारी निर्यात संवर्द्धन प्रयासों की सफलता पर ही निर्भर है।

निर्यात संवर्द्धन का अर्थ
(Meaning of Export Promotion)

निर्यात बढ़ाने के प्रत्यक्ष और अप्रत्यक्ष दोनों प्रकार के प्रयत्नों किये जाते हैं। प्रत्यक्ष प्रयत्न वे है जिनके द्वारा निर्यात की जाने वाली वस्तुएओं का उत्पादन बढ़ाये जाने तथा उसका मूल्य कम किये जाने के प्रयत्न किये जाते है, निर्यातकों को आर्थिक सहायता एवं साख उपलब्ध करायी जाती है तथा निर्यात बढ़ाने के अन्य अनेक प्रत्यक्ष प्रयत्न किये जाते हैं। अप्रत्यक्ष प्रयत्न वे है जिनके द्वारा निर्यात माल को बन्धन मुक्त किया जाता है, उससे कर हटाये जाते हैं अथवा घटाये जाते हैं, निर्यातकों को प्रेरणा और प्रोत्साहन प्रदान किये जाते है और उनके मार्ग की क्रिया विधि संबंधी कठिनाइयों को न्यूनतम उन्हें विविध सुविधाएं प्रदान की जाती है।

निर्यात सम्बर्द्धन की आवश्यकता व महत्व
(Need and Importance of Export Promotion)

भारत जैसे विकासशील देश में भुगतान शेष में घाटे को कम करने, विदेशी ऋण भार को कम करने, विदेशी सहायता पर देश को निर्भरता समाप्त करने, विदेशी व्यापार ढाँचे में परिवर्तन करके उसे सुदृढ़ बनाने तथा व्यापार की दिशा में अनुकूल परिवर्तन करने के लिए और नियोजित विकास को सफल बनाने हेतु निर्यात-सम्बर्द्धन की आवश्यकता है। भारत में विदेशी विनिमय की कठिनाइयाँ लगातार बनी हुई हैं तथा देश में अधिकांश वस्तुओं का घरेलू बाजार विस्तृत होने से तथा निजी क्षेत्रों द्वारा निर्यात व्यापार में निराशाजनक प्रगति करने से निर्यात-सम्बर्द्धन की आवश्यकता अधिक बढ़ जाती है। निर्यात-सम्बर्द्धन की आवश्यकता का औचित्य हम निम्न रूप में सिद्ध कर सकते हैं:

(1) आर्थिक आत्मनिर्भरता प्राप्त करने के लिए (For Self-Reliance)- भारत में प्रत्येक पाँच वर्षीय योजना को पूरा करने हेतु विदेशी सहायता पर निर्भरता बढ़ी है। योजना के आरम्भ में विभिन्न देशों ने सहायता के प्रति उदार दृष्टिकोण अपनाते हुए हमें बड़े पैमाने पर सहायता दी। परन्तु भारत-पाक, भारत-चीन युद्धों के समय विदेशी सहायता आर्थिक हितों के विपरीत रही। अतः विदेशी सहायता पर निर्भरता समाप्त करना जरूरी हो गया। देश को आत्मनिर्भर बनाने व विदेशी सहायता से उत्पन्न बुरे प्रभाव को दूर करने के लिए निर्यात व्यापार द्वारा अधिक विदेशी मुद्रा प्राप्त करने की आवश्यकता है जो निर्यात-सम्बर्द्धन द्वारा सम्भव है। अप्रैल 1980 में हमारे विदेशी विनिमय कोष में 5,000 करोड़ रूपये जमा होना एक अच्छी शुरूआत थी किन्तु इसके बाद से इसमें कमी हुई है।

(2) आर्थिक कठिनाइयों को दूर करने हेतु (To Remove Economic Constraints)- भारत को स्वतन्त्र होने के बाद भी अनेक कठिनाइयों का सामना करना पड़ा। जनसंख्या वृद्धि के साथ-साथ खाद्यान्नों की कमी भारत की भयंकर समस्या बन गयी। जिससे विदेशों से खाद्यान्न आयात करना पड़ा। भारत का विभाजन होने के फलस्वरूप कच्चे माल के उत्पादन क्षेत्र भारत से निकल गये जिससे हमारा निर्यात घट गया व हमें कच्चा माल प्राप्त करने के लिए विदेशों पर निर्भर रहना पड़ा। रूई तथा पटसन के निर्यात में बहुत कमी हो गयी। इन कठिनाइयों के निवारण हेतु निर्यात सम्बर्द्धन जरूरी हो गया।

(3) व्यापार-शेष को पक्ष में करने हेतु (For Favourable Balane of Trade)- भारत का व्यापार-शेष द्वितीय विश्व महायुद्ध के बाद से ही विपक्ष में है अर्थात देश के आयात निर्यातों की तुलना में अधिक रहे हैं। देश के भुगतान शेष को धनात्मक बनाने के लिए निर्यात जरूरी है जो कि सरकारी प्रौत्साहन के बिना बढ़ने असम्भव है। अत: व्यापार-शेष को पक्ष में लाने हेतु निर्यात-सम्बर्द्धन आवश्यक है।

(4) निर्यात व्यापार ढाँचे को सुदृढ़ करने हेतु (For a Strong Export Trade Base)- भारत स्वतन्त्र होने से पूर्व तक कच्चे माल का निर्यातक व पक्के माल का आयातक था। स्वतन्त्रता के पश्चात् हमें परम्परागत निर्यात व्यापार को कम करने के स्थान पर नवीन निर्मित माल को निर्यात करने की तीव्र आवश्यकता महसूस हुई जिसे पूर्ण करने हेतु निर्यात-सम्बर्द्धन आवश्यक है।

(5) विदेशी ऋण भार को कम करने हेतु (To reduce Foreign Debt Burden)- पंचवर्षीय योजनाओं के दौरान भारत ने विदेशों से व अन्य अन्तर्राष्ट्रीय संस्थाओं से भारी मात्रा में ऋण प्राप्त किया। अत: ऋणों के पुन: भुगतान हेतु विदेशी विनिमय की आवश्यकता है जो निर्यात-सम्बर्द्धन द्वारा ही सम्भव है।

विदेशी ऋणों पर मूलधन की किश्त एवं ब्याज के भुगतान के रूप में ऋण सेवा (Debt-Servicing) का भार इधर तेजी से बढ़ा है। सन् 1981-82 में यह 837 करोड़ रूपये था।

(6) औद्योगीकरण की गति को तेज करने हेतु (To Accelerate the Pace of Industrialisation)- भारत में तीव्र औद्योगिक विकास के लिए मशीनों, पेट्रोल, कच्चे माल तथा पूँजीगत सामान का अधिक आयात करना आवश्यकत है। इनके भुगतान के लिए निर्यात बढ़ाना हमारे देश के लिए एक अनिवार्यता है।

निर्यात व्यापार के मार्ग में कठिनाइयाँ

(Constraints in Our Export Trade)

(1) ऊँचा मूल्य स्तर (High Price Level)- भारत में मूल्यों का स्तर तीव्र गति से बढ़ रहा है, जिससे अनेक वस्तुओं का मूल्य बढ़ता जा रहा है। मूल्य वृद्धि से विदेशियों के लिए हमारे निर्यात महँगे होते हैं। उच्च तकनीक अपनाकर तथा लागतों में कमी करके ही हम विदेशी बाजारों में प्रतियोगिता का सामना करना सकते हैं।

(2) सीमित बाजार (Low Market Potential)- भारत में निर्यातों के सन्दर्भ में परम्परागत वस्तुओं का अधिक महत्व है, साथ ही वस्तु का बाजार कुछ ही देशों में हैं; जहाँ स्थिति क्षणिक भी विपरीत होने पर व्यापार को हानि वहन करना पड़ता है। इसके लिए निरन्तर नवीन बाजारों की खोज का कार्य करना होगा जिससे कि बाजार का क्षेत्र व्यापक बन सके।

(3) प्रचार का अभाव (Lack of Publicity) - भारत की वस्तुओं का विदेशी भूमि पर बहुत कम प्रचार एवं प्रसार होने से विदेशी ग्राहकों को वस्तुओं के विषय में पर्याप्त जानकारी नहीं प्राप्त होती है।

(4) निम्न स्तर का माल (Inferior Quality of Goods)- भारत में उत्पादित माल पुरानी मशीनों, आधुनिकीकरण के अभाव व उत्पादन की परम्परागत विधियों के कारण निम्न स्तर का होता है, जिससे हमारा माल विदेशी प्रतियोगिता में अपने पाँव जमाने में असमर्थ रहता है।

(5) उत्पादकों एवं निर्यातकों का दृष्टिकोण (Outlook of Manufacturers & Exporters)- भारत के उत्पादक व निर्यातक लाभ बढ़ाने की भावना के वशीभूत होकर अनेक अनुचित तरीकों का सहारा लेते हैं जिससे विदेशों में भारत की साख को धक्का लगता है। उदाहरणार्थ, काली मिर्च में अखाद्य वस्तुओं की मिलावट, रूस को भेजे गये जूतों में चमड़े के स्थान पर गत्तों का प्रयोग आदि व्यवहारों के कारण हमारे माल की साख विश्व बाजार में गिरी है।

(6) विदेशी प्रतियोगिता (Foreign Competition)- भारत की अधिकतर निर्यात होने वाली वस्तुओं को विकसित व विकासशील देशों से कड़ी प्रतियोगिता का सामना करना पड़ता है, इससे अधिकांश वस्तुओं को प्रेतियोगिता में बेचना पड़ता है।

(7) विकसित देशों द्वारा ऊँचे तटकर (High Tariffs by Developed Nations)- विकसित देशों में से अनेक ने हमारी वस्तुओं के आयात पर भारी तटकर लगा रखा है, जिससे हमें उन देशों में माल बेचने में कठिनाई होती है।

निर्यात संवर्द्धन की आवश्यकता (Need of Export Promotion)

(1) देश में आर्थिक विकास तथा आत्मनिर्भरता के लक्ष्य को प्रात करने के के लिए निर्यात संवर्द्धन आवश्यक माना जाता है।

(2) प्रतिकूल व्यापार शेष को ठीक करने के लिए निर्यातों में वृद्धि करना आवश्यक है। निर्यातों में वृद्धि हेतु निर्यात संवर्द्धन आवश्यक होता है।

(3) किसी भी देश के निर्यात उसके आयातों के भुगतान की व्यवस्था करते हैं। इय दृष्टि से निर्यात संवर्द्धन आवश्यक हो जाता है।

(4) निर्यात संवर्द्धन से देश की आय एवं उत्पादन को बढ़ाया जा सकता है। विदेशी व्यापार में वृद्धि होने के कारण देश की आय बढ़ती है, जिससे और अधिक निर्यात उद्योग प्रोत्साहित होंगे।

(5) आर्थिक विकास हेतु निर्यातों को बढ़ाना आवश्यक होता है। निर्यात वृद्धि के लिए नये-नये उद्योगों की स्थापना की जायेगी जिससे रोजगार में वृद्धि होगी व परिवहन तथा संचालन के साधनों का विकास होगा, तथा जिससे देश का आर्थिक विकास तीव्र होगा।

(6) निर्यात के लिए आज अन्तर्राष्ट्रीय बाजार में बहुत प्रतिस्पर्धा है। अत: कीमत एवं किस्म में निर्यातित वस्तु का अच्छा होना नितान्त आवश्यक है।

(7) निर्यात संवर्द्धन के अंतर्गत करों में छूट, परिवहन में रियायतें तथा सस्ती वित्तीय साख एवं जोखिम से सुरक्षा प्रदान करना आवश्यक होता है।

(8) नई-नई वस्तुओं के निर्यात में वृद्धि करना तथा निर्यात के लिये नये-नये बाजारों की खोज करना नितान्त आवश्यक है।

(9) इसके अतिरिक्त, औद्योगिकरण की गति तीव्र करने, सामरिक महत्त्व की वस्तुों के आयात, भुगतान सन्तुलन में साम्यता इत्यादि के लिए भी निर्यात संवर्द्धन आवश्यक है।

सरकार द्वारा निर्यात संवर्द्धन के लिए किए गए प्रयास

(Government Efforts for Export Promotion)

स्वतंत्रता प्राप्ति के पश्चात् से ही सरकार निर्यात वृद्धि के लिए प्रयत्नशील है। सरकार ने निर्यात बढ़ाने के लिए जो प्रयास किए उनमें से मुख्य निम्न है :

1. जाँच समितियों की नियुक्ति (Appointment of Enquiry Committees)

निर्यात संबंधी समस्याओं का अध्ययन करने के लिए विभिन्न समितियों की स्थापना व्यापार क्षेत्र के विशेषज्ञों की अध्यक्षता में नियुक्ति की गयी। इस प्रयोजन हेतु समय-समय पर जो विभिन्न समितियां नियुक्त की गई उनका संक्षिप्त विवरण निम्नलिखित है :

(1) गोरवाला समिति, 1949 : यह निर्यात संवर्द्धन समिति, देश के विभाजन तथा द्वितीय विश्व युद्ध से उत्पन्न भुगतान सन्तुलन की कठिनाइयों का अध्ययन करने तथा उन्हें दूर करने के उपायों और साधनों के संबंध में सुझाव देने के लिए *श्री ए. डी. गोरवाला* की अध्यक्षता में गठित की गयी थी।

(2) डीसूजा समिति, 1957 : सरकार ने *श्री बी. एल. डीसूजा* की अध्यक्षता में एक और समिति की नियुक्ति की। वर्ष 1957 की भुगतान सन्तंलन कठिनाइयाँ कुछ भिन्न प्रकार की थी, क्योंकि उस समय पंचवर्षीय योजनाओं के सहयोग से देश की अर्थ व्यवस्था का विकास करने के लक्ष्य पर चलना आरम्भ कर दिया गया था। इस स्थिति में ही निर्यात संवर्द्धन ने देश के विकास संबंधी कार्यक्रम में एक अत्यन्त महत्वपूर्ण कड़ी कारूप धारण किया। इस समिति ने भारतीय व्यापार का मूल्यांकन अन्तर्राष्ट्रीय स्तर पर किया और निम्न सुझाव दिये :

(i) कुछ विशेष वस्तुओं के निर्यात को बढ़ाने के लिए विशिष्ट उपाय सुझाये।

(ii) समिति ने उत्पादन की लागत में कमी करने की आवश्यकता पर जोर दिया।

(iii) निर्यात योग्य वस्तुओं को उत्पादन कर तथा बिक्री कर से पूर्णतः मुक्त करने का जोर दिया।

(3) मुदालियर समिति, 1961 : तृतीय योजना में निर्यात लक्ष्यों की पूर्ति के लिए सुझाव हेतु मुदालियर समिति की नियुक्ति की गयी। इस समिति ने समस्त आयात-निर्यात, व्यापार नीति और कार्याविधि तथा निर्यात संवर्द्धन प्रयत्नों की समीक्षा की। इस समिति ने निम्न निर्यात संवर्द्धन हेतु निम्न सुझाव दिये:

(i) निर्यात संबंधी उद्योगों के लिए कच्चा माल, मशीनरी आदि हेतु आवश्यक विदेशी मुद्रा की व्यवस्था होनी चाहिए।

(ii) सरकार को चाहिए कि वे आन्तरिक उपभोग पर एक उपकर लगायें तथा इस कर से प्राप्त आय का उपयोग निर्यात व्यापार में सहायता करने के लिए करें।

समिति की अनुशंसा में निर्यात अनिवार्यतः होना चाहिये। इसके अतिरिक्त समिति ने अन्तर्राष्ट्रीय मेले में भाग लेनें, विदेशी यात्रियों की संख्या में वृद्धि करने, राजकीय व्यापार, किस्म नियंत्रण तथा निर्यात जोखिम आदि के सम्बन्ध में महत्वपूर्ण सुझाव दिये। सरकार ने इनमें कुछ सुझावों को कार्यान्वित भी किया ।

2. निर्यात संवर्द्धन संगठनों की स्थापना

(Establishment of Export Promotion Organisation)

निर्यात संवर्द्धन के कार्यों को सुचारू रूप से चलाने के लिए कुछ संस्थागत संगठन बनाये गये हैं, जिनका विवरण निम्नलिखित है-

(1) व्यापार मण्डल (Trade Boards) - मई 1962 में इस बोर्ड की स्थापना की गयी। इस बोर्ड का कार्य व्यापार तथा वाणिज्य के सभी पहलुओं पर विचार करना तथा उनके संबंध में सरकार को सलाह देना है। अन्तर्राष्ट्रीय व्यापार में वृद्धि के लिए विशेषतया निर्यात वृद्धि के लिए प्रयत्न करना बोर्ड का प्रमुख कार्य है। बोर्ड ने समय-समय पर निर्यात व्यापार से संबंधित वस्तुओं तथा देशों के विषय में विश्लेषण किया है तथा निर्यात संबंधी अवसरों के विषय में जानकारी प्राप्त करायी है। उत्पादन व्यय में कमी, साख-सुविधा, जहाज तथा भाड़े की समस्या, विदेशों में व्यापारिक प्रतिनिधियों की नियुक्ति आदि विषयों पर इसने महत्त्वपूर्ण सुझाव दिये हैं। बोर्ड ने देशी व्यापार संस्थान की भी स्थापना किये जाने की भी अनुशंसा की है। बोर्ड द्वारा कुछ समितियाँ भी बनायी गयी हैं जो विदेशी व्यापार के विभिन्न पहलुओं का अध्ययन करती है।

(2) निर्यात संवर्द्धन निदेशालय (Export Promotion Directorate) - इसकी स्थापना अगस्त 1957 में की गयी । इसका प्रमुख कार्य निर्यातकों को आवश्यक सुचनाएं तथा सहायता देना तथा व्यापार मण्डल के आदेशों व सुझावों को कार्यान्वित करना है। निदेशालय ने चार क्षेत्रीय कार्यालय तथा बम्बई, कलकत्ता और तमिलनाडु में तीन पोर्ट कार्यालय बनाये है।

(3) निर्यात संवर्द्धन सलाहकार परिषद (Export Promotion Advisory Council) - इसकी स्थापना केन्द्रीय स्तर पर की गयी है। इस समिति में व्यापार के प्रतिनिधि होते हैं। समिति सरकार की निर्यात नीति की समीक्षा करती है, तथा सरकार को इस विषय में सलाह देती है।

(4) क्षेत्रीय निर्यात संवर्द्धन सलाहकार समितियाँ (Regional Export Promotion Councils) -देश के विभिन्न भागों से निर्यात की संभावनाओं तथा समस्याओं पर यह समितियाँ विचार करती है। अपने क्षेत्र की निर्यात समस्याओं के सम्बन्ध में ये समितियाँ सरकार का ध्यान आकर्षित करती हैं। ये समितियाँ माह में एक बार मिलती हैं तथा अपने-अपने क्षेत्र की उद्योग तथा व्यापार संबंधी समस्याओं पर विचार करती है और सुझाव देती हैं। समितियों का नेतृत्व स्थानीय व्यापार व उद्योग के अवैतनिक निर्यात संवर्द्धन सलाहकारों द्वारा किया जाता है। इस समय बम्बई, कलकत्ता, तथा मद्रास बन्दरगाहों पर ये समितियाँ कार्य कर रही है।

(5) निर्यात संवर्द्धन परिषदें (Export Promotion Councils) –इन परिषदों की स्थापना स्वायत्तशासी निगमों के रूप में की गयी है। इनमें उद्योग व व्यापार के प्रतिनिधि तथा सरकार के प्रतिनिधि होते हैं। ये परिषदें अपने उद्योग की वस्तुओं का निर्यात बढ़ाने के लिए प्रयत्न करती है। इस समय देश में इस प्रकार की 19 परिषदें कार्य कर रही है, जो अलग अलग सूती वस्त्र, काजू, मसाला, तम्बाकू, चमड़ा, रेशम, रेयन, रासायनिक पदार्थ, खेल के सामान, फल, इंजीनियरी का सामान आदि के निर्यात संवर्द्धन संबंधी कार्य कर रही है।

(6) वस्तु मण्डल (Commodity Boards) –निर्यात संवर्द्धन परिषदों के अतिरिक्त बहुत से बोर्ड गठित किये गये हैं जैसे टी बोर्ड, काफी बोर्ड, सिल्क बोर्ड ऑल इंडिया हैण्डलूम बोर्ड आदि। ये बोर्ड संबंधित वस्तुओं के निर्यात के विषय में सूचना व सहायता देते हैं। ये बोर्ड निर्यात संवर्द्धन परिषदों के समान कार्य भी करते हैं।

(7) भारतीय विदेशी व्यापार संस्थान (Indian Institute of Foreign Trade) –भारत सरकार द्वारा इस संस्थान की स्थापना सन् 1964 में विदेशी व्यापार प्रबंध में प्रशिक्षण, अनुसंधान तथा बाजार सर्वेक्षण इत्यादि के विकास के लिए की थी। इस संस्था के प्रमुख कार्य निम्नांकित हैं –

(i) अन्तर्राष्ट्रीय व्यापार की आधुनिक विधियों से संबंधित प्रशिक्षण देना।

(ii) विपणन, सर्वेक्षण क्षेत्र, तथा बाजार सर्वेक्षण की व्यवस्था करना।

(iii) विदेशी व्यापार की समस्याओं के सम्बन्ध में अनुसंधान करना।

(8) व्यापार विकास प्राधिकरण (Trade Development Authority) –सन् 1971 में इस प्राधिकरण की स्थापना की गई थी। इसकी स्थापना के मुख्य उद्देश्य छोटे तथा मध्यम श्रेणी के उद्यमियों की निर्यात क्षमताओं को बढ़ाना है। इस प्राधिकरण का मुख्य कार्यालय नई दिल्ली में हैं। यह प्राधिकरण उद्यमियों को नये बाजारों की जानकारी देता है, निर्यात विकास के लिए सेवाएँ उपलब्ध कराता है, माल के उत्पादन तथा निर्यात में सहायता देता है।

(9) भारतीय पैंकिंग संस्थान (Indian Institute of Packing) – पैंकिंग से संबंधित नवीन सामग्री का पता लगाने, पैंकिंग की नवीनतम रीतियों का आविष्कार करने तथा उनकी जानकारी देने के लिए मई, 1966 में इस संस्थान की स्थापना भारत सरकार द्वारा की गई थी।

(10) भारतीय व्यापार मेला प्राधिकरण (Trade Fair Authority of India) –भारतीय व्यापार मेला प्राधिकरण की स्थापना 11 मार्च 1977 को की गई थी। इस प्राधिकरण के प्रमुख उद्देश्य औद्योगिक तथा अन्य व्यापारिक वस्तुओं के निर्यात के लिए मेले तथा प्रदर्शनियों के विकास तथा इनके आयोजनों की व्यवस्था करना तथा उसमें भाग लेना, भारत तथा विदेशी शोरूम स्थापित करना तथा इन मेलों से संबंधित वस्तुओं के व्यापार से संबंधित क्रियाओं को व्यवस्थित करना है।

(11) वाणिज्य मंत्रालय (Commerce Ministry) सन् 1985 में सरकार के पुर्नगठन के बाद भारत के विदेशी व्यापार के नियंत्रण तथा विकास की जिम्मेदारी वाणिज्य मंत्रालय को सौंपी गई थी। विदेशी व्यापार से संबंधित सभी कार्य करने का दायित्व इस मंत्रालय के वाणिज्य विभाग का है। विदेशी व्यापारिक संबंधों, राज्य-व्यापार, निर्यात संवर्द्धन उपायों तथा कुछ निर्यात उद्योगों के विकास एवं नियंत्रण का उत्तरदायित्व इसी विभाग की है।

3. सार्वजनिक व्यापारिक संस्थानों की स्थापना

(Establishment of Public Sector Commercial Institutions)

भारत में निर्यातों के प्रोत्साहन तथा आयातित माल के उचित वितरण हेतु सरकारी क्षेत्र में कुछ संस्थाएँ स्थापित की गई है। इनमें निम्नांकित उल्लेखनीय हैं -

(1) राजकीय व्यापार निगम (State Trading Corporation) -व्यापार निगम की स्थापना सन् 1956 में भारत के निर्यातों में वृद्धि करने तथा आवश्यक आयातों की व्यवस्था करने के उद्देश्यों से की गई थी। इस निगम के माध्यम से विदेशी व्यापार इस प्रकार से किया जाता है, जिससे सामाजिक लक्ष्यों की पूर्ति में सहायता मिले।

(2) खनिज एवं धातु व्यापार निगम (Minerals and Metals Trading Corporation) -सन् 1963 में इस निगम की स्थापना राज्य व्यापार निगम से अलग रूप में की गई थी। इसके पहले खनिज एवं धातु का निर्यात, राज्य व्यापार निगम द्वारा किया जाता था। इस निगम का प्रमुख कार्य खनिज एवं धातुओं का आयात-निर्यात करना है।

(3) चाय व्यापार निगम (Tea Trading Corporation) -एक सरकारी कंपनी के रूप में इस निगम की स्थापना सन् 1971 में की गई थी। इस निगम का कार्य सभी प्रकार की चाय का घरेलू तथा विदेशी व्यापार करना है। निगम चाय बागानों तथा गोदामों के प्रबंध का कार्य करता है। निगम की प्रबंध व्यवस्था केन्द्र सरकार के द्वारा होती है।

(4) अभ्रक व्यापार निगम (Mica Trading Corporation) - इस निगम की स्थापना सन् 1972 में खनिज एवं धातु व्यापार निगम की सहयोगी संस्था के रूप में की गई जो अभ्रक निर्यात में संलग्न है।

(5) भारतीय चल चित्र संवर्द्धन निगम (Indian Movies Export Corporation) - यह निगम चलचित्र सर्वेक्षण का कार्य करता है। राज्य व्यापार निगम की सहायक कंपनी के रूप में चलचित्रों के निर्यात एवं प्रचार तथा बाजार सर्वेक्षण का कार्य करता है।

4. निर्यात वित्त सुविधाओं का विस्तार

(Expansion of Export Finance Facilities)

निर्यात व्यावसायियों को वित्तीय सुविधा उपलब्ध कराने के लिए राष्ट्रीयकृत बैंक अल्पकालीन वित्त की व्यवस्था करते हैं। किन्तु दीर्घकालीन एवं मध्यकालीन वित्त हेतु निम्नांकित संस्थाएँ महत्वपूर्ण भूमिका निभा रही हैं :

(1) निर्यात साख तथा गारन्टी निगम (Export Credit and Guarantee Corporation) -सन् 1964 में इस निगम की स्थापना की गई। यह निर्यात बीमा सुविधाएँ

प्रदान करता है जो सामान्यत: साधारण बीमा कंपनियों के द्वारा प्रदान नहीं की जाती है। निर्यातकों को निगम द्वारा इसकी निर्यात साख गारन्टी पॉलिसी के आधार पर बैंकों से ऋण प्राप्त करवाया जाता है। निगम बैंकों को निम्न प्रकार को वित्तीय गारण्टियां प्रदान करता है।

(1) पैंकिग साख गारंटी (Packing Credit Guarantee)

(2) हस्तान्तरण गारंटी (Tranfer Guarantee)

(3) निर्यात निष्पादन गारंटी (Export Performance Guarantee)

(4) निर्यात–वित्त गारंटी (Export Finance Guarantee)

(5) पोत लदानोत्तर निर्यात साख गारंटी
(Post-Shipment Export Credit Guarantee)

(2) सरकार द्वारा सुपूर्द किए गए अन्य कार्य (Performed other Work-Assigned by Government) –निगम उन सभी कार्यों को भी करता हैं जो निर्यात वृद्धि हेतु समय-समय पर सरकार द्वारा इसे सौंपे जाते हैं जैसे –विदेशी बाजारों का सर्वेक्षण, सरकार व निर्यातकर्त्ता तथा संबंधित बैंक के मध्य आवश्यक संबंध स्थापित करने के लिए उत्प्रेरक के रूप में कार्य करना।

(3) बैंकों द्वारा अल्पकालीन वित्त व्यवस्था (Short Term Finance) –सन् 1980 में छ: बैंकों के राष्ट्रीयकरण से कुल 20 बैंकों का राष्ट्रीयकरण हो चुका है। इन बैंकों के द्वारा भी प्राथमिकता के आधार पर निर्यात वृद्धि के लिए अल्पकालीन ऋणों की व्यवस्था की जाती है।

(4) आयात निर्यात बैंक की स्थापना (Establishment of Import-Export Bank) – सरकार ने आयात-निर्यात बैंक की स्थापना 1982 में की गई। यह बैंक आसान शर्तों पर निर्यातों तथा आयातों के लिए ऋण देता है। बैंक ने एक ऐसे कोष की स्थापना भी की है जो अन्तर्राष्ट्रीय बाजारों का अध्ययन करने के लिए व्यय करता है। इस बैंक का मुख्य कार्यालय मुम्बई में स्थापित किया गया है।

(5) ग्रीन कार्ड (Green Card) – ऐसी संस्थाओं को जो कि शत-प्रतिशत निर्यात कार्यों में संलग्न हैं, केन्द्रिय सरकार द्वारा उन्हें ग्रीन कार्ड जारी किया जाता है। इन संस्थाओं को सरकार उन सभी मामलों में उच्च प्राथमिकता प्रदान करती है जिससे तथा ठनका कार्य निर्बाध रूप से चलता रहे।

5. निर्यात सबर्द्धन की अन्य प्रोत्साहन योजनाएँ
(Other Export Promotion Schemes)

निर्यात संवर्द्धन हेतु उपर्युक्त वर्णित उपायों के अतिरिक्त निम्नलिखित प्रोत्साहन योजनाएँ भी प्रभावी है:

(1) निर्यात सदन (Export House) – भारत सरकार ने कुछ प्रसिद्ध व्यापारिक संस्थाओं एवं प्रचुर मात्रा के निर्यातकों को 'निर्यात सदन' नाम की मान्यता प्रदान की है। जिन कंपनियों, सहकारी समितियों अथवा व्यापार संघों का वार्षिक निर्यात, चुनी गई वस्तुओं का

एक करोड़ रूपये और अन्य उत्पादनों का 5 करोड़ रूपय से अधिक है, उन्हें सरकार 'निर्यात सदन' घोषित कर सकती है।

(2) विशेष निर्यात सफलता के पुरस्कार देना (Export Awards) – सन् 1969 से भारत सरकार ने सफल निर्यातकों को पुरस्कार देकर प्रोत्साहित करने की योजना प्रारम्भ की। यह विचारधारा पश्चिमी देशों से ली गयी है। ब्रिटेन में रानी पुरस्कार और संयुक्त राज्य अमरीका में राष्ट्रपति पुरस्कार दिये जाते हैं और असाधारण उत्साह दिखाने वाले निर्यातकों को योग्यता के प्रमाण पत्र दिये जाते हैं। इन इनामों को प्रतिवर्ष एक विशेष समारोह आयोजित करके वितरित किया जाता है जिससे कि निर्यातक अपने आपको गौरवान्वित समझे और भविष्य में अधिकाधिक उत्साह दिखाने की उन्हें प्रेरणा मिले।

(3) विदेशों में औद्योगिक उधम (Industrial Ventures Abroad) – भारत की पंचवर्षीय योजनाओं की प्रगति के साथ साथ देश के औद्योगिक उत्पादन में वृद्धि हुई है और देश अब अपनी आवश्यकताओं की पूर्ति के अतिरिक्त मशीनें, यंत्र-उपकरण और तकनीकी ज्ञान का निर्यात भी करने लगा है। भारतीय उद्योगपति अब विदेशों में उद्योग स्थापित करने में रूचि दर्शाने लगे हैं। यह निर्यात बढ़ाने की नयी युक्ति है। इससे हमारे देश की प्रतिष्ठा भी बढ़ेगी।

(4) विपणन विकास निधि (Marketing Development Fund) –निर्यात संवर्द्धन परिषदों एवं अन्य संस्थाओं को निर्यात वृद्धि के निमित्त आर्थिक सहायता देने के विचार से जुलाई सन् 1963 में भारत सरकार ने विपणन विकास निधि स्थापित की थी। इसका उद्देश्य भारतीय माल की खपत के लिए विदेशी बाजारों का विकास करना है।

(5) प्रदर्शन केन्द्र (Demonstration Centres) – कुछ देशों में भारतीय दुतावासों की देख रेख में स्थायी प्रदर्शन –कक्ष, व्यापार केन्द्र भी खोले गये हैं जहाँ भारतीय माल के नमूने प्रदर्शित किये जाते है। कोलम्बों, बैंकांक, न्यूयार्क, लंदन, सैनफ्रांसिसकों, काहिरा, टोकियों, जकार्त्ता, सिंगापुर, जेनेवा, पेरिस, औटावा, लाओस इत्यादि नगरों में ऐसे केन्द्र खोले जा चुके हैं।

(6) प्रदर्शनियाँ एवं मेले (Exhibitions and Fairs) –भारत के वर्तमान बाजारों को बनाये रखने, विदेशों में भारतीय माल की माँग बढ़ाने तथा निर्यात वस्तुओं के लिए नये बाजार खोलने के विचार से भारत सरकार ने अन्तर्राष्ट्रीय प्रदर्शनियों और मेले संगठित करने अथवा उनमें भाग लेने की व्यवस्था की है। देश के अन्दर भी औद्योगिक प्रदर्शनियां समय समय पर आयोजित की जाती है, जहाँ भारतीय माल का प्रदर्शन किया जाता है। इस काम को भारत सरकार का व्यापारिक मेला प्राधिकरण करता है जिसने मार्च 1977 से कार्य आरम्भ किया।

(7) परिवहन सुविधाएँ (Transport Facilities) –परिवहन संबंधि कठिनाइयां भी निर्यात वृद्धि में बाधा डालती है। इस असुविधा को दूर करने के लिए भारत सरकार के रेल परिवहन और पोतचालन सभी मंत्रालय समान रूप से चिन्तित रहते हैं। भारतीय रेलें निर्यात वस्तुओं हेतु डिब्बे देने और माल को शीघ्र बन्दरगाह तक पहुँचाने के कार्य को प्राथमिकता प्रदान करती हैं। कुछ निर्यात वस्तुओं के रेल-भाड़े 20 से 40 प्रतिशत तक कम दर से लिए जाते है।

(8) गुणवत्ता नियंत्रण (Quality Control) - निर्यात बढ़ाने के लिए माल का गुणवत्ता नियंत्रण परम आवश्यक है। निम्न कोटि का माल निर्यात करने के कारण कई बार भारत उत्पाद की बनी हुई साख को धक्का लग चुका है और हमारा निर्यात कम हो गया है। भारत सरकार का इस ओर गत वर्षों में आकर्षित हुआ है और गुणवत्ता नियंत्रण के लिए व्यापक व्यवस्था की गयी है। इस काम को करने के लिए वर्ष 1964 में निर्यात निरीक्षण परिषद स्थापित की गयी। यह परिषद सभी निर्यात वस्तुओं के अनिवार्य गुणवत्ता-नियंत्रण एवं लदान पूर्व निरीक्षण की व्यवस्था करती है। कलकत्ता और दिल्ली में परिषद के मुख्य कार्यालय हैं तथा बम्बई व कोचीन में इसके क्षेत्रीय कार्यालय हैं। राज्य सरकारों ने भी अपने यहाँ गुणवत्ता नियंत्रण विभाग स्थापित किये हैं। निर्यात संवर्द्धन परिषदें और भारतीय मानक संस्था भी निर्यात माल की गुणवत्ता सुधार का प्रयास करती हैं। कुछ वस्तुओं को निर्यात से पूर्व अनिवार्य रूप से प्रतिमानित व चिन्हित किया जाता है।

(9) काण्डला स्वतंत्र व्यापार क्षेत्र (Kandala Free Trade Zone) -भारत सरकार ने काण्डला बन्दरगाह पर 320 एकड़ क्षेत्र का स्वतंत्र व्यापार क्षेत्र विकसित किया है। इस क्षेत्र के अंतर्गत सम्मिलित हुए अथवा बने हुए माल पर आयात व निर्यात कर (Taxes) नहीं लगते। इस प्रकार विदेश से माल मँगाकर उसका इस क्षेत्र में परिष्करण करके बिना आयात कर दिये निर्यात किया जा सकता है।

(10) शान्ताक्रुज इलेक्ट्रोनिक्स निर्यात परिष्करण क्षेत्र (Electronics Export Processing Zone) -सन् 1973 में शान्ताक्रुज (मुम्बई) में इलेक्ट्रोनिक्स निर्यात परिष्करण क्षेत्र की स्थापना की गयी जहाँ बिजली के सामान पर परिष्करण कर उसे बिना आयात निर्यात कर दिये निर्यात किया जा सकता है। इस क्षेत्र में उद्योग स्थापित करने के लिए एक बोर्ड बना है जो एकीकृत केन्द्र के रूप में कार्य करता है।

(11) समुद्री उत्पाद निर्यात विकास प्राधिकरण (Marine Export Products Development Authority) -अगस्त 1972 में प्राधिकरण को एक वैधानिक निकाय के रूप में स्थापित किया गया। इसका मुख्यालय कोचीन में हैं तथा कोचीन, मद्रास, बम्बई एवं कलकत्ता में क्षेत्रीय कार्यालय हैं। इसका कार्य समुद्री उत्पादन के महत्वपूर्ण और सम्भाव्यता वाले क्षेत्रों की आवश्यकता की पूर्ति करना है। विदेशों में हुए मेलों और प्रदर्शनियों में भाग लेकर अथवा भारत में मेलों और प्रदर्शनियों का आयोजन कर प्राधिकरण भारतीय समुद्री उत्पादों को लोकप्रिय बनाता है।

6. निर्यातोन्मुख इकाइयाँ तथा निर्यात परिष्करण क्षेत्र योजनाएँ
(Export Oriented Units and Export Processing Zone Schemes)

सरकार ने निर्यातोन्मुख इकाइयों तथा निर्यात परिष्करण क्षेत्र योजनाओं को और अधिक उदार बना दिया है। निर्यात प्रसंष्करण क्षेत्र की इकाइयाँ निर्यात व्यापार और राज्य व्यापार गृहों के माध्यम से भी निर्यात कर सकती हैं तथा पट्टे पर मशीने लगा सकती हैं। इन इकाइयों में शत-प्रतिशत विदेशी इक्विटी भागीदारिता की अनुमति भी प्रदान कर दी गई है।

(1) निर्यात परिष्करण क्षेत्र (Export Processing Zones) इन क्षेत्रों की स्थापना का उद्देश्य भारत से निर्यातित वस्तुओं के लिए उपयुक्त वातावरण तैयार करना है

जिससे वह अन्तर्राष्ट्रीय प्रतियोगिता में अपना स्थान बना सकें। भारत में वर्तमान में ऐसे 8 निर्यात प्रोसेसिंग क्षेत्र हैं। सार्वजनिक क्षेत्र में ऐसे 7 क्षेत्र कांडला (गुजरात), सांताक्रुज (मुम्बई), फाहटा (पश्चिमी बंगाल), नोएडा (उत्तरप्रदेश), कोचीन (केरल), चैन्नई (तमिलनाडु) तथा विशाखापट्टनम (आन्ध्रप्रदेश) में स्थित हैं। शांताक्रुज इलेक्ट्रोनिक्स निर्यात संसाधन क्षेत्र विशिष्ट रूप से इलेक्ट्रोनिक सामान तथा रत्नों के लिए हैं, जब कि अन्य क्षेत्र सभी प्रकार के उत्पादों के लिए है।

निर्यात संवर्द्धन हेतु, आधारभुत संरचना सुदृढ़ करने के उद्देश्य से सरकार ने पहली बार निजी क्षेत्र में दो 'एक्सपोर्ट प्रोसेसिंग जोंस' स्थापित करने की अनुमति दिसम्बर 1994 में प्रदान की थी। इनमें से एक मुम्बई (महाराष्ट्र) में तथा दूसरा सूरत (गुजरात) में स्थापित किया जाना था। सूरत के निर्यात प्रोसेसिंग केन्द्र ने सन् 1995 से कार्य प्रारम्भ कर दिया है। दोनों ही निर्यात प्रोसेसिंग क्षेत्रों में मुख्यतत: रत्नों एवं आभुषणों से संबंधित इकाइयाँ स्थापित की जाएंगी।

निर्यात संवर्द्धन के लिए देश में विशेष आर्थिक परिक्षेत्रों की स्थापना की घोषणा केन्द्रिय वाणिज्य एवं उद्योग मंत्री मुरासोली मारन ने 31 मार्च, 2000 को वित्तीय वर्ष 2000-01 की एक्जिम पॉलिसी के तहत की थी। चीन में स्थापित किये गये आर्थिक परिक्षेत्रों के अनुभव पर स्थापित किए जाने वाले इन परिक्षेत्रों में अन्तर्राष्ट्रीय प्रतिद्वन्द्वी वातावरण प्रदान किया जाना है।

(2) निर्यातोन्मुखी इकाइयाँ (Export Oriented Units) -सरकार ने निर्यात प्रोसेसिंग क्षेत्रों के पूरक के रूप में 1981 से शत प्रतिशत निर्यात करने वाली इकाइयों की एक योजना प्रारम्भ की थी। इस योजना के अंतर्गत आने वाली इकाइयों द्वारा निर्यातों के लिए उत्पादन क्षमता को बढ़ाने के लिए अनेक प्रकार के प्रोत्साहन दिए जाते हैं। अन्तर्राष्ट्रीय बाजार में प्रतियोगी बनाने हेतु इन इकाइयों को मशीन, कच्चा माल, उपकरण तथा शुल्क मुक्त उपभोग वस्तुओं के आयात की भी स्वीकृति प्रदान की गई हैं। निर्यात-आयात नीति के अंतर्गत कृषि क्षेत्र को वरीयता देते हुए निर्यात घरानों तथा व्यापारिक गृहों आदि की योग्यता निर्धारित करते समय कृषि निर्यात को दोगुना भार देने का निर्णय लिया गया हैं।

(3) निर्यात गृह, निर्यात व्यापार गृह तथा स्टार ट्रेड्गि गृह (Export Trading Houses and Star Trading House) -निर्यात गृहों, व्यापार गृहों तथा स्टार ट्रेड्गि गृहों की योजना का उद्देश्य पहले से स्थापित निर्यातकों तथा बड़े निर्यात गृहों की बाजार क्षमता में वृद्धि करना है। वे पंजीकृत निर्यातक, जिनका अनेक वर्षो तक निर्यात निष्पादन उच्च बना हुआ है उन्हें निर्यात व्यापार गृह अथवा स्टार ट्रेड्गि गृह का स्तर प्रदान किया जाता है। इनके लिए प्रति वर्ष एक निश्चित न्यूनतम औसत शुद्ध निर्यात आय अर्जन करना आवश्यक होता है। 31 दिसम्बर, 1999 तक देश में 6 व्यापार गृह तथा 39 स्टार ट्रेड्गि गृह कार्यरत थे।

(4) निर्यात संवर्द्धन औद्योगिक पार्क (Export Promotion on Industrial Park) - निर्यात संवर्द्धन में राज्यों की भूमिका सुनिश्चित करने के उद्देश्य से केन्द्र सरकार ने राज्यों में निर्यात संवर्द्धन औद्योगिक पार्क स्थापित करने की योजना बनाई है। इसमें 75 प्रतिशत केन्द्रिय अनुदान की व्यवस्था है, किन्तु इसकी भूमि की लागत राज्य सरकारों को स्वयं वहन करनी होगी। जयपुर के निकट सीतापुरा में देश के पहले निर्यात संवर्द्धन

औद्योगिक पार्क का औपचारिक उद्घाटन केन्द्रिय वाणिज्य राज्यमंत्री ने 22 मार्च, 1997 को किया। 365 एकड़ क्षेत्र में फैले इस औद्योगिक पार्क का विकास राजस्थान औद्योगिक निवेश निगम द्वारा केन्द्र सरकार के सहयोग से किया गया है। इसकी कुल लागत 47.15 करोड़ रूपये आई है। इसमें केन्द्रीय सहायता 10 करोड़ रूपये की हैं। उल्लेखनीय है कि निर्यात संवर्द्धन औद्योगिक पार्क की स्थापना के लिए केन्द्र सरकार कुल लागत का 75 प्रतिशत या अधिकतम 10 करोड़ रूपये तक की आर्थिक सहायता प्रदान करती है।

भावी निर्यात संवर्द्धन के लिए सुझाव
(Suggestions for Future Export Promotion)

15 अगस्त सन् 1947 में देश के स्वतन्त्र होने के उपरान्त सरकार द्वारा इस सन्दर्भ में अनेक व्यवस्थाएँ की गयी है जिससे निर्यातों में वृद्धि तो हुई; फिर भी विदेशी व्यापार को प्रोत्साहित करने हेतु अनेक सुझाव प्रस्तुत किये गये है जो निम्न हैं:

(1) निर्यात उत्पादन (Export Production) -विस्तार और विविधीकरण के साथ वर्तमान उत्पादन क्षमता का पूर्णतम उपयोग किया जाना आवश्यक है। इसके लिए राजकोषीय प्रेरणा द्वारा निर्यात प्रधान उद्योगों में विनियोग को आकर्षक बनाने की नितान्त आवश्यकता है।

(2) गुणवत्ता सुधार (Quality Improvement) -भारत के निर्यात माल गुण की दृष्टि से उच्च कोटि का होना चाहिए। इसके लिए निर्यात संवर्द्धन परिषदों, अन्वेषण संस्थाओं, गुणवत्ता नियन्त्रण प्रयोगशालाओं एवं भारतीय मानक संस्था इत्यादि द्वारा सम्मिलित रूप से प्रयासों द्वारा निरन्तर प्रयत्न करने चाहिए।

(3) कच्चा माल बैंक (Raw Material Bank)-महत्वपूर्ण कच्चा माल, मशीनें एवं यंत्र उपकरण सुविधापूर्वक उद्योगों को उपलब्ध होने चाहिए। इस संबंध में 'कच्चा माल बैंक' स्थापित किये जाने का सुझाव अत्यन्त महत्वपूर्ण है।

(4) वित्त एवं साख (Finance and Credit)-भारतीय वित्तीय संस्थाओं का यह कर्त्तव्य है कि वे निर्यात उद्योगों को प्रतियोगी ब्याज दर पर पर्याप्त अल्पकालीन साख की व्यवस्था करें।

(5) निर्यात माल की ढुलाई (Transportation of Export Goods) -रेल, सड़क, जहाज व बन्दरगाह सुविधाओं का आधुनिकीकरण किया जाय तथा निर्यात माल की ढुलाई को अत्यधिक महत्व प्रदान किया जाए।

(6) माल गोदाम सुविधाएँ (Godown Facilities) -विदेशी वितरण स्थलों में पर्याप्त मालगोदाम सुविधाएँ बढ़ाई जायें जहाँ ग्राहकों को भारतीय माल आवश्यकतानुसार प्राप्त हो सके।

(7) चयनात्मक (Selectivity) -इस समय देश में अनेक निर्यातकर्त्ता हैं। इनमें से चयन प्रक्रिया द्वारा अधिक क्षमता वाले कुशल निर्यातकों निर्यात हेतु को विशेष सुविधाएँ और सहायता दी जाऐ।

(8) निर्यात सदन (Export Houses) -निर्यात सदनों को श्रेणीबद्ध निर्यात माल के, आयात संग्रह एवं वितरण का अधिकार प्रदान किया जाना चाहिए, तथा इन्हें अपनी लक्ष्यपूर्ति के निमित्त कर-प्रेरणा दी जानी चाहिए।

(9) एकल खिड़की व्यवस्था (Single Window System) -अनुदान एक अल्पकालीन सहायता है, किन्तु दीर्घकालीन निर्यात संवर्द्धन का एकमात्र उपाय लागत प्रतियोगिता है। अत: किसी ऐसी संस्था अथवा अधिकारी की आवश्यकता है। जहाँ से सभी निर्यात छूटें एक साथ मिल सकें, निर्यातकों को अनेक अधिकारियों के पास भटकना न पड़े।

(10) कृषि -आधारित निर्यात (Agriculture Based Export) -अनाज, दालें, फल, सब्जियाँ, अण्डे इत्यादि कृषि-आधारित निर्यात वस्तुओं के लिए एक पृथक निर्यात संवर्द्धन परिषद की स्थापना की जाए।

(11) क्षेत्रीय सहयोग (Regional Cooperation) -व्यापार एक द्विपक्षीय प्रक्रिया है जिसके सुचारू संचालन के लिए हमें विकासशील देशों के साथ व्यापारिक एवं तकनीकी संबंध सुदृढ़ करते रहना चाहिए।

(12) विदेशों में विपणन अभियान (Marketing Camprign in Foreign Countreis) -भारत द्वारा अधिकाधिक बिक्री-विशेषज्ञ विदेश भेजने चाहिए जिन्हें पर्याप्त विदेशी विनिमय दिया जाना चाहिए।

(13) निर्यात लक्ष्य (Export Targets) -हमें प्रतिवर्ष प्रति-उद्योग एवं प्रति-निर्यात वस्तु के लक्ष्य निर्धारित करने चाहिए और उन्हें प्राप्त करने के हर सम्भव प्रयत्न करने चाहिए।

(14) निर्यात संवर्द्धन संस्थाएँ (Export Promotion Institutions) -निर्यात संवर्द्धन परिषदों को एक सफल मूल्यांकन कार्यक्रम बनाना चाहिए और अनुभव के आधार पर निर्यात बढ़ाने के नये-नये उपाय पता लगाते रहना चाहिए।

(15) निर्यात प्रचार (Export Publicity) -फिल्म, टेलीविजन, प्रदर्शनी प्रदर्शन इत्यादि प्रचार साधनों के लिए ग्राहक की भाषा का उपयोग करना चाहिए।

(16) निर्यात प्रबन्ध (Export Management) -नवीन वस्तुओं के निर्यात की और अधिक ध्यान देना चाहिए, क्योंकि इस दिशा में भारत पिछले वर्षों में अच्छी सफलता प्राप्त कर चुका है। हमारे इंजीनियरी वस्तुओं की माँग विश्व के उद्योग-प्रधान देशों में तीव्र गति से बढ़ रही है। इस बात की आवश्यकता है कि हम निर्यात बिक्री व्यवस्था का आधुनिक तकनीकी आधार पर प्रबंध करें और व्यापार संगठन को अन्तर्राष्ट्रीय व्यापार गृहों के समकक्ष बनाये।

(17) लघु उद्योग निर्यात (Small-Scale Exports) -लघु उद्योगपतियों को संयुक्त बिक्री व्यवस्था द्वारा अपने माल का निर्यात बढ़ाने को प्रोत्साहित करना चाहिए।

(18) सूचना प्रौद्योगिकी का विकास (Development of Information Technology) -विदेशों में हमारे माल की माँग एवं खपत की सूचना का अभाव निर्यात वृद्धि में बाधक है। अत: विश्व बाजारों की माँग की ठीक-ठाक एवं सामयिक जानकारी प्राप्त करते रहने की नियमित व्यवस्था की जाए। उपर्युक्त सुझावों को यदि उचित रूप से क्रियान्वित किया जाये तो निर्यातों में निश्चित रूप से वृद्धि की जा सकती है।

परिक्षापयोगी प्रश्न

1. निर्यात संवर्द्धन की आवश्यता एवं महत्त्व की विवेचना कीजिए।
2. निर्यात संवर्द्धन से आप क्या समझते है? निर्यातो को बढ़ाने के लिए भारत सरकार ने क्या क्या उपाय किए हैं!
3. आयात प्रतिस्थापन से क्या अभिप्राय है? भारत में निर्यात सम्बर्द्धन की दिशा में कौन-कौन से कदम उठाए गए हैं? स्पष्ट कीजिए।

16

अन्तर्राष्ट्रीय व्यावसायिक पर्यावरण
(International Business Environment)

अन्तरर्राष्ट्रीय व्यावसायिक पर्यावरण का आश्य उन घटकों के अध्ययन से हैं जो अन्तरर्राष्ट्रीय व्यवसाय को प्रभावित करते हैं। अन्तर्राष्ट्रीय व्यवसाय के सुगमतापूर्वक संचालन हेतु वाणिज्य नीति का निर्माण, अन्तर्राष्ट्रीय व्यावसायिक पर्यावरण को प्रभावित करने वाला सबसे अधिक महत्वपूर्ण घटक है। विभिन्न राष्ट्रों के मध्य अन्तरर्राष्ट्रीय आर्थिक सम्बन्धों का भी अन्तरर्राष्ट्रीय व्यावसायिक पर्यावरण पर प्रभाव पड़ता है। अन्तरर्राष्ट्रीय व्यवसाय का संचालन अनेक बन्धनों से भी परिपूर्ण है। वस्तुतः इन बन्धनों से विश्व व्यापार का आकार तथा औद्योगिक गतिविधियाँ प्रभावित हुई है। विश्व के आर्थिक दृष्टि से अग्रणी राष्ट्रों द्वारा इन समस्याओं के उपचार स्वरूप अनेक प्रयास किये गये हैं। इन प्रयासों की कड़ी में अन्य समझौते तथा सम्मेलन तथा नवीन आर्थिक व्यवस्था का उदय हुआ। उपर्युक्त सभी घटक अन्तरर्राष्ट्रीय व्यावसायिक पर्यावरण को प्रभावित करते हैं।

अन्तरर्राष्ट्रीय व्यावसायिक पर्यावरण के अध्ययन में निम्नलिखित बातें सम्मिलित होती है:

1. वस्तु समझौते
2. कार[illegible]
3. राज्य [illegible]ार
4. व्यापारिक ब्लाक
5. अन्य क्षेत्रीय समूह
6. सार्क
7. गैट/विश्व व्यापार संगठन तथा
8. उरूग्वेदौर

1. वस्तु समझौते (Commodity Agreements)

अन्तरर्राष्ट्रीय वस्तु समझौते-अन्त-सरकारी होते हैं। इन समझौतों का क्रियान्वयन उत्पादन के, तथा व्यापार में कुछ प्राथमिक उत्पादों के मूल्य को स्थिर रखने के उद्देश्य से होता है। वस्तु समझौते एक लम्बे समय से विभिन्न स्थितियों में किये गये है। वस्तु समझौते निम्न में से किसी रूप में किये जा सकते हैं:

(अ) कोटा व्यवस्था (Quota Agreements) अन्तरर्राष्ट्रीय कोटा समझौते किसी वस्तु की पूर्ति के नियन्त्रण तथा उसके मूल्य में हुई गिरावट को नियन्त्रित करने के उद्देश्य से किये जाते हैं। कोटा व्यवस्था के अन्तर्गत निर्यात कोटा का निर्धारण किया जाकर आपसी समझौते के आधार पर इसका वितरण समभागी राष्ट्र को कर दिया जाता है। उदाहरण के लिए कॉफी के प्रमुख उत्पादकों लेटिन अमेरिका तथा अफ्रिका के बीच काफी समझौते के अन्तर्गत एक सीमा का निर्धारण कर दिया जाना जिसके अन्तर्गत प्रत्येक देश द्वारा काफी का निर्यात किया जायेगा।

सैद्धान्तिक दृष्टि से कोटा निर्धारण बुरा है क्योंकि इससे संसाधनों का गलत वितरण होता है। यह व्यवस्था गैर-कुशल उत्पादकों को भी संरक्षण प्रदान करती है, बाजार को बाधित करती है तथा सम्भवतः उत्पादक को उपयुक्त स्तर तक पूर्ति करने के नीचे रखती है।

(ब) बफर स्टाक समझौते (Buffer Stock Agreements) –अन्तरर्राष्ट्रीय बफर स्टॉक समझौते माँग–पूर्ति के संतुलन को बनाये रख कर वस्तु के मूल्य को स्थिर रखते हैं। बफर स्टॉक समझौते बाजार में किसी वस्तु के मूल्य बढ़ने की स्थिति में पूर्ति में वृद्धि करके तथा कीमतों में गिरावट की स्थिति में बाजार से अतिरिक्त पूर्ति को खींचकर मूल्यों को स्थिर रखते हैं।

(स) एक पक्षीय/बहु पक्षीय अनुबन्ध (Bilateral/Multilateral Contract) – एक पक्षीय समझौते का आशय किसी वस्तु की निश्चित मात्रा के क्रंय तथा विक्रय, समझौते के अन्तर्गत निर्धारित हुई कीमतों पर किये जाते हैं। ऐसे समझौते आयातक तथा निर्यातक के मध्य भी हो सकते हैं। इस स्थिति में वस्तु की उच्चतम तथा न्यूनतम मूल्य उल्लेखित कर दिया जाता है। यदि बाजार मूल्य समझौते की सम्पूर्ण अवधि में इसकी सीमा के अन्तर्गत बना रहे तो समझौता निष्क्रिय हो जाता है। किन्तु यदि बाजार मूल्य निर्धारित उच्चतम सीमा से अधिक बढ़े तो निर्यातक देश द्वारा आयातक देश को वस्तु की निर्धारित मात्रा में आपूर्ति समझौते में निर्धारित उच्चतम मूल्य पर करना होगा। इसके विपरीत यदि बाजार मूल्य निर्धारित न्यूनतम मूल्य से कम हो जाता है तो आयातक देश द्वारा अनुबन्धित मात्रा में वस्तु का क्रय निर्धारित–न्यूनतम मूल्य पर करना होगा।

उपर्युक्त वर्णित अन्तरर्राष्ट्रीय क्रय तथा विक्रय के समझौते दो अथवा दो से अधिक आयातकों तथा निर्यातकों के मध्य होना सम्भव है। एक पक्षीय/बहु पक्षिय समझौते सामान्यतः प्रमुख आपूर्तीकर्त्ताओं तथा प्रमुख (बड़े) आयातकों के बीच होते हैं।

2. कारटेल (Cartels)

अन्तरर्राष्ट्रीय कारटेल की विद्यमानता सम्बन्धित उत्पाद की मुक्त व्यापार व्यवस्था में बाधा उपस्थित करते हैं। अन्तरर्राष्ट्रीय कारटेल विभिन्न देशों में स्थापित उत्पादकों अथवा विभिन्न देशों की सरकारों के मध्य मूल्यों को नियन्त्रण में रखने की मंशा से किये गये समझौते होते हैं। सामान्यत: कारटेल का प्रमुख उद्देश्य मूल्यों को नियन्त्रण में रखना होता है। प्राय: मूल्यों में स्थिरता बनाये रखने हेतु इसका सम्बन्ध उत्पादन तथा विनियोग से जोड़ दिया जाता है।

राष्ट्रीय कारटेल सामान्यत: सम्बन्धित सरकार द्वारा निषेध अथवा नियन्त्रित होते हैं, जबकि अन्तरर्राष्ट्रीय कारटेल प्राय: सम्बन्धित राष्ट्र की सरकार द्वारा प्रायोजित अथवा स्वीकृत किये जाते हैं। तैल उत्पादक तथा निर्यातक देशों का समूह अन्तरर्राष्ट्रीय कारटेल का महत्वपूर्ण उदाहरण है। यद्यपि कारटेल का प्रमुख उद्धेश्य मूल्य वृद्धि तथा प्रतिस्पर्धा को नियन्त्रित करना होता है, किन्तु इसके ऐसे ही अन्य उद्देश्य भी हो सकते हैं।

3. राज्य व्यापार (State Trading)

ऐसा व्यापार जिसका स्वामित्व एवं संचालन का कार्य जनता के हाथ में होता है उसे व्यक्तिगत व्यापार कहते है। जब व्यापार का संचालन स्वयं राज्य द्वारा किया जाता है तो उसे राजकीय व्यापार कहा जाता है। इस प्रकार के राज्य व्यापार के अन्तर्गत वस्तुओं का क्रय-विक्रय सरकार द्वारा किया जाता है तथा इस प्रकार के व्यापार संचालन से प्राप्त लाभ पर भी सरकार का स्वामित्व होता है। इस लाभ से प्राप्त आय को सरकार सार्वजनिक हितों पर व्यय करती है। संक्षेप में, राजकीय व्यापार का अभिप्राय ऐसे व्यापार से है जिसका नियमन एवं स्वामित्व सरकार के हाथों में होता है। वर्तमान समय में आर्थिक विकास में सरकार की भूमिका दर्शक मात्र न होकर सक्रिय हो गयी है। राज्य की सक्रियता के कारण राज्य के क्रिया-कलाप शासन व्यवस्था के अतिरिक्त उद्योग, व्यापार तथा व्यवसाय के क्षेत्र में भी विस्तृत हो गये हैं। उद्योगों का अधिक से अधिक राष्ट्रीयकरण तथा व्यापार पर अधिक से अधिक नियन्त्रण तथा संचालन वर्तमान राज्य प्रशासन की सामान्य गतिविधि बन गयी है।

वर्तमान मे न केवल भारत वरन् विश्व के प्राय: सभी समाजवादी देशों में राज्य द्वारा व्यापार में महत्वपूर्ण हस्तक्षेप एक सामान्य घटना है। उदाहरण के लिए, रूस का सम्पूर्ण व्यापार सरकार के हाथों में संचालित है। अमेरिका में भी व्यापार का एक भाग राजकीय संस्थाएं संचालित करती हैं जबकि इंग्लैण्ड के आयात का 50 प्रतिशत भाग सरकारी नियन्त्रण के अन्तर्गत होता है। इसके अतिरिक्त स्वीडेन, फ्रांस, कनाड़ा अर्जेण्टाइना तथा आस्ट्रेलिया आदि में भी राजकीय संस्थाओं द्वारा व्यापार किया जाता है, यद्यपि इसकी मात्रा अन्य देशों की अपेक्षा कुछ कम है। वर्तमान समय में अर्द्ध-विकसित तथा विकासशील राष्ट्रों में राज्य द्वारा व्यापार करने की प्रवृत्ति अधिक प्रचलित है, क्योंकि इन राष्ट्रों को विदेशी विनिमय की कठिनाइयों का अधिक सामना करना पड़ता है। विश्व स्तर पर अपनाई गई आर्थिक सुधार की प्रक्रिया के कारण विगत वर्षों में व्यापार के क्षेत्रों में राजकिय व्यापार का क्षेत्र कुछ संकुचित हुआ है।

4. व्यापारिक ब्लांक (Trading Block)

व्यापारिक ब्लाक की उत्पत्ति अन्तर्राष्ट्रीय व्यापार की महत्वपूर्ण प्रवृत्ति है। क्षेत्रीय व्यापारिक ब्लाक आर्थिक एकीकरण से अधिक विकसित हुआ है। विश्व के कुल व्यापार के आकार में अन्त-क्षेत्रीय व्यापार का भाग 1980 में चरम सीमा पर पहुँच गया। अन्य शब्दों में क्षेत्र के अन्दर व्यापार में वृद्धि की दर सम्पूर्ण विश्व के व्यापार से अधिक रही। जैसा कि उपर्युक्त वर्णन में उल्लेखित किया जा चुका है कि अन्त: व्यापार में वृद्धि का प्रमुख उत्तरदायी कारण क्षेत्रीय एकिकरण की योजना रही है। इस क्षेत्रीय एकिकरण के कारण यूरोपियन समुदाय, EFTA तथा ASEAN सभी के मध्य व्यापार में वृद्धि दृष्टिगत हुई है।

उपर्युक्त वर्णित आर्थिक क्षेत्रीय एकिकरण के लाभों से प्रभावित होकर सम्पूर्ण विश्व में नवीन क्षेत्रीय व्यवस्थाएँ गठित तथा वर्तमान में और अधिक सशक्त करने की प्रवृत्ति को बल मिला है। EEC द्वारा जनित लाभों से प्रभाहित होकर विकासशील राष्ट्रों द्वारा अनेक क्षेत्रीय एकिकरण योजनाओं का गठन प्रमुखत: लेटिन अमेरिका तथा अफ्रिका में हुआ है।

आर्थिक एकिकरण के प्रकार (Forms of Economic Integration)

आर्थिक एकिकरण एक सामान्य विचार है जिसके अन्तर्गत अन्य अनेक व्यवस्थाएं सम्मिलित होती है। इस प्रकार के एकिकरण के अन्तर्गत दो अथवा दो से अधिक राष्ट्र अपनी अर्थव्यवस्था निकट लाने का प्रयास करते है। आर्थिक एकिकरण की इन सभी व्यवस्थाओं में एक समान बात दृष्टिगत होती है कि उन देशों द्वारा उत्पादित वस्तुओं पर प्रशुल्क लगाकर विभेद किया जाय जो समझौते के पक्षकार अथवा सदस्य नहीं है। एकिकरण को प्रोत्साहित करने की दिशा में उपर्युक्त वर्णित आर्थिक एकिकरण की यह विशेषता है कि विभिन्न राष्ट्रों के मध्य भेदभाव की नीति अपनाने की दृष्टि से प्रशुल्क का प्रयोग किया जाय। इस प्रकार भेदभाव अन्य राष्ट्रों द्वारा उत्पादित वस्तुओं के सम्बन्ध में किया जाता है।

एकीकरण के लाभ

आर्थिक एकीकरण का संक्षिप्त विवरण निम्न प्रकार है:

(अ) मुक्त व्यापार क्षेत्र (Free Trade Area) - मुक्त व्यापार क्षेत्र आर्थिक एकीकरण का शिथिल रूप है। इसके अन्तर्गत समूह के सदस्य, आपस में तो प्रशुल्क तथा अन्य व्यापार बाधाएँ समाप्त कर देते हैं, किन्तु प्रत्येक सदस्य देश गैर-सदस्य देशों के साथ अपना प्रशुल्क, व्यापार प्रतिबंध तथा कमर्शियल नीतियां बनाए रखता है। मुक्त व्यापार क्षेत्र में सदस्य देशों को आपस में सम्मिलित सीमा रखने की आवश्यकता नहीं होती। इसमें आर्थिक एकीकरण केवल अन्त: क्षेत्र व्यापार (intra-area trade) पर आधारित है। यूरोपीय मुक्त व्यापार एसोसिएशन (European Free Trade Association—EFTA) तथा दक्षिण अमरीकी मुक्त व्यापार क्षेत्र (Latin American Free Trade Area—LAFTA) प्रादेशिक आर्थिक एकीकरण के मुक्त व्यापार क्षेत्र के उदाहरण है।

(ब) कस्टम यूनियन (Customs Union)- कस्टम यूनियन में, भाग लेने वाले देश बाहर की दुनिया से आयातों पर एक सांझा बाह्य प्रशुल्क और भेदभावपूर्ण कमर्शियल नीति अपनाते हैं और आपस के सभी प्रशुल्क तथा व्यापार प्रतिबंध समाप्त कर देते हैं। इस

प्रकार कस्टम यूनियन में, गैर सदस्य देशों के साथ व्यापार संबंधों में यूनियन के सभी सदस्य देश एक इकाई के रूप में कार्य करते हैं। मुक्त व्यापार क्षेत्र तथा कस्टम यूनियन एक दूसरे से इस बात से मिलते जुलते हैं कि सदस्य देशों के बीच बिना प्रशुल्क वस्तुएँ लाई तथा ले जाई जाती हैं। परन्तु उनमें भिन्नता यह है कि जहाँ मुक्त व्यापार क्षेत्र में प्रत्येक देश गैर-सदस्य देशों के साथ अपना अपना प्रशुल्क लगाता है, वहां कस्टम यूनियन गैर-सदस्य देशों पर सांझा प्रशुल्क लगाती है।

(स) सांझा बाजार (Common Market)- सांझा बाजार सदस्य राष्ट्रों का एकीकृत बाजार क्षेत्र है जिसमें वस्तुएँ, सेवाएं तथा उत्पादन के साधन बे-रोक टोक आ जा सकते हैं। सांझे बाजार में, उत्पादन तथा साधन बाजार एकीकृत होते हैं। वास्तव में, सांझा बाजार कस्टम यूनियन नियम को और आगे बढ़ाता है क्योंकि यह सदस्य देशों में वस्तुओं के साथ साथ श्रम तथा पूँजी के भी बे-रोक टोक आवागमन की अनुमति देता है।

(द) आर्थिक यूनियन (Economic Union)- राष्ट्रों में आर्थिक एकीकरण का उच्चतम रूप आर्थिक यूनियन है। जैसा कि सांझे बाजार में होता है, वैसे ही आर्थिक यूनियन में भी उत्पादन तथा साधन बाजारों का एकीकरण तो होता ही है, परन्तु इसके अतिरिक्त आर्थिक यूनियन ऐसी मौद्रिक, राजकोषिय तथा अन्य नीतियों में सामंजस्य स्थापित करती है जैसे विनिमय दर, परिवहन, औद्योगिक, सामाजिक नीतियां, आदि। इस प्रकार सांझा बाजार बाह्य प्रशुल्क तथा सांझी घरेलू नीतियां अपनाने के सम्बन्ध में आर्थिक यूनियन के सदस्य देशों के बीच काफी ताल-मेल होता है। यूरोपीय आर्थिक समुदाय (European Economic Community—EEC) का लक्ष्य अन्ततः ऐसी ही आर्थिक यूनियन बनाना है।

अन्तर्राष्ट्रीय आर्थिक एकीकरण उपर्युक्त वर्णित रूपों में से चाहे जो रूप ले, किन्तु उसकी तीन प्रमुख विशेषताएँ रहती है : प्रथम, सदस्य देशों के बीच व्यापार बाधाएं दूर करना; दूसरी, गैर-सदस्य देशों के विरूद्ध भेद-भाव पूर्ण व्यापार संबंधी तरीके अपनाना; और तीसरी, सदस्य देशों के बीच आर्थिक नीति के कुछ उपकरण सांझे रूप से अपनाना।

5. अन्य क्षेत्रीय समूह (Other Regional Groupings)

यद्यपि एक लम्बे समय से अनेक मुक्त व्यापार क्षेत्र अस्तीत्व में है, यह विचारधारा विश्व के व्यापार में विशेष वृद्धि दृष्टिगत हुई है। इन क्षेत्रीय समूहों का संक्षिप्त परिचय निम्न प्रकार प्रस्तुत किया जा सकता है:

(अ) यूरोपियन मुक्त व्यापार संघ (European Free Trade Association, EFTA) - यह संघ 1960 में स्टाकहोम सम्मेलन में स्थापित हुआ। यह एक अत्यन्त प्राचिन व्यापारिक क्षेत्र है।

(ब) लेटिन अमेरिका मुक्त व्यापार क्षेत्र (Latin American Free Trade Area) (LAFTA) - इस क्षेत्र की स्थापना 1961 में ब्राजील, मैक्सिकों, चिली, पैरू उरग्वे, तथा प्रगरवे राष्ट्रों द्वारा कि गयी। कुछ राष्ट्रों जैसे कोलम्बिया तथा इक्यूएडर द्वारा इस क्षेत्र की सदस्यता बाद में स्वीकार कि गयी। इन राष्ट्रों के मध्य सम्पन्न हुई आपसी संधि का उद्देश्यों सदस्य राष्ट्रों के मध्य सम्पन्न होने वाले व्यापार पर समस्त प्रकार के प्रतिबन्ध तथा शुल्कों की समाप्ति है।

(स) आस्ट्रेलिया-न्यूजीलैण्ड सन्निकट आर्थिक सम्बन्ध समझौता (The Australia-New Zealand Closer Economic Relation Trade Agreement (ANZCERTA) - दिसम्बर 1988 में आस्ट्रेलिया तथा न्यूजीलैण्ड के मध्य यह मुक्त व्यापार समझौता सम्पन्न हुआ।

विश्व के अन्य भागों में अनेक राष्ट्रों द्वारा मुक्त व्यापार तथा अन्य प्रकार के आर्थिक सहयोग समझौते कि क्रियान्विती कि गयी है। इनमें प्रमुख केन्द्रिय अमेरिकन कॉमन मार्केट आदि है।

(द) दक्षिणी-पूर्वी ऐशियन राष्ट्रों का संघ (The Association of South East Asian Nations) (ASEAN) - का गठन पाँच सदस्यों इण्डोनेशिया, मलेशिया, फिलिपाइन्स, सिंगापुर तथा थाइलैण्ड द्वारा 1967 में किया गया। इसकी स्थापना का प्रमुख उद्देश्य आर्थिक संवृद्धि को त्वरित करना था।

6. सार्क (SARC)

दक्षिणी एशियन देशों के मध्य सहयोग के उद्देश्य से क्षेत्रिय सहयोग के लिए दक्षिणी एशियन एशोसियेशन की स्थापना हुई है। इसमें भारत, बांगलादेश, पाकिस्तान, नेपाल, भुटान, श्रीलंका, मालदिव सहित कुल सात राष्ट्र सम्मिलित है। इस संघ के कुछ प्रमुख उद्देश्य निम्न प्रकार है:

(i) दक्षिण ऐशिया में निवास करने वाले लोगों की जीवन गुणवत्ता में सुधार तथा कल्याण प्रोन्नत करना।

(ii) क्षेत्र में आर्थिक संवृद्धि, सामाजिक विकास तथा सांस्कृतिक विकास को त्वरित करना जिससे एक ऐसे पर्यावरण का निर्माण हो जिसमें व्यक्ति सम्मानजनक निवास करने तथा अपनी प्रतिभा को निखारने का अवसर प्राप्त कर सके।

(iii) दक्षिण ऐशिया के राष्ट्रों के मध्य सामूहिक आत्म-निर्भरता को सुदृढ़ तथा विकसित करना।

सार्क - क्षेत्रीय आर्थिक सहयोग को प्रोत्साहित किये जाने का प्रमुख उद्देश्य क्षेत्रीय आर्थिक सहयोग को प्रोत्साहित करना है। दक्षिण ऐशिया राष्ट्रों के मध्य वर्तमान व्यापार का आकार अभी काफी कम है। इसके अन्तर्गत सम्मिलित अनेक राष्ट्र अनेक प्रमुख वस्तुओं के प्रमुख निर्यातक है जिससे समुदाय के राष्ट्रों के मध्य सहयोग विकसित होगा। सदस्य राष्ट्रों की अनेक एक समान विशेषताएँ तथा समस्याएँ है जोकि सामान्य रूप से सभी विकासशील राष्ट्रों में दृष्टिगत होती है। इन राष्ट्रों में ऐसे अनेक क्षेत्र है जो आपसी सहायता द्वारा सहयोग के द्वारा खोलते हैं। इनमें नागरिक उड्यन, जहाजरानी, कृषि, संचार आदि विशेष रूप से उल्लेखित है।

7. गैट/डब्ल्यू. टी. ओ. तथा व्यापार उदारीकरण
(GATT/WTO and Trade Liberalisation)

यह सर्वविदित तथ्य है कि अन्तरर्राष्ट्रीय व्यापार में संरक्षणवाद की प्रवृत्ति का आर्थिक विकास तथा आर्थिक संवृद्धि पर विनाशकारी प्रभाव घटित होते हैं। विश्व के राष्ट्रों

की व्यापारिक उदारीकरण की मंशा ने व्यापार तथा प्रशुल्क में सामान्य समझौते की (General Agreement on Tariff on Trade) (GATT) – स्थापना को सम्भव बनाया।

ब्रेटन वुड सम्मेलन 1944, जिसके अन्तर्गत, अन्तरर्राष्ट्रीय मुद्रा कोष तथा विश्व बैंक की स्थापना की सिफारिश की गयी, अन्तरर्राष्ट्रीय व्यापारिक संगठन की स्थापना हेतु भी सिफारिश कि गयी। यद्यपि अन्तरर्राष्ट्रिय मुद्रा कोष तथा विश्व बैंक की स्थापना 1946 मे हो गयी। किन्तु अन्तरर्राष्ट्रीय व्यापार संगठन की स्थापना का प्रस्ताव मूर्तरूप प्राप्त नहीं कर सका। किन्तु इसके स्थान पर गैट की स्थापना 1948 में हुई। भारत अन्तरर्राष्ट्रीय मुद्रा कोष, विश्व बैंक गैट तथा विश्व व्यापार संगठन का प्रारम्भिक सदस्य है।

1948 के पश्चात से विश्व व्यापार प्रणाली, कम से कम सैद्धान्तिक रूप से, गैट में निर्धरित हुए दिशा निर्देश, नियम तथा प्रणाली पर हस्ताक्षर करने वालों की मंशा के अनुरूप संचालित हो रहा है। गैट एक समझौता है जो सदस्य राष्ट्रों द्वारा गैट अनुशासन सिद्धान्तों को ध्यान रखते हुए किया गया है। गैट का प्रारम्भिक उद्देश्य व्यापार उदारीकरण द्वारा विश्व व्यापार के आकार में वृद्धि करना है जिससे सर्वत्र सम्पन्नता विकसित हो सके।

गैट क्या है? (What is GATT?)

गैट एक बहुपक्षीय संधि है जिस पर लगभग 111 देशों के हस्ताक्षर है। गैंट न तो कोई संगठन है और न ही न्यायालय। यह सामान्यतः एक बहुराष्ट्रीय संधि है जो इससमय विश्व-व्यापार का 80 प्रतिशत व्यापार में हस्तक्षेप करती है। अन्तर्राष्ट्रीय व्यापार के आचार नियमों की एक संहिता वाली और व्यापार उदारीकरण की कार्यप्रणाली युक्त यह एक निर्णय लेने वाली संस्था है। यह एक मंच है जहां अनुबन्ध करने वाले विभिन्न देश अपनी व्यापार समस्याओं पर बातचीत करने और उनका हल ढूँढ़ने तथा अपने व्यापार को बढ़ाने की सम्भावनाओं पर वार्ता करने के लिए समय-समय पर एकत्र होते हैं। गैट के नियमों में व्यापार सम्बन्धी विवादों का निपटान करने, परामर्श करने, व्यापार दायित्वों का त्याग करने और यहां तक कि प्रतिशोधात्मक उपायों को अपनाने की व्यवस्था है।

गैट एक स्थायी अन्तर्राष्ट्रीय संगठन है जिसके प्रतिनिधियों की स्थायी परिषद का मुख्यालय जेनेवा में है। इसका कार्य बहुपक्षीय आधार पर व्यापार उदारीकरण के बारे में अन्तर्राष्ट्रीय सम्मेलन आयोजित करना है।

गैट के उद्देश्य (Objectives of GATT)

गैट के उद्देश्य अन्तर्राष्ट्रीय व्यापार आचार-संहिता में उल्लिखित कुछ मौलिक सिद्धांतों पर आधारित हैं ये उद्धेश्य है:

(1) परममित्र राष्ट्र (एम. एफ. एन.) सिद्धान्त का बिना शर्त अनुसरण करना।

(2) व्यापार को बिना किसी भेदभाव, आदान प्रदान और निष्कपट होकर संचालित करना।

(3) घरेलू उद्योगों को केवल टैरिफ और गैर-टैरिफ उपायों को उदार बनाना।

इन उद्देश्यों की प्राप्ति के लिए, समझौते में यह व्यवस्था की गई हैं: (क) बहुपक्षीय व्यापार-वार्ताए; (ख) विवादों पर परामर्श, सुलह-सफाई और निपटान; तथा (ग) अपवादात्मक मामलों में छुट की अनुमति।

उदार विश्व व्यापार व्यवस्था स्थापित करने का अन्तिम उद्देश्य जीवन-स्तर में सुधार करना, निरन्तर बढ़ती हुई प्रभावशाली मांग और वास्तविक मांग के जरिए पूर्ण रोजगार सुनिश्चित करना, विश्व के संसाधनों का पूर्णतया विकास तथा विश्व स्तर पर उत्पादन और वस्तुओं के विनिमय को बढ़ाना है।

गैट के प्रावधान (Provisions of GATT)

गैट के उद्देश्यों और मूल सिद्धान्तों को इनके विभिन्न अनुच्छेदों से देखा जा सकता है, जिनको निम्न विवेचन में प्रस्तुत किया गया है:

1. **परममित्र राष्ट्र धारा** (Most Favored Nation Clause) -भेद-भाव न होने देने को सुनिश्चित करने के लिए अनुच्छेद 1 सभी आयात और निर्यात शुल्कों के बिना शर्त परममित्र राष्ट्र धारा से सम्बन्धित है। इस प्रकार परममित्र राष्ट्र का नियम एक देश द्वारा दूसरे देश के लिए दी गई प्रशुल्क अधिमान व्यापार सम्बन्ध रखने वाले अन्य सभी देशों पर लागू होते हैं। यह अनुबन्ध करने वाले नए देशों को नए अधिमानों की अनुमति प्रदान नहीं करता है।

2. **टैरिफ रियायतों की सारणियां** (Schedules of Tariff Concessions) - गैट का अत्यन्त मूलघटक अनुबन्ध करने वाले देशों के बीच परस्पर प्रशुल्क रियायतों का एक वार्ताकृत संतुलन है। अनुबन्ध करने वाले देश करार के अनुच्छेद 11 में उल्लिखित रियायतों की सारिणयों में निर्धारित वार्ताकृत दरों से अधिक आयात सीमाशुल्क न लेने के लिए प्रतिबद्ध होते हैं। वार्ताकृत निर्धारित प्रशुल्क दरों को परममित्र राष्ट्र के सिद्धान्त के माध्यम से सभी अनुबन्ध करने वाले देशों में सामान्यकृत किया जाता है। इस प्रकार अनुबन्ध करने वाले देशों में आदान-प्रदान और परस्पर लाभप्रद व्यवस्थाओं पर जोर देता है।

3. **मात्रात्मक प्रतिबन्धों का सामान्य उन्मुलन** (General Elimination of Quantitative Restrictions) - समझौते के 11 वां अनुच्छेद व्यापार के मात्रात्मक व्यापार प्रतिबन्धों पर रोक लगाता है। गैट विभिन्न देशों को उनके आयात-शुल्कों पर न्यूनतम संभव स्तर पर अधिकतम सीमा निर्धारित करने के लिए प्रोत्साहित करता है। वार्ताओं के पहले 'दौरों' के परिणामस्वरूप विकसित देशों ने अधिकांश निर्मित वस्तुओं पर समझौतों को काफी सीमा तक कम कर दिया है।

4. **आपात सुरक्षा संहिता** (Emergency Safeguard Code) - गैट का 19 वीं अनुच्छेद आयात सुरक्षा संहिता प्रदान करता है। इसके अन्तर्गत एक देश आयातों को रोकने हेतु प्रशुल्क या कोटा लगा सकता है जो आयात घरेलू उत्पादकताओं को गंभीर क्षति पहुंचाते या आशंका रखते हैं।

5. ***अपवाद (Exceptions)*** अनुच्छेद 20 और 21 में अनुबन्ध करने वाले देशों द्वारा आयात कोटे पर रोक के लिए 'सामान्य' और 'सुरक्षा' अपवादों की व्यवस्था की गई है। वे देश स्थानीय उद्योगों को संरक्षण देने के लिए प्रत्यक्ष रूप से सम्बन्धित नहीं है।

6. **सब्सिडियों और प्रतिकारी शुल्कों के नियम** (Rules on Subsidies and Countervailing Duties) -सब्सिडियों और प्रतिकारी शुल्कों के वर्तमान नियमों को 1970

के टोकियों दौर में हुई वार्ता में एक पृथक नियमावली में रखा गया है। वर्तमान नियमों के अन्तर्गत विकासशील देशों को छोड़कर निर्मित वस्तुओं के निर्यात शुल्कों पर प्रतिबन्ध लगा दिया गया है। प्राथमिक वस्तुओं की निर्यात सब्सिडी केवल इस शर्त के अनुसार है कि इसके अन्तर्गत वे देश विश्व निर्यात व्यापार के समान अंश से अधिक न प्राप्त कर सकें।

7. झगड़ों का निपटान (Settlement of Disputes) - मौजूदा गैट झगड़ा निपटान प्रक्रियाओं के अन्तर्गत उन कार्यवाईयों के विरूद्ध शिकायत की जा सकती है जिनमें नियमों का उल्लंघन किया गया हो अथवा सामान्य करार के उद्देश्यों में रूकावट उत्पन्न हुई हो। गैट 3 अथवा 5 स्वतन्त्र विशेषज्ञों के पेनज पर निभैर है जो कि गैट परिषद द्वारा अपनाने के लिए निष्कर्ष और सिफारिशें तैयार करते हैं। अन्य देश द्वारा न्याय और वार्ता को शामिल करने वाली इस प्रक्रिया से अनुबन्ध करने वाले देशों के झगड़ों का सफलतापूर्वक समाधान निकाला गया है।

7. उरूग्ये दौर : डंकल प्रारूप (The Urguay Round : The Dunkal Draft)

गैट वार्ताओं का आठवां दौर जो सितम्बर 1986 में उरूगये में पांटा डेल एस्टा में प्रारम्भ हुआ था उसे 1990 के अन्त तक पूरा हो जाना चाहिए था परन्तु दिसम्बर 1990 में ब्रसल्ज में हुई मंत्री स्तरीय सभा में कृषि क्षेत्र पर गतिरोध हो जाने से वार्ताएं भंग हो गई। फरवरी 1991 में वार्ताएँ पुनः प्रारंभ की गई जो अगस्त 1991 तक चली। 20 दिसम्बर 1991 को गैट के महानिदेशक, आर्थक डंकल ने उरूगुये दौर के बहुपक्षीय व्यापार वार्ताओं के परिणामाओं को सम्मिलित करते हुए प्रारूप अन्तिम अधिनियम, जिसे डंकल प्रारूप अथवा डंकल पैकेज भी कहते हैं, प्रकाशित किया। डंकल प्रारूप 460 पृष्ठों का ''इसे स्वीकारों -अथवा-इसे-छौड़ो'' (take-it-or-leave-it) दस्तावेज भी कहा जाता है जो विभिन्न क्षेत्रों में गतिरोधों को समाप्त करने के लिए हैं।

मूल रूप में, उरूगये वार्ता में वस्तुओं के व्यापार के उदारीकरण से सबंद्ध निम्न 15 क्षेत्र थे -

(i) टैरिफ;

(ii) गैर-टेरिफ रूकावटे;

(iii) उष्णकटिबंधीय पदार्थ;

(iv) प्राकृतिक साधन-आधारित पदार्थ;

(v) कपड़ा और पहनावे;

(vi) कृषि;

(vii) गैट नियम;

(viii) सुरक्षाएं;

(ix) बहुपक्षीय व्यापार समझौते और व्यवस्थाएँ;

(x) झगड़ा निपटान;

(xi) सब्सिडियां और प्रतिकारी उपाय;

(xii) व्यापार संबंधित बौद्धिक संपत्ति अधिकार;

(xiii) व्यापार-सबंन्धित निवेश उपाय;

(xiv) गैट प्रणाली की कार्यशीलता; और

(xv) सेवाओं में व्यापार का सामान्य करार।

दिसम्बर 1990 में वार्ताओं के भंग होने के पश्चात गैट की व्यापार निपटान कमेटी ने मूल 15 क्षेत्रों की अदला-बदली करके 7 नये क्षेत्रों में वर्गीकृत किया जिससे उन पर परिचर्चा को अच्छी तरह से केन्द्रित किया जा सके। ये थे :

(1) कृषि;

(2) कपड़ा और पहनावे;

(3) गैट्स;

(4) नियम रचना;

(5) ट्रिम्स और ट्रिप्स;

(6) झगड़ा निपटान; और

(7) बाजार पहुंच।

अन्तर्राष्ट्रीय व्यावसायिक पर्यावरण वर्तमान में अत्यन्त चुनौतीपूर्ण स्वरूप ग्रहण कर चुका है। अन्तर्राष्ट्रीय व्यापार को विकसित करने हेतु सिद्धान्ततः एक ऐसे पर्यावरण को विकसित करने की वकालात की जाती है। जो विभिन्न प्रकार के भेदभाव तथा प्रतिबन्धों से मुक्त हो। इस सम्बन्ध तथा दिशा में जो भी प्रयास किये गये है, उनका उपर्युक्त विवेचन में संक्षिप्त विवरण प्रस्तुत किया गया है। ये सभी प्रयास अथवा व्यवस्थाएं अन्तर्राष्ट्रीय व्यावसायिक पर्यावरण के निर्धारक है। अन्तर्राष्ट्रीय व्यावसायिक वातावरण के अध्ययन का व्यावहारिक पक्ष यह इंगित करता है कि विकसित राष्ट्रों की सदैव विकासशील देशों को अपने हित वृद्धि हेतु प्रयोग करने की नीति रही है तथा भविष्य में भी रहेगी।

परिक्षापयोगी प्रश्न

1. अन्तर्राष्ट्रीय व्यावसायिक पर्यावरण से क्या तात्पर्य है? वर्तमान वैश्विक वातावरण लिखिए।

   What do you understand by International Business Environment? Write the present foreign environment.

2. विश्व व्यापार की आधुनिक प्रवृत्तियाँ लिखिए।

   Write the modern trends of world trade.

3. विश्व व्यापार की वर्तमान संरचना व दिशा क्या है?

   What are the present structure and direction of world trade?

4. किसी अर्द्धविकसित देश के आर्थिक विकास पर, अन्तर्राष्ट्रीय व्यापार का क्या प्रभाव पड़ता है? पूर्ण रूप से समझाइए।

   Explain clearly the impact of international trade on economic development of a underdeveloped country.

5. क्या आप इस विचार से सहमत हैं कि अन्तर्राष्ट्रीय व्यापार ने अर्द्ध-विकसित देशों के आर्थिक विकास में बाधा उपस्थित की है? तर्कपूर्ण ढंग से समझाइए।

   Are you agree with the fact that international trade is an abstacle in economic development of a under developed country?

6. अन्तर्राष्ट्रीय व्यावसायिक पर्यावरण से आप क्या समझते है। अन्तर्राष्ट्रीय व्यावसायिक पर्यावरण के प्रमुख संगठक बतलाइये।

   What do you mean by International Business Environment. What are its main components.

7. व्यापार उदारिकरण पर एक लेख लिखिये।

   Write an essay on Trade Liberalisation.

8. निम्न पर संक्षिप्त टिप्पणियाँ लिखिये:

   (अ) क्षेत्रिय व्यापारिक समूह, (ब) सार्क

   Write short note on the following:

   (a) Regional Trading Block, (b) SARC

17

विश्व व्यापार
(World Trade)

अन्तर्राष्ट्रीय व्यापार विकास के किसी भी स्तर पर संचालित तथा विकसित किया जाना विकासशील तथा अर्द्धविकसित, राष्ट्रों की अर्थव्यवस्था की अनिवार्यता है। विकसित, विकासशील तथा अर्द्ध-विकसित राष्ट्र अर्थव्यवस्था के निर्बाध संचालन तथा नागरिकों को उच्च जीवन स्तर प्रदान करने की कटिबद्धता के कारण विदेशी व्यापार पर महत्वपूर्ण रूप से आश्रित है। किन्तु विश्व व्यापार प्राथमिकता तथा भेदभाव की नीति से पूर्णतः प्रभावित रहा है। इस प्रवृति ने विश्व के विकसित तथा विकासशील राष्ट्रों के मध्य विद्यमान अन्तर को बढ़ाया है। सैद्धान्ति रूप से विश्व के समस्त राष्ट्र इस अन्तर की बढ़ती हुई प्रवृति से चिन्तीत प्रतित होते हैं। इस समस्या के उपचार स्वरूप विभिन्न राष्ट्रों-विकसित तथा विकासशील दोनों के द्वारा विदेशी व्यापार पर बन्धनों की बढ़ती हुई प्रवृत्ति को न्यूनतम करने हेतु नियमित रूप से अन्तर्राष्ट्रीय मंचों की बैठकें आयोजित कर रहे हैं। उदारीकरण तथा वैश्वीकरण की प्रक्रिया से इन प्रतिबन्धों की समाप्ति की दिशा में समन्वित प्रयासों के युग का श्री गणेश हुआ है। इन प्रयासों के अन्तर्गत विश्व की विभिन्न राष्ट्रों के रूप में विभाजित अर्थव्यवस्था के एकिकरण किये जाने के प्रयास प्रारम्भ हुआ है। राष्ट्रीय अर्थव्यवस्था अपनी भौगोलिक सीमाओं को लाँधनें हेतु विवश अथवा उत्साहित है जिससे वे विश्व के स्तर पर बलवती हो रही उदारीकरण तथा वैश्वीकरण की दोड़ में पिछड़ न जाये। विश्व के राष्ट्रों द्वारा अर्थव्यवस्था के त्वरित विकास तथा नागरिकों को उच्च जीवन स्तर प्रदान करने का जो आश्वासन प्रदान किया गया है उसकी पूर्ति हेतु उदारीकरण तथा वैश्वीकरण की प्रबृति को समर्थन देने हेतु जन मानस को तैयार करने के प्रयास किये जा रहे है। उदारीकरण तथा वैश्वीकरण की सफलता बहुत हद तक विश्व व्यापार के विकास पर निर्भर करती है। अतः यह आवश्यक है कि विश्व व्यापार की वर्तमान प्रवृत्ति का अध्ययन द्वारा इससे उभरी समस्याओं का अध्ययन किया जाये।

विश्व व्यापार प्रवृत्तिया (Trends in World Trade)

विगत कुछ वर्षों में विश्व व्यापार में अनेक प्रवृत्तियां परिलक्षित हुई है। ये प्रवृत्तियां विश्व अर्थव्यवस्था के उदारीकरण तथा वैश्वीकरण की प्रवृत्ति से अधिक प्रभावी रही है। इन प्रवृत्तियों के परिणामस्वरूप विश्व व्यापार के आकार में महत्वपूर्ण वृद्धि हुई है। विश्व व्यापार की प्रमुख प्रवृत्तियां निम्नलिखित है :

1. अन्तर्राष्ट्रीय व्यापार का आकार – अन्तर्राष्ट्रीय व्यापार के आकार में विश्व उत्पादन की दर में अधिक तेजी से वृद्धि हो रही है।

2. आर्थिक संवृद्धि तथा विदेशी व्यापार : जीडीपी अनुपात में सकारात्मक अनुपात की प्रवृत्ति दृष्टिगत हुई है। यह अनुपात आर्थिक दृष्टि से विकसित देशों के सम्बन्ध में कम विकसित देशों की तुलना में, अधिक ऊँचा दृष्टिगत हुआ है। यद्यपि इसके अनेक अपवाद भी रहे है।

3. विश्व निर्यातों में दुगुनी वृद्धि – विश्व के निर्यातों में विगत पाँच दशकों में लगभग दुगुनी वृद्धि हुई है। ऐसा अनुमान है कि आगामी दशक में लगभग 2.5 गुणा वृद्धि घटित होगी।

4. विश्व स्तरिय मुद्रा प्रसार – विश्व स्तरिय मुद्रा प्रसार, प्रमुखतः तेल कीमतों में उत्तरोत्तर वृद्धि का, विश्व के निर्यात पर अनाआपेक्षित प्रभाव दृष्टिगत हुआ है।

5. अधिकांश व्यापार विकसित राष्ट्रों के मध्य : विगत दशकों में विश्व व्यापार की यह सर्वप्रमुख प्रवृत्ति रही है कि विश्व व्यापार का अधिकांश भाग विकसित देशों के मध्य सम्पादित हुआ है। प्रमुख औद्योगिक राष्ट्रों के यूरोप में क्षेत्रीय समुदाय (ईसी तथा ईफटा) तथा उत्तरी अमेरिका (नाफ्टा) का विश्व के कुल आयात में लगभग दो-तिहाई भाग रहा है। यदि हम जापान को भी इसमें मिलाकर अध्ययन करे तो यह दर और भी ऊपर हो जायेगी। उपर्युक्त वर्णित तीन समूहों में विकासशील राष्ट्रों के निर्यात का लगभग 50 प्रतिशत भाग खप जाता है।

6. प्रमुख राष्ट्रों की भागीदारी - प्रमुख 25 राष्ट्रों का विश्व के कुल व्यापार में लगभग 84 प्रतिशत भागीदारी है। इनमें तीन राष्ट्रों यथा संयुक्त राज्य अमेरिका, जर्मनी, तथा जापान की कुल विश्व व्यापार में दो-तिहाई भागीदारी है। विश्व व्यापार के निर्यात मूल्य में प्रथम स्थान संयुक्त राज्य अमेरिका तथा द्वितीय एवं तृतीय स्थान क्रमशः जर्मनी तथा जापान का रहा है। इसी आगामी क्रम में फ्रांस, इंगलैण्ड, इटली तथा स्विटजरलैण्ड आदि राष्ट्र है। इन सात राष्ट्रों का विश्व व्यापार में भाग 50 प्रतिशत है।

7. विकासशील राष्ट्रों का नगण्य हिस्सा : विकासशील राष्ट्र जिनकी संख्या लगभग 165 है, जिनमें विश्व की लगभग 80 प्रतिशत जनसंख्या निवास करती है। इनका कुल विश्व व्यापार में हिस्सा चौथाई से भी कम है।

8. अन्तर-क्षेत्रीय व्यापार की बढ़ती प्रवृत्ति – अन्तर्राष्ट्रीय व्यापार में बढ़ती हुई अन्तर क्षेत्रीय व्यापार की बढ़ती हुई प्रवृत्ति भी एक अभिनव घटना है। अन्तर्राष्ट्रीय व्यापार में आर्थिक एकिकरण की योजना अथवा ट्रेड़िग ब्लाक की बढ़ती हुई प्रवृत्ति के कारण अन्तर क्षेत्रीय व्यापार की प्रवृत्ति बढी है। विश्व के कुल व्यापार के आकार में अन्तर-क्षेत्रीय व्यापार

के हिस्से में विगत वर्षों में महत्वपूर्ण वृद्धि हुई है। इस प्रवृत्ति से प्रभावित होकर नवीन क्षेत्रीय व्यवस्थाओं की स्थापना की प्रवृत्ति बलवती हो रही है।

9. आर्थिक एकिकरण को प्रोत्साहन - आर्थिक एकिकरण एक सामान्य विचार है जिसके अन्तर्गत अन्य अनेक व्यवस्थाएं सम्मिलित होती है। इस प्रकार के एकिकरण के अन्तर्गत दो अथवा दो से अधिक राष्ट्र अपनी अर्थव्यवस्था निकट लाने का प्रयास करते है। आर्थिक एकिकरण की इन सभी व्यवस्थाओं में एक समान बात दृष्टिगत होती है। उन देशों द्वारा उत्पादित वस्तुओं पर प्रशुल्क लगाकर विभेद किया जाय जो समझौते के पक्षकार अथवा सदस्य नहीं है। एकिकरण को प्रोत्साहित करने की दिशा में उपर्युक्त वर्णित आर्थिक एकिकरण की यह विशेषता है कि विभिन्न राष्ट्रों के मध्य भेदभाव की नीति अपनाने की दृष्टि से प्रशुल्क का प्रयोग किया जाय।

10. क्षेत्रीय समुहो की भरमार - विश्व व्यापार की विगत वर्षों मे यह एक महत्वपूर्ण प्रवृत्ति परिलक्षित हुई है कि इस सम्बन्ध में विभिन्न क्षेत्रीय समूह की स्थापना हुई। इन विभिन्न समूहों में सम्मिलित राष्ट्रों द्वारा अपनी आर्थिक नीति में, समूह में सम्मिलित अन्य देशों के साथ समान नीति की अनुपालना की जाती है। समूह में सम्मिलित विभिन्न राष्ट्र आपस में एक दूसरे के साथ व्यापार में प्राथमिकता का दृष्टिकोण अपनाते हैं, जबकि समूह के बाहर के राष्ट्रों के साथ व्यापार में अनेक प्रतिबन्धों के साथ व्यवहार करते हैं। *लाफ्टा, इफ्टा* आदि इसी प्रकार के क्षेत्रीय सामूहिकरण के उदाहरण है।

विकासशील राष्ट्रों की व्यापार समस्यायें (Trade Problems of Developing Nations)

उपर्युक्त विवेचन में यह भलि भाँति स्पष्ट किया गया है कि विश्व व्यापार में विकसित राष्ट्रों की महत्वपूर्ण तथा अर्द्ध विकसित एवं विकासशील राष्ट्रों की नाममात्र अथवा नगण्य भूमिका है। *अत: यह आवश्यक है कि विकासशील तथा अर्द्ध विकसित राष्ट्रों द्वारा* निर्यात वृद्धि के प्रयासों द्वारा विश्व व्यापार में सम्मानजनक स्थिति में प्रवेश के प्रयास किये जाये। विकासशील राष्ट्रों के निर्यात वृद्धि के मार्ग में विश्व व्यापार की वर्तमान प्रवृत्ति के परिपेक्ष्य में निम्नलिखित प्रमुख समस्याएँ हैं:

(1) समन्वित प्रयास का अभाव (Lack of Integrated Approa[illegible]) -विकासशील राष्ट्रों के व्यापार में सर्वप्रमुख समस्या किसी समन्वित प्रयास का अभाव रहा है। विकासशील राष्ट्रों ने अपने व्यापार, प्रमुखत: निर्यात वृद्धि हेतु किसी दीर्घकाली[illegible] व्यूहरचना का निर्माण नहीं किया गया। विदेशी व्यापार वृद्धि में समन्वित नीति की क्रियान्[illegible]त विकास की व्यूह रचना में अवांछनीय बिखराव तथा विनाश को रोकेगी।

(2) मान्यता की समस्या (Problems of Recognition) - विकासशील राष्ट्र अपने विदेशी व्यापार के आकार की वृद्धि में अनेक क्षेत्रों में उपर्युक्त मान्यता तथा कार्यवाही की समस्या का सामना कर रहे है। विकासशील राष्ट्रों के आर्थिक विकास में तीव्र औद्योगिकरण महत्ता की सर्वविदित है। इन राष्ट्रों द्वारा इस दिशा में समन्वित प्रयास भी किये गये हैं। यद्यपि इन राष्ट्रों का किसी विस्तृत निर्यात संवृद्धि व्यूहरचना तैयार करते समय औपनिवैशिक व्यापारिक क्षेत्र से अपने व्यापारिक नीति के परिवर्तन के सम्बन्ध में कोई उत्साह नहीं दर्शाया गया है। विकासशील राष्ट्रों द्वारा उन वस्तुओं के निर्यात में अधिक

प्राथमिकता तथा रूचि नहीं दर्शायी गयी है जिससे स्वदेशी संसाधनों का अति उत्तम प्रयोग सम्भव हो सकता था। उदाहरण के लिए भारत के समक्ष मसाले, अनेक कृषि उत्पादों, सामुद्रिक उत्पादों, चमड़े आदि उत्पादों के मूल्य संवर्द्धन द्वारा निर्यात वृद्धि की विशाल सम्भावनाएँ है जिनका अभी अपर्याप्त विदोहन हुआ है। इन प्रयासों को मान्यता दिये जाने की आवश्यकता है।

(3) तकनीकिकरण (Technology Factor) - विकासशील राष्ट्रों के विदेशी व्यापार के आकार में वृद्धि के मार्ग में तकनिकी कारण भी बाधक रहे हैं। भारतीय संदर्भ में टण्डन तथा एलेक्सजेन्डर समिती ने अन्य अनेक तकनिकी बाधाओं का उल्लेख किया जो भारतीय निर्यात वृद्धि के मार्ग में बाधक सिद्ध हुई है।

(4) ऊँचि लागत (High Cost) -विकासशील राष्ट्रों के निर्यात व्यापार में अधिकांश स्थितियों में स्वदेशी ऊँची लागत की समस्या प्रमुख बाधक दृष्टिगत हुई है। भारत प्राय: प्रस्पिर्धात्मक कीमतों से अपने निर्यात की ऊँचि कीमतों के कारण नुकसान जनक स्थिति में रहा है। विकासशील राष्ट्रों में यह स्थिति आदानों की उच्च लागत तथा निम्न गुणवत्ता तथा तकनिकी पिछड़ेपन के कारण उपस्थित होती है। सामग्री लागत के ऊँचि होने के साथ विकासशील राष्ट्रों में ऊँचि उत्पादन लागत की समस्या ऊंचि ब्याज दरों तथा बन्दरगाह प्रभावों के कारण भी है। पूर्ति में बाधाएँ तथा अधिक कच्चे माल की आवश्यकता द्वारा भी उत्पादन लागत में वृद्धि कि गयी है। निम्न उत्पादकता की विद्यमानता तो एक मात्र कारण है जिसने निर्यात वस्तुओं की उत्पादन लागत में विचारणिय वृद्धि हुई है। यह इंगित किया जा चुका है कि विकासशील राष्ट्रों की अधिकांश निर्यात वस्तु उत्पादन करने वाली इकाइयों की उत्पादन लागत विकसित राष्ट्रों की उत्पादन लागत से काफी ऊँची है। भारत द्वारा निर्यात की जाने वाली अधिकांश वस्तुओं की उत्पादन लागत अन्य राष्ट्रों की तुलना में काफी ऊँची है।

(5) निम्न गुणवत्ता धारणा (Poor Quality Image) - भारत सहित अन्य अनेक विकासशील राष्ट्रों के उत्पादन की निम्न गुणवत्ता धारणा विश्व बाजारों में सर्वविदित है। निर्यात (गुणवत्ता नियन्त्रण तथा निरिक्षण) अधिनियम के अन्य अधिनियमों के अन्तर्गत उठाये गये कदमों के बावजूद भारत तथा अन्य अनेक विकासशील राष्ट्रों के निर्यात निम्न गुणवत्ता के कारण विश्व बाजारों में पिछड़ रहे हैं। निम्न गुणवत्ता तथा आदानों (Inputs) तकनिक तथा सुविधाओं का अभाव उत्पादों की गुणवत्ता को प्रभावित करता है। अनेक स्थितियों में लापरवाही तथा समय पर आदेशों की पूर्ति निर्यात व्यापार में प्रतिष्ठा को धक्का पहुँचाने वाली सिद्ध हुई है। इस सम्बन्ध में मिलावटी वस्तुओं का निर्यात तथा राशिपातन (Demping) भी सामान्य बात रही है। यह एक सामान्य धारणा प्रचलित है कि विकासशील राष्ट्रों में एक उपर्युक्त निर्यात संस्कृति का अभाव पाया जाता है।

(6) अविश्वशनियता (Unreliability) - गुणवत्ता के अतिरिक्त भारत तथा अन्य विकासशील राष्ट्रों के निर्यातक कुछ अन्य बातों के सम्बन्ध में भी अविश्वसनिय सिद्ध हुए है। विकासशील राष्ट्रों के निर्यातक विक्रय के पश्चात् त्वरित सेवा प्रदान करने में अक्षम रहने के कारण भी गैर विश्वसनिय सिद्ध हुए है।

(7) पूर्ति समस्या (Supply Problems) - विकासशील राष्ट्रों के निर्यात व्यापार में एक यह समस्या भी महत्वपूर्ण है कि उनके द्वारा अधिकांश वस्तुओं की निर्बाध तथा नियमित आपूर्ति नहीं कि जाती है। इसका परिणाम यह होता है अस्थितरा से बचने के लिए विकसित तथा अन्य राष्ट्रों द्वारा वैकल्पिक व्यवस्था का सहारा लिया जाता है जिससे निर्यातक राष्ट्र के निर्यातों को नुकशान पहुंचाता है। ऐसी स्थिति की पुनरावृत्ति को आपूर्ति के सजग नियोजन, जहाँ सम्भव हो वहाँ वस्तुओं को बफर स्टाक बनाकर आदि द्वारा रोका जा सकता है।

(8) पहचान की समस्या (Problem of Identification) - यद्यपि भारत तथा अन्य विकासशील राष्ट्रों द्वारा अनेक वस्तुओं की विदेशी बाजारों में प्रमुख रूप से पूर्ति कि जाती है, किन्तु इन बाजारों में भारत की पहचान नहीं बन पायी। उपभोक्ता इस तथ्य से अणभिज्ञ रहे कि उनके द्वारा प्रयोग कि जाने वाली वस्तु भारत निर्मित है। भारत के प्रमुख निर्यात मद जैसे समृद्धि उत्पाद, चमड़े का सामान, मसालों, इत्यादि का विदेशी बाजारों में पहचान रहित मान्यता रही है। यद्यपि अनेक स्थितियों में अनेक वस्तुओं का पुन: प्रोसेसिंग अथवा पुन: पैकिंग होता है। अनेक दशाओं में इनका विक्रय विदेशी बाजार में निर्यात किये गये स्वरूप में ही होता है, किन्तु विदेशी ब्राण्ड नाम के तहत होता है। अनेक बार यह देखने को मिलता है कि भारतीय उत्पाद को विदेशी ब्राण्ड नाम से विक्रय करने पर अधिक मूल्य की प्राप्ति होती बजाय भी भारतीय नाम से विक्रय करने पर होती हो।

भारतीय उत्पाद अपनी निम्न गुणवत्ता धारणा के कारण चर्चित होने के कारण अपनी अलग पहचान बनाने में असफल रहे है।

(9) आधारिक समस्यायें (Infrastructural bottlenecks) - आधारिक सुविधा अभाव जैसे शक्ति के संसाधनों का अभाव, अपर्याप्त तथा गैर-विश्वसनिय परिवहन के साधन तथा संचार के साधन भी विकासशील राष्ट्रों के निर्यात में बाधक सिद्ध हुए है। विद्युत अभाव तथा संयन्त्र खराबी उत्पादन कार्यक्रम को विपरित रूप से प्रभावित करते हैं जिससे लागत वृद्धि होती है तथा अन्ततोगत्वा समय से जहाज पर माल.लदान विपरित रूप से प्रभावी होता है।

(10) संरचनात्मक दुर्बलाताएँ (Structural Weakness) - भारत सहित अन्य अनेक विकासशील राष्ट्रों के निर्यात व्यापार वृद्धि में संरचनात्मक दुर्बलताएं भी प्रमुख बाधा रही है। इस दुर्बलता हेतु प्रमुख रूप से दो घटक उत्तरदायी रहे है- (अ) संसाधनों की निम्न कार्यक्षमता तथा उत्पादकता (ब) घटिया तकनिक का प्रयोग। इसके अतिरिक्त अन्य महत्वपूर्ण व्यापार प्रबन्ध के सम्बनध में किसी प्रक्रिया पहुँच की क्रियान्विति, विपणन सूचना प्रणाली, नियोजन तथा निर्णयन आदि का अभाव प्रमुख रूप से उत्तरदायी रहे है।

(11) अनिश्चितता, कार्याविधिक जटिलताएं तथा संस्थागत जड़ता (Uncertainties, Procedural Complexities and Institutional Rigidities) - विकासशील राष्ट्रों की व्यापारिक नीति में यह प्रमुख बुराई दृष्टिगत हुई है कि इसके अन्तर्गत कभी भी भावि नीति, प्रलोभन, तथा योजना आदि का स्पष्टिकरण नहीं किया गया। इस कारण

से विकासशील राष्ट्रों का विदशी व्यापार विश्व व्यापार में उचित दिशा प्राप्त करने में असफल रहा। यद्यपि इस दिशा में अनेक समन्वित प्रयास किये गये है, किन्तु बहुत कुछ किया जाना अभी शेष है।

(12) व्यापार सूचना प्रणाली की अपर्याप्तता (Inadequacy of Trade Information System) - गत्यात्मक विश्व बाजार में सफलता हेतु कुशल व्यापार सूचना प्रणाली की विद्यमानता एक अनिवार्य शर्त है। किन्तु विकासशील राष्ट्रों की विपणन संरचना तथा विपणन तकनिक न तो प्रभावी और नहीं कुशल रही है। इन राष्ट्रों की व्यापारिक सूचना प्रणाली की अकुशलता का अभास इस तथ्य से ही लगाया जा सकता है कि विश्व व्यापार की आधुनिक घटनाओं तथा महत्वपूर्ण सूचनाओं की जानकारी इन राष्ट्रों को अन्तिम तिथि के पश्चात् प्राप्त होती है।

विदेशी व्यापार तथा आर्थिक समृद्धि (Foreign Trade and Economic Growth)

अर्थव्यवस्था के विकास में विदेशी व्यापार का महत्व सर्वोपरी है। विभिन्न अर्थशास्त्रियों द्वारा किसी राष्ट्र की अर्थव्यवस्था में विदेशी व्यापार को "वृद्धि का इंजन" की संज्ञा प्रदान की गयी है। इसके विपरीत ऐसे अर्थशास्त्रियों का भी अभाव नहीं है जिनके विचार यह है कि ऐतिहासित दृष्टि से विदेशी व्यापार ने अन्तर्राष्ट्रीय असमानता उत्पन्न की है। इसके परिणामस्वरूप गरीब राष्ट्रों का शोषण कर धनी देश और अधिक सम्पन्न बने है। किन्तु इन अर्थशास्त्रियों का मत आर्थिक समृद्धियों में विदेशी व्यापार के महत्व का गुणगान करने वाले अर्थशास्त्रियों से अधिक सशक्त नहीं है। वर्तमान में विश्व अर्थव्यवस्था में किसी भी ऐसे राष्ट्र का नाम नहीं गिनाया जा सकता है जो कि बिना विदेशी व्यापार में प्रविष्ट हुये अपनी अर्थव्यवस्था का विकास कर सका है। अल्प विकसित राष्ट्रों के लिए तो विदेशी व्यापार का अत्यन्त ही महत्व है। विदेशी व्यापार ही वह सम्बल अथवा माध्यम है जो विकास की लालसा उत्पन्न करता है, ज्ञान तथा अनुभव देता है, जो विकास को सम्भव बनाते हैं और इसे पुरा करने हेतु साधन प्रदान करते हैं। **प्रो. हैबरलर** का मत है, "कुल मिलाकर में इस निष्कर्ष में पहुंचा हूँ कि अन्तर्राष्ट्रीय व्यापार ने 19वीं तथा 20वीं शताब्दी में कम विकसित देशों में अत्यधिक योगदान दिया है और आशा की जा सकती है कि भविष्य में भी इतना बड़ा योंगदान देगा और कि आर्थिक विकास के दृष्टिकोण से सीमान्त साधारण संशोधनों तथा विचलनों के साथ ठोस मात्रा में विदेशी व्यापार की नीति श्रेष्ठतम है।" आर्थिक विकास तथा वृद्धि में विदेशी व्यापार के महत्व को निम्न विवेचन में स्पष्ट किया गया है:

(अ) प्रत्यक्ष लाभ (Direct Benefit) - विदेशी व्यापार से निम्नलिखित प्रत्यक्ष लाभ प्राप्त होते हैं:

(1) उत्पादन स्तर में वृद्धि (Increase in the level of Output) - यदि अन्तर्राष्ट्रीय व्यापार तथा श्रम विभाजन के कारण कोई राष्ट्र कुछ वस्तुओं के उत्पादन में विशिष्टीकरण प्राप्त करता है तो वह जिन वस्तुओं का सस्ता उत्पादन सरलतापूर्वक कर सकता है, उन्हें उन वस्तुओं से विनिमय कर लेता है जिनका दूसरे देश कम लागत पर उत्पादन करते

हैं। इससे दोनों देशों को व्यापार से लाभ प्राप्त होता है तथा राष्ट्रीय आय में वृद्धि होती है जिससे और अधिक उत्पादन के स्तर तथा अर्थव्यवस्था में वृद्धि सम्भव होती है। इस प्रकार अन्तर्राष्ट्रीय व्यापार के माध्यम से उत्पादन के सर्वोच्च स्तर को प्राप्त कर दरिद्रता के कुचक्र को तोड़ना तथा आर्थिक विकास की प्राप्ति सम्भव होती है।

(2) बाजार के आकार में विस्तार (Expansion in the Size of Market) –अल्प विकसित राष्ट्रों के विकास में एक सर्व प्रमुख बाधा उनके घरेलू बाजार का आकार छोटा होना होता है जिससे उत्पादन की पर्याप्त मात्रा खपत नहीं हो पाती। इससे निवेश की प्रेरणा हतोत्साहित होती है। इन राष्ट्रों में बाजार का आकार इसलिए छोटा होता है क्योंकि प्रतिव्यक्ति आय तथा क्रय शक्ति कम होती है। अन्तर्राष्ट्रीय व्यापार से न केवल बाजार का विस्तार वरन् अधिक लक्ष्य संसाधनों के आंबटन से निवेश आय तथा बचत की प्रेरणा को प्रोत्साहन मिलता है।

(3) साधनों का दक्ष उपयोग (Efficient use of Resources) – **जै. एस. मिल** के अनुसार अन्तर्राष्ट्रीय व्यापार का यह एक प्रत्यक्ष लाभ है। इसके अन्तर्गत उत्पादन के वर्तमान साधनों को और अधिक उत्पादकता से प्रयोग किया जाता है और दिये गये उत्पादन के साधनों के साथ अधिक लक्ष्य साधनों का आबंटन किया जाता है।

(4) उत्पादन लागतों में कमी (Reduction in Production Cost) – बाजार के विस्तार में अनेक आन्तरिक एवं बाह्य मितव्ययिताएँ उत्पन्न हो जाने के कारण उत्पादन की लागत घट जाती है।

(5) निर्वाह-क्षेत्र का मौद्रीकृत क्षेत्र में रूपान्तरण (Transformation of subsistance sector into monetized sector) – विदेशी व्यापार, कृषि उत्पादन के लिए बाजार प्रदान करके, निर्वाह क्षेत्र को मौद्रीकृत क्षेत्र में रूपान्तरित करने में सहायता प्रदान करता है और कृषि वर्ग की आय तथा जीवन स्तर को प्रोनत करता है।

(6) अतिरके का निर्गमन (Vent of Surplus) – **मित** ने अन्तर्राष्ट्रीय व्यापार से हाने वाले लाभों के प्रभावों को मापने के लिए स्मिथ का अतिरेक का निर्गम सिद्धान्त अल्पविकसित देशों पर लागू किया है। विदेशी व्यापार चालू होने से प्राथमिक वस्तुएं उत्पादित करने वाले अल्पविकसित देशों में ''अतिरेक के लिए निर्गम'' (अथवा संभावित अतिरेक) की संभावना बढ़ जाती है।

(7) स्टेपल पदार्थ (Staple commodities) – **वाटकिंन्स** का सुझाव है कि बहुत से अल्प विकसित देश एक या दो स्टेपल (रेशे) वाले पदार्थों के उत्पादन में विशिष्टीकरण प्राप्त करते हैं। यदि उन्हें निर्यात किया जाए तो उत्पादन, रोजगार और आय बढ़ेगें तथा साथ निर्यात क्षेत्र का प्रसार होगा। इसमें अधिक साधनों का प्रयोग होगा तथा अर्थव्यवस्था विकसित होगी।

(ब) अप्रत्यक्ष लाभ (Indirect Benefit) – अन्तर्राष्ट्रीय व्यापार के उपर्युक्त वर्णित प्रत्यक्ष लाभों के अतिरिक्त अन्य अनेक अप्रत्यक्ष लाभ भी है। जैसा कि **जै. एस. मिल** ने इंगित किया है विदेशी व्यापार से उच्च कोटि के अप्रत्यक्ष गत्यात्मक लाभ भी प्राप्त हाते है। अन्तर्राष्ट्रीय व्यापार के अप्रत्यक्ष लाभ निम्नलिखित है:

(1) स्टेपल वस्तुओं के निर्यात के बदले पूंजी पदार्थों का आयात (Import of capital goods against the export of staple commodities) - अल्प विकसित देशों के लिए अन्तर्राष्ट्रीय व्यापार में प्रविष्ट होने से स्टेपल वस्तुओं के निर्यात के बदले पूंजी वस्तुओं का आयात करना संभव होता है।

(2) महत्वपूर्ण शैक्षणिक प्रभाव (Important educative effects) -विदेशी व्यापार का शैक्षणिक प्रभाव भी अत्यन्त महत्वपूर्ण है। अल्पविकसित देशों में महत्वपूर्ण कुशल श्रमशक्ति का अभाव होता है जो कि विकास में पूंजी वस्तुओं की दुर्बलता की अपेक्षा अधिक बड़ी रूकावट हैं। विदेशी व्यापार, विकसित देशों में कुशलताओं तथा तकनीकी ज्ञान की सुविधा प्रदान कर दरिद्र देशों को साधन सम्पन्न बनाने में महत्वपूर्ण भूमिका निर्वाह कर सकते है।

(3) विदेशी पूंजी के आयात का आधार (Basis for the importation of foreign capital) -विदेशी व्यापार अल्प विकसित देशों में विदेशी पूंजी के आयात को महत्वपूर्ण आधार प्रदान करते है। विदेशी व्यापार के अभाव में धनी देशों से दरिद्र देशों को विदेशी पूँजी का प्रवाह संभव नहीं होता।

(4) अक्षम एकाधिकारों को रोक करना (Checking of inefficient Monopolies) - विदेशी व्यापार, स्वस्थ प्रतियोगिता का पोषण करके तथा अक्षम एकाधिकारों को रोककर, अल्पविकसित देश को अप्रत्यक्ष रूप से लाभ पहुँचाता है। ऐसी अर्थव्यवस्थाओं के निर्यात क्षेत्र के विकास के लिये प्रायः शिशु उद्योग संरक्षण का आधार लेकर स्थापित, अदक्ष शोषणकारी एकाधिकारी को रोकनें के लिए स्वस्थ प्रतियोगिता का होना आवश्यक है।

विदेशी व्यापार के उपर्युक्त वर्णित प्रत्यक्ष तथा अप्रत्यक्ष लाभों को अध्ययन करने के पश्चात यह निष्कर्ष प्रस्तुत किया जा सकता है कि प्रत्येक स्तर के -विकसित एवं विकासशील, राष्ट्रों के आर्थिक विकास में विदेशी व्यापार द्वारा निर्णायक भुमिका का निर्वाह किया गया है। उत्पादन तकनीकों के विशिष्टीकरण का लाभ उठाने की दृष्टि से अब विश्व के किसी भी राष्ट्र के लिए यह संभव नहीं है कि बिना विदेशी व्यापार के अपनी अर्थव्यवस्था का निर्बाध संचालन कर सके।

परिक्षापयोगी प्रश्न

1. विश्व व्यापार की प्रमुख प्रवृत्तियाँ बतलाइये।

   What are the main trends in World Trade.
2. विश्व व्यापार से क्या आशय है। विश्व व्यापार की प्रमुख समस्याएँ बतलाइये।

   What do you mean by World Trade. What are the main problems of World Trade.
3. विश्व व्यापार तथा आर्थिक समृद्धि पर एक लेख लिखिये।

   Write an essay on Foreign Trade and Economic Growth.

❑❑❑

18

विश्व व्यापार संगठन
(World Trade Organisation WTO)

द्वितीय विश्व युद्ध से जर्जरित अर्थव्यवस्थाओं के पूननिर्माण तथा तीव्र आर्थिक विकास के उद्देश्य से अनेक महत्वपूर्ण अन्तर्राष्ट्रीय संस्थाओं की स्थापना की गयी। इन संस्थाओं में एक ओर जहां अन्तर्राष्ट्रीय मुद्रा कोष तथा विश्व बैंक जैसी महत्वपूर्ण अन्तर्राष्ट्रीय संस्थाओं की स्थापना की गयी। वहीं दूसरी तरफ अन्तर्राष्ट्रीय व्यापार में वृद्धि की मंशा से विकसित एवं विकासशील राष्ट्रों द्वारा व्यापार में थोपे गये मनमाने प्रतिबन्धों को हटाने तथा प्रशुल्कीय प्रतिबन्धों को न्यूनतम करने के उद्देश्य से ब्रेटनवुड्स सम्मेलन में अन्तर्राष्ट्रीय व्यापार संघ की स्थापना का प्रस्ताव 1944 में प्रस्तुत किया गया। यद्यपि अमरीका एवं इंगलैण्ड जैसे विकसित राष्ट्रों के विरोध के कारण इस संगठन की स्थापना संभव ना हो सकी और अन्तत: उसके स्थान पर 300, 1947 को गेट (GATT) की स्थापना की गई। इस संगठन का प्रमुख उद्देश्य अन्तर्राष्ट्रीय व्यापार में उपस्थित होने वाली बाधाओं और समस्यो को पारस्परिक विचारविमर्श एवं समझौतो में माध्यम से न्यूनतम करना था। यद्यपि इस संस्था की ढुलमूल व्यवस्था और सीमित अधिकारों के कारण व्यापार बाधाओं के समाधानों में सफलता सीमित ही रही।

उपर्युक्त वर्णित परिपेक्ष्य में विश्व व्यापार की नीतियों, वैधानिक व्यवस्थाओं और उनके क्रियान्वयन को अधिक प्रभावी एव कारगर बनाने की दृष्टि से ही संगठन गेट की स्थापना से अप्रैल 1994 तक गैट वार्ताओं के आठ दौर की समाप्ति पर अन्तत: 15 अप्रैल 1994 को उरूग्वे दौर के डंकल प्रस्तावों को स्वीकार कर लिया गया। और गैट (General Agreement on Tariff and Trade- GATT) के स्थान पर *विश्व व्यापार संगठन* (World Trade Organisation-WTO) स्थापित हुआ। यह संगठन गैट के मुकाबले अत्यन्त प्रभावशाली अधिकारों से युक्त शक्तिशाली और प्रभावी संगठन है।

विश्व व्यापार संगठन के उद्देश्य (Objectives of WTO)

डंकल समझौते के अन्तर्गत गैट के स्थान पर 1 जनवरी 1995 को विश्व व्यापार संगठन अस्तित्व में आया। इस संगठन की प्रमुख उद्‌देश्य निम्न प्रकार निर्धारित किये गये:

(1) जीवन स्तर में वृद्धि करना (Improvement in Living Standard) - विश्व स्तर पर स्थापित होने वाले सभी संगठनों का प्रत्यक्ष अथवा अप्रत्यक्ष रूप में उद्देश्य मानव जीवन के स्तर में वृद्धि करना रहा है। ठीक उसी प्रकार विश्व व्यापार संगठन का प्रमुख उद्देश्य भी अन्तर्राष्ट्रीय व्यापार में स्वस्थ्य परम्पराओं का विकास कर मानव जीवन के स्तर में वृद्धि करना है।

(2) पूर्ण रोजगार एवं प्रभावपूर्ण मांग में वृद्धि (Increase in full employment and effective demand) - विश्व व्यापार संगठन का एक अन्य उद्देश्य प्रभावपूर्ण मांग में वृद्धि करना है। इससे उत्पादन का आकार बढ़ सके तथा अन्तत्वोगत्वा रोजगार के अवसर में वृद्रि हो सके और पूर्ण रोजगार के लक्ष्य की प्राप्ति हो सके।

(3) वस्तुओं के उत्पादन एवं व्यापार में वृद्धि (Increase in Production and Trade of Commodity) - विश्व व्यापार संगठन इस बात का पक्षधर है कि विश्व के विभिन्न राष्ट्रों में स्थापित औद्योगिक प्रतिष्ठानों में उत्पादित वस्तुओं के लिये सम्पूर्ण विश्व एक बाजार हो। ऐसा अन्तर्राष्ट्रीय व्यापार के आकार में वृद्धि द्वारा ही संभव है जिसके प्रति यह संगठन कटिबद्ध है।

(4) सेवाओं के उत्पादन एवं व्यापार (Production of Services and Trading) - विश्व व्यापार संगठन इस दिशा में प्रयासरत है कि सेवाओं के उत्पादन एवं व्यापार का विस्तार किया जाए। किसी राष्ट्र द्वारा उत्पन्न सेवायें उस राष्ट्र की भौगोलिक सीमाओं में बन्ध कर ही न रह जाये वरन् उनका प्रयोग सम्पूर्ण विश्व द्वारा किया जाये।

(5) विश्व के संसाधनों का अनुकूलतम प्रयोग (Optimum Utilisation of World Resources) - विश्व के विभिन्न राष्ट्रों को प्रकृति द्वारा अनेक संसाधनों की प्राप्ति हुई है, किन्तु उपर्युक्त वातावरण के अभाव में इन संसाधनों का भली प्रकार से विदोहन संभव नहीं हो सका है। विश्व व्यापार संगठन इस दिशा में प्रयासरत है कि इन संसाधनों का अनुकूलतम प्रयोग संभव हो सके।

(6) सुस्थिर विकास (Sustainable Development) - विकास की प्रक्रिया में अस्थिरता अत्यन्त घातक सिद्ध होती है । अतः विश्व व्यापार संगठन द्वारा अपने उद्देश्य में सुस्थिर विकास की अवधारणा को स्वीकार किया गया है।

(7) पर्यावरण की सुरक्षा एवं संरक्षण (Protection and Care of Environment) - मानवीय क्रियाओं एवं पर्यावरण के मध्य उत्पन्न हुये असन्तुलन के कारण मानव जीवन को अनेक खतरों की सम्भावना उत्पन्न हो गयी है। विश्व व्यापार संगठन द्वारा पर्यावरण की सुरक्षा एवं संरक्षण के द्वारा आर्थिक विकास में वृद्धि के प्रयास किये जाऐंगें।

(8) विकास के साथ साधनों में वृद्धि (Increase in Resources with Development) - विश्व व्यापार संगठन इस उद्देश्य की पूर्ति हेतु प्रयासरत है कि विकास के वैयक्तिक स्तरों की आवश्यकता के साथ निरन्तर चलते रहने के साधनों में वृद्धि संभव हो सके।

विश्व व्यापार संगठन के प्रमुख कार्य (Functions of World Trade Organisation)

विश्व व्यापार संगठन अन्तर्राष्ट्रीय स्तर पर आर्थिक समृद्धि की प्राप्ति हेतु विश्व के प्रत्येक स्तर के राष्ट्रों द्वारा संगठित एक ऐसा मंच है जो समय समय पर बैठकों के आयोजना द्वारा तत्कालीन समस्याओं का सम्मानजनक उपाय सुझाता है। इस उद्देश्य की पूर्ति हेतु इस संगठन के प्रमुख कार्य निम्नलिखित है:

(1) सामूहिक संस्थागत मंच (Collective Institutional Platform) : विश्व व्यापार संगठन एक सामूहिक संस्थागत मंच के रूप में कार्य करता है। इसके अन्तर्गत अन्तर्राष्ट्रीय समझौते से सम्बन्धित विचार विमर्श किये जाते हैं। इन विचारविमर्श के दौरान हुये समझौतों को लागू किये जाने की दिशा में भी इस संस्थागत मंच द्वारा प्रयास किये जाते हैं।

(2) विश्व व्यापार समझौते हेतु प्रबन्ध (Arrangement for World Trade Agreement) : विश्व व्यापार संगठन विचार विमर्श के माध्यम से जिन समझौतों को अन्तिम रूप प्रदान करता है उनके कार्यान्वयन, प्रशासन एवं परिचालन हेतु आवश्यक सुविधाएँ प्रदान की जाती है।

(3) व्यापार एवं प्रशुल्क सम्बन्धि विचार विमर्श (Mutual Discussion Regard to Trade and Tariff) : विश्व व्यापार संगठन व्यापार एवं प्रशुल्क सम्बन्धि एक मंच प्रदान करता है। कोई भी राष्ट्र प्रशुल्क सम्बन्धी किसी भी मसले पर इस मंच के माध्यम से विचार विमर्श कर सकता है।

(4) व्यापार नीति समिक्षा का क्रियान्वयन (Implementation of Trade Policy Review) : विश्व व्यापार संगठन व्यापार नीति की समीक्षा एवं प्रक्रिया के प्रावधानों को लागू किये जाने के सम्बन्ध में महत्वपूर्ण कार्य करता है। इस मंच द्वारा व्यापार नीति समिक्षा प्रक्रिया से सम्बन्धित नियमों एवं प्रावधानों को लागू किया जाता है।

(5) विवादों का निपटारा (Settlement of Disputes) : विश्व व्यापार संगठन सदस्य राष्ट्रों के मध्य किसी मसले पर उत्पन्न हुये विवादों के निपटारे हेतु इनसे सम्बन्धित नियमों एवं प्रक्रियाओं का प्रशासन करता है।

(6) अन्तर्राष्ट्रीय संस्थाओं से सहयोग (Assistance with International Organisation) : विश्व व्यापार संगठन महत्वपूर्ण अन्तर्राष्ट्रीय मौद्रिक संस्थाओं जैसे विश्व बैंक तथा अन्तर्राष्ट्रीय मुद्रा कोष आदि संस्थाओं को इनके कार्य संचालन में सहयोग प्रदान करता है। इसका प्रमुख उद्देश्य वैश्विक आर्थिक नीति निर्माण में अधिक सामंजस्य स्थापित करना है।

(7) विश्व संसाधनों का अनुकूलतम प्रयोग (Optimum Utilisation of World Resources) : विश्व व्यापार संगठन सदस्य राष्ट्रों को एक ऐसा मंच प्रदान करता है जिससे वे आपसी विचार विमर्श द्वारा विश्व संसाधनों के अनुकूलतम प्रयोग हेतु को योजना तैयार करते है।

विश्व व्यापार संगठन के उपर्युक्त वर्णित कार्यों का अध्ययन करने के पश्चात् यह स्पष्ट होता है कि इस संगठन के कार्यों में उन सभी बातों का समावेश है जिनका अनुसरण करके इस मंच के सदस्य देशों को समझौतों से सम्बन्धित मामलों पर विचार विमर्श करने का एक सामूहिक संस्थागत मंच प्राप्त होता है। इसके साथ ही सदस्य राष्ट्रों को एकीकृत स्थायी एवं सुदृढ़ बहुपक्षीय प्रणाली द्वारा व्यापार सम्बन्धों के विस्तार, वैधानिक ढंग से विवादों के निपटारे तथा व्यापार नीति समीक्षा की प्रक्रिया के प्रावधानों को लागू करने में सहायता प्राप्त होती है।

विश्व व्यापार का संगठनात्मक ढाँचा (Oraganisational Structure of WTO)

विश्व व्यापार संगठन विकसित एवं विकासशील राष्ट्रों की अर्थव्यवस्था में उत्पन्न होने वाली विभिन्न समस्याओं के समाधान हेतु आपसी विचार विमर्श का एक अन्तर्राष्ट्रीय मंच है। यह संगठन अपने कार्यों तथा उद्देश्य का सफलतम संचालन कर सके, इस हेतु इसके संगठनात्मक ढाँचे का विकास किया गया है जिसका संक्षिप्त वर्णन निम्न प्रकार है:

(अ) मंत्रिस्तरीय सम्मेलन (Ministerial Conference) : यह विश्व व्यापार संगठन का सर्वोच्च निर्णय किया जाने वाला निकाय है। इसमें सदस्य राष्ट्रों के सभी मंत्रियों को प्रतिनिधित्व प्रदान किया जाता है। इस सम्मेलन की एक वर्ष में कम से कम दो बैठके होना आवश्यक है। इस सम्मेलन द्वारा कार्यों का सम्पादन निर्बाध पूर्वक हो, अतः पृथक पृथक समितियों का गठन किया गया है। इन समितियों में प्रमुख (अ) व्यापार एवं विकास समिति, (ब) व्यापार एवं पर्यावरण समिति, (स) भुगतान सन्तुलन प्रतिबन्ध समिति, तथा (द) वित्त एवं प्रशासन समिति आदि। इन सभी समितियों की सदस्यता सभी सदस्य राष्ट्रों के लिए खुली रहती है।

(ब) सामान्य परिषद् (General Council) : विश्व व्यापार संगठन के संगठनात्मक ढाँचे में द्वितीय स्तर पर सामान्य परिषद् का गठन किया गया है। इसमें प्रत्येक सदस्य राष्ट्र का एक स्थायी प्रतिनिधि होता है। इस परिषद को सुपूर्द किये गये प्रमुख कार्य है : (अ) मन्त्रिस्तरीय सम्मेलन के निर्णयों को लागू करना, (ब) आवश्यकता पड़ने पर अपने स्तर पर कुछ निर्णय लेना, (स) विवादो के निपटारे से सम्बन्धित घटक एवं व्यापार नीति समिक्षा प्रक्रिया से सम्बन्धित बैंठके आयोजित करना, तथा (द) अन्तर-सरकारी संगठन (Inter-Government Organisation) तथा गैर सरकारी संगठन जो किसी रूप में इस संगठन से सम्बन्धित हो, उनसे परामर्श करना एवं प्रभावपूर्ण संयोग बनाये रखना है।

(स) विभिन्न बहुपक्षीय समझोता परिषदें (Various Multilateral Agreement Councils) : विश्व व्यापार संगठन के तृतीय स्तर पर विभिन्न बहुपक्षीय समझौता परिषदों का गठन किया गया है इन परिषदों में प्रमुख हैं : (अ) वस्तु, व्यापार एव सेवाओं में व्यापार पर सामान्य समझौता परिषद (ब) व्यापार सम्बन्धी बौद्धिक अधिकार परिषद, (स) व्यापार सम्बन्धी निवेश उपाय परिषद, तथा (द) टेक्सटाइल एवं वस्त्रों पर समझौता। इन समझौतों के संचालन की देखभाल हेतु प्रत्येक की एक एक पृथक परिषद का गठन भी किया गया है।

(द) सचिवालय (Secretariate) : विश्व व्यापार संगठन का अन्तर्राष्ट्रीय स्तर पर एक महत्वपूर्ण एवं पृथक वैधानिक अस्तित्व है। इस दृष्टि से इस संगठन के दिन प्रतिदिन के प्रशासनिक कार्यो को सम्पन्न बनाने के लिए इसका एक सचिवालय भी है। इस सचिवालय का सर्वोच्च अधिकारी महानिदेशक (Director General) होता है। महानिदेश की नियुक्ति चार वर्ष की अवधि के लिए सामान्य परिषद (General Council) द्वारा की जाती है। इटली के भूतपूर्व व्यापार मंत्री रिनेटो रूगेरो विश्व व्यापार संगठन के प्रथम महानिदेशक रहे है। महानिदेशक की सहायता के लिए विभिन्न सदस्य राष्ट्रों से चार उप महानिदेशक भी नियुक्त किये जाते हैं।

मुख्यालय (Head Office)

विश्व व्यापार संगठन का मुख्यालय जेनेवा मे है।

सम्बन्ध समितियाँ (Attached Committees)

विश्व व्यापार संगठन के कार्यों को निर्बाध पूर्वक संचालित किये जाने के उद्देश्य से अनेक सम्बद्ध समितियों का गठन भी किया गया है। इन समितियों में सर्वप्रमुख समितियाँ निम्न लिखित है:

(1) विवाद निवारण समिति (Dispute Settlement Body) : इस समिति का प्रमुख कार्य विभिन्न राष्ट्रों के विरूद्ध विश्व व्यापार संगठन के व्यापार नियमों के उल्लंघन की शिकायतों पर विचार करना है। विश्व व्यापार संगठन के सभी सदस्य इस समिति के भी सदस्य होते हैं किन्तु किसी शिकायत विशेष के गहन अध्ययन के लिए यह विशेषज्ञों की समिति गठित कर सकती है। इस समिति की बैठक प्रत्येक माह में दो बाद होती है।

(2) व्यापार नीति समीक्षा समिति (Trade Policy Review Body) : इस समिति का कार्य सदस्य राष्ट्रों की व्यापार नीति की समीक्षा करना है। विश्व व्यापार संगठन के सभी सदस्य राष्ट्र इस समिति के सदस्य होते हैं। सभी बड़े व्यापारिक राष्ट्रों की व्यापार नीतियों की प्राय: दो वर्ष में एक बार समीक्षा की जाती है।

विश्व व्यापार संगठन के लाभ (Advantages of WTO)

विश्व व्यापार संगठन की स्थापना के समय संस्थापक सदस्यों द्वारा इस मंच पर आपसी विचार विमर्श की बैठकें आयोजित की जाकर अन्तर्राष्ट्रीय समृद्धि प्राप्त करने की परिकल्पना की गयी। ऐसी अपेक्षा व्यक्त की गयी है कि विश्व व्यापार संगठन के कारण अच्छी बाजार पहुँच (Better Market Access) द्वारा विश्व की आय में 213 अरब डॉलर से 274 अरब डॉलर की वार्षिक वृद्धि सम्भावित होगी। ऐसी संभावना भी व्यक्त की गई है कि सन् 2005 तक विश्व का वार्षिक व्यापार लाभ 745 अरब अमरीका डॉलर तक पहुँच जाएगा। यदि सेवाओं के व्यापार में वृद्धि तथा विश्व व्यापार के नये प्रावधानों का कड़ाई से पालन किया जाता है तो विश्व व्यापार के लाभों में अधिक वृद्धि की संभावना व्यक्त की गई है। इस मंच के सफलतापूर्वक संचालन से निम्नलिखित संभावित लाभ उत्पन्न होने की आशा है।

(1) संसाधनों का अनुकूलत उपयोग (Optimum Utilisation of Resources) - विश्व व्यापार संगठन सदस्य राष्ट्रों को विश्व संसाधनों के अनुकूलतम उपयोग का एक सामान्य मंच प्रस्तुत करेगा। इस मंच का उपयोग कर अन्तर्राष्ट्रीय समृद्धि एवं विकास का मार्ग प्रशस्त होगा।

(2) बहु पक्षीय व्यापार में वृद्धि (Increase in Bilateral Trade) : इस व्यापार संगठन रूपी मंच का प्रयोग से एक ऐसी बहु पक्षीय व्यापार की प्रणाली विकसित होगी जिसमें सभी देशों को निर्यात सवर्द्धन के समान अवसर प्राप्त होने के कारण निर्यातों में वृद्धि होगी।

(3) बाजार पहुँच में वृद्धि (Increase in Market Access) - विश्व व्यापार संगठन के संचालन से ऐसी अपेक्षा है कि औद्योगिक उत्पादों पर उच्च स्तरिय तटकर बन्धनों (Tarif Binding) द्वारा विकसित देशों के लिए व्यापार पहुँच सुरक्षा 78 प्रतिशत से 99 प्रतिशत तथा विकासशील राष्ट्रों के लिए यह सुरक्षा 22 प्रतिशत से 72 प्रतिशत होने की संभावना है।

(4) कृषि उत्पादों की शत प्रतिशत सुरक्षा (Complete Security of Agricultural Product) - विश्व व्यापार संगठन के द्वारा गैट -तटकर बाधाओं के तटकरीयकरण के कार्यक्रम के तहत कृषि उत्पादों को शत प्रतिशत सुरक्षा प्राप्त होने की आशा है।

(5) औद्योगिक उत्पादों की तटकर दर में कमी (Reduction in Tariff Rate on Industrial Product) - विश्व व्यापार संगठन के विकसित सदस्य राष्ट्र अपने औद्योगिक उत्पादों के तटकरों में लगभग 38 प्रतिशत की कमी करेंगें। इसके फलस्वरूप औद्योगिक उत्पादों की तटकर दर 6.3 प्रतिशत से घटकर 3.9 प्रतिशत रह जायेगी।

(6) विकसित देशों के आयातित औद्योगिक उत्पादों में 20 प्रतिशत से 43 प्रतिशत तक का उछाल (Jump in Imported Industrial Product of Develop Countries) - विकसित देशों में सीमा शुल्कों में कटौती के फलस्वरूप उनके आयातित औद्योगिक उत्पादों की राशि में 20 प्रतिशत से 43 प्रतिशत तक वृद्धि की सम्भावना है। इसी प्रकार शीर्ष तटकरों (Peak Tarifs) के कारण आयात अनुपात 7 प्रतिशत से घटकर 5 प्रतिशत रह जायेगा।

(7) विकासशील देशों से आयात में प्रशुल्क दरों में कटौती से विकासशील देशों का लाभ (Benefits to Developing Nations by Reduction in Tariff Rate) - विकासशील देशों से विकसित राष्ट्रों द्वारा आयात किये जाने वाले बहुत से पदार्थों पर प्रशुल्क दरों में कटौती से विकासशील राष्ट्रों के निर्यातों में वृद्धि का मार्ग प्रशस्त होगा।

(8) विकासशील देशों के निर्यात में सकारात्मक वृद्धि (Positive Increase in Export of Developing Countries) - विकासशील देशों को अपने प्राथमिक उत्पादों को -विकसित देशों में बाजार उपलब्ध होने से उन्हें अपने निर्यातों में सकारात्मक वृद्धि का अवसर मिलेगा।

(9) व्यापार एवं अन्य क्षेत्रों में लाभ (Advantages in Trade and Other areas)- व्यापार एवं वित्तीय सेवाऐ, पर्यटन एवं यात्रा व्यवसाय क्षेत्रों में व्यापार वृद्धि से सभी राष्ट्रों को लाभ होगा।

(10) प्रतिस्पर्द्धात्मक नीची कीमतों का लाभ (Advantages of Low Price) - उपभोक्ताओं को प्रतिस्पर्द्धात्मक नीची कीमतों पर उपभोग का अवसर प्राप्त होगा और उन्हें उन वस्तुओं के उपभोग का भी अवसर मिलेगा जो अन्यथा सम्भव नहीं थी।

(11) उत्पादन लागतों में कमी (Reduction in Production Cost) - बढ़ती प्रतिस्पर्द्धा और कुशलतम उत्पादन व्यवस्थाओं के कारण सभी देशों में उत्पादन लागतों में कमी के प्रयास से सभी के लिए लिये लाभ का सौदा होगा।

(12) प्रोद्योगिक उन्नयन (Technological Upgradation) - विश्व व्यापार संगठन के समझौतों से विश्व के सभी विकासशील देशों को न केवल प्रौद्योगिकी उन्नयन का अवशर प्राप्त होगा वरन् निरन्तर शोध एवं विकास कार्यक्रमां का लाभ भी मिलेगा।

विश्व व्यापार संगठन और भारत (India and World Trade Organisation)

निःसन्देह विश्व व्यापार संगठन एक ऐसा मंच उपस्थित करता है जिससे विश्व के सभी राष्ट्रों को बहु आयामी लाभ उपलब्ध होने की सम्भावना है। ऐसी अपेक्षा है कि इस मंच के सफलतापूर्वक संचालन से विश्व के सभी सदस्य राष्ट्रों के व्यापार में वृद्धि से उत्पादन आय और रोजगार में वृद्धि के फलस्वरूप आर्थिक समृद्धि एवं उच्च जीवन स्तर का मार्ग प्रशस्त होगा। व्यापारिक प्रतिबन्धों की कमी और मुक्त व्यापार को प्रोत्साहन प्रदान किये जाने के दौरान आर्थिक संसाधनों का श्रेष्ठ उपयोग संभव होगा। विश्व व्यापार संगठन से अनेक लाभ प्राप्त होगें, लेकिन इसमें कुछ अर्थव्यवस्थाओं को खतरे की भी सम्भावना है। विश्व व्यापार संगठन से भारत को प्राप्त होने वाले संभावित लाभ तथा हानियां निम्नलिखित है।

(अ) संभावित लाभ (Probable Advantages) - भारत को विश्व व्यापार संगठन से प्राप्त होने वाले संभावित लाभ निम्नलिखित है:

(1) श्रेष्ठ बाजार पहुँच (Better Market Access) - विदेशी बाजारों में विश्व व्यापार संगठन द्वारा तटकरों एवं प्रशुल्क दरों में कमी, कृषि जन्य पदार्थों को प्रदान किये जाने वाले अनुदान में कमी से भारत विदेशी बाजारों में सुगमता पूर्वक प्रवेश कर सकेगा।

(2) निर्यातों में वृद्धि (Increase in Export) - अल्प विकसित राष्ट्रों के समक्ष निर्यातों में वृद्धि एक अन्यन्त महत्त्वपूर्ण समस्या एवं चुनौति है। ऐसी सम्भावना व्यक्त की गयी है कि विश्व व्यापार संगठन की सदस्यता से भारत के निर्यातों में प्रतिवर्ष 150 से 200 करोड़ डॉलर के तुल्य वृद्धि की संभावना है।

(3) विदेशी निवेश में वृद्धि (Increase in Foreign Investment) - भारत में विदेशी पूंजी का आगमन पर्याप्त मात्रा में नहीं हो सका है। विश्व व्यापार संगठन के माध्यम से भारत के विदेशी पूंजी निवेशों में वृद्धि की सम्भावना है जिससे ना केवल तीव्र आर्थिक विकास का मार्ग प्रशस्त होगा वरन् विदेशी तकनीक की आधुनिकतम विधियों के प्रयोग से

भारत के उत्पादों की लागत में कमी और प्रतिस्पर्द्धात्मक शक्ति में वृद्धि होगी। विश्व व्यापार संगठन में किये गये प्रयासों के परिणास्वरूप ही विगत तीन वर्षों में भारत में विदेशी पूंजी निवेश अत्यन्त तेजी से बड़ा है।

(4) उन्नत प्रौद्योगिकी का उपयोग (Use of Better Technology) - विदेशी पूँजी निवेश के साथ उन्नत प्रौद्योगिकी का आयात बढ़ेगा जो अन्ततः लाभप्रद रहेगा।

(5) पेटेन्ट छूट (Patent Concession) - प्राकृतिक उत्पादों के पेटेन्ट की आवश्यकत नही रहेगी किन्तु अगले 8 वर्षों तक ही पेटेन्ट कानून में छूट मिलेगी। उसके बाद यह छुट प्राप्त नहीं होगी।

(6) वस्त्रों एवं पोशाकों के निर्यात में वृद्धि *(Increase in Textiles and* Garments) - अमेरिका एवं यूरोपीय देशों के बाजारों में भारत के वस्त्रों एवं पोशाकों का निर्यात बढ़ने का लाभ मिलेगा।

(7) विदेशी मुद्रा भण्डारों में वृद्धि (Increase in Foreign Exchange Reserves) - भारत के निर्यातों में वृद्धि तथा भारतीय डाक्टरों, इन्जीनियरों एवं अन्य विशेषज्ञों आदि कुशल श्रम की सेवाओं के निर्यात से विदेशी मुद्रा अर्जन का लाभ मिलेगा।

(8) विदेशी वस्तुओं के उपभोग का अवसर (Opportunity to Consume Foreign Goods) - भारत के उपभोक्ताओं का विश्व व्यापार संगठन के अन्तर्गत विश्व की लगभग सभी वस्तुओं के स्वतंत्र व्यापार के कारण विदेशी वस्तुओं के उपभोग का लाभ मिलेगा। वस्तुएँ सस्ती, उत्तम किस्म की और आसानी से मिल सकेगी।

(9) अन्तर्राष्ट्रीय मंच की सुविधा (Facility of International Platform) - विश्व व्यापार संगठन की सदस्यता के परिणामस्वरूप भारत को अपनी वस्तुओं एवं सेवाओं के व्यापार से सम्बन्धित मुद्दों पर विचार विमर्श और उनके उपयुक्त समाधान हेतु यह अन्तर्राष्ट्रीय साझा मंच मिल गया है जहाँ वह अपना पक्ष प्रभाव ढंग से रखने का अधिकारी है।

(10) विवादों का निपटारा करने की सुविधा (Facility for Settlement of Disputes) - भारत को विश्व व्यापार संगठन की सदस्यता के कारण अपनी वस्तुओं एवं सेवाओं के व्यापार से सम्बन्धी मुद्दों पर उत्पन्न विवाद को निपटाने के लिये विश्व व्यापार संगठन की सुविधा प्राप्त हो गई है। इस मंच पर विवाद के निपटारे के लिये शिकायत दर्ज कराने और अपना पक्ष प्रस्तुत करने की सुविधा प्राप्त रहेगी।

भारत को विश्व व्यापार संगठन की संभावित हानियाँ

(Disadvantages of WTO to India)

यद्यपि भारत को विश्व व्यापार संगठन की सदस्यता से अनेक लाभ प्राप्त होने की संभावना है, किन्तु उन संभावित खतरों की अनदेखी भी नहीं की जा सकती जो भारत को इस संगठन की सदस्यता से आपेक्षित है। विश्व व्यापार संगठन की सदस्याता से भारत को निम्न हानियाँ संभावित है:

(1) भौतिक सम्पदा अधिकारों पर दुष्प्रभाव (Disadvantages of Trade Related Aspects of Intellectual Property Rights -TRIPS) - इसके अन्तर्गत भारत को कॉफीराइट, ट्रेड मार्क, पेटेन्ट अधिकार आदि के उपयोग के लिये भारी मात्रा में रॉयल्टी भुगतान का भार वहन करना पड़ेगा। अभी हाल ही में अमरिका द्वारा बासमती चावल, नीम तथा अनेक कृषि उत्पादों व औषधी जड़ी बुटियों का पेटेन्ट करवा कर लाभ उठाने का प्रयास किया गया है।

(2) बहु राष्ट्रीय कम्पनियों से प्रतिस्पर्द्धा (Competition with MNCs) - विश्व व्यापार संगठन में हुये समझौते का पालन किये जाने के बावजूद भारत को बहु राष्ट्रीय कम्पनियों के प्रवेश का मार्ग खोलना होगा। भारत को बहु राष्ट्रीय कम्पनियों से तीव्र प्रतिस्पर्द्धा का सामना करना पड़ सकता है। यदि इसमें सफलता प्राप्त नहीं हुई तो भारतीय कम्पनियों का अस्तित्व खतरे में पड़ सकता है।

(3) सेवा क्षेत्राों में विदेशी कम्पनियों के आधिपत्य का भय (Fear of Dominance of Foreign Companies in Service Sector) - विश्व व्यापार संगठन के कारण भारत में बैंकिंग, बीमा, पर्यटन, संचार, विज्ञापन, परामर्श सेवाएँ आदि क्षेत्रों में स्वतन्त्र आगमन भारत में स्थित कमजोर, कम्पनियों के अस्तित्व को खतरे में डाल सकती है। यह सम्भावित खतरा है कि इससे समुचे भारत पर विश्व उद्योगों का कब्जा भारतीय सस्कृति को दुष्प्रीभावी कर सकता है।

(4) आयातों में वृद्धि का खतरा (Fear in Increase in Import) - यदि विश्व व्यापार संगठन में हुये समझौते के अनुरूप भारतीय बाजार को विदेशी उत्पादों हेतु खोलने की बाध्यता लागू कि जाती है तो, भारत में वस्तुओं के आयातों की संभावना बढ़ सकती है। अवांछीत आयातो में वृद्धि भारत के भुगतान सन्तुलन की समस्या को बड़ा कर सकती हैं।

(5) खाद्यान्नों के अनिवार्य आयात (Compulsory Import of Foodgrains) - यदि खाद्यात्रों के अनिवार्य आयात की शर्त विकासशील कृषि प्रदान देशों में खाद्यानों में मूल्यों के गिरावट का कारण बनती है तो उनकी खाद्यात्रों में आत्म निर्भरता का प्रयास विफल हो जाएगा।

(6) कृषि एवं अन्य क्षेत्रों में सरकारी अनुदान में कमी (Reduction in Grant and Subsidies) - यदि कृषि एवं अन्य क्षेत्रों में सरकारी अनुदान में कमी का प्रयास किया जाता है तो इससे उत्पादन लागतों में हुई वृद्धि होगी जो भारत की प्रतिस्पर्द्धात्मक शक्ति में कमी कर सकती है।

(7) गैर व्यापारिक सामाजिक मुदों पर शोषण (Exploitation on Non-Trade Social Issues) - भारत सामाजिक मुददों को व्यापार से जोड़े जाने का विरोध कर रहा है। गुट निरपेक्ष देशों के श्रम मन्त्रियों के सम्मेलन में भारत ने स्पष्ट कर दिया है कि श्रम मानकों से जुड़े मसले अन्तर्राष्ट्रीय श्रम संगठन द्वारा ही तय किये जाने चाहिये और विश्व व्यापार संगठन का कार्य व्यापारिक मुद्दे तक ही सीमित रहना चाहिये।

(8) पर्यावरण के मुद्दे पर शोषण (Exploitation on Issues of Environment) - विकसित देशों द्वारा पर्यावरण के मुद्दे के आधार पर विकासशील राष्ट्रों में उद्योगों की स्थापना में प्रदुषण नियन्त्रण के लिये आधुनिकतम महँगी प्रविधियों को अपनाने की वाध्यता उत्पन्न की जा रही है। यही नहीं, अभी कुछ समय पूर्व अमेरिका में भारतीय नाइलोन स्कर्ट्स के आयात पर उनके अधिक प्रज्वलनशीलता के कारण प्रतिबन्ध लगाया क्योंकि उसमें मानव जीवन को खतरा बताया गया। ठीक उसी प्रकार जर्मनी में भारतीय वस्त्रों के आयातों पर यह कह कर प्रतिबन्ध लगाया गया है कि उनमें ऐसे रंगों का प्रयोग किया जाता है जो मानव जीवन के लिये घातक हैं।

(9) भारत में स्वदेशी की भावना पर अंकुश (Setback to Swadesi) - विदेशी कम्पनियाँ कई प्रकार के आरोप लगा रही है। भारत द्वारा 1998-99 के बजट में 40 प्रतिशत स्वदेशी ड्यूटी लगाने की यूरोपीय संघ, जापान, स्विट्जरलैण्ड, कनाड़ा और अमेरिका ने विश्व व्यापार संगठन को शिकायत की है जबकि भारत इसे वैधानिक रूप से सही ठहरा रहा है।

(10) आन्तरिक आर्थिक नीतियों के निर्धारण में स्वतंत्रता का अभाव (Lack of Freedom in Determination of International Economic Policies) - विश्व व्यापार संगठन के अन्तर्गत समझौतों के परिणामस्वरूप भारत को अपनी आर्थिक नीतियों को वैश्विक आर्थिक नीति के अनुरूप एकीकृत करना होगा। अतः आन्तरिक नीतियों के निर्धारण में भारत की स्वतंत्रता का हनन होगा।

परिक्षापयोगी प्रश्न

1. विश्व व्यापार संगठन के प्रमुख उद्धेश्य तथा कार्यों की विवेचना कीजिए।

   Discuss objectives and main functions of World Trade Organisation.

2. विश्व व्यापार संगठन की स्थापना के उद्धेश्यों तथा उसके सम्भावित लाभों एवं खतरों की विवेचना कीजिये।

   Explain objectives of establishment of World Trade Organisation. What are its probable benefits and dangerous.

3. विश्व व्यापार संगठन से भारत को प्राप्त होने वाले लाभों की विवेचना कीजिए। भारतीय अर्थव्यवस्था पर इसके क्या विपरीत प्रभाव सम्भावित है।

   Discuss advantageous of World Trade Organisation to India. Explain its adverse effects on Indian Economy.